J. J. BENÍTEZ

CABALLO D...

JORD...

J. J. BENÍTEZ

CABALLO DE TROYA 8
JORDÁN

Obra editada en colaboración con Editorial Planeta - España

© 2006, J. J. Benítez
© 2006, Editorial Planeta, S.A. – Barcelona, España

Reimpresión exclusiva para México de
Editorial Planeta Mexicana, S.A. de C.V.
Avenida Insurgentes Sur núm. 1898, piso 11
Colonia Florida, 01030 México, D.F.

Mapa: GradualMap

Primera edición (España): 2006
ISBN-13: 978-84-08-06981-2

Primera reimpresión (México): noviembre de 2006
ISBN: 970-37-0487-5

Impreso en los talleres de Litográfica Ingramex, S.A. de C.V.
Centeno núm. 162, colonia Granjas Esmeralda, México, D.F.
Impreso en México - *Printed in Mexico*

www.editorialplaneta.com.mx
www.planeta.com.mx
info@planeta.com.mx

Índice

*A mi buen amigo,
el profesor Mariano Moreno Villa,
filósofo y teólogo. Él se adelantó
a su tiempo. Él supo
que esta historia podía ser mucho más
que una historia*

SÍNTESIS DE LO PUBLICADO

Enero de 1973

En un proyecto secreto, dos pilotos de la USAF (Fuerza Aérea Norteamericana) viajan en el tiempo al año 30 de nuestra era. Concretamente, a la provincia romana de la Judea (actual Israel). Objetivo aparente: seguir los pasos de Jesús de Nazaret y comprobar, con el máximo rigor, cómo fueron sus últimos días. ¿Por qué fue condenado a muerte? ¿Quién era aquel Hombre? ¿Se trataba de un Dios, como aseguran sus seguidores?

Jasón y Eliseo, responsables de la exploración, viven paso a paso las terroríficas horas de la llamada Pasión y Muerte del Galileo. Jasón, en su diario, es claro y rotundo: «Los evangelistas no contaron toda la verdad.» Los hechos, al parecer, fueron tergiversados, censurados y mutilados, obedeciendo a determinados intereses. Lo que hoy se cuenta sobre los postreros momentos del Maestro es una sombra de lo que sucedió en realidad. Pero algo falló en el experimento, y la Operación Caballo de Troya fue repetida.

Marzo de 1973

Los pilotos norteamericanos «viajan» de nuevo en el tiempo, retornando a la Jerusalén del año 30. Allí comprueban la realidad del sepulcro vacío y las sucesivas «presencias» de un Jesús resucitado. Los científicos quedan desconcertados: la Resurrección del Galileo fue incuestionable. La nave de exploración se traslada al norte, junto al mar de Tiberíades, y Jasón, el mayor de la USAF, asiste a nuevas apariciones del Resucitado. La ciencia no sabe, no comprende, el porqué del «cuerpo glorioso».

Jasón se aventura en Nazaret y reconstruye la infancia y juventud de Jesús. Nada es como se ha contado. Jesús jamás permaneció oculto. Durante años, las dudas consumen al joven carpintero. Todavía no sabe quién es realmente.

A los veintiséis años, Jesús abandona Nazaret y emprende una serie de viajes «secretos» de los que no hablan los evangelistas.

El mayor va conociendo y entendiendo la personalidad de muchos de los personajes que rodearon al Maestro. Es así como *Caballo de Troya* desmitifica y coloca en su justo lugar a protagonistas como María, la madre del Galileo, a Poncio y a los discípulos. Ninguno de los íntimos entendió al Maestro y, mucho menos, su familia.

Fascinados por la figura y el pensamiento de Jesús de Nazaret, los pilotos toman una decisión: acompañarán al Maestro durante su vida pública o de predicación, dejando constancia de cuanto vean y oigan. Para ello deben actuar al margen de lo establecido oficialmente por Caballo de Troya. Y aunque sus vidas se hallan hipotecadas por un mal irreversible —consecuencia del propio experimento—, Jasón y Eliseo se arriesgan en un tercer «salto» en el tiempo, retrocediendo al mes de agosto del año 25 de nuestra era. Buscan a Jesús y lo encuentran en el monte Hermón, al norte de la Galilea. Permanecen con Él durante varias semanas y asisten a un acontecimiento trascendental en la vida del Hijo del Hombre: en lo alto de la montaña sagrada, Jesús «recupera» su divinidad. Ahora es un Hombre-Dios. Jesús de Nazaret acaba de cumplir treinta y un años.

Nada de esto fue narrado por los evangelistas…

En septiembre del año 25 de nuestra era, Jesús desciende del Hermón y se reincorpora a la vida cotidiana, en la orilla norte del *yam* o mar de Tiberíades. No ha llegado su hora. Parte de su familia vive en Nahum (Cafarnaum), en la casa propiedad del Maestro. Los pilotos descubren una tensa relación familiar. María, la madre, y parte de los hermanos no entienden el pensamiento del Hijo primogénito. La Señora, especialmente, cree en un Mesías político, libertador de Israel, que expulsará a los romanos y conducirá al pueblo elegido al total dominio del mundo. Se trata de una grave crisis —jamás mencionada por los evangelistas— que desembocará en una no menos lamentable situación...

Movidos por el Destino, Jasón y Eliseo, tras una serie de aparentes casualidades, viajan al valle del río Jordán y conocen a Yehohanan, también llamado el Anunciador (hoy lo recuerdan como Juan, el Bautista). Nada es como cuenta la historia y la tradición. El diario del mayor resulta esclarecedor. De regreso a Nahum, los exploradores descubren a un Jesús obrero, que espera el momento de inaugurar su vida pública. Todo está dispuesto para la gran aventura...

El diario

(OCTAVA PARTE)

4 DE NOVIEMBRE, DOMINGO (AÑO 25)

Nos alejamos de Enaván, y de sus manantiales y lagunas, sin mirar atrás y con prisa. Para ser sincero, el de la prisa era él, Yehohanan, el Anunciador, el enigmático judío de dos metros de altura y las siete trenzas rubias hasta las rodillas. Era él quien avanzaba a grandes zancadas por uno de aquellos senderillos que parecía llevarnos, irremediablemente, a la verde y poco recomendable jungla del río Jordán. Todo era nuevo para quien esto escribe; tanto el paisaje como las intenciones del predicador. Ni siquiera sabía por qué estaba allí, tras sus pasos. Él me reclamó bajo el árbol de «la cabellera» («¡Vamos! —ordenó—. Te mostraré mi secreto»), y yo, hipnotizado, me fui tras él. ¿Qué secreto? ¿De qué hablaba? ¿Por qué Jaiá, la anciana esposa de Abá Saúl, había tratado de retenerme en la aldea de Salem? ¿Por qué habló de «peligro»? Dijo haber tenido un sueño, e imploró para que no retornara junto al Anunciador.

Era mi Destino. Ahora lo sé. Mi «Tikkún»…

Ni siquiera se volvió. Supongo que dio por hecho que lo seguía. Era evidente que conocía el camino. Observé nuevamente el cielo. El sol, en el cenit, empezó a desaparecer a intervalos, borrado sin el menor respeto por un denso e interminable frente nuboso. Fue como un presagio…

«¡No vayas!… ¡Tuve un sueño!… ¡Hijo, no vayas!»

Y ahora me pregunto: ¿hubiera sucedido lo que sucedió de haber permanecido en Salem o en los lagos de Enaván? Sospecho que sí. Tarde o temprano tenía que llegar…

Los «cb» (cumulonimbos) se presentaron prácticamente de improviso. Era lógico. Nos hallábamos en el inicio de la época de lluvias. Casi lo había olvidado. Y al examinar los altos y negros nubarrones procedentes del Mediterráneo, la veloz masa nubosa terminó situándome de nuevo en la realidad. No tardaría en llover. Fue entonces cuando empecé a percatarme de lo precario de mi situación. Caminaba hacia la selva jordánica, sin saber por qué ni por cuánto tiempo. ¿Me hallaba a las puertas de una de las acostumbradas ausencias de Yehohanan? ¿Qué pretendía? Con las prisas, aunque logré regresar a la aldea y recuperar la «vara de Moisés», no tuve la precaución de hacerme con el saco de viaje. ¿Quién podía imaginar que, horas después, terminaría alejándome del grupo y en la nada agradable compañía de aquel perturbado...? Pensé en los antioxidantes. Las tabletas de dimetilglicina eran esenciales para combatir el exceso de óxido nitroso en el cerebro. Cualquier descuido, en este sentido, era peligroso (1).

Quizá exageraba. Quizá había empezado a dejar volar la imaginación, como siempre. Quizá Yehohanan sólo pretendía mostrarme algo. Después regresaría a Salem, a la casa del sabio Saúl. Quizá...

La distancia de Enaván al filo de la jungla era, poco más o menos, de dos kilómetros. Al llegar al enredado boscaje, sin dudarlo, el Anunciador evitó la pared de espinos y árboles y prosiguió hacia el sur, en paralelo a la bóveda vegetal que prosperaba a expensas del río Jordán. Respiré con cierto alivio. Aquella jungla, siempre en penumbra, aparentemente cerrada e impracticable, de la que procedían toda suerte de sonidos, no era de mi agrado.

Yehohanan continuó la marcha por el tímido senderillo, ahora entre tierra de pastos. Instintivamente tomé referencias. Por nuestra derecha, en la distancia, corría el camino principal, el que habíamos recorrido en nuestro

(1) Como consecuencia de las sucesivas inversiones de masa de las partículas que el mayor denomina *swivels* («eslabones»), los pilotos de Caballo de Troya se vieron afectados por una dolencia que provocaba el envejecimiento prematuro, entre otros problemas. *(Nota del autor.)*

peregrinaje hacia Damiya. Parecía claro que el predicador trataba de evitar cualquier contacto con sus semejantes. ¿Semejantes? Yehohanan, a decir verdad, era un ejemplar único. Los dos metros de altura, la larga cabellera rubia, ahora oscilante, y la estrambótica vestimenta —un ancho cinto de cuero negro y un *saq* o taparrabo de piel de gacela— hacían de él un individuo muy poco común. Y me pregunté por enésima vez: ¿qué hacía yo tras los pasos de aquel hombre?

De pronto se detuvo. Depositó la colmena sobre el terreno y, girando el cuerpo hacia quien esto escribe, llevó el dedo índice izquierdo a los labios, solicitando silencio. Miré a mi alrededor, intrigado. No acerté a distinguir persona o animal. Nos hallábamos solos, en un terreno abierto. Una súbita ráfaga de viento golpeó el *talith* de pelo humano que lo cubría y poco faltó para que el «chal» se precipitara sobre el pasto. Y la lluvia hizo acto de presencia, en un primer momento moderada. El cielo, negro, estaba avisando...

Permanecí quieto y pendiente de los movimientos del gigante. Al cabo de un minuto largo se hizo de nuevo con el barril de colores y arrancó, a la carrera, al tiempo que sujetaba el manto con la mano derecha. No entendía nada. Tentado estuve de olvidarlo y dar media vuelta. No supe prestar atención al instinto...

Y bajo la lluvia, supongo que movido por la curiosidad, me fui tras él e intenté no perderlo de vista.

Al poco, por nuestra derecha, cerca de la senda que atravesaba el valle, rumbo a Jerusalén, apareció el descuidado edificio de barro y hojas de palma que servía de aduana y en el que vimos morir a los tres jóvenes zelotas. El aguacero lo mantenía solitario. No acerté a distinguir a los publicanos y tampoco al grupo de soldados que custodiaba el lugar. Un perro, en alguna parte, ladraba sin tregua. Detuve la carrera. Lo lógico es que los funcionarios y la patrulla se hallaran en el interior. Aunque el puesto fronterizo, que delimitaba los territorios de la Decápolis y la Perea, se levantaba a más de un centenar de metros del senderillo por el que corríamos, entendí que no debía arriesgar. El cruce, a toda velocidad, por delante de los suspicaces *gabbai* o recaudadores de impuestos, y de los no menos desconfiados *kittim*, expertos en el manejo de las afiladas jabalinas, era, cuando menos, una actitud arriesgada. No tentaría al Destino...

Yehohanan no pensó lo mismo y se alejó veloz, entre una cortina de agua, cada vez más obstinada. Pensé en su reciente gesto, solicitando silencio. ¿Pudo tener relación con la proximidad de los odiados funcionarios al servicio de Roma y de la no menos despreciada línea de caballería romana? El Anunciador —así lo demostraba en cada una de sus prédicas— no sentía la menor devoción por aquellos representantes de la «nueva Sodoma», según sus propias palabras. Dudé. Cuando Yehohanan llevó el dedo a los labios, la aduana ni siquiera era visible. Pero, entonces, ¿a qué obedecía la orden de silencio? No tardaría en averiguarlo...

Afortunadamente, dejé atrás el edificio y reemprendí la carrera, inquieto ante la posibilidad de que el Anunciador desapareciera. El aguacero amainó.

Y de pronto lo vi. Se había detenido. Parecía esperarme (?). En realidad, nunca lo supe. Se hallaba en mitad de un puente de piedra que brincaba sobre el Jordán. Observaba las terrosas y rápidas aguas, con las enormes manos apoyadas sobre el parapeto. La colmena ambulante permanecía a su lado, junto a los interminables y embarrados pies desnudos.

Traté de pensar, al tiempo que recuperaba el aliento.

¿Por qué miraba el río con tanta atención?

El «manto» de cabello humano había sido retirado y guardado en el zurrón blanco que colgaba en bandolera.

Me aproximé despacio y en guardia. Las reacciones de aquel hombre eran imprevisibles.

No se movió, aunque estoy seguro de que sintió mi proximidad. Y durante varios minutos permaneció en la misma postura, inmutable, con la lluvia resbalando por la correosa y quemada piel. En el cauce del Jordán no había nada que pudiera requerir su atención. Yo, al menos, no alcancé a distinguirlo. Las aguas, con las primeras lluvias, arrastraban maleza y sedimentos, que chocaban y se atascaban entre las pilastras. Todo era silencio; un silencio discretamente interrumpido por el rumor de la corriente, por el suave choque de la lluvia contra el barril de Yehohanan y las ropas y por los lejanos truenos, amortiguados por la distancia.

Entonces, ante mi desconcierto, repitió el gesto.

Giró hacia quien esto escribe y volvió a llevar el dedo índice izquierdo a los gruesos labios.

—¡Escucha! —susurró con aquella voz rota—. ¡Escucha atentamente, «Ésrin»!

Y, como un idiota, presté atención a cuanto me rodeaba. Yo no había oído nada extraño y, por supuesto, fui incapaz de distinguir lo que sugería el hombre de la «mariposa» en el rostro. Sus ojos, endiablados, me atravesaron, esperando una respuesta. Terminé desviando la mirada, incómodo ante las «pupilas» rojas y el persistente nistagmo o movimiento vertical del ojo. Lo he dicho en otras oportunidades: aquel rostro y, sobre todo, aquella mirada no eran fáciles. No era de extrañar que la gente se sintiera atemorizada.

Supongo que esperó una confirmación. Pero «Ésrin» o «Veinte», como me llamaba, no acertó a despegar los labios. No le importó. No insistió. Creo que, incluso, me ignoró. Tomó de nuevo la colmena de colores y caminó hacia el final del puente, ahora sin prisa.

Era la segunda vez que me desconcertaba en aquel enigmático caminar hacia no sabía dónde. Y al principio —como un perfecto estúpido— no comprendí...

El Destino, sin embargo, sabía lo que hacía.

Allí arrancaba un enorme bosque de nogales, apenas perturbado por algunas familias de tamariscos que crecían al abrigo de los altos y estriados troncos, la mayoría de veinte y treinta metros de altura. Era un bosque centenario que se derramaba hacia el este, alimentado por la humedad de otro de los afluentes del padre Jordán. Las copas, casi esféricas, habían tejido una «techumbre» densa y bien organizada, que alivió nuestro caminar bajo la lluvia. Nada más pisar el *egoz*, como llamaban al lugar, fuimos recibidos por un intenso perfume y por un crujido que, en un primer momento, me sorprendieron. La fragancia caía literalmente de las grandes hojas verdes y blancas de los *egoz* o nogales, merced a un principio volátil, ahora precipitado por el aguacero. A partir de ese momento, aquél fue el bosque del «perfume» para quien esto escribe. En cuanto a los chasquidos bajo los pies, la explicación procedía también de los majestuosos nogales persas, una de las cuarenta especies diseminadas en aquel tiempo por el valle del Jordán. Desde el final del verano, las drupas, a miles, habían ido madurando y precipitándose sobre el terreno. Poco a poco, favorecida por la humedad, la cáscara verde de las referidas drupas se fue secando y liberando las apreciadas y nutritivas nueces. ¡Caminábamos sobre una alfombra de escurridizas nueces!

El bosque del «perfume» se hallaba igualmente solitario. Yehohanan prosiguió decidido. Y el terreno empezó a inclinarse con suavidad. Si mis cálculos no estaban equivocados, en esos momentos habíamos recorrido poco más de seis kilómetros, tomando los lagos de Enaván como punto de partida. Fue entonces cuando estuve seguro: el Anunciador no regresaría junto a sus discípulos, al menos en esa jornada. Y el recuerdo de los antioxidantes tocó en mi hombro, inquietándome.

Tenía que regresar lo antes posible...

Estaba decidido. Así lo pensé mientras oía el rítmico crujir y entrechocar de las «bellotas de Júpiter», como llamaban también a las nueces.

Efectivamente, regresaría, pero no como imaginaba...

Entonces lo vi detenerse. Y al llegar a su altura quedé maravillado. Yehohanan sabía elegir los parajes a los que se retiraba.

A cosa de mil doscientos metros del puente de piedra que acabábamos de cruzar, el bosque de nogales quedaba abruptamente interrumpido por una garganta profunda y angosta. Por el fondo, nervioso, desfilaba un aprendiz de río, de poco más de ocho o diez metros de anchura. Era otro de los tributarios del Jordán, en este caso, como digo, con un cauce tan menguado como transparente. A nuestros pies, el terreno se precipitaba casi verticalmente, formando una pared de unos 20 o 30 metros. Los derrumbes habían dejado al descubierto los estratos blancos y amarillos de la marga, la caliza, la arcilla y los cantos rodados. Muchos de ellos terminaron rodando hasta el afluente, entorpeciendo el fluir de las aguas. La corriente, sin embargo, supo excavar estas enormes piedras, añadiendo espuma y susurros al bello lugar. Frente por frente se presentaba otro acantilado, prácticamente gemelo e igualmente colonizado por audaces y ramificados tamariscos de flores rosas y cenicientas que colgaban libres en el vacío, reclamando a miles de insectos polinizadores. El resto de las escarpadas paredes —merced a las benignas temperaturas de la cuenca— aparecía cubierto por anárquicos corros de rojos y amarillos, resultado de la floración de otros tantos arbustos, generalmente terebintos de ramas resinosas y narcisos largos y estilizados, respectivamente. Estos últimos, siempre solitarios, proporcionaban al cañón una fragancia delicadísima, que iba y venía, según la brisa o la lluvia. Al pie de este acantilado, entre derrumbes, se distinguían dos cuevas. Una, casi al nivel del agua, presentaba una boca alargada y no muy alta. La otra, con una entrada más reducida, se asomaba al río a cuatro o cinco metros por encima de la primera.

En esos momentos no supe dónde me encontraba. Sospechaba que muy cerca del límite con la Perea, el territorio de Herodes Antipas, pero eso era todo.

El Anunciador, entonces, sin mirarme, exclamó:

—¡Descálzate!… ¡Estamos en lugar sagrado!

No hubo más explicaciones.

¿Lugar sagrado?

Yehohanan no permitió que preguntara. Antes de que este sorprendido explorador pudiera abrir la boca, el de las siete trenzas se lanzó por una estrechísima, casi invisible, vereda que hacía asombrosos equilibrios entre los espolones del acantilado. Aquello era un suicidio. La lluvia, algo más contenida, había convertido la pared en un peligroso barrizal. A cada paso, la arcilla, los guijarros y la arena rojiza se movían, desestabilizando al que intentara el descenso por el precipicio. El Anunciador, sin embargo, continuó bajando, ajeno al riesgo.

¿Qué podía hacer?

Tampoco lo pensé demasiado.

Desaté las cuerdas que sujetaban las sandalias «electrónicas» (1) y me descalcé. Después, tras colgarlas del cuello, clavé la vara en el camino de cabras y tanteé. El terreno resistió. Y maldiciendo mi aparentemente escasa fortuna, traté de seguir los pasos de aquel loco. Y digo bien: traté...

Las caídas, como suponía, llegaron de inmediato. Y peor que mal, acerté a descender unos metros. Los arbustos fueron mi salvación, momentáneamente.

El Bautista —nunca lo entendí—, brincando como una cabra montés, se hallaba ya a media pendiente.

Y en uno de los tramos, embarrado hasta los ojos, sucedió lo inevitable. Calculé mal la distancia hasta el siguiente corro de salvadores terebintos y los pies resbalaron en el lodo. Luché por aferrarme a la tierra mojada y a las piedras. Empeño inútil. Y me vi arrastrado al vacío...

El cayado escapó de mi mano.

No lancé un solo grito. El miedo anudó mi garganta y detuvo el corazón.

Recibí uno, dos o tres impactos. Y parte de las piedras me acompañó en aquel viaje hacia la muerte. Eso creí.

Y un único pensamiento cruzó veloz: ella...

(1) Este tipo de calzado, como ya referí, fue de gran utilidad en nuestra aventura. Se hallaba equipado con un microcontador de pasos, un cronómetro digital, un sensor-medidor del gasto energético y una célula programada para elevar la temperatura de las sandalias, en caso de extrema inclemencia. El sensor del micromarcapasos fue ubicado en la entresuela, en la zona correspondiente a los dedos. Los datos registrados por la sandalia eran almacenados en un diminuto disco magnético, alojado a la altura del talón. Posteriormente era «leído» y decodificado por «Santa Claus», el ordenador central. En cuanto a la célula térmica, estaba programada para regular la temperatura de los pies entre 5 y 7 grados Celsius por encima de la media ambiental. Las «electrónicas», como las llamábamos, disponían también de un dispositivo, alojado en la suela, con un carácter puramente logístico. Consistía en un microtransmisor, capaz de emitir impulsos electromagnéticos a un ritmo de 0,0001385 segundos. La señal era registrada en la «vara de Moisés» y, una vez amplificada, podía ser «transportada» a larga distancia, merced a un especialísimo láser. Esto permitía el seguimiento de los exploradores en uno de los radares de la «cuna», especialmente más allá de los cinco kilómetros (15.000 pies), cuando la «conexión auditiva» que portábamos en los oídos se hacía inservible. (Nota del mayor.)

Después, en otro de los encontronazos con la ladera, llegó la oscuridad.

Después, frío y nada.

Perdí el conocimiento. Me precipité contra las aguas. Eso, seguramente, me salvó. Eso y Yehohanan, que me rescató del cauce. Curioso Destino. ¿Era esto lo que insinuó Jaiá?

Cuando abrí los ojos me hallaba en el interior de una cueva. Estaba solo.

Traté de incorporarme. Mi cabeza parecía a punto de estallar. Sentí escalofríos. Y permanecí inmóvil durante un tiempo. Quise recomponer esos últimos momentos, en el acantilado, y lo logré a medias. Podía considerarme afortunado, a pesar de todo. Los sucesivos golpes en la pendiente y la reunión final con el agua pudieron ser mortales, a pesar de la protección de la «piel de serpiente». Sí, el buen Dios tuvo piedad de quien esto escribe, una vez más.

Finalmente, casi a rastras, me asomé al río. Oscurecía. La lluvia había cesado. ¿Cuánto tiempo permanecí inconsciente? ¿Seguíamos en aquel nefasto domingo, 4 de noviembre? Supuse que sí, a la vista de lo que tenía enfrente. Al otro lado del cauce, entre los arbustos que crecían en la ribera por la que me había precipitado, distinguí al Anunciador. Trataba de recuperar la «vara de Moisés». El cayado aparecía retenido entre una masa de providenciales tamariscos. Se hizo con él y lo examinó con curiosidad. Tuve un mal presentimiento. No podía dejarlo en manos de aquel trastornado...

Me alcé y entré en el agua, al encuentro de Yehohanan. No pude dar ni tres pasos. Algo me fulminó y perdí las fuerzas, precipitándome de nuevo en el arroyo. Esta vez no perdí el sentido. Fui consciente de todo, pero no lograba moverme. La mente y la voluntad fueron amordazadas, y mis cuatrocientos músculos, sencillamente, «desconectados». Me di cuenta de lo comprometido de la situación. Flotaba boca abajo. No tardaría en morir...

Y oí la voz de Jaiá:

«¡No vayas!... ¡He tenido un sueño!»

Pero el Destino alivió mi angustia.

Yehohanan me rescató por segunda vez. Cargó con aquel maltrecho explorador y me trasladó a la gruta en la que había despertado.

Segundos después, todo volvió a la normalidad. El aparato locomotor obedeció y la mente, perpleja, peleó por esclarecer lo ocurrido. La intuición llegó en primer lugar. Algo había fallado en el sistema nervioso central. Pero, asustado, lo rechacé. No quise admitir lo que parecía claro. Estaba solo y lejos de la nave... Después intervino la razón y me refugié en un dudoso diagnóstico: «trastorno pasajero, consecuencia del fuerte golpe en la cabeza durante la caída». Yo conocía la verdad, la triste realidad, pero me negué a aceptarla; no allí, sin casi posibilidad de escape...

Yehohanan permaneció un tiempo en la boca de la cueva. Siguió acariciando el cayado. De vez en cuando me observaba. Después caminó hacia quien esto escribe y, tras depositar la vara junto a mis pies descalzos, comentó sin disimular su satisfacción:

—No me equivoqué al elegirte... El Santo, bendito sea su nombre, también está contigo... Él te ha salvado, como a Elías...

Entendí a medias. Y el Anunciador concluyó:

—Ha llegado el momento... Te mostraré lo que nadie ha visto... Te haré partícipe de mi secreto...

Quise manifestarle mi agradecimiento por la doble ayuda en el río, pero las palabras quedaron sofocadas por una repentina e incontenible somnolencia. Tampoco logré explicarlo. Rara vez había experimentado un deseo tan apremiante por dormir. Y entre sombras, peleando por no cerrar los párpados, lo vi alejarse hacia la claridad. Sólo recuerdo que no cargaba la habitual colmena...

Y quedé profundamente dormido. Quizá fue lo mejor.

Desperté relajado. De la reciente angustia sólo quedaba el recuerdo, arrinconado ahora en lo más remoto de la mente. Me negué a pensar en lo ocurrido. Sentía algunas molestias, pero me puse en pie y procedí a explorar el lugar en el que había amanecido.

Era lunes, aunque eso, a decir verdad, poco importaba.

El Bautista, una vez más, había desaparecido. Me hallaba, como ya comenté, en una cueva no muy grande y desnuda. El sol, mucho más madrugador que este explorador, penetraba con cautela en el nacimiento de la gruta.

No distinguí rastro alguno de Yehohanan, a excepción de unos restos calcinados de madera. Aparecían fríos. No creo que fueran utilizados en el día anterior. Quizá llevaban allí un tiempo. Quizá no tenían relación con el predicador.

Fue entonces, con una rodilla sobre el polvo que cubría el suelo de la «cueva uno» (así denominé la oquedad ubicada al filo de la corriente), cuando reparé en mi pie izquierdo.

¿Cómo no lo había visto antes?

Tanteé el cuello como un tonto. Allí, lógicamente, no estaban.

¡Había perdido las sandalias «electrónicas»!

No tuve más remedio que rememorar los desagradables sucesos de la jornada anterior. Ante la orden de Yehohanan me había descalzado, anudando las sandalias y colgándolas del cuello. ¿Se perdieron en la caída? Era lo más verosímil...

E, instintivamente, inspeccioné la pequeña bolsa de hule que colgaba del cuello. Las «crótalos» y la ampollita de barro, con los «nemos», no sufrieron daño aparente. Pero aquello no me tranquilizó. El extravío de las preciosas «electrónicas» era imperdonable. Como dije, siempre fueron de gran ayuda en nuestra misión. No podía permitir que desaparecieran. Era el último par. El primero se hundió en las agitadas aguas del torrente que bajaba del monte Nebi, en Nazaret, cuando intentaba cruzar un arruinado puente de troncos. Mi pierna izquierda se precipitó por un hueco y perdí el saco de viaje, con el referido primer par de sandalias (1).

Volví a registrar la cueva. Negativo. Ni rastro. Revolví el polvo. Fue igualmente inútil. Y pensé en el Anunciador. Él rescató la vara. Quizá recogió también el calzado. De no ser así, ¿dónde buscar? Pudieron quedar enganchadas en la maleza o, lo que era peor, quizá flotaron en las aguas del tributario. En este último supuesto —yo diría que más que supuesto—, las «electrónicas» podían hallarse a mucha distancia, quién sabe si en el propio río Jordán, o retenidas en las orillas, sin olvidar la posibilidad de que alguien las detectara y se hiciera con ellas.

El frente nuboso había desaparecido. El cielo, azul, me recibió sereno. Una tímida brisa, casi de puntillas, jugueteaba en la garganta, obligando a cabecear a los cientos de narcisos amarillos de las paredes. Y el perfume, intenso, me hizo olvidar, momentáneamente, el pensamiento principal.

Yehohanan, el Anunciador, se hallaba a corta distancia, aguas abajo, en mitad del aprendiz de río. Entré despacio en el cauce y permanecí atento. No lograba entenderlo, una vez más. ¿Qué era lo que hacía?

El gigante de dos metros de altura, con la corriente a media pierna, golpeaba las transparentes aguas con el *talith* que lo cubría habitualmente. Había plegado el manto y sacudía la superficie con violencia y sin descanso. Y a cada golpe, repetía:

(1) Véase *Nazaret. Caballo de Troya 4. (N. del a.)*

—¡Soy de Él!... ¡Ábrete!

Me vio llegar, pero continuó con lo suyo.

¿Qué pretendía?

Y de pronto se detuvo. El *talith* de pelo humano chorreaba y su pecho oscilaba arriba y abajo. Sudaba y jadeaba. Percibí el desagradable olor a sudor, pero me contuve.

Entonces miró a su alrededor y, finalmente, repitió aquel gesto, solicitando silencio. ¿Silencio? Eso era lo que sobraba en aquel apartado paraje. Pero ¿a qué o a quién se refería? Allí sólo estábamos él y yo...

Lo imité, explorando los alrededores con la vista. Sólo las aves y la brisa nos prestaban atención, y no mucha.

—¿Los oyes? —susurró—. No te dejes sorprender. Tienen delatores en todas partes...

¿A quién tenía que oír? ¿Delatores? Yo no oía sonido alguno, salvo el de su voz queda y ronca.

¡Dios mío!

Y las sospechas se multiplicaron...

—Estamos en el Querit, un lugar sagrado... Ellos lo saben y vigilan...

Creí entender. Yehohanan se refería al torrente de Querit o Kĕrīt, mencionado en el libro primero de Reyes (17, 3) y en el que, supuestamente, se refugió el profeta Elías por orden de Yavé. No estaba seguro, pero me pareció que el Anunciador cometía un error. El Querit era otro afluente de la margen izquierda del Jordán, posiblemente más caudaloso y localizado algo más al norte, en las proximidades de la ciudad helenizada de Pella. Entonces, al recordar el texto del citado pasaje del libro primero de Reyes, caí en la cuenta de otro asunto, no menos delicado. Ahora estaba mucho más claro. Ahora comprendía también el porqué de aquella actitud tan extraña, golpeando las aguas con el *talith*...

Procuré serenarme. Tenía que pensar. Era menester actuar con prudencia y abandonar aquel lugar lo antes posible...

¿Un lugar sagrado? Por eso el Anunciador ordenó que me descalzase. Para él, aquella garganta y el arroyo habían sido testigos de la presencia del Santo. Y antes de que prosiguiera con el batido del supuesto Querit me aventuré a interrogarlo, interesándome por las sandalias. La respuesta me dejó perplejo:

—Aquí no son necesarias... Puedes pedirme otra cosa, lo que quieras..., antes de que sea apartado de ti...

¿Pedirle? Sólo quería mis sandalias. Y así se lo hice ver. ¿Apartado de mí? En un primer instante, no caí en la cuenta. Yehohanan, de nuevo, hacía suyo un texto bíblico que no le pertenecía. Y lo que era peor: usurpaba el puesto del auténtico protagonista, Elías...

—Sólo busco mis sandalias —balbuceé sin dar crédito a lo que estaba pasando.

—Difícil cosa has pedido... Si cuando yo sea arrebatado de ti me vieres, así será... Si no, no será.

No esperó contestación. Alzó el manto por encima de su cabeza y golpeó de nuevo la superficie de las aguas, al tiempo que gritaba:

—¡Soy de Él!... ¡Ábrete!... ¡Ábrete!

Me alejé confuso y desalentado. El hombre que me rescató de una posible muerte manifestaba un preocupante desequilibrio. Las últimas palabras, aparentemente absurdas e incongruentes, eran una señal. Su mente, al parecer, experimentaba otra grave crisis. La alusión al arrebato, entendido como un rapto o secuestro por parte de Dios (?) o de sus «carros de fuego» (?), no era una expresión suya. Fue extraída de los antiguos textos bíblicos. Concretamente del segundo libro de Reyes (1). Yehohanan, como también era habitual en él, la manipuló. Y lo mismo puede decirse del furioso ataque a la superficie del arroyo. Yehohanan imitaba al profeta

---

(1) En el capítulo 2 se lee: «Vinieron cincuenta hombres de los hijos de los profetas y se pararon enfrente, a distancia, y ellos dos [Elías y su discípulo, Eliseo] siguieron, parándose a la orilla del Jordán. Cogió entonces Elías su manto, lo dobló y golpeó con él las aguas, que se partieron de un lado y de otro, pasando los dos a pie enjuto. Cuando hubieron pasado dijo Elías a Eliseo: "Pídeme lo que quieras que haga por ti antes de que sea apartado de ti." Y Eliseo le dijo: "Que tenga yo dos partes en tu espíritu." Elías le dijo: "Difícil cosa has pedido. Si cuando yo sea arrebatado de ti me vieres, así será; si no, no." Siguieron andando y hablando, y he aquí que un carro de fuego con caballos de fuego separó a uno de otro, y Elías subía al cielo en el torbellino.»

Elías, tal y como se deduce del mencionado segundo libro de Reyes (capítulo 2). Fue entonces cuando se hizo la luz en mi cansada mente. Y asocié lo observado en el bosque de las acacias, en las proximidades del vado de las «Columnas», con lo que tenía a la vista. Según la Biblia, Yavé sacó a Elías del pueblo donde vivía, Tišbé, en las alturas de Galaad, no muy lejos de donde nos hallábamos, y le ordenó que se escondiera en el torrente que llamaban Querit, al este del Jordán. Allí le dijo: «Beberás del río y encargaré a los cuervos que te alimenten.» Y dice la tradición que los pájaros le llevaban pan por la mañana y carne por la tarde.

«¡Pan por la mañana!»...

Ahora entendía el singular comportamiento del predicador junto a los nidos de los herrerillos (1). En cuanto al misterioso trasvase de harina de una cántara a otra, igualmente contemplado por este explorador entre las acacias o *karus* del río Yaboq, la posible explicación había que buscarla de nuevo en los relatos que hablan de Elías y, obviamente, como digo, en un desfallecimiento de la salud mental del Anunciador, por utilizar una expresión poco dolorosa. Según el primer libro de Reyes, capítulo 17, cuando el Querit se secó, consecuencia de una de las muchas sequías que padecía Israel, Yavé se dirigió nuevamente a su profeta y le ordenó que se dirigiera a la ciudad de Sarepta, en la costa fenicia. Elías conoció allí a una mujer que le proporcionó comida. Y se registró otro prodigio, según los textos bíblicos: la harina contenida en una de las tinajas no se agotó, y tampoco el aceite de la orza, hasta que terminó la sequía.

«Porque así habla Yavé... No se acabará la harina en la tinaja... No se agotará el aceite en la orza hasta el día en que Dios conceda la lluvia sobre la Tierra.»

Y recordé la desesperación y contrariedad de Yehohanan cuando contemplaba las cántaras vacías, lógicamente agotadas después de cada trasvase.

«Todo es mentira...»

Y el instinto me previno. No debía confiar en él. Los

---

(1) Amplia información en *Nahum. Caballo de Troya 7. (N. del a.)*

signos de perturbación eran cada vez más alarmantes. Sentí miedo. Tenía que proporcionarle los «nemos» y alejarme. Ya había visto lo suficiente...

Continué rastreando el río, consciente de lo estéril de aquella búsqueda. Las sandalias podían estar en cualquier parte.

Y mi mente regresó a la noche anterior.

¡Lo había olvidado!

Fui sorprendido por aquel sueño de plomo cuando Yehohanan se disponía a revelarme su secreto. No lo hizo y tampoco volvió a mencionarlo. ¿Se trataba de otro de sus desvaríos? Y la duda frenó mis iniciales deseos de abandonar la garganta. Esperaría un poco más, no mucho. Aquélla, quizá, era una excelente ocasión para profundizar en su compleja mente. Nos hallábamos solos. Él, además, me consideraba uno de los suyos, bendecido por Dios. Y una mezcla de sentimientos me desconcertó. La intuición estaba avisando. La razón, por otra parte, me dictaba calma. Eran muchas las preguntas que deseaba formularle y, sobre todo, necesitaba despejar una incómoda interrogante: ¿por qué la obsesión con Elías? El rudo y aventurero profeta había aparecido en escena hacía casi novecientos años (1). Su historia, aunque su-

---

(1) Es muy probable que Elías se dejara ver en la corte del rey Ajab, sucesor del gran monarca Omri, hacia los años 871 o 869 a. J.C. Lo dibujan como un individuo áspero, de pésimo humor, casi siempre solitario y medio desnudo. Vestía un *saq* o taparrabo de piel y, en ocasiones, un manto de pelo trenzado. Ajab, como los reyes anteriores, trató de mantener buenas relaciones con sus vecinos. Y al igual que David y Salomón, tomó por esposas a diferentes princesas paganas, por puras razones de diplomacia. Una de estas mujeres fue Jezabel, hija de Itto-Baal, sacerdote tirio de la diosa Astarté. Jezabel logró oficializar el culto a los dioses Baal Melcar y Asera, designando más de ochocientos profetas-sacerdotes para los respectivos templos. Esto originó las protestas del pueblo y la persecución de muchos de los videntes o profetas de Yavé, que huyeron a las cuevas y desiertos. Uno de estos huidos fue Elías, de Tisbí. Algún tiempo después se presentó en Samaria y retó a Jezabel, profetizando una gran sequía. Elías tuvo que huir al referido torrente Querit. A partir de ahí, el profeta se vio envuelto en toda suerte de aventuras, anunciando la caída de Ajab y la muerte de Jezabel, «devorada por los perros en la propiedad de Jezrael». Años después, la revolución iniciada por Elías desencadenaría la desaparición de la estirpe de Omri, una de las dinastías más importantes de la historia de Israel. Eliseo continuó la labor de su maestro, Elías, arrebatado a los cielos por un «carro de fuego». *(N. del m.)*

jeta a infinidad de leyendas y elucubraciones, era bien conocida por los judíos. Todos lo consideraban el «brazo armado de Dios» y el que retornaría, a no tardar, para anunciar la era del Mesías libertador. De hecho, en la fiesta de la Pascua, los hebreos colocaban una copa de vino sobre la mesa, en recuerdo de Elías, y abrían la puerta, simbolizando así la inminente llegada del que degolló personalmente a más de cuatrocientos profetas y sacerdotes de los dioses Baal y Asera. Elías, para muchos, era el responsable de separar a los puros de los impuros, a la hora de entrar en el reino de Dios (1). En la época de Jesús, Elías seguía siendo un héroe, aunque sólo supe de un hombre que lo imitara hasta el extremo de vestir, de hablar y de pensar como él. Ese hombre fue Yehohanan...

El menguado afluente escapó de la garganta y corrió más ancho y remansado hacia el Jordán. Yo seguía vadeando y examinando las riberas, empeñado, como dije, en una búsqueda con escasas posibilidades. Pero no todo fue negativo en aquella jornada...

Más o menos hacia la hora quinta (once de la mañana), la Providencia me reunió con ellos. Ahora, en la distancia, al conocer el final de nuestra gran aventura, sólo puedo asombrarme. La vida de cada ser humano está perfecta y milimétricamente diseñada, desde el nacimiento a la muerte, aunque, naturalmente, no lo sepamos.

Los oí en la lejanía. Alguien daba voces en el bosque. Me aproximé con precaución. Sabía de la existencia de bandidos al este del río Jordán, pero tenía entendido que las partidas se movían más allá de lo que llamaban las «colinas de yeso», en el corazón de la Decápolis.

Permanecí un buen rato en la orilla derecha, medio escondido entre el ramaje.

Distinguí cinco o seis hombres y dos jovencitos. Uno de los adultos se hallaba entre las ramas de un corpulento *egoz,* a casi veinte metros del suelo. Se balanceaba, agitando parte de la copa. Creí entender. Era una cuadrilla

(1) Amplia información sobre la expectativa mesiánica en tiempos de Jesús en *Nahum. Caballo de Troya 7.* *(N. del a.)*

de *felah* o campesinos, dispuesta a recolectar un máximo de nueces. Dos asnos, con grandes cestos sobre las grupas, aguardaban en la penumbra de la arboleda, más que indiferentes, aburridos. Como medida precautoria, las bocas aparecían cubiertas con sendos sacos de recia estopa, hábilmente sujetos por detrás de las orejas, sobre la crinera. De esta forma no era posible que los animales devorasen las drupas que se acumulaban en tierra.

Ayudándose con las manos, y con otros cestillos menores, los agricultores recogían el fruto y lo amontonaban en las proximidades de los onagros. Allí, si la había, los muchachos procedían a la separación de la cáscara. La nuez era depositada en una de las canastas y la corteza, verde y negra, en otra.

Reconocí a dos de los hombres. Los había visto en la aldea de Salem. Eran amigos de Abá Saúl y de Jaiá, su esposa. A uno lo llamaban Ša'ah («tiempo corto», en arameo), por lo rápido que trabajaba. Nunca caminaba. Siempre se movía a la carrera o a paso ligero. Del otro no recuerdo el nombre...

Los observé despacio. Parecían buena gente, sencilla y trabajadora. Después, a lo largo de aquellos días, supe que acudían al bosque del «perfume» con regularidad. Las drupas del nogal eran muy apreciadas. De las cáscaras y de las hojas obtenían tintes y un barniz especialmente atractivo a la hora de pintar muebles y maderas (nogalina). La nuez era transportada al villorrio y oreada durante un tiempo. El sol y el viento terminaban de sanearlas y eran exportadas en largas caravanas a los cuatro puntos cardinales. El alto índice de contenido graso de la almendra (alrededor de un 60 por ciento) era bien conocido en aquel tiempo. Los cocineros la buscaban sin cesar y también las amas de casa. Si un niño padecía lombrices intestinales, lo mejor era suministrarle nueces, ricas en aceites con propiedades vermífugas. Jaiá preparaba una infusión con las hojas del *egoz* que «hacía remontar al espíritu abatido». Lo probé y puedo dar fe de que era cierto. Ella no lo sabía pero dicha infusión era hipoglucemiante; es decir, reducía los niveles de azúcar en la sangre, combatiendo el agotamiento. También la madera era muy estimada. Una vez al año talaban parte del bosque. Era el *egoz* sagrado que ardía en el fuego del altar, en el Templo de Jerusalén. Los propios sacerdotes y levitas se personaban en el lugar, fiscalizando el corte y el transporte.

Y ya que he citado la palabra agotamiento, bueno será que haga referencia a mi estómago. Llevaba horas sin probar bocado y, por lo que acerté a contemplar en la cueva uno, no parecía tener muchas posibilidades de encontrar comida, al menos mientras permaneciese en el supuesto torrente del Querit. Ignoraba si Yehohanan disponía de alimentos. Lo más probable es que recurriera a la miel de la colmena ambulante, como era habitual.

Tenía que arriesgarme...

Necesitaba entrar en contacto con aquellos *felah* y reponer fuerzas. Ellos, seguramente, podrían auxiliarme.

Pero, a punto de abandonar la corriente y de saltar a la orilla, algo me detuvo entre los largos racimos de flores de los tamariscos.

No disponía de dinero. Todo había quedado en Salem... ¿Qué podía ofrecer a cambio? Es más: ¿qué pensarían al verme salir del río, en un lugar tan remoto? ¿Cómo recibirían a aquel extranjero?

La solución al dilema fue tan simple como imprevista...

Al rectificar el intento de salto sobre la ribera, una de las ramas enganchó la túnica. Traté de zafarme pero, más pendiente de no ser visto por los *felah* que de liberarme de la inoportuna rama, terminé rasgando el tejido. El ruido y la agitación del tamarisco no pasaron desapercibidos para los perspicaces campesinos. El que se hallaba en lo alto del nogal, alertado por sus compañeros, confirmó la presencia de alguien entre los matorrales. Y al punto, armados con palos, me rodearon.

No tuve que dar muchas explicaciones. El tal Ša'ah me reconoció, y también el segundo *felah*. Eso hizo bajar los bastones.

Les dije la verdad. Me hallaba en el Querit junto a Yehohanan. Era «Veinte», uno de sus discípulos. «Tiempo corto» intercambió algunas palabras con el resto, confirmando lo que decía. Todos sabían de la presencia del Anunciador y de su grupo en los lagos de Enaván. Los jovencitos y los otros cuatro adultos vivían en la aldea de Mehola, algo más al sur.

Entonces, uno de los *felah* me interrogó sobre lo esquivo y sospechoso de mi actitud, ocultándome entre la maleza del Firán. «No era propio de gente de Dios...»

Y acudí igualmente a la verdad. Tenía hambre pero, al verlos en el bosque, no supe qué pensar.

«Tiempo corto» corrió hacia los asnos y regresó con una hogaza de pan negro y una generosa ración de queso. No hubo más cuestiones durante algunos minutos. Ellos retornaron a sus faenas y quien esto escribe, agradecido y hambriento, dio buena cuenta del almuerzo. De vez en cuando, el campesino que siempre corría regresaba hasta mí y se interesaba por mi apetito. No me equivoqué. Era gente de buen corazón. Siempre les estaré agradecido...

Y fue en una de esas breves conversaciones cuando Ša'ah me sacó de mi error. Había oído perfectamente. Uno de los recolectores, al interrogarme, mencionó la palabra Firán, refiriéndose al arroyo. «Tiempo corto», insistió. Aquél no era el Querit, como suponía. Me encontraba en el arroyo de los «ratones» (eso significaba *firán* en *badu* o beduino). En arameo lo conocían como *'attun,* un riachuelo caliente, como un horno, en referencia, supongo, a las altas temperaturas que se alcanzaban en la angosta garganta durante los meses estivales. El Querit, como dije, era más río y discurría a cierta distancia, hacia el nordeste.

¿Era un error de Yehohanan? ¿Estaba inventando, como sucedió en el vado de las «Columnas», en el río Yaboq?

Algún tiempo después, cuando «todo se enderezó», quien esto escribe consultó en la «cuna». «Tiempo corto» y los campesinos tenían razón. Aquel agreste paraje era El-Firán, famoso por las colinas de ratones que excavaban sus galerías en la dura roca caliza de los acantilados. Yehohanan, según su conveniencia, modificaba el nombre del escenario. Allí jamás estuvo Elías...

Pregunté por mis sandalias. Nadie sabía nada.

Y cercana la nona, a cosa de dos horas del ocaso, hice acopio de nueces y retorné a la cueva uno. Prometí regresar junto a los *felah*, siempre que mis «obligaciones con el vidente me lo permitieran». Entendieron. Fui yo el que no comprendió mi propia justificación. ¿A qué obligaciones me refería? No tenía ninguna. Si estaba allí era por curiosidad. El Anunciador prometió mostrarme su secreto. De momento, sin embargo, nada de eso había ocurrido.

Yehohanan parecía esperarme. Lo divisé sentado en la orilla del Firán, frente a la cueva uno, y con los pies en el agua. Se cubría con el chal o *talith* amarillo.

Me aproximé con cautela, sosteniendo las nueces en los bajos de la túnica. Era todo lo que tenía, junto a media hogaza de pan de trigo, obsequio también de la gente de Salem y Mehola.

Vadeé el cauce y fui a detenerme frente a él, a corta distancia. No levantó la cabeza. La colmena de colores se hallaba a un paso, sobre la ribera. Oí el zumbido de las abejas. Parte del enjambre se había lanzado sobre las flores amarillas de los narcisos y los racimos blancos y oscilantes de los tamariscos. Y recordé la escena, cuando se hallaba sobre la pilastra del puente, en el vado de las «Columnas». ¿Cómo lo hizo? ¿Cómo logró que la masa de abejas se desplazara a su mano y brazo derechos? ¿Por qué no fue atacado por los insectos? Como insinué, necesitaría un tiempo para resolver el misterio. Los inquilinos de aquel «barril», pintado en sucesivos anillos rojos, azules, amarillos y blancos, eran especialmente agresivos. Se trataba de la *Apis mellifica adansonii*, una abeja africana, probablemente transportada desde los oasis de Egipto y la actual Etiopía, famosa entre los apicultores por su notable capacidad para la producción de miel y también por sus frecuentes ataques y pillajes a otras colmenas (1).

(1) Las abejas «piratas» o «pilladoras» son aquellas que se distinguen por su capacidad para asaltar otras colmenas, atraídas por el olor de la miel. Invaden la colonia y pueden destruirla. Generalmente, este tipo de pillaje se produce como consecuencia de una imprudencia del apicultor, aunque con-

Aguardé en mitad de las aguas. Yehohanan no reaccionó. Yo sabía que me había visto, pero continuó acariciando aquel bulto. Era la primera vez que lo veía. Que yo supiera, no formaba parte de su impedimenta. Lo que fuera, se hallaba guardado en una especie de saco embreado, negro y de un olor fétido. La envoltura en cuestión no superaba el metro de longitud. Era estrecha. Los extremos fueron amarrados con sendas cuerdas de esparto, igualmente teñidas en aquella sustancia oscura y aceitosa.

Yehohanan, como digo, lo mantenía sobre las rodillas y lo acariciaba con los largos dedos de la mano izquierda. Por más que me esforcé, no llegué a imaginar el contenido del saco. No en esos momentos...

Una idea me vino a la mente. ¿Era el secreto que me invitó a compartir? ¿Qué guardaba con tanto celo? ¿Por qué no tuve noticias de aquel bulto? Abner, el pequeño-gran hombre y segundo de Yehohanan, no me habló de ello. Nadie, entre los discípulos, comentó algo al respecto. Y desde esos instantes, lo reconozco, el saco negro y pestífero se convirtió en un desafío. Otro más...

De pronto alzó levemente la cabeza y, desde la penumbra del embozo, clamó con aquella voz ronca y quebrada:

—¡He aquí que envío a mi mensajero, que preparará el camino delante de mí!

Por un momento creí que se dirigía a otra persona. Pensé, incluso, en los *felah*, que recolectaban aguas abajo. Fui tan necio que volví la cabeza, pensando en la proximidad de alguien. Allí, claro está, no había nadie. Sólo quien esto escribe, cada vez más desconcertado.

—¡Mi mensajero! —repitió sin dejar de acariciar el saco—. Y el Eterno, bendito sea su nombre, a quien buscáis, vendrá en seguida a su Templo, mediante el mensajero del secreto...

¿Se refería a mí? ¿Era yo el mensajero del secreto? Pero ¿qué secreto? ¿Tenía que preparar su camino? ¿Qué se proponía?

tribuye también la genética del insecto. De las doce grandes subespecies de la *Apis mellifica*, la *adansonii* es, con seguridad, la más peligrosa y enjambradora. *(N. del m.)*

—...¡He aquí que viene, dice el Eterno de los ejércitos! ¿Pero quién podrá soportar el día de su advenimiento, y quién podrá estar de pie cuando aparezca?

Entonces, tomando el saco, lo blandió como una maza por encima de su cabeza. Contenía algo rígido y de poco peso.

—...¡El Santo de los ejércitos!

Di un paso atrás, ciertamente atemorizado. ¿Pretendía golpearme?

—...¡Porque es como el fuego del refinador y purificador de la plata!

Se puso en pie y mantuvo el bulto en actitud amenazadora. Mi mano derecha se deslizó hacia lo alto del cayado. No permitiría que aquella mente enferma me agrediera...

—¡Y purificará a los hijos de Leví y los purgará como el oro y la plata!... ¡Y allí estarán los que ofrezcan al Eterno, bendito sea su nombre, holocaustos de justicia!

No, no se refería a mí. Eso entendí. Yehohanan, en otro de sus acostumbrados arranques, volvía por sus fueros, exhibiendo los apocalípticos mensajes y la escasa estabilidad emocional que ya había percibido en otras oportunidades. El texto era del profeta Malaquías o Malají, como lo llamaban en aquel tiempo. Yehohanan utilizaba estos textos como Dios le daba a entender y en los momentos más insólitos. Ahora, sabiendo lo que sé, no le culpo...

Bajó el «arma» y dio un par de pasos en el arroyo, aproximándose a este explorador. Mis dedos acariciaron el clavo de los ultrasonidos. Poco faltó para que soltara la túnica y, con ello, las escasas viandas. Si atacaba, necesitaría las dos manos...

Se inclinó hacia mi rostro y, bajando el tono de voz, prosiguió con el capítulo tercero del referido Malají:

—Y me acercaré a vosotros en juicio...

Adiviné el lupus blanco de su cara, entre las sombras del *talith*.

Esta vez no retrocedí.

—...¡Y seré un testigo veloz contra los adivinos, y contra los adúlteros, y contra los que juran en falso, y contra los que oprimen al jornalero en sus salarios, a la viuda y al huérfano..., y no me temen, dice el Eterno de los ejércitos!

El olor a sudor fue casi peor que la amenaza del saco. No lograba acostumbrarme.

Repitió la última frase, como una advertencia:

—¡Eterno de los ejércitos!... ¿Sabes a qué me refiero?

Negué tímidamente. La verdad es que tampoco deseaba un enfrentamiento, ni siquiera dialéctico, con aquel personaje. Supuse que hablaba de Yavé y de su cólera...

Entonces agitó el saco negro en el aire y añadió:

—¡Pronto te será revelado!... ¡Sus ejércitos!

Y de acuerdo también a su costumbre, se hizo a un lado y avanzó entre la corriente, aguas abajo. Se detuvo y orinó por enésima vez.

Era inútil. Me costaba comprender sus oscuras palabras. ¿Ejércitos? ¿Pronto me sería revelado?

Como digo, no sabía de qué hablaba. No puedo decir lo mismo del Destino. Él sí lo sabía...

Salió del agua. Lo vi trepar por el acantilado y desaparecer en la oscuridad de lo que llamaba «cueva dos», a escasos metros por encima de la primera oquedad. Ascendió por los espolones con agilidad y cierta prisa. Por supuesto, ni me miró.

Las dudas regresaron. ¿Estaba perdiendo el tiempo? ¿Qué hacía en aquella garganta? Ni siquiera había tenido la oportunidad de interrogarlo. ¿Debía volver con Abá Saúl? El anciano doctor de la Ley sí merecía la pena...

Me equivoqué, también por enésima vez.

Y durante unos segundos me distraje con la visión de la boca de la cueva dos. No había tenido ocasión de visitarla. Parecía el refugio habitual del Anunciador. ¿Qué guardaba en su interior? Y la tentación empezó a rondarme...

Me contuve y fui a sentarme en la ribera izquierda, junto a la entrada de la cueva uno, la que, definitivamente, sería mi hogar durante aquellos días. Y me entretuve en abrir y limpiar las semillas del *egoz*, dejando que el Destino hiciera su papel. Las nueces, muy sabrosas, me hicieron olvidar, momentáneamente, a Yehohanan. De vez en cuando levantaba la vista y escrutaba la misteriosa gruta dos. Silencio. Sólo se oía el remoto trinar de los pájaros en el bosque del «perfume» y el casi mecánico zumbar de las abejas entre las cercanas flores del talud rocoso. Y reparé en la colmena de colores. Seguía a escasos metros, de pie sobre la tierra de la ribera y, aparentemente, olvidada. La había contemplado muchas veces. Después del tiempo dedicado al estudio de estos asombrosos himenópteros, durante una de mis estancias en la nave, creía conocer la sencilla estructura interna del «barril» que escoltaba permanentemente al hombre del taparrabo de gacela. Lo que no podía sospechar es que dicha colmena ambulante llegara a jugar un papel tan decisivo en mi relación con el de las «pupilas» rojas...

Nunca supe por qué interrumpí la apertura de las nueces y me aproximé a la colmena. Paseé lentamente a su alrededor, moviéndome como recomiendan los buenos apicultores: muy despacio, sin bracear y evitando cualquier sonido (1). La túnica blanca me favorecía. El color negro, al parecer, las irrita. Yo portaba la «piel de serpiente», en esta ocasión hasta las clavículas, y eso me tranquilizó, relativamente. Si el enjambre se enfurecía y caía sobre mi cabeza o manos, podía tener problemas, aunque sabía igualmente que el veneno, para que tuviera efectos graves, debería ser inyectado por un mínimo de quinientas africanas. Eso no sucedería, pensé. El torrente estaba allí mismo. Si tuviera la mala fortuna de verme atacado, me lanzaría de inmediato a las aguas. Quien esto escribe, además, no sufría de desórdenes cardiovasculares o renales (2). Estas dolencias sí pue-

(1)   Gracias a «Santa Claus» tuve noticias de toda clase de colmenas, desde la época faraónica (2400 a. J.C.) hasta nuestros días, pasando por la apicultura practicada por Aristóteles y los romanos. Los estudios del biólogo austríaco Von Frisch, Tinbergen y Lorenz, entre otros, sobre la red social de las abejas y su comportamiento, fueron decisivos. *(N. del m.)*

(2)   El veneno de las abejas —integrado, básicamente, por ácido fórmico, fosfórico, glicerina, colina y apina— se hallaba sometido en aquel tiempo, y desde la lejana antigüedad, a toda suerte de supersticiones. Algunos lo consideraban un eficaz remedio contra la impotencia, otros lo recomendaban contra los dolores de las articulaciones e, incluso, para despertar la inteligencia (!). Sabían que el veneno que inyectaba una abeja era mínimo (para obtener un gramo era preciso sacrificar a 20.000; hoy se ha calculado que, en cada ataque, las abejas se desprenden de 0,3 mg de veneno). Se sabe que un ataque masivo, con más de quinientas inyecciones de veneno, puede acarrear consecuencias graves a las personas tuberculosas, a las que padecen del corazón o a las que sufren desarreglos renales y nerviosos. Para ob-

den complicar un ataque masivo por parte de las abejas.

Y el Destino me dejó hacer...

Se trataba de un elemental barril de madera, trenzado con duelas muy finas, de algarrobo, que daban forma a lo que llamaban «yaciente», una colmena rústica, muy común en aquel tiempo. A lo largo de mis correrías por Israel observé miles de ellas, tanto fabricadas en madera, como en paja, arcilla o aprovechando, incluso, los troncos huecos. La de Yehohanan disponía de panales movibles. Alrededor de once, dispuestos verticalmente y en paralelo. Tal y como había visto, bastaba abrir la cubierta superior del tonel para extraer los panales y recolectar la miel. Por debajo, supuse, se hallaba la cámara de cría, con el «pollo» o conjunto de huevos y larvas. Según mis cálculos, en aquellos momentos, a principios del mes de *kisléu* (noviembre), la colmena podía reunir un mínimo de 28.000 o 30.000 ejemplares (1). El valle del Jordán, con sus altas temperaturas y la constante floración, era un paraíso para estas laboriosas criaturas. Era muy raro que los enjambres descendieran por debajo de los 20.000 individuos.

Observé atentamente la piquera o entrada a la colmena, practicada en la parte inferior del barril, a cosa de veinte centímetros de la base y en mitad del anillo blanco. Era un agujero por el que entraban y salían decenas de obreras. Allí permanecían también las guardianas o «policías», atentas al reconocimiento de cuantos pretendían entrar o salir. Interceptaban a las pecoreadoras y las palpaban con las antenas, tratando de identificarlas por el olor. Si resultaba ser un extraño, allí mismo era fulmi-

---

tener el veneno practicaban el «apicidio»: tapaban las entradas a la colmena y asfixiaban a la colonia mediante la quema de azufre, que desprendía gran cantidad de anhídrido sulfuroso. En cada matanza morían entre 20.000 y 50.000 abejas. *(N. del m.)*

(1) En países donde las temperaturas descienden en otoño-invierno (no era el caso del valle del Jordán), el número de abejas varía, según las estaciones. Los cálculos de la moderna apicultura establecen que, en general, abril es el mes con menor población (alrededor de 10.000 abejas por colmena). En junio y julio, esa población se incrementa hasta 50.000 y 40.000 ejemplares respectivamente. En un panal de cuerpo de cría, por ejemplo, se reúne una media de 175 abejas por decímetro cuadrado o, lo que es lo mismo, unas 2.000 por cara. *(N. del m.)*

nado. Debía, pues, no perder de vista el pequeño y, para mí, peligroso orificio.

Se presentó a los pocos minutos. Al verme tan cerca de la colmena pareció sorprendido. La verdad es que todos huían, o ponían tierra de por medio, cuando la divisaban, incluido el grupo de sus íntimos o discípulos. Era lógico. Las *adan*, fácilmente distinguibles por el amarillo rojizo de los tres primeros segmentos del abdomen, son temibles. Sus aguijones son estiletes dentados que, una vez en el interior, deben ser extraídos por la fuerza (1).

Seguía con la cabeza cubierta. En la mano izquierda sostenía el misterioso saco negro y rígido. De la derecha colgaba una escudilla de madera. Entonces caí en la cuenta: Yehohanan iba armado. Era la primera vez que lo veía con una daga al cinto. Era una *sica* no muy larga, curvada, devorada por la herrumbre y sin vaina. ¿Por qué ese cambio? ¿Temía por su vida? Quien esto escribe, supuestamente, era su heraldo número veinte. ¿Qué podía temer de mí? Y a partir de esos momentos procuré mantenerme mucho más alerta. Sin querer, una imagen se presentó ante mí. Era la de Jesús de Nazaret. Jamás vi al Hijo del Hombre empuñando una espada o con una daga en la cintura. Nada coincidía en aquellos dos hombres. ¿Por qué recibió el título de precursor?

¡El Hijo del Hombre!

Me hallaba tan lejos de Él que, en esos instantes, pensé que no volvería a verlo. ¿Fue un presentimiento? ¿Por qué me alcanzó aquella absurda idea?

—¿Tienes hambre?

Fue lo primero medianamente sensato que le escu-

(1)   Sólo las abejas hembras disponen de aguijón. Se trata, en realidad, de una adaptación del oviscapto o aparato productor de huevos. El veneno se halla depositado en una cámara anexa. Cuando la abeja decide atacar, unos pequeños músculos se ponen en movimiento, disparando el órgano completo, que penetra en el intruso, activando un líquido urticante. Si la resistencia del cuerpo es superior a la de la abeja, ésta pierde el aguijón y el resto del aparato reproductor, desgarrándose y muriendo. El aguijón de la reina tiene forma de sable y carece de los dientes que caracterizan a los de las obreras. *(N. del m.)*

chaba desde que descendimos a la garganta de los «ratones» (aunque lo de «descender», en mi caso, era mucho decir).

Me encogí de hombros, sin atreverme a reconocer que sí.

—Ábrela —ordenó, señalando el barril con el extremo del saco embreado—. Puedes comer...

Yo lo había visto. Cuando sentía hambre, el Anunciador destapaba la colmena y extraía uno de los panales, desoperculando los alveolos y sorbiendo literalmente la miel. En ocasiones masticaba incluso la cera...

Era todo lo que comía.

Pensé en la colonia de las africanas. Como ya mencioné, allí anidaban alrededor de 30.000 ejemplares, a cuál más receloso y violento. Yehohanan tenía un extraño poder sobre ellas. Alzaba los brazos, y parte del enjambre, dócil y obediente, lo cubría. No tenía ni idea de cómo lo hacía y tampoco pretendía parecerme a él.

Negué con la cabeza y me retiré junto a las nueces y el cayado.

—No temas —exclamó, convencido—. Ellas trabajan para mí... No te harán daño. Tú, además, eres «Ésrin»..., uno de los míos. El Santo, bendito sea su nombre, te ha puesto aquí por algo muy especial... No temas...

En eso tenía razón, aunque no supiera quién era yo y por qué estaba allí. Sin embargo, me resistí. Agradecí la invitación y le mostré las drupas. Era suficiente para mí.

No me permitió terminar.

—¡Ábrela!

La orden fue seca y terminante. Estaba claro. No tenía alternativa. Si no abría el barril, quién sabe de qué podía ser capaz. Y opté por obedecer. Tomé la vara e intenté pensar lo más rápidamente posible. ¿Qué hacer? En caso de apertura, ¿cómo evitar la lógica reacción de las abejas africanas?

¿El río? Era una solución. Sin embargo...

No, ése no era el camino. Él esperaba que fuera valiente. Él, en su locura, no aceptaba otra realidad que no fuera la suya. Obviamente, Dios no tenía nada que ver en aquel lance. ¿O sí?

Y ese Dios, supongo, me iluminó.

Las abejas son «sordas». Cuando vuelan no captan los sonidos. Se orientan con otro sistema (1). En el interior de la colmena son los pelos o sedas los que hacen de «oídos». Es a través de los objetos, palpándolos, como reciben las vibraciones y, en consecuencia, la información.

Sí, aquello podía funcionar...

No me perdió de vista.

En esos críticos instantes no fui consciente de la importancia de lo que estaba a punto de ocurrir. Importante para Yehohanan y, consecuentemente, para mí...

Rodeé el barril y me posicioné en el lado opuesto a la piquera. No debía dar facilidades al enjambre.

El continuo zumbar de las *adan*, merodeando en torno a la colmena o regresando, incansables, con el néctar de las flores, me hizo dudar nuevamente. La idea era sólo una idea. Podía equivocarme. Podía fallar. En ese caso, si

(1) Son los especialísimos «ojos» de las abejas los que favorecen la orientación fuera de la colmena. Son cinco (tres simples y dos complejos). Merced a esta maravilla de la naturaleza, el insecto se orienta respecto a la posición del sol, aunque el cielo esté nublado o la luz ambiental sea mínima. Con los ojos complejos o compuestos, la abeja es capaz de distinguir la luz polarizada. Ello le permite una visión lejana, sin posibilidad de error, tanto al ir como al retornar a la colmena. Estos dos ojos complejos aparecen a ambos lados de la cabeza. Son enormes. Están integrados por miles de omatidios (piezas hexagonales que, en las obreras, suman entre 4.000 y 5.000 y alrededor de 3.000 en el caso de la reina). Esos 8.000 o 10.000 «ojos» disponen de un singular sistema óptico que llaman de «mosaico»: el insecto «reúne» las miles de imágenes parciales obtenidas por los omatidios y las superpone.

Los tres «ojos» simples u ocelos son redondos, mucho más pequeños y ubicados en el frente. Forman un triángulo y son utilizados para la visión cercana, aunque no es tan nítida como la de otros insectos. En realidad, estos «ojos» trabajan como los modernos fotómetros, midiendo la intensidad luminosa.

Estas singulares características ópticas proporcionan a las abejas una visión amplia y espectacular en la que se incluye la radiación ultravioleta. Las abejas lo ven todo prácticamente azul. El rojo es un color desconocido para ellas. Distinguen hasta trescientas imágenes por segundo (el hombre sólo alcanza veinticuatro), con lo que disponen de una gran percepción para todo lo que se mueve. De ahí la necesidad de moverse en su entorno con un máximo de lentitud y sin brusquedades. Pero estos «ojos» también tienen sus limitaciones. Las abejas, por ejemplo, no distinguen un círculo de un cuadrado. Su reconocimiento de formas es limitado. He ahí otro de los peligros. Las abejas no saben de amigos o enemigos. *(N. del m.)*

los miles de insectos reaccionaban contra el intruso (1), mi credibilidad, y lo que era peor, mi integridad física, quedarían maltrechas.

Traté de serenarme. Si perdía los nervios, si no era capaz de calcular cada movimiento, si empezaba a sudar, sencillamente, las africanas lo percibirían y transmitirían la «orden» de ataque. Mi cabeza y manos se hallaban al descubierto, no debía olvidarlo. Las 20.000 o 30.000 abejas, una vez recibido el «mensaje», caerían sobre mí de forma masiva, seleccionando, en primer lugar, las áreas con movimiento; es decir, ojos, brazos, manos, etc. E implacables, cada vez más excitadas, tratarían de inyectar los aguijones. Ése era otro momento decisivo. Aunque me hallaba prácticamente blindado, el pánico podía pasar factura...

Ni siquiera disponía de un ahumador. El humo, espeso y frío, introducido en la cámara de cría, hubiera provocado el desalojo del barril. Las abejas, desconcertadas, reaccionan siempre ante estos imprevistos con un movimiento reflejo: se lanzan sobre las reservas de miel y se atiborran, huyendo a continuación.

Observé fugazmente al Anunciador. Podía improvisar un ahumador con parte de mi túnica. Bastaba con humedecer el tejido, prenderle fuego y acercarlo al orificio de entrada a la colmena. Desistí. Ni tenía cómo prender la supuesta tea, ni Yehohanan lo hubiera permitido. Sus abejas, como veremos, eran sagradas...

Seguía inmutable, a dos o tres pasos de este descompuesto explorador.

(1) Otro de los sistemas de comunicación entre las abejas está basado en la vía química: las feromonas, unas sustancias que «transmiten» información. Cuando las «policías» localizan un posible enemigo lanzan al exterior el abdomen, liberando la feromona de la alarma. El acetato de isopentilo, principal integrante de la referida feromona de alerta, actúa como un semáforo en rojo. Y la colmena detiene su actividad. El resto de las abejas, estimulado por dicha feromona, cae igualmente sobre el intruso y evagina el aguijón, dejando al descubierto también la glándula que segrega la mencionada sustancia de defensa. Es un proceso irreversible. Las abejas, enloquecidas, aseguran la presa entre sus mandíbulas y permiten así que se propague una segunda feromona de alerta: la «2-heptanona». Nada puede ya salvar al hipotético enemigo. Miles de aguijones se clavan en la víctima. Si se trata de un hombre, la totalidad de las abejas morirá en la defensa de la colmena. *(N. del m.)*

Inspiré profundamente y llevé la mano izquierda sobre la rústica cubierta de madera que cerraba el barril.

¿Y si me negaba de nuevo? Quedaban unas dos horas de luz. Disponía del tiempo suficiente para refugiarme en el bosque del «perfume» e, incluso, llegar a Salem.

¿Qué clase de juego se traía entre manos? ¿Qué hacía yo en aquel lugar? Mi corazón estaba muy lejos...

No entendía, pero, como digo, algo singular y ajeno a mí me mantenía preso de aquel hombre. Todo tenía su porqué. Ahora es fácil de comprender.

La idea era sencilla. Lo intentaría con la «vara de Moisés».

Yehohanan, como suponía, prestó atención a mi mano izquierda, imaginando que me disponía a descubrir la colmena.

Sí y no.

Aproveché esos segundos de distracción para graduar la escala de uno de los clavos de cabeza de cobre, que activaba el dispositivo de los ultrasonidos. Mis ojos siguieron fijos en la tapa del tonel. La maniobra pasó desapercibida para el gigante, cada vez más interesado en aquella mano, aparentemente firme y serena.

Prolongué la espera unos segundos más. Era importante. Si todo salía bien, el factor sorpresa jugaría a mi favor...

Y los ultrasonidos fueron fijados en la escala de 18.000 Herz, con una velocidad de propagación de 1.000 a 1.600 metros por segundo (1). Lo estimé suficiente para mi ob-

(1) En *Jerusalén. Caballo de Troya 1*, el mayor hace una descripción de los ultrasonidos que utilizaba en sus investigaciones, y también como sistema defensivo. Se hallaban encerrados y miniaturizados en la «vara de Moisés», al igual que otros dispositivos técnicos, también descritos en la referida obra. Caballo de Troya, en base al llamado «efecto piezoeléctrico», y según el cual la compresión de la superficie de un cristal de cuarzo crea en él una corriente (ultrasonidos), dispuso en lo alto de la vara una «cabeza emisora» con una placa de cristal piezoeléctrico, formada por titanato de bario. Un generador de alta frecuencia alimentaba dicha placa, produciendo así las ondas ultrasónicas, en una frecuencia que oscilaba entre los 16.000 y los 10^{10} Herz. Con intensidades entre los 2,5 y los 2,8 milivatios por centímetro cuadrado y con frecuencias aproximadas a los 2,25 megaciclos, el dispositivo de ultrasonidos transformaba las ondas iniciales en otras audibles, mediante una compleja red de amplificadores, moduladores y filtros

jetivo. No se trataba de dañar al enjambre. Como mencioné, los pelos o sedas de las antenas de estos prodigiosos insectos hacen de «oídos». Es a través de dichos órganos como captan las vibraciones. Para ello, la abeja tiene que estar en contacto directo con un sólido que, a su vez, transmita esas vibraciones. Pues bien, ésa era mi intención: asustarlas con los ultrasonidos. Al captar este tipo de ondas mecánicas, lanzadas directamente sobre los panales, las africanas —supuse— registrarían los ultrasonidos y entrarían en alerta, descendiendo hacia la cámara de cría. Mientras devoraban la miel compulsivamente, quien esto escribe tendría tiempo de extraer un panal y clausurar de nuevo la colmena.

Aparentemente, todo sencillo...

Yehohanan arrojó la escudilla y el saco a sus pies y, sin dejar de mirarme, acarició la empuñadura de la *sica*. Sentí un escalofrío. Aquella actitud no me gustó.

Era el momento.

Los dedos se cerraron sobre el lazo de esparto que coronaba la cubierta del barril y tiré de ella muy lentamente. La mano derecha estaba preparada. Ambas acciones debían ser casi simultáneas.

Al descubrir la colmena pulsé el clavo y entró en funcionamiento el «cilindro» de los ultrasonidos, conservando una longitud de onda superior a 8.000 armstrong. Ello, como ya indiqué, hacía invisible el citado «tubo» o «cilindro» que encarcelaba el flujo ultrasónico. No necesité las «crótalos». Los panales estaban a la vista. La operación, además, era breve. Tenía que serlo, necesariamente...

Un intenso olor a geraniol (1) me hizo sospechar que

---

de bandas. Con el fin de solventar el problema del aire —enemigo de los ultrasonidos—, los especialistas del proyecto idearon un sistema, desconocido en la actualidad, capaz de «encarcelar» y guiar los citados ultrasonidos a través de un finísimo «cilindro» de luz láser de baja energía, cuyo flujo de electrones libres quedaba «congelado» en el instante de la emisión. *(N. del a.)*

(1) El olor a geraniol, denominación popular del estereoisómero E del dimetil-3,7 octadieno-2,6 o1-1, es característico del interior de las colmenas. Cada enjambre tiene su «geraniol» propio, producido por la glándula de Nassanoff, ubicada en un repliegue del abdomen. Este órgano, propio de las obreras, es otro sistema de identificación. Las abejas que ventilan frente

la colmena se hallaba casi al completo. Probablemente, más de 30.000 abejas.

Examiné los panales. Eran de «exposición caliente»; es decir, distribuidos en paralelo respecto a la piquera. Así se obtenía una doble ventaja. El interior quedaba protegido del aire y de los intrusos, y la miel, al ser más caliente la zona superior, se almacenaba con más abundancia en las celdas hexagonales de dicho extremo.

No me equivoqué. Las africanas percibieron las vibraciones y se precipitaron hacia la cámara de cría, atiborrándose de miel. Eso las calmaría, momentáneamente.

El Anunciador, lógicamente ajeno a la manipulación, me vio extraer uno de los panales. La vejez los había ennegrecido. Aparecían repletos de miel. La colmena podía disponer en esos momentos de dos o tres kilos, más que suficiente para el resto del «invierno», aceptando que la floración pudiera decaer en dicha estación.

A pesar de la precisión de los ultrasonidos, algunas abejas, sorprendidas sobre las celdillas de la rústica lámina de cera virgen, siguieron aferradas al panal. Los aguijones no tardarían en aparecer. Tenía que actuar con precisión y rapidez.

Miré a Yehohanan. Los dedos ya no acariciaban la daga. Ahora se aferraban a la empuñadura. No vi su rostro. Continuaba en la sombra. Mi supuesto valor no había pasado desapercibido para el de las siete trenzas...

Y me concentré en la última fase, quizá la más delicada. Tenía que limpiar el panal de los racimos de *adansonii* que no habían descendido al fondo del barril. No eran muchas. Quizá medio centenar. E hice lo único que se me ocurrió. Desvié la «vara de Moisés» hacia las *adan* y proyecté los ultrasonidos sobre las nerviosas abejas. Al instante, perturbadas, emprendieron el vuelo, liberando el panal. Me apresuré a dejarlo en tierra y cerré el barril. Misión cumplida...

---

a la piquera abren sus glándulas de Nassanoff y el geraniol atrae a las pecoreadoras y demás recolectoras, facilitando el retorno y, sobre todo, la identificación de la colmena. Si una abeja, u otro insecto, se equivoca y penetra en la colmena que no le corresponde, la diferente intensidad del geraniol la convierte en un intruso. La ejecución es inmediata. *(N. del m.)*

¿Misión cumplida?

Las feromonas de alerta se dispararon y las agresivas africanas zumbaron a mi alrededor, con toda la razón del mundo.

Fue visto y no visto.

Las abejas, excitadas, cayeron sobre quien esto escribe, enredándose en el pelo y en la desordenada barba. Me faltaron manos para palmotear e intentar desprender a las atacantes. Pero ¿quién fue el instigador? Y recibí el justo castigo a mi insolencia. Percibí los primeros estiletes en el cuero cabelludo, en el cuello y en el rostro. Y un dolor agudo apareció al momento. Como ya referí, al clavar los aguijones, las abejas abren las glándulas de defensa y las feromonas se transmiten de unas a otras. Si la colmena o el enjambre está cerca, el resultado puede ser catastrófico. Miles de abejas caen sobre el intruso. Miles de aguijones...

Y me comporté al revés de lo que se debe hacer en estos casos. Grité asustado. Braceé, golpeé a diestro y siniestro y pisoteé a varios de los insectos.

Lo reconozco. Perdí el control.

El cayado rodó por el suelo y, presa del ardiente dolor, incapaz de salir de aquel atolladero, me dejé llevar por el instinto. Salté al arroyo y me sumergí en las aguas. Y allí permanecí largo rato, hasta que conjuré el peligro y recuperé un mínimo de sangre fría.

El dolor quedó mitigado, pero no así la reacción cutánea, con las correspondientes hinchazones. Fue difícil extraer los aguijones y el líquido urticante del veneno se difundió por los tejidos en un reflejo automático. En esos instantes no disponía de ningún remedio. La farmacia de campaña, con los antihistamínicos, había quedado en la casa de Abá Saúl, en la aldea de Salem. Y tuve que echar mano del agua, del barro, de las cebollas que me proporcionaron los *felah* del bosque del «perfume» y de mi propia orina. Durante algún tiempo, mi aspecto fue lamentable...

Pero no todo fue negativo. Yehohanan quedó satisfecho. Ninguno de sus discípulos se atrevió jamás a descubrir la colmena ambulante y, mucho menos, a extraer los panales. Sencillamente, estaba maravillado. El enjambre, en eso tenía razón, me había respetado. Según sus palabras, «sólo alguien muy especial, tocado por el Santo, podía intentar una cosa así». Del comportamiento final, y del puñado de africanas que se lanzó sobre mí, no dijo nada. Para lo que no le interesaba era especialmente olvidadizo...

Cuando regresé a la orilla, más dolorido por el aparente fracaso que por los aguijones, el Anunciador se hallaba en pleno vaciado del panal. La *sica* le servía para la perforación de las celdillas. Quizá me equivoqué. Quizá me precipité al malinterpretar la daga en su cinto. Quizá no...

Observó mi maltrecho rostro pero no hizo el menor comentario. Fue llenando la escudilla con la densa y anaranjada miel y, una vez concluida la operación, retornó junto a la colmena y depositó el alza en su lugar. Después volvió a sentarse. Introdujo los dedos de la mano derecha en el cuenco y se llevó la miel a los gruesos y sensuales labios. Lo vi relamerse, absorto y feliz. La hora de la comida era uno de los escasos momentos en los que se sentía alegre y complacido. Sin embargo, jamás reía.

No me ofreció. Me senté frente a él y di buena cuenta de las nueces.

Fue entonces, al ver cómo devoraba la miel, cuando tuve la idea. No quise precipitarme. Tenía que madurarla. Supuestamente, había tiempo...

Quien esto escribe sí le tendió algunas de las tiernas drupas. Casi me las arrebató de las manos y, en silencio, dejó caer el *talith* sobre los hombros. El sol se ocultaba entre las copas de los nogales. Sólo entonces descubría el rostro. Y la mirada de halcón, agresiva, siempre acusadora, me interrogó sin palabras. La agotada luz del atardecer iluminó las cicatrices en forma de mariposa y lastimó las «pupilas» rojas. Parpadeó inseguro y volvió a cubrirse con el «chal» de cabello humano. Sentí lástima. Aquel hombre no era normal, ni lo sería nunca...

—¿Cómo es que no te dan miedo?

La pregunta me sorprendió. Y me puso en guardia.

—Ellas —matizó, al tiempo que señalaba la colmena—. ¿Sabes que trabajan para mí?

Lo recordaba. Yehohanan lo anunció en el vado de las «Columnas», al regalarnos un cuenco de miel de espliego. Fue en esas circunstancias cuando me «bautizó» con el sobrenombre de «Ésrin» o «Veinte», su heraldo o discípulo número veinte. En aquellos momentos no comprendí, y ahora tampoco...

E improvisé, inventando algunas andanzas en el país de Rub al Jali, al norte del actual Yemen. Allí, en el wadi Hadramawt, célebre por sus apicultores nómadas, aprendí cuanto conocía sobre abejas. Eso le dije y, aunque no sabía de qué parte del mundo le hablaba, supongo que me creyó. Es más: al empezar a relatar algunos detalles sobre las características y la vida «social» de estos insectos, Yehohanan dejó de comer. Retiró de nuevo el manto amarillo y escuchó cautivado, con una curiosidad casi infantil. Y el nistagmo de los ojos (oscilación del globo ocular en sentido vertical, provocada por espasmos involuntarios de los músculos motores) se hizo más acusado. Lo tenía atrapado.

Al principio no reparé en lo que estaba sucediendo. Después, conforme avancé en las sencillas, casi pueriles, explicaciones sobre las abejas, empecé a intuir que el Destino acababa de abrir una interesante «puerta»...

Puedo asegurar que no dejé pasar la oportunidad. Y durante cuatro días le hablé de abejas, con una condición que aceptó inmediatamente y, creo, sin doblez. Alternaríamos la información. Quien esto escribe le brindaría sus conocimientos sobre los referidos insectos y él, a su vez, respondería a mis preguntas.

Fue así, inesperadamente, como tuve acceso a su corazón o, al menos, a una parte del mismo. Y conseguí despejar algunas de las incógnitas que no supo resolver el bueno de Abner, su segundo en el grupo de seguidores. Yo lo había oído en público. Tenía una cierta seguridad sobre sus ideales. Sabía qué opinaba del Mesías judío, pero ¿eran ésos sus pensamientos más íntimos? Ésta, como digo, era una ocasión única. No la desaprovecharía. La cuestión era cómo formular las dudas...

Y lo dejé en las sabias manos del Destino. Algo se me ocurriría y ocurriría...

Ahora entiendo por qué seguí sus pasos hasta la garganta del «Firán». Tenía que conocerlo mejor, mucho mejor, sobre todo por lo que sucedería algún tiempo después. Pero no adelantemos los acontecimientos. Necesariamente, esta historia debe ser contada paso a paso, aunque, en ocasiones, arda en deseos de suprimir determinados sucesos y avanzar; avanzar hacia Él. El hipotético lector de estas memorias sabrá disculparme...

Al amanecer, Yehohanan abandonaba su cueva, la que yo denominaba «cueva dos», y se introducía en el arroyo. No saludaba. Jamás lo hacía. Quien esto escribe espiaba sus movimientos desde la penumbra de la «uno», en la que yo pernoctaba.

Alzaba los brazos y recitaba la «plegaria», las diecinueve *Šemoneh esreh*, la oración obligada a todo judío varón y mayor de edad (1).

—¡Dios grande!... ¡Poderoso!... ¡Terrible!

La voz, rota, hacía despabilar a las colonias de aves, que huían atolondradas hacia las copas del bosque del «perfume».

El tono, siempre idéntico, era de sumisión y de temor.

—...¡Tú haces vivir a los muertos!... ¡Perdónanos porque hemos pecado!... ¡Proclama nuestra liberación con la gran trompeta y alza una bandera para reunir a todos nuestros dispersos!... ¡Que no haya esperanza para los delatores...!

A veces, terminadas las *Šemoneh*, continuaba con otros textos bíblicos, recitados como una súplica al justiciero Yavé. Uno de sus preferidos pertenecía al profeta Samuel:

—¡El Santo da muerte y vida!... ¡Hace bajar al *šeol* (infierno) y retornar!... ¡Él enriquece y despoja!... ¡Él abate y ensalza!

Así permanecía horas, inmóvil y tronando a los cielos.

—...¡Y los malos perecerán en las tinieblas!

Sólo una vez le oí proclamar un texto que no acerté a identificar. Decía, más o menos:

—¡Oh, Dios, límpianos del pecado!... ¡Acude a mostrar

---

(1) A partir de los doce años y medio. (*N. del m.*)

tu gloria!... ¡Enséñanos tu amor!... ¡Deja que tu *Šekinah* (Presencia Divina) santifique mi corazón!... ¡Y hazme tuyo, una vez más!

Fue, como digo, una de las pocas veces que oí la palabra «amor» en sus labios. No sería la única sorpresa en esos días...

Así rezaba Yehohanan. Su actitud y disposición hacia Yavé, siempre cruel y vengativo, no guardaban relación alguna con las que nos había enseñado el Maestro. Jesús nunca rezaba de aquellas maneras, ni tampoco en ese tono. En el tiempo que el Destino me permitió vivir a su lado, jamás le oí una sola invocación de los textos bíblicos. Cuando rezaba, lo hacía casi siempre en privado e improvisaba, estableciendo un diálogo con «Ab-bā», su Padre. «La oración —decía Jesús— debe ser una manifestación íntima. Es un parpadeo del espíritu que sólo Dios entiende...»

Cada vez estaba más claro para quien esto escribe. El Anunciador se hallaba en el polo opuesto a mi querido y admirado Jesús de Nazaret. De momento, nada de lo visto y oído me satisfacía. E insisto: no lograba entender por qué la tradición cristiana cambió su imagen. ¿O sí lo comprendía?

Después se alejaba, río arriba, y permanecía oculto entre los árboles. Dos o tres veces lo divisé en mitad de la corriente. Golpeaba las aguas con el *talith*, y tan furiosamente como la primera vez que lo vi. A cada golpe, gritaba con desesperación:

—¡Ábrete!

¡Dios santo! Estaba conviviendo con un iluminado...

Cuando me cansaba, interrumpía las observaciones y me alejaba, arroyo abajo, al encuentro de los *felah* de Salem y Mehola. Los ayudaba y me compensaban con algunas viandas y, sobre todo, con una compañía más regular y agradecida. Nunca imaginé la trascendencia de estas esporádicas visitas al bosque del «perfume». Así son las cosas...

Sólo una vez me atreví a subir a la «cueva dos». Yehohanan había desaparecido aguas arriba. Tenía tiempo para indagar.

Revisé el zurrón blanco, pero no encontré nada especial, salvo los collares de conchas marinas que solía colgar del cuello. Y me detuve en el verdadero objetivo de aquella intromisión: el saco negro y pestilente que acariciaba con tanta delicadeza.

¿Qué escondía?

Sólo tenía que desanudar las cuerdas. Con uno de los extremos era suficiente...

Olfateé intrigado. La peste era nauseabunda, pero no conseguí localizar el origen de la misma.

Casi no tenía peso. Lo palpé. Contenía algo rígido. Pensé en algún tipo de piel de animal. También podía tratarse de una vestidura. ¿Quizá algún *saq* o taparrabo como el que utilizaba habitualmente (1)?

Seguí con el reconocimiento, cada vez más intrigado.

En uno de los tanteos creí identificar una vara. Era tan larga como el saco; alrededor de un metro.

No lo dudé. Me lancé sobre las negras cuerdas e intenté soltarlas. Los nervios me traicionaron...

El bulto, apoyado en las rodillas, escapó de entre los dedos y rodó hacia el polvo que cubría la caverna.

Me pareció oír un ruido...

Quedé paralizado. Si era él, si había regresado de improviso, ¿qué le decía? ¿Cómo justificaba mi presencia en su cueva?

Y en esos momentos de tensión me vino a la mente la *sica* curva y oxidada que portaba en el cinto de cuero. El imprevisible Yehohanan podía utilizarla contra cualquiera. ¿O no? ¿Estaba exagerando, como consecuencia del súbito miedo?

Entonces sentí aquella mirada, fija en la nuca.

Volví a estremecerme.

---

(1)   En aquel tiempo, la mayoría de los varones, fueran o no judíos, utilizaba una prenda interior que llamaban *saq* y que confeccionaban con lana, algodón o seda, según las posibilidades económicas. Los muy religiosos no mezclaban las fibras, tal y como ordenaba Yavé (?). Sólo las familias pudientes y ortodoxas disponían de una muda para cada semana. El resto se las arreglaba con lo que tenía. Una o dos veces al mes, el *saq* era lavado y vuelto a utilizar. En el caso de la *nidá* o menstruante, a la que me referiré en su momento, la ropa íntima era algo más compleja. Que yo sepa, Yehohanan siempre utilizó el mismo *saq*. (*N. del m.*)

¿Estaba alucinando?

Reconocí que no actuaba correctamente. Había aprovechado su ausencia, o supuesta ausencia, para invadir su intimidad y, lo que era peor, para registrar sus pertenencias. Lo que fuera a suceder lo tenía merecido...

Olvidé el saco y me volví hacia la boca de la gruta.

Nadie. Allí sólo flotaba la luz. Pero yo juraría haber oído un crujido...

En cuanto a la sensación, sí, no me equivocaba. Alguien me había estado mirando. En esas circunstancias, el instinto no suele confundirse...

Y perplejo, con los pensamientos en desorden, me asomé al exterior.

El corazón casi se detuvo. Allí abajo, en la ribera, se hallaba el Anunciador. ¿Cómo era posible? Yo lo vi caminar por el torrente, aguas arriba...

Era obvio que había regresado. Poco importaba la razón. La cuestión era otra. ¿Ascendió hasta la cueva y me descubrió en el interior? Si fue así, ¿por qué no reaccionó? No era propio de él. A no ser...

Y me agarré a la nueva posibilidad.

A no ser que hubiera permanecido en la orilla, sin moverse.

Dudé. Aquel pensamiento no me tranquilizó. Con Yehohanan nunca se sabía...

Instintivamente me agazapé. Se hallaba de espaldas a las cuevas. Se cubría con el *talith*, como era habitual a esas horas de la mañana. Como digo, permanecía inmóvil. De vez en cuando giraba la cabeza a izquierda y derecha, como si buscase. Y volvieron las dudas. «Puede que me esté buscando —pensé, en un más que dudoso intento por acallar mi conciencia—. Quizá no me haya visto...»

Al poco se alejó de nuevo, remontando el «Firán». Esta vez me aseguré. Y cuando lo vi perderse en uno de los recodos del arroyo, escapé de mi escondrijo y, como un gamo, me alejé en sentido contrario, hacia la zona en la que faenaban los *felah*. Allí esperé hasta la hora nona (las tres de la tarde). Después, con el ánimo más reposado, opté por regresar al improvisado campamento.

Hacía tiempo que me esperaba. Eso manifestó al verme. No adiviné segundas intenciones en sus palabras. No hubo alusión a lo ocurrido en la «cueva dos», aceptando que me hubiera visto. Sinceramente, quedé más preocupado que antes.

Yehohanan había extraído la diaria ración de miel y, prácticamente, estaba concluyendo. Me senté frente a él y guardé silencio, pendiente de cada gesto. Durante un largo rato permaneció con la cabeza baja. Los dedos iban y venían sobre la arpillera del enigmático saco negro. Lo acariciaba con mimo. Las cuerdas seguían anudadas e igualmente fétidas. Pero ¿qué guardaba en aquella envoltura? ¿Por qué era tan preciosa para el gigante de las «pupilas» rojas?

A partir de esa mañana del martes, 6 de noviembre, el saco siempre fue con él. Nunca lo perdía de vista. Más de una vez estuve a punto de interrogarlo sobre el misterioso contenido, pero fui prudente y esperé. No deseaba caer en nuevos errores. Lo averiguaría a su debido tiempo. Y así fue...

La obsesión de Yehohanan por el referido saco, justa y sospechosamente desde el día en que traté de abrirlo, me llevó a deducir que sí fue testigo de mi irrupción en sus dominios. Por eso no volvió a abandonarlo. Su reacción, sin embargo, fue fría y calculada. No podía fiarme...

—¡Háblame!

La orden llegó «5 × 5» (fuerte y clara). Era la palabra clave. Era el momento en el que me aventuraba en el mundo de las abejas. Yo hablaba y él escuchaba. A veces preguntaba. De vez en cuando, quien esto escribe también lo interrogaba y él replicaba, a su manera y según sus luces. Como dije, fueron horas intensas, en las que ambos aprendimos; sobre todo, yo. Por mi parte, me limité a esbozar una serie de «detalles» que lo fascinaron y que, en mi opinión, no alteraron excesivamente sus conocimientos; un saber no tan limitado, a decir verdad.

Con la llegada de la noche, ambos nos retirábamos a la soledad de nuestras respectivas cuevas. Así fue hasta aquel trágico viernes, 9 de noviembre del año 25 de nuestra era. ¿Trágico? Quizá fue peor que eso...

Empecé por lo primero que me vino al pensamiento. Le hablé de los ojos de *deborah*, la abeja. Ellos conocían sobradamente la distinción entre la reina, las miles de obreras y los cientos de *péred*, como llamaban a los zánganos, los únicos machos del enjambre. Lo que no intuían siquiera era la forma de los ojos de estas criaturas. Y me centré en los de la reina, explicándole que, en realidad, no eran dos, sino ocho mil (1); cuatro mil, más o menos, por cada ojo.

El nistagmo de Yehohanan se aceleró. Era buena señal. Estaba interesado. Me dejó hablar. Cuando estimé que era suficiente, y me disponía a cambiar de asunto, el Anunciador intervino, y proclamó sus muy particulares conclusiones:

—Así es el Santo, bendito sea...

No comprendí. No podía tratarse de una broma. Jamás reía o sonreía. Su mente parecía mutilada para lo frívolo y para el difícil arte de «hacer girar las cosas boca abajo», como definía el Maestro el sentido del humor. En eso, Yehohanan también era opuesto a su primo lejano...

—El blanco de los ojos del Santo, bendito sea su nombre —aclaró, solemne—, forma cuatrocientos mil mundos... Mucho más que el ojo de *deborah*.

Torpe de mí, no reaccioné. Y me reafirmé en su locura.

—...Trece mil veces diez mil mundos nacen en la cabeza del Santo... Y de esa cabeza brota el rocío, como está escrito: «Pues mi cabeza se llenó de rocío»... Y ese rocío es luz, la que proviene del blanco del ojo del Santo.

Invocaba el Cantar de los Cantares. Su humor era nulo, pero no su memoria. Lo que leía una sola vez quedaba registrado en la memoria para siempre. Prodigioso.

Y, sin proponérmelo, me vi envuelto en otro asunto no menos interesante: el concepto de Dios, según Juan o Yehohanan, conocido hoy como el Bautista y, entonces, como el Anunciador.

(1) Como ya referí, no se trata de ojos propiamente dichos, sino de omatidios (piezas hexagonales que se yuxtaponen, formando los llamados ojos compuestos o complejos). La reina disfruta de 3.000 a 4.000 omatidios por cada ojo; los zánganos reúnen entre 14.000 y 16.000, y las obreras, alrededor de 10.000, también entre ambos ojos. *(N. del m.)*

Esta vez fui yo el que escuchó, perplejo.

Para Yehohanan, el Santo (Yavé) tenía diferentes rostros. Era varón, naturalmente. Según el momento, así era su cara. Cuando marchaba al frente de los ejércitos era «Seba'ot». Nadie podía mirarlo. Sus ojos arrojaban fuego. La ira era su barba, flotando al viento. «Según mis hechos me llamo —se refugió en el Éxodo (34, 6)—. A veces me llamo "El Šadday", a veces "Seba'ot", a veces "Elohim" y a veces "YHWH". Cuando juzgo a las criaturas me llamo "Elohim" [plural mayestático de "Él" o Dios]; cuando olvido los pecados de los hombres, "El Šadday", y cuando me apiado de mi mundo, me llamo "YHWH", pues "YHWH" es misericordioso, tal como está escrito: "YHWH"... "YHWH"..., Dios clemente.»

En aquellas definiciones flotaba el miedo. Todo era castigo, justicia, venganza, y, en definitiva, total y absoluta lejanía.

«Ehye ašer ehye» (Soy el que soy) había terminado por convertirse en sinónimo de «no preguntes». Dios, para aquel hombre, como para otros muchos judíos de la época del Maestro, era un ser autoritario, al que no convenía molestar. Pecar era natural. Indagar y aproximarse al Santo era peor que pecar. Dios estaba donde estaba. Convenía no moverlo. Para el Anunciador, el Santo era un anciano (quizá debería escribirlo con mayúscula) que se dolía permanentemente por las miserias humanas. Los pecados del hombre eran tantos, y de tal magnitud, que el Anciano olvidó reír. Y continuaba sentado en su trono de fuego, esperando el día de la venganza. En definitiva, ésa era la esperanza de Yehohanan: el día del Eterno, el día del ajuste de cuentas.

No pregunté. No merecía la pena. Estaba muy claro. Era la visión apocalíptica que expresaba en sus sermones. Su pensamiento —digamos íntimo— era el mismo. Quizá por eso no reía. Si el Anciano no reía, nadie debía hacerlo. Así se expresó, rotundo, despreciando a los que manifestaban algún tipo de alegría. «No saben —dijo—. Son ignorantes. Yo soy de Él...»

Mostró la palma de la mano izquierda y me enseñó la cicatriz, la «señal» que lo acreditaba como «consagrado a Dios»: «Suyo» (en hebreo, literalmente, «Yo, del Eterno») (1).

Creí entender, pero no. Yehohanan prosiguió y anunció algo que me puso en alerta.

—Ellos me hablaron..., en el desierto.

No hubo más. Me traspasó con la mirada y se precipitó en otro de sus acostumbrados mutismos.

¿«Ellos»? ¿A quién se refería? ¿Hablaba de los treinta meses que pasó en el desierto de Judá, tras abandonar a sus amigos, los *nazir* de En Gedi, en la costa occidental del mar Muerto? Esos dos años y medio eran otro enigma para quien esto escribe. Abner, el hombre de confianza de Yehohanan, no quiso hablar de ello. Recuerdo que mencionó el desierto existente al sur de la Judea, como «un lugar en el que se registraron sucesos extraordinarios». No lo saqué de ahí. Como digo, el pequeño-gran hombre fue fiel a su ídolo o, sencillamente, no supo aclarar mis dudas. Aquél era un buen momento para tratar de sonsacarle. Lo intenté. Lo interrogué. Creo que fue contraproducente. Me miró con desconfianza y, en silencio, se puso en pie. Tomó el saco negro y se alejó, trepando por el talud. Instantes después se perdía en la oscuridad de la cueva dos.

No fui hábil.

Me resigné. Volvería a intentarlo. Deseaba reconstruir la vida de aquel hombre, en la medida de mis posibilidades. Intuía que era importante por sí misma y, especialmente, para comprender mejor el pensamiento y las futuras actuaciones del Hijo del Hombre. Acerté...

¡Qué enorme distancia a la hora de concebir a Dios!

Para el Maestro, el Santo era «Ab-bā», más que un Padre. Jesús lo llamaba «papá». Era el amor incondicional, por encima de cualquier otro atributo. Era un amigo...

Para el Anunciador era un ejecutor, pendiente de la gran venganza.

Lo dicho: conceptos opuestos...

Y me pregunté por enésima vez: ¿era Yehohanan el precursor del Hijo del Hombre? Algo no cuadraba...

(1) Para más información, véase *Nahum. Caballo de Troya 7. (N. del a.)*

En otra de las conversaciones a orillas del «Firán» —no sé si en el orden que estoy estableciendo en el presente diario— surgió el tema de la mujer; todo un «problema» para Yehohanan, tal y como tendría oportunidad de verificar...

El asunto arrancó por casualidad (?) cuando, al proseguir con mis enseñanzas sobre las abejas, mencioné a los zánganos, los únicos machos de la colmena, y su labor como reproductores. Los apicultores de aquel tiempo sabían también de la función sexual de dichos zánganos, aunque, como es lógico, desconocían muchos de los detalles. Y con sumo tacto, midiendo las palabras y los conceptos, le hablé de la unión, una vez en su vida, entre la abeja reina y el macho o machos que lograban aparearse con ella en el vuelo nupcial (1). Yehohanan lo había visto en primavera y verano. Sabía de qué le hablaba y conocía también el triste destino de los machos. En invierno, los doscientos o trescientos zánganos que lograban sobrevivir eran expulsados o aniquilados por las obreras. Y Yehohanan hizo una mueca de desagrado. En un primer momento la interpreté como un lógico rechazo a la desafortunada e injusta muerte de los machos. No fue ésa la razón del gesto de repulsa. E, incapaz de contener la rabia, manifestó:

—Aunque sean abejas, es injusto...

Acepté el noble sentimiento. Mejor dicho, el supuesto noble sentimiento. Y aclaró:

—Es injusto porque lo femenino está a la izquierda.

Debió de percibir mi sorpresa y se vació.

En un tono áspero y cargado de resentimiento, Yeho-

(1) El llamado vuelo nupcial tiene lugar en los días soleados y sin viento. La abeja reina sale de la colmena y activa la feromona real, que atrae a los machos. Uno de ellos consigue cubrirla y se produce la cópula, siempre en el aire y de forma violenta. La totalidad del órgano reproductor del zángano queda enganchado en la vagina y, al separarse, se desgarra, provocando la mutilación y la muerte. La reina dispone de una bolsa llamada «espermateca», en el gonoducto impar de su aparato genital, en la que se almacena el esperma. Merced a la secreción de una glándula llamada «espermófila», el esperma se conserva durante toda la vida de la citada reina (entre cuatro y cinco años). En dicho vuelo nupcial, la reina puede ser fecundada hasta por diez zánganos, llenando así la reserva de esperma. Nunca más volverá a aparearse. (N. del m.)

hanan expresó lo que sentía por las mujeres. Algo había visto en las ceremonias de inmersión, cuando el aspirante a ingresar en el «reino» era una hembra. El Anunciador jamás les dirigía la palabra. Las miraba con indiferencia o, lo que era más habitual, ni siquiera las miraba...

Al escucharlo, experimenté de nuevo aquella profunda tristeza. Yehohanan no era normal. ¿A qué se debía su aversión hacia el sexo femenino?

Para el Anunciador, la mujer era algo negativo porque fue creada a partir de una de las costillas del costado izquierdo de Adán (!). Se trataba, en efecto, tal y como sospechaba, de una muy personal interpretación de los textos bíblicos. Los doctores de la Ley de Moisés aseguraban que Dios creó los cielos con la mano derecha y la Tierra con la izquierda. Así aparece en el Génesis y así fue escrito por el profeta Isaías (48, 13): «Mi mano (suponían que la izquierda) cimentó la tierra y mi diestra desplegó los cielos; los llamé y aparecieron juntos.» De ahí a las más variopintas elucubraciones sólo hubo un paso. La mayoría estimó que cielo y Tierra eran una sola cosa y que, lógicamente, había un lado derecho y otro izquierdo. Lo bueno —la tierra de Israel, los cielos y el Mesías, por ejemplo— se hallaba a la derecha del Santo. Lo malo estaba a la izquierda o tenía su origen en ella. Un principio, por cierto, que todavía perdura en nuestro «ahora»...

Estas absurdas ideas fueron alimentadas por los sabios, que interpretaron el principio femenino —el del rigor— siempre a la izquierda.

Y el Anunciador, como digo, elaboró su propia versión, dando por hecho que el Génesis situaba a la mujer en un plano inferior (a la izquierda), en el territorio propio de lo negativo, en el que se hallaban «los impíos, el infierno y los tibios», según sus propias palabras. La realidad era otra. El Génesis no especifica si la costilla fue extraída del lado izquierdo o derecho. Es más: para algunos expertos en las Sagradas Escrituras, esa torcida teoría de Yehohanan hubiera sido motivo de risa y de condena. «Adán —decían— fue hombre y mujer al mismo tiempo. Macho y hembra los creó. Adán tuvo dos rostros, hasta que el Eterno, bendito sea su nombre, los separó.» Otra de las escuelas rabínicas, más sensata, en mi humilde opinión, defendía que, «aunque el varón es más parecido a Dios», sólo en la unión de hombre y mujer se conseguía la perfección. Sólo entonces podía hablarse de una «criatura celestial». Sólo entonces —aseguraban—, la *Šekinah* (Divina Presencia) se hacía presente. Sólo entonces, en la unión carnal y bendecida, éramos dignos del Eterno (1).

Pero el delirio del Anunciador no terminaba ahí. Uno de sus sueños, por lo que deduje en aquellas conversaciones íntimas, consistía en crear un grupo de treinta y seis «justos», sus discípulos, que formarían el «estado mayor» del nuevo «reino» y prepararían la llegada del Mesías, «rompedor de dientes» (2). He hizo hincapié en los treinta y seis «justos», todos varones…

Casi lo había logrado, a juzgar por el grupo que lo escoltaba permanentemente.

Todos varones…

Aquél era otro concepto de Yehohanan, diametralmente opuesto al del Maestro, a quien, supuestamente, debía abrir camino.

Jesús de Nazaret sí elevó a la mujer a la altura del varón, ganándose con ello la crítica general. Aunque no todos eran tan agresivos y radicales con el sexo femenino, la sociedad judía, como ya he referido a lo largo de estas páginas, evaluaba a las mujeres «como un bien menor, al

---

(1) Para estos iniciados, la palabra hebrea que designaba a la mujer *(išah)* no era una casualidad. *Išah* es el femenino morfológico de *iš* (hombre). *Adam*, por su parte, se refiere al género humano, sin distinción de sexo. *Iš* e *išah* venía a ser el todo. *(N. del m.)*

(2) Una tradición rabínica mencionaba la existencia de treinta y seis justos, responsables de hacer la voluntad de Dios en cada generación. Para otros sabios eran quince. La palabra justo *(saddiq)* definía al que hacía *seddaqah* o justicia, siempre según la perspectiva religiosa judía. Eran los justos (siempre varones) que luchaban contra el Mal *(Yeser ha-Raᶜ)*. Se presentaban misteriosamente en el mundo y evitaban su destrucción. Recibían la *Šekinah* o Presencia de Dios, tal y como había escrito Isaías (30, 18): «Dichosos todos los que esperan en Él.» Los iniciados transformaban la palabra «Él» («LW» en hebreo) en el número «36». Es posible que parte de esta tradición naciera de la mitología egipcia. En el Antiguo Egipto, los dioses nocturnos, los que aparecían en el firmamento, eran también treinta y seis. *(N. del m.)*

que convenía acostumbrarse». Era una sociedad machista, permitida y alentada por el propio Dios del Sinaí, suponiendo que Yavé fuera Dios...

La mujer, en definitiva, en la época del Maestro y para los más rigoristas o exaltados, era una criatura inferior e «intrínsecamente perversa». Había que huir de ella.

Éste era el pensamiento de Yehohanan. No conviene olvidarlo...

Notó mi desagrado y se apresuró a justificarse:

—Esto sólo es revelado a los santos, a los que hemos sido autorizados a caminar por los senderos del Eterno, bendito sea...

Y concluyó, prepotente:

—...Sólo los santos caminan sin desviarse a derecha o izquierda, como está escrito: «Los caminos del Señor son del todo rectos... Por ellos van los justos, pero los impíos resbalarán en ellos.»

La cita era del profeta Oseas, pero el Anunciador, supongo que conscientemente, modificó una de las palabras alterando parte del sentido, de acuerdo con su criterio. En el auténtico versículo 10 del capítulo 14 no se menciona a los impíos, sino a los malvados, que es muy diferente. Impíos, para Yehohanan, eran los no judíos.

E insistió, total y absolutamente convencido:

—¡Yo soy santo, Ésrin!... Ellos lo saben. Ellos me tratan como a tal...

Otra vez «ellos». ¿De quién hablaba?

Estaba cada vez más nítido: Yehohanan padecía algún tipo de patología que desequilibraba su mente. Era preciso que le suministrara los «nemos», y cuanto antes...

No sé por qué no me contuve. Sentí una rabia sorda y subterránea. Quizá fue el recuerdo de Ruth. Ella no era inferior, y mucho menos perversa. Era quien llenaba mi vida, aunque fuera un amor imposible...

¡Mi querida «Ma'ch»!

Y lo ataqué sin piedad:

—Si lo femenino está a la izquierda, y es malo, como dices, ¿cómo explicas que en tu colmena sólo haya un par de cientos de machos y miles de abejas hembras?

Obviamente, lo derribé. Él no conocía el porqué de

esa aplastante mayoría «femenina» en el enjambre del que se alimentaba (1), pero comprendió el mensaje.

Meditó un tiempo, sin hallar una respuesta satisfactoria. Era cierto. Las hembras controlaban su barril ambulante. Entonces, irritado, torció el gesto y me maldijo con aquellos ojos perturbadores. Había vuelto a equivocarme. No convenía desafiarlo.

Se levantó e hizo algo que resultaría providencial a la hora de afinar el diagnóstico. Tenía que haberlo supuesto...

No tardaría en oscurecer. Creo recordar que fue el segundo día de nuestra estancia en la garganta del Firán.

Se deshizo del *saq* y del ancho cinto de cuero y saltó sobre las aguas. Era la primera vez que lo veía desnudo.

No sabía nadar. Observé sus evoluciones con curiosidad, sin atreverme a dar un solo paso. A mis pies se hallaba la ropa, sucia y maloliente.

Cuando se cansó de retozar y zambullirse, regresó a la orilla y procedió a un lento y meticuloso secado de las trenzas. Las fue estrujando una a una, al tiempo que canturreaba algo sobre su supuesta condición de santo y elegido: «Yo, de Él... Yo, suyo...»

Fue instintivo y natural. Me fijé en los órganos genitales. Al principio me sorprendió...

Después, al verificarlo, una luz me iluminó. Y creí entender parte de su misoginia. La repulsa por las mujeres no obedecía, únicamente, a razones «bíblicas», más o menos discutibles...

(1) La apicultura moderna sabe que la colonia de una colmena procede de la abeja reina. Al nacer, la reina sólo dispone de óvulos. Una vez consumado el vuelo nupcial, la «espermateca» se llena de espermatozoides, procedentes de los zánganos. A partir de esos momentos, la reina procede a la puesta de unos dos mil huevos por día, especialmente en primavera. Se trata de huevos fecundados, de los que nacerán siempre hembras, y huevos procedentes del óvulo, hijos únicamente de la reina, que darán lugar a los machos (partenogénesis haploide o generativa). Las hembras, por tanto, son diploides. A esta génesis hay que sumar el lugar donde son depositados los huevos (las obreras se desarrollan en celdillas más pequeñas que las de los zánganos y la reina) y la alimentación recibida. Las larvas de las obreras reciben jalea real durante los tres primeros días de su existencia. A partir del cuarto se les suministra una mezcla de miel y polen. Los machos, por su parte, corren la misma suerte. Sólo la reina recibe jalea real a lo largo de todo su desarrollo. *(N. del m.)*

Al terminar de exprimir las siete trenzas rubias, el Anunciador, sin mediar palabra, tomó el taparrabo y el cinto y se colocó en cuclillas, en el arroyo, iniciando un más que dudoso lavado de los mismos. Después los tendió sobre los tamariscos y regresó junto a la colmena. La abrió y se sirvió la habitual ración de miel.

No había duda. Pude contemplarlo durante largo rato y desde diferentes ángulos. Yehohanan padecía una criptorquidia bilateral; es decir, la ausencia de ambos testículos. Lo más probable es que hubieran quedado detenidos en el vientre, o en el conducto inguinal, durante el período fetal, o en la infancia, en la obligada emigración hacia el escroto o las bolsas en las que mantienen una temperatura ligeramente inferior a la del cuerpo, favoreciendo así la maduración. Esta ectopia testicular, o situación anómala, podía provocar una degeneración de dichos órganos y convertirlo en un hombre estéril. Si la atrofia, como sospechaba, era permanente, además de la referida esterilidad, Yehohanan se hallaba sujeto igualmente a algún tipo de impotencia (1). Esta situación sí explicaba el rechazo hacia el sexo femenino, su frustración personal, y el recelo, casi odio, que experimentaba hacia los sacerdotes del Templo de Jerusalén. Como se recordará (2), la normativa judía era muy estricta, en lo que a la selección de sacerdotes se refiere. Los candidatos eran investigados minuciosamente. Cualquier anomalía física o psíquica invalidaba al aspirante. Yehohanan, como hijo de sacerdote, tenía derecho a heredar dicha profesión. Su gran altura, sin embargo, así como las restantes características del rostro y, con seguridad, la criptorquidia bilateral (3), lo eliminaron de inmediato. Zacarías, su padre,

(1) La atrofia suele ser responsable de dos tipos de impotencia: *coeundi* (incapacidad para el coito) y *generandi,* en la que es posible efectuar el acto sexual, pero no hay capacidad de procreación. Existen, además, otros desórdenes de naturaleza psíquica que pueden contribuir a dicha falta de erección en el pene. *(N. del m.)*

(2) Amplia información en *Nahum. Caballo de Troya 7. (N. del a.)*

(3) Yavé, en el Levítico (21, 20), rechaza a los judíos que tuvieran algún defecto (la lista es interminable y minuciosa), a la hora de desempeñar el cargo de sacerdote, en cualquiera de sus funciones. Si no tenía testículos —éste era el caso del Anunciador—, si sólo tenía uno, o los tenía «aplasta-

como ya referí en su momento, no pudo consagrarlo a Dios, como él hubiera deseado, y se consoló con la condición de *nazir*, otra forma de consagración al Eterno.

Es posible que el hipotético lector de este apresurado diario no capte, en su justa medida, la importancia que se le daba en aquel tiempo a una constitución física sana, en especial a los testículos. Hoy sabemos que, en la reproducción, el hombre y la mujer desempeñan el mismo papel. Hace dos mil años no era así. Conocían bien los órganos genitales externos y también el útero. Sabían qué función desempeñaban el pene y los testículos, pero lo ignoraban prácticamente todo sobre los ovarios. Influenciados por la medicina persa y, muy especialmente, por la que se practicaba en la ciudad egipcia de Alejandría, los judíos representaban el útero según el modelo bicorne de las vacas. No tenían conciencia de la trascendencia del óvulo, ni imaginaban que el ovario, además, era el responsable de la fabricación de hormonas, vitales para la mujer (1). Este desconocimiento mantenía al sexo femenino en una nebulosa situación, en la que sólo el papel del varón estaba claro. El semen, para aquella gente, era el único responsable de la aparición de la vida. Lo importante es que entrara en el cuerpo femenino, no importaba por qué orificio... La deformación del pueblo en general, y de los sabios (?) en particular, llegaba al extremo de considerar la menstruación como una «señal de inferioridad, puesta ahí, cada veintiocho días, por el propio Yavé, bendito sea su nombre». En definitiva, otro capítulo que la degradaba y obligaba a purificarse.

---

dos», tampoco era aceptado por el Dios del Sinaí. Si el pene era excesivamente largo, o muy reducido, el Santo (?) consideraba al aspirante a sacerdote como «nulo». Existía una medida —el *sit*—, equivalente a la distancia entre el dedo pulgar y el índice (alrededor de diecisiete centímetros), que no se podía rebasar (!). El caso de los eunucos era, incluso, más lamentable. Si un sacerdote o su primogénito eran capturados en una guerra y mutilados, la Ley los invalidaba para el servicio, tachándolos de «sospechosos de prostitución». *(N. del m.)*

(1) Además de la función exocrina, con la emisión mensual de un óvulo fecundable, el ovario desempeña una labor endocrina, íntimamente vinculada a la primera. Merced a esta última, la mujer dispone de estrógenos, progesterona y andrógenos (hormonas esteroides sexuales). *(N. del m.)*

Era comprensible, por tanto, que un hombre se sintiera frustrado si carecía de uno o de los dos testículos. Para la sociedad, si llegaba a saberlo, esa persona dejaba de ser hombre y perdía muchos de sus derechos. Yehohanan lo sabía y, por lo que aprecié, jamás se desnudaba en público. Yo tuve suerte. ¿O fue el Destino?

Y, como digo, empecé a intuir el porqué del rechazo del Anunciador hacia las mujeres. Pero no lo sabía todo acerca de este hombre. En realidad, ahora lo estaba descubriendo...

Y si intensa y difícil de remediar era su repulsa por el sexo femenino, peor, mucho peor, era su actitud hacia lo que estimaba «vergonzosa pleitesía» con el invasor, con los *kittim* o romanos. El sometimiento del pueblo y de algunas de las castas de los principales a la voluntad de Roma, la «gran ramera», era el habitante principal de sus pensamientos. Lo expresaba sin cesar, en todos sus sermones y conversaciones privadas, y sin medir el alcance de sus filípicas. Nada, ni nadie, quedaba en pie. Todos eran pecadores. Los judíos, por no levantarse contra Roma, y los invasores por impíos.

En esta dinámica, sin embargo, había algo que Yehohanan nunca sacaba a la luz, sencillamente, porque no le interesaba. Lo hablamos en aquel providencial retiro. Después, jamás lo manifestó en público, ni tampoco a sus íntimos, que yo sepa. Abner lo hubiera comentado...

Para el Anunciador, como para otros grupos extremistas judíos, el sometimiento de la sagrada tierra de Israel a los pueblos extraños que encarnaba Roma nacía de los pecados. Eran tantos, tan inicuos y tan antiguos que provocó un hecho singular, nunca visto en la historia de Israel. La maldad de los propios judíos puso en fuga —según sus palabras— a la *Šekinah*, la Presencia Divina (1), que residía en el «Santísimo» del Templo.

Lo escuché sin intervenir, atónito.

(1) Como ya expliqué, la *Šekinah* era la «Esencia Divina». Otros la llamaban «Presencia Divina» y aseguraban que «vivía permanentemente» en el Templo de Jerusalén (Santo de los Santos). Era conocida como «Mahaneh ha-Šekinah» o «Campamento de la Esencia». Era, en suma, la personificación y la hipóstasis o sustancia de Yavé en la Tierra. Sin lugar a

Esa «presencia» —la cara femenina del Santo, según Yehohanan—, a la que llamó «Matrona», supongo que por considerarla «esposa de Dios», fue entonces a mezclarse entre los paganos. Y allí seguía, «haciendo poderosos a los impíos». Ésta, según él, era la razón por la que Israel se hallaba dominado y por la que desaparecieron los profetas.

Al desequilibrio había que sumar la contradicción. Si odiaba a las mujeres, ¿por qué concedía una parte de feminidad al Santo? Además de «Matrona» la llamó «Kalah» (Novia) y «Malkah» (Reina).

A no ser que...

La idea se me antojó tan absurda que la rechacé.

Fue por esto, en opinión del Anunciador, «por amarrar a los falsos dioses con incienso, por lo que fue expulsada la *Šekinah*, y ahora rodaba sin rumbo, en la oscuridad del paganismo» (1).

—Ellos —susurró, como si temiera que alguien pudiera oírle— me han encomendado la preparación...

Dudó. Pero, convencido de mi fidelidad, proclamó con orgullo:

—Pronto te será desvelado... Tú serás uno de los justos, los que abrirán el camino al Mesías..., en la recuperación de la *Šekinah*...

Los ojos le brillaron y, por supuesto, me incendiaron. Empezaba a entender. La recuperación de la *Šekinah*...

¡Dios mío! Me hallaba ante un perturbado. ¿Era éste el secreto que quería mostrarme?

Sí y no.

_____

dudas, el Ser más sagrado para el pueblo judío. Tras la destrucción del Segundo Templo por Roma, en el año 70 de nuestra era, la *Šekinah* dejó de tener una ubicación concreta y se transformó en un concepto abstracto que acompaña siempre a la comunidad judía, allí donde esté. *(N. del m.)*

(1) Yehohanan utilizó la palabra *qetoret* (incienso), que en arameo significa también «atar» (nudo). La raíz *qtr* está ligada a otro término arameo, equivalente a *ktr* (hebreo), que expresa la idea de «corona» *(atara)* o algo circular. Creí entender que el Anunciador concedía a la *Šekinah* una forma física circular semejante a una «corona» o *keter*. Eso deduje de sus palabras y del concepto «hacer rodar» *(galal)* con el que expresó la situación de la Divina Presencia o Matrona en el mundo, a raíz de los pecados de la nación judía. *(N. del m.)*

«Ellos», otra vez...

Tenía que hallar el momento y el valor para esclarecer el asunto.

Insistí en el tema de la *Šekinah* y Yehohanan confirmó lo expuesto. No había oído mal. Él creía que la Esencia del Santo tenía forma de círculo (más exactamente de «corona»). Era la que amamantaba la Tierra, según sus palabras. Siempre habitó en el Tabernáculo y, después, cuando Salomón construyó el Primer Templo, se refugió en el Santo de los Santos. Desde allí hacía fuerte a la nación judía. Ahora, con la invasión romana, la *Šekinah* habitaba en medio de los impíos y les daba fuerza.

Lo percibí en otras oportunidades. El Anunciador disfrutaba de una excelente memoria, pero su cultura era muy limitada. La *Šekinah*, suponiendo que existiera, no tenía forma. En ninguna tradición oral o escrita se habla de su aspecto físico. Se dice, simplemente, que llenaba el «Santísimo». Todos coincidían: el «Campamento de la *Šekinah*» permanecía «vacío». Siempre lo estuvo, a excepción de la época en la que dio alojamiento al arca de la Alianza (1). Poco a poco iría acostumbrándome a estos supuestos errores del gigante de las «pupilas» rojas. Y la absurda idea que acababa de visitarme se presentó de nuevo, viva y con una desconcertante seguridad. ¿Cometía Yehohanan un error al dar cuerpo a la Presencia Divina? ¿De dónde obtenía aquellas informaciones? ¿Eran consecuencia de su locura o había algo más? Mejor dicho, ¿alguien más?

Y la intuición (?) me trasladó a la colonia de los *nazir,*

(1) Como ya he referido, el *Debir* o «Santísimo» era la estancia más sagrada del Templo. Cuando fue construida por el rey Salomon contenía el arca de la Alianza. El *Debir* o *Qadosh haqedoshim* era un habitáculo sin ventanas en el que, supuestamente, habitaba Dios o, más exactamente, la *Šekinah*. Hacia el año 922 a. J.C., tras la muerte de Salomón, el arca desapareció misteriosamente. Nadie sabe con certeza qué fue de ella. Algunas tradiciones rabínicas afirman que fue escondida en los subterráneos del Templo. Salomón —dicen— pudo ser el responsable, consciente de sus pecados y de las reiteradas amenazas de Yavé. Otros opinan que el arca fue sacada de Jerusalén hacia el 587 a. J.C., merced a una revelación divina del profeta Jeremías, que «supo» de la inminente llegada del persa Nabucodonosor. En la primavera de ese año, la Ciudad Santa fue arrasada y el Templo destruido. *(N. del m.)*

en la aldea de En Gedi, en el mar Muerto, donde el Anunciador pasó parte de su vida. ¿Fueron «ellos» quienes lo iniciaron en estos misterios? ¿Por qué Yehohanan no hablaba abiertamente? ¿«Ellos»?...

Sí y no.

Debo confesarlo. Con aquella idea amaneció también en mi mente una enigmática y querida frase. Entonces no supe relacionarlas...

«Dios es ella», el estribillo cantado por Jesús en el astillero.

Pero el chispazo se desvaneció ante la siguiente «revelación» de Yehohanan. Lástima. Durante un tiempo, olvidé el interesante «susurro» de la intuición. Nunca aprenderé...

—Yo conozco al Mesías...

Llevó de nuevo el dedo índice izquierdo a los gruesos labios y solicitó silencio. M encogí de hombros y aguardé.

Miró a izquierda y derecha y, bajando el tono de la voz, confesó, al tiempo que reforzaba las palabras con un movimiento afirmativo de cabeza:

—Yo lo he visto...

Al principio no le di demasiada importancia. Supuse que se refería a su pariente lejano, Jesús de Nazaret. Abner lo sabía. Yehohanan le contó parte de la verdad: Jesús era el hombre fuerte, el que llegaría después y encabezaría los ejércitos de liberación.

Me equivocaba...

—...«Ellos» me lo mostraron... Es rubio... El Mesías es rubio, de bellos ojos y de agradable presencia...

Me confundió. Jesús no era rubio. Sus ojos eran espectaculares, sí, y también su presencia, pero los cabellos eran de color caramelo, acastañados.

Debió de notar mi perplejidad. ¿De quién hablaba? Otra vez «ellos». ¿Se refería a los *nazir*?

—...Su cabeza está engalanada con siete coronas de oro, y sus cabellos, recogidos en siete trenzas...

De la sorpresa pasé a la sospecha. ¿Estaba hablando de sí mismo? Rubio y con siete trenzas...

Quizá su desequilibrio era mayor de lo que imaginaba. Él siempre había aceptado las versiones de Isabel y de María, la prima segunda de su madre. Él creía en las visitas del «hombre luminoso», y en los respectivos anuncios, aunque, ciertamente, en ninguno de esos mensajes del ángel se mencionaba al Mesías o hijo de David.

¿Se trataba de otra consecuencia de su inestabilidad mental?

—...Y su olor —prosiguió, enigmático—, el olor de mi hijo, es como la fragancia de un campo bendecido por el Santo, bendito sea...

La confusión se multiplicó. Aquellas frases no eran suyas. La última era del Génesis (27, 27) y las primeras, sobre el Mesías rubio, fueron proclamadas por el profeta Samuel. Para ser preciso, Samuel no describía al futuro Mesías, sino al que llegaría a ser el rey David. Y tampoco escribió que fuera rubio, sino rubicundo (rubio rojizo), como reza el primer libro de Samuel (16, 12).

Y lo interrogué, buscando una aclaración. ¿De dónde había sacado que el Mesías recogería el pelo en siete trenzas rubias? ¿Quién se lo mostró y dónde?

Me precipité, una vez más. Yehohanan no admitía determinadas preguntas. Sólo las que le convenían.

No respondió. Permaneció ausente, con la vista fija en la corriente del Firán. Después, ante mi desolación, exclamó:

—¡Háblame...!

Sentí rabia. Si deseaba continuar buceando en su corazón, en su extraño y oscuro corazón, tenía que amarrarme a sus caprichos. No tuve alternativa y proseguí con las explicaciones sobre las abejas. Pero me propuse llegar al fondo de aquel nuevo misterio. Lo abordaría a la menor ocasión...

Tuve dificultades para aclarar que sus amigas, las abejas, no llegaban a la colmena con la miel en el buche. Como pude, utilizando símbolos y aproximaciones, traté de hacerle ver que el trabajo de las laboriosas obreras era más interesante y digno de admiración de lo que suponía.

Pronto olvidó su confesión sobre el Mesías. *Deborah*, la abeja, lo fascinaba. Y existía toda una razón, que expondré en su momento.

Nunca había seguido el rastro de sus abejas. Por eso

quedó desconcertado cuando le ofrecí algunos datos: para llenar el buche de néctar, cada abeja se ve en la necesidad de visitar alrededor de mil flores (1). En otras palabras, para que el Anunciador pudiera disfrutar de un kilo de miel, el enjambre a su servicio tenía que efectuar unos cincuenta mil vuelos (2). Y elogié su sabiduría por saber establecer el asentamiento del barril de colores, siempre en las proximidades del agua. No entendió, naturalmente (3). Y su voluntad quedó definitivamente rendida cuando me extendí en el capítulo de las «comunicaciones» entre ellas. Abrió los ojos, atónito, y preguntó sin cesar...

«¿Hablan con las antenas?... ¿Bailan?... ¿Bailan en círculo para indicar a sus compañeras que han encontrado flores?...»

En realidad era más complejo, pero dibujé las danzas (4) con la mayor sencillez posible, como si se tratara de un niño. En realidad, lo era...

(1) En la época de Jesús, ninguno de los apicultores sabía con certeza cómo se producía la miel. Ignoraban que el néctar procede del licor azucarado que se almacena en la corola de las flores y que ya en el camino de regreso a la colmena, la recolectora inicia el proceso de transformación de dicho néctar, gracias a las secreciones glandulares faríngeas y mandibulares, ricas en enzimas (diastasas) que hidrolizan la sacarosa, transformándola en los azúcares propios de la miel: glucosa y fructosa. Si en el buche caben entre 20 y 40 mg de néctar, eso significa que cada abeja necesita dos horas de vuelo para llenarlo. *(N. del m.)*

(2) De regreso a la colmena, las abejas recolectoras regurgitan el néctar, ya en proceso de transformación, que pasa a disposición de las obreras. Éstas lo depositan en las celdillas de los panales. Durante dichas manipulaciones, el néctar pierde agua por evaporación (alrededor de un 30 por ciento). Al opercular o cerrar los panales, la miel dispone de un 18 por ciento de agua, lo que permite su conservación indefinida. *(N. del m.)*

(3) Lo que traté de comunicarle es que un buen apicultor procura aliviar el trabajo de sus abejas a la hora de trasvasar agua a la colmena. Para que el enjambre pueda disponer de un litro de agua, la colonia tiene que ir y venir unas veinticinco mil veces. Una colmena media, de unos treinta o cuarenta mil ejemplares, consume alrededor de medio litro de agua al día. De ahí la importancia de situar la colmena lo más cerca posible de ríos, lagos o fuentes. *(N. del m.)*

(4) El investigador Von Frisch descubrió este singular «lenguaje» de las abejas en 1927. Cuando las pecoreadoras vuelan al exterior y localizan una mancha de flores, lo suficientemente nutritiva, retornan a la colmena y comunican el hallazgo a las obreras. Para ello disponen de un doble método: los vuelos circulares y lo que se denomina «danza de coleteo», en forma

Y quedó prendido y fascinado, una vez más.

«En círculo —musitó para sí—, como la *Šekinah*...»

No capté la intencionalidad de aquel pensamiento en voz alta, pero aproveché el giro en la conversación y lo hice regresar al «Mesías rubio, con los cabellos en siete trenzas y el olor a campo bendecido».

Reaccionó bien. Ésas eran sus ideas sobre el aspecto físico del que tenía que llegar: rubio, poderoso, valiente, de mirada de fuego, de largos cabellos como látigos y una fragancia que podría percibirse a cien estadios (algo más de 18 kilómetros) (!). Quedé nuevamente atónito. Era él, salvo en el detalle de la «fragancia» corporal...

Quien esto escribe había oído sus parlamentos en público, en los que recordaba, sin cesar, la inminente llegada del Mesías libertador y «rompedor de dientes». Pero jamás se definió sobre el perfil del ansiado rey, sacerdote, profeta y guerrero. Era la primera vez que se pronunciaba al respecto. E intuí, como digo, una notable confusión en su ya frágil mente. Él sabía que el probable Mesías era Jesús, pero tampoco era sacerdote, ni rubio, ni parecía tener interés en la inauguración del «reino». Por otro lado, Yehohanan, según él, sí disfrutaba de muchas de estas características, aunque nunca podría ser sacerdote. Conocía la opinión de Abner y los suyos. No les gustaba que hablara de ese otro «que estaba por llegar». Él era el Mesías. Así lo creían y, sobre todo, así lo sentían. Esta actitud, obviamente, contribuyó a oscurecer sus ya borrascosas ideas sobre el Mesías. A decir verdad, en aquellas

---

de «ocho». Es una original y prodigiosa forma de comunicación que permite la orientación de la colonia respecto a los recursos florales y la «información», al detalle, de la calidad del polen y del néctar encontrados. La abeja exploradora se mueve en la oscuridad de la colmena, o bien en la piquera o entrada, y dibuja círculos sobre los panales, o en el aire, informando así de que las flores se encuentran a menos de veinticinco metros. Si la materia prima aparece a más de cien metros de la colmena, la pecoreadora trazará «ochos» e interrumpirá la danza con rítmicos movimientos del abdomen. Las obreras analizan el néctar regurgitado por las exploradoras y saben si se trata de un producto de calidad. Si es bueno, y si merece la pena que el resto de la colonia se ponga en marcha, la obrera moverá las antenas con rapidez. Si el movimiento es lento, la colonia rechaza la oferta y las exploradoras vuelven al exterior. *(N. del m.)*

fechas, noviembre del año 25, el Anunciador se debatía en un mar de dudas. ¿Era él el libertador de Israel? ¿Tenía que esperar a Jesús? ¿Por qué los rasgos de su primo no se ajustaban a los textos proféticos?

Entonces, entusiasmado, mencionó algo que tampoco incluía en sus sermones o, al menos, no tuve la oportunidad de oír. Cuando llegase la hora, todos, incluyéndome a mí, emprenderíamos la búsqueda de la Presencia Divina. Iniciaríamos la «caza y captura» —así lo expresó— de la *Šekinah*. Era sencillo. La *Šekinah* es circular y se distingue por su luz y por las letras *Lamed* y *Bet* («LB») (corazón).

No comprendí, pero lo dejé hablar.

Sólo teníamos que estar arrepentidos y atentos. La búsqueda de la Presencia Divina arrancaría con una serie de señales, inconfundibles, según él. Los muertos resucitarían fuera de la tierra de Israel y «rodarían» (?) hasta la Ciudad Santa. Allí recobrarían sus almas, como dice el profeta Ezequiel (1). Después, las palabras «emergerían de la oscuridad» y los hombres, los justos, se convertirían en sabios. Esto sólo sería el principio. En esos momentos, sin embargo, el Mesías no tomaría el mando. El Libertador continuaría escondido en lo que llamó el «Nido del Pájaro» y que, francamente, no identifiqué. Yehohanan aclaró que se trataba de uno de los mil palacios, propiedad del Santo...

No hice comentario. Su situación mental parecía degradarse por momentos. Él estaba al corriente del lugar donde residía Jesús, en Nahum. ¿De dónde había sacado lo del «Nido del Pájaro»?

Entonces, los ejércitos de liberación, conducidos por él mismo y sus treinta y seis «justos», y también por Abraham, Isaac y Jacob, emprenderán la lucha y la referida búsqueda de la *Šekinah*. Y una columna de fuego se hará visible a todos los habitantes de la Tierra. Será otra de las señales. Al cuarto día se extinguirá y las naciones forma-

(1)   Yehohanan se refería al capítulo 37, versículo 12: «Profetiza, pues, y diles: "Mirad, voy a abrir vuestras tumbas, os sacaré de vuestras tumbas, pueblo mío, y os llevaré a la Tierra de Israel."» *(N. de m.)*

rán un pacto contra Israel. Y el mundo quedará sumido en las tinieblas por espacio de otros quince días...

No podía creerlo. Yehohanan hablaba en serio. Lo que decía era tan real para él como para mí el lento circular de las aguas del arroyo.

«Será la hora —proclamó, con la mirada perdida en el inminente crepúsculo—. El Mesías recibirá las diez túnicas de la venganza y el Santo, bendito sea, lo reclamará desde el Trono Supremo... Entonces, al verlo vestido con la venganza, lo besará en la frente y retumbarán los trescientos noventa cielos... Y el Santo, bendito sea su nombre, coronará al Mesías con la diadema que lucía cuando derrotó al faraón en el paso del mar Rojo... Es la diadema con los nombres sagrados...»

Era suficiente. Prefería hablar de abejas...

«...Y el Mesías se revelará en la Galilea... Y nosotros, los justos, estaremos a su derecha... ¿Comprendes, Ésrin?»

Perfectamente. Y guardé silencio; un significativo silencio, que sólo yo supe interpretar.

Aquél era Yehohanan, el Anunciador...

Cólera. Venganza. Muerte. Columnas de fuego y firmamentos que retumban...

Nada que ver con el pacífico y entrañable Jesús de Nazaret. No me cansaré de insistir en ello. La historia y la tradición no han sido fieles a la realidad. Alguien ha sido estafado...

Me resigné. Yehohanan se aproximó a otro de sus temas favoritos. Era imparable. Y habló y habló, sin importarle la oscuridad de la noche.

No había luna, ni tampoco una mísera fogata. La única luz procedía de las estrellas.

Ella estaba allí, en la más brillante...

«Te quiero, Ma'ch.»

Miré a mi alrededor, pero, lógicamente, sólo percibí sonidos: el murmullo plácido del agua, entretenida, no sé por qué, entre piedras y matorrales, y el eco de las puntuales rapaces nocturnas, sólo adivinadas en las paredes del Firán.

Sentí miedo. Fue cuestión de segundos. Prácticamente nada, pero intenso como un relámpago. Presentí algo y revisé de nuevo mi entorno, sin alcanzar a divisar más allá de tres o cuatro metros.

De pronto, la palabra Eliyá (Elías) me devolvió al casi olvidado discurso del Anunciador.

Hablaba de su ídolo, Elías, el profeta que había vivido novecientos años atrás. Ésta, como digo, era otra de sus inclinaciones predilectas. Cualquier motivo era bueno para sacar a relucir la fidelidad y el celo del solitario y no menos singular tesbita de las montañas de Galaad, algo más al norte. Y presté atención a ambos, a Yehohanan y al miedo que, sin explicación aparente, acababa de sentarse a mi lado.

Dijo haberlo «descubierto» al estudiar las Escrituras que guardaba la colonia *nazir* de En Gedi. En una de sus acostumbradas visitas a la comuna del mar Muerto, cuando contaba catorce o quince años, encontró los pasajes que relataban la historia de Eliyá y quedó hipnotizado por su lámina, por su lealtad a Yavé y por sus prodigios.

Fue la época en la que empezó una ávida lectura de los textos bíblicos. Le impresionó igualmente Daniel y su anuncio del «tiempo del fin» (1). Aquello encajaba, según él, con el mensaje del «hombre luminoso» a su madre, Isabel, y también a María, la Señora. Allí estaba. Era el final de Roma, y de los impíos, y la resurrección de Israel a lo más alto. También la misteriosa concepción de Samuel, similar a la suya (2), lo dejó perplejo y reafirmó su creencia: él era un elegido. Recordaba de memoria muchos de los pasajes de estos profetas de la antigüedad y, muy especialmente, los cinco últimos capítulos de Isaías y el tercero (versículo 23) de Malaquías: «He aquí que os mandaré a Elías antes de que venga aquel día grande y terrible del Eterno.» Este último versículo fue decisivo

---

(1)   En el capítulo 12, versículo 1, del libro de Daniel, se dice: «En aquel tiempo surgirá Miguel, el gran Príncipe que defiende a los hijos de tu pueblo. Será aquél un tiempo de angustia como no habrá habido hasta entonces otro desde que existen las naciones. En aquel tiempo se salvará tu pueblo: todos los que se encuentren inscritos en el Libro.» Se refiere, probablemente, al Libro de los Predestinados, según el Éxodo (32) e Isaías (4), entre otros. *(N. del m.)*

(2)   Amplia información en *Nahum. Caballo de Troya 7. (N. del a.)*

a la hora de alimentar su locura. Pero no adelantaré los acontecimientos...

Por lo que acerté a deducir de aquel monólogo, en el que apenas intervine, el impacto de Elías fue tal que, a raíz de una de esas visitas a sus «hermanos», los *nazir*, se despojó de las vestiduras habituales y decidió vestir como su ídolo, con un simple *saq* o taparrabo y un manto de pelo, como refiere el actual libro segundo de Reyes (1, 8). Nadie supo la razón que lo movió a desnudarse, ni siquiera su familia. Era la primera vez que lo confesaba. Quería ser como Elías... Ardía en celo por Yavé. Era suyo, de Él. Era un santo y un vidente. Era el heraldo que abriría el sendero antes de ese día grande y terrible. Y comprendí la angustia de Isabel y de Zacarías, sus padres, al verlo deambular por las colinas próximas al «Manantial de la Viña», casi desnudo y como un «salvaje». Su patología, efectivamente, se remontaba a mucho tiempo atrás. Sólo alguien desequilibrado se mostraba con una vestimenta propia de las cavernas...

«Quería ser como Elías...»

¿Cómo fui tan necio?

De pronto lo vi con claridad.

¿Cómo no lo adiviné? ¿Era por esto —porque imitaba al profeta de Tišbé— por lo que se dirigía a los pájaros, y les hablaba, y por lo que se pasaba las horas trasvasando harina de una cántara a otra (1)? ¿Era la demencia la que

---

(1) El libro primero de Reyes, en su capítulo 17, dice textualmente: «Y dijo Elías, tesbita que habitaba en Galaad, a Acab: "Como que vive el Eterno, Dios de Israel, ante Quien estoy en pie, no habrá rocío ni lluvia en estos años sino de acuerdo con Mi palabra."

»Y fue la palabra del Eterno a él, diciéndole: "Vete de aquí, y vuélvete al oriente, y ocúltate junto al arroyo Crit [Querit], que está delante del Jordán. Y será que beberás del arroyo, y he ordenado a los cuervos que te alimenten allí." Fuese pues e hizo conforme a la palabra del Eterno, por cuanto fue y vivió junto al arroyo Crit, que está delante del Jordán. Y los cuervos le traían pan y carne por la mañana, y pan y carne por la tarde, y del arroyo bebía. Y ocurrió después de un tiempo que el arroyo se secó, porque no había lluvia en la tierra. Y fue la palabra del Eterno a él, diciéndole: "Levántate, vete a Sarepta [Tzarfat], que pertenece a Sidón, y vive allí. He aquí que Yo he ordenado a una viuda allí que te dé el sustento." Levantose pues y fue a Sarepta, y cuando llegó a la puerta de la ciudad, he aquí que una viuda recogía leña. Y la llamó y le dijo: "Ruégote me traigas un poco de

lo impulsaba a golpear las aguas de los ríos, como hiciera Elías con su manto (1)?

Las sospechas se fortalecieron. Me hallaba ante un loco...

Y recordé las escenas en el bosque de las acacias, en el vado de las «Columnas» (2), y allí mismo, en el Firán, en mitad del torrente, cuando golpeaba las aguas con furia y gritaba con desesperación: «¡Ábrete!»

¿Quería ser como Elías, o algo más?

El viejo profeta, desaparecido (?), como ya mencioné, tras ser arrebatado por un «carro de fuego» (?) en las proximidades del río Jordán, era una parte importante en el conjunto de la expectativa mesiánica judía. Aunque existían diferentes opiniones, según las escuelas rabínicas (3), el papel más destacado, y en el que coinci-

---

agua en una vasija para que beba." Y cuando ella iba a traérsela, él la llamó y le dijo: "Ruégote me traigas un pedazo de pan en tu mano." Y ella contestóle: "Vive el Eterno, tu Dios, que no tengo pan cocido, sino sólo un puñado de harina en la tinaja, y un poco de aceite en la orza. Ahora estoy recogiendo un par de leños para que pueda entrar y aderezarlo para mí y para mi hijo, para que comamos, y [después] muramos." Y le dijo Elías: "No temas. Ve y haz como tú has dicho pero hazme primero una pequeña torta, y tráemela, y haz luego otra para ti y para tu hijo." Por cuanto así dice el Eterno, Dios de Israel: "La tinaja de harina no se consumirá, ni la orza de aceite se agotará hasta el día en que el Eterno envíe lluvia sobre la tierra." Y ella fue e hizo conforme a lo dicho por Elías; y ella, y él, y la casa de ella, comieron muchos días. La tinaja de harina no se agotó, ni la orza de aceite se terminó, de acuerdo con la palabra del Eterno, que dijo por conducto de Elías.» *(N. del a.)*

(1) En el libro segundo de Reyes (2, 8) se lee: «Tomó Elías su manto, lo enrolló y golpeó las aguas, que se dividieron de un lado y de otro, y pasaron ambos [Elías y Eliseo] a pie enjuto.» *(N. del a.)*

(2) Amplia información en *Nahum. Caballo de Troya 7. (N. del a.)*

(3) Entre los diferentes «trabajos» que se asignaban a Elías para el momento de su retorno, en los días previos a la aparición del Mesías, figuraban los siguientes: mediador entre Dios e Israel (así lo deducían de la ya citada profecía de Malaquías 3, 23), suavizador de la cólera del Eterno (antes de la furia final de Dios), preparador de la liturgia que debería rodear la entronización del Mesías, según reza el libro primero de Henoc (Elías adoptaría el símbolo o la apariencia de un carnero y, ayudado por tres ángeles, facilitaría el retorno del Mesías, que se presentaría bajo el aspecto de un toro blanco con enormes cuernos. Henoc I, 90, 31, 37), restaurador de la gloria nacional judía (independientemente de su papel como «anunciador»), «policía del orden» (según la Misná, resolvería los contenciosos pendientes; por ejemplo, la propiedad sobre un dinero o sobre cualquier otro

dían los expertos en la Ley, era el de «anunciador» del «reino»; «anunciador» del nuevo orden político-social-religioso, con Israel a la cabeza de la gloria y del mundo.

¡Elías, el Anunciador!

En esos momentos, al caer en la cuenta de lo que se agitaba en la turbulenta mente de Yehohanan, fui yo el que rozó la locura. Mi ánimo se desplomó. Sentí cómo las fuerzas, una vez más, como sucediera el pasado 1 de noviembre, en Salem, huían de mí. Pero el abatimiento, supuestamente provocado por el hallazgo de aquella triste realidad, se esfumó a los pocos minutos, y recuperé el aliento…

El Destino estaba avisando.

Permanecí largo rato observándolo y meditando. Tenía que suministrarle los «nemos». Era preciso salir de la angustiosa duda. ¿Hasta dónde llegaba su desequilibrio mental? ¿Qué clase de trastorno lo dominaba? ¿Trataba de imitar a Elías, únicamente? También imitaba a Sansón. El peinado, en siete trenzas, era una copia del mítico personaje, dibujado en el libro de los Jueces. Además, sus discípulos lo señalaban como el auténtico Mesías. Y Yehohanan dudaba de Jesús…

Era sofocante. La confusión del Anunciador me alcanzó de pleno. Y mi mente desvarió también…

¿Era Yehohanan el nuevo Elías, redivivo? ¿Había resucitado y tomado el aspecto del gigante de dos metros de altura?

---

objeto que hubiera sido encontrado por casualidad. El asunto —decían— debe dejarse «hasta que venga Elías»), resucitador de muertos (véase «Sota», en la Misná, 9, 15) y «separador de lo puro y de lo impuro» (era otra de las obsesiones de los rigoristas). Elías tenía la obligación de esclarecer la pureza de las familias, «restableciendo así a las tribus de Jacob», como afirma la Biblia (Ecl. 48, 10); en otras palabras, declarar puro o impuro, que era lo mismo que «alejar» o «acercar», a los que habían sido injustamente rechazados o admitidos. Sólo las familias con un origen racial puro formarían parte del «reino» (!). En el colmo del racismo, los judíos aseguraban que Elías disponía de un libro en el que registraba cada matrimonio. Así se sabía quién se casaba con una mujer inferior, desde el punto de vista de la pureza racial. Para los muy religiosos, la Presencia Divina o Šekinah sólo podría reposar sobre las familias de ascendencia legítima, como decía Jeremías (31, 1). (N. del m.)

No era posible. Nadie regresa de la muerte. Pero ¿qué estupidez estaba pensando? Lázaro, el amigo de Jesús, fue devuelto a la vida; de eso estaba seguro. ¿Y qué decir de las apariciones del Maestro, después de su muerte? Yo fui testigo de excepción de algunas...

¿Me estaba volviendo loco?

Busqué refugio en las estrellas...

Capella, Aur, Markab...

Todas me devolvieron un guiño. Ella estaba allí, seguro...

¡Oh, Ma'ch!

Entonces recuerdo que me quedé en blanco. Oía la voz ronca de Yehohanan, pero no entendía...

Me asusté. No supe qué hacía allí, en la ribera de un río. ¿Quién era la persona que me hablaba?

¿Por qué lo hacía en una lengua tan extraña?

Fue muy rápido. Al punto, recuperé el control.

Sudaba copiosamente...

E intenté serenarme. ¿Qué había ocurrido? Supuse que el cansancio...

«Sí —me dije—, eso ha sido. Me he quedado dormido.»

Segundo aviso.

Y retomé el hilo de mis recientes pensamientos, mientras soportaba la ardorosa plática de Yehohanan, en la que repetía, una y otra vez, «la gloriosa misión de Elías como preparador del día grande y terrible».

¿Elías redivivo o aparecido? No debía plantearlo. No era lógico, desde ningún punto de vista. Los judíos no creían en la reencarnación, tal y como interpretamos hoy el viejo concepto nacido en la India. Según cada grupo o secta, así creían, o no, en un juicio final y en la resurrección de la carne. Los saduceos, por ejemplo, negaban esa resurrección última. En cuanto al pueblo sencillo, la mayor parte se hallaba resignada a lo que parecía evidente: tras el beso del ángel de la muerte no hay nada. La *ruach*, o soplo de la vida, regresaba con el Eterno y el cuerpo, o *bachar*, se convertía en polvo. En cuanto a la inteligencia humana, algunos aseguraban que entraba en el *seol*, una «región de tinieblas y de silencio», según Job y los Salmos; un lugar tan remoto «que ni siquiera la cólera de

Yavé podía alcanzarlo» (1). Era el mundo de las *refaim*, o sombras. Es decir, el mundo de la «nada», contrario a la existencia. Las sombras no hacían ni decían nada. El *seol* era tan inexplicable que ni siquiera bendecía a Dios. No era una condena, pero tampoco una recompensa. Otros defendían el *seol* como un «devorador de impíos», una especie de infierno, según Henoc, en el que los ángeles arrojaban a los malvados —en cuerpo y alma— y en el que se consumían en un fuego que no necesitaba leña. Si, por el contrario, el difunto era honrado, el ángel proclamaba: «Preparad un lugar para este justo.» Ese lugar era el Paraíso, también llamado «seno de Abraham»; un lugar igualmente remoto, perdido entre los siete cielos, al que sólo tenían acceso los judíos puros y, en consecuencia, justos (!). En suma: la opinión de la sociedad judía de aquel tiempo se hallaba dividida. Me atrevería a decir que, además de dividida, confusa. Sospechaban que tenía que existir un *seol* en el que se hiciera justicia. Necesitaban también algún tipo de Paraíso. La esperanza era lo único que les quedaba. Y, tras el exilio en Babilonia, la creencia en la resurrección de los muertos fue creciendo, merced a discursos como los de Isaías y Daniel (2). Fue el Maestro, a lo largo de su vida de predicación, quien aportó luz a este confuso panorama: «Hay vida después de la muerte, pero no como la imaginamos; existe la esperanza, pero es mucho más de lo que suponemos...» Nosotros lo oímos de sus propios labios, durante la inolvidable estancia en las nieves del Hermón (3), y volveríamos a oírlo.

Por más vueltas que le daba, no conseguía entender

(1) Algunos rabinos decían que el *seol* no era, en realidad, un lugar inmaterial. Aseguraban que podía entrarse en él, retirando el peñasco que lo cerraba y que se hallaba, justamente, en mitad del suelo del «Santísimo», en el Templo de Jerusalén... *(N. del m.)*

(2) «Vuestros muertos vivirán; los cadáveres resucitarán. ¡Despertaos! ¡Cantad, los que dormís en el polvo!» (Isaías 26, 19). «Los que duermen en el polvo de la tierra se despertarán, unos para eterna vida, otros para eterna vergüenza y confusión» (Daniel 12, 2). También el Libro de Baruc, los Salmos y los Testamentos de los Patriarcas (textos incluidos en la Biblia apócrifa) se refieren a la posibilidad de la resurrección de los muertos. *(N. del m.)*

(3) Amplia información en *Hermón. Caballo de Troya 6. (N. del a.)*

las insinuaciones de Yehohanan. Elías desapareció, casi novecientos años antes. Si el Anunciador, como el resto de sus paisanos, no creía en la reencarnación, ¿a qué se refería cuando hablaba de un Elías redivivo? Además, ellos mismos, los judíos, defendían que el profeta fue arrebatado a los cielos, y que allí continuaba.

Lo dicho: una locura…

De pronto, percibí un silencio.

Los ruidos nocturnos de la garganta del Firán se extinguieron, como si alguien hubiera dado una orden…

¡Qué ridiculez! ¿Y por qué las rapaces y los insectos tenían que obedecer al mismo tiempo? ¿Obedecer? ¿A quién?

Allí no había nadie…

También Yehohanan interrumpió su perorata.

Aquello sí me alarmó. Y presté mayor atención a cuanto me rodeaba. Sólo adiviné matorrales en las paredes y en la ribera. La oscuridad, compacta, se agitaba en mi imaginación, creando figuras irreales que iban y venían, huidizas. ¿O no era mi mente?

Necesitaba dormir. Aquel hombre y aquel lugar me estaban trastornando…

—¡Silencio! —murmuró el Anunciador—. ¿Has oído…?

¿Qué tenía que oír?

Agucé los sentidos y repasé la maldita negrura. Fue entonces cuando «oí» algo imposible: el murmullo del torrente, siempre de guardia, siempre discreto y en segundo plano, había cesado.

¡No podía creerlo! ¡El río estaba allí! ¿Por qué no oía el acostumbrado y lógico rumor de sus aguas?

¡Oh, Dios, me estaba volviendo loco!

Levanté el rostro hacia el firmamento, no sé si implorando clemencia. Las estrellas ni me miraron…

—¡Son ellos! —proclamó entre dientes—. ¿Has oído?…

¡Son ellos!… ¡Han vuelto!

Lo expresó con tal seguridad que, instintivamente, giré la cabeza a uno y otro lado e intenté localizar a los intrusos.

¿Ellos?

Las «sombras» (?) corrieron veloces entre los tamariscos.

Pero ¿qué sombras? Allí sólo había silencio y tinieblas. Miento: silencio, tinieblas y miedo. Fue entonces cuando empecé a sentirlo...

Alargué el brazo y me aferré a la «vara de Moisés».

Pensé en los *felah* del bosque del «perfume». No, los recogedores de nueces regresaban cada día a Salem y Mehola.

¿Bandidos?

Tampoco tenía sentido. Hubieran atacado de día. Sólo éramos dos «locos» indefensos...

Los bandidos, además, según mis noticias, se hallaban más al este. ¿Y qué malhechor era capaz de silenciar un arroyo y a las miles de aves e insectos que colonizaban la garganta?

No supe reaccionar con frialdad. Y el miedo, como digo, se sentó a mi lado. Al principio, tímidamente. Después, conforme rodaron los minutos, me tanteó y me golpeó...

A partir de esos instantes, todo fue singular y difícil de ordenar, al menos en mis pensamientos, a punto de naufragar.

Empecé a experimentar un dulce e inexorable sueño, parecido al que me abordó la primera noche, en la cueva uno. Hice esfuerzos para mantenerme despierto. Interrogué a Yehohanan y lo animé a que me proporcionara alguna pista sobre los individuos (?) que, supuestamente, «habían regresado».

—...«Ellos» —pregunté—, ¿dónde están? ¿Quiénes son?

La respuesta fue fulminante. Se puso en pie y, sin mediar palabra, saltó en dirección al talud. Supongo que trepó por los espolones de tierra, desapareciendo en su refugio. Y digo que supongo porque ni siquiera oí los pasos...

¿Se hallaba en la cueva dos cuando sucedió lo que sucedió? Mejor dicho, ¿cuando imagino que sucedió lo que sucedió? Lo ignoro, sinceramente, aunque todo fue posible en aquel manicomio...

Y allí permanecí, sentado, con la vara entre las manos, y en compañía del nuevo «visitante», el miedo.

No sé cuánto pudo prolongarse el silencio. Para mí resultó eterno. Miraba a mi alrededor, pero era inútil. La oscuridad se retorcía y me hacía ver lo que, sin duda, sólo habitaba en mi cerebro; en mi agotado cerebro.

Empecé a dar cabezadas. El miedo, de vez en vez, tocaba en mi hombro, y me sobresaltaba. Después, otra vez el sueño demoledor…

Quizá fueran las once o las doce de la noche. ¿Qué importaba la hora?

Tampoco estoy en condiciones de asegurar, al ciento por ciento, que aquello fuera un sueño. ¿No lo fue? Quién sabe…

El recuerdo, eso sí, es nítido. Todavía me estremezco…

Entre cabezada y cabezada, siempre sobresaltado, me pareció ver algo en el negro y repleto firmamento.

¡Eran «luces»!… ¡Unas «luces» se desplazaban lentamente, sin prisas!

¿Luces?, ¿en el año 25?

Sí, quizá fue un sueño…

Conté siete. Todas idénticas, en un blanco luna y con una magnitud que oscilaba entre 1,7 y 2,2.

No sé qué sucedió, pero permanecí atento. Las cabezadas no volvieron. El miedo, sin embargo, siguió allí, junto al río, burlándose de este confuso explorador. Pude verlo, lo juro. Era otro Jasón, con una sonrisa cínica. No dejaba de observarme.

Quise olvidarlo y levanté los ojos hacia las estrellas. Titilaban rápidas, como asustadas ante la súbita irrupción de aquellas extrañas. Pero las estrellas, como yo, eran parte del «sueño» (?) y no estábamos autorizados a huir.

Las «luces» navegaban por la constelación de los Gemelos. Mantenían una impecable formación, en «cruz latina».

¡Era fascinante y, al mismo tiempo, absurdo! ¿Quién volaba en el siglo primero?

Y me vinieron a la memoria otros sucesos, relativamente similares, observados por mi hermano y por quien esto escribe durante el primer y segundo «saltos». En la inolvidable noche del Jueves Santo, mientras el Maestro permanecía en el huerto de Getsemaní, un objeto se aproximó al monte de los Olivos. Eliseo lo captó en el radar de la nave y yo lo vi desde el olivar en el que me ocultaba. Aquel objeto era controlado inteligentemente. Hacía estacionario, como un helicóptero. Se movía a gran velocidad y se detenía súbitamente, sometiendo a sus pilotos a una fortísima presión gravitatoria. ¡Inconcebible para nosotros! ¡Inconcebible para el año 30! En un momento determinado, cuando el objeto se detuvo a cosa de cien metros sobre el calvero en el que se encontraba Jesús de Nazaret, un ser alto y de cabellos blancos apareció en escena, aproximándose al Hijo del Hombre. Horas después, el viernes, 7 de abril, hacia las 14.05, otro objeto fue registrado igualmente en el instrumental de la «cuna» y observado también por este perplejo explorador, desde el Gólgota. Aquel disco era enorme y fue a interponerse entre el Sol y la Tierra, provocando las célebres «tinieblas» (1). A las 14 horas, 57 minutos y 30 segundos —coincidiendo con la muerte del Galileo—, la enorme «luna» empezó a moverse y regresó la claridad sobre Jerusalén. Jamás vi una cosa igual...

El 21 de abril de ese mismo año 30, de madrugada, cuando me hallaba en la orilla del *yam* o mar de Tiberíades, otra «luz», incomprensible, empezó a moverse en la constelación de Hydra. Era un punto blanco, y de una magnitud 2,2, aproximadamente. Al cabo de un tiempo se detuvo en la constelación de Cáncer y quedó camuflada entre las estrellas (2).

Era el cuarto encuentro, si no recordaba mal, con aquellos misteriosos e «imposibles» objetos volantes. Y no sería el último...

Las «luces» siguieron su vuelo y, al llegar a la altura de Wasat, una de las estrellas de los Gemelos, se detuvieron.

Abrí la boca, como un perfecto estúpido.

¡Asombroso!

Y oí una carcajada. Era el miedo. Era el otro...

(1) Amplia información en *Jerusalén. Caballo de Troya 1. (N. del a.)*
(2) Amplia información en *Saidan. Caballo de Troya 3. (N. del a.)*

Entonces, en el «sueño» (?), sucedió algo igualmente «imposible» (?): la primera «luz», el líder, se separó del resto y cruzó el negro y blanco del firmamento, hasta situarse en la posición de Betelgeuse, la gigante roja de Orión. Y allí permaneció, solapándola.

Acto seguido, las tres «luces» que formaban el brazo corto de la cruz, o *patibulum,* se deslizaron sin perder la formación y fueron a «caer» sobre Alnitak, Alnilam y Mintaka, el cinturón de la referida constelación de Orión. La superposición fue simultánea y magníficamente calculada.

Percibí unas gotas de sudor por las sienes. Estaba temblando...

Entonces resonó de nuevo la risa de aquel endemoniado.

Las tres «luces» restantes se incorporaron también al bello conjunto de Orión y ocuparon posiciones, ocultando a Bellatrix, Saiph y, finalmente, a Rigel (por este orden). Y las vi centellear.

¡Increíble! Yo también era piloto. La maniobra fue de primera clase...

Pero otra vez el río...

Durante algunos segundos, suponiendo que fuera capaz de cronometrar el tiempo, regresó a mis oídos el habitual rumor de las aguas. Y también las confidencias de las lechuzas y los cárabos, ocultos en el ramaje del bosque.

El miedo se distanció, pero sólo fue una retirada aparente.

Al poco, las tres «luces» que habían ocupado el cinturón de Orión destellaron en rojo y empezaron a moverse. Se despegaron de las estrellas e iniciaron un vertiginoso descenso hacia la garganta en la que me hallaba.

El miedo regresó...

A medio camino (?) (eso me pareció), las «luces» se fundieron en una y prosiguieron la caída, directamente hacia el Firán, y como una bola blanca, cada vez más enorme.

El pánico me abrazó. Creí llegada mi hora.

La «luz», inmensa, se aproximó y yo cerré los ojos. El cataclismo era inminente. Todo saltaría por los aires...

Esperé.

En el «sueño» (?) fue una eternidad.

No sucedió nada. ¿Nada?

Cuando abrí los ojos, al instante, los cerré de nuevo. ¡Oh, Dios!

Y el miedo se burló de este aterrorizado explorador, aunque, en esta oportunidad, fue una risa sin sonido. Todo, a mi alrededor, se hallaba nuevamente «mudo». Sólo mi corazón tronaba...

Quise huir. Imposible. El miedo, el otro, me retenía, y movía la cabeza, recomendando que no lo hiciera. Los músculos quedaron inservibles. Estaba agarrotado.

Me decidí a contemplar de nuevo aquella «cosa». Era gigantesca. Flotaba inmóvil sobre el lugar. Era una enorme esfera, de un blanco radiante. Torrente, arbustos, el bosque del «perfume», todo a mi alrededor aparecía iluminado como si fuera de día, con una luz mucho más intensa y que, para mi desconcierto, no daba sombras. Nada proyectaba sombra...

¡Dios bendito! ¿Qué era aquello?

La esfera podía hallarse a quinientos metros sobre la vertical del afluente. Era, sencillamente, majestuosa.

Y en el «sueño» (?), quien esto escribe supo (?) que aquel artefacto medía, exactamente, un kilómetro y ochocientos metros (1.757,9096 metros). No sé cómo lo supe, pero llegó a mi cabeza nítido y rotundo. Y algo más: yo había visto aquel objeto, pero ¿dónde? En esos momentos no recordé.

En cuanto al diámetro (insisto: 1.757,9096 metros), ¿qué significaba? ¿Por qué la cifra permaneció, y permanece, en mi memoria?

Todo era absurdo y loco. ¿O no?

El miedo, entonces, me soltó, pero continué sentado y, supongo, con la boca abierta.

¿Cómo describirlo? Fue mucho más que paz. «Algo» me inundó y me tranquilizó. Ahora sé qué fue...

Y, súbitamente, la luz que no daba sombras, y que lo llenaba todo en la garganta, se extinguió.

Oí una especie de «clang», un sonido metálico que se prolongó durante segundos.

No supe en qué dirección mirar...

La esfera, o lo que fuera, continuó en mi vertical, sin oscilación ni cabeceo.

Estaba deslumbrado, y no sólo por la intensa radiación emitida por la gigantesca «luna». Si era evidente que la formidable masa se sostenía en el aire, e impecablemente, casi como una pluma, ¿cómo lo conseguía? ¿Dónde se hallaban los motores? ¿Cuál era el sistema de propulsión y navegación de aquel monstruo?

Además del sosiego, también recuperé el control de mis movimientos. Los oídos, sin embargo, continuaron bloqueados (?).

De pronto, observé un fogonazo. Procedía de la cueva dos en la que, supuestamente, acababa de refugiarse el Anunciador. No sabría describirlo. Me recordó un flash. Después se produjo un segundo y un tercer destellos, siempre en el interior de la gruta.

Me puse en pie. ¿Un flash en el año 25?

«Estoy enloqueciendo», me dije en el «sueño».

Miré hacia la esfera blanca. Nadie había salido de ella. Yo, al menos, no fui consciente. Pero ¿por qué daba por hecho que el objeto estaba tripulado? ¿Qué otra cosa podía pensar?

Entonces, por la boca de la cueva dos, se asomó «aquello»...

No tengo palabras para aproximarme.

En un primer momento lo identifiqué con una «niebla». Era tan alta como la entrada de la oquedad; quizá dos metros o un poco más. Se agitaba sin cesar, pulsaba como un corazón, y ¡brillaba! ¡Parecía un ser vivo!

«¡Loco! —insistí—. ¡Definitivamente, loco!»

Era amarilla, pero, en el interior, los «latidos», cientos de «latidos» simultáneos, destellaban en rojo. Lo sé, no es fácil describir una pesadilla. ¿O no era tal?

«Aquello» permaneció brevemente en la entrada de la cueva. Temí por Yehohanan...

Después se dejó caer por la pared rocosa, lamiendo los espolones y los corros de tamariscos.

Sentí cómo los cabellos se erizaban...

La «niebla», lentamente, sin dejar de pulsar, alcanzó la ribera del Firán y se dirigió hacia quien esto escribe. Di un paso atrás...

Fue extraño. El miedo se hizo presente de nuevo, pero «algo» lo mantuvo a raya. Y la paz me dio la mano.

Entonces, en el «sueño» (?), oí una voz. Sonó en el interior de mi cabeza, y dijo:

«¡*Mal'ak*, no temas!»

Mal'ak significaba «heraldo» o «mensajero» en arameo. No lo hice. No retrocedí.

La «niebla» continuó hacia mí. Yo sabía que «ella» sabía de mi presencia. Pero me mantuve firme, agarrado a la vara. Ni siquiera pensé en defenderme. No hubiera podido...

Alcé la vista hacia la cueva dos. Se hallaba a oscuras. El extremo de la «niebla», como el final de una larga y gruesa serpiente, había abandonado la gruta y se agitaba por la pared de la garganta. Y la «cabeza» de la criatura (?) se situó frente a quien esto escribe. Se detuvo. Yo sé que me observó.

¡Dios mío!... ¿Qué era aquello? ¿Un ser vivo?

Lo vi pulsar entre fogonazos rojos, breves y silenciosos. Era más alta que yo. De haberlo querido, me hubiera engullido...

«¡*Mal'ak*, no temas!»

La voz, esta vez, procedía de la esfera luminosa que permanecía estática y majestuosa sobre el río. Y el eco se propagó en el silencio...

«¡*Mal'ak*!... ¡*Mal'ak*!...»

¿O fue en mi cabeza?

¡Dios bendito! ¿Estaba soñando? Todavía no lo sé...

La «niebla» se aproximó un poco más. Casi me rozó. De haber extendido el brazo, la hubiera tocado a placer. No me atreví.

Era como una nube densa. En realidad, el color amarillo se lo proporcionaba una infinidad de puntos (?) luminosos, similares a las gotas en suspensión que caracterizan a una niebla normal.

¡Fantástico! ¿Puntos luminosos vivos? ¿Por qué supe

que aquellos millones de minúsculos cuerpos brillantes formaban una «inteligencia»?

Sencillamente, lo supe.

Tras explorarnos mutuamente, la «niebla» siguió hacia el arroyo y se introdujo en las aguas. Y al punto, junto a la orilla, brotó una columna de «vapor» (?), como si algo incandescente hubiera entrado en contacto con la corriente. Me estremecí. Yo estuve a punto de introducir un brazo en el interior de aquel «ser»…

La columna se elevó y permaneció blanca y activa, borboteando, hasta que la «criatura» terminó de sumergirse en el Firán.

Volví a mirar hacia la cueva de Yehohanan.

Silencio. Ni rastro del Anunciador…

La «niebla» desapareció y también la columna de «vapor».

Entonces oí nuevamente aquel sonido metálico y alcé la vista. El blanco de la esfera cambió a un rojo cereza y empezó a elevarse. En un abrir y cerrar de ojos, voló hacia Orión.

Y yo permanecí absorto, y desconcertado, buscando entre los racimos de estrellas.

Todo recuperó el ritmo habitual. Todo sonó «5 × 5».

Pero el «sueño» no había concluido…

Mientras intentaba no perder el vertiginoso vuelo de la «luz» roja, ahora del tamaño de una estrella, algo empezó a moverse en la oscuridad del cielo, justamente en el sector que había ocupado la esfera. También brillaba. Parecían hilos, pero no…

Descendían rítmicamente, balanceándose con una cierta cadencia, como las hojas muertas.

Corrí y entré en el arroyo. La curiosidad me pudo.

Yo sabía —no sé cómo— que «aquello» procedía del objeto que acababa de «despegar». Y sabía también que era importante, tanto para mí como para el hipotético lector de este diario…

Los había a cientos. Eran frágiles. Nada más tocar las aguas, se deshacían como pompas de jabón.

¡Maravilloso!

Algunos cayeron sobre mis hombros y brazos. Otros se enredaron en la cabeza y rozaron el pecho y las piernas.

No había duda.

¡Eran letras y números, en hebreo y arameo! ¡Aparecían engarzados, como los eslabones de una cadena! ¡Eran como el cristal, pero no era cristal!

¡Maravilloso!

Abrí las palmas de las manos y dejé que se posaran en ellas. Los que acertaron a tocarlas no se volatilizaron, como los otros. Allí permanecieron, brillantes, hasta que medio logré retenerlos en la memoria. Después desaparecían, misteriosamente.

Los grupos de letras que fueron a depositarse en mis manos componían palabras. Eso lo recuerdo muy bien. Y con ellas, varios números. Éstos, lamentablemente, no quedaron anclados tan sólidamente en mi cerebro.

Esto es lo que «vi» en el «sueño» (por este orden):

«OMEGA 141»... «PRODIGIO 226»... «BELSA'SSAR 126»... «DESTINO 101»... «ELIŠA Y 682»... «MUERTE EN NAZARET 329»... «HERMÓN 829»... «ADIÓS, ORIÓN 279» y «ÉSRIN 133».

Entonces sólo identifiqué tres o cuatro nombres: Belša (el persa del «sol» en la frente), Eliša (Eliseo), Orión (no sé si se refería a Kesil, nuestro fiel siervo) y Ésrin, yo mismo. Respecto a los números, ni idea...

¡Ésrin... Veinte!

¿Veinte?

Oí una voz ronca y quebrada, muy familiar.

—¡Ésrin!... ¡Veinte!... ¡Despierta!

Era Yehohanan. Tenía un cuenco de madera entre las manos.

Me costó situarme. ¿Qué había ocurrido?

Miré a mi alrededor. Continuaba junto al Firán. Estaba amaneciendo. Pero...

—Esto te aliviará...

El Anunciador dejó la escudilla sobre el terreno y dio media vuelta, alejándose hacia la corriente. Cargaba el saco negro y pestilente, como siempre.

Pero ¿y la esfera resplandeciente? Yo vi la «niebla» y las letras y números que cayeron del cielo...

¿Lo había soñado?

Traté de incorporarme y lo logré con dificultad. Me sentía agotado, sin fuerzas, como ya sucedió en la aldea de Salem. Supuse que la pesadilla (?) no me permitió descansar. En esos momentos no imaginé lo cerca que estaba del desastre...

Yehohanan se volvió y, señalando hacia arriba con el dedo índice izquierdo, gritó:

—¡Ellos han vuelto!

Después, de acuerdo con su costumbre, procedió a la recitación de la plegaria. Y allí permaneció, en mitad del arroyo, de espaldas.

¿Por qué hablaba de «ellos»? ¿Se refería a los que pilotaban los objetos? En ese caso no podía tratarse de un sueño...

No quise profundizar en el asunto. Mi cabeza estaba a punto de estallar.

Fue entonces cuando sentí aquel dolor intenso y tenaz en el cuello, hombros, pecho y muslos. Y fue también en esos primeros momentos del jueves, 8 de noviembre, cuando reparé en una especie de pitido lejano e ininterrumpido que nacía (?) en mi cabeza. Lo oía perfectamente.

Pero, alertado por el dolor, olvidé, momentáneamente, el sonido en cuestión.

Examiné la túnica. En los hombros, pecho y en la zona de las piernas descubrí varios y pequeños orificios. El lino, aparentemente, había sido quemado (!). Seguí inspeccionando y comprobé, perplejo, que el dolor se debía a otras tantas quemaduras, muy reducidas y, en principio, de primer grado.

No logré entender...

Aquellas manchas rojas en la piel...

¿Cómo había sufrido dichas quemaduras? No tenía recuerdo. A no ser que...

No, eso era imposible. Eso fue un sueño...

Y la «pesadilla» regresó a la memoria, en el momento en que vi caer los brillantes números y letras...

¡Oh, Dios!

Sumé ocho o diez marcas, todas muy superficiales, sin

ampollas, y en los lugares en los que toparon los referidos y enigmáticos símbolos hebreos y arameos.

¿Fui quemado en un «sueño»?

Aquello, tuviera el origen que tuviera, significaba, además, que la protección permanente —la «piel de serpiente»— había fallado. ¿Cómo era posible? La segunda epidermis, como he mencionado en otras oportunidades, era un sistema de seguridad de probada eficacia (1). Sólo una vez resultó inoperante, y también en circunstancias extraordinarias: durante la novena aparición del Maestro, después de su muerte, el 9 de abril del año 30, en la planta superior de la casa de Elías Marcos, en Jerusalén. En aquella ocasión, en una estancia cerrada, quien esto escribe experimentó una sensación «imposible»: una brisa helada, como un millón de agujas... (2). La «piel de serpiente» no sirvió. Nunca supimos qué fue lo que fracasó.

Los judíos tenían un nombre para este tipo de ensoñación, más próximo a la realidad que a los sueños. Lo llamaban *hélem* o «visión», como ya referí al hablar de Zacarías, el padre de Yehohanan. No era real, pero tampoco irreal...

Ahora, ya no estoy seguro de nada. ¿Soñé o creí que soñaba?

El dolor me despabiló y me devolvió a la cruda realidad. Algo o alguien me había producido un rosario de quemaduras. No era grave. El dolor, justamente, me hacía ver que las terminaciones nerviosas no sufrieron daño. Un segundo o tercer grado sí hubiera sido preocupante.

El Anunciador concluyó sus recitaciones y caminó aguas arriba, como era habitual en él.

E hice lo único que estaba en mi mano. Busqué la frescura del arroyo y evité así la propagación de las lesiones.

Era desconcertante...

(1) Mediante un proceso de pulverización, el explorador cubría su cuerpo desnudo con una serie de aerosoles protectores que formaban una segunda piel, capaz de proteger zonas vitales, tanto de una posible agresión mecánica como bacteriológica. Este eficaz «traje» resiste impactos como el producido por un proyectil (calibre 22 americano), a veinte pies de distancia, sin interrumpir el proceso normal de transpiración y evitando la filtración, a través de los poros, de agentes químicos o biológicos. *(N. del m.)*

(2) Amplia información en *Masada. Caballo de Troya 2. (N. del a.)*

¡Las quemaduras eran auténticas! Pero entonces...

El frío me calmó. Después, más sereno, con el ánimo ciertamente recuperado, retorné junto a la escudilla, obsequio de Yehohanan.

Y caí en la cuenta de las palabras pronunciadas por el gigante de las siete trenzas: «Esto te aliviará.»

¿Cómo lo supo? ¿Cómo sabía de las quemaduras (1)?

Yehohanan, verdaderamente, era un personaje fuera de lo común.

Embadurné las quemaduras con la miel y, tras desayunar lo que quedaba en el cuenco, dediqué unos minutos a pensar en mi situación. Me sentí bien. El abatimiento experimentado aquel amanecer se disipó. Lo atribuí a la deliciosa y nutritiva ración de miel. Cien gramos, por ejemplo, equivalen a un filete de buey o a cinco huevos...

Y el Destino, supongo, sonrió burlón.

Si la memoria no fallaba, me encontraba en el jueves, 8 de noviembre. Prometí a Eliseo que regresaría en un mes. Faltaban tres semanas. Había averiguado lo esencial sobre el Anunciador. Sólo me restaba suministrarle los «nemos». Después, ya veríamos...

Echaba de menos a mi amigo, Jesús de Nazaret.

No lo aplazaría. Esa misma noche activaría los «nemos». Al día siguiente, si Yehohanan no me había mostrado su secreto (?), me despediría y volvería a Salem, junto al anciano Saúl.

En algo acerté: Yehohanan me hizo partícipe de su «secreto», y yo retorné a la aldea, pero no como imaginaba...

Y, reconfortado, decidí visitar a mis amigos, los *felah* del bosque del «perfume». Fue una providencial decisión...

«Ša'ah» («Tiempo corto») me obsequió con algunas

---

(1) Entre los numerosos componentes benéficos de la miel, existe un grupo, llamado genéricamente «inhibina», que disfruta de un alto poder bactericida. Su papel es similar al de antibióticos como la terramicina, la aureomicina y la estreptomicina, como demostró el bacteriólogo Sakett. La «inhibina», al parecer, es consecuencia de la acumulación de peróxido de hidrógeno, producido en la miel por la glucoso-oxidasa, un sistema natural de enzimas. (*N. del m.*)

granadas y manzanas, amén de las habituales nueces. Al despedirme, el generoso y afable campesino preguntó «si todo iba bien». Algo debió de notar. Algo vio en mi semblante. Y yo, más torpe que nunca, no presté atención a las premonitorias palabras del hombre que siempre corría.

Al regresar a la garganta, recibí otra sorpresa. El Anunciador, imprevisible, me estaba esperando. Se hallaba sentado al pie de la cueva uno, cubierto con el *talith* o manto de cabello humano, como siempre, y con el saco negro en el regazo. Lo acariciaba con ambas manos.

No saludó. No hizo alusión a las quemaduras. Simplemente, empezó a hablar.

Imaginé que se dirigía a quien esto escribe. El rostro se hallaba en la sombra. No pude ver los ojos. Aquélla era otra de las actitudes habituales en el Anunciador: hablaba con la vista fija en cualquier parte, menos en su interlocutor.

Me senté al lado, sin conceder mayor importancia a sus desplantes. Estaba acostumbrado. Y me limité a oír.

Al principio, el tono de voz fue tan bajo que tuve problemas para averiguar de qué diablos hablaba. El discurso sonaba a cantilena, monótona y repetitiva. Pensé que rezaba, aunque jamás lo vi recitar las plegarias en aquella posición. Siempre oraba de pie y, a ser posible, en mitad de un lago o de un río.

Se equivocó en una pronunciación. Echó marcha atrás, e inició de nuevo el discurso. Así fue cada vez que se equivocaba, o que él estimaba que una palabra no era entonada en la forma conveniente.

Honestamente, lo interpreté como otra manifestación de su desequilibrio.

Al poco, tras un par de repeticiones, creí saber a qué se refería. Yehohanan contaba la historia de un *raz* o misterio que él mismo, al parecer, había protagonizado. Lo seguí con interés durante un rato. Después, convencido de su demencia, no hice demasiado caso. ¿Se trataba de otro de sus delirios? Ahora, después de haber sido testigo de lo que fui, me arrepiento. Tenía que haberle prestado más atención…

Pero las cosas son como son y no como quisiéramos.

Esto es lo que recuerdo del monólogo, ordenado cronológicamente:

Sucedió —según Yehohanan— en el invierno del año 22, en el mes de *kisléu* (noviembre-diciembre), cuando se encontraba en la torrentera que llamó Ze'elim (probablemente entre la meseta de Masada y el oasis de En Gedi, en la costa occidental del mar Muerto). Según mis cálculos, y de acuerdo a lo leído en las «memorias» de Abner, fue en agosto de ese mismo año cuando el Anunciador, tras la muerte de su madre, Isabel, decidió retirarse a lo más profundo del desierto de Judá. Donó las ovejas a la comunidad *nazir* de la citada aldea de En Gedi y empezó a madurar un plan de «conquista del reino». Tenía veintiocho años.

Fue en el referido wadi o cauce seco del Ze'elim, a cosa de tres kilómetros al norte de Masada, y a unos dieciocho de la comuna *nazir*, en lo más abrupto y calcinado del desierto, donde el futuro Anunciador fue testigo del primer *raz*: una serie de «fuegos inteligentes» que, según la cantilena, iban y venían durante las noches. Me recordó las historias que circularon entre los vecinos del «Manantial de la Viña», el pueblo natal de Yehohanan, poco antes de su nacimiento. En aquel tiempo, unas esferas luminosas (?), pequeñas y veloces, aterrorizaron a hombres y animales. Entraban y salían de las casas, atravesando, incluso, los muros. En opinión de muchos, fue una señal. Algo estaba a punto de ocurrir; algo «divino», quizá una catástrofe. Y los sabios y doctores de la Ley hicieron *hitpa* (profetizaron), proporcionando toda suerte de vaticinios; una de esas profecías fue el inminente nacimiento del Mesías...

Yehohanan llamó a las luces «almas muertas» *(nefeš metah)*. No intenté preguntar. No lo habría consentido. Es más: no me hubiera oído. Se trataba de otra superstición, al estilo de las «sombras» que habitaban el *seol* (1). Para

---

(1) Para algunos grupos judíos, como ya indiqué, el *seol* era una especie de infierno en el que habitaba la inteligencia humana. Esa inteligencia permanecía en el *seol* mientras subsistía la materia o, al menos, la osamenta. En ocasiones, esas «almas muertas» huían del infierno y se presentaban en la Tierra, anunciando catástrofes o persiguiendo a los justos. Los malva-

otros, las «luces o fuegos vivientes» eran la encarnación de Lilit, uno de los peores demonios; por supuesto, de naturaleza femenina (1). Escuché versiones para todos los gustos. La más extendida aseguraba que Lilit se vengaba de los humanos succionando la sangre de los animales y haciendo desaparecer a los niños.

Aquellas «luces», si no entendí mal, permanecieron en las proximidades de Yehohanan durante el tiempo que vivió en soledad, en el citado desierto de Judá; un lugar inhóspito, apenas visitado por pastores y bandidos, y que tendría ocasión de recorrer en su momento.

Y recordé la alusión de Abner, el lugarteniente del Anunciador, a determinados sucesos, que calificó de «extraordinarios», y que, al parecer, se registraron en los dos años y medio de permanencia en los pedregales y barrancas de Judá.

Empecé a dudar. ¿Observó «fuegos inteligentes» durante treinta meses? Aquello no tenía ni pies ni cabeza...

Después, bajando de nuevo el tono de voz, exclamó:

—¡Ellos me visitaron!

Y el interés se reavivó en quien esto escribe. Otra vez «ellos». ¿A qué se refería? ¿Por qué lo repetía con tanta frecuencia? Lo había mencionado esa misma mañana, antes de entrar en el arroyo:

«¡Ellos han vuelto!»

¿Cómo pude ser tan torpe? ¿Cómo es posible que, después de lo vivido, no alcanzara a comprender?

---

dos e impíos —según estas sectas— nunca eran molestados por las *nefeš metah*. Era el privilegio de «los que no conocen la paz». Para evitarlas —generalmente se presentaban en las encrucijadas—, los hombres honrados procuraban caminar a la luz del día. En determinados lugares observé altos postes en los que los caminantes anudaban cintas de color rojo, como «aviso a las almas muertas». Se contaban decenas de historias sobre las persecuciones de estas luces a hombres y bestias (nunca a mujeres). La «explicación» (?), para los muy religiosos, se hallaba en la propia naturaleza femenina, «siempre del lado del mal». *(N. del m.)*

(1) Las tradiciones judías señalaban a Lilit como la primera mujer de Adán. Fue expulsada del Paraíso —dicen— por su mal carácter y por incitar a la revolución contra Dios. Eva ocupó su lugar. Los hijos de Lilit eran llamados *lilim* (véase Targum Jerosolimitano), los peores demonios conocidos. En realidad, Lilit era un personaje mitológico cananeo, derivado de *lilitu* (asirio), un espíritu del viento que terminó por convertirse en demonio-mujer. *(N. del m.)*

Yehohanan continuó con la recitación, prácticamente susurrando. Empezó a narrar otro suceso, tan inverosímil como los anteriores, que exigía el máximo respeto, al menos a los muy religiosos. El Anunciador estaba hablando de los *paraš* o *merkavah* («carros volantes», como el que se llevó a Elías a los cielos, según el citado segundo libro de los Reyes, 2, 11). Tanto esta visión, la del profeta Elías, como las de Ezequiel, en las que también se describen diferentes encuentros con *paraš*, eran estimadas por los doctores de la Ley como la máxima expresión de la Divinidad. Los *merkavah* eran los «carros» al servicio de Yavé. En ellos se trasladaban los ángeles e, incluso, el mismísimo Santo (!). Con los «carros de fuego» se desplazaban por los siete cielos y tenían acceso al Trono de Gloria, la sede de Dios. Por eso, al hablar del tema, lo hacían en voz baja, con la cabeza cubierta y sólo frente a una o dos personas, no más. Así lo hizo el anciano Abá Saúl, cuando me dio su versión sobre la desaparición de Malki Sedeq o Melquisedec (1).

¡«Carros volantes»!

Yo los había visto, pero no acepté el relato del Anunciador. ¿Desvariaba…?

Los *merkavah* (los judíos muy ortodoxos lo escribían con mayúscula) se presentaron también en el wadi de Ze'elim y en las torrenteras de Mishmar y Hever, algo más al norte, entre En Gedi y Masada.

Eran pequeños y grandes, capaces de posarse en tierra *(tebel)* o de permanecer, inmóviles, en lo alto (lo que llamó *šamáyim* o «cielo»). Llegaron a plena luz, y en la noche. Eran rápidos, como el rayo. Cuando se alejaban —siguió proclamando Yehohanan—, «se iba con ellos la arena del desierto». Muchas ovejas fueron halladas muertas y sus compañeros, los pastores que trashumaban Judá, a la búsqueda de dehesas de invierno, huyeron horrorizados. Algunos levantaron postes, con cintas ro-

---

(1) Según Abá Saúl, el misterioso Melquisedec fue arrebatado en un *paraš* o «carro de fuego», cuando contaba unos cien años de edad. Amplia información en *Nahum. Caballo de Troya 7. (N. del a.)*

jas, en un intento de espantar a las «almas muertas», las «luces» que volaban con los «carros».

—Ellos me llamaron, pero no me acerqué...

Yehohanan se refirió a «voces celestiales» (utilizó la expresión *bath kol*) que sonaban en su cabeza y que, según él, procedían de los *merkavah*.

Lo observé con escepticismo. En aquellas jornadas, en el Firán, había hecho alusión a voces extrañas, que sólo él oía, en repetidas ocasiones. ¿Por qué creerle?

Las «voces» —insistió— lo llamaban por su nombre: «Yehohanan.» Y añadían: «Grande y terrible.» Era la voz del Santo o de sus mensajeros. El Anunciador estaba absolutamente convencido. Era una «señal». Desde la muerte de los últimos profetas, hacía siglos, nadie había recibido un *bath kol* (1). Él era el nuevo profeta, al igual que Elías, Haggai, Zacarías y Malaquías. Y proclamó:

—«¡Yo soy Elías!»

Entonces —prosiguió—, las «voces» se hicieron visibles y se transformaron en setenta luces resplandecientes que volaron en silencio sobre su cabeza. Fue la consagración como profeta del Santo. Y cada «luz» le preguntó: «¿Aceptas la Ley y al Santo, bendito sea?» Yehohanan dijo que sí y las «luces» lo besaron en los labios, una tras otra, «como está escrito: ¡que me bese con los besos de su boca!».

¿Qué tenía que ver aquel versículo del Cantar de los Cantares (1, 2) con todo aquello?

Hice un esfuerzo y guardé silencio. Poco faltó para que me levantara y lo dejara con su loca recitación. Pero él me salvó dos veces. Era lo mínimo que podía hacer...

—Y ellos me reclamaron...

(1) Suponiendo que Malaquías hubiera existido, hacía más de cuatrocientos cuarenta y cinco años que Israel no conocía profeta alguno. Para los sabios y doctores de la Ley, lo único que sustituía a la persona del profeta, enviado por Dios, era el *bath kol* o «voz celestial». Esa «voz», sin embargo, no era aceptada con facilidad por las castas sacerdotales, fariseos, etc., que sólo se inclinaban ante la *halaká* (desarrollo del derecho, fundamentado en la Torá, e interpretación histórica y doctrinal de las Sagradas Escrituras). Si alguien afirmaba haber oído la citada «voz celestial», primero debía pasar el filtro de las autoridades religiosas. El pueblo sencillo sí creía en estos videntes y santos, portadores —decían— del espíritu de Dios. (*N. del m.*)

Fue extraño. Quizá una coincidencia... ¿O no?

Al pronunciar la palabra «ellos», el zumbido, lejano e ininterrumpido, que se había instalado en mi cabeza a raíz de la aproximación de la gigantesca esfera, se hizo más próximo. Yo diría que más claro y acusado. Me dejó atónito.

Pudo prolongarse unos segundos, no muchos. Después volvió a suavizarse, se «alejó», y permaneció en un segundo plano.

Mientras Yehohanan se refería a las *hayyot*, este perplejo explorador intentó racionalizar el porqué del pitido. A simple vista parecía un acúfeno, un ruido típico que padece mucha gente (1), y que, en general, está ocasionado por algún trastorno en el propio cuerpo humano. Y digo que me dejó desconcertado porque, en principio, quien esto escribe no sufría de anemia, obstrucciones o lesiones en los oídos, problemas cardíacos o de hipertensión o arteriosclerosis. A no ser que tuviera algo que ver con el mal que nos aquejaba y que, según todos los indicios, tenía su origen en las inversiones de masa.

¿Fue otra advertencia del Destino?

¡Dios santo, me hallaba a un paso del desastre!

Y el Anunciador, en su locura (?), continuó con el asunto de las *hayyot*...

¿*Hayyot*? ¿Cómo era posible? Aquel hombre había perdido el juicio...

Hayyot era un término utilizado para referirse a los «vivientes» que son descritos por Ezequiel y que, al parecer, se le presentaron en el río Kebar hacia el año 593

(1) Los acúfenos afectan, en mayor o menor grado, a un 25 por ciento de la población de más de cuarenta y cinco años. No se sabe con seguridad qué los provoca. Hay tantas descripciones de estos ruidos como pacientes. A veces se trata de zumbidos o pitidos. Otros oyen rugidos, silbidos, sonidos de grillos, o de campanas, trinos de pájaros, o combinaciones de varios, en forma permanente o esporádica. Según los especialistas, las causas más probables son la pérdida auditiva, infecciones, obstrucciones, tumores del oído medio, dolencia de Ménière, lesiones en el cráneo, anemia, problemas en los vasos sanguíneos e hipotiroidismo, entre otras. A la hora de dormir, debido al silencio, los acúfenos se intensifican y se hacen más molestos. Pueden ser sonidos en ambos oídos, o en uno de ellos. Los acúfenos cambian con el paso del tiempo (no confundir con «acusma» o alucinación acústica). *(N. del m.)*

o 592 antes de Cristo (1). Tenían aspecto humano, pero con cuatro caras y cuatro alas cada uno. Para los sabios del tiempo de Jesús, las *hayyot* eran otra representación del Eterno; una de las más santas, y en la que los ini-

(1) El libro de Ezequiel dice textualmente: «El año treinta, el día cinco del cuarto mes, encontrándome yo entre los deportados, a orillas del río Kebar, se abrió el cielo y contemplé visiones divinas. El día cinco del mes —era el año quinto de la deportación del rey Joaquín— la palabra de Yavé fue dirigida al sacerdote Ezequiel, hijo de Buzí, en el país de los caldeos, a orillas del río Kebar, y allí fue sobre él la mano de Yavé.

»Yo miré: vi un viento huracanado que venía del norte, una gran nube con fuego fulgurante y resplandores en torno, y en el medio como el fulgor del electro, en medio del fuego. Había en el centro como una forma de cuatro seres cuyo aspecto era el siguiente: tenían forma humana. Tenían cada uno cuatro caras, y cuatro alas cada uno. Sus piernas eran rectas y la planta de sus pies era como la planta de la pezuña del buey, y relucían como el fulgor del bronce bruñido. Bajo sus alas había unas manos humanas vueltas hacia las cuatro direcciones, lo mismo que sus caras y sus alas, las de los cuatro. Sus alas estaban unidas una con otra; al andar no se volvían; cada uno marchaba de frente. En cuanto a la forma de sus caras, era una cara de hombre, y los cuatro tenían cara de león a la derecha, los cuatro tenían cara de toro a la izquierda, y los cuatro tenían cara de águila. Sus alas estaban desplegadas hacia lo alto; cada uno tenía dos alas que se tocaban entre sí y otras dos que le cubrían el cuerpo; y cada uno marchaba de frente; donde el espíritu les hacía ir, allí iban, y no se volvían en su marcha.

»Entre los seres había algo como brasas incandescentes, con aspecto de antorchas, que se movían entre los seres; el fuego despedía un resplandor, y del fuego salían rayos. Y los seres iban y venían con el aspecto del relámpago.

»Miré entonces a los seres y vi que había una rueda en el suelo, al lado de los seres de cuatro caras. El aspecto de las ruedas y su estructura era como el destello del crisólito. Tenían las cuatro la misma forma y parecían dispuestas como si una rueda estuviese dentro de la otra. En su marcha avanzaban en las cuatro direcciones; no se volvían en su marcha. Su circunferencia tenía gran altura, era imponente, y la circunferencia de las cuatro estaba llena de destellos todo alrededor. Cuando los seres avanzaban, avanzaban las ruedas con ellos, y cuando los seres se elevaban del suelo, se elevaban las ruedas. Donde el espíritu les hacía ir, allí iban, y las ruedas se elevaban juntamente con ellos porque el espíritu del ser estaba en las ruedas. Cuando avanzaban ellos, avanzaban ellas, cuando se paraban, se paraban ellas, y cuando ellos se elevaban del suelo, las ruedas se elevaban juntamente con ellos, porque el espíritu del ser estaba en las ruedas. Sobre las cabezas del ser había una forma de bóveda resplandeciente como el cristal, extendida por encima de sus cabezas, y bajo la bóveda sus alas estaban rectas, una paralela a la otra; cada uno tenía dos que le cubrían el cuerpo.

»Y oí el ruido de sus alas, como un ruido de muchas aguas, como la voz de Šadday; cuando marchaban, era un ruido atronador, como ruido de batalla; cuando se paraban, replegaban sus alas. Y se produjo un ruido.

»Por encima de la bóveda que estaba sobre sus cabezas, había algo como una piedra de zafiro en forma de trono, y sobre esta forma de trono por encima, en lo más alto, una figura de apariencia humana.

ciados en el saber esotérico «leían», incluso, las medidas antropomórficas de Yavé (1).

Yehohanan erró en la pronunciación del término hebreo *hayyot* e inició la secuencia. No había oído mal.

—¡Ellos me visitaron!… ¡Me reclamaron!

El Anunciador repitió la descripción de los seres que vio Ezequiel en las cercanías del Kebar, el río o canal que existía en la ciudad babilónica de Nippur. Supuse que conocía el texto y que, en su locura, se limitaba a hacerlo suyo.

¿Seres no humanos en el desierto de Judá? ¿Criaturas de cuatro caras? ¿Ruedas que vuelan? ¿Voces celestiales que lo llamaban por su nombre? ¿Almas muertas que iban y venían sobre los arenales? ¿Carros volantes que mataban ovejas y aterrorizaban a los pastores? ¿Yavé, en persona, entre fuego y nubes de polvo?

Sentí lástima…

»Vi luego como el fulgor del electro, algo como un fuego que formaba una envoltura, todo alrededor, desde lo que parecía ser sus caderas para arriba; y desde lo que parecía ser sus caderas para abajo, vi algo como fuego que producía un resplandor en torno, con el aspecto del arco iris que aparece en las nubes los días de lluvia: tal era el aspecto de este resplandor, todo en torno. Era algo como la forma de la gloria de Yavé. A su vista caí rostro en tierra y oí una voz que hablaba.

»Me dijo: "Hijo de hombre, ponte en pie, que voy a hablarte." El espíritu entró en mí como se me había dicho y me hizo tenerme en pie; y oí al que me hablaba. Me dijo: "Hijo de hombre, yo te envío a los israelitas, a la nación de los rebeldes, que se han rebelado contra mí. Ellos y sus padres me han sido contumaces hasta este mismo día. Los hijos tienen la cabeza dura y el corazón empedernido; hacia ellos te envío para decirles: Así dice el señor Yavé. Y ellos, escuchen o no escuchen, ya que son una casa de rebeldía, sabrán que hay un profeta en medio de ellos. Y tú, hijo de hombre, no les tengas miedo, no tengas miedo de sus palabras si te contradicen y te desprecian y si te ves sentado entre escorpiones. No tengas miedo de sus palabras, no te asustes de ellos, porque son una casa de rebeldía…"» *(N. del a.)*

(1) Los doctores y escribas defendían que las *hayyot* vivían en un firmamento especial, por encima del *aravot* o desierto. La longitud de ese «cielo» —decían— era superior a la distancia que podría recorrer un hombre (siempre varón) en mil quinientos años. Cada *hayyot* o «viviente» disponía de una pezuña tan grande como todos los cielos juntos (nadie se atrevía a proporcionar una medida para la suma de los siete firmamentos, aunque los más audaces hablaban de quinientos años de marcha para calcular la altura de cada cielo). En su fantasía, los judíos afirmaban —siempre en voz baja— «que la estatura del Santo era, como mínimo, de mil quinientos años de marcha». *(N. del m.)*

Y el hombre de las «pupilas» rojas habló y habló.

Mencionó otros «ángeles». Todos lo visitaron. Sabía sus nombres: setenta y dos, dijo. Tahariel, Qadomiel, el malvado Samael, Padael, Uriel y otros que, francamente, no retuve.

Aquello era una locura...

Describió los «palacios» del Santo, más allá de los siete cielos y de las siete moradas de los ángeles. Dijo haber sido arrebatado, como Henoc, y transportado en un «carro de fuego» hasta la mismísima presencia del Elegido (el Mesías). Fue entonces cuando supo que era rubio, de bellos ojos y de agradable presencia.

—Ellos me lo mostraron —repitió—. ¡Yo conozco al Mesías!... Su morada está bajo las plumas del Señor de los espíritus... ¡Es un *Bar nasa*! (Hijo de hombre)... ¡Y todos los justos y elegidos brillaban ante él como luces ardientes!

Yehohanan seguía apropiándose de citas y textos que no eran suyos. Las últimas palabras eran del primer libro de Henoc (36, 6-7). La recitación empezaba a aburrirme...

Y recordé otras afirmaciones del Anunciador, lanzadas el domingo, 30 de septiembre, cuando se hallaba en el vado de las «Columnas»:

—¡Yo también he visto el rostro del Santo!... ¡Yo he visto su cara y sigo vivo!

Se refería, sin duda, a estos sucesos «extraordinarios», registrados, según él, en el desierto de Judá.

¿Confundía el rostro de las *hayyot* con el de Yavé? Pero ¿qué estaba pensando? No debía prestar excesiva atención. Yehohanan estaba alucinando... ¿O no?

—...Y me mostraron a mí mismo —continuó—, en uno de los palacios radiantes... ¡Era yo, antes de nacer! Flotaba en el agua sagrada y me vi siete veces...

Lo dijo con tanta seguridad que, por un momento, quedé desconcertado.

¿Se vio a sí mismo, en el interior de uno de los «carros», y en siete momentos distintos de su gestación?

Yo también me estaba volviendo loco...

Después habló de la «señal» que mostraba en la palma de la mano izquierda: «Yo, del Eterno», una suerte de «tatuaje», grabado a fuego, y que acreditaba el celo del Anunciador por Yavé.

Me sorprendió de nuevo. Dijo que fue obra de las *hayyot*. Y citó a Isaías: «Él saca en orden a su ejército de *merkavah* (carros volantes) y llama a todos por su nombre...»

¡Dios bendito!

Y fue una de esas *hayyot* o «vivientes» —prosiguió sin inmutarse— la que le proporcionó el barril de colores. Abner habló del interés de Yehohanan por las abejas, nacido, justamente, durante su estancia en el desierto, pero jamás mencionó que la colmena ambulante le hubiera sido entregada por el Santo o por sus «ángeles» (!).

Aquello era igualmente absurdo. La colmena, en mi opinión, no tenía nada de particular.

—Y el hombre-abeja —añadió— puso en mis manos el gran secreto del Santo, bendito sea su nombre...

Ahí cesó la recitación. Y acarició de nuevo el saco negro que sostenía en el regazo.

¿Hombre-abeja? ¿De qué hablaba?

La supuesta y enésima fantasía del Anunciador quedó relegada a un segundo término cuando repitió la expresión «gran secreto del Santo», y con especial énfasis. Casi deletreó las palabras.

El sol se precipitaba ya sobre el bosque del «perfume». Faltaba algo menos de una hora para el crepúsculo.

¡El secreto!

La intuición nunca se equivoca. En aquel saco embetunado y pestilente guardaba «algo» de especial valor para él.

«¡Vamos! —me ordenó junto al árbol de la cabellera, en los lagos de Enaván, pocos días antes—. Te mostraré mi secreto.»

Y yo, hipnotizado, me fui tras él...

Yehohanan retiró el *talith* y me buscó con la mirada. Las «pupilas» de fuego me taladraron. No supe qué hacer, ni qué decir. Por supuesto que deseaba averiguar a qué secreto se refería. En aquel personaje, todo era posible.

Y esperé. No debía impacientarme. Si me equivocaba, Yehohanan podía cambiar de criterio y desaparecer en la cueva dos. Aquélla era la última noche en la garganta del Firán. Así lo había planeado. A la hora de la cena, si todo marchaba a mi favor, le suministraría los «nemos».

Siguió acariciando el saco con ambas manos...

Intenté adivinar sus pensamientos. Imposible. Yehohanan, insisto, no era un hombre como los demás.

—Lo que ahora vas a ver —proclamó, al fin— es la voluntad del Santo, bendito sea...

Guardó silencio y esperó, supongo, una respuesta. Asentí con la cabeza. Fue lo único que se me ocurrió.

Entonces empezó a desatar uno de los extremos de la arpillera. Lo hizo despacio, recreándose.

De pronto se detuvo, y clamó, como si lo hubiera olvidado:

—¡Tú eres Ésrin...! ¡Tú eres Veinte!... ¡Él te ha puesto en mi camino para que le adviertas! ¡Recuérdalo!

¿A quién tenía que advertir? ¿Sobre qué?

Una vez abierto, introdujo la mano izquierda en el saco e hizo presa en el contenido. Aguardé expectante.

Y el pitido en el interior de mi cabeza se hizo más intenso. Supuse que el nivel de audición se elevó, como consecuencia del silencio reinante...

Pero, ante mi sorpresa, retiró la mano del saco, y volvió a cubrirse con el «chal» de pelo humano.

Temí que se hubiera arrepentido. ¿Qué error cometí esta vez?

—Te lo mostraré —explicó—, pero antes, cumple con el ritual. ¡Purifícate!

Y señaló las aguas del arroyo.

¿A qué ritual se refería? ¿Por qué debía purificarme?

Repitió el gesto y endureció el semblante. No pregunté. Estaba claro que, si deseaba contemplar el «secreto» del Anunciador, tenía que someterme a su voluntad. Los judíos acostumbraban a purificarse antes de la cena del shabbat, después de las curaciones y del acto sexual y a lo largo de determinadas fiestas. Según las retorcidas leyes mosaicas, había cientos de ocasiones en las que hombre y mujer contraían impureza (pecado). Eso significaba, además de satisfacer un dinero al Templo, un obligado baño, a ser posible en la *miqvé* o piscina ritual más próxima (un baño por el que también abonaban una cantidad).

No era mi caso. Ni siquiera era judío. Yehohanan lo sabía. Sinceramente, no comprendí, pero obedecí.

Me introduje en la corriente y dejé que las aguas me «purificaran».

¿Qué era lo que quería mostrarme? ¿Por qué le otorgaba un carácter sagrado? ¿Él me había puesto en su camino? Imaginé que hablaba de Yavé... ¿Para advertir a Jesús de Nazaret? Yehohanan sospechaba, o sabía, que este explorador volvería a verlo, pero ¿qué tenía que ver la advertencia con el contenido del maldito saco? ¿Por qué debía recordarlo?

El agua me alivió e, impaciente, me reuní de nuevo con él.

No retiró el *talith*. La actitud de reverencia, hacia lo que se disponía a desvelar, aumentó la curiosidad de quien esto escribe y fortaleció mis sospechas: el Anunciador padecía algún tipo de trastorno mental. Creo que me quedé corto...

Lo extrajo lentamente.

Después lo llevó a los labios y lo besó.

No hice un solo movimiento...

Quedé desconcertado. Era la primera vez que lo veía llorar. Fue un llanto silencioso. Algunas lágrimas resbalaron sobre la «mariposa» que cubría las mejillas y se perdieron en el polvo.

Contuve la respiración y aguardé, ciertamente sobrecogido. Aquel hombre también tenía sentimientos, aunque difícilmente los manifestaba. Yo, al menos, nunca había sido testigo...

Desenrolló el *megillah* y lo hizo centímetro a centímetro, sin dejar de llorar.

De eso se trataba, de un *megillah* o rollo, minuciosamente guardado en la arpillera. Parecía un pergamino, viejo y crujiente a cada movimiento.

¿Un pergamino? ¿Ése era su gran secreto?

No puedo negarlo. Me sentí decepcionado.

La piel se hallaba pulcramente anudada a una vara de casi un metro de longitud, sobre la que se enrollaba. Aparentemente, a juzgar por el aspecto exterior, no tenía nada de extraordinario y, mucho menos, de sagrado. No entendía el porqué del chal sobre la cabeza y los hombros y, menos aún, el porqué de las lágrimas. Era una piel de animal, probablemente de asno salvaje, preparada a la vieja usanza (1). Me equivocaba, naturalmente...

De pronto, tan súbitamente como surgió, así cesó el llanto.

Volvió a besar el pergamino y me lo mostró.

Cometí otro error.

Creí que deseaba que lo tuviera en las manos e hice ademán de recibirlo.

El Anunciador lo retiró bruscamente y gritó, sin disimular la cólera:

—¡Es santo!... ¡No puedes tocarlo!... ¡Sólo yo!... ¡Yo soy de Él!... ¡Ellos lo pusieron en mis manos!... ¡Recuerda lo que has visto! ¡Sólo eso! ¡Recuerda el secreto del Eterno y, cuando llegue el momento, comunícaselo a Jesús!... ¡Él entenderá!

Comprendí, a medias.

El pergamino en cuestión, según Yehohanan, era de origen divino. Sólo él estaba autorizado a tocarlo. Y era santo porque le fue entregado por una de las *hayyot*, en el interior de un *paraš* o «carro de fuego» (!).

—El hombre-abeja —proclamó— lo dibujó para mí...

¿Hombre-abeja? ¿Un pergamino sagrado?

(1) En aquel tiempo, aunque lo más común era la «hoja» de papiro, a la que ya me referí en su momento, los escritos religiosos, especialmente los judíos, se llevaban a cabo sobre el soporte de pergamino, más noble y más caro. Había empezado a utilizarse hacia el año 300 antes de Cristo. Después de los procesos previos —remojo, introducción de la piel en cal viva o apelambrado, etc.—, el pergamino se tensaba con cuerdas y clavijas y se procedía al descarnado, alisando, sobre todo, la parte de la flor (la zona que debería aprovecharse para la escritura). Después se pulía con piedra pómez y se dejaba secar lentamente. Concluido el secado, la piel era retirada del bastidor y sometida a un segundo pulimento, eliminando las impurezas y desigualdades. Por último, recibía un apresto, siempre del lado de la flor, que consistía, generalmente, en una capa de cola de gelatina y almidón, procedente de cereales triturados. Según la tensión a la que fuera sometida la piel, así era el resultado: piel blanca, opaca o traslúcida. Esta última era muy codiciada. El pergamino blanco era destinado, básicamente, a la confección de instrumentos musicales de percusión (eran célebres los tambores del Nilo). *(N. del m.)*

Le hice ver que tenía razón y me disculpé por semejante «torpeza». No me acercaría. Y me limité a observar el pergamino de piel de asno.

Entonces, ante mi perplejidad, el supuesto acúfeno se dejó oír con más fuerza. Fueron cinco o diez segundos. El pitido sonó «5×5» (fuerte y claro) en mi cerebro.

¿Qué sucedía?

Yehohanan dejó que lo contemplara a placer. Sus manos temblaban ligeramente. Era también la primera vez que lo veía nervioso. En breve, sabría por qué...

Por la cara de la flor, la mejor cuidada, la piel presentaba lo que, a primera vista, me pareció un dibujo, mezcla de números y letras, en hebreo, la escritura sagrada.

Me aproximé cuanto pude, quizá a medio metro, siempre bajo la atenta vigilancia del Anunciador.

Era una enigmática pintura, a dos colores: rojo y negro. Las letras y los números resaltaban considerablemente en la superficie traslúcida del pergamino. Trataré de describir lo que vi, aunque, sinceramente, no alcancé a comprender su significado.

Los símbolos formaban tres círculos concéntricos. ¡Otra vez los tres círculos!

El primero, y central, se hallaba integrado por una estrella de seis puntas y una serie de números, en hebreo, que rodeaban dicha estrella. En el corazón del hexagrama, en una de las variantes del hebreo, se leía: «Del Eterno» o «De Yavé» (también podría traducirse como «Suyo» o «De Ellos»).

Memoricé lo que tenía ante mí. El instinto me advirtió. Podía ser importante...

«Del Eterno» eran las únicas letras bordadas. No pude tocarlas —no en esos momentos—, pero me pareció que habían sido elaboradas con hilos de oro. Eran perfectas. Brillaban con los últimos rayos del sol.

Tomé el número situado a mis «doce» (según el lenguaje habitual aeronáutico) (1) como referencia princi-

***

(1) Como he referido en otras oportunidades, «a las doce» equivale al frente del piloto que está volando. Las «nueve» sería a su izquierda, «a las tres» significa a su derecha, y «a las seis», a su espalda. El resto de las horas representa las restantes posiciones. *(N. del m.)*

pal. A partir de dicho número, siguiendo el movimiento de las agujas del reloj, se leía la siguiente secuencia: 1 0 4 0 2 0 3 0 2 0 2 0. Los «ceros» fueron pintados en rojo, a excepción del último, el que se hallaba ubicado «a mis once», que presentaba un color negro azabache, al igual que los referidos «1 4 2 3 2 2».

Salvo la ya citada traducción —«Del Eterno»—, el resto, como digo, no significó nada para quien esto escribe. Necesitaría un tiempo para comprender que «aquello» era más complejo de lo que parecía...

El segundo «círculo» (?) lo formaba una frase (?), en hebreo, también en negro. Decía: «He aquí que os mandaré a Eliyá antes de que venga aquel día grande y terrible.» Recuerdo que tuve dificultades para leerla porque no estaba claro dónde arrancaba el texto y dónde terminaba. Era como un «todo», como una «rueda», sin principio ni final aparentes.

«Eliyá» (Elías) fue una pista decisiva. El texto pertenecía al versículo 23 del capítulo 3 de Malaquías.

Malaquías 3, 23...

Una tercera «circunferencia» completaba el enigma. La formaba un grupo de estrellas (alrededor de cuarenta o cincuenta —en esos momentos no las conté—), en rojo, como los cinco círculos que rodeaban la estrella central. Eran más pequeñas que la que ocupaba el primer círculo.

Finalmente, del símbolo central (?) partían cinco largas líneas, en negro, que se proyectaban más allá del último círculo. Estas líneas eran rematadas por otras estrellas. Ésas sí las conté. Sumaban ocho, idénticas en tamaño y forma a las cuarenta o cincuenta. Fueron dibujadas en color negro.

Y la intuición me previno. «Aquello», lo que fuera, no era obra de Yehohanan. No supe por qué, pero lo supe...

«Aquello», aparentemente, superaba la frágil y, en cierto modo, infantil mente del Anunciador.

Pero tendría que esperar un tiempo, como decía, para descubrirlo.

Yehohanan, entonces, me dio su versión. El pergamino, según sus luces, contenía el «plan de ataque» del Eterno, el día grande y terrible, el momento de la venganza divina...

Y procedió a explicar los «detalles» del dibujo:

«De Yavé» partirían cinco ejércitos (las cinco líneas negras que nacían en las proximidades de la estrella de seis puntas). Esos cinco ejércitos se reunirían en Jerusalén, bajo las órdenes del propio Yehohanan, de Abraham, de Isaac, de Jacob y, quizá, de Moisés. El Anunciador mostró ciertas dudas. No sabía si ese quinto ejército debería ser dirigido por el «Pastor Fiel», como llamó a Moisés, o por alguno de sus discípulos. Y me señaló con el dedo. «En ese caso —prosiguió—, si uno de los treinta y seis justos manda el quinto ejército, Moisés bailará a la cabeza de los 142.322 hombres (todos judíos, naturalmente) que formarán ese ejército de liberación.»

Quedé estupefacto, una vez más.

¡Aquél era su secreto!

Y quien esto escribe, al parecer, formaría parte de la «gloria del Justo». Por eso me arrastró hasta su escondite, en el Firán.

La situación empezó a superarme...

Pero Yehohanan, entusiasmado, continuó con el «plan»:

Era preciso reunir a los ya citados 142.322 combatientes. El tiempo estaba próximo. No podían descuidarse. «Elías ya estaba en la Tierra.» El Mesías también, pero escondido, aguardando su hora. Era importante coordinar los movimientos. Era vital que Jesús, su primo lejano, estuviera al corriente de este plan divino, trazado por el Santo. Pero Jesús no respondía a los avisos del Anunciador. Este silencio lo tenía ciertamente confuso, y dudaba del papel del Galileo como Mesías libertador. Yo debería trasladarle los deseos de Yehohanan. El Maestro tenía que reunirse con el Anunciador a la mayor brevedad. Él le mostraría el pergamino de la victoria, entregado —insistió— por una de las *hayyot*.

¿Y por qué 142.322?

Yehohanan señaló los números y afirmó, rotundo, que eso era lo requerido por el Santo. «Eso era lo que se leía alrededor de la estrella.»

Sí y no.

Ésa era una lectura, pero había otras, dependiendo del dígito por el que se arrancase...

En esos momentos me vino a la memoria el Apocalipsis (1). También allí se habla de una cifra: 144.000 marcados con el sello de Dios (2). Desestimé la idea. El número apuntado por Yehohanan era diferente y, además, en aquellas fechas, año 25, el supuesto texto de Juan, el Evangelista, no había sido escrito. Los expertos admiten que pudo ser compuesto alrededor del año 95, en el reinado de Domiciano, o quizá antes, bajo el imperio de Nerón. Yehohanan murió sin conocer dicho texto.

La coincidencia (?), sin embargo, me dejó pensativo. Por supuesto, no me atreví a contradecirle.

Después, según la inestable mente del Anunciador, los cinco ejércitos avanzarían victoriosos, conquistando la tierra santa de Israel. Las batallas contra los *kittim* (romanos) y sus aliados, los impíos, llevarían a los justos, primero a la frontera de su nación (el círculo formado por el versículo de Malaquías), y después a los confines de la Tierra (el círculo de las estrellas en rojo). Y los justos, con Yehohanan y los patriarcas a la cabeza, arrojarían al mar oscuro a los malvados y recuperarían la *Šekinah* o Divina Presencia. Entonces se presentaría el Libertador. Lo haría en la Galilea. Allí tendría lugar su primer milagro…

Yehohanan interrumpió el ardoroso discurso y preguntó:

—¿Se encuentra tan deprimido como dice Isaías?

Y sin esperar respuesta, recitó los versículos 4 y 5 del capítulo 53 del mencionado Isaías, pero, como siempre, a su aire:

---

(1) La palabra «apocalipsis» procede del griego. Significa «revelación»; la que hace Dios a los hombres, mediante todo tipo de visiones. Esas manifestaciones o «informaciones», tanto sobre el pasado, presente o futuro, son consignadas en forma de libro. Es la diferencia con las revelaciones a los profetas, que eran transmitidas oralmente. En los textos apocalípticos —no necesariamente relacionados con la destrucción— se juega siempre con la simbología. Dios transmite mediante el juego de números, palabras, personajes, etc. Son los lectores quienes deben descubrir el sentido de dicha simbología. *(N. del m.)*

(2) Capítulo 7, versículo 4: «Y oí el número de los marcados con el sello: ciento cuarenta y cuatro mil sellados, de todas las tribus de los hijos de Israel.» *(N. del m.)*

—Porque está escrito: él está trastornado por los pecados de su pueblo, por nuestros crímenes, deprimido por nuestros pecados... Él cargará también con todas nuestras enfermedades...

Aguardó, impaciente.

Imaginé que se refería a Jesús de Nazaret.

—No sé —improvisé como pude—, hace tiempo que no lo veo...

Por supuesto, Jesús no tenía nada que ver con el Mesías dibujado por Isaías. El Maestro, que yo supiera, no estaba trastornado por los pecados de nadie, y mucho menos deprimido. Eso eran imaginaciones del Anunciador. Yehohanan no sabía prácticamente nada sobre el Hijo del Hombre. Es más: como ya he referido en otras páginas de este apresurado diario, su concepto de Dios y de la misión del Maestro en la Tierra eran opuestos a los del Galileo. Aquel hombre tampoco entendió, aunque fue menos responsable que otros...

Y regresó a su interpretación del pergamino.

Llamó mi atención sobre la estrella central y aseguró que, cuarenta días después de la aparición del Mesías, el mundo entero quedaría sobrecogido ante la presencia en los cielos de una estrella esplendorosa y de múltiples colores. «Amanecerá por el oriente y será atacada por otras estrellas más pequeñas, siempre de siete en siete.»

Deslizó el dedo hacia el círculo exterior y acarició las estrellas en rojo.

Cada día —dijo—, la estrella grande combatirá con siete pequeñas. Serán tres batallas al día. De la estrella del Santo partirán proyectiles de fuego que aniquilarán a los siete impíos. Al anochecer, cada estrella regresará a su posición. La gran batalla de la *Šekinah* contra los enemigos de Israel se prolongará durante setenta días. Después, el Mesías emprenderá su campaña «rompiendo dientes» y colocando a cada cual en su lugar...

Para intentar entender mínimamente la locura del gigante de las siete trenzas es preciso saber que, parte de lo expuesto, obedecía al concepto judío sobre el mundo y a las múltiples tradiciones mesiánicas que corrían de secta en secta. Hace dos mil años, la nación judía creía que

Israel (1) era el centro de la Tierra (*Araq* o *ara,* en arameo). No podía ser de otra forma. Así lo había dispuesto Yavé, al elegir a los hebreos como su pueblo. *Araq* era una de las siete tierras existentes en el firmamento. El Justo, al llevar a cabo la creación, hizo aparecer siete cielos, y también siete mundos como el nuestro (2), siete mares, siete ríos, siete días y, en fin, los siete mil años que —decían— duraría el mundo. El siete era sagrado y también la setena. La creencia general estimaba que Yavé «se sentía cómodo» en todo lo que tuviera relación con el siete. De ahí a la superstición, sólo había un paso. Para los judíos, por ejemplo, lo par traía mala suerte, incluyendo los días de la semana (empezaban a contar a partir de la puesta del sol en el «shabbat»). Nunca debían beberse dos vasos de vino. Siempre menos, o más. Y lo mismo sucedía a la hora de llevar la cuchara al plato único. Era preciso tener el máximo cuidado, para no coincidir con otro comensal. Supe de gente que suspendió un viaje o un negocio ante una de estas coincidencias.

Para Yehohanan, como para la mayoría de los judíos, los siete firmamentos se hallaban distribuidos como las capas de una cebolla. Y cada cielo —decían— se movía «por temor a Yavé». Todo, en esos firmamentos, como rezan los *Pirké Aboth* o «Máximas de los Padres», estaba

(1) Como ya he referido en otras oportunidades, en la época de Jesús, nadie hablaba de «Palestina» o «Israel». Estos conceptos son muy posteriores. Cuando la versión latina de la Vulgata se refiere a los *palaestini* (lo menciona quince veces), en realidad está hablando de los filisteos, el «pueblo del mar» que se asentó en las costas israelíes hacia el siglo XII a. J.C. La región en cuestión fue llamada *Pelescheth,* en recuerdo de los filisteos, vencidos finalmente por los reyes Saúl y David. Posteriormente, los griegos que comerciaban con dicha costa tomaron la costumbre de denominar la totalidad del país por la región que ellos visitaban. Así nació *Palestiné.* La mayor parte de los judíos utilizaba tres fórmulas diferentes para hacer alusión a su patria: «tierra de Judá», «tierra santa» y, la más común, «la Tierra» (la tierra del Santo, como consta en el Talmud, *Gittin*). Los romanos la llamaban *Judaea* (Judea). *(N. del m.)*

(2) Según los judíos del tiempo de Jesús, las siete tierras se hallaban una sobre la otra. Sus nombres eran: *Eres, Ge* (para algunos era la tierra en la que se encontraba el *šeol* o infierno), *Nešiyyah, Siyyah* (en estas dos últimas —decían— fueron desterrados los impíos que construyeron la torre de Babel), *Arqa* y *Tevel* (la más elevada, como dice el libro de los Salmos 9, 9). *(N. del m.)*

destinado a proclamar la gloria del Santo. Todo se hallaba en las Escrituras. De ahí que la astronomía no funcionara como una ciencia independiente. En los siete cielos —afirmaban— sólo había *hayyot* y *paraš* (ángeles y carros de fuego), y se movían de acuerdo con la voluntad de Dios. Unos eran *hayyot* de aire, otros de fuego y otros de agua, como está escrito en el Salmo 104: «Quien hace a sus ángeles de aire, a sus siervos de fuego ardiente...» Eran cielos inmensos. Como ya mencioné, los sabios no se ponían de acuerdo sobre las distancias. Muchos fijaban la longitud de cada firmamento en más de mil quinientos años de marcha (caminando, claro está). Para llegar de la Tierra al cielo más cercano —decían— se necesitaban, como mínimo, otros quinientos años de caminata, sin descansos. Lo que no acertaban a describir era cómo caminar por el aire... Y se refugiaban, obviamente, en la potestad de los justos para hacer el prodigio de llegar a cada uno de los siete cielos (siete cielos porque las Sagradas Escrituras utilizan siete términos distintos para la misma designación). Los impíos no disfrutaban de esa «virtud de volar». Por eso nunca eran vistos en ninguno de los cielos. Así pensaba el Anunciador...

Respecto a la geografía, nacida también de los libros o rollos sagrados, los conocimientos de los judíos eran igualmente precarios y erróneos. La Tierra (*Araq*) era un plano circular, como pretendía Isaías (XL, 22), totalmente rodeado de agua (así lo refiere el Eroub, XXII, b). Yavé presidía ese «disco», como reza el libro de los Proverbios (8, 27): «Cuando asentó los cielos, allí estaba yo, cuando trazó un círculo sobre la faz del abismo...» Pues bien, ese disco o plano circular, según los eruditos, se hallaba dividido en tres grandes círculos concéntricos. En el central, lógicamente, figuraba el Templo y la ciudad de Jerusalén. La tierra santa (Israel propiamente dicho) era el segundo círculo. El resto pertenecía a los impíos. Y rodeando el disco, agua, mucha agua, un océano incógnito y tenebroso, habitado por toda suerte de demonios.

Ésta era la interpretación que Yehohanan había dado al pergamino de piel de asno: Jerusalén, en el centro de la estrella de seis puntas; la tierra santa hasta el segundo círculo, formado por la frase, en hebreo, y, a partir de ahí, los países de los bárbaros. El versículo 23 del capítulo 3 de Malaquías constituía, para el Anunciador, una especie de frontera con lo que llamó *abar-naharah* o regiones más allá del río Éufrates, en Babilonia. Yehohanan se equivocaba de nuevo. Sus conceptos geográficos eran un caos, como su mente. Para él, la tierra sagrada de Israel era inmensa —más de dos millones de millas romanas cuadradas— y, algún día, a no tardar, se extendería al resto del mundo (1). Esas tierras de los impíos e Israel estaban gobernadas por la «gran ramera», Roma. Por lo que pude deducir, el Anunciador no sabía muy bien qué era la cultura romana, ni qué pretendía. Lo ignoraba prácticamente todo sobre las dimensiones reales del imperio, y hubiera sido absurdo hablarle de las regiones que integraban el mundo romano en aquel tiempo. No sabía, ni le importaba, qué era la Macedonia, el Ponto, la Mauritania o la Cyrenaica, entre otros territorios (2). Roma era la maldad, el invasor y el causante, en definitiva, de la ruina del pueblo elegido. Yehohanan, como otros muchos, no medía la paz y la prosperidad que vivía aquel «ahora». Roma era la propietaria de la *Šeḵinah* o Divina Presencia y había que arrebatársela. Era el momento. «El hacha estaba en la base del árbol.» El Santo no podía esperar. El Dios implacable y vengativo del Sinaí reclamaba justicia. Él y su gente abrirían el sendero. Los cinco ejércitos, con los 142.322 guerreros, empujarían a Roma al mar. Era curioso y triste, al mismo tiempo. El hombre de las «pupilas» rojas y la «mariposa» en el rostro jamás vio el mar. Lo único que contempló, relativamente pare-

---

(1)   Eso significaba casi cinco millones de kilómetros cuadrados (!). Israel, en realidad, rondaba los 25.000 kilómetros cuadrados; un territorio parecido al estado norteamericano de Vermont o a la isla italiana de Sicilia. Para que nos hagamos una idea, un caminante necesitaba tres días para recorrer la distancia entre Nahum y Jerusalén y una jornada, aproximadamente, para llegar de la ciudad santa al río Jordán. *(N. del m.)*

(2)   En aquellos momentos (año 25 de nuestra era), el Imperio romano sumaba más de cinco mil kilómetros, de este a oeste (mar Caspio a Hispania), y dos mil cuatrocientos, de norte a sur (Germania al norte de África). *(N. del m.)*

cido, fue el mar de la Sal o mar Muerto (1). Yehohanan sólo se movió en Jerusalén y sus alrededores, el desierto de Judá y el valle del Jordán. No pasó de ahí. Su cultura era tan limitada como fanática. Estaba convencido de que Roma había llegado al final de sus días. La suerte —decía— estaba echada. Obviamente, no era consciente de la realidad (2). Yehohanan vivía un sueño...

Aun así, como digo, el pergamino me dejó intrigado. Los símbolos encerraban mucho más de lo que apuntaba el gigante de las siete trenzas rubias. Fue puro instinto...

Y aproveché la anormal locuacidad de Yehohanan, entusiasmado con su «plan de ataque», para deslizar en la conversación otros asuntos que me interesaban. Sutilmente, lo interrogué acerca de sus padres, de su educación, de por qué Zacarías no repudió a su esposa, estéril, según la concepción machista de los judíos, y, en fin, sobre el porqué de su renuncia a la «pensión» estipulada por la Ley, y a la que tenía derecho como hijo de sacerdote.

No aclaró ninguna de las dudas, a excepción de la última, sobre los honorarios que dejó de percibir.

—¡Yo soy de Él!... ¡No necesito de esos bastardos del Templo!

Mensaje recibido.

Entonces fue él quien preguntó:

—¿Cuándo regresarás junto a Jesús?...

Se despojó del *talith* y me observó con severidad.

No supe qué decir. Era la verdad.

—Lo que has visto —prosiguió, autoritario— es un secreto...

(1) Los judíos del tiempo de Jesús creían que la tierra santa se hallaba bañada por siete mares: el grande (Mediterráneo), el de la Sal (mar Muerto o de Sodoma), el de Aco (actual golfo de Aqaba), la Samoconita (lago de Hule), el *yam* (actual mar de Tiberíades), el Apameo y el Schelyath (pequeños lagos en la región de Idumea, al sur de Jerusalén, hoy desaparecidos). *(N. del m.)*

(2) El Anunciador no vivió para ver el desenlace de aquella fiebre mesiánica. Nunca se logró reunir cinco ejércitos y, mucho menos, los citados 142.322 hombres. Jerusalén y el Segundo Templo fueron destruidos por Tito en el año 70 de nuestra era. Según los sabios judíos, la Šekĭnah o Presencia Divina no retornó a la tierra santa de Israel. *(N. del m.)*

Acarició la empuñadura de la *sica* y continuó, amenazante:

—...Sólo él debe saberlo. Él es el señor de los círculos...

Aquello despertó mi curiosidad, una vez más. Evidentemente, hablaba del Maestro, pero quise asegurarme.

—¿Quién es el señor de los círculos? ¿Cómo sabes eso?

Enrolló lentamente el pergamino y lo guardó en la funda negra y maloliente. Después replicó, al tiempo que anudaba las cuerdas:

—¿No lo has visto?...

Eso fue todo. E imaginé que se refería al dibujo del pergamino. Lo memoricé. Repasé los números y las letras. No hallé una respuesta satisfactoria. ¿Qué relación existía entre Jesús y los tres círculos del pergamino de la «victoria»?

Me dejó con la duda. Se puso en pie y trepó entre los matorrales. Después desapareció en la cueva dos.

Oscurecía.

«Mala suerte —me dije—, otra vez será...»

Mala suerte por partida doble. No entendí la alusión al «señor de los círculos» y, probablemente, había perdido la oportunidad de suministrarle los «nemos». Aquélla era la última noche en el Firán...

Acaricié la pequeña bolsa que colgaba del cuello. Si no descendía de la cueva, y tomaba su habitual ración de miel junto a quien esto escribe, como lo hizo en las noches precedentes, no podría llevar a cabo la siguiente operación. Los «nemos» deberían esperar...

Y lo dejé en las manos del Destino. Él sabe.

Además —intenté tranquilizarme—, quizá no era necesario. Podía prescindir de los «nemos». Lo que convenía saber sobre Yehohanan ya lo sabía.

Y el Destino actuó, naturalmente...

Me centré en la frugal cena: nueces, manzanas, granadas y pan negro. Eché de menos la cocina de la «casa de las flores» y también la buena mano de Jaiá.

No siempre se disfrutaba en aquella aventura...

Estaba decidido. Al día siguiente, con el alba, me presentaría en Salem. Después, Nahum. Los echaba de menos, a todos...

Abrí las granadas y saboreé el fruto. «Tiempo corto» me regaló lo que llamaban granada «blanca», de granos casi transparentes, muy dulces, y granada «zafarí», de granos cuadrados, de un rojo apagado, e igualmente sabrosos.

Entonces se presentó aquel dolor de cabeza, al principio distante, como un lobo. No presté demasiada atención. Las quemaduras eran más molestas...

¡Dios mío! Me hallaba al filo del precipicio. ¿Cómo no lo intuí?

Y el Destino, como digo, fue implacable...

El gigante regresó. Lo vi llegar sin el saco negro, con la daga oxidada al cinto y la escudilla de miel entre las manos.

Era imprevisible. Nunca supe a qué atenerme cuando se hallaba cerca...

Observó las granadas y preguntó:

—¿Has contado los granos?

Permanecí en silencio, perplejo, tratando de resolver el porqué de la absurda cuestión.

—No —repliqué, sin saber cuáles eran sus intenciones—, nunca lo hago. Me limito a comerlos...

El sol se había despedido, pero llegué a captar una mueca de arrogancia en su rostro. Seguía siendo el de siempre...

—¿Por qué tendría que contarlos? —insistí, curioso.

—¿No has aprendido que el Santo, bendito sea, habla con señales?

Se cubrió con el *talith* de cabello humano y se introdujo en el arroyo. Allí, con las manos en alto, inició la tercera y obligada recitación de las *Šemoneh esreh*, las diecinueve plegarias. Era el final del día para él. Después, supuse, tomaría la miel y se retiraría a la cueva.

Era el momento para proporcionarle los «nemos». Disponía del tiempo justo para vaciar la ampollita de barro en el cuenco de madera.

Y así lo hice.

El Anunciador seguía en mitad de la corriente, clamando en la penumbra como un fantasma, con la vista fija en los cielos. Estoy seguro de que no reparó en la maniobra.

¿Señales? ¿Qué quiso decir? ¿Hablaba Dios a través de los granos de una granada?

Definitivamente, Yehohanan no estaba en sus cabales...

Y, como un perfecto estúpido, examiné el fruto de una de las granadas.

¿Cómo podía ser? ¿Dios se comunica mediante señales? No entendí, pero quedé intrigado. Quizá los contase...

No me equivoqué. Yehohanan concluyó la oración y regresó junto a este explorador. Se sentó y, en silencio, como tenía por costumbre, introdujo los interminables dedos en la escudilla, capturando una porción de miel. Y se la llevó a la boca, saboreándola, entre leves gemidos. Era uno de los escasos momentos de placer para el hombre de las «pupilas» rojas. No sé si el único.

Repitió la operación hasta casi agotar el contenido del cuenco. Y se relamió los dedos, como un niño.

Lo observé, nervioso y expectante. Los «nemos» no tardarían en actuar. Debía prepararme...

Al concluir la cena, el Anunciador repitió la pregunta:

—¿Los has contado?

Negué con la cabeza.

—Deberías... Él habla así... Él respira números...

Fue lo último que dijo.

Como esperaba, el anestésico que acompañaba a los «nemos», una mezcla de jugo de nueza *(Bryonia dioica)* y belladona, actuó rápido. Yehohanan empezó a acusar el sopor. Lo vi cabecear. Trató de combatir el sueño, pero fue inútil.

Dispuse la «vara de Moisés» y aguardé.

A los pocos minutos, el gigante dormía plácida y profundamente, sentado a la turca y con la cabeza inclinada sobre el pecho. Lo recliné suavemente en la tierra y activé la zona superior del cayado. Los «nemos», a los que ya me referí en otro momento de esta aventura (1), fueron

(1) Para más información, véase *Hermón. Caballo de Troya 6. (N. del a.)*

de gran ayuda en las indagaciones de estos exploradores. Se trataba de una magnífica obra de ingeniería biológica, puesta al servicio de la operación, y fundamentada en los descubrimientos de Leland Clark y Guilbaut, de la Fundación de Investigación Infantil de Cincinnati y de la Universidad de Louisiana, respectivamente. El primero, con sus trabajos sobre biosensores, y el segundo, al construir un sistema que podía medir la urea en los fluidos corporales, merced a un microelectrodo que era capaz de registrar los cambios en la concentración de ion amonio, permitieron a los laboratorios militares la obtención de los «nemos», así bautizados en recuerdo del legendario capitán Nemo y de sus viajes submarinos. Cada «nemo», por utilizar términos sencillos, consiste en una especie de «microsensor» (casi un minisubmarino), de treinta nanómetros de tamaño (un nanómetro equivale a la milmillonésima parte del metro). Dependiendo de las necesidades de cada «misión», los «nemos» variaban de tamaño. Lo habitual eran los ya referidos treinta nanómetros (tamaño de un virus), pero Caballo de Troya disponía también de «batallones» de «nemos», con espesores de cien nanómetros. Actuaban como «sondas», y también como «correctores», proporcionando toda clase de información. Eran una «bendición», en lo que se refiere al diagnóstico médico, pero también una arma de doble filo, peligrosísima. Desde mediados de la década de los años cincuenta, cuando Clark inventó el electrodo que medía el oxígeno disuelto en la sangre, los laboratorios militares no han cesado de trabajar para la obtención de «nemos» que puedan destruir a un supuesto enemigo. Imagino que el hipotético lector de este diario adivinará a qué tipo de horrores me estoy refiriendo. Es por ello por lo que no haré una descripción detallada de estos asombrosos «robots orgánicos», capaces de llegar al último rincón del cuerpo humano, de «fotografiarlo», de transmitir los datos y de destruir o corregir todo tipo de células, si así fuera necesario. Es más: dada la peligrosidad de dichas máquinas submicroscópicas, en algunos momentos de esta narración cambiaré intencionadamente conceptos e informaciones, que no afectan al propósito esencial.

Cada serie de «nemos» era programada con antelación (de eso se responsabilizaba «Santa Claus»), de acuerdo con los objetivos.

Los «nemos» entraban en el organismo a través de dos conductos primordiales: por el torrente sanguíneo o por vía oral. Sabíamos de una tercera generación, que penetraba en el cuerpo de hombres y animales merced a dos tipos de radiaciones. Estos últimos no fueron incluidos en el «arsenal» de Caballo de Troya.

Como digo, es fácil imaginar las fascinantes ventajas de estas cápsulas moleculares, que podían ser introducidas, a millares, incluso en los fetos. De acuerdo con su naturaleza, los «nemos» actuaban como exploradores e informadores y también como hábiles «cirujanos». En el argot, los primeros fueron conocidos como «nemos fríos». Los que se hallaban programados para la acción recibían la calificación de «calientes». Si se deseaba, limpiaban arterias o coágulos; reconocían las regiones más inaccesibles, en las que la cirugía resulta todavía comprometida o altamente invasora; pulverizaban tumores; corregían las alteraciones inmunológicas y, sobre todo, estaban dotados de la técnica necesaria para «bucear» en las células, transmitiendo hasta cincuenta mil imágenes por segundo. En este último capítulo, los «nemos», tanto los «fríos» como los «calientes», desempeñaban una labor admirable, pudiendo chequear el ADN y corregir los genes defectuosos, incluso, como decía, en el período fetal. La corrección —casi milagrosa— evita el nacimiento de niños con deficiencias físicas o psíquicas (en la actualidad se conocen cuatro mil enfermedades de origen hereditario). Lamentablemente, esta maravilla de la medicina sigue en poder de los servicios de Inteligencia Militar, empeñados, insisto, en aprovechar dichas técnicas para otros fines menos loables...

Los «nemos» trabajaban generalmente mediante «cartografía» del cuerpo humano. En ocasiones eran los propios «nemos fríos» los que desplegaban dicha tarea previa. Un sistema alojado en la parte superior de la «vara de Moisés» era el responsable de activar los «batallones» de «minisubmarinos orgánicos», actuando también como receptor y amplificador de las ondas de radio emitidas por los «nemos». En una primera fase, la cabeza receptora multiplicaba por diez mil la tensión de los impulsos primarios, permitiendo que las señales pudieran ser convertidas en formato digital y «trabajadas» definitivamente por «Santa Claus», el ordenador central (1). El portador del cayado, y responsable de la puesta en marcha de los «nemos», así como de la finalización de la maniobra, no podía hallarse a más de diez metros del sujeto a explorar. Éste era uno de los inconvenientes, en aquellos momentos. Pero supimos ajustarnos a dicha servidumbre.

Dadas las características de Yehohanan, y las dificultades para «cartografiarlo» previamente, quien esto escribe, de acuerdo con Eliseo, optó por la utilización de lo que llamábamos *squid,* un tipo de «nemo frío», muy sensible, programado para localizar determinadas áreas del cuerpo humano, de acuerdo con los campos magnéticos generados por dichos sectores. Como es sabido, tanto el cerebro, como el corazón, músculos, etc., disponen de su propia «fuerza motriz» que, a su vez, provoca pequeñísimos campos magnéticos, cada uno con sus rasgos e intensidad propios. Los *squids,* con sus dispositivos de interferencia cuántica, eran capaces de «volar» hasta dichos campos magnéticos específicos y anclarse en las zonas señaladas, transmitiendo ininterrumpidamente durante horas (2). En el caso del Anunciador, los miles de «nemos»

(1) En el dispositivo receptor, cuya descripción no estoy autorizado a reseñar, existía un «convertidor» analógico-digital que chequeaba las señales a razón de catorce mil veces por segundo. Los niveles de tensión eran convertidos posteriormente en dígitos. «Santa Claus» se ocupaba de la interpretación última. *(N. del m.)*

(2) Caballo de Troya modificó el material inicial de los *squids,* integrado básicamente por niobio y, posteriormente, por itrio-bario-óxido de cobre, transformando este tipo de «nemo» en una «criatura» orgánica de treinta nanómetros, con un «camuflaje» especial que podríamos identificar con las células «T» (los linfocitos que maduran en el timo, bajo el esternón). Las células «T» o asesinas (citotóxicas) forman el grueso del sistema inmune, devorando y destruyendo cuanto les resulta ajeno. De esta forma evitábamos el peligro de los ácidos del estómago y, sobre todo, como digo, el rastreo de los

tenían un destino único: el cerebro. Concretamente, el tegmento ventral, en el interior del mesencéfalo; el hipocampo; el tálamo; el puente del tallo cerebral y el prosencéfalo basal, entre otras regiones. Pretendíamos dos grandes objetivos: verificar si existía alguna patología o irregularidad, a nivel cromosómico, que pudiera justificar un desequilibrio mental y, por último, y no menos interesante, localizar los centros «archivadores» de la memoria declarativa, que reúne, entre otros elementos (1), la auténtica «biografía» de la persona (todos sus recuerdos, día a día). Sobre el primer asunto, como ya he referido abundantemente, teníamos serias sospechas. El segundo, a nivel personal, resultaba más atractivo. Los militares lo han practicado en muchas oportunidades, aunque sigue siendo alto secreto. Para nosotros, en cambio, era la primera vez que lo intentábamos. Hace años que los laboratorios han ido descifrando el porqué de los sueños. El llamado «REM», o «paradójico», en el que aparecen las ensoñaciones, es mucho más de lo que se creía. Durante la noche, la totalidad de los mamíferos sueña en REM, a excepción del delfín y del oso hormiguero. A los noventa minutos de quedar dormida, la persona entra en la fase REM y sueña. Esas ensoñaciones pueden prolongarse entre cinco y veinte minutos. En total, a lo largo de la noche, la fase REM se prolonga durante cien minutos, más o menos. Pues bien, los científicos comprobaron que, gracias a dichas ensoñaciones, el cerebro actúa como un excelente «bibliotecario», seleccionando las vivencias del

---

verdaderos «carroñeros» que vigilan en la sangre. Para mayor seguridad, los *squids* fueron dotados de un «flotador» consistente en la proteína «CD-8», exclusiva de las referidas «T», y descubierta por Edward Boyse. *(N. del m.)*

(1) Aunque no existe un criterio unánime, se sospecha que el ser humano disfruta de ocho tipos diferentes de memoria. Una de las más importantes es la llamada «declarativa», que reúne la memoria a corto plazo (retiene información durante segundos o minutos) y la memoria a largo plazo. Esta última se subdivide en «semántica» e «histórica». La primera guarda los conocimientos puramente teóricos y la segunda custodia la totalidad de los hechos que la mente (?) o el espíritu (?) decide considerar como «importantes e interesantes». Cada individuo recibe alrededor de dos mil imágenes (visuales y acústicas) en una jornada (en ocasiones, muchas más), susceptibles de ingresar en la memoria «declarativa». *(N. del m.)*

día que merece la pena guardar y «archivándolas» en áreas específicas de la masa cerebral. Todo era cuestión de explorar los sueños y hacer un seguimiento de los REM. Al terminar cada fase de ensoñación, las vivencias «indultadas» son depositadas (archivadas) en redes neuronales concretas y allí permanecen. A veces se olvidan y, en ocasiones, salen a flote y son recordadas. Se trata del gran «tesoro» humano, lo más valioso, la auténtica verdad de cada persona. Lo que el cerebro decide conservar no tiene doblez ni engaño. No tendría sentido. Es la «biografía» de cada hombre y de cada mujer, en su estado más puro. Tener la capacidad de abrir ese «archivo» es contemplar la vida completa de un ser humano, incluido su período fetal. Los «nemos» estaban diseñados de forma que, una vez descubiertos los «archivos», éstos eran «leídos» y transmitidos a velocidades que oscilaban entre cinco y diez megabits por segundo. «Santa Claus», como dije, convertía los impulsos eléctricos y los dígitos en imágenes. Además de disponer de los sueños de una persona, o animal, prácticamente en cine, desde el feto hasta el momento de la transmisión, los *squids* copiaban la biografía completa, incluidas conversaciones y pensamientos. Fue el gran éxito de los servicios de Inteligencia. Nada escapaba ya a los tentáculos de los que ambicionaban el poder. Nada, ni nadie, se encuentra a salvo…

Una vez en el cayado, la vida de Yehohanan quedaría grabada en un diminuto disquete, otro prodigio de la nanotecnia, la ciencia de la miniaturización. Entendimos que era el mejor procedimiento para examinar su vida y, en definitiva, su comportamiento. El Destino nos reservaba algunas sorpresas…

Sería suficiente con unas horas. Los «batallones» de «nemos» actuaban con enorme celeridad. Sólo había que estar atento y, como digo, lo más próximo posible a la persona que se pretendía explorar. Después, al regresar a la «cuna», en el Ravid, el ordenador central se encargaría de «mostrar» el resultado. Yo lo analizaría personalmente.

Y los «nemos», como estaba previsto, sortearon la barrera hematoencefálica, dirigiéndose a las cadenas de neuronas.

Yehohanan seguía dormido. Y el cielo empezó a cubrirse. Otro frente frío llegaba procedente del Mediterráneo.

Un pequeño destello en lo alto del cayado me advirtió. Los *squids* habían tomado posiciones (1) e iniciado la transmisión.

Esperé. Era lo único que podía hacer.

Las nubes, espesas, fueron adueñándose de la garganta. Y las estrellas, una tras otra, huyeron. Fue como un presentimiento. ¿Cómo no me di cuenta?

«¡No vayas!... ¡Tuve un sueño!... ¡No vayas!»

El lamento de Jaiá, al abandonar la aldea de Salem, regresó a mi cabeza.

¿Qué quiso decir? ¿Qué otros peligros me amenazaban?

Concluida la operación, me retiré a la cueva uno. Allí quedó Yehohanan, junto al arroyo, dormido...

Pensé en despertarlo, pero, sinceramente, no me sen-

---

(1) A título puramente descriptivo puedo decir que este tipo de «nemo» trabajó a pie de neurona. Un segundo «batallón», por seguridad, utilizó la técnica de la «ventana», precipitándose sobre la membrana plasmática exterior de dichas neuronas. En ambos casos, como mencioné, los «robots orgánicos» analizaban la información aportada de una neurona a otra. El cerebro humano, como es sabido, dispone de un billón de células. De éstas, unos cien mil millones son neuronas, encadenadas en redes, y de las que dependen la inteligencia y la memoria, entre otras facultades. La mayor parte de estos *squids* quedaba anclada en la hendidura sináptica y allí analizaba y «fotografiaba» el paso de los neurotransmisores (para que podamos hacernos una idea de la perfección de los «nemos», basta decir que los ubicados frente a las llamadas células de Purkinje estaban capacitados para procesar una información procedente de 200.000 fibras paralelas, simultáneamente). Una de las claves, insisto, eran los neurotransmisores, unas delicadas sustancias químicas que motorizan muchas de las funciones del organismo humano. Hoy son conocidos alrededor de cincuenta. Para lograr la liberación de dichos neurotransmisores, la neurona utiliza lo que Cajal llamaba «el batir de alas de la mariposa»: potenciales de acción o breves impulsos eléctricos en los que navega —«empaquetada»— la información, y que se transmite desde el soma o cuerpo celular de la neurona, por los axones o «tentáculos», hasta la sinapsis. Al alcanzar el final del axón, ese «batir de alas» hace el «milagro» y provoca la liberación de los neurotransmisores, alojados hasta esos instantes en microscópicas vesículas. Los neurotransmisores se precipitan entonces en la hendidura sináptica y terminan fusionándose con la membrana postsináptica (siguiente neurona). En ese momento, los «nemos» estaban allí y captaban la secuencia, proporcionando una información decisiva. *(N. del m.)*

tí con ánimos. El intenso dolor de cabeza dejó de ser intermitente y se instaló en este agotado explorador. Supuse que era una consecuencia de la tensión. Me sentí débil y confuso. Necesitaba descansar. Necesitaba dormir…

Pero la noche fue peor de lo que sospechaba. La mente, incapaz de ordenar las ideas, se empeñaba en tirar de los citados recuerdos de Jaiá, la esposa del anciano Abá Saúl. Sólo la veía a ella, a la puerta de la casa, con lágrimas en los ojos, e intentando retenerme.

«¡No vayas!»

El Destino, implacable, siguió advirtiendo, pero yo no quise, o no supe verlo. El instinto gritaba: «¡Huye!… ¡Regresa a Salem!… ¡Huye!»

Pero ¿de qué o de quién tenía que huir?

También el pitido se hizo más cercano. Y otra idea cabalgó entre los temores: «Ellos»…

¿Debía huir de «ellos»? ¿Podían regresar al Firán?

¡Oh, Dios!, me estaba volviendo loco…

Logré conciliar el sueño dos o tres veces, siempre brevemente, siempre agitado…

Y tuve pesadillas. En una de ellas vi cinco ejércitos. El Anunciador acaudillaba uno de los grupos. Peleaban contra 142.322 «nemos». ¡Yo era uno de los *squids*! A mi lado se hallaba el fiel Kesil y también Belša, el misterioso personaje que nos acompañó en el camino por el valle del Jordán. ¡Todos eran «nemos»! ¡Todos peleábamos contra los justos! De pronto, en mitad de la batalla, las mazas y espadas de los judíos cayeron sobre Kesil, el siervo, y lo destrozaron. Eliseo, del lado de Yehohanan, reía y reía… Quise matarlo, pero Aru, el negro tatuado del *kan* de Assi, y Yu, el carpintero y jefe del astillero de Nahum, me lo impidieron. Y gritaban: «¡Es su Destino!» Entonces la vi. Se hallaba en mitad de los cinco ejércitos. Brillaba. Era muy hermosa. ¡Era Ma'ch! Y los justos, al verla, proclamaban: «¡Es la *Šekinah*!… ¡Es la Divina Presencia!… ¡Abrid paso a la *Šekinah*!»

Ella llegó hasta Eliseo y le sonrió. Después me miró y supe que me amaba. Quise decírselo. Quise aproximarme y anunciarle que yo también la amaba, desde el primer día que la vi. Traté de gritar. Estaba en el bando equivocado. Nosotros éramos los justos...

No pude.

Y ella continuó mirándome. Su luz me cegó.

Entonces desperté, sobresaltado. La tormenta acababa de estallar. Y las chispas eléctricas se sucedieron, iluminando la garganta y encogiendo, un poco más, mi desolado corazón.

Empecé a sudar. Fue un sudor frío...

Me asomé a la boca de la cueva y, entre descargas, comprobé que el gigante de las siete trenzas no se hallaba en el lugar en el que lo había dejado. Fui incapaz de calcular la hora. Quizá los truenos, muy próximos, o quizá la lluvia, lo despertaron.

Deduje que trepó por los espolones de tierra y que se hallaba en la gruta dos, a escasa distancia de quien esto escribe.

Lo vería a la mañana siguiente. Eso pensé.

Volví a equivocarme...

Al alba, vomité.

Llovía con fuerza.

Y al sudor frío, y al tormento del dolor de cabeza, se unieron el vértigo y la ansiedad. La cueva empezó a girar y yo, pálido, permanecí inmóvil, aferrado a la «vara de Moisés».

Quise pensar. ¿Qué me sucedía?

Y, sin querer, me vino a la mente la imagen de Eliseo, mi compañero, al enfermar en Damiya. ¿Me había intoxicado?

Intuí el peligro. Fuera lo que fuera, no era bueno que permaneciera solo.

Me alcé y, como pude, llegué hasta la boca de la gruta. Otra oleada de vómitos me detuvo. Al percibir sangre entre los restos de la cena, el sudor se hizo más abundante. Y temblé de miedo.

Me arrastré hasta la cueva del Anunciador. Había desaparecido. Quizá tomó el camino habitual, aguas arriba.

Tenía que hallarlo. Quizá él pudiera socorrerme. Ya lo hizo en dos ocasiones. Le debía la vida...

Y descalzo, con la cabeza a punto de estallar, empapado por la cortina de agua y con el paisaje girando en mi cerebro, logré entrar en el Firán. Sólo tenía que avanzar por el centro de la corriente. Quizá Yehohanan apareciera en uno de los recodos.

Le rogaría, le suplicaría...

Debía ayudarme a retornar a Salem. Con eso sería suficiente.

Pero las fuerzas fallaron y me derrumbé...

Sólo fueron segundos, los suficientes, sin embargo, para que el cayado escapara de los dedos.

El instinto me puso en pie. No podía perderlo.

Lo vi flotar, en mitad del diluvio.

¡Oh, Dios, de nuevo el Destino! Él, probablemente, me situó en la dirección correcta.

Cambié de rumbo y olvidé a Yehohanan. Tenía que hacerme de nuevo con la «vara de Moisés». Era vital...

La perseguí. Me arrastré. Caí y me levanté, una y otra vez. Todo me daba vueltas.

Y el cayado se alejó, arrastrado por la corriente...

Creí ver unas figuras que saltaban al arroyo.

¿«Ellos»?

Pero mi mente quedó a oscuras. El zumbido en el interior de la cabeza llegó al límite y me precipité en las aguas. Lo último que recuerdo fueron unos finísimos círculos de luz, concéntricos, que brillaban en la negrura de mi conciencia (?). Y en mitad de los círculos, la imagen de Jaiá, llorando e implorando:

«¡No vayas!... ¡He tenido un sueño!... ¡No vayas!»

Es posible que fueran las siete de la mañana de aquel viernes, 9 de noviembre del año 25. A partir de esos momentos, y por espacio de cinco semanas, no supe quién era, ni dónde me hallaba, ni por qué. Lo que he reconstruido de ese tiempo negro y terrible se debe a las informaciones que recabé a partir del domingo, 16 de diciembre, cuando el Destino me permitió recuperar mi identidad.

Las sombras que vi saltar al Firán eran mis amigos, los *felah* de Salem y Mehola. Ellos me descubrieron cuando avanzaba, entre caídas, por el torrente. Ellos atraparon el cayado y cargaron el cuerpo desmayado de este explorador en uno de los onagros, trasladándome de inmediato a la casa de Abá Saúl, en la referida aldea de Salem. Fue el solícito y providencial Ša'ah, «Tiempo corto», quien me salvó la vida...

Y fueron también los ancianos Saúl y Jaiá, su esposa, quienes se hicieron cargo de este maltrecho y, sobre todo, desamparado explorador. Todos contribuyeron —¡y de qué forma!— para que pudiera mantenerme vivo. Al comprender lo sucedido, al deducir que había perdido la memoria declarativa (la que conserva los recuerdos a corto y largo plazo), el terror fue aún mayor. ¿Qué habría sido de mí si la amnesia se hubiera presentado en plena búsqueda del Anunciador? ¿Dónde habría ido a parar?

Necesité tres días para recuperar el conocimiento. La gente de Salem no supo qué hacer. Al despertar, mis queridos anfitriones me colmaron de cariño. Yo, sin embargo, reaccioné asustado. No sabía quiénes eran Saúl y Jaiá. Por más que hablaron y explicaron, no supe qué lugar era aquél, ni por qué me encontraba allí. Pero lo más dramático es que, en esos treinta y seis días, no alcancé a descubrir una sola pista sobre mi personalidad, mi familia y mi trabajo. No supe quién era Jesús de Nazaret, ni tampoco Eliseo, ni Jasón de Tesalónica...

Me hallaba total y absolutamente desorientado, tanto en el tiempo como en el espacio.

Según Jaiá, quien esto escribe pasaba buena parte del día en silencio, pendiente del cielo. Toda mi vida se redujo a ver pasar el sol y las nubes, a través de una de las ventanas de la casa de Abá Saúl. En ocasiones, no muchas, reía y reía, sin sentido. Hablaba en una lengua extraña (probablemente en inglés) y confundía al anciano Saúl con un tal Curtiss, «un militar de lejanas tierras»... El pobre Saúl escuchaba pacientemente, pero no comprendía.

Después, en mitad de aquellos altibajos, emprendí una tarea que terminó de desanimar al matrimonio. De pronto me dediqué a contar los granos de las granadas. Me sentaba en la cocina y desgranaba los frutos, uno tras otro. Acto seguido, proclamaba: «Dios respira números»...

Jaiá retuvo cinco de esas cifras, correspondientes a otras tantas granadas: 493 granos, 386, 397, 378 y 462.

La gente del pueblo me tomó por un poseso. Era lo que llamaban *yad* (una posesión). Y discutieron sobre el posible demonio que se había instalado en mi «segunda alma» (1). Abá Saúl fue el único que no se pronunció.

---

(1) Como ya expliqué anteriormente, muchas de las culturas de aquel tiempo, incluida la judía, creían en la teoría de las «tres almas», defendida en su momento por Platón. El varón (en la mujer no estaba tan claro) disponía de una alma inmortal, ubicada en el interior de la cabeza. Era el centro de la inteligencia y de los sentimientos. Por debajo, en el pecho, residía

No creía en tales posesiones. Se limitaba a observar y a llorar...

Jaiá siguió el consejo de los bienintencionados, pero supersticiosos, vecinos, y consultó a cuantos *kasday* o astrólogos se pusieron a su alcance. Todos coincidieron: una de mis almas fue invadida por Lilit, el demonio-mujer que fuera expulsado del Paraíso, y al que ya me he referido en otras oportunidades. Para cerciorarse, los caldeos le recomendaron que alfombrara la puerta de entrada a la casa con ceniza bien tamizada. A la mañana siguiente, las huellas de Lilit quedarían impresas en el polvo. Eran inconfundibles —decían—, y similares a las de las patas de los gallos.

Según la buena mujer, esas huellas nunca aparecieron...

Por supuesto, jamás pensé en una «posesión diabólica». Lo que padecí fue una patología, a la que ya me había enfrentado en otras ocasiones, pero nunca tan de cerca...

El domingo, 16 de diciembre, fue un día especialmente luminoso, y no sólo por la transparencia del valle. Esa mañana, al despertar, supe quién era. La memoria regresó y, con ella, toda mi vida.

Saúl y Jaiá lo advirtieron y me abrazaron, entre lágrimas. Fue a partir de ese día, como digo, cuando tuve la posibilidad de rehacer la laguna mental, justo desde el momento en que fui recogido por «Tiempo corto» y el resto de los campesinos.

Todo encajaba. Los síntomas previos —desfalleci-

---

la segunda alma, que participaba de la razón y que era regada por los influjos del corazón, nudo de venas y fuente de la sangre. Una tercera alma, tan mortal como la anterior, anidaba entre el diafragma y el ombligo. No dependía de la razón; sólo de la comida y de la bebida. Pues bien, las tres almas podían verse alteradas por el viento o el desequilibrio humoral. Si los espíritus maléficos se apoderaban de la segunda alma, residente en el tórax, la persona dejaba de utilizar la razón, podía perder la memoria y se transformaba en un «poseso». Este fenómeno recibía el nombre de *yad* o «posesión», en arameo. Era la explicación a la mayor parte de los desequilibrios mentales. Si los espíritus se apoderaban de la tercera alma, el infeliz perdía el apetito, dejaba de comer y caía en un estado de postración que desembocaba generalmente en la muerte. Éste era el caso de Aru, el joven negro «tatuado», al que también me he referido en su momento. *(N. del m.)*

mientos fulminantes, brevísimos períodos en «blanco», somnolencia, dolores de cabeza y abatimiento en general— fueron un aviso, pero, lamentablemente, no supe verlo. Todos mis buenos propósitos para demorar el mal que nos aquejaba quedaron reducidos a humo, ante la fascinación ejercida por Yehohanan. Fue mi culpa. Antepuse las indagaciones sobre aquel personaje a la toma obligada de los antioxidantes. Lo que llamábamos «resaca psíquica» (1) se presentó implacable, hundiéndome en una amnesia retrógrada, en la que el pasado fue borrado de un plumazo. Miento. Pasado y presente. Todo fue desintegrado (2). Al eclipse total de lo vivido se unió el verdugo que me imposibilitaba para conseguir nuevos recuerdos. Durante cinco semanas viví en un permanente presente, sujeto, tan sólo, a la claridad del día y a la

(1) La «resaca psíquica», como ya he indicado en otras páginas de este apresurado diario, consistía en un mal, no catalogado por la medicina, que afectó a Eliseo y a quien esto escribe. Fue detectado a raíz de las sucesivas inversiones de masa de los *swivels*. Los fulminantes cambios de «ahora» provocaban una masiva destrucción de las redes neuronales, con una compleja batería de consecuencias físicas y psíquicas. Quizá la más peligrosa, a efectos de nuestra misión, era la súbita disociación entre el consciente y el subconsciente, que generaba, entre otros problemas, la errónea interpretación del tiempo y del espacio. Las memorias quedaban bloqueadas —no sabíamos si indefinidamente—, y Eliseo y yo, perdidos en un tiempo que no era el nuestro. No sabíamos cuándo podía estallar la crisis. Para intentar frenar los efectos de esta «resaca psíquica», los responsables de la operación —conocedores del mal desde el primer momento— depositaron en la «cuna» diferentes fármacos. Uno de los más eficaces fue la dimetilglicina, que actuaba como poderoso antioxidante. En esta ocasión, yo los había olvidado en la aldea de Salem. Cuando perdí la conciencia llevaba cinco días sin tomar las referidas tabletas. *(N. del m.)*

Amplia información en los siete volúmenes anteriores de *Caballo de Troya*. *(N. del a.)*

(2) Es posible que la amarga experiencia fuera una mezcla de amnesias, que afectó a las principales funciones de la memoria: fijación, conservación y evocación. La amnesia de fijación o anterógrada impidió que pudiera guardar los recuerdos «hacia adelante» (a partir del incidente en el Firán). Por su parte, la amnesia retrógrada, que altera la facultad de conservación de la memoria, borró la totalidad de mis vivencias «hacia atrás». Fue la anterógrada la que, en definitiva, provocó también la pérdida de la capacidad espacio-temporal, convirtiéndome en un ser indefenso. Esta desorientación amnésica fue la responsable, igualmente, del mecanismo de defensa que la ciencia llama «fabulaciones» (ante el vacío de memoria, el sujeto inventa situaciones y personajes). *(N. del m.)*

bondad de mis cuidadores. Fue entonces cuando experimenté el miedo más severo. Fue ese 16 de diciembre, al recuperarme, cuando comprendí lo cerca que había estado del final. ¿Cerca? Yo diría que entré en el túnel y, milagrosamente, logré salir...

Pero ¿cuánto duraría el nuevo período de calma? Si la destrucción neuronal continuaba, si el óxido nitroso seguía devorando nuestros cerebros, la catástrofe podía presentarse en cualquier instante.

¡En cualquier momento y para ambos, para Eliseo y para quien esto escribe!

Tenía que pensar. Tenía que evaluar la situación y decidir. Aquello no era un juego. Quizá habíamos ido demasiado lejos. Era menester hablar con mi compañero y adoptar una decisión. Pero ¿cómo explicarle la tragedia vivida? Él no estaba allí, no podía comprender, ¿o sí?

Me hallaba todavía débil y Jaiá no permitió que paseara solo. Se brindó a acompañarme y se lo agradecí, una vez más. Tenía que poner en orden las ideas.

Y caminamos hacia la suave colina que llamaban el «lugar del príncipe», el cerro en el que tuve el misterioso sueño y que Abá Saúl interpretó como un «encuentro» con Melquisedec.

Dediqué largo rato a meditar. Y el miedo siguió a mi alrededor, merodeando.

No debíamos arriesgarlo todo. Si éramos asaltados de nuevo por la «resaca psíquica», allí, en Salem, en Nahum, o en cualquier otro lugar, la misión —el segundo y tercer «saltos»— habría sido un fracaso; un fracaso, sobre todo, para el resto del mundo. Yo me consideraba sobradamente pagado, por el simple hecho de haber formado parte de Caballo de Troya y, especialmente, por haberlo conocido...

Teníamos que suspender la operación.

¡Dios mío!

¿Y qué sucedía con nuestros proyectos? Ambos, creo, estábamos entusiasmados. La aventura apenas había arrancado. El Maestro nos esperaba. ¡Había tanto por ver, tanto por aprender! No sabíamos nada de su vida pública...

Entonces se produjo la pelea. La intuición, en voz baja, recomendó ánimo. Él era prioritario. Él aguardaba. Él nos protegería...

La razón intervino a continuación e intentó demoler los sabios consejos. Era extremadamente peligroso. Podíamos quedar inválidos, aislados o muertos y en un «ahora» ajeno al que nos correspondía. Si esto llegaba a suceder, adiós a todo. Nadie recibiría la información acumulada hasta ese instante; una información incompleta, pero demasiado valiosa...

Jaiá me vio pelear conmigo mismo. Pero, prudente y amorosa, se limitó a sonreír. Una nueva «catástrofe» estaba a punto de ocurrir...

Era evidente que no había aprendido nada. Él solicitó confianza en el Hermón, y también después.

«Confía», reclamaba cuando me veía perdido.

¿Confiar? ¡Qué difícil palabra! ¡Qué lejos me hallaba de aquel maravilloso Hombre!

Era preciso pensar. Tenía que hallar una solución...

Pero, para eso, para determinar qué hacer, primero tenía que viajar al *yam* y conversar con mi compañero.

Sí, lo haría a la mayor brevedad...

Y el Destino siguió tejiendo y destejiendo.

Fue Jaiá quien me rescató del nuevo tormento. Y lo hizo con una pregunta muy oportuna; algo que había estado presente en la memoria de este explorador durante los cinco días de permanencia en la garganta del Firán...

—¿Quieres saber qué fue lo que soñé?

Y las misteriosas palabras de la anciana descendieron de nuevo sobre mí: «¡No vayas!... ¡Tuve un sueño!... ¡No vayas!»

La escuché con atención.

—Vi hombres. En el sueño llegaron a la casa y te obligaron a salir con ellos... Uno era Abner, el discípulo de ese hombre que predica en Enaván...

Reconocí lo sucedido en la madrugada del 3 al 4 de noviembre, cuando fui despertado bruscamente por la gente de Yehohanan. El gigante me buscaba.

Pero eso no fue un sueño. Ocurrió realmente...

Y la dejé proseguir.

—... Lloré amargamente... Yo sabía que ese hombre, Yehohanan, te causaría daño... Y esperamos ciento un días... Después llamaron a la puerta. Eran «Tiempo corto» y los otros. Abrieron paso y vi a un anciano... Cargaba a un joven entre los brazos... Entró en la casa y lo dejó en el suelo... Mi marido aproximó el oído a su pecho y negó con la cabeza. Estaba muerto... ¡Eras tú, Jasón! ¡El joven muerto eras tú!... Entonces, el anciano habló... ¡El anciano también eras tú, Jasón, pero más viejo!... ¿Cómo podía ser? Y dijo: «Él amaba a "K" y yo también»... Se dirigió a tu habitación, tomó el cayado, el tuyo, y se alejó...

Jaiá, la «Viviente», suspiró y concluyó la ensoñación:

—Intenté detener al anciano. La vara era tuya. No tenía derecho a llevársela... Entonces, Abá Saúl se interpuso. Abrió la puerta y, amablemente, lo invitó a seguir su camino, al tiempo que susurraba: «Deja que cumpla lo que está escrito... Él mismo lo dispuso así... Deja que el Destino haga su trabajo.»

Fin del sueño (?).

Al poco, ante la sorpresa y desesperación de la mujer, quien esto escribe regresó, tomó la «vara de Moisés» y se perdió en la noche de Salem. Y recuerdo las lágrimas de Jaiá y las palabras del rabí, aconsejando a su esposa que dejara hacer al Destino.

¡Asombroso!

Parte del sueño parecía haberse cumplido. Pero ¿quién era «K»?

Trasteé en la memoria y no obtuve respuesta. «K» no tenía significado para mí. En hebreo y arameo, «ke» y «ka» forman una partícula inseparable, con diferentes significados: «como, igual que, según y cerca de», entre otros.

Algún tiempo después comprendí. Fue el Maestro quien despejó la duda...

«K» existía, naturalmente.

Interrogué a Jaiá sobre los detalles del «sueño», en especial sobre los dos hombres que identificó como «Jasón», el viejo y el joven. La coincidencia me desconcertó. En otros momentos de esta aventura, algunos de los personajes con los que llegué a coincidir aseguraron haber conocido a un Jasón anciano. ¿Cómo era posible?

Estaba a punto de descubrirlo...

De pronto, al solicitar más información sobre el «anciano del sueño», Jaiá palideció. Me observó con incredulidad y abrió los ojos, espantada.

El instinto tocó en mi hombro...

Después ocultó el rostro con las manos y permaneció así unos instantes.

Me asusté. ¿Qué le sucedía?

Retiró los dedos lentamente y sus ojos me recorrieron. Parpadeó nerviosa y, finalmente, lanzando un grito, se incorporó y huyó a la carrera.

La intuición, como digo, me salió al paso...

Yo también corrí hacia la casa de Abá Saúl. Allí estaba la respuesta. Jaiá, temblorosa, me ofreció un espejo de bronce.

No me equivoqué, esta vez no.

Al principio no me reconocí. Necesité un segundo repaso. Aquel «Jasón» era otro...

¿Cómo era posible? Sólo tenía treinta y seis años...

No hubo palabras. La crisis, la «resaca psíquica», me había arrastrado también a un «encanecimiento súbito», ya anunciado en los informes iniciales de Caballo de Troya. Pero una cosa era saberlo, o intuirlo, y otra muy distinta, comprobarlo. Los cabellos y la revuelta barba quedaron blancos, como las nieves del Hermón. Había «envejecido» años en poco más de unos minutos. Eso fue lo que asustó a la buena mujer. Esa mañana, al levantarme, presentaba el aspecto de siempre. Fue en la colina de Melquisedec (!) donde caí en picado...

Y comprendí las alusiones al «anciano Jasón», formuladas por algunos de los que rodearon al Maestro, y a lo largo de nuestro primer «salto» en el tiempo, en el año 30 de nuestra era. Paradojas del Destino. Fui joven después de ser «viejo».

No preguntaron, ni yo expliqué. No tenía sentido. Ambos lo atribuyeron «a mis penalidades». No era la primera vez que alguien «envejecía» de un día para otro. Abá Saúl conocía casos, especialmente entre los condenados a muerte.

Por fortuna, el aparatoso «envejecimiento» no se vio

acompañado por una disminución de las fuerzas o por una caída de la memoria. Todo lo contrario. Poco a poco recuperé el temple, y el abatimiento de aquellas semanas se dulcificó. Y sucedió algo que tampoco estaba previsto, lógicamente...

Ni Eliseo ni quien esto escribe acertamos a desvelar lo ocurrido. Fue otro misterio, relacionado, posiblemente, con los efectos de las sucesivas inversiones de masa. Mi memoria siempre fue excelente. En el argot médico, esa notable capacidad para retener textos, imágenes, números o conversaciones recibe el nombre de hipermnesia (1). Ésa fue otra de las razones por la que fui seleccionado para este proyecto. Pues bien, a raíz de ese 16 de diciembre del año 25, mi hipermnesia se incrementó, convirtiéndose en un fenómeno que podría aproximarse a lo que los especialistas llaman «memoria panorámica», una supermemoria, en la que el caudal mnésico experimentó una brusca actualización. Si lo deseaba, lo vivido hasta esos momentos aparecía en el cerebro, y con todo lujo de detalles. No importaba la antigüedad del recuerdo.

Toda una suerte, o una desgracia, según se mire...

Pero supe aprovechar esta nueva condición de la memoria. De regreso al Ravid, repasé cuanto había escrito y redondeé las vivencias. Jesús de Nazaret y el presente diario fueron los grandes beneficiados.

El resto de la jornada lo dediqué a conversar con mis salvadores, y a ponerme al día.

No debía lamentarme. A pesar de haber perdido el último par de sandalias «electrónicas», y casi la vida, el Destino fue benevolente, una vez más. Quería retornar a Nahum. Necesitaba verlos...

¿Me reconocerían?

(1) La hipermnesia es una alteración cuantitativa de la memoria. El afectado dispone de un volumen mnémico muy superior a lo habitual. En otras palabras: su capacidad para recordar, en especial en lo que se llama memoria «declarativa», es excepcional. Se desconoce la causa de semejante sobreexcitación de la memoria, aunque, generalmente, suele aparecer después de determinados trastornos orgánicos o lesiones. (N. del m.)

También fue un «milagro». Cuando lo recuerdo, me lleno de asombro...

La «vara de Moisés» flotaba en el arroyo del Firán, y yo fui incapaz de atraparla. «Tiempo corto» lo hizo. Él conocía el extraño «afecto» que profesaba a aquella vara y, al verla en el torrente, se apresuró a rescatarla. De no haber sido por el perspicaz *felah*, quien esto escribe habría perdido también el valioso instrumental, que tantos servicios prestó a la operación y, por supuesto, a mí mismo. La acaricié y repasé, y me propuse tener más cuidado. No podía prescindir de ella; no en esos momentos...

Y el Destino, estoy seguro, escuchó mis pensamientos. Después, como siempre, actuó según su criterio. Pero no adelantemos los acontecimientos. Es preciso ir paso a paso.

Aquel lunes, 17 de diciembre, fue otro día de sorpresas...

Las fuerzas y el ánimo continuaron restableciéndose, pero Jaiá no permitió que caminara en solitario. Manifesté la intención de visitar la aldea, y también los lagos de Enaván. Y así fue. La bondadosa anciana me llevó a la casa de «Tiempo corto» y después nos alejamos hacia la doble cascada. El providencial campesino se encontraba en el bosque del «perfume». Quizá lo viera al anochecer. Su familia no me reconoció. Fue Jaiá quien aclaró mi identidad. ¿Cómo era posible?, se preguntaban. Hacía unas horas, yo era Ésrin, un joven, aunque enfermo. Ahora parecía el padre de Ésrin...

El incidente me dejó pensativo.

¿Cómo reaccionaría Jesús de Nazaret? ¿Cómo lo haría Eliseo? En cuanto a Ma'ch...

El mundo volvió a tambalearse. Y resucitó la temida duda: ¿era el momento de regresar a nuestro «ahora»?

La vista del árbol de la «cabellera» alejó, momentáneamente, los fantasmas.

En Enaván, todo, o casi todo, seguía igual.

Yehohanan se hallaba ausente. Había desaparecido días antes. Lo vieron alejarse hacia la jungla jordánica, con la colmena ambulante en la mano izquierda y el *talith* sobre la cabeza. Supuse que se encontraba en su «refugio», en la agreste garganta del Firán.

Abner tampoco me reconoció.

Estaba al corriente de lo que le había sucedido a Ésrin e, incluso, lo visitó con regularidad a lo largo de las cinco semanas en las que vivió «ausente».

Me presenté y el pequeño-gran hombre me observó con incredulidad. Jaiá intervino de nuevo y se repitió la escena que acababa de vivir en la casa de «Tiempo corto».

Finalmente, el segundo en el grupo terminó por abrazarme y exclamó:

—¡Ésrin!... ¿Qué ha sucedido?...

Guardé silencio. Tampoco podía explicarle. Pero él tenía su propia interpretación...

—...¿Qué te ha mostrado el maestro para que tus cabellos se hayan vuelto blancos? ¿Cuál es su secreto?

Abner recordaba muy bien las últimas palabras del Anunciador en la mañana del domingo, 4 de noviembre, cuando me ordenó que lo siguiera:

—¡Vamos!... Te mostraré mi secreto.

Y Abner y el resto de los discípulos comentaron:

—Veinte es afortunado. Va a donde nadie ha ido...

—Lo siento —repliqué, sin saber qué decir—. No puedo...

Creyó entender. Él también era fiel a su ídolo, hasta la muerte. Éramos hermanos. Éramos los elegidos. Comprendía mi silencio.

Estaba claro que Yehohanan no había contado nada de lo ocurrido en el Firán. En parte, me alegré.

Como decía, en el círculo de piedras, bajo el árbol de la «cabellera», casi todo continuaba igual. El número de los acampados era menor. Sumé un centenar largo. Cuando Yehohanan hacía acto de presencia, regresaban las viejas y conocidas escenas: toques de sofar, prédicas apocalípticas, inmersiones en los *te'omin* o cascadas gemelas y las pretendidas sanaciones.

Sólo hubo un cambio...

Abner me puso al corriente.

El grupo de discípulos había alcanzado el número soñado por el Anunciador: ¡ya eran (éramos) treinta y seis! ¡Los treinta y seis justos!

Y el hombrecito de la dentadura calamitosa reunió a su gente y se dispuso a presentar a los «nuevos».

Necesitó un tiempo para entender el porqué de los murmullos. Yo no era el de siempre. Ahora era un desconocido.

Y Abner, inteligentemente, ahorró explicaciones que, además, no tenía. Se limitó a presentarme como Jasón, uno de los «heraldos y hombre de confianza del vidente». El pelo blanco los impresionó.

Entonces, al oír el primer nombre, caí en la cuenta. Era uno de los «nuevos». Y me pregunté: ¿cómo se las ingenió para ingresar en el círculo de los íntimos del Anunciador?

También él me observó y percibí cierta confusión en su rostro. Era lógico. Me conocía, pero con otro aspecto...

Me fui hacia él y abrí los brazos, sonriéndole.

—¿No me recuerdas? —pregunté, al tiempo que buscaba en los profundos ojos negros—. Soy Jasón, el griego. Compartimos el camino por el valle, hasta Damiya...

Me recorrió de arriba abajo y, estupefacto, exclamó:

—¡Jasón, de Tesalónica!

—¡Belša!

—Pero no entiendo...

Nos abrazamos.

Se trataba, efectivamente, del enigmático y corpulento persa del «sol» en la frente. La última vez que lo vi se hallaba convaleciente, junto a su amigo, el nabateo llamado Nakebos, *al-qa'id* o alcaide de la cárcel del cobre, y hombre de confianza, al parecer, de Herodes Antipas, el tetrarca de la Galilea y de la Perea. Se había recuperado de la intoxicación provocada por el *niloticus*, la cría de cocodrilo que le regalaron en las «once lagunas», cuando descendíamos por la senda del Jordán, y que también puso en grave peligro la vida de mi compañero, Eliseo.

—No comprendo —insistió—, ¿qué te ha sucedido? Hace unos días...

Le hice ver que no era el momento. Ya hablaríamos.

Yo tampoco pregunté. Lo cierto es que logró sus propósitos: conoció al Anunciador y, supuse, averiguó si el gigante de las siete trenzas era seguidor del dios Mitra (1).

Recordaba bien su pasión por el mitracismo. Él era un *miles* o «guerrero», uno de los estadios de iniciación de esta religión oriental. Y quedé confuso. Algo no encajaba. Yehohanan no tenía nada que ver con Mitra. Entonces, ¿por qué Belša había solicitado el ingreso en el grupo?

A no ser que tuviera otras intenciones...

La siguiente sorpresa se produjo cuando Abner pronunció los nombres de dos hermanos. Eran, prácticamente, unos recién llegados. Se incorporaron en ese mes de *kisléu* (diciembre), cuando este explorador trataba de sobrevivir en la casa de Abá Saúl.

Los contemplé, maravillado.

Era difícil acostumbrarse...

Ellos acababan de conocer al «viejo Jasón». La amistad con el «joven Jasón» no se iniciaría hasta el año 30.

Obviamente, no sabían quién era aquel griego, tan familiarmente acogido por Abner.

Entonces, si estaban allí, si formaban parte de los «treinta y seis justos», eso significaba que, en primer lugar, fueron discípulos de Yehohanan.

Los evangelistas y la tradición tampoco lo mencionan...

Eran Andrés y Pedro, los pescadores del *yam* o mar de Tiberíades, que posteriormente se convertirían en apóstoles del Maestro.

Me costó aceptarlo, pero así era...

(1) Amplia información sobre el mitracismo en *Nahum. Caballo de Troya 7. (N. del a.)*

Aunque nacidos en Nahum, ambos residían en la vecina aldea de Saidan. Trabajaban en el lago, en lo que fuera menester. A veces en la pesca, en ocasiones como cargadores, y también en los astilleros. Conocían sobradamente a los Zebedeo. El padre de Andrés y de Pedro (en esos momentos, su nombre era Simón) había sido socio del viejo Zebedeo, al igual que José, el padre terrenal del Galileo.

Andrés permanecía soltero. Vivía con sus hermanas. Simón estaba casado. Tenía tres hijos.

No percibí muchos cambios en sus respectivos aspectos físicos.

Andrés sumaba treinta y dos o treinta y tres años. Era relativamente mayor, para aquel tiempo, en el que la expectativa media de vida, en los varones, difícilmente superaba los cuarenta y cinco años. Jesús era más joven. En agosto, como se recordará, había hecho treinta y uno.

Su estatura era similar a la de su hermano (alrededor de 1,60 metros). Y, al igual que en el año 30, se presentaba tímido y reservado. Siempre lo conocí como un hombre serio y distante. Parecía permanentemente preocupado.

A diferencia de Simón, su lámina era impecable, tanto en el afeitado como en los cabellos, limpios y brillantes, y en la túnica o en el manto. Casi siempre aparecía armado, con un *gladius* en la faja, o colgado del ceñidor.

Su hermano, más grueso que en el año 30, era algo más joven. La primera vez que lo vi (1) me equivoqué, y estimé que Simón era uno de los discípulos de más edad. Entonces consideré que podía rondar los cuarenta. No era así. En ese año 25, el que llegaría a ser líder de los seguidores de Jesús de Nazaret, rondaba los treinta años. La calvicie, más que notable, y el rostro, acribillado por las arrugas, no le favorecían. La barba, cana y descuidada, contribuía también a la confusión.

Me miró y capté un chispazo de simpatía. Le caí bien, desde el principio. Quizá fue la presentación de Abner, más que elogiosa, o quizá el hecho de que supe sostener su mirada. Los ojos claros del entonces discípulo del

(1) Amplia información en *Jerusalén. Caballo de Troya 1. (N. del a.)*

Anunciador eran los mismos, espontáneos y amigos para el amigo. También iba armado, con una de aquellas temibles espadas de doble filo, el *gladius hispanicus*, habitualmente utilizado por el ejército romano. La ocultaba entre las ropas, en una funda de madera.

Conversamos animadamente durante buena parte de la mañana. Todos deseaban saber cómo y dónde me había ganado la confianza del vidente. Me desvié, como pude, y hablé de las «excelencias del predicador», alabando su religiosidad y su celo por Yavé. No mentí y, además, me gané la aprobación general. Belša fue el primero en asentir, y lo hizo con entusiasmo. Demasiado fervor, desde mi modesto punto de vista...

Judas, el Iscariote, sentado junto a Belša, casi no se pronunció. Se limitó a observarme. Por lo que pude apreciar en aquellos días, ambos congeniaron. Se los veía juntos. Conversaban y se mezclaban con los acampados.

El instinto avisó...

Andrés y Simón iban y venían. Trabajaban durante un tiempo en el *yam* y regresaban junto al Anunciador. Eso hacía la mayor parte del grupo.

Los hermanos pescadores de Saidan, al menos en aquellas fechas, eran unos honestos buscadores de la verdad. Mejor dicho, honestos buscadores de «su» verdad. Jamás mintieron o disimularon, en ese sentido. Ellos, como tantos, deseaban la llegada del «reino» o los «días del Mesías», como llamaban a la inminente hegemonía de Israel sobre el resto del mundo. Andrés y Simón, especialmente este último, eran unos convencidos de lo cercano de la nueva era. En breve, Yavé se compadecería del pueblo elegido y enviaría al Ungido, el Mesías libertador, del que ya he hablado en otras páginas de estas memorias. Ésta era la realidad desnuda. Andrés y su hermano defendían un «reino» físico y material, sin invasores, sin cadenas ni impuestos, con un rey descendiente de la casa de David, que llevaría a la nación judía al lugar que le correspondía: a lo más alto.

Esto fue lo que los encandiló al oír a Yehohanan. «El hacha estaba ya en la base del árbol.» Todo se precipitaba. Convenía ser valientes y pronunciarse. Y eso fue lo que hicieron. Ingresaron en el grupo de los «justos», seguros de que el «reino de Dios» estaba a la vuelta de la esquina. No me cansaré de insistir: ese «reino», durante mucho tiempo, no fue el que imaginan los cristianos del siglo XX. Andrés y Simón, como la mayoría de los apóstoles, equivocaron los conceptos del Hijo del Hombre. Pero conviene ir paso a paso en la narración de esta historia. Sólo así estaremos en condición de comprender los hechos que sucedieron meses más tarde.

Andrés, quizá por su carácter reflexivo, era más escéptico que Simón. Creía en el Libertador político, religioso y social, pero menos...

La última sorpresa de aquella jornada llegó con la caída del sol.

El Destino, una vez más...

Abá Saúl y quien esto escribe nos hallábamos a la puerta de la casa. Conversábamos y aguardábamos el retorno de «Tiempo corto» y del resto de los *felah* del bosque del «perfume».

Primero oímos la agitación de unos caballos. No era muy habitual en la pequeña aldea. Los seguidores del Anunciador no entraban en Salem, generalmente. La senda que discurría paralela al río Jordán cruzaba parte de los lagos de Enaván. La localización del vidente, o de su grupo, era sencilla. Esta circunstancia, como dije, permitió que el villorrio continuara disfrutando del silencio y de una benéfica paz.

Entonces se dejó sentir una voz. Después percibimos el chasquido de un látigo y el inconfundible arranque de un carro sobre el «pavimento» de conchas marinas que alfombraba las calles y callejuelas de Salem. Y los gritos del *sais*, apremiando a las caballerías, se fueron distanciando.

Saúl y yo nos miramos. Y noté una sombra de tristeza en el anciano. Él lo supo mucho antes que yo...

Alguien había descendido de ese carro. Y rememoré mi entrada en la aldea. Yo también alquilé los servicios de uno de aquellos *sais*, o conductores de carros, y así viajé desde la base de aprovisionamiento de los «trece hermanos», al sur del *yam*. Eso fue el 27 de octubre.

¡Dios mío! Habían transcurrido cincuenta días…

Y al fondo de la aldea surgieron dos siluetas. Una de ellas cargaba un saco de viaje. Se detuvieron frente a una de las casas y cambiaron unas palabras con los moradores. Éstos señalaron hacia nosotros.

El corazón se agitó…

Abá Saúl, comprendiendo, se puso en pie.

Eran dos hombres. Siguieron aproximándose.

Entonces, al reconocerlos, me sobresalté. ¿Cómo llegaron hasta Salem? ¿Por qué?

Las preguntas, en efecto, eran una estupidez…

Permanecí sentado y más que confuso. Experimenté una muy extraña sensación. ¿Alegría? Menos de lo que imaginaba. Fue una singular mezcla de melancolía e indiferencia. Nunca pensé que algo así pudiera suceder…

Al llegar a nuestra altura, se detuvieron. Y antes de preguntar, nos repasaron atentamente.

¡No me reconocieron!

Eliseo se dirigió al anciano Saúl y preguntó por mí. Kesil, a su lado, dejó el petate sobre las conchas.

¡Eran mi compañero y el fiel servidor!

Abá Saúl corroboró las noticias del ingeniero. Allí, efectivamente, vivía Jasón, el griego. Y el viejo Saúl, delicado e intuitivo, entendiendo que Eliseo y el siervo no me habían identificado, trató de ganar tiempo. Se inclinó y, hospitalario, los invitó a entrar. Y así lo hicieron.

Yo no tuve valor para seguirlos.

Saúl, al pasar, me miró intensamente. Y recibí un soplo de esperanza. Alzó la mano izquierda y solicitó calma.

¡Dios lo bendiga!

Hablaron. Los escuché desde la puerta. Eliseo se presentó como mi amigo y compañero de viaje. Abá Saúl y Jaiá hicieron algunas preguntas. Eliseo explicó que estaba preocupado. Hacía casi veinte días que Jasón debería haber vuelto a Nahum. Eso fue lo pactado en el Ravid, en aquel tenso sábado, 27 de octubre, cuando mi compañero confesó que estaba enamorado de Ruth, la pelirroja, hermana menor del Maestro.

—Él está interesado en el mensaje de Yehohanan —improvisó Eliseo—, y sabemos que llegó hasta aquí… La gente del Anunciador lo ha confirmado y han señalado tu casa como el lugar de residencia de Jasón...

Eliseo, alarmado por el paso de los días y la falta de noticias de este explorador, optó por seguir mi rastro, inquieto por mi integridad física. Jamás habíamos permanecido tanto tiempo sin saber el uno del otro. Lo lógico es que hubiera agradecido el gesto, pero no lo hice. Nunca lo hice...

La localización de Yehohanan fue sencilla. Eliseo y Kesil alquilaron un carro en los «trece hermanos» y no tardaron en ubicar el árbol de la «cabellera», en Enaván. Desde allí, como ha sido dicho, el *sais* los trasladó a Salem.

Y el ingeniero planteó la pregunta clave:

—¿Dónde se encuentra?

Sólo oí el silencio. Ni Jaiá ni Saúl respondieron. E imaginé la sorpresa y la inquietud en los rostros de mis amigos.

El ingeniero, desconcertado por el silencio de los anfitriones, insistió, nervioso:

—¿Qué sucede? ¿No está aquí?

Abá Saúl replicó con un susurro:

—Sí, pero...

Segundo silencio.

Oí el llanto de Jaiá. Estuve a punto de ponerme en pie y terminar con la angustiosa situación. No tuve opción. Al instante, el viejo Saúl salió de la casa. Eliseo y Kesil lo siguieron. Y Abá Saúl fue a situarse frente a quien esto escribe. Entonces, señalándome, exclamó:

—Está, pero no sé si es el que tú buscas...

El ingeniero me recorrió con la mirada. Lo vi palidecer. Dio un paso atrás y trató de decir algo. No lo consiguió.

Kesil, el fiel «Orión», se arrodilló frente a este explorador y me observó, incrédulo. Le sonreí y nos abrazamos. Kesil repetía una y otra vez:

—¿Por qué?...

El sabio Saúl acertó. Era yo, pero no era el Jasón que había conocido Eliseo. Además del cabello blanco, aquel «viejo Jasón» presentaba otros sentimientos...

Seis días después, el domingo, 23 de diciembre, me

despedía del matrimonio y partíamos hacia el norte, rumbo a Nahum.

Esta vez, las palabras de Jaiá fueron diferentes:

—¡Volverás!... ¡Lo sé!

Hablamos poco en aquellos días, en Salem. Eliseo se limitaba a observarme. Sabía muy bien que el «encanecimiento súbito» era una de las consecuencias del mal que nos había invadido. Con seguridad, no la más grave...

Y sabía igualmente que ese mal desconocido, que devoraba literalmente las redes neuronales, se alojaba también en su cabeza. Mañana podía ser él...

Es curioso. Eliseo fue la única persona en la que pude refugiarme, y, en cierto modo, aliviar mi suplicio, y, sin embargo, elegí el distanciamiento. Fue extraño. Algo se había roto en el Ravid, con la confesión del ingeniero. Ella tenía más fuerza de lo que imaginaba.

Tal y como tenía previsto, planteé la situación con toda crudeza. Hicimos un aparte. Caminamos en solitario hacia el «lugar del príncipe» y allí, en la colina, le narré lo justo y necesario, pasando por alto mis tribulaciones en el Firán. Tampoco me extendí en los desequilibrios del Anunciador. No era el momento, ni la cuestión. El problema éramos nosotros. ¿Debíamos continuar con la operación o abortarla al llegar al Ravid? Expuse mi criterio, frío, casi despiadado, militar y científicamente impecable. La situación era muy grave. La «resaca psíquica» podía presentarse en cualquier instante, tanto en él como en mí e, incluso, simultáneamente. El seguimiento de Jesús de Nazaret, en esas circunstancias, era un suicidio. La operación fracasaría, tarde o temprano. Si retornábamos ahora, una parte de la verdad quedaría a salvo. Si proseguíamos, quién sabe...

Evité el asunto de Ruth. Estaba claro que, a la vista de los acontecimientos, había quedado en segundo plano. Aun suponiendo que decidiéramos seguir, ¿qué jovencita podría enamorarse de un «viejo»?

Eliseo no replicó. Sabía que hablaba con razón. Era el sentido común quien se sentaba con nosotros, junto a las ruinas del palacio de Melquisedec.

Y el silencio fue el cuarto visitante.

No hablamos durante largo rato. ¿Para qué? Todo estaba dicho.

Eliseo permanecía joven, de momento. Sus pensamientos, con seguridad, se hallaban en la «casa de las flores», con ella. Los míos buscaron primero al Hijo del Hombre. ¡Cómo lo añoraba! Sí, ésa era la expresión exacta: tristeza. ¡Tenía que alcanzarlo! ¡Quería verlo, aunque sólo fuera por última vez! Eso haría...

Después pensé en ella, en Ma'ch. ¿Y por qué no mirarlo por el lado positivo? Fue, y es, lo más bello que me ha sucedido. También le diría adiós...

Y ocurrió.

Nos negamos a aceptar la realidad. Volvimos a engañarnos a nosotros mismos. El ingeniero lo resumió, tan impecable como yo:

—Sí, estoy de acuerdo, pero dejémoslo en las manos del Destino. Primero, si te parece, «volvamos a casa», y chequeemos la situación. Conviene estar seguros...

«Volver a casa» era una frase clave, adoptada entre Eliseo y yo, y con la que insinuábamos la necesidad de ascender al peñasco en el que descansaba el módulo, el Ravid. Fue una costumbre, sobre todo desde la llegada de Kesil, el amigo y servidor.

¿El Destino?

Tenía razón. El Maestro se cansó de repetirlo: hacer la voluntad del Padre, ése es el secreto de la vida.

¿Por qué no?

Acepté. «Volveríamos a casa», analizaríamos el porqué del «encanecimiento súbito», y la situación cerebral de ambos, y el Destino diría sí o no.

Y el Destino «habló», pero no como suponíamos...

El viaje de regreso fue rápido y en paz. En mi corazón permanecían dos o tres recuerdos, por encima del resto. Eran las caras de Abá Saúl, de Jaiá y de «Tiempo corto». Los otros, incluido Yehohanan, aparecían lejos, en el horizonte de la memoria.

«¡Volverás!... ¡Lo sé!»

Jaiá difícilmente se equivocaba.

Y regresé, por supuesto...

Agradecí los rostros conocidos de la ínsula, en la «ciudad de Jesús». Nahum seguía siendo lo de siempre, un hervidero de buenas y malas intenciones, y de gentes de toda condición. La noticia de mi «envejecimiento» corrió de boca en boca. Hubo interpretaciones para todos los gustos. La mayoría, como ya referí, lo atribuyó a mis pecados. Lilit se hallaba en mi «segunda alma» y eso significaba miedo o respeto por parte de los que me habían conocido joven. No me molesté en aclarar el error. Era cierto que tenía muchos pecados...

Y a la mañana siguiente, lunes, 24 de diciembre de aquel año 25, con un tiempo radiante, Eliseo y quien esto escribe nos dirigimos al astillero. Kesil, como siempre, se dedicó a sus faenas, en la ínsula.

Lo habíamos planeado la noche anterior. Nos despediríamos de Yu, el chino, y de su gente. En cuanto al Maestro, no se nos ocurrió nada. Temblaba ante el pensamiento de llegar hasta Él y anunciarle..., no sabía qué. Eliseo, más pragmático, pensó en otro viaje, «un imprevisto retorno a Tesalónica», por ejemplo.

Negué una y otra vez. No eran excusas creíbles.

¿Qué pensaría? ¿Cómo reaccionaría? ¿Cómo decirle que estábamos amenazados de muerte y que lo más prudente era retornar a nuestro verdadero mundo?

Él era un Hombre-Dios. Yo lo sabía. Eliseo lo sabía. Quizá no fuera necesario nada de aquello.

Y nos dormimos con la duda...

Y el Destino, de nuevo, sonrió burlón.

Jesús de Nazaret no se hallaba en el astillero. Tampoco Yu. El anciano Sekal, el que «escuchaba» la madera, nos informó. El Maestro, el carpintero jefe y parte de los trabajadores habían partido tres días antes. Era el tiempo de la tala y, como era habitual, permanecían una o dos semanas en los bosques, disponiendo la madera que se utilizaría el resto del año.

El Destino...

Sekal habló de Jaraba, una de las aldeas al norte del *yam*, en la alta Galilea; más exactamente en la Gaulanitis, en la tetrarquía de Filipo, otro de los hijos de Herodes el Grande. Conocíamos el camino. Era la senda por la que transitamos al ir, y al retornar, al macizo del Hermón.

La citada aldea se hallaba escondida entre los bosques, a cosa de tres horas y media o cuatro del Ravid, y a poco más de dos horas de Nahum. Algo más al norte, a unos cinco kilómetros, se encontraba el cruce con Qazrin. Allí se alzaba la posada de Sitio, el homosexual.

No hubo despedidas. Eliseo y quien esto escribe, desconcertados, reemprendimos el regreso a la ínsula. Jesús había abandonado Nahum el pasado viernes, 21, cuando todavía permanecíamos en Salem.

Dudamos. Discutimos. ¿Convenía partir hacia Jaraba? ¿«Volvíamos a casa» y procedíamos a los análisis?

El ingeniero aceptó mi sugerencia. Primero era lo primero: el Ravid. Después, todo dependería de ese chequeo. ¿O no?

Entendí que no era bueno correr nuevos riesgos. En esta ocasión, sabíamos con seguridad el lugar exacto en el que se encontraba el Maestro, pero ¿quién nos garantizaba que no ocurriría lo que ya sucedió en la reciente búsqueda, cuando lo perseguimos, inútilmente, por el valle del Jordán? No quise repetir la experiencia.

De pronto, sin proponérmelo, me vi frente a la «casa de las flores», el hogar del Maestro. Eliseo supo dirigir los pasos, hábilmente.

Me negué a entrar. No había razón. Jesús estaba ausente y, además, no deseaba que ella me viera. Ahora, no...

Supongo que el ingeniero comprendió mis sentimientos, pero hizo caso omiso. Y argumentó, al tiempo que tiraba de mí:

—Verifiquemos la información de Sekal. Ellas tienen que saberlo...

Quería y no quería. Me moría por verla de nuevo, pero no así, no con aquel aspecto. ¿Qué pensaría?

Y me dejé arrastrar...

Eliseo reclamó a gritos a las mujeres.

Primero apareció Esta, un tanto alarmada. Estaba a punto de dar a luz. Detrás, como siempre, la hija, Raquel, agarrada a la túnica y observando con curiosidad a los recién llegados.

Esta confirmó las palabras del anciano del astillero. Todos habían salido hacia los bosques. Podíamos encontrarlos en las colinas del Attiq, muy cerca de Jaraba. No tenía pérdida. Todo el mundo sabía de esas colinas.

No me reconoció. Me observó detenidamente, con la misma curiosidad que la hija, pero no se manifestó.

Sentí que me ahogaba. Quería huir. Quería salir de aquel patio y, al mismo tiempo, necesitaba verla. Y el Destino me escuchó...

María no tardó en presentarse en la segunda puerta. Permaneció inmóvil, contemplando la escena. Eliseo seguía conversando con Esta, la mujer de Santiago, hermano del Galileo. Después, la Señora desvió la mirada hacia quien esto escribe.

Palidecí, supongo.

Entonces, intrigada, dejó la cortina de red y avanzó un paso. Siguió examinándome y, súbitamente, se llevó las manos a la boca.

Acababa de percatarse. La Señora sí supo quién era. Y mi palidez se intensificó.

Todo fue muy rápido.

En esos instantes, por detrás del granado, surgió Ruth, con su túnica azul y el cabello suelto. Portaba una jarra de barro entre las manos.

Mi corazón se movió con dificultad. Noté que se quedaba atrás, como si no existiera. Después se desbocó, y me arrastró.

¡Oh, Ma'ch!

La mujer llegó a la altura de la madre y allí se detuvo. Sonrió a mi compañero y me dirigió una mirada. No era la mirada que yo esperaba.

Fueron unos segundos, para mí, intensísimos. Yo la amaba.

Ruth tampoco supo...

Creí que el mundo se desmoronaba. Todo, a mi alrededor, dejó de tener sentido. Los muros, las flores, las personas, todo quedó suspendido en el tiempo.

Ella no me reconoció. Eso era lo único que importaba.

Eliseo se aproximó a Ruth. Cubrió los hombros de la muchacha con su brazo y la animó a caminar hacia el portalón.

¿Cómo no me había dado cuenta?

El ingeniero se inclinó hacia el bello rostro y le susurró algo al oído.

Ella, entonces, volvió a mirarme. Fue una mirada de incredulidad. Después, Eliseo insistió y sus labios, tras pronunciar las últimas palabras, depositaron un beso en los cabellos de la joven.

Y la jarra se escurrió de entre los dedos, precipitándose sobre el enlosado. Allí quedó, tan rota como mi corazón...

Ruth, pálida, siguió con los hermosos ojos verdes fijos en los míos. Aquélla sí era la mirada que yo buscaba...

¡Ella me amaba!

¿O fue mi corazón el que vio lo que nunca existió?

Descubrí una lágrima, asomándose, sin querer, a los dulces ojos de la muchacha. Ruth bajó el rostro y, tras liberarse bruscamente del brazo de Eliseo, corrió hacia la casa y desapareció en la oscuridad de la estancia de la Señora. La madre, desconcertada, se fue tras la «pequeña ardilla».

Y un fuego devorador me consumió allí mismo.

Di media vuelta y escapé del lugar.

Durante horas, no sé cuánto tiempo, vagué por las calles de Nahum, sin rumbo fijo. Intentaba pensar. Trataba de serenarme y de conciliar las ideas. Lo conseguí a medias.

En mi mente gobernaba una imagen: Eliseo, besando los cabellos de Ruth...

¿Qué había sucedido durante mi ausencia? ¿Habló el ingeniero con la mujer? ¿Estaba ella enamorada de Eliseo? Si fuera así, ¿por qué había amor en su mirada? ¿O no era amor lo que expresaba?

Me sentí perdido...

Aquél era un amor imposible, me repetía hasta el aburrimiento, una locura. Tenía que liquidar aquella nueva angustia, al precio que fuera. Ya era suficiente con la amenaza de muerte...

Pero los pasos, una y otra vez, me llevaban siempre al *cardo maximus*, la calle principal del pueblo. Pasaba por delante de la ínsula y proseguía hacia el sur. Al llegar a la «casa de las flores» reducía la marcha y me detenía ante el portalón. Entonces, la buscaba. Eran dos o tres segundos, no más, pero suficientes para repasar el patio e intentar hallarla. Sólo deseaba eso: contemplarla.

Descendía hasta el muelle y regresaba por el mismo camino. En la segunda oportunidad, al cruzar frente al patio, Esta me vio. Aceleré y me alejé, avergonzado.

¡Dios santo! Parecía un adolescente...

Pero retorné por tercera vez. Sólo quería verla. Sólo verla. Sólo reunirme de nuevo con sus ojos...

Fue lógico. Esta, la embarazada, debió de advertir a la Señora sobre mi extraño proceder. Y al asomarme nuevamente, lo que hallé fue el rostro grave de María.

Quise excusarme, pero no acerté. Creo que pronuncié algunas palabras, sin demasiado sentido.

La mujer fue directa. Ése era su estilo.

—¡Tú no eres partido para mi hija!

Enrojecí de vergüenza. Dije algo, creo, y me retiré. Y allí quedó la Señora, en el portalón, observando cómo me perdía entre la gente.

¿Qué quiso decir? Yo sabía que lo sabía, pero...

Fue un aviso. Jamás lo olvidé.

Y me refugié en la «isla» de Taqa, nuestra ínsula. Kesil preparaba la cena en la habitación «41», como tenía por costumbre. Eliseo, según el siervo, se hallaba con los niños «luna», los trillizos, en la «44».

Y dejé actuar al Destino. ¿Qué más podía hacer?

Me acurruqué en un rincón y fui vencido por la tristeza. Al poco caí en un profundo sueño y así permanecí hasta que fui despertado.

Eliseo, sonriente, me invitó a compartir la suculenta cena. Lo había olvidado. Ese 24 de diciembre, a la puesta de sol, los judíos festejaban la «Hanukah» o «Janucá», la fiesta de las luces, también llamada de la Dedicación o Consagración, en recuerdo de la purificación del Templo por Judas, el Macabeo, en el mes de diciembre del año 164 antes de nuestra era. Como ya referí, en el citado siglo II antes de Cristo, la nación judía tuvo que padecer al nefasto rey Antíoco IV Epífanes. Este monarca, defensor de la cultura griega, persiguió a la religión judía, hasta el extremo de prohibir el sábado, los sacrificios rituales y el culto a Yavé, incluida la circuncisión. Y el Templo, ante la consternación general, fue sustituido por un gimnasio (1). Y estallaron las revueltas. La familia de los Matatías organizó guerrillas y se enfrentó a Antíoco. Fue la guerra de los Macabeos. Uno de los hijos de Matatías, Judas, el «Martillo», consiguió entrar en el Templo y purificarlo. Y cuenta la leyenda que, en ese lugar, y en esos momentos, se produjo un milagro. Cuando Judas penetró en el Templo, sólo encontró aceite sagrado para un solo día. Dicho aceite se utilizaba para prender la *menorá* o candelabro de siete brazos. Pues bien, el aceite contenido en el pequeño recipiente sirvió para alumbrar durante ocho jornadas. Así nació la Janucá, el milagro de las luces, aunque otros judíos se inclinaban por un origen menos ortodoxo (2).

(1) Antíoco IV fue un rey odiado por los judíos, aunque sus intenciones, desde un punto de vista estrictamente histórico, no fueron tan perversas como parece. Epífanes quiso modernizar su reino y acudió, para ello, a la helenización. Jamás, en la época de la dinastía seléucida, se fundaron tantas ciudades como bajo el reinado de Antíoco IV. Los gimnasios se convirtieron en el centro de la vida pública. Los planes de Antíoco contemplaban la transformación de Jerusalén, y del resto del país, hasta convertirlos en modelo de ciencia y progreso. Jerusalén sería una *polis*, a la que denominaría Antioquía. Zeus sustituiría a Yavé. Y en el año 167 a. J.C., esos proyectos se pusieron en marcha y la religión judía, sencillamente, fue prohibida. El Templo fue consagrado a los dioses paganos y todo quedó impuro, a excepción del pequeño recipiente de aceite del que deriva la leyenda y que, al parecer, fue hallado por Judas, el Macabeo, en el mes de *kisléu* (diciembre) del año 164. *(N. del m.)*

(2) Algunas escuelas rabínicas justificaban la Hanukah, remontándola a los tiempos del padre Adán. «Cuando el primer hombre observó que los días se hacían más cortos —decían—, pensó que se debía a sus pecados.» Y Adán hizo penitencia y decidió ayunar y orar durante ocho días. Entonces comprobó que los días empezaban a ser más largos, y lo celebró durante ocho días. Según esta versión, de ahí procedía la fiesta de las luces. Otros, más pragmáticos, suponían que la fiesta de la Dedicación no era otra cosa que una «adaptación» de las celebraciones paganas, llamadas Saturnales, y que se iniciaban hacia el 17 de diciembre, cuatro días antes del solsticio de invierno. El día de Saturno alcanzó gran auge en todo el Mediterráneo, especialmente en Roma, preparando a la población para el «resurgimiento del sol». Los muy religiosos rechazaban esta segunda posibilidad (de hecho, muchas de las celebraciones paganas se hallaban incluidas en el *Aboda zara*, la tradición oral que condenaba la idolatría o «cultos extraños»). Un tercer grupo rabínico justificaba la Hanukah como la purificación anunciada por el profeta Ageo, hacia el año 520 antes de nuestra era (año de Darío). Ageo,

En realidad, poco importaba el porqué de la fiesta. Para el pueblo sencillo era un respiro, en mitad del severo invierno. En Jerusalén, la Janucá alcanzaba su máxima expresión. Allí, después de todo, según la leyenda, se produjo el gran milagro. El Templo era iluminado como en ninguna otra ocasión. Se prendía una *menorá* de nueve brazos, a la que llamaban *janukía*. A la puesta de sol del 24 de diciembre, los sacerdotes tomaban la candela central de dicha *menorá*, que recibía el nombre de *Shammash* o «Servidor», y encendían el resto de las luminarias, empezando siempre por la derecha. Después, la ciudad era igualmente iluminada. Calles, plazas, casas, palacios, posadas, tabernas, y hasta los establos lucían durante ocho jornadas. La costumbre era prender una vela por cada miembro de la familia, incrementando el número de candelas, noche a noche. De esta forma, a los ocho días, el hogar era un «milagro». Quien esto escribe, dada su torpeza a la hora de moverse en las siempre oscuras casas de Israel, recuerda la Janucá con especial gratitud...

Y aquella fiebre por la luz se extendía por toda la Judea. Nahum no era una excepción. Las calles, el muelle e, incluso, las embarcaciones que faenaban en el *yam*, aparecían iluminados durante la noche. Era el gran negocio de los iluminadores, que no daban abasto. Se los veía correr, de un lado a otro, procurando abastecer de aceite, o de mechas, a los clientes descuidados. Pero, sobre todo, la fiesta de las luces era una explosión de alegría. Todo el mundo cantaba. La sinagoga contrataba músicos, que no cesaban de circular por la población, golpeando toda clase de címbalos. Era el festival de los platillos metálicos. Cada barrio tenía su propia orquesta y competían entre ellas. Imposible dormir durante ocho días...

La Janucá era también la fiesta de los niños. Ellos eran los protagonistas, en cierto modo. Las familias cruzaban regalos en la cena del 24 de diciembre, y uno de los presentes habituales era la perinola, una peonza, ge-

---

en el capítulo segundo, fija la fecha para dicha purificación especial: vigésimo cuarto día del noveno mes; es decir, 24 de diciembre, según el cómputo judío. (*N. del m.*)

neralmente de madera, con la que jugaban niños y no tan niños. Lo llamaban *zevivon*. Los había de todos los tamaños, y en todos los materiales. Constaba de cuatro caras, con un clavo de bronce, o de hierro, que lo perforaba en su totalidad. En la parte superior, dicho clavo era rematado por un lazo o asa, que permitía el giro del trompo. En cada una de las caras se leía una letra hebrea. Eran las iniciales de una frase que hacía alusión al supuesto milagro registrado en el Templo, en el citado año 164 antes de nuestra era: «Un gran milagro ha ocurrido aquí (1).» Los niños jugaban y los mayores apostaban...

El *zevivon* representaba el pequeño recipiente que, según la leyenda, contenía el aceite santo que sirvió para encender la *menorá* por parte de Judas, el Macabeo o Martillo. La tradición enseñaba que este tipo de peonza fue de gran utilidad a los judíos en la época de la sublevación contra Antíoco IV Epífanes, y también contra Roma. Al prohibir el estudio de la Torá, los judíos se reunían en grupos y simulaban jugar a la perinola cuando, en realidad, se hallaban en pleno rezo o consultando los textos bíblicos. Si eran alertados, ante la proximidad de un enemigo, ocultaban los «libros» y, como digo, sacaban un *zevivon*, apostando por una de las cuatro caras. La perinola, en suma, era la síntesis del milagro. Durante los ocho días, los niños las hacían danzar a todas horas y competían entre ellos.

Kesil se esmeró. Como buen judío se ajustó a lo que señalaba la tradición. Cocinó pasteles dulces y salados, las *levivot* y las *sufganiot*, respectivamente, todo en aceite, y lo aderezó con una *tajina* o salsa de su invención, consistente en semilla de sésamo, pimienta molida, ajo macerado, sal, jugo de limón y su secreto (jamás conseguimos averiguar el truco). Delicioso. Y como postre, bolas de miel, heladas, rellenas de nueces.

Eliseo invitó a la familia de la «44», la prostituta y sus hijos, los trillizos de cabellos blancos hasta los hombros, y ojos rasgados, con los iris amarillos. Los niños «luna», como los llamaban en la ínsula. Niños que jamás veían la

---

(1) Literalmente, en hebreo, «Milagro grande fue aquí». *(N. del m.)*

luz del sol y que hicieron buenas migas con el ingeniero. La madre, la «burrita», se llamaba «Gozo». Nunca supimos si era un apodo o su verdadera gracia. Era una joven de carácter noble, pero esclavizada por su profesión y por algún tipo de patología que la hacía engordar. En aquellos momentos rondaba los cien kilos de peso. Gozo contaba veinte años de edad.

Observé a mi compañero. La verdad es que se desvivía por atenderme. Todos lo hacían. Y opté por olvidar mis inquietudes, al menos por esa noche. No deseaba enturbiar la alegría de Kesil, y tampoco la de los trillizos. No era el momento de interrogar a Eliseo sobre Ruth. Pero lo haría. Así me lo prometí mientras Kesil entonaba las bendiciones previas al encendido de las velas. La última de estas recitaciones me dejó atónito:

—... ¡Bendito sea el Señor, nuestro Dios, Rey del Universo, que nos ha conservado la vida, nos ha preservado y nos ha permitido llegar a este día!

Eliseo captó el mensaje, e intercambiamos una mirada. Era cierto. Lo importante es que se nos había permitido llegar.

Fue asombroso. Fue como si el buen Dios, como si el Maestro, sabedores de mi angustia, nos hicieran un guiño.

¿Casualidad? No para mí (1)...

Y a la memoria acudió una familiar palabra: «¡Confía!»

Ahora, más que nunca, necesitaba verlo. Ahora, más que nunca, necesitaba de su consuelo y de su optimismo.

¿Y por qué no cambiar los planes? ¿Por qué no posponer los análisis en el Ravid y reunirnos con Él en los

---

(1) Mientras duraba la Janucá, cada noche, antes del encendido de las velas, el padre de familia, o el más viejo, entonaba la siguiente bendición: «Bendito sea el Señor, nuestro Dios, Rey del Universo, que nos ha santificado con sus preceptos y nos ha ordenado encender las luces de la Janucá. Bendito sea el Señor, nuestro Dios, Rey del Universo, que hizo milagros a nuestros padres en aquellos tiempos y en esta época. Bendito seas, oh Señor, nuestro Dios, el de nuestros antepasados, Rey del Universo, que nos preservaste, sustentaste y nos permitiste llegar al día presente.» Esta última recitación era entonada, únicamente, en la primera noche de la fiesta. Tras el encendido de la primera vela, la familia proseguía con las bendiciones y con un largo himno que Kesil, prudentemente, soslayó. En dicho cántico no se dejaba en buen lugar a los griegos... (N. del m.)

bosques de la Gaulanitis? Estábamos a un paso, a dos horas. Si me lo proponía, al día siguiente, hacia la sexta (mediodía), podíamos estar a su lado...

Contemplé a Eliseo. La idea, por supuesto, hubiera sido de su agrado.

¿Qué hacía? ¿Me dejaba guiar por la intuición? ¿Partíamos en su búsqueda o me ajustaba a lo dictado por la razón?

Kesil interrumpió los pensamientos. Puso un pequeño bulto en mis manos y, sonriente, me invitó a abrirlo.

Era un regalo.

Comprendí.

Eliseo y el siervo (no me gusta esta palabra) se habían puesto de acuerdo. Se miraron felices e insistieron:

—¡Ábrelo de una vez!

Los miré, atónito.

Y retornó la luminosa idea: ¿por qué no dejarlo todo y alcanzarlo, allí donde pudiera estar? Él sabría iluminarnos...

Gozo, los trillizos y mis amigos esperaron, impacientes.

Pero, al mismo tiempo, cruel, se dejó oír la voz de la razón: «La operación fracasará... El Ravid es prioritario...»

—¿Y bien?

Eliseo protestó. Todos lo hicieron, cordialmente.

«Él es prioritario —gritó la intuición, por encima de la razón—. Él está esperando...»

—Perdón —me excusé—, ahora mismo...

Y procedí a desenvolver el obsequio.

Se hizo el silencio...

Eliseo lo merecía. Yo lo merecía. También Kesil. Debía obedecer al instinto y correr hacia el Maestro.

«No, primero los análisis... Hay que estar seguros...»

Resulta difícil de explicar. Lo primero que llamó mi atención, al descubrir el regalo, fue el brillo de la letra *nun*, inicial de la palabra hebrea *nes* (milagro). No pude remediarlo. Quedé hipnotizado, contemplándola.

Después le di vueltas entre los dedos, y siempre «avisó» con aquel guiño luminoso.

Ahora lo sé. Fue una señal...

Kesil y mi compañero me obsequiaron una hermosa

perinola o peonza, de unos nueve centímetros, primorosamente trabajada en una pálida y tenaz madera de sauce. Disponía de cuatro caras, como era habitual, con las ya referidas iniciales (*nun, guimel, hé* y *shin*) en cada uno de los lados. Dichas letras, como fue dicho, anunciaban la frase clave de la Janucá: «Milagro grande fue aquí» («Un milagro grande ha ocurrido aquí») (1). Las iniciales fueron grabadas a fuego. Sólo *nun* aparecía coloreada, con un dorado finísimo que la hacía destacar a la luz de las candelas.

Quedé desconcertado.

Y la inicial de «milagro» destelló cada vez que hice girar el *zevivon* entre los dedos.

¿Casualidad? Pero ¿desde cuándo creo en el azar?

Cada letra disfrutaba de un valor numérico. En este caso, *nun* equivalía a 50, *guimel* suponía 3, *hé* era igual a 5 y *shin* ostentaba el mayor valor, 300. Al jugar, el ganador era siempre el que lograba mayor puntuación.

Agradecí, sinceramente, el detalle...

Y la intuición, alarmada, tocó en mi hombro: ¿es que no había comprendido? Aquello era una señal...

«No —replicó la razón—, eso no es nada... Puro subjetivismo.»

Y en silencio, ante la expectación general, me decidí a probar la perinola. Ésa era la costumbre. El que recibía el obsequio tenía derecho a hacerla girar por primera vez.

La situé sobre el pavimento, y Kesil y los niños aproximaron varias luces. Todos apostaron y cantaron un número; mejor dicho, una letra.

Busqué a Eliseo con la mirada. Tuvimos el mismo pensamiento. Ambos coincidimos al elegir una inicial:

—¡*Nun*!

Sonreímos ante la aparente casualidad, e impulsé el juguete.

Si el Destino (?) así lo quería, si la letra ganadora era la pensada por mi compañero, y por quien esto escribe, si aparecía la inicial de «milagro», entonces no habría lu-

---

(1) En hebreo, «*Nes gadol haiá sham*». (*N. del m.*)

gar para la duda. Eso pensé, mientras el *zevivon* se bamboleaba.

Y creí percibir la sonrisa de la intuición. La razón, en cambio, me dio la espalda.

¿Quién podía imaginar que aquella humilde, casi insignificante, peonza formaría parte de nuestro Destino? ¿De qué me asombro? Todo, en esta aventura, fue mágico...

«Será una señal de los cielos —me dije—. Si aparece *nun*, entonces marcharemos a su encuentro, y de inmediato...»

Y se hizo el «milagro».

Fue la letra hebrea *nun* la que dio la cara. Sí, «un milagro sucedió en aquel lugar», pero no quise verlo...

Eliseo nunca lo supo.

A la mañana siguiente, martes, 25, me eché atrás. La razón se impuso. El juego de la perinola sólo fue eso, un juego. No podía descuidar los análisis. Nuestras vidas corrían peligro. La operación corría peligro. Yo era un científico. Al menos, eso pretendía. No debía edificar mi trabajo basándome en deseos y especulaciones. Solicitar «señales» a los cielos no era propio de alguien riguroso y responsable...

Eso pensé.

¡Pobre estúpido! ¿Cuándo aprenderé?

Y dicho y hecho.

Al alba, el ingeniero y quien esto escribe ascendimos al Ravid. Kesil, acostumbrado a nuestras ausencias, no hizo comentario alguno. Y se ocupó de su trabajo, en la ínsula.

Todo, en lo alto del «portaaviones», continuaba sin novedad. Mi compañero acudió con regularidad al gran espolón rocoso durante mi estancia en Enaván y en la garganta del Firán. La vigilancia fue continua, especialmente por parte del eficaz ordenador central, «Santa Claus».

No había tiempo que perder. El plan era simple. Siguiendo una vieja «idea» de «Santa Claus», a la que no presté atención en su momento (1), procederíamos a la

(1) Amplia información en *Hermón. Caballo de Troya 6. (N. del a.)*

inyección de sendos escuadrones de «nemos», destinados a examinar los tejidos neuronales de Eliseo y de quien esto escribe, respectivamente. El ordenador, como digo, lo sugirió tras el incidente registrado el 15 de agosto de ese año 25 de nuestra era, una vez consumado el tercer «salto» en el tiempo. Como se recordará a raíz de dicha inversión de masa, nuestros cerebros fueron atacados por lo que el ordenador interpretó como un desmedido crecimiento de la enzima responsable de la síntesis de la óxido nítrico sintasa. Este radical libre estaba conquistando las grandes neuronas, destruyéndolas. El «plan» de «Santa Claus» era directo: salir al paso del tóxico y eliminarlo. Una vez disuelto el óxido nitroso, los «nemos» intentarían la regeneración de las áreas cerebrales afectadas.

Pero, en el último minuto, sentí miedo. «Algo» me detuvo. «Algo» me decía que nuestro mal era mucho más de lo que sospechábamos...

Busqué una excusa y demoré el procedimiento. Eliseo protestó, con razón. Estábamos allí para eso. Todo dependía del análisis de los «nemos».

No cedí y, disimulando el pánico, cambié el orden de trabajo. Arrancaríamos por Yehohanan. También estaba previsto, aunque no en ese orden. Mi compañero me contempló, asombrado.

—¿Y qué importa ahora el estudio de los «nemos» que le suministraste al Anunciador?

No respondí. No tuve fuerzas para confesar la verdad. Y transferí la información codificada en la «vara de Moisés» al ordenador. Mi compañero refunfuñó, malhumorado, pero terminó cediendo y colaboró en la compleja «lectura» que fue suministrando «Santa Claus». En realidad, fue el ordenador quien lo hizo prácticamente todo. Nosotros, sencillamente, interpretamos lo ya interpretado...

Conseguí dilatar los análisis de los «nemos» que proporcioné al gigante de las siete trenzas durante dos días. Y reconozco que los resultados nos dejaron perplejos. Ni Eliseo ni yo pudimos imaginar nada semejante. Naturalmente, los «nemos» no eran infalibles. Quizá se equivocaban, aunque lo dudo...

Lo primero que nos llamó la atención fue la «lectura» de una aberración cromosómica, en el sentido del cromosoma «Y» supernumerario, como consecuencia, posiblemente, de una alteración en la espermatogénesis. Se trataba, en suma, de una enfermedad, a nivel cromosómico, en la que el sujeto presentaba un cromosoma de más (47) sobre los 46 habituales en los seres humanos. «Santa Claus» lo identificó como una trisomía «47. XYY», de origen paterno, quizá como resultado de una segregación anormal en la meiosis II. Esto significaba que el padre de Yehohanan, Zacarías, también fue portador de dicha anomalía celular (1). Dicha alteración

(1)   Existen numerosas cromosomopatías o alteraciones de los cromosomas. Todas ellas desembocan en cuadros patológicos. Algunas se deben a problemas numéricos o estructurales, pudiendo afectar a los cromosomas sexuales, o al resto (síndromes gonosómicos o autosómicos). La trisomía es una de las anomalías cromosómicas más frecuentes. Como ha sido dicho, consiste en la presencia de tres cromosomas homólogos, en lugar de dos, con un número total de 47. La primera descripción del cariotipo XYY la llevaron a cabo en 1961 (Sandber y sus colaboradores) y fue detectada en un varón de 1,83 metros de estatura, cociente intelectual bajo y numerosa prole (una de las hijas presentaba trisomía «21»). Dos años más tarde, otras investigaciones con criminales violentos, y bajo nivel de inteligencia, pusieron de manifiesto la existencia de una serie de hombres con un corpúsculo de Barr. Pues bien, un tercio de ese grupo era también «47. XYY». Esto provocó la confusión, alimentada en 1965 por Jacobs, que estimó, equivocadamente, que el cromosoma «Y» adicional podía significar «predisposición al mal». Fue así como nació la idea sensacionalista de que el cromosoma «Y» supernumerario era el «cromosoma de los criminales». Nada más lejos de la realidad. Hoy se sabe que la trisomía «47. XYY» afecta a 1,1 de cada mil nacimientos; es decir, es relativamente común y, por supuesto, la mayoría de los portadores no se distingue del resto de la población. Los «nemos» confirmaron igualmente las iniciales sospechas: Yehohanan padecía una cierta miopía (razón por la que no llegó a distinguirme en el bosque de las acacias) y sus testículos se hallaban retenidos en los conductos inguinales. Presentaba una anomalía funcional que provocaba la destrucción de la espermatogénesis (posiblemente, nunca hubiera podido tener descendencia). La evaluación endocrinológica confirmó la atrofia testicular. También el albinismo ocular («pupilas» rojas) tenía un origen cromosómico («X»), transmitido, en este caso, por la madre, aunque lo más probable es que Isabel no llegase a padecer el referido síndrome. En otras palabras: la visión de la madre fue, seguramente, normal, aunque transmitió al hijo el gen defectuoso que dio lugar al citado albinismo ocular. Los «nemos» detectaron defectos en el metabolismo de la tirosina, uno de los aminoácidos que colaboran en la aparición de la melanina. El problema nacía en el gen productor de la tirosinasa, la enzima encargada de la fabricación de la citada tirosina. *(N. del m.)*

era la responsable, sin lugar a dudas, de la gran estatura del primo lejano del Maestro. La trisomía, además, podía provocar los siguientes problemas: fuerte agresividad, psiquismo lábil o inestable, tendencia a patologías en la piel, intolerancia y defectos en los genitales. Todo encajaba con lo observado a lo largo de mis encuentros con el Anunciador.

Pero había más…

Algunos de los microsensores alertaron sobre otra no menos singular característica del Anunciador. Las redes de capilares que alimentaban los folículos pilosos, en los que nacían los cabellos del cuero cabelludo, eran más extensas de lo normal, provocando una anomalía en la queratina (principal componente de los tallos que dan forma al cabello y al pelo). Los «nemos» indicaron igualmente un desvío cromosómico a nivel de médula y corteza del cabello, que provocaba un crecimiento desmedido del pelo (alrededor de cinco a seis centímetros por mes) (1). Lo desconcertante es que el resto de las papilas dérmicas aparecía prácticamente atrofiado. En otras palabras: Yehohanan era imberbe, y carecía de pelo en la casi totalidad del cuerpo, excepción hecha del mencionado cuero cabelludo, cuyo crecimiento era cinco veces superior a lo habitual en un varón. Y recordé las siete trenzas rubias, hasta las rodillas.

Aquel personaje era extraño, muy extraño…

Y asombroso fue también el hallazgo del «9-ácido cetodecenoico» como el componente básico, y primordial, de las sustancias excretadas por las glándulas sudoríparas apocrinas, las responsables del olor corporal. Al contrario de lo que sucede con el resto de los mortales, en los que dichas glándulas se hallan en proceso de involución, en Yehohanan presentaban el lóbulo secretor y el conducto excretor dérmico extraordinariamente desarrollados, con unas vesículas que no supimos identifi-

---

(1) Aunque la velocidad de crecimiento varía de una persona a otra, lo habitual es que el cabello prospere a razón de un centímetro por mes, como media. En la pierna femenina, ese crecimiento es de seis milímetros/mes. *(N. del m.)*

car y que, presumiblemente, «fabricaban» (?) el mencionado «9» (1).

Fue «Santa Claus», una vez más, quien proporcionó una pista sobre el nuevo misterio. El «9» era una feromona (2), una sustancia química que, emitida al exterior, condiciona el comportamiento de otros seres, generalmente congéneres. Los componentes, analizados primero por los «nemos fríos» y, posteriormente, por el ordenador, no ofrecían duda alguna. Estábamos en la presencia de una sustancia que no obedecía a ningún tipo de degradación metabólica conocida en el ser humano. Al principio, me negué a aceptarlo. Quizá los «minisubmarinos» habían errado. Pero no. «Santa Claus» reiteró los resultados: el «9-ácido cetodecenoico», el «9», era una de las feromonas fabricadas por las abejas...

¿Cómo era posible? ¡Yehohanan desprendía, con el sudor, la llamada feromona real, el «9»!

Eliseo y quien esto escribe no tuvimos explicación. En teoría, la presencia del «9» en el organismo humano no era racional. Dicha feromona procede de las glándulas mandibulares de la abeja reina, y es utilizada para controlar al enjambre. De esta forma, mediante el alimento y los quimiorreceptores de las antenas, las miles de obreras se mantienen unidas, proporcionan comida a la reina, transmiten mensajes y se evita la construcción de otras celdas reales, que pondrían en peligro la supremacía de la referida reina. Se trata de un inteligente sistema de la naturaleza para mantener la unidad de un grupo social. Y me pregunté: ¿era éste el secreto de Yehohanan para conseguir que las abejas africanas se posaran en sus bra-

(1) En el ser humano actual, las glándulas sudoríparas apocrinas son escasas. Se localizan en las axilas, conducto auditivo externo, periné y pubis. La glándula mamaria es una apocrina, modificada. Inicialmente, la secreción apocrina no es olorosa. Son los microorganismos los que la descomponen y dan lugar al conocido olor corporal. De ahí la importancia de la higiene diaria. *(N. del m.)*

(2) En algunos animales, como en el caso del castor, la feromona es una intrincada mezcla de medio centenar de moléculas, que permite distinguir las características de los restantes castores: edad, sexo, jerarquía e, incluso, posibles enfermedades. Numerosos mamíferos utilizan las feromonas para delimitar sus territorios y advertir a posibles contrincantes o intrusos. *(N. del m.)*

zos y manos, tal y como había visto en el vado de las «Columnas» y en el arroyo del Firán? Evidentemente, si él fabricaba el «9», las abejas obedecían...

Y, de pronto, me vino a la mente una de las afirmaciones del Anunciador, cuando habló de las *hayyot* y de los no menos singulares sucesos vividos, según Yehohanan, en los treinta meses que permaneció aislado en el desierto de Judá:

—Y el hombre-abeja puso en mis manos el gran secreto del Santo, bendito sea su nombre...

Me negué a seguir. Aquello era de locos.

El asunto fue archivado, y ahí quedó, sin explicación lógica aparente. Otro más...

Y se produjo el gran fracaso.

El segundo de los objetivos de los robots orgánicos, como ya mencioné, era una apasionante novedad para nosotros: localizar los centros «archivadores» de la memoria declarativa de Yehohanan y sacar a la luz su «biografía» completa, incluido el período fetal. Para ello, los *squids* («nemos fríos») debían «infiltrarse» en los sueños (períodos REM) y descubrir las áreas cerebrales en las que son definitivamente guardados (presumiblemente, el tronco cerebral, el hipotálamo, el tálamo, los núcleos del septum, el de Meynert, el de la cintilla diagonal de Broca y la sustancia innominada, entre otras). Pues bien, los «nemos» sólo obtuvieron parte de uno de los sueños REM *(Rapid Eye Movement),* de los cuatro o cinco ciclos de ensoñaciones que deberían haberse registrado en aquella noche. Tampoco hubo explicación. Al iniciarse el correspondiente sueño paradójico, los «nemos» dejaban de transmitir. Las interferencias y el «ruido» de fondo hacían inviable la decodificación de las señales. Instantes después, los *squids* se autodisolvían, tal y como estaba programado (en caso de interrupción de la señal, los «nemos» permanecían activos durante quince segundos). Evidentemente, Yehohanan soñaba. Los componentes neurofisiológicos del REM eran innegables (1), pero, por

(1) Los «nemos» registraron la activación de las grandes neuronas de la formación reticular mesencefálica, así como los ritmos theta hipocámpi-

alguna razón que no hemos sabido precisar, dichos sueños y el camino hacia la memoria fueron bloqueados. Ahora, honradamente, me alegro. No teníamos derecho a tanto...

«Santa Claus» identificó el pequeño segmento de ensoñación como el quinto REM del primer ciclo, aparecido treinta minutos después de que el Anunciador cayó dormido. La pronta presencia del REM, o sueño paradójico, fue una pista. En una persona sana, el sueño REM se materializa, por primera vez, a los noventa minutos, más o menos, de haber conciliado el sueño. Fue, además, un sueño agitado, con períodos precios de «no REM» (sueño profundo) sensiblemente más reducidos. El ordenador fue implacable: los síntomas eran propios de alguien que padecía algún tipo de trastorno psíquico...

Pero vayamos con la breve ensoñación, rescatada por los *squids* entre las descargas rítmicas de ondas agudas y de escaso voltaje cerebral (entre uno y tres segundos). Los «nemos» lograron reconstruir, y copiar, un total de un minuto, nueve segundos y cincuenta y dos décimas de sueño REM (1.9.52). Después, todo quedó en blanco.

A pesar de las interferencias, las imágenes me dejaron sin habla. «Aquello» era una doble confirmación. Por un lado, ratificaba lo que ya sabíamos: las imágenes vividas durante el día son procesadas en el sueño REM. Después, el cerebro las traslada de lugar, «archivándolas» en la memoria declarativa. De esta última parte, lamentablemente, no tuvimos información.

Los «nemos» no registraron sonido. ¿Fue otro fallo de las micromáquinas? Después de ver lo que vimos, ya no estoy seguro...

Primero fue negrura. Yehohanan se hallaba en mitad de la noche. Y los ojos del gigante se dirigieron hacia el firmamento. Vimos las estrellas y unas «luces» que se

---

cos, la atonía muscular, los movimientos típicos oculares, las puntas PGO, las fluctuaciones del ritmo cardíaco-respiratorio y las variaciones de la presión arterial, entre otros. *(N. del m.)*

desplazaban lentamente, en formación, por la constelación de los Gemelos.

¡Yo había visto esas «luces»!

Supongo que el hipotético lector de este diario tendrá dificultad para comprender. Nosotros veíamos en la pantalla del ordenador lo que, previamente, había visto la persona que se hallaba sometida a investigación. Esas vivencias, insisto, son procesadas en los ciclos de ensoñación, a lo largo de cada noche. Algunas de esas vivencias, las que merecen la pena, son clasificadas y, en cierto modo, «indultadas», pasando a formar parte de nuestra historia; la auténtica historia del hombre.

Eliseo me interrogó y confirmé lo ya manifestado: quien esto escribe vio esas «luces», en una de las noches junto a las aguas del Firán. Y me pregunté: ¿no fue un sueño?

Eran siete, como en el supuesto «sueño». Volaban en una formación impecable, en «cruz latina». Y se repitió la secuencia que había creído soñar...

La primera «luz», la que marchaba en cabeza, se separó del resto y se dirigió hacia la estrella Betelgeuse, en la constelación de Orión. Después la solapó. Y lo mismo hicieron las tres que integraban el brazo corto de la cruz. Cayeron sobre el cinturón y lo ocultaron. Las restantes «luces», tal y como recordaba, tomaron igualmente posiciones, camuflándose sobre Bellatrix, Saiph y Rigel, respectivamente.

Esto significaba que el Anunciador soñó lo mismo que yo, algo muy poco probable, o que ambos, en aquella noche, fuimos testigos del mismo suceso (!). Quien esto escribe, sentado junto al torrente, y Yehohanan, en otra posición, quizá desde su refugio habitual, en la cueva dos. En el «sueño» (?), él se levantó poco antes de la aparición de las siete «luces» y se perdió en la oscuridad de la noche. Recuerdo que me había alertado sobre el regreso de «ellos»...

¡Dios santo! ¿Qué era todo aquello?

Y durante unos segundos, muy pocos, los «nemos» lograron capturar el sonido. Se oyó el ruido de fondo del bosque, pero fue breve. Acto seguido, las tres «luces» que ocultaban las estrellas del cinturón destellaron en rojo y se lanzaron sobre el Firán...

¡Dios mío! ¡Eso no era un sueño! ¡Eso fue lo vivido por este explorador! ¿Vivido o soñado?

Los ojos de Yehohanan no perdían detalle.

Y las tres «luces» rojas, en plena caída, se fundieron en una.

¡Era la misma «luz» blanca que terminó por situarse en la vertical del arroyo!

El sonido se extinguió de nuevo.

Mi compañero no daba crédito a lo que veía.

—¿Por qué no me lo contaste?

El reproche estaba justificado. No quise comentar lo que, sinceramente, tomé por un sueño...

Y la enorme esfera, radiante, se estabilizó sobre la garganta del Firán. Entonces, todo se iluminó, como si fuera la hora sexta (mediodía). Yehohanan, muy alterado en el sueño, recorrió con la vista el torrente y la vegetación que nos rodeaba. Entonces me vi, sentado muy cerca de las aguas y con la «vara de Moisés» entre las manos. El Anunciador no se hallaba en la cueva dos. Mi deducción es que no llegó a escalar el talud rocoso. Se encontraba al pie de la gruta y desde allí observó el increíble suceso.

La luz (?) era intensísima. Lo llenaba todo y, tal y como recordaba, ¡no producía sombras! Evidentemente, era una radiación que traspasaba los cuerpos. Pero ¿quién emitía algo así en pleno siglo I? Ni siquiera hoy, en el XX, lo hemos logrado...

Yehohanan se centró en mi persona. Yo parecía absorto, con la mirada fija en la gigantesca esfera que flotaba a poco más de quinientos metros sobre el torrente. Estaba claro. Quien esto escribe no dormía. Aquello no era un sueño.

Y ocurrió algo de lo que no tuve constancia. Al menos, no fui capaz de verlo, o de sentirlo. Mejor dicho, algo sí percibí...

De pronto, por mi espalda, en mitad de la claridad, Yehohanan vio algo...

—¿Qué es eso?

No supe responder a Eliseo. Como digo, era la primera vez que lo veía.

—Pero...

Detuvimos la imagen. No había duda. Allí, a dos pasos de este explorador, se movía alguien...

La imagen se hizo algo más nítida y quedamos desconcertados.

—¡Dios de los cielos!

—¿Qué es esto? —estalló el ingeniero—. ¿Quizá una broma tuya?

No tuve fuerzas ni para negar. Por supuesto, yo no tenía nada que ver con la «aparición». No era responsable del «sueño» de Yehohanan. Aquello era real. Las bromas, además, eran especialidad del ingeniero...

A poco más de dos metros, como decía, a mi espalda, surgió una figura. Era una criatura de aspecto humano, pero muy alta, tanto como el Anunciador, con un cuerpo estrecho y delicado, y embutida en una especie de mono o buzo ajustado, de un blanco espectacular. Presentaba una escafandra (!) redonda, de un negro intenso. No había forma de distinguir la cabeza.

Se movía lentamente, pero con gran seguridad.

En ese instante, no sé por qué, me vino a la mente la palabra *hayyot*, el término hebreo que servía para designar a las extrañas criaturas que vio el profeta Ezequiel. De las *hayyot* también me habló el gigante de las siete trenzas, aunque, sinceramente, no le concedí demasiada credibilidad.

¡Dios santo!

La criatura se aproximó a quien esto escribe. Entonces se inclinó e hizo ademán de tocar mi hombro derecho.

En esos momentos, los «nemos» dejaron de transmitir y la pantalla de «Santa Claus» se convirtió en un laberinto de señales indescifrables. La secuencia, como dije, se prolongó algo más de un minuto. También aquellos dígitos han permanecido extrañamente en mi memoria. No he sabido por qué: «1.9.52.»

Y digo que algo percibí porque, si no recuerdo mal, en esos instantes sentí una especie de fuerza (?) benéfica que me tranquilizó. ¿Fue la *hayyot* quien transmitió dicha sensación? ¿Llegó a tocar mi hombro? Y, sobre todo, ¿quién era esa criatura? ¿Qué relación tenía con la enorme esfera que flotaba sobre nosotros? ¿Cómo era posible, en el año 25? ¿Por qué no la vi?

No tuve más remedio que confesar el resto del «sueño», incluida la presencia de la «niebla» que parecía pensar (!), y también el misterio de las letras y los números de «cristal» que cayeron sobre mi cuerpo y que provocaron las no menos enigmáticas quemaduras.

Eliseo pensó que me había vuelto loco. No lo culpo. Yo también lo creí durante un tiempo. Pero allí estaban las imágenes...

Y el ingeniero, en silencio, repasó las combinaciones que formaban los referidos números y letras, hebreos y arameos, al depositarse sobre mis manos: «OMEGA 141... PRODIGIO 226... BELSA'SSAR 126... DESTINO 101... ELIŠA Y 682... MUERTE EN NAZARET 329... HERMÓN 829... ADIÓS ORIÓN 279... Y ÉSRIN 133.»

No tuvo tiempo de profundizar. «Santa Claus» nos alertó. Las últimas lecturas fueron las más preocupantes. Los «nemos» pusieron de manifiesto lo que ya sospechábamos desde hacía tiempo: Yehohanan padecía un serio trastorno mental. No soy especialista, pero los parámetros bioquímicos, y lo que mostraron los *squids,* resultaban elocuentes. Siempre es arriesgado pronunciarse en el oscuro y mal delimitado territorio de la mente, pero yo diría que el Anunciador presentaba una clara personalidad neurótica (1), con tendencia a la esquizofrenia, o quizá fuera al revés: una desintegración o fragmentación de la mente que, entre otras consecuencias, daba lugar a un comportamiento neurótico. En aquel tiempo, como en la actualidad, el número de esquizofrénicos era notable. Hoy se calcula, según especialistas como Bleuler, Laing y Kraepelin, entre otros, que existen alrededor de cuarenta millones de esquizofrénicos, en sus diferentes

(1) Los «nemos» transmitieron incrementos en la actividad tiroidea, altos niveles de catecolaminas, 17-OHCS plasmáticos, cortisol y lípidos séricos y cierta inhibición del sistema hipofisogonadal. Estos y otros parámetros evidenciaban un perfil neurótico, consecuencia, quizá, de una intensa conflictividad interna. *(N. del m.)*

modalidades. Al estudiar las anomalías detectadas por los «nemos», más de una docena (1), tanto el ordenador central como yo coincidimos en el diagnóstico: Yehohanan reunía muchas de las características de lo que Kraepelin denominó esquizofrenia del tipo hebefrénico, una compleja fragmentación del yo que lastima la personalidad y que convierte al paciente en un ser fantasioso, casi aislado del resto de la sociedad e incapaz de planificar su futuro. Las ideas delirantes y místico-religiosas terminan por conducirlo a una especie de autismo, del que es difícil escapar. Son enfermos acosados por las alucinaciones auditivas. Oyen voces que los interpelan, que los amenazan, que los halagan y que los impulsan a ejecutar toda clase de órdenes. Y llega el momento en que el alucinado no acierta a distinguir las experiencias internas de las externas. Es la destrucción, como digo, de la personalidad. Generalmente, casi todos los hebefrénicos necesitan ayuda. Sus vidas terminan desembocando en un «sinsentido», y se los ve erráticos, sin objetivo alguno, sujetos a las enfermedades, y conversando con nadie. El origen de esta disociación psíquica (el esquizofrénico no es un demente) era muy difícil de concretar. Quizá se presentó en la infancia, o juventud, de Yehohanan, y de forma insidiosa. Nadie se percató del problema y, si lo hicieron, poco pudieron hacer en su favor. Al margen de la predis-

(1)   Las lecturas arrojaron, entre otras, las siguientes anomalías: alteraciones en los genes que codificaban la catecol-O-metiltransferasa (enzima implicada en el metabolismo de la dopamina, en la corteza prefrontal), la neurregulina y disbindina (que afectan a los receptores NMDA) y la D-aminoácido-oxidasa (que regula la degradación de la D-serina); hiperactividad del área de Wernicke (que genera alucinaciones acústicas); ventrículos cerebrales laterales muy dilatados, con menos tejido alrededor de las circunvoluciones de la corteza cerebral (las reducciones de las estructuras cerebrales eran especialmente llamativas en el hipocampo y en el sistema límbico); caída del flujo sanguíneo en la región frontal del cerebro; errores en las proteínas que regulan el transporte iónico y fallos encadenados en la neurotransmisión (especialmente en los receptores y moléculas emparentadas). De todas estas alteraciones, la que más llamó mi atención fue el déficit de glutamato y el exceso de dopamina, provocados por el desequilibrio entre las neuronas dopaminérgicas (originadas en el mesencéfalo) y las glutamatérgicas (nacidas en la corteza cerebral). La disminución de estas últimas explicaba la atrofia cortical, típica de la esquizofrenia. *(N. del m.)*

posición genética, otros factores, con toda probabilidad, influyeron en el desarrollo del progresivo desmantelamiento del yo. Quizá algún tipo de complicación durante el embarazo, quizá la ya mencionada trisomía, quizá la extrema soledad o la falta de amigos o, quién sabe, quizá la influencia del padre o de la madre. Sea como fuere, lo cierto es que los «nemos» detectaron una subversión importante en determinadas regiones cerebrales que estaba conduciendo al Anunciador a un delicado desequilibrio. Sólo esta precaria situación explicaba los anómalos comportamientos, las crisis de agresividad y la tendencia a permanecer aislado. Y me pregunté: ¿cuál era su futuro? Conocíamos, o creíamos conocer, el desenlace final: Yehohanan, suponíamos, sería detenido por Herodes Antipas y, finalmente, ejecutado. Pero no me refería a ese final. Mi pensamiento fue en otra dirección. ¿Cómo reaccionaría cuando el Maestro se pusiera en marcha? ¿Cómo interpretaría el mensaje del Hijo del Hombre, totalmente opuesto al de un Yavé vengativo y castigador? Si la desintegración de la personalidad de Yehohanan continuaba su proceso, ¿a qué clase de precursor nos enfrentábamos? ¿O no fue tal?

Y por mi mente desfilaron escenas que ahora sí comprendía o, al menos, creí entender: Yehohanan, con la inseparable colmena ambulante... Yehohanan, amenazando con el fuego y la espada de Yavé... Yehohanan, bajo el árbol de la sófora, meditando mientras caminaba en círculo... Yehohanan, en el bosque de las acacias, trasvasando harina de una cántara a otra, y subido en las ramas de los árboles, solicitando pan a los pájaros... Yehohanan, en la soledad del Firán, golpeando las aguas con el *talith* de cabello humano... Yehohanan y sus ejércitos...

Y sentí tristeza, una vez más. Yehohanan era un enfermo. Dos de los evangelistas lo supieron, pero tampoco lo mencionan. Andrés y su hermano Simón convivieron con él durante un tiempo. También los Zebedeo estuvieron a su lado...

¿Por qué no refieren el singular comportamiento del Anunciador? La explicación es obvia: no interesaba.

Eliseo me apremió.

Concluida la investigación sobre Yehohanan, el objetivo era yo. Por eso estábamos allí.

Y el miedo entró de nuevo en la «cuna». No pude evitarlo. «Algo» me advirtió. La intuición...

Guardé silencio y me inyecté la correspondiente dosis de «nemos». Era el atardecer del jueves, 27 de diciembre. En esta ocasión prescindimos del cayado. Los «minisubmarinos orgánicos» transmitieron directamente a «Santa Claus».

Y esa misma noche ordenamos las lecturas.

Fue un rayo de esperanza.

En una primera revisión, el estado de este explorador se presentó relativamente aceptable.

Mi compañero participó de la alegría.

El avance del óxido nitroso (NO), responsable de la destrucción de las grandes neuronas, había sido frenado. La acción del antioxidante, la dimetilglicina, fue decisiva.

Ahí concluyeron las buenas noticias...

Una segunda oleada de *squids* empezó a dibujar un panorama menos alentador. Al interrumpir la medicación en la garganta del Firán, la «resaca psíquica» prosiguió su avance destructor en otras direcciones. El NO se mantuvo temporalmente «dormido», arrinconado en su antigua frontera. Pero las mutaciones del ADN mitocondrial afectaron a otros sistemas, propiciando alteraciones que, a su vez, se tradujeron en abatimiento generalizado, fugaces pérdidas de memoria, confusión, y fulminaciones, por posibles secuestros del flujo sanguíneo a nivel de arterias vertebrales («robo de subclavia»). Esto explicaba por qué caí fulminado en dos oportunidades, con grave riesgo de perder la vida.

Pero había más...

La disociación entre el consciente y el subconsciente, una de las más graves consecuencias de las sucesivas inversiones axiales de los ejes de los *swivels*, despertó a otro poco recomendable enemigo: el estrés, afilado como una cuchilla de afeitar. El subconsciente, siempre más sabio, dio la voz de alerta. Algo no iba bien. Y apareció un miedo poco común, sin explicación aparente. Un miedo que me persiguió, especialmente en el Firán. De inmediato, ante la alerta interior, se activaban los centros de razonamiento de la corteza, desencadenando el proceso para combatir el estrés. Las vías neuroquímicas se ponían en marcha. La amígdala cerebral recibía el mensaje y liberaba la hormona de corticotropina, estimulando el tallo cerebral que, a su vez, despertaba al sistema nervioso simpático. Finalmente, las glándulas suprarrenales producían la adrenalina, que debería actuar sobre corazón, músculos y pulmones, preparándome para una posible «huida» o, quizá, para el «combate». El problema es que esa alerta interior no podía ser reducida con la hormona del estrés. No era una amenaza «visible» para el organismo. Y las descargas de adrenalina sólo creaban confusión en mi ya confuso cerebro...

La situación se hizo prácticamente crónica (1) y el estrés, alimentado por el subconsciente, terminó por afectar a otras áreas sagradas del cerebro: la corteza prefrontal, el hipocampo y el lóbulo temporal, todas ellas de vital importancia a la hora de almacenar memorias. Según los «nemos», ésta fue la razón que provocó el estado amnésico. La alteración en el lóbulo temporal me arrastró a una amnesia retrógrada, con la pérdida del «pasado». Por su parte, la «intoxicación» del hipocampo, saturado por los glucocorticoides, me mantuvo en un continuo presente, sin posibilidad de formar nuevas memorias. Por fortuna, ninguna de estas regiones cerebrales resultó lesionada, de momento. Pero la amenaza seguía allí. El estrés no había desaparecido...

Y fue posiblemente una de las brutales descargas de cortisol, una de las hormonas segregadas por la corteza suprarrenal, lo que frenó la producción de melanocitos, las células existentes en la epidermis y en la dermis y que son las responsables de la sintetización de la melanina. Dicha alteración pudo blanquear los cabellos casi instantáneamente. Otras lecturas apuntaron en direcciones

---

(1) Las continuas alertas interiores animaron al *locus coeruleus*, en el corazón del cerebro, a una superproducción de noradrenalina que, a su vez, estimuló a la amígdala, elevando, en definitiva, los niveles de CRH (corticotropina). *(N. del m.)*

diferentes, aunque todas relacionadas con el fortísimo estrés (1).

Y se produjo el golpe de gracia...

A partir de este «descubrimiento», todo lo anterior pasó a un segundo plano. El ingeniero no fue informado, de momento.

Quedé tan confuso que, durante un tiempo, permanecí ausente. Eliseo se retiró a descansar y yo continué frente a la computadora, intentando descubrir el error de los «nemos». Lamentablemente, la búsqueda y la transmisión de los *squids* fueron correctas.

Y aquella noche fue interminable...

¡Dios mío!

Solicité nuevas verificaciones, pero las lecturas de «Santa Claus» no variaron.

El veredicto era implacable.

Es más: el ordenador asumió la parte de la culpa que le correspondía. Meses antes, el 15 de agosto, al efectuar el tercer «salto» en el tiempo, «Santa Claus» y quien esto

(1) Según «Santa Claus», existían otras posibles causas que provocaron el llamativo «encanecimiento súbito». Recuerdo las siguientes:

1. Incremento desproporcionado de la tirosinasa (enzima que contiene cobre), que tiene por misión la oxidación de la tirosina, uno de los aminoácidos que influye en la formación de pigmento en los melanocitos. En un proceso normal, tras los estadios previos de «dopa» (dihidroxifenilalanina), dopaquinona, etc., la tirosina se convierte en melanina. En este supuesto, no sucedió así.

2. El óxido nitroso (NO), estimulado por el estrés, recuperó la capacidad de oxidación transformando la melanina en una forma no pigmentada. Tuve mis dudas sobre la teoría aportada por el ordenador. Si el encanecimiento se debía al estrés oxidativo, con la consiguiente liberación de radicales libres, ¿qué había sucedido con dicho óxido nitroso? ¿Por qué se mantenía como un «durmiente»? Lo lógico es que hubiera seguido avanzando.

3. El estrés hizo descender, en vertical, la presencia de tirosina en la fenilcetonuria, provocando la anulación de la pigmentación.

4. Los densos plexos nerviosos que rodean los folículos pilosos, en los que crece el cabello, pudieron ser alterados por el estrés. Como se sabe, dichos folículos se encuentran al servicio de la percepción sensorial (existen numerosos contactos entre los nervios y la pared del folículo piloso).

5. Sencillamente, los depósitos de melanocitos fueron vaciados o alterados por una de las crestas del estrés, originando la decoloración de los cabellos.

Pero, como digo, sólo se trataba de interpretaciones del ordenador central. *(N. del m.)*

escribe nos equivocamos. Al examinar las microfotografías obtenidas por la RMN (resonancia magnética nuclear), que fue dispuesta en las escafandras, descubrimos unos microscópicos depósitos esféricos (1) que flotaban en el hipocampo. Equivocadamente, como digo, los asociamos a un polipéptido (agregado de la proteína amiloide beta).

¡Dios santo, qué error!

Y empecé a sudar. Fue el miedo.

Ahora, los «nemos» habían aclarado la verdadera naturaleza de tales depósitos esféricos.

¡Eran «tumores»!

En esos instantes, diecinueve, en «distribución miliar», y repartidos en el pie del hipocampo, en lo más profundo del cerebro.

No supe si era una consecuencia de la oxidación. Poco importaba. Y poco importaba, igualmente, que nos hubiéramos equivocado. Estábamos donde estábamos. Ésa era la realidad.

El chequeo del resto del cerebro fue negativo. Las regiones cercanas —especialmente la fimbria, el uncus y el trígono colateral— aparecían limpias. En la lengua fue localizado otro foco de amiloide, un «tumor» similar a los del hipocampo.

El pánico me paralizó. Y allí permanecí, hasta el amanecer, contemplando la pequeña constelación de «tumores», e indagando sobre lo que ya sabía: «muerte a corto plazo».

¿Muerte? ¿A corto plazo? ¿Por qué a mí?

La amiloidosis es un trastorno originado por la proteína fibrilar amiloide, que se acumula alrededor y en el interior de los nervios, alterando la función normal de los sistemas. Yo estaba al corriente de dicha patología, pero nunca pude imaginar que las inversiones de masa la hicieran aparecer en mi organismo. Además, ¿por qué en el cerebro? Lo habitual es que afecte a otros órganos, como el corazón, los riñones, el bazo, los pulmones, el hígado, la piel, los vasos sanguíneos...

(1) Amplia información en *Hermón. Caballo de Troya 6. (N. del a.)*

¿Y qué importaba? Había surgido. Estaba allí.

¡Dios mío!

Los conté. Los volví a analizar (1). Estudié su disposición y posibles consecuencias.

Dictamen del ordenador, ratificado por quien esto escribe: si la amiloidosis prosperaba y colonizaba el resto del cerebro, la muerte llegaría en seis meses.

¡Plazo máximo: seis meses!

Si el mal aparecía en otros órganos vitales, en el corazón o riñones, por ejemplo, si la amiloide se acumulaba en ellos, y entorpecía el funcionamiento, podían presentarse una afección cardíaca (bien una cardiomegalia, una insuficiencia rebelde o cualquiera de las arritmias habituales) o un síndrome nefrótico. Ambos supuestos eran igualmente peligrosos. Con suerte (?), mi vida se prolongaría un poco más. Quizá un año...

Tanto «Santa Claus» como yo ignorábamos las causas exactas que conducían a la producción de amiloide y, por tanto, resultaba arriesgado cualquier tipo de tratamiento. Nos hallábamos con las manos atadas. Sobre todo este explorador...

Aquello fue un mazazo.

Seis meses, o un año, no tenían nada que ver con la expectativa de vida que habíamos supuesto tiempo atrás, cuando Eliseo, sin autorización, abrió la caja secreta de acero que contenía las *Drosophilas* de Oregón (2). Como ya mencioné, aquel experimento con las moscas del vinagre marcó un plazo, no superior a diez años. Y lo aceptamos. No importaba vivir nueve o diez años; la operación lo merecía.

---

(1)   Las transmisiones de los «nemos» presentaron la amiloide como una sustancia homogénea, con afinidad por el colorante rojo «Congo», intensamente refringente, e integrada por fibrillas de 100 Å. Bioquímicamente fue identificada con la secuenciá terminal «N», homóloga a una porción de la región variable de una inmunoglobulina de cadena ligera que denominan «AL». Se trataba de una amiloidosis primaria; es decir, sin una enfermedad previa que pudiera justificarla. Al menos, una patología conocida. Los *squids* detectaron problemas inmunológicos —especialmente la desaparición de células «T»—, originados, posiblemente, por el mismo proceso de alteración neuronal. *(N. del m.)*

(2)   Amplia información en *Masada. Caballo de Troya 2. (N. del a.)*

Ahora, sin embargo, todo se desmantelaba. Todo se vino abajo en cuestión de horas...

No debíamos continuar; no en semejantes condiciones. La operación tenía que ser cancelada. Los «tumores» no perdonaban. No podíamos sacrificar lo ya obtenido. Era preciso retornar.

Y de la sorpresa y la consternación fui pasando a una gradual e incontenible tristeza.

¡Dios! ¡Todo perdido!

Y las lágrimas se explicaron mejor que yo. Fue un llanto sereno, hasta el alba.

Él, el Maestro, ocupó todo mi corazón. También ella...

¡Adiós, Ma'ch!

Aquel viernes, 28, fue igualmente complejo. Sucedieron cosas difíciles de explicar. ¿O fui yo quien no comprendió?

A la angustia me vi obligado a añadir otro incómodo sentimiento. Mejor dicho, una doble y poco reconfortante tarea, que removió, aún más, mi turbio y agitado ánimo.

No mencioné mi suerte y, sin más, solicité de Eliseo que se sometiera a la prueba de los «nemos». Era el momento de conocer su situación. También él se hallaba preso del mal que nos aquejaba, desde la primera inversión axial de los ejes de los *swivels*.

Percibió algo. Estoy seguro. El ingeniero era intuitivo, casi como una mujer. Pero guardó silencio. Y, dócilmente, se dejó inyectar.

Negativo.

Me alegré por él.

La destrucción neuronal avanzaba, pero no al ritmo experimentado por este explorador. La dimetilglicina hizo su efecto. El óxido nitroso caminaba, pero paso a paso. Si volvíamos, aún estaría a tiempo. Quizá la vida le sonriera un poco más que a mí...

¡Pobre tonto! Nunca aprenderé que todo está escrito.

Y procedí a anunciar mi decisión.

—¡Volvemos!

No pareció sorprendido. Finalmente, desde detrás de una sonrisa, exclamó satisfecho:

—¡Lo sabía, mayor! ¡Sabía que volveríamos con Él!

No había entendido…

—¡Regresamos a Masada!

No le di opción. No le permití hablar. Y mostré las lecturas de «Santa Claus»…

—Máximo: seis meses…

Esta vez no oculté nada.

Me miró descompuesto. No era médico, pero sabía que la computadora difícilmente erraba.

—¡Tumores!…

Así era. De momento, veinte. Plazo de vida aproximado, seis meses.

—¡Tiene que haber un error! —bramó—. ¡No podemos abandonar! ¡Ahora no!… ¡Seguro que es un error!

No lo era.

El ingeniero verificó las conclusiones del ordenador hasta tres veces.

Condena a muerte…

Y, de pronto, su rostro se iluminó.

Señaló una de las «recomendaciones» de «Santa Claus» y me obligó a leerla. Ya lo había hecho. La leí decenas de veces durante esa noche.

Negué con la cabeza. Y añadí:

—No…, muy arriesgado.

—Pero…

El ordenador central propuso la intervención de los «nemos calientes», como el único sistema «para despejar, provisionalmente, el camino». Como ya cité, los «calientes» eran «robots orgánicos», diseñados para «combatir» todo tipo de problemas. Eran hábiles «cirujanos», capaces de abrirse paso hasta las regiones más íntimas del organismo (1). Pero existía un riesgo. Las neoplasias o

---

(1) Entre las modalidades de «cazadores» mencionaré dos: los «nemos naja», en recuerdo de la cobra india, una de las serpientes más venenosas del mundo, que descargaban la medicación adecuada, destruyendo las células cancerosas, por ejemplo, y los «nemos camicaces», que se proyectaban y sepultaban en el tumor, «incendiándolo». Una vez en el interior del objetivo, los «camicaces» elevaban su temperatura, disolviendo las células malignas. Todos ellos oscilaban alrededor de 50 nanómetros. Sólo si eran inferiores a los 400 nanómetros estaban capacitados para despistar al implacable sistema inmunológico. (N. del m.)

tejidos tumorales (me refiero siempre a los malignos) no ofrecen un campo magnético definido (1) y eso dificulta su destrucción. El peligro se hallaba en la posibilidad de que los «cazadores» equivocaran el objetivo y dañaran tejidos sanos. «Santa Claus» estableció el margen de error en un 20 por ciento.

—Está decidido —sentencié—. Regresaremos a nuestro «ahora». La intervención de los «nemos» es peligrosa...

No dije toda la verdad. Sentí miedo. Si los «cazadores» erraban, quién sabe qué podría sucederme. El hipocampo y las regiones cercanas son demasiado delicados. La destrucción de un segmento vital podía significar una parálisis, la pérdida de visión, del habla y, por supuesto, la muerte.

Sentí miedo...

Eliseo no daba crédito a mis palabras. Tenía razón. No era la primera vez que ordenaba el retorno. Ahora, sin embargo, era diferente. No tenía alternativa.

Dejamos pasar los minutos. Ninguno de los dos supimos qué decir. Ambos recibimos un duro golpe, aunque las motivaciones —ahora lo sé— no eran las mismas...

Yo lo lamenté por el Maestro. Me había acostumbrado a su presencia. El ingeniero, sin embargo, tenía otras «razones», y no la que supuse en esos tensos momentos.

En cuanto a Ma'ch...

—¿Cuándo?

El tono de Eliseo no me gustó.

—De inmediato —abrevié—. Y no habrá despedidas. Es mejor así.

(1) La mayoría de los tumores se defiende, especialmente, mediante una alteración de su campo magnético, que evita la acción de las defensas. Dicha alteración mantiene el campo, pero lo distorsiona, provocando una «imantación» nula. Esto es consecuencia de las posiciones de los *swivels*, la única partícula subatómica existente en la realidad, que forman subredes cuyos momentos magnéticos son iguales en valor absoluto, aunque orientados en sentido opuesto. Para localizarlos, por tanto, los «cazadores» se servían de otro sistema de guía, basado en la vibración del tumor, siempre idéntica en los casos de malignidad. Estos hallazgos no han sido comunicados todavía a la comunidad científica, y dudo que los militares lo hagan. *(N. del m.)*

—¿De inmediato? Eso quiere decir...

—Hoy mismo.

La mirada del ingeniero se endureció. Creí ver pasar el odio, pero no cedí. Entonces dio media vuelta y saltó al exterior. Lo vi alejarse hacia el manzano de Sodoma y desaparecer.

¡Maldita sea! ¿Cómo se atrevía a desobedecer? ¡Éramos militares!

Durante algunos minutos quedé perplejo. Después, yo también descendí de la nave y me aproximé al precipicio, por la cara norte.

Supuse que su intención era alcanzar Nahum y, quién sabe, quizá despedirse de Ruth...

Hasta esos instantes, no tenía motivos para desconfiar del ingeniero. Pasamos por buenos y malos momentos, pero su fidelidad era intachable. Tenía que confiar. Lo más probable es que hubiera sido víctima de un arrebato, más que justificado, por cierto.

Volvería. Estaba seguro.

Pero, al asomarme al acantilado, no acerté a verlo. ¡Qué extraño! Ingresé en la «cuna» y verifiqué los controles. Los cinturones de seguridad habían sido desconectados por Eliseo. Eso significaba que deseaba abandonar el «portaaviones».

Regresé de nuevo al filo del peñasco e inspeccioné la pista de tierra volcánica que rodaba al pie del Ravid y que comunicaba las poblaciones de Maghar y Migdal.

Ni rastro.

Quizá no había salido de la zona de seguridad.

Y me tranquilicé.

Quizá necesitaba pensar. Los dos lo necesitábamos...

Pero, al poco, «Santa Claus» dio la alerta. Los sistemas de seguridad fueron restablecidos. Eliseo se alejaba de la cumbre del Ravid.

Y lo vi caminar, con prisas, rumbo a la población costera de Migdal. No tuve duda. Se dirigía a Nahum.

Y la rabia pudo conmigo. Me encerré en el módulo e intenté hallar una solución. Sólo encontré una...

Eran las once de la mañana del viernes 28. Le daría un plazo, hasta el amanecer del día siguiente. Si no había vuelto para entonces, despegaría en solitario y volaría a Masada.

Ésa fue la decisión...

Y juro por Dios que fue una determinación fría y calculada.

Si no daba señales de vida, lo dejaría en aquel «ahora». En el fondo, lo agradecería...

Según los relojes de la «cuna», el orto solar del 29 de diciembre se registraría a las 6 horas, 36 minutos y 47 segundos.

La suerte estaba echada. En esos instantes no sentí remordimientos. Lo primero era salvar lo conseguido. En cuanto a Curtiss y demás responsables de la operación, improvisaría. Algo se me ocurriría. Además —me consolé (?)—, les quedaba la posibilidad de retornar y obligarlo a volver. Pero ése no era mi trabajo.

Me equivoqué.

Dos horas más tarde, los cinturones protectores fueron súbitamente anulados.

¡Era el ingeniero!

Lo esperé al pie de la nave. Imaginé que se había arrepentido a mitad de camino.

¡Pobre ingenuo! ¡Nunca aprenderé!

Llegó cargado. Portaba provisiones y una cántara de mediano porte, con unos diez *log* (alrededor de seis litros) de «vino de enebro», un licor recio, extraído del *Juniperus communis*, y con un cierto parecido a nuestra ginebra.

¿Cómo no fui capaz de descubrir sus verdaderas intenciones?

Se excusó, lamentando su primera reacción. Permaneció un tiempo a la sombra del manzano de Sodoma, reflexionando. Eso dijo. Después se presentó en la plantación de Camar, el beduino, y solicitó el referido «vino». No lo consiguió y tuvo que desplazarse hasta la vecina localidad de Migdal, en la orilla occidental del *yam*, a cosa de dos kilómetros del Ravid. Allí compró la cántara y la abundante ración de «enebro». Después se hizo con la comida y ascendió hasta el «portaaviones».

—Lo siento, mayor. Me equivoqué. Tienes toda la razón. Debemos partir, y sin despedidas...

El instinto avisó.

La actitud de Eliseo no era normal. ¿Por qué renunció a las despedidas? ¿Por qué el «vino de enebro»?

Pero, como un perfecto estúpido, no supe verlo, no fui rápido...

—¿Cuándo despegamos?

La pregunta, tan inesperada como su presencia, me desconcertó.

—No sé...

—Sí —me abordó, sin permitir que concluyera—, primero hay que disponerlo todo. Déjalo de mi cuenta...

Sonrió con picardía y añadió:

—Tú te ocuparás de la cena. El enebro es de primera clase...

No entendí, pero acepté.

El ingeniero se introdujo en la «cuna», y supuse que emprendió los trabajos previos y rutinarios al despegue.

Así fue, en cierto modo...

Y como teníamos por costumbre, nos acomodamos cerca de la nave, sobre una de las lajas de piedra que alfombraban el vértice del Ravid.

Fue una cena —¿cómo definirla?— áspera, cargada de silencios y de miradas, a cuál más desconfiada. Algo me hacía recelar, pero, insisto, no supe verlo.

Y empezamos a beber.

¿Y por qué no? Todo estaba liquidado.

Al tercer vaso, los vapores del licor hicieron efecto y las sospechas se alejaron. Las lenguas se soltaron y aparecieron los brindis...

Faltaba una hora, más o menos, para el ocaso.

—¡Por Él!... ¡Por la vida!... ¡Por ella!... ¡Por nosotros!

Fue en uno de esos brindis, al mencionar la palabra *lèhaim* («por la vida»), cuando Eliseo exclamó:

—Te propongo algo...

Y solicitó la peonza que me fue regalada días antes, en la fiesta de la Janucá. Fui a buscarla y la puse en sus manos.

—Y ahora, presta atención...

Llenamos los vasos por enésima vez. Todo empezó a dar vueltas. El enebro era más traidor de lo que suponía...

—Dejemos el regreso en las manos del Destino..., con mayúscula, como tú dices...

—¿Qué regreso?

El ingeniero sonrió, complacido. Quien esto escribe estaba más borracho de lo que él necesitaba.

—A Masada —aclaró Eliseo, sin perder aquella inquietante sonrisa—. Nuestro regreso a casa...

—Comprendo —mentí—, ¿y qué sugieres?

Mostró la peonza de sauce y proclamó:

—La haré girar... Si la letra ganadora, de nuevo, es la *nun* (inicial de la palabra hebrea *nes* o «milagro»), entonces permitirás que baje a Nahum y que me despida...

—Eso sería un milagro...

—En efecto... ¿Estás de acuerdo?

Me encogí de hombros. Era justo.

El ingeniero dio impulso al *zevivon*, y el juguete giró y giró sobre la piedra azulada...

¿Qué estaba pasando? Todo era muy raro.

La peonza empezó a bambolearse. No tardaría en detenerse. Me aproximé. Quería estar seguro.

Pero, de pronto, Eliseo atrapó la perinola y levantó la mano, al tiempo que exclamaba:

—¡Mejor aún!...

Entre las brumas del alcohol creí distinguir el cinismo, colgado de la sonrisa del ingeniero.

—¡Mejor aún! Si la letra ganadora es *nun*, entonces iremos juntos y nos despediremos del Maestro...

La propuesta me recordó algo. Yo también jugué a las «señales» en la ínsula, pero no cumplí.

—¿Aceptas?

¿Y por qué no?

Eliseo añadió, convencido, o mejor dicho, supuestamente convencido:

—Lo sabes: Él hace milagros. Quizá pueda sanarte...

Palabras premonitorias, que ninguno de los dos tomamos en serio.

—Eso sí que sería un milagro —añadí, sin medir el alcance de lo que insinuaba.

¡Siempre he sido un estúpido!

—¿Aceptas?

Dije que sí. Nos despediríamos de Él, y de ella... Evidentemente, estaba más borracho de lo que creía.

Lanzó la peonza por segunda vez y la vi bailar. La *nun*, dorada, reflejó los últimos rayos del atardecer.

¡Nun!... ¿Un milagro?... ¡Imposible!

Y a punto de caer sobre una de las cuatro caras, Eliseo repitió la maniobra. Capturó el *zevivon* y lo alzó nuevamente. Y con la peonza en el interior del puño, declaró, triunfante:

—¡Mejor aún, mayor!...

Apuré el enebro y llené los vasos.

—¿Otro milagro? —balbuceé con dificultad—. ¿Qué propones ahora?

—Si sale *nun*...

Me pareció que dudaba, pero prosiguió:

—Si la ganadora es *nun*, tú vuelves a casa y yo me quedo.

—Veamos si lo he entendido —expresé como pude—. Si sale «milagro», yo vuelo a Masada, y tú te quedas aquí, para siempre...

—Eso es... ¿Aceptas?

—Tendría que pensarlo... Las órdenes...

Eliseo depositó la peonza sobre la piedra y se dispuso a movilizarla.

—¡A la mierda las órdenes!... ¿Aceptas?

No soy consciente de haber dicho nada. Quizá dije que sí, o quizá me negué. No logro recordarlo. Poco importa. La cuestión es que el pequeño trompo giró por tercera vez...

Y ambos tratamos de manipular la peonza con el pensamiento. Yo, al menos, sí deseé que apareciera la inicial de «milagro». En cuanto a Eliseo, con más razón...

¡Nun!

Lo hizo de nuevo. El Destino lo hizo (!). La ganadora fue la letra *nun*.

He tenido días mejores, pero jamás olvidaré la cara del *zevivon*, con la inicial dorada, mirándonos.

Por supuesto que fue otra «señal» de los cielos, la segunda, pero este explorador no estaba en condiciones de comprender. Ni eso, ni nada...

No tengo muy nítido lo que sucedió después. Bebimos y bebimos. Cantamos. Nos abrazamos. Nos despedimos, una y otra vez. Trazamos toda suerte de planes. Eliseo se casaría con Ruth. Tendría hijos. Uno se llamaría Jasón. El ingeniero escribiría la verdadera historia del Maestro. Después, la ocultaría a orillas del mar Muerto. Yo regresaría a mi «ahora». Sanaría de los «tumores». Rescataría lo escrito por mi compañero y el mundo sabría la verdad. Hablamos, incluso, de la cueva en la que Eliseo escondería los manuscritos...

Después caí dormido. Jamás había bebido tanto.

A la mañana siguiente, sábado, 29 de diciembre del año 25, mi despertar fue espantoso. El «vino de enebro», efectivamente, era un traidor. Quien esto escribe continuaba sobre la piedra. Todo giraba a mi alrededor. Y de pronto, la vi. Era la perinola de madera, en la misma posición en la que quedó tras los últimos bamboleos, con la letra *nun* hacia el cielo, recordándome lo sucedido.

Me hallaba solo.

Y, como pude, me incorporé a la nave. El ingeniero se encontraba frente al ordenador central. Saludó eufórico. No lograba entenderlo. Él bebió tanto como yo. ¿Cómo era que mostraba aquel semblante luminoso y semejante frescura mental?

Creo que quiso decir algo, pero no presté atención. Fui directamente a mi litera, y allí permanecí durante horas, profundamente dormido. Fue lo mejor que pudo suceder...

Pero vayamos paso a paso.

Al despertar, con el ánimo más sosegado, atendí a mi compañero. Deseaba enseñarme un curioso descubrimiento. «Santa Claus» había tomado parte activa en los cálculos.

Se trataba de las letras hebreas grabadas en la peonza. Como ya mencioné, en las cuatro caras figuraban las iniciales *nun, guimel, hé* y *shin*, primeras letras de las palabras *nes, gadol, haiá* y *sham*, respectivamente («milagro», «grande», «fue», «allí»).

—Pues bien, ¿sabes cuál es el valor numérico de las cuatro iniciales?

Eliseo, conocedor de la Cábala (1), había reducido cada letra a un dígito (el valor correspondiente, en hebreo, según la técnica conocida como gematría) (2). Así, la inicial *nun* equivalía a 50; *guimel* era el 3; *hé* era igual a 5, y *shin*, según los hebreos, era 300.

Tecleó y ofreció la suma de dichos valores: 358.

—¿Y bien?

—Observa...

Solicitó la ayuda de «Santa Claus» y vi aparecer en la pantalla la palabra «Mesías».

—¡Asombroso! —exclamó—. La suma de las letras de «Mesías» también arroja el mismo resultado: 358.

Comprobé lo expuesto por el ordenador. Las letras hebreas *mem, shin, iod* y *jet,* que forman la citada palabra, equivalían a 40, 300, 10 y 8, respectivamente. En total: 358, como había declarado Eliseo.

Desconcertado ante mi falta de entusiasmo, el ingeniero estalló:

—¿Es que no lo ves? Es una señal...

—¿Una señal? ¿De quién?

(1) Por Cábala, Kabbalah o Kabala se entiende la enseñanza secreta que, según los judíos, fue transmitida a Moisés, en el monte Sinaí, por Yavé. Se trataría, según la tradición, de la interpretación de todo lo creado, mediante el uso, entre otras técnicas, de los números y las letras. Fue una enseñanza oral que, a su vez, fue comunicada por Moisés a los ancianos y, finalmente, depositada en los iniciados de cada generación. Hacia el siglo IV, algunos de los místicos judíos decidieron poner por escrito parte de esta sabiduría secreta. El grupo de iniciados se llamaba «Merkabah», el «Carro». Otros aseguran que la Cábala tiene su origen en los ángeles caídos, que la transmitieron a los hombres, sin autorización de Dios. Los cabalistas aseguraban que sólo a través del conocimiento es posible llegar a Dios. *(N. del m.)*

(2) Una de las divisiones de la Cábala se conoce como gematría: el valor numérico de las palabras hebreas, una vez sumados los valores de las letras que las integran. Dichos dígitos equivalen a una significación (en hebreo, como es sabido, cada número es equivalente a una letra). *(N. del m.)*

—¡Una señal de los cielos!... ¡La suma de las letras de la peonza es idéntica a la de la palabra «Mesías»!

Sí, había comprendido, pero...

—¡Maldita sea! ¡Esto es un milagro, mayor!

Y Eliseo lo interpretó a su manera:

—Un gran milagro ocurrió allí, y lo hizo el Mesías... O bien: el Mesías hará un gran milagro allí... O bien: Mesías = milagro... Mesías (358) = milagro grande fue allí (358)... Más aún: como sabes mejor que yo, la peonza representa el recipiente en el que se guarda el aceite sagrado con el que se unge a los hombres santos. «Ungido» es, justamente, «Mesías»... Todo está encadenado. La perinola señaló «milagro». La perinola es equivalente a «Mesías»... ¡Él hará el milagro! ¡Acudamos a su presencia!

—Sólo es una casualidad...

El primer sorprendido, ante semejante estupidez, fue quien esto escribe...

Y añadí:

—Además, estás en un error...

Eliseo repasó los cálculos y se ratificó en lo dicho. ¿Dónde estaba el error?

—Lo sabes muy bien: el Maestro no es el Mesías. Es mucho más que eso...

—Lo sé —se defendió el ingeniero—, pero esto es simbología. ¿No te das cuenta? Alguien está transmitiendo algo...

Negué con la cabeza. Todavía no entiendo el porqué de mi actitud, tan cerrada e inconsecuente con lo que llevaba vivido. Pero así sucedió y así debo contarlo.

Eliseo no se rindió. Tecleó nuevamente y «Santa Claus» obedeció.

—Echa un vistazo...

El ordenador ofreció otra interpretación cabalística. La inicial *nun* se hallaba incluida, y por partida doble, en las llamadas «emanaciones divinas» o *Sephiroth* (1). Una

(1) Los *Sephiroth* (*Sephirah*, en singular) son diez y, para los cabalistas, constituyen las emanaciones de Dios. Según MacGregor Mathers, y otros estudiosos, estos diez círculos forman el *Otz Chaim* o Árbol de la Vida, que

de ellas era *Nethzah,* que representa lo «creado» o «visible». La otra es denominada *Binah,* y simboliza lo «superior» o «invisible».

—¿Comprendes?

El experto era él.

—¡Lo invisible, o superior, está sobre nosotros, lo visible! ¡*Nethzah* sobre *Binah*!

—Sigo sin entender...

Eliseo me miró desconcertado, con razón. ¿Qué me sucedía? Hasta un ciego lo hubiera visto...

—*Nun,* de la palabra «milagro», ha sido la letra que ha prevalecido sobre las iniciales del *zevivon. Nun* ha ganado cada vez que hemos hecho girar la peonza. ¿No te dice nada? Lo superior (Él), sobre lo visible, lo creado (nosotros). Eso es el milagro... ¡Y ocurrirá dos veces!

Me dejó respirar y subrayó:

—¡El Maestro sobre nosotros! ¡Él hará el milagro! ¡No lo dudes! ¡Él te sanará!

Pero dudé.

Y Eliseo, aparentemente derrotado, quemó el último cartucho, en su afán por convencerme. Acudió a la temurá (1), otra de las técnicas cabalísticas, y solicitó que comprobara el resultado. Al permutar las letras de la palabra «Mesías» surgió el término *Yisamejá,* de idéntico valor numérico.

Quedé atónito.

—¿Qué dices a eso? ¿Otra casualidad?

Yisamejá quería decir «Se alegrará».

—Él (el Mesías) se alegrará..., al vernos. Sabemos dónde está. ¡Vayamos, mayor! ¡Son señales! ¡Algo grande

---

simboliza la materia prima de la conciencia divina. Representan un jeroglífico de lo creado, que conduce a la investigación de lo visible y de lo invisible. En dicho Árbol —dicen— se hallan todos los secretos del hombre y de su futuro. Es la clave de la especulación cabalística. Los *Sephiroth* reciben los siguientes nombres: Kether, Chokmah, Binah, Chesed, Gueburah, Tiphareth, Nethzah, Hod, Jésod y Malkuth. *(N. del a.)*

(1) La Cábala se divide en tres grandes ramas: gematría, nutriqum y temurá. Merced a esta última, las letras del alfabeto hebreo pueden ser sustituidas por puntos o números, lo que conduce a numerosas permutaciones y combinaciones que, a su vez, desembocan en nuevas interpretaciones y simbologías. *(N. del a.)*

está por suceder! ¡Un milagro sucedió allí! ¡Lo invisible, el conocimiento, nos guiará!

No le permití continuar:

—Negativo. Eso son teorías, especulaciones... Los «tumores» sí son reales. No debemos correr más riesgos. Él está en los bosques...

El entusiasmo del ingeniero se deshinchó. A partir de ahí empezaron los reproches:

—Anoche llegamos a un acuerdo...

—Estábamos borrachos. Mejor dicho, yo lo estaba...

—¿Qué quieres decir?

Traté de evitar el enfrentamiento. No lo conseguí. Y la situación empeoró. Eliseo me tachó de cobarde, e indigno de Él. Quizá tenía razón, pero no lo consentí. Lo llamé al orden, invocando mi graduación superior. Fue inútil. Eliseo, fuera de sí, tomó sus cosas y saltó del módulo. Lo seguí, amenazándolo con despegar y dejarlo allí para siempre.

—¡Regresa! —grité, no menos alterado.

No se dignó mirarme, y siguió avanzando hacia la muralla romana.

—¡Es una orden!... ¡Regresa, o despegaré sin ti!

Entonces se volvió, y recuperó aquella cínica e insufrible sonrisa.

Me fui hacia él dispuesto a todo. Si era preciso, lo arrastraría y lo amarraría a la «cuna».

Pero, al llegar a su altura, exclamó con una seguridad que me frenó, y que, por supuesto, no supe interpretar:

—¡Lo dudo!

—¿Cómo has dicho?

—¡Lo dudo, mayor!

Y se mantuvo firme en el cinismo.

—... ¡No despegarás!

Me hallaba a escasos centímetros. Mi respiración era agitada. La suya, no. Fue esa extraña seguridad lo que me desconcertó. Sostuvo la mirada e, impasible, añadió:

—¡La misión no ha terminado!

—¿De qué estás hablando?

Se limitó a forzar la sonrisa, y así permaneció durante unos segundos, desafiante.

Quedé clavado al terreno, incapaz de reaccionar.

—Sabes dónde encontrarme...

Dio media vuelta y se alejó hacia la base del Ravid.

¿Por qué no reaccioné? ¿Qué quiso decir? La misión sí había concluido, al menos para mí...

No tardaría en descubrirlo.

Durante un tiempo no supe qué hacer. Di vueltas en torno a la nave, con los pensamientos perdidos. Sabía muy bien que Eliseo no regresaría. Esta vez no...

Pero estaba dispuesto a cumplir lo que estimé conveniente. Despegaría, y lo haría sin él.

La situación fue desesperante. Repasé los «hallazgos» cabalísticos y reconocí que eran asombrosos. Allí, efectivamente, se escondía «algo» enigmático, pero no cedería. Un nuevo error, un percance como el que había padecido en Salem, hubiera sido trágico.

¿Podía Él curarme? ¿Podía Jesús de Nazaret eliminar los «tumores» de mi cerebro?

Probablemente, pero...

No, ése no era el camino. Jamás solicitaría una cosa así, no para mí...

Ahora, sabiendo lo que sé, me estremezco. Eliseo acertó, pero no como suponía... ¡Él hizo un milagro!

Fue otra noche en vela.

¿Era capaz de dejar en tierra a mi compañero?

Lo haría.

«No puedes —me recriminaba una y otra vez—. Sería como asesinarlo...

»No es cierto. Sería lo mejor que podría ocurrirle. Él está enamorado...»

Y la lucha, cuerpo a cuerpo conmigo mismo, se prolongó hasta el amanecer.

Tenía que decidir, y lo hice.

Lancé una última mirada al exterior y, convencido de que Eliseo no retornaría, procedí a enfundarme el traje espacial, diseñado para el proceso de inversión axial de los ejes de los *swivels* (1).

(1) Amplia información en *Jerusalén. Caballo de Troya 1. (N. del a.)*

Y me dispuse para el lanzamiento. «Santa Claus» lo haría prácticamente todo. Sólo era cuestión de voluntad.

6 horas y 50 minutos. A cinco del encendido del motor principal...

El ordenador siguió chequeando.

Sistemas en automático...

6 horas y 53 minutos...

Combustible: 7.124,68 kilos, más la reserva. Suficiente para llegar a la meseta de Masada.

Un minuto para la ignición...

No sé qué me ocurrió, pero detuve la cuenta atrás. Miento, sí, lo sé...

Me deshice del traje y huí de la «cuna». Me senté en el filo del acantilado e intenté controlar los nervios.

¡No podía despegar! ¡No lo haría sin mi compañero!

Y así permanecí durante horas, con la vista perdida en las lejanas velas que surcaban el *yam*.

Finalmente, como una pesadilla, la razón se sentó a mi lado...

«Es preciso que lo hagas. Despega. Si no lo haces, el mundo nunca sabrá...»

Y obedecí. Retorné al módulo y lo dispuse todo, nuevamente.

Eran las 16 horas y 42 minutos del domingo, 30 de diciembre del año 25 de nuestra era.

El sol se ocultó, aterrorizado. ¡Despegaría!

A un minuto para el encendido del J 85...

«Santa Claus» «obedeció» con dulzura.

Revisé los sistemas. Todo OK, de primera clase...

30 segundos...

Me dispuse mentalmente. La vibración de la turbina a chorro CF-200-2V se produciría de inmediato, en cuanto «Santa Claus» diera por buena la contraseña que activaba la pila atómica, el «corazón» de la «cuna».

¡Ignición!

Y durante décimas de segundo, esperé...

Negativo.

El motor principal no respondió.

¿Qué sucedía?

El ordenador replicó a mis requerimientos: «Apertura de la SNAP 27 no autorizada.»

LA SNAP *(Systems for Nuclear Auxiliary Powers),* como ya informé en su momento, era la batería que transformaba la energía calorífica del plutonio radiactivo en corriente eléctrica (50 W). Sin ella, la nave no funcionaba.

No podía creerlo.

Repasé los sistemas, una vez más, pero siempre desembocaba en el anuncio de la computadora: la pila atómica se hallaba desconectada.

¡Era absurdo! La SNAP entraba en acción mediante una clave que nosotros mismos proporcionábamos a «Santa Claus». Pura rutina, incluso ridícula, dado el «ahora» en el que nos hallábamos. Hasta esos momentos habíamos utilizado dos contraseñas. La primera, en el primer «salto»: «I-60-8. ¿Quiénes son estos que vuelan como una nube?» La segunda, adoptada por los directores del proyecto el 10 de marzo de 1973, consistía también en un número y en una frase: «9 TET. La fuente del conocimiento.» Si el ordenador no disponía de la clave, la SNAP, como digo, quedaba automáticamente bloqueada.

¡Absurdo!

Y tecleé: «9 TET. La fuente del conocimiento.»

Negativo.

¡Dios santo! Y un pensamiento cruzó fugaz...

¡No era posible!

Todos los intentos resultaron estériles. La clave fue borrada, y supuse que, en su lugar, «Santa Claus» recibió otra contraseña. Pero el sistema estaba diseñado de tal forma que, si alguien solicitaba dicho santo y seña, el ordenador central no se hallaba capacitado para revelarlo. Simple cuestión de seguridad. Éramos nosotros quienes lo conocíamos. «Santa Claus» se limitaba a chequear (1).

Pensé en los espejos metálicos auxiliares. También generaban electricidad, pero no podía arriesgarme. Esta fuente energética era muy limitada. Lo más probable es que no alcanzara mi objetivo.

---

(1) Procedimiento conocido en determinados niveles de Inteligencia como «el pozo». *(N. del m.)*

Y aquel pensamiento me desarmó…

¡Eliseo!

Él era el único capacitado. Él anuló la clave y, probablemente, la sustituyó por otra que yo ignoraba.

¡Maldito! ¿Qué pretendía?

Y comprendí sus últimas palabras: «¡No despegarás!… ¡La misión no ha terminado!»

Por más vueltas que le di, no fui capaz de asimilarlo. ¿A qué se refería? La misión, lamentablemente, sí había concluido.

Fue inútil. No logré adivinar los propósitos del ingeniero, suponiendo que los hubiera.

Todo era confusión.

Deduje que Eliseo alteró la contraseña en la tarde del viernes, cuando se prestó —«espontáneamente»— a iniciar los trabajos rutinarios previos al despegue. ¿O fue durante la borrachera?

Poco importaba. La cuestión es que lo calculó fríamente.

Sí, todo fue confuso…

Recordaba sus palabras, mientras bebíamos, apostando por mi retorno a Masada. Él se quedaría —eso dijo— y yo regresaría a 1973. Pero, si pensaba así, ¿por qué impidió el despegue de la nave?

Algo no encajaba…

Sabía dónde encontrarlo, por supuesto. Y lo haría. Le exigiría una explicación. Más aún: ¡lo aplastaría como a un gusano!

31 DE DICIEMBRE, LUNES

Soy así. Reacciono con lentitud, pero como una ola, incontenible.

Y esa noche del domingo, 30, fui alzándome conforme pasaban los minutos. Una cólera, rampante, me conquistó. Lo sé, no era lo que enseñaba el Maestro. Soy humano. Y toda clase de malos presagios se dieron cita en mi corazón. Odié al ingeniero. Acabaría con él si era preciso. Era un miserable...

Y ciego de ira, fui elaborando planes. Llegaría a él y le arrancaría la contraseña. Si era necesario, le arrebataría los antioxidantes. No tardaría en sufrir el mismo mal que yo padecía, o quizá peor. Entonces lo obligaría a suplicar. ¿Y si no me proporcionaba la nueva clave? Lo torturaría. Emplearía la «vara de Moisés»...

Ahora me asombro. ¿Es posible que el odio alimente pensamientos tan irracionales?

Y con los primeros rayos del sol del lunes, 31 de diciembre, quien esto escribe abandonó el Ravid, dispuesto a terminar con aquella situación y, de paso, con el traidor.

Nunca aprenderé...

Kesil, el amigo y sirviente, no se sorprendió al verme aparecer en la ínsula. Eliseo le advirtió de mi llegada. Lo tenía todo dispuesto. Sabía que yo iría tras los pasos del ingeniero, aunque no podía sospechar los auténticos motivos.

Eliseo partió de Nahum en la mañana del día anterior y con un destino sabido por Kesil: la aldea de Jaraba, al norte, en los bosques de la Gaulanitis, en la tetrarquía de Filipo.

Kesil no preguntó el porqué del extraño comportamiento de uno y de otro. Estaba acostumbrado a nuestras «rarezas». Tan pronto nos hallábamos en un lugar como desaparecíamos.

Yo sí me pregunté sobre las prisas de Eliseo. ¿Por qué no esperó en Nahum? Sabía muy bien que lo buscaría. ¿Tuvo miedo? No lo consideré siquiera. El ingeniero era un miserable, pero no un cobarde. Algo tramaba. Ambos teníamos conocimiento del nuevo paradero del Maestro, en las colinas del Attiq, relativamente cerca de la referida aldea de Jaraba.

Y en esos instantes, la enigmática frase del ingeniero volvió a mí: «La misión no ha terminado...»

¿Qué buscaba junto al Maestro?

¡El Maestro!

Sinceramente, en esas circunstancias, no lo tuve en cuenta. Mis intenciones, como digo, eran otras. La misión, insisto, había finalizado. Los «tumores» cerebrales no eran una broma.

No importaba. Buscaría a Eliseo, allí donde estuviera. Amén de aplastarlo, si realmente deseaba volver a mi «ahora», precisaba de la contraseña para despertar a la SNAP.

¡Curioso Destino!

Me hallaba atrapado. Si pretendía regresar a Masada, primero tenía que volver a ver a Jesús de Nazaret. Eliseo estaba con Él...

¡Increíble Destino! ¡Yo no quise despedirme del Galileo!

Kesil se negó a permanecer en Nahum. Eran las órdenes del ingeniero. Por nada del mundo debería permitir que marchara solo a Jaraba.

La orden de Eliseo me intrigó. En un primer momento lo asocié a mi «delicado estado de salud». ¿Fue una deferencia hacia el «viejo Jasón»? No lo creí...

No tuve más remedio que aceptar. Kesil me acompañaría.

Hacia la tercia (nueve de la mañana), dejamos atrás Nahum. Kesil, previsor, se había informado en relación con el viaje. Necesitaríamos ropa de abrigo. Las colinas del Attiq, en el norte, no tenían nada que ver con la suavidad del *yam*. En esa época del año, y en condiciones normales, las precipitaciones eran abundantes. A veces, incluso, nevaba. Según los registros de la «cuna», la zona de Jaraba, en el límite con la alta Galilea, arrojaba en aquel tiempo un índice medio de lluvia superior a los setecientos milímetros anuales.

El camino era conocido para este explorador. Lo hicimos en dos ocasiones, al buscar al Maestro en las cumbres del macizo del Hermón, y al regresar, pocos meses antes. Era la transitada senda que discurría casi paralela a la margen izquierda del padre Jordán. En total, según mis cálculos, alrededor de dos horas de marcha, hasta el cruce de Jaraba, de tan triste recuerdo, en el que tuvimos un incidente con la gente del lugar (1). Allí conocimos a «Buen hombre», el árabe que gobernaba la caravana formada por arrieros negros, con túnicas rojas hasta los tobillos, y los llamativos jumentos nubios, de pelaje rosado. Azzam o «Buen hombre» transportaba una carga de «vino de enebro».

Al poco de iniciar el ascenso, en el calvero que llamábamos del «pelirrojo», empezó a llover. Kesil se apresuró a rescatar los *aba*, o capotes de agua, y proseguimos a buen ritmo. Aquella nueva aventura me puso a prueba. A pesar del «envejecimiento súbito», las fuerzas, como ya informé en otro momento de este apresurado diario, no se quebrantaron.

Kesil habló poco. Su instinto le advirtió. Mi actitud, poco comunicativa, no era normal. Algo me sucedía. Algo le ocurría igualmente a Eliseo. Pero el hombre, siempre prudente, no preguntó. En el fondo, lo agradecí.

Y durante buena parte del camino fui repasando la situación. Y llegué a un punto que casi no había planteado: si el ingeniero era víctima de un percance, si perdía la memoria, por ejemplo, o, en el peor de los casos, si fallecía, ninguno de los dos podríamos retornar a nuestro «ahora». Era vital que tuviera acceso a la contraseña, aceptando que la hubiera...

(1) Amplia información en *Hermón. Caballo de Troya 6. (N. del a.)*

¿Eliseo muerto o amnésico? Jamás lo imaginé. Sentí pánico. Nada de aquello estaba previsto. Tenía que llegar a él y arrancarle el santo y seña de la SNAP 27. Pero ¿cómo lograrlo? El ingeniero era muy inteligente, mucho más que este estúpido e ingenuo explorador. ¿Suplicarle? No era mi estilo. Nunca lo haría. ¿Obligarlo? Yo lo sabía: llegado ese instante, a pesar de mis anteriores pensamientos, no tendría valor. Jamás lo torturaría. Ni a él, ni a nadie. Entonces…

No hallé la solución.

Quizá, lo primero era localizarlo y esperar a que se explicase.

Pero estos buenos deseos se esfumaban a la misma velocidad a la que aparecían.

¡Lo destrozaría!, pensaba a renglón seguido. ¡Lo aplastaría! ¡Lo torturaría!

Y así me debatí, entre lo deseable y lo irracional, hasta que nos desviamos de la senda principal y tomamos el caminillo que trepaba hacia Jaraba.

Nos hallábamos en el tiempo previsto. Quizá fuera la hora quinta (hacia las once). Sólo la lluvia —y mis tortuosas reflexiones— había dificultado el camino.

Jaraba era un poblado de quince o veinte casas, a 498 metros de altitud, y asomado a un *nahal* (río) inquieto y joven, que nacía en las alturas del este, y que recibía el nombre de Meshushim. El torrente, envalentonado por las lluvias, brincaba entre la maleza y las grandes rocas de basalto negro, rumbo a la costa norte del *yam*, cerca de Saidan, donde moría.

Los últimos tramos fueron los más penosos. El barro se mezcló con la ceniza volcánica del senderillo y necesitamos más tiempo del previsto para entrar en el villorrio.

Finalmente, bajo un fuerte aguacero, nos hicimos con la aldea, el centro «estratégico» y de aprovisionamiento de los *hoteb* o leñadores de la región.

Jaraba vivía la mayor parte del año de lo que consumían y precisaban cuantos se acercaban a sus tierras durante el invierno, en especial, en la tala de enero, en la luna menguante (1). Sus bosques eran los mejores, y a ellos acudían decenas de profesionales, tanto del *yam*, o mar de Tiberíades, como de otras aldeas cercanas: Dardara, Batra, Zamimra, Sogane, Gamala, Farj e, incluso, Qazrin. Allí se reunían todos los que tenían relación con la madera, bien artesanos de interior, bien constructores, bien propietarios de astilleros, todos deseosos y necesitados de un buen lote de árboles.

¡Increíble Destino!

¿Cómo imaginar que estas latitudes serían uno de los «refugios» del Hijo del Hombre durante el período de predicación? Los «escritores sagrados» (?) tampoco mencionan aquellos penosos días, en los que el Maestro se vio obligado a huir.

Pero vuelvo a caer en el error de siempre: adelantar los acontecimientos...

Jaraba, como digo, era un puñado de casas, levantadas en piedra de basalto y con los tejados de madera, sabiamente inclinados. Me recordó Bet Jenn, el caserío de la familia Tiglat, los montañeses que asistieron a Jesús durante su permanencia en el Hermón. Algunas columnas de humo blanco escapaban como podían, sorprendidas por el aguacero. Empezamos a sentir el frío. Por cierto, y no lo he mencionado hasta ahora, al abandonar el Ravid, debido, probablemente, a mi estado de ánimo, olvidé la obligada protección de la «piel de serpiente». Era la primera vez que salía sin ella. Ojalá no tuviera problemas...

El resto del poblado era barro y más barro.

Algunos de los habitantes nos indicaron la casa de un tal Abun, apodado *Kol* («Todo»). Él lo sabía «todo». Él lo tenía «todo». Él era el alma de «todo», en Jaraba y alrededores. Él lo conseguía «todo».

Naturalmente, «Todo» disponía de la casa más grande del lugar. Vivía en una especie de colmado, en el que

(1) La tala de los bosques se hallaba dividida en tres grandes períodos: fases lunares (menguantes) de enero, verano (agosto) y principios de invierno. En esos días, la savia permanece en las raíces y la madera es más duradera. En general, los árboles talados en las fases de creciente eran destinados a la fabricación de objetos de corta vida o, sencillamente, se utilizaban para alimentar el fuego. *(N. del m.)*

casi era imposible dar un solo paso. Allí, en dos habitaciones, se amontonaban comestibles, herramientas, cuerdas de diferentes calibres, resina y hasta burros y cabras. En el muro divisorio —lo que llamaban «pared ventana»— se abría un boquete cuadrado, de algo más de un metro de lado, por el que saltaba constantemente el dueño del establecimiento. Era una casa típica, sin puertas interiores. El acceso de una habitación a otra se hacía por la referida «ventana». Supuse que era un procedimiento para evitar los robos, en la medida de lo posible.

Kol aproximó una de las lucernas de aceite e inspeccionó a Kesil. Después, sin el menor pudor, hizo lo mismo con quien esto escribe.

Era un judío de mediana edad, avaro y desconfiado, al que le faltaban los dedos de la mano izquierda. Las malas lenguas aseguraban que fue él quien los cortó, «para evitar que la izquierda robase a la derecha». Con nosotros siempre fue correcto, y también con el Galileo, cuando llegó el momento.

Sabía, por supuesto, en qué paraje se hallaba la gente del astillero de los Zebedeo. Sonrió malicioso y sentenció:

—Nadie quiere talar en el Attiq. Los del Zebedeo son unos valientes…

Según averigüé algún tiempo después, dichas colinas recibían el nombre de «Attiq», o «Anciano», como consecuencia de una antigua leyenda en la que se contaba que, en tales bosques, vivía un anciano inmortal, al que se lo veía deambular y atravesar los troncos de los árboles. Allí, en el Attiq, decían, se escondía un tesoro. Lo malo es que la visión del «anciano» dejaba ciego al que acertaba a verlo…

Eran pocos los que se atrevían a talar madera en dicha zona. Las indicaciones de Kol fueron suficientes para hallar el *mahaneh*, o campamento, en el que se concentraban Yu, el chino, y su gente. Debíamos caminar siempre hacia el este y cruzar el *nahal* Zawitan, afluente del Meshushim. Sin distraernos, y sin abandonar la pista recomendada por el judío, divisaríamos a los de Nahum en una hora, más o menos.

Hicimos cálculos. Disponíamos de luz y de tiempo más que sobrados. Oscurecería en unas cuatro horas.

Kesil alquiló una tienda de pieles de cabra y compró algunas provisiones. Kol se frotó las manos y, feliz, nos regaló un consejo: «la tormenta se haría vieja en el Attiq...» Eso significaba que las condiciones meteorológicas podían empeorar. Y añadió: «El *zeeb,* el lobo, ha empezado a rondar por Jaraba...» Mal negocio. E intentó vendernos el mejor talismán contra los lobos: manteca de león. Al embadurnarnos con ella, ningún *zeeb* se atrevería a aproximarse. La supuesta grasa de león era, en realidad, manteca de cerdo, un producto prohibido entre los hebreos. Pero el dinero era el dinero...

Cargamos los sacos y la tienda y nos adentramos en los bosques. La lluvia continuaba obstinada. La temperatura fue descendiendo conforme ganamos en altura.

Y al salir de una gran mancha de alisos y olmos, el camino, una tímida pista, ahora de puro barro, se precipitó hacia el río Zawitan, de aguas espumosas y veloces. Al otro lado, según Kol, nacían las colinas del Attiq. Sólo divisé el verde y el negro de los bosques, agitados por la lluvia y por un incipiente e inoportuno viento.

Kesil abría el camino. Cada poco se detenía y me observaba. Todo iba bien, excepción hecha de mi corazón. Me hallaba a un paso de Eliseo..., y de Él.

Y la agitación me fue dominando. ¿Cómo reaccionaría? Al Maestro no deseaba verlo; no en esas circunstancias. En cuanto al traidor...

¡Lo aplastaría!

¿Cómo pudo hacerlo? ¿Cómo se atrevió a anular la contraseña? Un puente de piedra, casi inimaginable en aquellos remotos parajes, burlaba al presuroso Zawitan. No era de extrañar. Nos encontrábamos en los dominios de Filipo, uno de los numerosos hijos de Herodes el Grande (1), pero, probablemente, uno de los Herodes

---

(1) Herodes el Grande, muerto en el año 4 antes de nuestra era, dejó una numerosa prole, fruto de las relaciones con sus diez esposas oficiales (Doris, Mariamne la Asmonea, Mariamne, Maltake la Samaritana, Cleopatra de Jerusalén, Pallas, Fedra, Elpis y otras dos mujeres de nombre desconocido), y más de cien concubinas. Filipo, nacido en el mismo año en que murió su padre, era hijo de Cleopatra, la sexta esposa del «odiado edomita», como llamaban a Herodes el Grande. Era tres años más joven que Jesús. *(N. del m.)*

más sabios y más amados por su pueblo. Filipo o Felipe era un tetrarca entusiasmado con la naturaleza. La cuidaba y la exploraba. Él fue el primero en estudiar las fuentes del Jordán. Él se preocupaba de los bosques y de sus habitantes. Él, por ejemplo, contribuía al mantenimiento del *kan* de Assi, el esenio, a orillas del lago Hule. Con el tiempo, él llegaría a conocer a Jesús de Nazaret y, al contrario de su padre, y de Antipas, su hermanastro, le ofrecería su ayuda. Pero ésa es otra historia, que intentaré contar en su momento...

Al otro lado del puente nos recibió una masa de *mer*, el árbol de madera roja. Y al caminar bajo sus copas, la lluvia se dulcificó.

Ascendimos con dificultad. La pista terminó por convertirse en un lodazal.

Después entramos en los inmensos robledales, célebres y codiciados por sus maderas blancas, duras y resistentes a la humedad. Eran el objetivo de los constructores de barcos. Los había a miles, inteligentemente espaciados, y con troncos rectos, decididos, de hasta 30 y 35 metros de altura, y diámetros de uno y dos metros. Calculé que muchos superaban los trescientos años. Filipo los mimaba. El Attiq constituía una notable fuente de ingresos. Cada particular, o grupo, que aspiraba a cortar madera debía pagar un canon, tanto por la tala como por la permanencia en los bosques. Un ejército de «inspectores», fácilmente distinguible por sus abrigos, o *aba* de lana roja, iba y venía sin previo aviso. Si alguien incumplía lo establecido, era llevado a la presencia de Filipo, allí donde se hallara el tetrarca. De hecho, viajaba siempre con tres o cuatro jueces, que impartían justicia sin demora. Las multas eran superiores al quinientos por ciento de lo robado o lastimado. En caso de incendio provocado, el pirómano era condenado a tantos años como árboles arrasados (1). Eso representaba una condena

---

(1) Filipo era partidario de la tala selectiva. Los bosques eran talados de forma rotatoria, no pudiendo sobrepasarse la cincuentava parte del lote adjudicado. El que cortaba la madera se responsabilizaba, igualmente, de la repoblación. Eran los *we*, los inspectores, quienes evaluaban las muestras y fijaban

prácticamente perpetua, no remisible, al igual que no lo era la vida del árbol que había sido quemado. La ley funcionaba como arma disuasoria. Antes de prender fuego a un bosque, el judío o gentil lo pensaba dos veces. Los inspectores de bosques de Filipo, además de excelentes conocedores del terreno y de la naturaleza, estaban obligados a una honradez que superaba los límites habituales. Los llamaban, popularmente, *we*. En una traducción libre podría ser interpretado como «sí, pero…». Siempre había un «pero» en sus labios y en sus fiscalizaciones. El soborno, entre los *we*, era el peor de los insultos. Si uno de estos funcionarios admitía un favor, y llegaba a oídos de sus superiores, el *we* era destituido y desterrado fuera de los límites de la tetrarquía de Filipo. Toda la familia quedaba salpicada por el deshonor, y eso significaba el rechazo de la comunidad. Los hijos terminaban mendigando. En el tiempo que permanecí junto al Galileo, jamás supe de un caso de corrupción entre los *we*.

Kesil se detuvo. Y señaló hacia lo profundo del bosque.

¡El *mahaneh*!

Allí estaba…

¡El campamento de los hombres del astillero!

El odio se despabiló. En alguna parte, entre los árboles, se hallaba Eliseo…

¿Qué haría?

No le daría la menor oportunidad. Él tampoco lo hizo. Primero lo derribaría, después exigiría una explicación…

Ésas eran mis intenciones al divisar el *mahaneh*. Pero el Destino es el Destino…

La pista prosiguió el ascenso entre los ordenados robles, ahora murmuradores y molestos por la lluvia. Y las colinas y vaguadas hicieron un alto a cosa de 761 metros de altitud. El bosque se remansó en una planicie, igualmente conquistada por los altísimos robles, con las verdes

---

el incremento medio anual del crecimiento de cada bosque. En general, por cada árbol abatido, el que talaba tenía la obligación de plantar otros diez ejemplares. Era una medida justa, dado que la mitad, más o menos, no prosperaba. Cada bosque era dividido en parcelas, y convenientemente señalizado, según el tipo de árbol, las edades de los mismos y las posibilidades de corte. Numerosos senderillos y cortafuegos los comunicaban y defendían. *(N. del m.)*

hojas chorreantes y amenazadas, y los pinos de Alepo, con las cortezas olorosas, preñadas por el tanino.

Vi gente, y unas tiendas negras, de pieles de cabra o de carnero.

No distinguí al ingeniero...

Y seguimos avanzando, yo con el corazón agitado.

En mitad de la pequeña meseta se abría un claro. Allí habían levantado las tiendas y dispuesto la base de aprovisionamiento. Entrando por la senda que procedía de Jaraba, lo primero que distinguí fueron tres grandes tiendas, con las paredes parcheadas por pieles negras y blancas. Eran los refugios habituales, destinados al descanso. Dos fueron plantadas a la derecha del calvero, y una tercera, a la izquierda. En el centro, prácticamente, tres individuos trasteaban alrededor de un poderoso fuego. De lejos, no entendí. ¿Cómo mantenían las llamas bajo el aguacero? Y nos fuimos acercando.

No los reconocí. Los individuos no eran del astillero. Por un momento creí que habíamos equivocado el camino.

Nos vieron llegar, pero siguieron a lo suyo, interesados en la marmita en la que barboteaba un guisote de carne y verduras. Eran cocineros, pero vestían de una forma peculiar, al menos para quien esto escribe. Uno de ellos se cubría con un *aba*, el capote típico de los pastores y montañeses, muy útil frente al frío y la lluvia. Los dos restantes lucían una prenda insólita para mí: era una especie de «buzo» o «mono» de trabajo, de lana, cerrado por el pecho con un largo cordón, y provisto de una amplia capucha. Lo llamaban *sarbal*. Se trataba de una prenda de abrigo, utilísima para trabajar en los montes, e ideada por los fenicios de Tiro. Por supuesto, los hábiles comerciantes judíos supieron mejorarla, confeccionándola en cuero, piel de oso e, incluso, lino, según los climas y las exigencias del comprador.

Al penetrar en el *mahaneh* comprendí. El fuego se hallaba protegido por un sombrajo —una tela embreada— que hacía de cobertizo. Cinco o seis cuerdas, amarradas a los árboles más cercanos, lo mantenían a un par de metros sobre el terreno.

Nos presentamos y preguntamos por la gente del Zebedeo. Casi ni nos miraron. Eran vecinos de Jaraba, contratados temporalmente. No conocían a los Zebedeo.

Kesil, inteligente, pronunció el nombre de Yu, el chino, carpintero jefe del astillero. Entonces sí. Y señalaron uno de los senderillos que partían del claro, rumbo al sureste.

Estaban en la tala. Eso dijeron.

Faltaban unas tres horas para la puesta de sol. Según la costumbre, una media hora antes del ocaso, Yu haría sonar su triángulo de metal, anunciando el fin del trabajo. Todos regresarían al campamento.

Intenté controlarme. Si aguardaba, si esperaba en el *mahaneh*, sería más fácil. Eliseo llegaría con el resto. Y también el Maestro...

Pero ¿cómo hacerlo?, ¿cómo pedir explicaciones en público? ¿Qué sucedería con Jesús?

Y la rabia, hirviendo en mi interior, no me permitió razonar.

No me quedaría allí plantado. Iría a su encuentro. Cuanto antes aclarase el asunto, mejor para todos...

Indiqué a Kesil que dispusiera nuestra tienda y que organizara la cena. Sus palabras, sin la menor maldad, me molestaron:

—¿Cena para tres o para cuatro?...

Repliqué con severidad:

—¡Para dos!... ¡Tú y yo!

Kesil me miró, atónito, y confirmó lo que sospechaba. Algo no iba demasiado bien entre aquellos griegos...

Permaneció en la duda, observándome con tristeza bajo la lluvia.

Él no tenía ninguna culpa. Y me sentí más desasosegado, si cabe...

¡Maldito traidor! ¡Eliseo lo pagaría!

Y me alejé sin dar más explicaciones. Crucé junto a la hoguera y me encaminé hacia la pista señalada por los cocineros. Apreté con fuerza la «vara de Moisés».

Si no hablaba —¡y rápido!—, si no me proporcionaba una explicación, lo suficientemente satisfactoria, y la nueva clave, no tendría piedad...

¡Mordería el polvo! ¡Lo haría suplicar! ¡Lo obligaría a comer las bellotas que alfombraban el bosque! ¡Lo haría...!

De pronto, reparé en las tiendas. No las había registrado. ¿Y si estuviera oculto en una de ellas? ¿Y por qué iba a hacerlo?

Di media vuelta y retorné al arranque del calvero. Kesil, sorprendido, me vio entrar y salir de los refugios. Comprendió y palideció. El pleito entre Eliseo y yo era más grave de lo que él suponía. En eso no se equivocó. Pero no dijo, ni hizo nada.

En las tiendas no había nadie. Sólo los petates y las mantas que servían para dormir.

No me atreví a mirar a Kesil, ni tampoco a los de Jaraba. Estaba ciego de ira y de vergüenza, a partes iguales.

Al final del claro, junto al nacimiento del caminillo que debía llevarme a lo que llamaban «zona de tala», se alzaban otras dos tiendas, más espaciosas que las tres anteriores. Las inspeccioné, igualmente.

Negativo.

Eran los almacenes de las herramientas propias del corte de la madera: hachas, sierras, tronzadoras, mazos, cuñas, piedras de pizarra verde y basalto para afilar, garfios, tenazas, cuerdas, cántaras de aceite y un buen racimo de poleas de hierro y madera, entre otros enseres.

Ni rastro del ingeniero...

Eso significaba que se encontraba en el lugar de trabajo. Y hacia allí me dirigí, decidido y, al mismo tiempo, con un creciente nerviosismo. No supe explicarlo. No era miedo. Ahora creo saberlo. El Maestro también se hallaba en el lugar, pero mi torpeza lo mantenía arrinconado en el corazón...

La pista se dejaba caer hacia un valle. En los huecos de los árboles se adivinaba la presencia de los supersticiosos montañeses. En muchos de ellos, clavadas en la madera, y con la punta hacia el exterior, se veían pequeñas hachas de pedernal. Las llamaban «piedras rayo» y, según decían, tenían la facultad de conjurar la «visita» de las chispas eléctricas, el gran enemigo de los bosques en aquel tiempo. Si se declaraba un incendio, sólo la lluvia era capaz de dominarlo. Por supuesto, se trataba de una creencia errónea. El roble, como la sabina, el sauce, la encina, el tilo o el abeto, son árboles que se caracterizan, justamente, por su capacidad para atraer el rayo.

Y empecé a oír gritos, y los golpes de las hachas contra los troncos.

Al poco, cuando llevaba recorridos unos quinientos metros desde el *mahaneh*, apareció ante mí la «zona de tala», una suave ladera despejada de árboles por los laboriosos hombres del astillero de Nahum.

Permanecí escondido entre los robles, intentando descubrir a Eliseo.

Había llegado el momento...

No fue sencillo. La cuadrilla de Yu se hallaba en el robledal y entre los pinos de Alepo, medio oculta por los troncos. Otros habían trepado a los árboles, y los adiviné con las hachas, desramando y preparando el mástil para la caída.

Todos vestían el *sarbal*, y se protegían de la lluvia con las capuchas.

Me esforcé, pero no conseguí localizarlo. Se encontraban lejos, a poco más de doscientos metros. Tenía que acercarme.

Tampoco divisé al Maestro...

¿Qué hacía?

Mi objetivo era Eliseo, sólo él.

E inicié otra revisión, más detallada.

A mi izquierda, en lo alto de una segunda y también pelada colina, se presentó un único tronco, sólido y minuciosamente desramado. Después lo supe. Era otro «invento» de Yu. Lo llamaban el árbol-mástil. Un complejo juego de cuerdas y poleas actuaba desde el extremo superior, a unos treinta y cinco metros del suelo, izando los árboles que resultaban talados en el bosque. De esta forma, los troncos volaban literalmente hasta la base del mástil, ahorrando esfuerzo y evitando que se ensuciaran o dañaran. El ingenioso sistema no tardaría en ser copiado por los restantes leñadores. Una mordaza múltiple, de cuero o de hierro, lograba reunir hasta cuatro árboles. Una larga cuerda de izada hacía el resto y los troncos terminaban apilados al pie del árbol-mástil. Allí eran seleccionados y dispuestos para el transporte. De esto último se ocupaban los burreros de Jaraba y comarca. Previamente, la cuadrilla de Yu disponía los robles y pinos. Una vez seleccionados, y marcados por los *we*, entraban en acción los «escaladores». Eran leñadores hábiles y audaces, que trepaban hasta las copas, provistos de hachas, sierras y cuerdas. Si el tronco estaba muy ramificado, el escalador ascendía directamente. En el caso de los pinos, por ejemplo, menos ramificados, disponían de dos o tres procedimientos, todos eficaces. El más común era trepar con la ayuda de una cuerda que rodeaba el tronco y la cintura del leñador. Subían y bajaban con celeridad, y sin el menor tropiezo. Al llegar al enramado procedían al corte, hasta que el árbol quedaba totalmente descopado. La última operación del escalador era amarrar una larga cuerda en lo alto del tronco. Los de abajo la tensaban y se preparaban para dirigir la caída, de forma que no destrozara otros árboles. Una vez en tierra, los escaladores se dirigían a otros árboles y reemprendían las operaciones de limpieza. Era el momento de los *hoteb*, o leñadores, tal y como los entendemos hoy en día, los especialistas en las hachas. Si el tronco era grueso, clavaban unos estribos de hierro a uno y otro lado de la zona de corte, colocándose así ligeramente por encima de la base del árbol. Y antes de iniciar la tala, uno de los *hoteb* solicitaba perdón al árbol. Después besaban las hachas e iniciaban el lanzamiento de las afiladas herramientas. Trabajaban perfectamente sincronizados, siempre en un lateral del corte. Nunca enfrente o detrás. Sabían muy bien que, al caer, la base se desplazaba hacia atrás, y hacia arriba, por efecto de la gravedad. Contemplarlos era un espectáculo. Se jaleaban, se animaban mutuamente, acompasando gritos, golpes y respiraciones. El juego de muñeca, la más cercana al ojo del hacha, era la clave. Así se obtenía el máximo rendimiento. También se utilizaban las sierras de talar o tronzadoras, de diferentes longitudes, manejadas entre dos, y con movimientos alternativos, hacia uno y otro *hoteb*. Era otro arte. No todo el mundo estaba capacitado. Cada movimiento exigía una especial concentración. Sólo uno de los tronzadores tiraba de la sierra. El filo debía permanecer en línea con el corte. La menor distracción significaba un mayor esfuerzo y, en consecuencia, un trabajo «menos limpio», como acostumbraban a decir. Cuando el árbol caía, se procedía al rematado de la desrama, en el sentido de la base hacia la copa. Después se troceaba, según las necesidades del astillero y los requerimientos de los burreros, y se izaba con el concurso de los aparejos del árbol-mástil. Era un trabajo extenuante, durísimo, que no todo el mundo resistía.

En la base del árbol-mástil creí reconocer a Yu, el chino. Dirigía las maniobras de traslado de los troncos, siempre delicadas y peligrosas. Cuatro o cinco hombres lo asistían.

Los nervios me pusieron en pie, y salí a campo abierto, en dirección a Yu.

La maldita lluvia no cesaba...

Me vieron aproximarme. Me inspeccionaron, y yo a ellos.

Los conocía. Trabajaban en el astillero.

Supongo que los despisté. No era un inspector, no lucía el típico *aba* rojo. Además, mi paso era enérgico. No estaba allí por capricho o por error...

Y la cuadrilla, a una orden de Yu, detuvo el trajín de cuerdas y poleas.

No me reconocieron.

Me fui directamente hacia el *naggar,* o maestro, y lo interrogué sobre el paradero de Eliseo.

Yu, desconcertado, me atravesó con sus ojos rasgados.

—No te conozco —replicó—. ¿Cómo sabes que soy el *naggar*?

Esperó una respuesta, y lo hizo con su habitual gesto, con los largos dedos cruzados sobre el pecho.

¿Qué podía decir? E improvisé. En el *mahaneh* me habían hablado del «jefe», un chino. Él sabría informarme sobre mi amigo. Era preciso que le hiciera llegar un mensaje.

Yu continuó explorándome. Presintió algo. Así lo creo. Pero, como digo, confuso, no supo qué hacer, y se limitó a señalar la ladera de enfrente. Allí encontraría al hombre que buscaba.

Agradecí la buena voluntad y, sin más, me encaminé hacia el lugar indicado por el asiático. Un grupo de hombres, en efecto, se movía entre los árboles. Y ascendí por la pelada pendiente, dispuesto a todo.

No cedería. Ahora, no...

Y al reunirme con el robledal, me detuve. A pesar del «buzo» y de la capucha, lo distinguí al momento.

¡Maldito!

No hice nada por contener la rabia. Al contrario. La dejé suelta, como un perro de caza. Le daría su merecido...

Avancé despacio, y me introduje entre los árboles. Algunos *hoteb* trabajaban en las ramas; otros cortaban con las hachas o con las tronzadoras. Una de esas parejas la formaban Eliseo y el jefe del aserradero del astillero de Nahum. A decir verdad, sólo tuve ojos para el traidor. No supe si Jesús se ocultaba bajo uno de aquellos *sarbal*...

¡Es asombroso! ¡No pensé en Él!

Volví a detenerme.

Eliseo, absorto en el corte del árbol, continuaba pendiente del rítmico ir y venir de la sierra de hierro. No se percató de mi presencia.

Algunos de los leñadores próximos me observaron con curiosidad pero, al no reconocerme, siguieron a lo suyo.

Me hallaba a una distancia aceptable. Quizá a cinco o seis metros.

Deslicé los dedos hacia la parte superior del cayado y disfruté del momento...

Activaría los ultrasonidos y lo derribaría. Sería mi venganza.

Después, ya veríamos...

Lo alzaría como un muñeco y exigiría una explicación.

«¿Por qué anulaste el despegue? ¿Con qué derecho?»

Lo confieso: la cólera me dominó.

Y esperé.

Sabía que, tarde o temprano, el ingeniero desviaría la mirada hacia quien esto escribe. Me hallaba casi frente a él. Quería ver su cara cuando me descubriera.

Y así fue.

Eliseo reparó en mí y, a pesar de la cortina de agua, lo vi palidecer. Todo sucedió muy rápido.

Me repasó con la vista, y los ojos se mantuvieron unos instantes en la curvatura de la «vara de Moisés». Comprendió. Él conocía el significado de aquella posición de los dedos.

Pero, ante mi asombro, no reaccionó. Mejor dicho, no lo hizo como suponía. En lugar de huir, o de enfrentarse a quien esto escribe, continuó con la tronzadora. Y, sin dejar de mirarme, dibujó una media sonrisa; aquella cínica sonrisa...

La cólera, entonces, bramó en mi interior.

¡Hijo de...!

¡Lo destrozaría! ¡No dispararía los ultrasonidos!... ¡Activaría algo peor: el láser de gas! ¡Esta vez aprendería la lección!

Y cuando estaba a punto de presionar la cabeza de cobre, una voz sonó a mi espalda, clara e impetuosa, por encima de los hachazos y del martilleo de la lluvia sobre el rojo y el verde de los robles.

¡Esa voz!... ¡Yo la conocía!

Y repitió:

—¡Eh, pequeño!

Alguien me reclamaba. Yo sabía quién...

Me volví, pero no vi a nadie.

—¡Eh..., *ze'er*!

Entonces alcé la vista. ¡Era Él! ¡El Maestro!

Quedé paralizado, no sé si por la sorpresa o por la vergüenza.

Los dedos se retiraron de la zona superior del cayado y, mudo, presencié su descenso del árbol. Vestía otro *sarbal* blanco y se protegía del agua con la capucha. Se dejó caer, rápido y ágil, con la ayuda de la cuerda que rodeaba la cintura. A la espalda cargaba una hacha de doble cuchilla y una larga cuerda embreada, enrollada en bandolera.

Pero no fue el insólito atuendo lo que me hipnotizó. Fueron sus ojos, una vez más.

¡Dios, los había olvidado! ¡Cómo pude ser tan estúpido!

Jesús de Nazaret se desembarazó del hacha y de las

cuerdas y me lanzó un primer abrazo con la mirada. ¡Aquellos ojos, como la miel líquida...!

Él sí supo quién era.

Entonces, el ruido del bosque, y de los leñadores, desapareció o, al menos, yo fui incapaz de oírlo. ¡Él estaba allí, de pronto!

Y sonrió, iluminando mi oscuridad.

Fue algo difícil de explicar. Hoy, todavía no acierto a comprenderlo.

Abrió los poderosos brazos y caminó hacia este perplejo explorador, al tiempo que proclamaba:

—¡Eh, pequeño!

Lo dijo todo en esas dos palabras. Lo era. Lo reconozco. Sólo era un pobre y pequeño ser humano, perdido...

No puedo explicarlo, lo siento...

No tuve fuerzas, ni valor, para moverme y acudir a su encuentro.

Él lo hizo por mí.

Me abrazó como nadie lo había hecho. Y recibí —no tengo palabras— todo su amor, toda su ternura y toda su comprensión. Los brazos me rodearon y sentí cómo una fuerza (?), llegada de no sé dónde, me recorría de un extremo a otro. No dijo nada, pero lo dijo todo.

Y, sin poder evitarlo, unas lágrimas se asomaron a mi rostro. Y lloré, agradecido.

Yo sí fui derribado. Fue en ese gesto del Hombre-Dios donde se disolvieron los miedos y venganzas. Fue en esos instantes, en las colinas del Attiq, donde menos podía imaginar, cuando se produjo el verdadero «milagro», el anunciado por la peonza de sauce. Ahora lo sé...

Fue a raíz de ese encuentro cuando recuperé el temple y saneé mi corazón. Él lo hizo.

—¡Vamos, pequeño!

Me entregó el mazo de cuerdas y emprendió la marcha hacia el campamento.

No recuerdo otra cosa que sus largas y típicas zancadas, pendiente arriba. Eliseo debió de quedar allí, con las manos sobre la sierra, y, supongo, boquiabierto.

Al llegar al *mahaneh,* mi espíritu se hallaba limpio, como jamás lo había percibido. Kesil lo captó y se alegró, sin palabras. Nadie lo supo jamás. Nadie ha sabido, hasta ahora, lo cerca que estuve de la destrucción...

La cuadrilla retornó al poco y se dispuso para la comida principal, la cena. Yo no probé prácticamente bocado. Me senté cerca del fuego y me dediqué a contemplarlo. ¡Era Él, el de siempre! ¿Cómo pude olvidarlo?

Eliseo, ciertamente temeroso, me evitó. No hablamos una sola palabra. Tomó posición al otro lado del fuego y permaneció alerta. Lo sentí por él, y también por mí mismo. Aquella situación tenía que terminar. En cuanto fuera posible, me acercaría y le rogaría perdón. Se lo debía al Maestro. En cuanto a mi «problema», hice el firme propósito de no pensar en ello, de momento. Tenía los antioxidantes. El Destino decidiría.

Y ya lo creo que decidió...

Jesús disfrutó de la cena y de las conversaciones. Estaba alegre. Yo diría que pletórico. Me recordó las intensas y felices noches en las cumbres del Hermón.

Y Yu, como tenía por costumbre, inició el relato de sus increíbles historias...

Poco a poco, los agotados *hoteb* fueron retirándose. Eliseo se refugió en la tienda del Maestro y, finalmente, me quedé solo. La lluvia cesó y, cómplice, alguien despejó el firmamento, regalándome miles de estrellas.

Y ella brilló desde Altair, y desde Sirio, y desde la hermosa Aldebarán...

¡Ella!

Kesil roncaba cuando me incorporé a nuestra tienda. Y esa noche tuve un sueño, cómo diría, casi «familiar»...

Me hallaba allí mismo, en los bosques del «Anciano», y regresaron las enigmáticas «luces» que había visto (?), supuestamente, en la garganta del Firán. Y, mientras las contemplaba, oí una voz en mi cabeza, exactamente igual que en aquel «sueño»:

«¡*Mal'ak*, no temas!»

«*Mal'ak*», como dije, significaba «mensajero», en arameo.

«¡*Mal'ak*, no juzgues!... ¡Juzgar es tan arriesgado como dormir de pie!»

Y las «luces» se alejaron hacia Orión.

DEL 1 AL 5 DE ENERO (AÑO 26)

Fue «Orión» (Kesil) quien me despertó. ¿Casualidad?

Faltaba poco para el alba. Según los relojes del módulo, el 1 de enero, martes, del año 26 de nuestra era, el sol se presentó en esa región de Israel a las 6 horas y 37 minutos. Una hora antes, los cocineros de Jaraba ya trajinaban y canturreaban en el campamento, disponiendo lo necesario para la nueva jornada.

Había dormido profundamente. Me sentí tranquilo y con fuerzas. No cabe la menor duda: Él tuvo mucho que ver en aquel Jasón, ahora, casi en paz...

—Yu está ahí afuera —anunció Kesil—. Parece preocupado... Quiere hablar contigo.

El frente nuboso se había alejado. Inspiré y me bebí las estrellas. Estaba dispuesto a replantearlo todo. Lo primero era Eliseo...

Yu esperaba junto al fuego. Tenía en las manos un cuenco de leche. Al verme, me recorrió de pies a cabeza. Y los ojos, habitualmente remansados y limpios, se alteraron. Quiso decir algo, pero no lo logró. Comprendí. Alguien, en el *mahaneh*, posiblemente el ingeniero, lo puso en antecedentes sobre mi identidad.

Y le facilité las cosas.

—Soy yo, «¡eh, pequeño!»...

No hubo preguntas, ni explicaciones.

El chino bajó los ojos y resumió sus sentimientos:

—Has dejado escapar a los dioses interiores...

No entendí; no en esos momentos.

Pero Yu dejó a un lado el asunto y preguntó si deseaba continuar en el trabajo. Se necesitaban brazos. Acepté, naturalmente. A partir del reencuentro con el Maestro, todo se puso en pie, como recién estrenado. Lo seguiría, tal y como habíamos planeado. Lo seguiría sin descanso. Daría fe de cuanto viera y de cuanto me fuera regalado por el Destino. Respecto a los «tumores», una idea empezó a prosperar en mi mente...

La noticia sobre el misterioso encanecimiento del «chico para todo» circuló veloz entre los hombres del *mahaneh*. Y se repitió lo vivido en la ínsula y en Nahum. Aquella gente, buena, pero supersticiosa, empezó a mirarme con un especial respeto, mezcla de temor y de admiración. Nadie «envejecía» tan de repente, si no era por expreso deseo de la divinidad. Eso creían, y, en parte, con razón. La cuestión es que mis blancos cabellos sirvieron de mucho, como espero tener la oportunidad de seguir contando. Eso sí, desde entonces, ya no fui «¡eh, *ze'er*!». Nadie tuvo el valor de reclamarme por ese nombre, excepción hecha del Galileo. La verdad es que mis días en el astillero estaban contados, pero vayamos paso a paso...

Me senté junto al Maestro. Se calentaba y apuraba el desayuno: fruta recién desembarcada en Jaraba, miel, pan negro, todavía caliente, leche y otra de sus «debilidades»: las pequeñas barras de «chocolate», fabricado con la *keratia*, la dulcísima vaina del *haruv* o algarrobo, tan abundante en aquellos bosques.

Vestía el *sarbal* blanco, con los cabellos, color caramelo, largos y recogidos en su habitual cola.

Me estremecí. No podía creerlo. Hacía casi dos meses que no lo veía. Y allí estaba, sentado frente al rojo de las llamas, como uno más...

Me miró, y me recogió de nuevo en sus ojos. No había soñado. Era Él, el Hombre-Dios...

Y ambos, en silencio, esperamos el amanecer. Él por unos motivos. Yo, por otros...

La luz naranja penetró entre los árboles y se fue directamente a su rostro. La recibió y cerró los ojos, consciente de la delicadeza de su Padre. Así rezaba aquel Hombre...

El día llegó azul, limpio y frío; muy frío, en especial para quien esto escribe...

Jesús abrió los ojos y, satisfecho, se guardó dos barras de *keratia* en uno de los amplios bolsillos del buzo. Sonrió, pícaro, mostrando aquella dentadura blanca y perfectamente alineada. Después, me guiñó el ojo y se puso en marcha, con el resto de la cuadrilla.

Yu me proporcionó uno de los «trajes de faena» y me dio a elegir. Podía ocuparme de la recogida de resina (1), o bien del afilado de las herramientas. Debería responsabilizarme también del continuo transporte del *yaša*, una infusión negra y aromatizada, extraída de las semillas del pino de Alepo y que los lugareños consumían sin cesar. Caliente, muy caliente, recordaba, en cierta manera, al «café». Los leñadores lo bebían casi sin descanso. Los ayudaba a mantenerse despiertos. El problema es que tenía que ser transportado desde las cocinas, en el campamento. En la zona de tala estaba terminantemente prohibido hacer fuego. Si los *we* descubrían, o sospechaban, que los leñadores incumplían la normativa, la concesión era automáticamente suspendida. En ese sentido, Yu era muy estricto. Eso significaba un constante ir y venir, con la carga a cuestas. Deposité el cayado en la tienda, al cuidado de Kesil, y opté por el afilado de las hachas y sierras. Era una labor relativamente simple, que me permitiría estar cerca del Maestro. En realidad, el afilador era uno de los hombres de Yu, muy experimentado, que manejaba admirablemente las limas de hierro o las muelas de basalto y pizarra verde. Las primeras eran utilizadas en la zona de tala. Las amoladoras, más pesadas, y montadas sobre mollejones y otras estructuras de madera, permanecían en las tiendas de las herramientas. Cada poco, sin necesidad de que el leñador lo solicitara, el afilador detenía el corte e inspeccionaba las hachas o las tronzadoras. Era raro que se equivocara. Sabía muy bien cuántos golpes resistía una hacha antes de perder

(1) Además de la tala de la madera propiamente dicha, en esas fechas, los *hoteb* se ocupaban también del sangrado de las coníferas. Para ello arrancaban parte de la corteza (alrededor de sesenta centímetros de longitud por otros diez de anchura) y colocaban una cazoleta en la parte inferior de la zona desgarrada. Al herir la madera, la resina fluía y llenaba el recipiente. El producto era muy cotizado entre los fabricantes de barcos y de muebles, y exportado, incluso, a los países productores de vino blanco. Con ella embadurnaban el interior de cubas y toneles y evitaban que el licor se agriara. Era otro de los prósperos negocios de Filipo. *(N. del m.)*

el filo. Aunque los *hoteb* fueran diez o doce, repartidos en la zona de tala, aquel hombre «sabía» (!) llevar la cuenta de los golpes, identificando cada hacha por su sonido. Más aún: «sabía», incluso, cuándo la herramienta cambiaba de manos. Lo llamaban «Iddan», que significaba «tiempo», en arameo, porque medía el tiempo de vida de cada hacha, y sin error. Casi no hablaba. Yo debía acompañarlo y cargar los juegos de limas y las pequeñas piedras para refinar los filos, así como las fundas de cuerno, madera o cuero que protegían las hachas. Cada una disponía de la suya propia, haciendo más duradera la herramienta y, sobre todo, protegiendo a los que las manejaban. Una vez concluida la jornada, Iddan y quien esto escribe se responsabilizaban del material, transportándolo siempre al campamento. El olvido de una hacha era el peor de los presagios. Los leñadores se echaban a temblar...

También cargaba con el pellejo de cabra que contenía el agua, necesaria para mojar las piedras de afilar. Iddan prefería el orín. Si era humano, mejor. Según él, «alegraba al hacha, y prolongaba el tiempo de corte». Tuve «dificultades técnicas» en este sentido. Terminada el agua, era yo quien suministraba la orina. Jamás me hubiera atrevido a llenar el odre con el orín del resto de los *hoteb*...

Mi trabajo, por tanto, en aquellos inolvidables días en las colinas del «Anciano», se dividió entre el reparto del *yaša*, el constante subir y bajar del *mahaneh*, la puesta a punto de las amoladoras, el «suministro» de la orina y, sobre todo, la atenta observación del Hijo del Hombre. Un Jesús de Nazaret leñador, jamás mencionado por los evangelistas o por la tradición. Pero ¿de qué me asombraba? El futuro me reservaba otras, y no menos desconcertantes, sorpresas...

Eliseo siguió esquivándome. No lo permití. Y camino de la zona de tala me las arreglé para situarme a su altura. Fui directo. Le rogué que perdonara mi torpeza. Lo que intenté hacer no fue lo correcto.

Evitó la mirada. Y yo, pobre ingenuo, no entendí.

Le estaba pidiendo perdón...

Finalmente, al explicarle que la situación no era la más adecuada, el ingeniero detuvo la marcha y acarició la larga sierra que sostenía sobre el hombro. Entonces sí buscó mis ojos. Experimenté una incómoda sensación. Aquél no era el joven que creí conocer...

No sé si fue odio o desprecio lo que asomó en el rostro. Lo cierto es que no lo reconocí. No era Eliseo, el amigo y hermano de antaño.

—Estás en lo cierto —clamó—. Esta situación es insostenible...

El tono fue grave, casi solemne.

—... Dudo que tu salud mental sea la correcta.

No me permitió intervenir.

—La inversión ha mermado también tu equilibrio... Por tanto, mayor, he decidido relevarte como responsable de la misión...

Pensé que bromeaba, una vez más. Pero no...

—Has tratado de despegar, abandonándome. Has intentado matarme...

Negué con la cabeza. No era cierto. Sólo quise darle una lección...

—Ahora, yo tomo el mando. Obedecerás mis órdenes.

Estaba tan desconcertado que no respondí.

—... Y recuerda lo que te dije: la misión no ha terminado. Yo diré cuándo.

—Pero...

—Lo siento, mayor —concluyó, autoritario—, no confío en ti.

Y se alejó, haciendo oscilar la brillante tronzadora que cargaba sobre el hombro.

No reaccioné. Estaba impresionado, pero, al mismo tiempo, sereno. Había intentado despegar, era cierto, pero jamás le habría hecho daño. Por cierto, ¿cómo sabía que traté de despegar? Rechacé la pregunta. Yo mismo se lo dije. No era tan difícil de suponer.

Pero ¿por qué ese odio?

Pensé en Ruth...

No era posible. Yo no había dicho nada. Sólo la Señora lo intuía. ¿Se lo dijo a Eliseo? ¿Era ésta la razón de su comportamiento? Yo la amaba, y la sigo amando, pero juré mantenerlo en el silencio de mi corazón...

¿Existía otra justificación para semejante postura? ¿Me estaba volviendo loco? ¿Detectó Eliseo algo que no supe ver y que ponía en peligro la operación? Quise recordar, pero no hallé nada irregular, salvo la amnesia y el «encanecimiento súbito». ¿O se refería a la constelación de «tumores» en mi cerebro? Aquello era absurdo. Si le preocupaba mi estado mental y, en definitiva, mi salud, ¿por qué continuar?

«La misión no ha terminado...»

No fui capaz de descifrar el misterio de la frase. ¿A qué diablos se refería?

Lamentablemente, no tardaría en descubrirlo...

Pero, como digo, fue extraño. Quizá debería haber reaccionado con ira, y pagarle con la misma moneda. No fue así. Inexplicablemente, no me sentí inquieto. Y llegué a excusarlo. Quizá se debía al cansancio. Llevábamos mucho tiempo, y sujetos a una intensa presión. Lo raro es que los enfrentamientos no hubieran surgido antes...

¡Pobre estúpido! ¡Nunca aprenderé!

Y, de pronto, lo vi llegar. Era el Maestro, camino de la zona de tala. Pasó a mi lado, canturreando. La luz de la hermosa mañana lo perseguía, enganchada en los cabellos y en el bronceado y risueño rostro. Me sonrió, y continuó con las rápidas y largas zancadas. Pero, al punto, se detuvo. Giró, y me envolvió en aquella viva, furiosamente viva, mirada. Y exclamó:

—¡Confía...!

Después, se alejó. Detrás marchaba un joven ayudante...

Y en mi cabeza tronaron las últimas palabras de Eliseo: «Lo siento, mayor, no confío en ti.»

¿Cómo lo hacía? ¿Cómo supo? Él se hallaba en otro punto de la vereda que unía el campamento con el lugar de trabajo...

Nunca me acostumbré.

¡Por supuesto que confiaba!

Y me fui tras el ayudante, un muchacho judío, de unos quince años, que respondía al nombre de Minjá. Lo cono-

como un juego previo. Si Yu se demoraba más de lo aconsejado, la parroquia se ponía de acuerdo y coreaba:

—¡Kui!... ¡Kui!...

Yu sonreía. Era la primera señal. Y seguía hablando. Entonces, la concurrencia silbaba.

La primera noche, por las circunstancias ya referidas, no presté atención a los detalles. Después me integré, y disfruté como un niño.

Jesús, en primera fila, con las estilizadas y velludas manos abiertas hacia el calor del fuego, era el primero en silbar, impaciente y feliz. Los ojos le brillaban.

Los silbidos eran la segunda señal. Yu se levantaba, dejaba a un lado la escudilla de madera, y, ceremonioso, buscaba uno de los tajos de la cocina, astuta y deliberadamente arrimado a la hoguera por los leñadores. Previamente, los cocineros habían aseado el nudoso tronco de olmo sobre el que partían la carne y el pescado. Dada la escasa talla del *naggar*, los del astillero favorecieron al tocón con tres patas de madera, permitiendo así que Yu fuera visible desde cualquier ángulo del *mahaneh*. Entonces, cada noche, se repetía la misma escena. ¡Era increíble! Yu tomaba asiento y se producían las protestas. Al sentarse en círculo, en torno a las llamas, una parte de los trabajadores quedaba mirando la espalda del chino. No lo consentían. Los afectados —¡siempre los mismos!— se levantaban airados y corrían al extremo opuesto, atropellando y pisoteando a los colegas.

Yu permanecía en silencio, con las manos cruzadas sobre el *sarbal*.

Restablecido el orden, abría la «noche *kui*» con la misma frase:

—¡No sois hombres *kui*!

Y la gente, también cada noche, se lamentaba con un murmullo sordo, convencida de la veracidad de las palabras del asiático.

¡Era increíble, y maravillosamente loco!

Todo se detenía en el Attiq para escuchar a Yu. La luna, afilada, se hacía la remolona. Las estrellas se aproximaban, hasta casi poder tocarlas, y el frío oía desde los árboles, lejos del calvero.

cía de la ínsula. Allí vivía, con sus padres y hermanos. En ocasiones era contratado por el astillero. Era tartamudo. Lo tomaban a broma, y lo mortificaban con crueldad. Minjá no replicaba. Se sonrojaba y ponía tierra de por medio. Nos caía bien. Era servicial, educado y muy observador. En el Attiq desempeñaba la misión de ayudante de escalador. El suyo era Jesús. Su trabajo, básicamente, consistía en asistir al *hoteb* que trepaba por los troncos, o por el enramado, suministrando cuerdas, cuando faltaban, haciendo llegar las hachas al afilador, o el «café» y el agua al que descopaba, y, sobre todo, debía velar por la seguridad del leñador. Un mal paso, la rotura de una cuerda o el quebranto de una rama estaban a la orden del día. No eran raros los accidentes entre los que subían y bajaban de los árboles, algunos, como digo, de treinta metros de altura, y más.

¿Quién podía sospechar que aquel muchacho desencadenaría, sin querer, la gran catástrofe?

Iddan, el afilador, inició su habitual peregrinaje entre los robles y pinos. Y quien esto escribe, tras él, pendiente de sus gestos, más que de sus palabras.

Jesús y Minjá prosiguieron en el orden establecido por Yu, e iniciaron la ascensión al roble de turno. Eliseo, asignado a la tronzadora, pareció olvidarse de mí. Era preferible. Y, en la medida de mis posibilidades, centré la atención en el Hijo del Hombre.

Nunca lo hubiera imaginado con una cuerda por la cintura, y trepando como un felino por uno de aquellos altivos troncos. Lo hacía con precisión y soltura, sin temor alguno. La cuerda era desplazada hacia lo alto, momento en el que el Galileo asentaba las sandalias sobre la corteza, ganando metro a metro. Así llegaba a las primeras ramas.

Minjá prefería la cuerda entre los tobillos, una técnica menos embarazosa, pero más insegura. El rítmico juego de los pies elevaba la cuerda y el joven trepaba, siempre abrazado al árbol. Al alcanzar al Maestro le entregaba la herramienta y permanecía muy cerca, pendiente de cada movimiento. La verdad es que no se concebía a un escalador sin su ayudante.

Dependía del árbol, y de su frondosidad, pero el descope era siempre una labor lenta y fatigosa, que reclamaba atención y destreza. Si el hacha lanzada sobre el nacimiento de una rama no golpeaba en el punto adecuado, el filo, dispuesto como una hoja de afeitar, podía herir el tronco y malograrlo. Había que buscar la posición más cómoda y económica, y, como digo, saber manejar las afiladísimas hachas. Cada poco, el *hoteb* se veía obligado a descansar y reponer fuerzas. Ahí entraba yo, anudando los recipientes, con el *yaša* o el agua, a la cuerda que lanzaban los ayudantes. De vez en vez, con una sabiduría magistral, el viejo afilador se plantaba al pie del árbol y hacía señas al ayudante, para que hiciera descender el hacha. Minjá tocaba suave y delicadamente en el hombro de Jesús y éste se detenía. La herramienta llegaba a las manos de Iddan y, en efecto, no se equivocaba. El filo defectuoso dejaba ver una línea muy fina, casi imperceptible, que reflejaba la luz. Iddan movía la cabeza con disgusto y repetía la misma frase, al tiempo que reclamaba la lima tal o la piedra cual:

—El buen filo, Jasón, como la inteligencia, no debe ser visible…

Yu permanecía buena parte del tiempo junto al árbol-mástil, dirigiendo el transporte de la madera. Cuando era posible, reclamaba a uno o dos trabajadores y se perdía en los robledales, a la búsqueda de ramas mágicas, como él las llamaba. Se trataba de ramas con una curvatura especial, en forma de «U» o de «V», necesarias para la fabricación de los codastes, las piezas ubicadas a popa, en las embarcaciones, y que sujetaban el entablado de dicha zona. Si alguien descubría una de esas ramas, el astillero lo premiaba con un día de jornal y Yu, por su parte, lo consideraba un hombre *kui*.

Trabajábamos de sol a sol. Concluida la limpieza del ramaje, el escalador ataba una de las cuerdas a lo alto del roble o del alepo, y otros *hoteb* la tensaban, preparando así la caída del árbol, como creo haber mencionado con anterioridad. Al descender a tierra los escaladores y ayudantes, entraban en acción los *hoteb* propiamente dichos, con las hachas de doble cuchilla, o las sierras de

uno y dos metros de longitud. Algunos canta[ban al rit]mo de las tronzadoras, o lanzaban gritos y n[ombres de] sus enemigos, o personas no queridas, que ha[cían coin]cidir con el impacto del hacha en el tronco. [Así, a] cada tala, todos sabían de qué pie cojeaba fula[no o men]gano…

Y así discurrieron aquellos días, hasta que lle[gó el lu]nes, 4 de enero…

Pero estoy olvidando algo, y entiendo que im[porta.]

Antes de proceder a la narración de lo suced[ido aquel] atardecer, y de lo que significó en nuestra avent[ura, qui]zá deba hacer alusión a los *kui*, una denominac[ión muy] particular, nacida de la imaginación (?) del *nagg[ar]* del astillero de Nahum.

Cuando concluía la jornada, la cuadrilla, co[mo digo,] retornaba al campamento y se disponía para la [cena y,] sobre todo, para lo que Yu llamaba las «noches *ku[i]»*, el momento esperado por todos, incluidos los co[cineros] de Jaraba.

¿«Noches *kui*»?

Al llegar al Attiq pude oírlo. Los leñadores hab[laban y] hablaban sobre ello. Era uno de los temas obligado[s en la] zona de tala. Reían, gastaban bromas y entraban [en se]rias polémicas.

En definitiva, los *kui* terminaron formando pa[rte de] la vida de aquellos rústicos hombres. Era como u[na li]turgia, sólo imaginable en la tala de invierno, jun[to al] fuego y entre los bosques.

A su manera, en lo más íntimo, cada cual desea[ba] un *kui*. Era una inquietud innata, propia del ser hum[ano,] y que el Hijo del Hombre supo remover admirableme[nte.] Pero trataré de no desviarme…

Llegado el momento, nos acomodábamos alrede[dor] de la hoguera. Los cocineros servían la cena con pri[sa y] en silencio. Se comentaban las incidencias del día, p[ero] las miradas, prácticamente todas, estaban pendien[tes] de Yu. El chino, sin embargo, simulaba no darse cuen[ta.] Y proseguía la conversación con el *hoteb* más cerca[no,] aparentemente ajeno a lo que realmente interesaba. E[n]

Las caras de los hombres me fascinaron más que las historias de Yu. Asentían con las cabezas. Abrían los ojos, asombrados. Alentaban a los héroes. Condenaban a los malvados. Interpelaban a Yu. Reclamaban la clemencia de los cielos, o lloraban, si era menester. Durante una o dos horas, hasta que el fuego se agotaba —ésa era la costumbre—, los *hoteb* del astillero de los Zebedeo se transformaban, volaban con la imaginación, huían del cansino y agrio día a día, y en suma, entraban por la puerta grande de los sueños, el gran tesoro del ser humano. Entiendo que el Maestro lo sabía muy bien; por eso participaba intensamente. Para mí, como digo, el espectáculo era Él...

Naturalmente, dependiendo del cansancio, y del atractivo de las narraciones, los oyentes hacían trampas, o no. Es decir, distraían al orador, y colaban algún tronco que otro, prolongando así el cálido y agradable chisporrotear del fuego. Yu lo sabía, pero no decía nada.

Y arrancaba las historias *kui* con una frase, ya sabida y no menos esperada: «En mis viajes por las tierras interiores y exteriores...»

Sólo algún aullido, más o menos lejano, se atrevía a incomodar aquel sagrado momento en el Attiq.

Jesús se acariciaba la barba, ahora algo más descuidada, y se montaba en el silencio general, tan expectante como el resto.

¿Viajes? Yu casi no había salido de la región del *yam*. Lo más lejos que llegó fue a la costa fenicia, pero eso ¿qué importaba? Era un fabricante de sueños. Abría y cerraba la imaginación, lo único que cuenta, en definitiva. Lo único que nos diferencia del resto de lo creado, al menos de lo conocido...

Nunca supe a qué tierras «exteriores» se refería. En cuanto a las «interiores», con el tiempo, y tras consultar los archivos de «Santa Claus», deduje que hablaba de lo que hoy conocemos como China, y que vivía en su mente, merced a las leyendas y tradiciones transmitidas de generación en generación.

En cuanto a los *kui*, poco fue lo que averigüé. No era un término arameo o hebreo. Era realmente chino y aparecía en textos muy remotos, como el *Shanhai jing* (1). Lo describían como un ser fantástico, similar a una vaca, con una sola pata, luminoso como el sol y la luna juntos, y capaz de hazañas inimaginables. En realidad, Yu terminó adoptando el nombre de la criatura mitológica y lo hizo propio, extendiéndolo a la totalidad de los seres maravillosos y, lo que era más importante, a las cualidades humanas; a lo que definía como *ren* o «calidad humana». Como ya manifesté, Yu era un fiel seguidor de Confucio, aunque también se hallaba muy influido por las viejas corrientes filosóficas del taoísmo. Lo bueno, para el *naggar* de Nahum, era *kui*. La esperanza, la belleza, la imaginación, el territorio de los sueños, los deseos o la naturaleza, en general, eran *kui*. Todos, decía, tenemos el derecho, y la obligación, de ser *kui*. Por eso, poco después, se hizo seguidor del Hijo del Hombre, el «Gran *Kui*», si se me permite la expresión.

—En mis viajes por las tierras interiores y exteriores —prosiguió con placer—, llegué un día a los montes Taixing y Wangceng... Son montañas cien veces más altas que el Attiq... Allí vive un pariente lejano de mi padre, el conde Yu...

Y la parroquia, totalmente crédula, susurraba con admiración.

—...Yu tenía noventa años y aquellos montes, sencillamente, le estorbaban cuando decidía caminar hacia el río Han... Así que convocó una reunión familiar y propuso el traslado de los mismos, piedra a piedra. Todos aceptaron e iniciaron la enojosa tarea: padres, hijos y nietos... Todos cargaban tierra y rocas y las trasladaban en sacos. Y así, un día y otro...

(1) Según el ordenador central, el *Shanhai jing* o *Libro de los montes y mares* fue escrito en tiempo de los Zhou, entre los siglos XI y III antes de Cristo, aunque algunos expertos opinan que pudo ser ordenado algo después, quizá en la dinastía Han. En dicho libro se menciona a los *kui*, unos cuadrúpedos de cuerpo grisáceo, sin cuernos, y con una voz que sonaba como el trueno. Con la piel de los *kui* se fabricaban tambores. Uno de estos seres —asegura la leyenda— llegó a ser ministro de la Música bajo el reinado de Yao y de Shun. Participó en multitud de aventuras, en especial como experto en desbordamientos de ríos. (*N. del m.*)

Los *hoteb* enmudecieron, imaginando la inútil y pesada labor. Jesús tampoco respiraba.

—…Y pasó el tiempo, y uno de los sabios de la comarca, un tal Hequ, llegó a la casa del conde y se rió de él. «Es imposible que lo consigas —manifestó—, ni en todos los años que te queden de vida. ¿No te das cuenta, insensato, de que esos montes tienen más de dieciséis mil codos de altura?»

Algunos de los presentes estuvieron de acuerdo con el sabio. Otros se opusieron. Y Yu continuó:

—Pero el conde replicó: «Y tú, ¿no te das cuenta de que, aunque yo muera, otros proseguirán la tarea? A mis nietos les seguirán los bisnietos y, a éstos, les sucederán otros nietos, que engendrarán más bisnietos. Los montes, sin embargo, no crecerán.»

Hequ, confundido, guardó silencio... Y los dioses, asombrados, enviaron a un *kui* llamado Kuae, con sus dos hijos. Este patriarca movía las rocas con el pensamiento... Así que pudo rebajar las montañas en poco más de un suspiro...

La parroquia jaleó la hazaña del *kui*. Y Yu remató la primera de las historias:

—¿Quién creéis que fue el auténtico *kui*?

Las opiniones se dividieron. Unos defendían al patriarca. Otros se inclinaron por el conde. El Maestro, tan complacido como Yu, miraba a los encendidos participantes y aguardó la respuesta del chino. Entonces, el fiel Kesil, que se hallaba a mi lado, comentó:

—El *kui* eres tú, Yu...

Se hizo el silencio. Aquello era nuevo. Y Yu exigió una explicación.

—Mover montañas con el pensamiento lo hace cualquiera. Convencernos de que eso es posible, y necesario, es lo difícil...

El Maestro y Yu sonrieron con evidente satisfacción. Kesil tenía algo especial. Siempre lo creí. El beso de Jesús, en el basurero de Nahum, fue una señal. El mundo, ahora lo sé, funciona con señales. Dios, el Padre, las proporciona, aunque no las solicitemos. Y Kesil fue una señal en el camino...

Pero sigamos con los *kui*.

Según Yu, todos debíamos vigilar las montañas. Un buen ciudadano, un buen *kui*, sabe leer en ellas. Si el monte «se va», o «desaparece a hurtadillas», algo no va bien en ese reino, algo está a punto de cambiar para mal.

Las palabras del *naggar* tenían un efecto fulminante. A la mañana siguiente, los leñadores observaban las colinas con atención, y suspiraban aliviados. No se habían movido. Y fieles a los consejos de Yu, mimaban la naturaleza, «para que no cambiara de lugar». Éste era el poder de la imaginación...

Después habló de Nüwa, una especie de mujer-pez, la *kui* que salvó al mundo, y al cielo, de la gran inundación.

—En mis viajes por las tierras interiores y exteriores...

Todo se calmó, y hasta las llamas se inclinaron, dóciles y pendientes de Yu.

En ese viaje ficticio, pero maravilloso, el buen chino dijo conocer también el *Shizhou ji* o *Crónicas de los diez continentes*, un texto de la dinastía Han (quizá de la Han anterior) que se remontaba al siglo II antes de Cristo, y que fue atribuido a Dong Fangshuo (1). Yu bebió de este texto prodigioso, o recibió la información de sus ancestros, quién sabe...

La cuestión es que volvió a embelesar al personal.

Nüwa fue la madre por excelencia. Parió setenta veces al día y moldeó a los humanos con barro y hebras de soga. Los ricos y nobles —eso dijo— fueron hechos de arcilla. Por eso se derrumban más fácilmente que los pobres, confeccionados con las hebras de la referida cuerda.

Todos se mostraron de acuerdo. Los pobres son de mejor «fibra». Y rieron como niños. Jesús, el primero...

Pero, además de madre y mujer hermosa, Nüwa fue la salvadora del mundo. Ocurrió cuando la Tierra era alumbrada por diez soles. En esa época vivía Gonggong, lo contrario a un *kui*. Era malvado, porque sólo utilizaba

---

(1) Dong vivió en el período Han, aunque los expertos, en la actualidad, dudan de su paternidad en la redacción del *Shizhou ji*. El texto, de inspiración taoísta, pudo ser elaborado bajo el imperio de los Jin. Personalmente, no estoy conforme con esta segunda posibilidad, ya que Yu conocía dicha mitología. *(N. del m.)*

la razón. No sabía nada de la intuición. Y luchó contra el Dragón de Luz. Pero al ver que no era capaz de derrotar al instinto, embistió contra una montaña y la partió en dos. Ahora la llaman Monte Partido...

Los leñadores enmudecieron. ¿Cómo era posible? ¿Dónde estaban los *kui*? ¡Había que salvar al mundo!

Y el ataque de Gonggong provocó el desastre: los montes se tambalearon y el cielo se inclinó. ¡El firmamento perdió la horizontalidad! ¡Por eso las estrellas se mueven hacia el oeste!

Los *hoteb*, desconcertados, levantaron las cabezas, buscando los luceros fuera de las pieles que hacían de tejadillo. Algunos destellaron y, supongo, le dieron la razón al contador de historias.

¡Bendita ingenuidad!

Pero la mala acción de Gonggong afectó también a la Tierra, que se desplazó, al faltarle una de las esquinas, y se inclinó hacia el sureste. ¡Por eso los ríos y los desiertos —proclamó Yu con solemnidad— corren hacia el sureste! Para Yu, la Tierra seguía siendo cuadrada.

Y los leñadores, alarmados, corearon de nuevo el nombre de *kui*.

Yu reclamó paz. Eso era buena señal...

Fue entonces, en mitad de la gran inundación que provocó la falta de horizontalidad del cielo, cuando apareció Nüwa y, merced a cuatro patas de una tortuga gigante, logró calzar las columnas que sostienen la esfera celeste. Y detuvo el peligro...

La concurrencia no pudo contener la alegría y estalló en vivas. La moraleja llegó de inmediato, en cuanto el chino logró contener a los hombres.

—No lo olvidéis: también hay mujeres *kui*..., aunque no lo parezca.

Y de la mano de los sueños y de la fantasía, Yu hacía el milagro: buena parte de aquellos rudos trabajadores de la madera recordaría para siempre que fue una mujer la que salvó al mundo. Debíamos besar por donde ellas pisaran.

Pero los troncos, finalmente, se agotaban, y nos retirábamos, pensando en la siguiente «noche *kui*».

Y así fue, día tras día...

Recuerdo, por ejemplo, la historia de Kuafu, deslumbrado por la belleza del sol. Este *kui* cometió un grave error. Quiso capturar al sol y lo persiguió sin descanso. Al llegar a sus proximidades, experimentó tanta sed que tuvo que detener la persecución y se bebió el río Amarillo. Pero la sed no desapareció y se bebió también el río Wei. Cuando se dirigía al Gran Lago para bebérselo, cayó muerto. Los dioses lo perdonaron y lo transformaron en un bosque de melocotoneros, en el que nunca entra el sol...

Yu, entonces, alertaba a sus hombres: «Perseguid lo pequeño; mejor dicho, lo aparentemente pequeño. Un buen *kui* es pequeño, se sabe pequeño y se contenta con lo pequeño. Por eso, un *kui* es más feliz que un "no *kui*". Si alguna vez tenéis la mala fortuna de poseer la verdad —afirmaba—, huid de ella, porque os dejará sedientos...»

Los hombres, lógicamente, no comprendían. El Maestro, sin embargo, sonreía y su rostro se iluminaba. A veces intercambiábamos una mirada de complicidad. Yo lo sabía: Él estaba deseoso de inaugurar su hora, pero debía contenerse. No era el momento. Y, sin querer, este explorador volaba hacia el Jordán, e imaginaba a Yehohanan, tan lejos de aquellas sabias palabras. ¿Por qué los evangelistas no prestaron atención a estos hombres, digamos, de «segundo orden» en la vida de Jesús de Nazaret? Aprendí más con Yu, el chino, que con los doce, los íntimos del Galileo...

Y Kesil puso los puntos sobre las íes, una vez más:

—Un buen *kui* —susurró— es pequeño, justamente, porque es grande...

En otra oportunidad, Yu habló del «Ave Negra» y contó la historia de la fundación de la dinastía Shang, una de las más antiguas e inquietantes de la China milenaria (se conjetura que fue fundada hacia el siglo XVII antes de nuestra era). Habló de «dragones circulares» que bajaron del cielo, y de los dioses de ojos rasgados que los montaban, y que se cruzaron con los humanos. Pero tenían que fundar una dinastía real, un auténtico descendiente del cielo, y los dioses que gobernaban los «dragones como ruedas» fueron a elegir a una virgen llamada Jiandi. Entonces, el «Ave Negra» voló sobre ella y dejó caer un huevo. Jiandi lo tragó sin masticar y quedó embarazada. Así nació Xie, el primero de los emperadores de la casa de los Shang. Los «dragones circulares», según Yu, lucían una extraña letra en la panza. Y Yu la dibujó: una especie de «H», con un trazo en el centro. Esa letra, dijo, representaba la «ley del cielo». Era el símbolo de la divinidad y de a realeza. De ser cierta la historia, los hechos pudieron ocurrir hacía casi 1800 años (3800 desde nuestro «ahora»).

¿Dragones en forma de ruedas? ¿Dioses que dejaban embarazadas a doncellas? ¿Dónde había oído algo parecido?

Y en los deliciosos e inagotables viajes por las «tierras exteriores e interiores», Yu dibujaba toda suerte de criaturas. Así supimos de los animales *yu*, y de los «flechadores», y hasta de cuarenta y cinco tipos diferentes de hombres. La desbordante fantasía (?) del *naggar* nos tenía cautivos...

Los animales *yu*, por ejemplo, eran zorros diminutos, que cabían en una mano, y que escupían arena. Si uno, en sus viajes, tenía la mala fortuna de tropezar con un zorro *yu*, adiós a la vida...

Los «flechadores», por su parte, eran insectos que disparaban flechas, pero siempre sobre la sombra del hombre o de la mujer. Si el «flechador» acertaba, la parte del cuerpo correspondiente a la sombra «herida» sanaba o enfermaba automáticamente (1).

Al día siguiente, como es natural, la cuadrilla de Yu caminaba por los bosques con pies de plomo, pendiente de los supuestos zorros y de los no menos traidores «flechadores». Y a más de uno se le oía gritar en sueños, solicitando clemencia...

(1) Unos tres siglos después de Yu, el carpintero jefe del astillero de Nahum, un escritor chino —Zhang Hua— hizo alusión al *juesou*, una curiosa variedad de insecto que se comportaba de forma parecida al «flechador», supuestamente inventado por la mitología china. En su obra *Relación de las cosas del mundo*, Zhang Hua aseguraba que dicho insecto orinaba sobre la sombra de un hombre, provocando la ulceración de la parte del cuerpo que correspondía a la de la sombra. Es de suponer que Zhang bebió en las mismas o parecidas fuentes que Yu. *(N. del m.)*

Y Yu se extendió en las descripciones de los hombres de las tierras exteriores. Recuerdo a los que carecían de eco, también llamados los hombres «Sin Fin», porque sus palabras nunca regresaban. Y al país de los «Perros con Merced», con crines de seda blanca y ojos de oro. Quien lograba cabalgar uno de ellos vivía mil años. Y a los hombres «Xiaoyang», caníbales, que jamás llegan a comerse a nadie porque, nada más abrir la enorme boca, se ríen, y la risa los mata. Y a los hombres «Cansados», al norte, que sólo viven un minuto. Y a los hombres «Hormigo», que nacen con los talones invertidos, haciendo creer a sus enemigos que van en una dirección cuando, en realidad, caminan en la contraria. Y a los hombres «Sí», los más caballerosos, porque sus lenguas no saben decir «no». Es el único país en el que nadie discute. Y a los «Comedores de Aire» y a los que «Caminan en Fila» y a los hombres que habitan el país de los «Árboles con Agujeros» y a los hombres de las «Cabezas Transparentes», que no pueden ocultar los pensamientos, y, cómo no, recuerdo las islas de los «Inmortales», donde todo es necesariamente blanco...

Y así, como digo, hasta cuarenta y cinco clases de seres humanos.

Todo era válido para Yu a la hora de ejercitar la imaginación. Creía en los sueños, como el mejor antídoto contra la oscuridad y la desesperanza. «El hombre que sueña —decía— ya ha vencido.»

Fueron días felices, a pesar de todo.

En ocasiones, según la temática a desplegar, el chino requería el concurso de las sierras de talar, e improvisaba una asombrosa «orquesta». Tres o cuatro de los *hoteb* —Iddan, el afilador, era uno de ellos— apoyaban uno de los extremos de las tronzadoras en el suelo y las mantenían en vertical. Bastaba una rama, o mejor aún, una lima, para golpear una de las caras y, doblando las hojas en un determinado ángulo, obtener un sonido largo y melodioso, que embrujaba al bosque y a cuantos participábamos en la «noche *kui*». La magia de Yu se montaba entonces en la música y nos visitaba con especial fuerza. El final siempre era el mismo: con lágrimas en los ojos, los leñadores entonaban un viejo cántico: «Mirad cuán bella y deliciosa es la convivencia de hermanos... Como el rocío del Hermón que cae sobre las montañas...»

El Maestro se unía al coro y alzaba su voz grave, rotunda y acariciadora, proporcionando alas al referido salmo 133. Yu, respetuoso, se mantenía en silencio, con los dedos entrelazados sobre el corazón. Yu no practicaba la religión judía.

Sí, fueron días felices. Yo la amaba y la veía cada vez que me asomaba a las estrellas.

Pero empezó a nevar...

Fue el jueves, día 3, poco antes de la puesta de sol. Yu y su gente miraban al cielo con preocupación. Para colmo, el mango de una de las hachas de doble cuchilla se partió en plena faena, y poco faltó para que el *hoteb* resultara lastimado. Mal presagio, según los supersticiosos trabajadores. Iddan, mi jefe, era uno de los más nerviosos. «La nieve no es buena para la tala —murmuraba entre dientes—. La nieve está avisando...»

Y los trabajos, efectivamente, empezaron a complicarse.

El viernes, 4, siguió nevando, y con mayor intensidad. La senda que unía la zona de tala con el *mahaneh* se borró, y a eso del mediodía, coincidiendo con el habitual alto para reponer fuerzas, Yu se reunió con la cuadrilla y analizó la situación. Los copos, grandes y densos, caían con tal intensidad que no era fácil ver más allá de dos o tres metros. Era difícil ascender por los troncos y, más ardua aún, la labor de descopado, y el posterior talado del árbol.

Todos se mostraron de acuerdo. Tenían madera suficiente para proseguir en el astillero durante seis meses. No convenía tentar a la suerte. Debían levantar el campamento y trasladar los troncos a Nahum. Si el mal tiempo se hacía crónico, los pasos hacia Jaraba podían cerrarse. En ese caso, el negocio sería ruinoso para todos...

Yu tomó la decisión final: partiríamos a la mañana siguiente.

Y el resto de la jornada, aunque con dificultad, fue dedicado al remate de los tres o cuatro árboles que se hallaban medio desramados. Uno de esos robles —el Destino quiso que no fuese excesivamente alto— estaba siendo trabajado por Jesús y el joven Minjá...

El Maestro ya había amarrado la soga a lo alto del madero y se afanaba en el corte del ramaje, auxiliado por la cuerda que rodeaba su cintura y con los pies firmemente anclados en la rugosa corteza del árbol. Lo observé de reojo en varias oportunidades. Lo vi luchar con el hacha contra la cortina de nieve. No sé por qué, pero no me gustó...

Algo más arriba, encaramado en una de las ramas, medio divisé al muchacho que ayudaba al Galileo. Los copos lo mantenían inmóvil, como hipnotizado.

Presentí algo...

Entonces, a eso de la «nona» (hacia las tres de la tarde), oímos un grito. Más que un grito, un lamento desgarrador...

Al principio, con la nieve cerrándonos el paso, no supe dónde mirar.

Después, silencio.

Y, al momento, oí la voz del Maestro. Todos corrimos hacia el roble. Solicitaba ayuda.

Cuando levanté los ojos, quedé aterrado.

Minjá colgaba en el vacío. Su mano izquierda aparecía aferrada a los cabellos de Jesús, forzando e inclinando la cabeza del Maestro. El Galileo sujetaba al ayudante por una de las mangas del *sarbal*. El hacha había caído sobre la nieve.

Y al ver las intensas convulsiones de Minjá, creí entender.

Las extremidades, el tronco y la cabeza se agitaban violentamente, haciendo muy difícil la sujeción del cuerpo por parte de Jesús.

Minjá estaba sufriendo las contracciones de los músculos en lo que, aparentemente, parecía un ataque de epilepsia.

Era la primera noticia sobre dicho «gran mal».

Algunos de los *hoteb* dispusieron cuerdas alrededor de sus cinturas y se apresuraron a escalar el roble. Fue inútil. Cuando se hallaban a medio camino, el descontrol muscular de Minjá fue máximo y el «buzo» se escurrió de entre los dedos de la mano derecha del Hijo del Hombre. Oímos un lamento, y el ayudante se precipitó desde ocho o diez metros de altura, impactando en el manto de nieve. Jesús quedó en lo alto, con un gesto de dolor. No pudo contener al jovencito.

Iddan, el afilador, que estaba al tanto de la dolencia, se abrió paso entre los desolados *hoteb* y exigió calma. Minjá se retorcía en la nieve, con los ojos en blanco y una abundante salivación. Eliseo trató de sujetarlo, pero Iddan lo hizo desistir. Buscó una pequeña rama y la situó entre los dientes, evitando que el epiléptico se mordiera la lengua. Fueron dos o tres minutos eternos. El afilador, sabiamente, aflojó el cordón que cerraba el *sarbal* y se limitó a retirar de las proximidades cualquier objeto que pudiera haberlo lastimado. Poco pude hacer. Iddan lo hizo todo.

La crisis amainó y el afilador, inquieto, limpió el rostro del joven e intentó situarlo en una posición lateral, más segura.

La nieve caía, implacable. Todos nos hicimos a un lado, permitiendo que Iddan hiciera su trabajo lo más cómodamente posible. Todos menos Eliseo, que siguió junto a Minjá.

¿Cómo no me di cuenta?

Al tratar de mover el cuerpo, el ayudante de Jesús gimió. Iddan tenía razón al mostrarse inquieto. Superadas las convulsiones, el epiléptico debería haber entrado en un período «poscrítico», dominado generalmente por el sueño.

¡Estúpido! ¡Fui un perfecto estúpido!

El afilador retiró parte del «buzo». Eliseo lo ayudó. Minjá siguió lamentándose...

Entonces vi al Maestro. Había descendido del roble y se mantuvo a nuestro lado, en silencio. La nieve y la tristeza lo cubrían...

El afilador no tardó en averiguar el porqué de los gemidos del muchacho. El antebrazo izquierdo se había fracturado, muy posiblemente en la caída. Palpó la zona y verificó que se trataba de una rotura cerrada, sin herida. Uno de los *hoteb*, siguiendo las orientaciones del viejo, preparó ramas e Iddan entablilló el brazo y lo inmovilizó. Después fabricaron unas angarillas con ramas y cuerdas, y Minjá fue trasladado al campamento. Eliseo fue uno de los que cargaron con el rudimentario armazón.

Cuando Yu, avisado, hizo acto de presencia en el lugar del accidente, el epiléptico ya había sido evacuado al *mahaneh*.

Yu no lo dudó. La nieve hacía imposible la tala. Y ordenó el cese del trabajo. Todos regresaron al campamento, excepción hecha del Hijo del Hombre, y de quien esto escribe...

Jesús, sentado al pie de uno de los árboles, parecía ausente. La nieve, detenida en los cabellos, en la barba, y en el *sarbal*, empezaba a cubrirlo. Me alarmé. ¿Qué le sucedía?

Permanecí unos minutos en silencio, sin saber qué hacer, ni qué decir. Jesús no parpadeaba. Como digo, tenía la mirada perdida. Hacía mucho que no lo veía así, conquistado por la tristeza. E imaginé que pensaba en su joven ayudante, oscilando en el vacío, agarrado a sus cabellos, y sostenido con dificultad por la mano del Maestro. Era obvio que no pudo evitar la caída de Minjá. Las convulsiones fueron muy severas...

Ahora, al saber lo que sé, al descubrir lo que descubrí, ya no estoy seguro. Ahora no sé en qué pensaba realmente el Hijo del Hombre mientras permaneció bajo la nieve. Era muy fácil olvidar su condición de Hombre-Dios...

Supongo que fue mi presencia, frente a Él, lo que lo hizo reaccionar. Alzó la vista y, al reconocerme, sonrió con cierta amargura. Después, mientras descendía a la realidad, la sonrisa se hizo más limpia. Y volvió a ser Él.

Se sacudió la nieve y exclamó:

—¡Vamos, *mal'ak*!... ¡Ab-bā sabe!

Y me animó a seguirlo hacia el campamento.

Las súbitas palabras del Galileo me dejaron pensativo. ¿Qué quiso expresar?

«¡Vamos, mensajero!... ¡El Padre sabe!»

Entonces, como digo, no supe leer entre líneas...

Minjá fue acomodado en una de las tiendas y Yu le suministró un brebaje que llamaban «perejil lobuno». Por los ingredientes deduje que se trataba de un sedante, con la *Conium maculatum* como base fundamental. El chino no estaba equivocado a la hora de suministrar la cicuta. Esta planta, entre otros principios, contiene un alcaloide llamado coniína, que actúa como sedante frente a los espasmos nerviosos (1).

Y el muchacho, efectivamente, entró en un sueño profundo.

Kesil y algunos de los leñadores discutieron sobre la «posesión» que padecía Minjá. Todos estuvieron de acuerdo: un espíritu inmundo entraba en su cuerpo y «lo apaleaba».

El Maestro, más tranquilo, escuchaba en silencio, sin intervenir. Y de la supuesta «posesión demoníaca» pasaron a los «remedios» que debía recibir todo sospechoso de epilepsia. Lo más recomendable —dijeron— eran las crías de cuervos, sin plumas y calcinadas. La ceniza, rociada en la comida, espantaba a los malos espíritus. Otros defendían las cenizas de placenta de cerda, igualmente suministradas con el alimento.

Jesús y yo cruzamos más de una mirada. Entendí que no había llegado su hora, y prosiguió con la cena.

Curioso Destino...

Algún tiempo después, cuando el Hijo del Hombre se hallaba en plena vida pública, o de predicación, el joven Minjá volvería a ser el centro de atracción, y por razones parecidas a las de aquel viernes, 4 de enero (2). Pero trataré de ajustarme a los hechos, tal y como me tocó vivirlos...

(1) Las convulsiones provocadas por el «gran mal», o epilepsia, no son otra cosa que descargas incontroladas de las neuronas, responsables de los movimientos musculares. Generalmente, el origen de tales crisis convulsivas se encuentra en alguna lesión cerebral, que provoca una especie de «cortocircuito» en las redes neuronales. *(N. del m.)*

(2) Entiendo que, aun saltándome mis propias normas a la hora de escribir este apresurado diario, es bueno que el hipotético lector tenga conocimiento de un hecho que se registraría meses más tarde. Por una razón que explicaré en su momento, quien esto escribe tuvo la feliz iniciativa de suministrar los «nemos» a Minjá. Fue así como comprobé que la epilepsia era idiopática (de origen desconocido) y debida a una lesión en la porción medial del lóbulo temporal, resultado, quizá, de un traumatismo durante el parto. *(N. del m.)*

Eliseo desapareció. Cuando ingresamos en el *maha-neh*, se había retirado a su tienda. No cenó. Nuestra relación seguía empeorando. Casi no hablábamos. Así que envié a Kesil a que le preguntara. El fiel criado, consciente del distanciamiento entre los dos amigos, lo hizo tan puntual como entristecido. Y retornó sin respuesta alguna. El ingeniero dormía, o fingía que dormía...

¿Cómo no me di cuenta? Algo tramaba, en efecto...

La nevada cesó, pero la «noche *kui*», en esta oportunidad, fue más breve. Todos estábamos preocupados por el joven ayudante...

Al día siguiente, sábado, con las primeras luces, levantamos el campamento y emprendimos el camino de regreso a Nahum. Minjá se hallaba repuesto y, con el brazo en cabestrillo, colaboró en lo que pudo. En Jaraba, Kol, el dueño de «todo», recibió el importe de los alquileres de las tiendas y demás utensilios, y la cuadrilla se deshizo de los «buzos». Y el Maestro volvió a vestir su habitual túnica blanca de lana, sin costuras, de amplias mangas, y sujeta, en la cintura, por una doble cuerda de fibra de lino. Fue en ese obligado trasiego de ropa, mientras los leñadores devolvían cada *sarbal* al propietario del colmado, cuando se produjo un hecho que, en un primer momento, me extrañó, pero al que tampoco concedí demasiada importancia. Sin mediar una sola palabra, Eliseo se hizo con la «vara de Moisés». No pregunté. Como digo, tampoco era extraño que él se responsabilizara del cayado. Lo había utilizado en algunas oportunidades. Además, no nos hablábamos.

Y descendimos hacia la senda que conducía al *yam*. La temperatura se hizo más agradable, y los corazones se alegraron conforme nos aproximamos a Nahum.

Jesús marchaba en el grupo de cabeza, con Yu. Y quien esto escribe, pendiente del Maestro, hizo el camino prácticamente pegado a la sombra del Hijo del Hombre. Kesil quedó rezagado, acompañando a Eliseo.

Supongo que fue un error de este explorador, pero ¿quién podía suponerlo?

La cuestión es que, hacia la hora «sexta» (mediodía), cruzamos bajo la triple puerta de Nahum y cada cual se retiró a su hogar. No tuve la precaución de mirar atrás y proseguí por la calle principal, el *cardo maximus*, hasta la ínsula. El Maestro se alejó hacia la «casa de las flores». Nos veríamos al día siguiente, en el astillero.

Al poco vi llegar a Kesil. Caminaba en compañía de Minjá. Al preguntar por Eliseo, la respuesta me dejó confuso:

—Me ha dicho que te diga que ha vuelto a casa...

Era la forma de expresar que, uno de los dos, o ambos, debíamos ingresar en el módulo. Pensé en la rutinaria inspección semanal. Pero algo no me gustó. ¿Por qué ascendió con el cayado?

Kesil, que había oído la expresión «vamos a casa» en más de una oportunidad, no resistió la tentación y preguntó:

—¿A qué casa se refiere? ¿Tenéis otra? ¿En qué lugar?

Salí del apuro como pude, y cometí un error. Hablé de una casita de recreo, y la ubiqué en el camino a Maghar. Ése fue el error. Kesil era muy inteligente...

En la ínsula, todo seguía su ritmo habitual. Acompañamos al joven Minjá a su vivienda, en la habitación «46», y lo encomendamos al cuidado de su familia. Esta vez, el cielo me iluminó...

No sé por qué razón, pero me interesé por los antecedentes —digamos «demoníacos»— del muchacho. La familia no aportó mucha información, pero confirmó las sospechas: las convulsiones aparecieron cuando tenía dos años, y cada vez eran más frecuentes. «La ira de Yavé —dijeron— es justa: nuestros pecados son muchos...»

Le suministré un analgésico (ibuprofeno) y una dosis mínima de difenilhidantoína (300 miligramos), con el fin de apaciguarlo. En esos momentos estimé que la fenitoína no alteraba, para nada, la normal evolución de la patología. No me equivoqué. Como dije, al explorar el cerebro con los «nemos», descubrí una microlesión, incurable, que provocaba las referidas descargas en las neuronas encefálicas. Y rogué al padre y a la madre que me mantuvieran informado sobre las nuevas «posesiones» e, igualmente, sobre el comportamiento de Minjá durante el sueño (1).

Este seguimiento del joven epiléptico resultaría de especial interés, de cara a uno de los sucesos más espectaculares que nos tocó vivir en esta aventura. Mejor dicho, que le tocó vivir a Eliseo...

Y fue así, en este contacto con la familia de Minjá, cuando recibí las primeras noticias sobre la reciente reunión, esa misma mañana del sábado, del consejo local o *zqny h'yr* (2) de Nahum. El padre del muchacho era un asalariado de Nitay ben Jolí, el sacerdote y limosnero de la sinagoga. Sabía de mis viajes e interés por Yehohanan, el supuesto profeta del Jordán. En realidad, tras el incidente del «encanecimiento súbito», toda la ínsula estuvo al corriente de mi «devoción» por el Anunciador, y de mis desplazamientos a los lugares en los que predicaba y en los que efectuaba las ceremonias de inmersión en el agua. El asunto, al parecer, era importante. El tal Yehohanan —según la versión del padre de Minjá— seguía avanzando río arriba, en dirección al *yam* y, presumiblemente, hacia Nahum. Las noticias sobre el gigante de las siete trenzas llegaban regularmente al lago, pero, en esta ocasión, según mi confidente, las cosas eran distintas. Yehohanan arrastraba consigo una multitud de curiosos, devotos y fanáticos que demandaban «orden, libertad y arrepentimiento». No me extrañó. Yehohanan lo manifestó en más de una ocasión: si era preciso, caminaría hasta Nahum, la ciudad de Jesús, y le imploraría...

(1) Como ya cité en otro momento de este diario, los llamados episodios «ictales» son frecuentes en los sueños de los epilépticos. Son comportamientos violentos, acompañados de gritos, muecas y saltos bruscos. En ocasiones se los ve amenazar con el puño o señalar con el dedo. Otros individuos —no necesariamente epilépticos— reaccionan de la misma forma durante los períodos de ensoñación. *(N. del m.)*

(2) En aquel tiempo, una de las distinciones entre ciudad *(yr)* y aldea *(hsr o kpr)* la constituía el hecho de que las primeras estuvieran amuralladas y dispusieran de un consejo local con más de siete representantes. Eran los consejos de ancianos, las fuerzas vivas de la población, autorizados a administrar justicia menor (robos, agresiones, determinación de la luna nueva, pleitos relacionados con el dinero, etc.). Se reunían los lunes y jueves (días de mercado), siempre bajo la autoridad del responsable de la sinagoga, si lo había. *(N. del m.)*

Me eché a temblar. ¿Qué sucedería si el Anunciador cumplía sus advertencias?

Pero ¿cómo sabía el padre del epiléptico que las intenciones de Yehohanan eran las de presentarse en Nahum?

Agradecido, supongo, por las atenciones hacia su hijo, el hombre nos reveló lo que consideró un secreto, oído por él en la sede de la sinagoga, durante el consejo local. En dicha sesión, en la que participaron, entre otros, Yehudá ben Jolí, el archisinagogo y hermano de Nitay, el «saco de sebo», según sus enemigos, el ya citado limosnero y Tarfón, el *hazán* o «sacristán», y hombre de confianza de Yehudá, salió a relucir el nombre de Jesús...

Quedé perplejo.

Según el padre de Minjá, alguien, entre los discípulos del Anunciador, había deslizado el nombre del Maestro «como el futuro Mesías». El consejo estaba al tanto, incluso, de algunas de las manifestaciones hechas por Yehohanan a sus íntimos: «Pronto aparecerá otro más grande que yo, del que no soy digno de desatar las correas de sus sandalias. Yo invito al arrepentimiento y os sumerjo en agua, pero Él es el enviado del Espíritu. Él trae la horca y vareará el grano... Y la paja será consumida en el fuego y en la ira de Yavé.»

No cabía la menor duda. Era el estilo de Yehohanan.

Y supuse que era inevitable. Tarde o temprano, el nombre del Maestro hubiera salido a la luz.

La situación se me antojó delicada. Aquello tampoco estaba previsto. Yehohanan, al parecer, se había cansado de esperar y se dirigía, decidido, hacia la población en la que residía su pariente lejano y, según él, futuro «rompedor de dientes» y líder soberano de la nación.

El consejo local de Nahum se hallaba tan desconcertado que mandó llamar a Jesús. Al no encontrarlo, fue la Señora y Santiago, el hermano del Galileo, quienes se presentaron en la sinagoga. Todo esto acababa de suceder.

Naturalmente, la familia del Maestro no estaba al tanto de las palabras de Yehohanan, y, mucho menos, de sus intenciones de reunirse con el Hijo del Hombre. Y María y su hijo, prudentes, dijeron no saber nada. El Maestro seguía en las colinas del Attiq, según la mujer...

Increíble Destino.

En esos momentos, mientras María y Santiago declaraban ante el consejo local, Jesús y el resto de los trabajadores descendían de los bosques de la Gaulanitis, empujados, en cierto modo, por toda una cadena de «coincidencias» (!).

Pero había más...

El consejo recibió también la noticia sobre la «milagrosa sanación» de un niño de Nahum. La portentosa curación, según los discípulos y seguidores de Yehohanan, tuvo lugar en los lagos de Enaván, cerca de Salem. Y el consejo inició la búsqueda de ese niño...

Imaginé que los rumores se referían al pequeño que padecía la paraplejia inferior o crural, que le provocaba la parálisis de las piernas, y que este explorador tuvo la oportunidad de contemplar durante una de las estancias en los *te'omin* o cascadas gemelas. Si no recordaba mal, Yehohanan no curó al niño. Todo lo contrario. Al tomarlo en brazos e introducirlo bajo uno de los chorros de agua, la fría, la criatura empeoró (1). Cuando me despedí de aquella familia, las piernas del pequeño continuaban desmayadas, y era presa de la fiebre...

No hice mención de lo vivido por quien esto escribe. Si el consejo localizaba a la referida familia, comprendería, de inmediato, que la sanación era un fraude.

Interrogué al padre de Minjá sobre las intenciones del consejo respecto a Jesús. La respuesta me tranquilizó, relativamente. La mayoría de los «notables» se mostró cauta. No era bueno inquietar al pueblo, y desestabilizar a una familia —la de Jesús—, si no se disponía de pruebas firmes. Lo que manejaban eran rumores. Convenía asegurarse. Y en esa misma sesión extraordinaria, los hermanos Ben Jolí sometieron el tema a votación. El resultado fue unánime: nombrarían una comisión que viajaría al río Jordán e indagaría sobre los objetivos de Yehohanan.

La reunión concluyó con el segundo y último punto del orden del día: la aceptación de la «luna nueva», de

(1) Amplia información en *Nahum. Caballo de Troya 7. (N. del a.)*

acuerdo con las noticias llegadas, colina a colina, desde la Ciudad Santa. Era la forma de dar reconocimiento oficial al nuevo mes. Dos o tres días antes del inicio de la citada fase lunar, los sacerdotes del Templo convocaban a los posibles testigos de dicha «luna nueva». La mayoría vivía de esto. Si el Sanedrín los reputaba como hombres honorables, además de la comida y el alojamiento gratis en Jerusalén, los observadores de la luna nueva recibían unos denarios, a cuenta del tesoro público. Los sacerdotes los interrogaban minuciosamente, interesándose por toda clase de detalles: ancho del creciente lunar, lugar desde el que lo habían observado, altura sobre el horizonte, etc. Si el tribunal aprobaba los testimonios, utilizaba la fórmula «¡Es sagrada!», y la luna nueva era oficial. Acto seguido se encendían hogueras en el monte de los Olivos y se transmitía la «aceptación del nuevo mes». En cuestión de horas, las señales luminosas recorrían Israel, y llegaban más allá del Jordán. Era el *Rosh Jodesh* o primer día del mes. De estos cálculos dependía la ubicación de las fiestas más solemnes, en especial la Pascua, en el mes de *nisán;* Pentecostés o *Shavuot;* las Tiendas o *Succot;* el Día del Perdón y el Año Nuevo, en el mes de *Tišri;* la Dedicación o *Janucá* y *Purim,* en el mes de *Adar.* Por elementales medidas de seguridad, para no ser objeto de burla por parte de sus enemigos, en esas siete ocasiones, los judíos, además de encender las hogueras, enviaban mensajeros a las ciudades y anunciaban la «luna nueva» (1).

(1) Era igualmente tradicional que los paganos, o judíos descontentos, encendieran hogueras antes de que el Sanedrín declarase, oficialmente, la «luna nueva», provocando así el desconcierto entre los muy religiosos. La verdad es que el pueblo sencillo no se guiaba por estos cálculos. La confusión, en el asunto del cómputo de los días y de los meses, era tal que nadie con un mínimo de sentido común se regía por lo que hoy denominamos «calendario». De hecho, no existía. Peor aún: desde el año 50 antes de nuestra era, los romanos disponían de su propio sistema de cómputo (Sosígenes, responsable del cambio, se inclinó por el calendario solar e introdujo los años bisiestos). Los judíos, por su parte, no todos, se habían ajustado al año lunar, que sumaba 354 días, 8 horas, 48 minutos y 38 segundos. Esto modificó la naturaleza íntima del año y se dio el caso de que las primicias de la cebada, a presentar a Yavé en el mes de *nisán* (marzo-abril), se registraron en pleno invierno. Para evitar estas situaciones, los sabios terminaron por intercalar un mes adicional al que llamaban *Ve-Adar,* entre el duodécimo y el primero.

Nosotros, durante la operación, hicimos caso omiso de estos cálculos y, por razones prácticas, contabilizamos los días tal y como aparecen en el presente diario. De eso se ocupó «Santa Claus»...

Solicité de Kesil que indagara sobre lo oído en la habitación «46». Todo aquello, insisto, me dejó intranquilo. Los acontecimientos habían empezado a precipitarse antes de lo imaginado. Nada de esto aparece en los textos evangélicos...

¿Qué sucedería si la comisión designada por el consejo local averiguaba que Jesús, en efecto, se hallaba en el centro de los pensamientos del Anunciador?

Fui incapaz de intuir siquiera lo que nos deparaba el Destino e, instintivamente, fui a asomarme a la ventana

---

El año sabático no podía ser bisiesto. Teniendo en cuenta que el mes hebreo tenía una duración media de 29 días, 12 horas, 44 minutos y 33,3 segundos, era precisa la intercalación de siete meses en cada período de diecinueve años. Para colmo, el Año Nuevo civil no coincidía con el religioso. Los judíos celebraban el Nuevo Año o Rosh Hashaná hacia el primero de *tišri* (septiembre) y el eclesiástico en el *nisán*. Los samaritanos y los esenios no respetaban la iniciativa del *Ve-Adar*, e intercalaban los días necesarios cuando lo estimaban conveniente (de hecho, los esenios continuaban con el año solar). Algunos de los tetrarcas herodianos, caso de Filipo y la reina Berenice, se regían por los calendarios macedonios, importados por Alejandro el Grande, y que seguían en vigor en la Decápolis y en otras poblaciones paganas. Eran meses lunares, con uno intercalar, pero diferentes de los establecidos por el Sanedrín. Este calendario grecomacedonio era distinto, a su vez, según lo manejaran los sirios o los egipcios. Se daba el caso de ciudades, como Bet-She'an, en la que convivían cuatro y cinco cómputos: romano, judío, griego, sirio y egipcio, entre los más frecuentes. A esta notable confusión había que sumar los «calendarios» fabricados por los judíos radicales. Los zelotas y nacionalistas rabiosos contaban sus días desde el 142 antes de Cristo, fecha de la gran revuelta del Macabeo. Otros, liberados por Pompeyo, contaban desde el 63 a. J.C. Respecto a los ortodoxos judíos, la mayoría aceptaba el año 3761 (antes de nuestra era) como el comienzo del mundo, creado por Yavé. Fue a partir de esa fecha —según los sabios— cuando el ángel Uriel enseñó a Henoc las «tablillas del cielo» y empezó la cuenta de los días. Según estos cálculos, en 1973, el mundo tenía 5.734 años (hoy sabemos que la Tierra tiene algo más de 4.500 millones de años de antigüedad, y el universo conocido (?), alrededor de 15.000. 300.000 años desde el célebre y discutido Big Bang). Hasta no hace mucho, el mundo civilizado (?) consideraba que el hombre fue creado en el año 4004 a. J.C. (véase *Anales del Antiguo y Nuevo Testamento*, del clérigo irlandés y arzobispo de Ussher, 1650). En cuanto a los fósiles, los doctores de la Ley sentenciaron que se trataba de los restos de animales que se ahogaron en el diluvio. Naturalmente, nadie estaba en condiciones de rebatirlo. *(N. del m.)*

que daba al sur, sobre el *cardo* y la «casa de las flores». Kesil abandonó la habitación «41» y prometió regresar con noticias. Y allí quedó quien esto escribe, sumido en un laberinto de dudas: ¿me preparaba para acompañar a la comisión al valle del Jordán? ¿Cómo reaccionaría el imprevisible Yehohanan cuando fuera interrogado por los representantes de Nahum? El instinto me decía que tenía que estar allí...

Pero no debía hacerlo mientras Eliseo siguiera en el Ravid. Además, carecía del cayado. Un viaje así exigía un mínimo de seguridad. Según los rumores, el Anunciador y su grupo, en esos momentos, se hallaban en las cercanías de la ciudad de Pella, en la Decápolis. Eso representaba alrededor de 30 o 35 kilómetros, a contar desde la costa sur del *yam*. En otras palabras: una jornada a pie, o una mañana si optaba por contratar uno de los carros en la base de aprovisionamiento de los «trece hermanos», en las cercanías de Bet Yeraj. En principio, una marcha sencilla...

Y lo más importante: ¿cómo respondería el Maestro cuando tuviera conocimiento de lo parlamentado en la sinagoga? ¿Aceptaría lo filtrado por los íntimos de su primo lejano? ¿Se manifestaría conforme con el título de Mesías? ¿Y su familia? ¿Cómo reaccionaría la Señora?

Fue desconcertante, una vez más.

El Destino me proporcionó las respuestas adecuadas, de forma inmediata, y con su peculiar «estilo»...

Y en ello estaba, evaluando el viaje al Jordán, cuando la vi aparecer en el patio de la «casa de las flores».

El corazón me abandonó...

¡Ma'ch!

Detrás, llegó el Maestro. Se situó cerca del granado y procedió a lavarse en uno de los grandes barreños de barro. Ruth lo atendía.

¡Dios mío, cómo la amaba!

Y, súbitamente, se unió a ellos María, la Señora. La vi dirigirse a Jesús, pero, dada la distancia, no alcancé a distinguir las palabras. Ruth miró a su madre, pero no dijo nada. En cuanto al Galileo, siguió con el agua, aseando el poderoso tórax. Tampoco le vi abrir la boca.

Y la Señora, gesticulando con fuerza, levantó los brazos hacia el cielo, y señalando el portalón de entrada, continuó interpelando a su Hijo. Eso fue lo que deduje, y no me equivoqué.

Pero Jesús no replicó.

Ruth hizo ademán de calmar a la madre, pero la Señora, visiblemente alterada, la ignoró y prosiguió con las demandas.

El tono de voz se elevó y algo oí:

—¡Debería darte vergüenza!... ¡Él está al llegar...!

¿Se refería a Yehohanan? Eso parecía. Era evidente que la temperamental María estaba solicitando una explicación a su primogénito. La comparecencia ante el consejo local la había inquietado.

El Maestro, sin embargo, no abrió los labios. Tomó el lienzo que sostenía la hermana y se secó despacio, con los ojos bajos.

La Señora, cada vez más irritada, se plantó muy cerca de Jesús, y lo conminó a que diera la cara.

Ruth rompió a llorar y escapó a la carrera hacia la estancia más cercana. El Maestro la siguió, y la Señora, furiosa, murmuró algo...

En esos instantes, como si alguien le hubiera advertido, alzó la vista hacia la ínsula y me descubrió.

Creí morir de vergüenza...

Me retiré a un rincón, y allí permanecí, acobardado, como si el mundo acabara de desplomarse.

Poco a poco recuperé la serenidad. ¿De qué me ocultaba? ¿Por qué me avergonzaba?

Regresé a la ventana y me hice un firme propósito: mi objetivo era Él. Estaba allí para dar fe de la verdad. Nada, ni nadie, se interpondría en esa labor. Ni siquiera la Señora...

En cuanto a Ma'ch, no tenía más remedio que sobreponerme. La olvidaría. Al menos, lo intentaría.

¡Pobre idiota!

Y, discretamente, continué atento a la «casa de las flores». No volví a ver a sus moradores, a excepción de Esta, la embarazada, y de su hija mayor, siempre agarrada a la túnica de la madre.

Fue a lo largo de esa última hora de luz cuando observé otro hecho inusual. Vecinos, y gente que no conocía, se adentraron en el patio y conversaron con Esta. Otros formaron corrillos frente al portalón de entrada. Deduje que se interesaban por el asunto que había reunido al consejo. Era lógico. Las noticias volaban en una población como Nahum. Finalmente, cansados de tanto chismorreo, Esta reclamó a su marido, y Santiago cerró la gran puerta de madera. Asunto zanjado, de momento.

Kesil regresó bien entrada la noche. Y confirmó lo revelado por el padre de Minjá. Medio pueblo sabía ya que Yehohanan, el vidente, marchaba por el Jordán, hacia el *yam*. Y, como era igualmente natural, los rumores se desencajaron y se convirtieron en toda clase de fábulas: «Yehohanan caminaba al frente de un ejército de patriotas... Disponían de caballería y de máquinas de guerra... Yehohanan fulminaba a quien osaba interponerse... El vidente tenía tres metros de altura y sus ojos arrojaban fuego... Treinta y seis justos le aconsejaban... El Anunciador era el enviado, tanto tiempo esperado... Llegaba a Nahum para rendir obediencia al Mesías, ¡Jesús, el constructor de barcos!... Yehohanan sanaba a los paralíticos... Yehohanan era un hombre de Dios, protegido, día y noche, por una colmena... «¡Arrepentíos!», era su grito de guerra... El hacha está en la base del árbol... Roma, ¿dónde te esconderás?»

Yo sabía que la mayor parte de esos bulos era pura invención, o verdades a medias, pero lo preocupante era la velocidad de propagación, y la intensidad, de los infundios. De pronto, lo que había sido una curiosidad, más o menos polémica, se transformó en un «ejército nacionalista», acaudillado por un gigante de siete trenzas, que abría un período largamente esperado. Hacía más de quinientos años que Israel no sabía de profetas...

Y Jesús de Nazaret aparecía en medio de semejante torbellino.

«¿Jesús, el hijo de María, la de las palomas? ¿Jesús, el viajero?»

Vecinos, amigos y desconocidos formulaban las mismas preguntas. No daban crédito a lo filtrado desde el consejo local. Casi todos lo conocían, y sabían de su familia. ¿Cómo era posible?

Entendí las exigencias de la Señora, en el patio, mientras el Maestro se aseaba, y también la curiosidad de la gente que se coló en la «casa de las flores». Todos preguntaban lo mismo: «¿Vive aquí el Mesías?»

Y la familia, cansada y temerosa, cerró las puertas...

Sin darme cuenta, el «gran plan» había echado a andar. Pero nada de esto ha sido contado.

La última información obtenida por el fiel amigo Kesil procedía de una fuente muy segura, Taqa, el portero de la ínsula, y dueño de algunos de los negocios existentes en la planta baja. Lo que aseguraba el viejo y encorvado judío era cierto, al noventa por ciento. No sé cómo lo lograba...

La cuestión es que Taqa le anunció «cierto nerviosismo» en la guarnición romana acantonada en el extremo norte del *cardo*, que yo había visitado tiempo atrás (mejor dicho, en el futuro) (1). En aquel momento, Nahum, como lugar estratégico y cruce de caminos en el norte del mar de Tiberíades, disponía de una cohorte, tipo «quingenaria», con un total de quinientos a seiscientos hombres, mandados por una decena de centuriones (2). La noticia del avance de Yehohanan llegó también a oídos de los romanos, así como la reunión de urgencia en la sinagoga. Y Yehudá ben Jolí, el archisinagogo, fue interrogado por los responsables de la guarnición. Poco pudo decirles. En realidad, el presidente de la sinagoga, y responsable del culto, sabía bastante menos que los centuriones. Roma, al igual que el tetrarca Antipas, y el Gran

(1) Amplia información en *Cesarea. Caballo de Troya 5. (N. del a.)*

(2) Como ya señalé en su momento, en la época del Maestro, Roma disponía de un ejército de unos 320.000 hombres. Cada legión sumaba alrededor de 5.500 soldados, dividida en diez cohortes (la «miliaria», con mil, y las nueve restantes, o «quingenaria», con quinientos cada una). En la provincia de la Judea (lo que hoy conocemos como Israel) fueron dispuestas seis cohortes, casi todas del tipo «quingenaria», a excepción de la destacada en la ciudad costera de Cesarea, residencia oficial del gobernador, que sumaba mil hombres («miliaria»). Las cohortes rotaban por las ciudades, según las necesidades. Todas dependían de las legiones estacionadas en la vecina Siria: la VI Ferrata, la X Fretensis y la III Gallica. *(N. del m.)*

Sanedrín de Jerusalén, alimentaba a un ejército de espías, que la mantenía puntual y minuciosamente informada. Nadie los conocía, salvo sus mandos naturales. Entre los romanos recibían el apodo de *scorpio* (escorpión), nombre de una de las máquinas de guerra, que lanzaba saetas con enorme fuerza y precisión. Los «escorpiones» eran hábiles, rápidos y certeros. Estaban en todas partes, incluso en territorio enemigo. Oían y transmitían. Formaban cadenas de tres. De esta forma garantizaban, en cierta medida, la integridad de la red. Si uno de los *scorpio* era descubierto, e interrogado, sólo podía delatar a dos de sus compañeros. A los confidentes al servicio de Herodes Antipas, y de los sacerdotes del Templo, los llamaban «bueyes» o *tor*, en arameo, por su peligrosidad. Los había a docenas, allá donde, supuestamente, existía alguna amenaza, o donde se movía la gente. Durante la vida de predicación del Maestro, unos y otros, sobre todo los «bueyes», jugaron un papel decisivo en el desarrollo de los acontecimientos. Lo sucedido ahora, en Nahum, fue un aviso...

Presentí algo. ¿Fue el instinto? Ojalá supiera «leer» como lo hacen las mujeres...

Esa mañana del domingo, 6 de enero del año 26 de nuestra era, me presenté en el astillero con las primeras luces del alba. Me hallaba intranquilo, pero no sabía exactamente por qué. Eliseo seguía ausente, y los ánimos, en Nahum, notablemente alterados. Crucé presuroso frente al portalón de la «casa de las flores», todavía cerrado. Algunos curiosos aguardaban ya frente al muro, dispuestos a interrogar, supongo, a la familia. La situación —eso pensé— empezaba a escapar de todo control.

Y lo vi llegar...

Al principio, al comprobar que cargaba su habitual saco de viaje, el utilizado en los bosques del Attiq y, anteriormente en las cumbres del Hermón, quedé perplejo. ¿Pretendía viajar a alguna parte?

No me atreví a acercarme, pero seguí sus movimientos atentamente.

Pensé en el incidente del día anterior, con la Señora. Después, esos pensamientos se mezclaron con otros, en los que mandaba la filtración sobre el Mesías. No sé...

Lo cierto es que el rostro del Maestro aparecía en sombra, con unas ojeras poco habituales. Percibí cierta tristeza, incluso, en los movimientos.

¡Qué difícil permanecer al margen en estos momentos!

Pero me contuve. Y, como digo, sólo fui un observador.

Aparentemente, todo discurrió con normalidad. Jesús vistió el habitual peto, colgó el martillo y el saco de clavos de la cintura, y saltó al foso, reanudando el ajuste de las cuadernas, ahora sobre otra embarcación, un «pesquero».

No me reclamó ni una sola vez. Tampoco le oí cantar. El instinto no falló.

Algo merodeaba en su corazón...

Y me preparé mentalmente. ¿Qué hacer si abandonaba Nahum?

Sólo hallé una respuesta: seguirlo, fuera donde fuera...

¡Maldito Eliseo! ¿Por qué no regresaba? Necesitaba el cayado...

No importaba. Iría tras Él con las manos vacías.

Pero el Destino es previsor. ¿Cuándo aprenderé?

Durante el almuerzo, el Maestro no se movió del foso. Allí comió, en solitario.

Yo me las arreglé para interrogar discretamente a Santiago, su hermano. No me equivoqué.

—Sois como de la familia —se sinceró, deseoso de compartir el mal momento—, sobre todo Eliseo...

La alusión al ingeniero me inquietó, pero no lo interrumpí.

—...Después de lo ocurrido ayer, mi Hermano ha optado por mudarse...

Santiago no se extendió en excesivos detalles, pero fue fácil de comprender. Tal y como suponía, las preguntas del consejo local, sobre el carácter mesiánico de Jesús, fueron tan inesperadas que la familia no acertó a reaccionar. La Señora, como tuve ocasión de contemplar desde la ínsula, fue la primera en solicitar una explicación, cuando su Hijo regresó del Attiq.

—... Mamá María —prosiguió el confuso Santiago— le preguntó por sus planes. El consejo habló con claridad: Yehohanan se dirige hacia aquí. Dijeron que está dispuesto a arrodillarse ante Jesús, el Mesías... Nosotros sabemos que Él lo es, y que Yehohanan será su hombre de confianza, pero mi Hermano no respondió. ¡No abrió la boca! Y mi madre, contrariada, se lo echó en cara...

»Esa noche lo vimos hacer el saco de viaje. Después me comunicó su decisión de trasladarse, temporalmente, a Saidan, a la casa de los Zebedeo...

Santiago, sincero, manifestó el parecer de la familia:

—Sólo Ruth lloró... El resto nos hemos alegrado.

E intentó justificarse. La verdad es que no lo necesitaba; no con quien esto escribe.

—Es mejor así... Nosotros no le comprendemos, y Él, a juzgar por su silencio, tampoco nos entiende.

El hermano estaba en lo cierto, pero se confundía. Jesús era consciente de la situación. Sabía muy bien cuál era el pensamiento de los suyos, en especial el de la Señora, en relación con el ansiado Mesías judío y el «reino» que debería inaugurar (1). El Maestro lo había hablado con ellos cientos de veces, desde hacía años: Él no era el Mesías prometido, tal y como anunciaban los profetas, y como deseaba la nación. Él no era un libertador político-social-religioso. Él era (lo sería en el futuro) algo mucho más importante. Pero la Señora, su prima segunda, Isabel, Yehohanan y los demás no lo entendían así y, lo que era peor, no lograban asimilar el «loco pensamiento» de Jesús sobre un Dios «papá». Como ya he explicado en otras oportunidades, esas manifestaciones del Galileo, considerando a Dios como un Padre, y hablándole de tú a tú, eran puras blasfemias, que hacían temblar el corazón de cuantos lo querían. Y llegó el momento en que Jesús optó por el silencio. Eran ellos quienes no entendían...

Pero su hora estaba próxima.

Sentí una profunda desolación. Y creo que me aproximé, un poco, a los sentimientos del Maestro. Comprendí mejor su tristeza, e entuí lo que se avecinaba. Estaba asistiendo a una especie de «ensayo general» de lo que sería su vida pública, pero, en esos instantes, no fui consciente de ello. Que yo sepa, ni los evangelistas, ni la tradición, hablaron jamás de ese abismo que separó al Hijo del Hombre de los suyos, de su familia, respecto al concepto mesiánico. Hoy, en nuestro «ahora», llamar a Jesús de Nazaret el Mesías es algo lógico y natural. Grave error. Como digo, y como espero tener la ocasión de relatar, el Maestro fue mucho más que un Mesías.

(1) Amplia información sobre la expectativa mesiánica judía en *Jerusalén. Caballo de Troya 1, Masada. Caballo de Troya 2, Saidan. Caballo de Troya 3, Nazaret. Caballo de Troya 4 y Nahum. Caballo de Troya 7. (N. del a.)*

¡Se mudaba a Saidan!

Santiago no supo aclarar si la «temporalidad» de dicho traslado al viejo caserón de los Zebedeo, en la aldea cercana, era breve o, como me temía, para siempre. El asunto no contribuyó a tranquilizarme.

A no tardar, tendría que tomar una decisión. ¿Deberíamos cambiar de residencia, y ubicarnos en Saidan? Mejor dicho, ¿debería, en singular? Tal y como estaban las cosas, quizá Eliseo no accediera. Por cierto, ¿por qué Santiago, el hermano de Ruth, lo consideró «como de la familia»?

Fui un ingenuo, lo sé...

Y al atardecer, como imaginaba, el Maestro cargó su saco y embarcó con el propietario del astillero, el Zebedeo padre, en la lancha que lo trasladaba a diario desde Saidan. Lo vi remar y alejarse hacia la cercana costa oriental del *yam*. La tristeza iba con Él...

Y allí permanecí, confundido, sin saber qué partido tomar.

¿Regresaría al astillero? Quizá debería haber embarcado con Él. Prometí no abandonarlo. Pero ¿por qué no iba a retornar?

Santiago no supo aclarar esta cuestión. En realidad, nadie conocía sus planes. Y me reproché la falta de reflejos. Tenía que arriesgarme y seguirlo. Pero ¿lo hacía en esos instantes o esperaba al día siguiente? Sólo tenía que contratar una embarcación y dirigirme al pequeño poblado de pescadores. ¿Y Kesil?

No lo haría. Quizá Él deseaba estar solo...

Y en ello estaba, sumido en la confusión, como digo, cuando intervino el Destino...

Curioso: lo había olvidado.

En esta oportunidad, el Destino se llamó Yu. El chino me reclamó. Cargaba uno de aquellos enigmáticos bultos, cuidadosamente envuelto en tela, y que jamás, hasta esos momentos, habíamos logrado identificar.

Yu se hallaba a las puertas del tercer barracón, muy próximo al aserradero, al que Eliseo y yo bautizamos como el «barracón secreto», un pabellón al que nadie tenía acceso, salvo el *naggar* o maestro. En la puerta, como dije, colgaba un cartel que advertía: «Sólo Yu.» El chino solía dirigirse a él con gran sigilo. Nunca supimos qué hacía en el interior. Permanecía largo rato en dicho barracón, siempre en silencio. La única señal de actividad era una columna de humo, que escapaba por una de las esquinas de la caseta de madera.

Esperó a que el astillero se hallara desierto. Jesús y el Zebedeo padre eran ya un punto oscuro en las rojizas aguas del lago. Los relojes del módulo podían señalar las 16 horas y 45 minutos. No faltaba mucho para el ocaso.

Comprendió mi intriga y sonrió, malicioso. Pero el *naggar* no adelantó una sola palabra.

Al poco, cuando la totalidad de los obreros desapareció del lugar, exclamó:

—Sé que los dioses te han abandonado...

Recordaba la sentencia pronunciada por Yu en los bosques del Attiq. En aquella ocasión no comprendí. Ahora estaba a punto de descifrar la intencionalidad del hombre *kui*, muy impresionado, como dije, por el «encanecimiento súbito» de quien esto escribe.

—Y sé igualmente que pronto, muy pronto, dejarás el astillero...

Lo miré, intrigado. ¿Cómo podía conocer mis intenciones? Lo olvidé: era un *kui*. Todos los *kui* son especiales...

Entonces sonrió, e intentó tranquilizarme.

—No temas. Quiero darte algo. Te ayudará a recuperar a los dioses...

Se introdujo en la oscuridad del pabellón y aguardé, prudente. Que yo supiera, era el primer operario del astillero que lo acompañaba al «barracón secreto». Pero ¿por qué yo?

Yu prendió dos lucernas y me invitó a pasar. Lo hizo con prisa. Antes de cerrar, se asomó al exterior e inspeccionó el entorno. Cuando estuvo seguro de que nadie observaba, atrancó la puerta y se dirigió a la mesa que presidía la estancia. ¿Por qué tantas precauciones? ¿Qué pensaba entregarme?

Me llamó la atención el olor. Era similar al que dominaba el «departamento» de barnices, en el que trabajaba como ayudante. Pero aquello no parecía un almacén de tintes y pinturas...

El *naggar* prendió una mecha de incienso y se arrodilló frente a la mesa. Juntó las manos sobre el pecho e inclinó la cabeza, iniciando una serie de frases, en chino, que interpreté como una plegaria. De pronto, interrumpía la «oración», y hacía rechinar los dientes. Después, proseguía con la cantinela.

El lugar era un tótum revolútum, que no acerté a identificar. Aunque el barracón fue levantado con madera, como el resto de las dependencias del astillero, las paredes interiores aparecían pulcramente encaladas, con un enjalbegado compacto y brillante. En la pared de la izquierda (tomando la puerta como referencia) había sido empotrada una larga estantería, repleta de recipientes de barro y de vidrio, así como de herramientas, pergaminos, reglas, cuerdas, compases y otros cachivaches que no alcancé a controlar. Al fondo, en la esquina de la derecha, descubrí una «estufa» de hierro, alta y poderosa, sobre la que descansaba un cilindro metálico. Contenía agua, en ese momento, en ebullición. Un largo tubo hacía de emisario, lanzando el humo al exterior. La estancia carecía de ventanas. Todo se hallaba difuminado por la luz amarilla y discreta de las lámparas de aceite. El resto del mobiliario lo integraba un arcón de madera negra y lustrosa, situado en el muro de la derecha. Con el tiempo, conforme Yu fue informándome, supe que dicha arca, a la que llamaba *jinggui,* era el sanctasanctórum del pabellón. Allí guardaba los libros escritos por sus antepasados, y sus propias experiencias y memorias, a las que espero referirme en su momento. Yu, como también anuncié, terminaría convirtiéndose en un seguidor del Maestro. Y creo oportuno adelantarlo: fue este oriental, totalmente ignorado en los textos evangélicos, el primero que se decidió a poner por escrito las palabras y los sucesos más destacados de la vida de predicación del Hijo del Hombre. Después, lo imitaría Mateo Leví.

Pero intentaré no desviarme de los hechos, tal y como se produjeron.

El suelo del «barracón secreto» era de escoria volcánica, minuciosamente prensada y tamizada con esmero. Pero lo que me llamó la atención en esos instantes fueron los dibujos de las paredes que quedaban libres. Eran obra de Yu. Eran sus «inventos». En un primer vistazo reconocí los esquemas de una sierra a pedal, que había visto en el aserradero, y que era accionada por un ingenioso sistema de cuerdas y cadenas, movido, a su vez, por un pedal en la parte inferior, auxiliado, en lo alto, por una ballesta resorte.

Terminada la oración, Yu recuperó el bulto que guardaba tan celosamente, y lo descubrió. Era una pieza de madera, utilizada habitualmente en el costillar de los barcos. Y el *naggar* se dirigió a la pared de la derecha. Aproximó una de las lucernas a una serie de números y letras, dibujados en chino sobre el muro, y que formaban una especie de tabla. Y Yu, recordando que me hallaba presente, se excusó y procedió a explicar lo que se traía entre manos. Por lo que entendí, la tabla en cuestión era un estudio de contracciones de hasta diecisiete tipos de maderas. Yu, a su manera, logró perfilar lo que hoy podríamos calificar como «contracciones tangenciales, transversal-radial y longitudinal», asignando un valor según el tipo de árbol. En este caso, la madera que acababa de descubrir (roble) figuraba con un índice de contracción longitudinal comprendido entre 0,02 y 0,43. Esto, según dijo, servía para saber el tiempo que debía permanecer dicha madera en el agua hirviendo. Éste era otro de los secretos del astillero de los Zebedeo: la obtención de la curvatura de la madera, merced a un proceso de cocimiento. Una vez forzada, la pieza era sometida a un molde, o entablada directamente, resolviendo así algunos de los comprometidos problemas técnicos de la construcción del barco. Y Yu fue honesto, una vez más. Sonrió feliz, y reconoció que dicho invento no era suyo. El autor era un viejo amigo mío —manifestó—, Jesús, el de la «casa de las flores». Suya era la innovación. Los restantes astilleros peleaban por averiguar el secreto, pero Yu lo mantenía a salvo. Nadie estaba autorizado a presenciar lo que acababa de ver y de oír. Entonces examinó el contenido del cilindro de metal que burbujeaba sobre la estufa y, tras enfundarse sendas manoplas de hierro, invento igualmente del chino, sumergió la madera en el tanque, e inició el mencionado proceso de cocción. Todo era cuestión de saber esperar, como casi todo en la vida.

—Y ahora —comentó, al tiempo que se desembarazaba de los «guantes» de hierro—, lo prometido es lo prometido...

Trasteó entre los recipientes de la estantería y, al hallar lo que buscaba, exclamó:

—He aquí el remedio para que los dioses vuelvan a tu cuerpo...

Destapó el frasco y vació parte del contenido sobre la palma de su mano izquierda. Era un polvo verde, granulado, que no supe identificar.

Y Yu me invitó a tomar la «necesaria dosis para reclamar a los dioses». Debió de notar mi desconfianza, y añadió:

—No temas. Es el jade de la inmortalidad. Yo mismo lo he preparado. El mismísimo Huangdi, el emperador Amarillo (1), lo comía a diario, mientras habitó el monte sagrado, el Kunlun...

—¿Por qué yo? ¿Por qué me has permitido acceder a este lugar, y por qué me obsequias ahora con el jade de la inmortalidad?

Conocía aquella expresión, limpia y, al mismo tiempo, cómplice. Yu volvió a sonreír y respondió con otra pregunta:

—¿Te gustaría ser mi discípulo?

—No comprendo...

—Desde hace tiempo, desde que llegaste, te he obser-

(1) En la mitología china, el emperador Amarillo fue el más poderoso representante de la divinidad. Fue el creador del Árbol Erigido, por el que se tenía acceso a los cielos. Bajo su reinado se inventó la escritura, la alfarería, y lo masculino y lo femenino. Según Yu, dicho emperador fue otro *kui*, que llegó a conocer el origen de todas las cosas. Peleó contra Chiyou, un *kui* de cabeza de cobre, que devoraba rocas y caminaba por el aire, y que inventó la metalurgia y las armas. El emperador Amarillo lo derrotó con la ayuda de Ba, una de sus esposas, capaz de provocar toda suerte de sequías. El tal Huangdi recibió la inmortalidad, merced al jade que consumía a diario en el monte Kunlun. *(N. del m.)*

vado. Sé que eres un *kui*. Sólo a un hombre *kui* se le blanquea el cabello de la noche a la mañana. Por eso estás aquí, y por eso te ofrezco el jade molido. Yo vivo al sur de la razón, como todo buen *kui*. Por eso sé lo que sé, y por eso hago lo que hago... También sé que buscas la verdad. Yo podría ayudarte. ¿De qué sirve un maestro, si sus palabras sólo flotan en el interior?

Respondí con una mirada de gratitud y, creo, lo captó. Y continuó con la palma abierta, ofreciendo el polvo de jade. No supe qué hacer. Y Yu, rápido, trató de auxiliarme:

—Si lo deseas, puedo suministrarte semillas de lino. Limpiarán los intestinos, el corazón y el hígado, y los dioses se sentirán cómodos. Entonces regresarán...

Elegí el jade molido. Y lo tragué como Dios me dio a entender. Era como masticar mármol pulverizado, pero no tuve alternativa. Yu lo hacía de corazón.

Y así fue como entré en comunicación con la cara oculta del *naggar*, un fiel seguidor de la religión taoísta, una de las doctrinas más antiguas de la China milenaria, practicada también en el tiempo del Hijo del Hombre. Una religión que fue impulsada, varios siglos antes de Cristo, por los filósofos Lao-Tsé y Zhuang Zi. Y durante el tiempo que permanecí a su lado, Yu me instruyó sobre lo que consideraba la única religión «con futuro». Aprendí mucho, y puedo manifestar, sin temor a equivocarme, que, de no haber conocido al Maestro, quizá me hubiera convertido en un *daoshi*, un buscador de la verdad, en expresión taoísta. Cada vez que nos encerrábamos en el «pabellón secreto», algo me alertaba. Lo que contaba Yu, transmitido, a su vez, de generación en generación, me resultaba familiar. Yu remontó la historia del taoísmo a muchos siglos antes de la aparición de Lao-Tsé (Yu lo llamaba Lao Zi), nacido, al parecer, unos seiscientos años antes de nuestra era. Según la tradición, los orígenes del taoísmo habría que buscarlos en la lejana dinastía Xia, entre los siglos XXII y XVII a. J.C. En aquella época, todo era confusión y miedo. Así lo expresó mi buen amigo Yu. La tierra (se refería a lo que hoy conocemos como China) estaba dividida en cientos de señoríos, y cada cual servía a sus propios dioses. El hombre no contaba. El hombre no tenía futuro. El hombre era una simple propiedad, primero de los espíritus, después del reyezuelo de turno.

Pero llegaron aquellos hombres...

Eran blancos. Vestían largas túnicas, también blancas, con un singular distintivo en el pecho: tres círculos bordados en azul.

Fue como un latigazo.

A partir de ese momento, mi interés por las explicaciones del *kui* creció notablemente.

¡Los tres círculos concéntricos! ¡El emblema que lucía el hombre de las «palabras luminosas»! ¡Malki Sedeq (1)!

Según Yu, eran misioneros. Procedían del sur. Primero se establecieron en See Fuch, y desde allí fueron alcanzando la totalidad de las tierras. Eran emisarios de un príncipe llamado «Rey de Justicia» (Malki Sedeq o Melquisedec), y también «Príncipe de la Paz».

¿Cómo era posible? Yu no conocía al anciano Abá Saúl, de Salem. Ambos, sin embargo, hablaban de lo mismo...

Y los enviados del «príncipe» hablaron al corazón de los hombres. Era la primera vez que alguien los miraba a los ojos. Y les enseñaron a dibujar a Dios...

Yu se dirigió a la pared y trazó un círculo.

—Esto es el *dao*, el camino. Aquí está todo. Este círculo es el amor, la vía. De ahí nace lo creado y ahí regresa.

Después dibujó otros dos círculos, concéntricos con el primero. Me observó y su rostro se iluminó. Yu supo que su alumno había entendido. En realidad, estaba recordando las palabras del anciano *hakam* o «doctor ordenado» de Salem. Ambos, efectivamente, habían bebido en la misma fuente.

«El hombre, aunque no lo sabe, procede del amor —el círculo central— y, haga lo que haga, a él retorna. No hay caminos rectos: sólo circulares.»

---

(1) En *Nahum. Caballo de Troya 7*, el mayor narra un extraño sueño, registrado en el «lugar del príncipe», en Salem. En dicho sueño «ve» a un hombre de largos cabellos blancos, con los tres círculos bordados en el pecho, que «emitía palabras de luz». El personaje se identificó como el auténtico precursor del Hijo del Hombre y advirtió a Jasón de que «buscara a sus pies». «Entonces comprenderás —le dijo— que esto no es un sueño.» *(N. del a.)*

Yu aprobó mi interpretación del *dao* y, como digo, se sintió satisfecho.

Y aquellos misioneros ayudaron a los hombres a comprender la esencia de la vida: vivían para la inmortalidad. Y el temor sólo fue un mal recuerdo. El miedo desapareció de los corazones y los seres humanos hicieron el gran hallazgo: Dios, el Gran Dao, era, en realidad, un Padre al que se le podía hablar directamente, sin intermediarios, ni sacerdotes, ni hechiceros. Y el taoísmo se convirtió en una religión personal, de íntima relación con un Dios amigo, que sólo entrega. Ése era el único destino: retornar al primer círculo. Y los hombres de Malki Sedeq hablaron también del alma inmortal y del Espíritu «que llega desde el círculo central», y que «pilotará» cada vida. Les revelaron que todo hombre es inmortal y que el Paraíso, justamente, tiene forma de círculo o de disco. Entonces lo representaron con jade, con un orificio en el centro. Y supieron que el número «9» era clave en todo lo relacionado con lo divino. Fueron tiempos memorables, en los que el ser humano comprobó que la bondad genera bondad y que la práctica de la generosidad y de la misericordia es recomendable, incluso, desde un punto de vista estrictamente económico. Era la salvación, simplemente por la fe en el *Dao*.

Pero, como sucede casi siempre, la doctrina del auténtico precursor del Hijo del Hombre fue alterada y, con el paso de los años, el taoísmo se convirtió en una confusa madeja de supersticiones, medias verdades y recuerdos borrosos. La aparición de filósofos tan preclaros como Lao Zi y Zhuang Zi devolvió, momentáneamente, la frescura a los corazones. Y el hombre recordó que morir es, únicamente, regresar a casa. Pero la esperanza duró poco. La condición humana es así. Las pésimas interpretaciones, los errores y las voluntades torcidas modificaron la esencia de lo revelado por la gente de Salem. Y de la realidad de la inmortalidad del alma, predicada por los hombres de los tres círculos, el taoísmo se precipitó en una desesperada, e inútil, búsqueda de la inmortalidad del cuerpo, la gran obsesión de Yu, y de los millones de seres humanos que compartían las ideas del *kui* de Nahum (1). También el mensaje de Jesús de Nazaret fue vital para estas gentes. Yo diría que especialmente vital, como tendré oportunidad de relatar...

Y de la realidad de un único Dios, el taoísmo pasó a una enloquecida dinámica de dioses interiores y exteriores: más de 36.000 en el cuerpo humano (2). Dioses que esclavizaban, a los que convenía tener contentos, y que eran visualizados (?) con las más peregrinas técnicas de

(1) Probablemente, por una mala interpretación de la vida después de la muerte (lo que Eliseo llamaba cuerpos «MAT» —para más información, véase *Hermón. Caballo de Troya 6*—), los taoístas terminaron practicando lo que denominaban la «liberación del cadáver» o «muerte falsa». Llegado el momento, el adepto o *daoshi* simulaba la muerte, y su cuerpo, transformado en una espada o en una caña, pero manteniendo el aspecto humano, era enterrado como cualquier otro ser humano. Sólo él, y los fieles seguidores del taoísmo, sabían que su verdadero cuerpo había volado al mundo de los Inmortales, con los huesos de oro y la piel de jade. Esta creencia, en mi opinión, era un oscuro recuerdo de lo enseñado por los misioneros de Malki Sedeq, que hablaron de un cuerpo físico, al que se tiene acceso después de la muerte. Y los taoístas mezclaron también las enseñanzas sobre el alma inmortal (diferente del Espíritu que llega desde el Paraíso), entendiendo que alma y Espíritu no debían separarse. Si esto sucedía, el cuerpo moría. El asunto, en realidad, era más complejo: para los taoístas, cada hombre reúne diez almas (tres racionales o *hun* y siete vegetativas o *po*), diferentes del Espíritu *(shen)*, que era el que proporcionaba la personalidad. Dicho Espíritu, formado de la unión del Soplo, llegado del exterior, con la Esencia *(jing)*, existente en el interior del cuerpo, desaparecía con la muerte, como consecuencia de la separación de los elementos anteriores. De ahí la necesidad de conservar la materia orgánica y hacerla inmortal. Al conservar el cuerpo, los taoístas preservaban también la personalidad, así como las almas, el Espíritu, el Soplo vital y la Esencia. Ésta era la firme creencia de Yu, y de ahí su preocupación por mi «encanecimiento súbito». *(N. del m.)*

(2) Según las escuelas taoístas en el hombre había tres palacios, seis administraciones, ciento veinte barreras y los referidos 36.000 dioses menores. Algunos recibían nombres muy curiosos: el dios del cerebro era llamado «Jue yuan» o el Original Despierto; el de los ojos se llamaba «Xujiansheng» o Inspector del Vacío; al dios de los cabellos lo denominaba «Xuanwenhua» o Flor de los Signos Misteriosos; el de la piel era «Tongzhong» o Aquel que Comunica a Todos los Dioses, y así hasta 36.000. Yu recordaba la mayoría de los nombres. El Gran Uno o Perla Moviente era el Gran Yang, el Dios que lo controlaba todo y al que aspiraba todo *daoshi*. Entendí que era el recuerdo del Padre que predicaban los misioneros de Malki Sedeq. Parte de ese Gran Uno habitaba en el interior del hombre. Eran los Tres Unos interiores. Según Yu, uno se encuentra en el Gran Precipicio, cerca del Pabellón de Jade de los diez mil pisos, en el que trabajan 55.555 miríadas de funcionarios divinos (!). *(N. del m.)*

relajación corporal, concentración mental, éxtasis y toda suerte de drogas y alucinógenos. Primero —decían— eran visibles los dioses menores. Después, tras mucho tiempo de práctica y sacrificio, el *daoshi* conseguía «ver» la Gran Tríada, los dioses que habitan en el cerebro. Era la señal que auguraba la inmortalidad...

Y la confianza en el buen Dios, en el Padre, fue sustituida por las buenas y malas acciones, minuciosamente codificadas, con los correspondientes premios y castigos. Eran los dioses interiores —según Yu— los que subían al cielo e informaban de esos actos (1).

Fueron estas creencias las que alertaron la fina sensibilidad de Yu cuando descubrió mi súbito y aparente «envejecimiento». Tenía razón. Yo también era un *kui*, un soñador. Y dejé que hablara. Lo primero que debía hacer era reconciliarme con los dioses interiores. Seguramente había cometido graves faltas, y eso espantó a los «inquilinos» del Palacio de Nihuan (2), ubicado en el cere-

---

(1) Los castigos dependían del número de pecados. A partir de 120, el hombre caía enfermo. Si rebasaba las 180 faltas, se le retiraba la potestad de criar animales. A los 190 pecados recibía el castigo de una enfermedad contagiosa. A los 530, los hijos nacían muertos. A los 720 pecados, sólo engendraba hijas. A los 820 quedaba ciego o sordo. Si cometía más de 1.080 faltas, moría de forma violenta. A las 1.200, el pecador era víctima de una guerra. A las 1.600 era condenado a vivir sin descendencia. Si el horror alcanzaba las 1.800 faltas, los dioses castigaban a cinco generaciones. La ejecución a espada era el peor de los castigos. Se producía cuando el pecador sumaba 10.000 faltas. Toda la familia era condenada a muerte. Respecto a las buenas obras, el taoísmo exigía un mínimo de trescientas para conseguir el grado inferior de inmortalidad: «inmortal terrestre». Para alcanzar el título de «inmortal celeste» se precisaban 1.200 buenas acciones. Si después de 1.199 buenas obras se cometía una sola falta, el aspirante debía empezar de nuevo. *(N. de m.)*

(2) Para los taoístas, el cuerpo humano está regido por tres «puestos de mando» o Campos de Cinabrio, situados en la cabeza, pecho y vientre y piernas. En ellos habita y gobierna una legión de dioses. En el cerebro está el Palacio de Nihuan, el primer «puesto de mando». Según Yu, el vestíbulo de entrada se encuentra entre las cejas. Dicho palacio consta, entre otros «departamentos», de la Sala de Gobierno, el Palacio de la Perla Moviente, el del Emperador de Jade, la Cámara del Arcano, el Palacio de la Realidad de la Gran Cima, el del Cinabrio Misterioso y el del Gran Augusto. El segundo «puesto de mando» lo controla el corazón; es decir, el Palacio de la Perla Moviente (sede del Gran Uno), y la entrada (tráquea) recibe el nombre de Pabellón de Pisos. El tercer «puesto de mando» aparece tres pulgadas por debajo del ombligo. *(N. del m.)*

bro. Esos dioses —según Yu— son los responsables de los pensamientos, de la memoria, de los bellos sueños y del color de los cabellos. A su manera, acertó. El mal que nos aquejaba afectaba, fundamentalmente, a nuestros cerebros (sobre todo, al mío). ¿Había pecado? Probablemente, en especial al invadir un «ahora» que no me correspondía... Y las neuronas —los «dioses»— nos dieron la espalda. La razón, como digo, lo asistía, en cierto modo.

Después, una vez reconocida la falta, tenía que actuar. Según el taoísmo, la fuga de los dioses interiores provocaba, automáticamente, otro no menos gravísimo conflicto: los espíritus malignos, vecinos de los dioses, ocupaban su lugar. Tres de estos demonios recibían el nombre de «Gusanos». Eran los responsables directos de la decrepitud y, en suma, de la muerte. Yu les tenía terror. Según el chino, cada uno de estos Gusanos o Cadáveres habitaba un Campo de Cinabrio o «puesto de mando». El que estaba devorándome se llamaba Viejo Azul y habitaba, como digo, en el cerebro. Acepté la imagen. El óxido nitroso, en efecto, se había instalado en las redes neuronales y me empujaba al envejecimiento prematuro. En cuanto el Viejo Azul diera la voz de alerta, los otros Gusanos —la Señorita Blanca, en el corazón, y el Cadáver Sangrante, en el «puesto de mando» del vientre— atacarían. La correspondencia con la realidad resultaba asombrosa y, hasta cierto punto, inquietante. La amiloidosis descubierta en el cerebro (los «tumores») podía extenderse y dañar también el corazón, el hígado, los riñones, el bazo y el intestino...

No quise pensar en ello. Se trataba de una curiosa coincidencia. ¿O no?

Y Yu recomendó que suspendiera la ingesta de cereales. Ése era el alimento de los tres Gusanos. Eliminando dichos cereales, los responsables del envejecimiento desaparecerían y, lo que era más importante, los cielos dejarían de «restar tiempo». Según Yu, los Gusanos subían diariamente a la sede del Gran Uno y le advertían sobre los pecados del hombre. El Gran Uno, entonces, restaba días a lo oficialmente previsto en el momento del nacimiento. Con la muerte, los tres Gusanos quedaban definitivamente liberados y se los veía pasear por los campos. Los llamaban los «Aparecidos». Además de la abstinencia de cereales, el *kui* recomendó que olvidara la carne, el vino y los sabores fuertes en general, para no incomodar a los dioses. A esto, naturalmente, tenía que sumar la obligada dosis de jade en polvo y, poco a poco, alimentarme de lo que llamó «respiración embrionaria». Y fue enseñándome a respirar y, muy especialmente, a retener el aire, a saber dirigirlo hacia los diferentes órganos, y a nutrirme de él. Esto era la «respiración embrionaria», porque, de acuerdo con el taoísmo, trataba de recuperar el sistema de alimentación del feto, fundamentado, equivocadamente, en la respiración del mismo. Cuanto más tiempo fuera capaz de retener el soplo, más posibilidades de mejorar la salud y, en suma, de prolongar la vida. Los «comedores de aire» —caso del inmortal Liu Gen, que llegaba a retenerlo durante tres días— era uno de los grados de máxima iniciación entre los taoístas. Creían firmemente que la dieta, a base de aire, transformaba la materia, haciéndola más ligera. Y fueron muchos los que, lógicamente, murieron. El cuerpo humano, en contra de lo que afirmaba Yu, no está preparado para sostenerse, únicamente, con aire...

A estas prácticas y pensamientos, Yu, como buen taoísta y hombre *kui*, añadía otras actividades no menos sorprendentes, al menos para este prosaico explorador. Me habló de sus «viajes» por las «tierras interiores y exteriores», siempre ayudado por una determinada técnica de relajación, y que interpreté como «viajes astrales». Practicaba igualmente una singular «conexión» con los dioses interiores, y escribía lo que le dictaban, según él. Muchas de esas «experiencias» eran narradas por Yu en las ya mencionadas «noches *kui*».

Pero, por encima de estas aficiones (no sé si la expresión es correcta), Yu amaba la alquimia y los inventos. Éstas eran otras de las razones de peso por las que el *naggar* se encerraba en el «pabellón secreto». Allí daba rienda suelta a sus experimentos y estudios. Fue una de las grandes sorpresas que me reservó el hombre *kui*.

Como alquimista, su obsesión era hallar un producto que le proporcionara la ansiada inmortalidad del cuerpo. Su ídolo y maestro era Li Shaojun, que vivió en los tiempos del emperador Wu, hacia el año 150 antes de nuestra era. Conocía sus escritos y luchaba, con todos los medios a su alcance, para transmutar el cinabrio, la «piedra filosofal» que conducía a la referida inmortalidad. Según Yu, al absorber esta mena del mercurio, se producía el milagro: los huesos se volvían de oro, la carne de jade y se alcanzaba la inmortalidad corporal. Todo se hacía ligero, como el humo. Muchos, antes que él, lo intentaron, pero fracasaron. El cinabrio no era fácil de obtener y, además, según el ritual taoísta, exigía numerosas y complejas manipulaciones, siempre costosas. Durante el tiempo que permanecí cerca de él lo vi pelear con el *dan* (así llamaba al cinabrio), buscando caminos que lo llevaran al *yangdan* o cinabrio macho, la máxima expresión alquímica, y con el que podría alcanzar el grado de *feixian*, o «inmortal volador», la más alta categoría entre los Inmortales. Su ilusión y tenacidad eran admirables, pero, obviamente, el empeño resultaba muy difícil. El *dan*, o sulfuro de mercurio, se convertía en mercurio al calentarlo a seiscientos grados Celsius. Después, en el segundo paso, al calentar el mercurio, el cinabrio «no regresaba», tal y como aseguraban los textos sagrados del taoísmo (1). Yu ni siquiera completaba el *zhuan*, que podría traducirse como la transmutación del cinabrio en mercurio y viceversa. Algo fallaba, afortunadamente para Yu. Y digo «afortunadamente» porque, de haber ingerido el mercurio resultante, o sus posibles derivados, el bueno y voluntarioso chino podría haber resultado gravemente intoxi-

(1) Según los alquimistas chinos, para conseguir la droga de la inmortalidad era necesario «hacer regresar» al cinabrio, al menos nueve veces. Es decir, operar con el cinabrio en nueve oportunidades, y otras tantas con el mercurio resultante. Según los textos taoístas, en cada operación, el cinabrio se vuelve más activo. Así, en la primera transmutación, o *yizhuandan*, la droga transforma en Inmortal en tres años. Si el cinabrio experimenta dos cambios, el que lo ingiere será Inmortal en dos años. Con cinco transmutaciones, el cinabrio hace Inmortal en cien días. Con nueve manipulaciones correctas, dicha inmortalidad se alcanzaba en tres días. *(N. del m.)*

cado (1). Cuando se aburría de tanto ensayo, se pasaba al no menos utópico campo de la búsqueda de la invisibilidad. Lo denominaba *chu*: la receta mágica que lo haría invisible. Por supuesto, que yo sepa, jamás lo consiguió. Pero eso, en realidad, poco importaba. Él era un *kui*...

Quizá ahora, al conocer más de cerca a Yu, el hipotético lector de estas memorias entienda por qué el *naggar* del astillero de los Zebedeo terminó siendo un fiel seguidor de Jesús de Nazaret. Cuando el Maestro inauguró su carrera como educador, todos los hombres *kui* comprendieron sus palabras. Mejor dicho, fueron los primeros en abrir los ojos...

Pero demos tiempo al tiempo.

Yu, además, como dije, era inventor. Era otra de sus pasiones. Las paredes del «barracón secreto» se hallaban repletas de dibujos, de esquemas, a veces crípticos, y de cálculos matemáticos. En los meses que siguieron a esta reunión tuve oportunidad de examinarlos y, sinceramente, quedé maravillado. Yu era un «renacentista», en el más puro sentido del término. Le preocupaba todo, quería saber de todo, reflexionaba sin cesar y, lo más interesante, cada mañana se presentaba en el trabajo con una nueva inquietud. Me atrevería a decir que padecía la enfermedad de la curiosidad. Bendita enfermedad...

Recuerdo algunos de aquellos inventos: después de muchos análisis, Yu había llegado a la conclusión de que la madera estaba acabada. El futuro de la navegación naval —eso decía— era el hierro. Los bosques podían desaparecer; el hierro no. Y basaba sus teorías en los estudios de Arquímedes, el sabio de Siracusa. Conocía algunas de

---

(1) Como saben los expertos, las intoxicaciones por mercurio pueden resultar graves y desembocar, incluso, en la muerte. Las exposiciones agudas causan, inicialmente, encefalopatías (caso de inhalación del vapor de mercurio) y también edema pulmonar no cardiogénico, con disnea, cianosis, infiltrados bilaterales, etc. En el caso de intoxicación crónica, el paciente presenta lesiones en la cavidad oral, temblores y alteraciones psicológicas (generalmente se registra una caída total de las piezas dentarias). En algunos casos se han detectado cambios neurológicos similares a los provocados por la esclerosis lateral amiotrófica. En la antigüedad, sin embargo, era utilizado por su naturaleza antiséptica y antiparasitaria. Yu, el *naggar*, no presentaba ninguna de las patologías citadas. *(N. del m.)*

sus obras, en especial el *Tratado de los cuerpos flotantes*. Y al igual que Arquímedes, hacía sus comprobaciones sobre peso y empuje, introduciéndose en las aguas del *yam*, y verificando que los miembros perdían peso al quedar sumergidos. Entonces, ante el asombro de todos, salía del lago, gritando:

—*Eurèka!... Eurèka!* («Lo encontré») (1).

Y estos trabajos lo llevaron a otros. En las paredes se mezclaban los cálculos de supuestas tensiones y de lo que, en la actualidad, podríamos denominar «momento flector», «esfuerzos cortantes» y estudios de olas, siempre sobre barcos de hierro. Pero las locas ideas de Yu no prosperaron. Nadie, en el *yam*, estaba seguro. ¿Desde cuándo el hierro podía flotar?

Menos éxito, si cabe, mereció otro de sus inventos: la mejora del *hyperesion*, una especie de cojín de boga, ideado, según Yu, por Temístocles, otro genio del mar. Se trataba de una versión modificada, y perfeccionada, de la culera que utilizaban los remeros griegos, y que permitía una estrepada, o esfuerzo, más larga y eficaz. El «invento» del chino consistía en un asiento movible, fabricado con una delgada plancha de madera, a ser posible de cerezo, minuciosamente pulida y engrasada, que facilitaba el deslizamiento. El problema es que el *naggar* pretendía que dicho cojín fuera propiedad del remero y que, en consecuencia, se responsabilizara de él, como lo habían hecho los espartanos en su ataque contra Atenas en el año 429 a. J.C. La gente del astillero protestó. Nadie deseaba ir por Nahum con una madera en el trasero...

Lo que sí consiguió fue modificar la estructura de los asientos de las embarcaciones, de forma que la boga se efectuara al revés de como era habitual: con los remeros orien-

---

(1) Dicen que el célebre principio de Arquímedes (todo cuerpo sumergido en un fluido experimenta un empuje vertical igual al peso del fluido que desaloja) nació por casualidad (?), cuando el sabio se bañaba. El rey Hierón, sospechando que uno de sus orfebres lo engañaba, solicitó de Arquímedes que descubriera el fraude. El sabio se dedicó a pensar en el asunto y, cuando se bañaba, comprobó que sus brazos y piernas disminuían de peso. Entonces, absorto por el hallazgo, salió a la calle, desnudo, gritando la conocida frase: *Eurèka!* (*N. del m.*)

tados hacia la popa. De esta manera, con los remos en los escálamos, el barco avanzaba mejor y más limpiamente.

Ideó, igualmente, una «jaula», que colocó a popa, y que era arrastrada conforme navegaba la lancha o el barco de carga. Una esfera hueca, en el interior, hacía de «cuenta-vueltas», girando cada milla. El patrón fiscalizaba así los movimientos del barco. Tampoco fue aceptado por el *Ah*, el sindicato mayoritario del *yam*, que robaba cuanto estaba en su mano, y más.

Pero la gran obsesión del *kui* era el sistema de propulsión de los peces. Pasaba horas en el lago. Arrojaba carne cruda, desmenuzada, y las tilapias se la disputaban. Después se encerraba en el pabellón e intentaba reconstruir los armoniosos movimientos y, sobre todo, los golpes de cola. Dibujaba los torbellinos, o vórtices, que ocasionaban los referidos batidos de cola, e intentaba descifrarlos y sacar partido. Preguntaba por la velocidad de los peces más rápidos, indagaba sobre sus perfiles, y llegó a disponer de una lista de los más veloces. Según los marineros fenicios, era el atún de aleta amarilla el que desplegaba una mayor velocidad, con casi veinte nudos (algo más de treinta y seis kilómetros por hora). Y trazó lo que llamaba la «estela de Isis», calculando la frecuencia de aletazos para conseguir una natación eficiente (1). Fue así como inventó los «pies» de Isis, la diosa protectora del mar. Cuando lo vi en la pared no daba crédito. ¡Eran dos piezas de madera, similares a nuestras aletas!

Los antepasados de Yu, huidos del archipiélago de Chusan, eran constructores de barcos. Él lo llevaba en la sangre, y soñaba con superar a sus maestros. Y contaba que, en la lejana antigüedad, en la China, ya se habían construido barcos, como jamás hubiera imaginado el mundo. Y se reía de la gran galera de Tolomeo IV, construida en la costa de Fenicia dos siglos antes, cuyos remos eran accionados por cuarenta bogadores. Yu rela-

(1) Lo que Yu denominaba «estela de Isis» se conoce hoy como «chorro de alto rendimiento propulsor». Los parámetros que lo integran se resumen en el llamado número de Strouhal (producto de la frecuencia de batido de la cola del pez por la anchura del chorro, dividido por la velocidad). Número de Strouhal ideal: entre 0,25 y 0,35. *(N. del m.)*

taba las hazañas de los *naggar* de los emperadores de la Primavera y del Otoño (entre el 700 y el 400 antes de Cristo), que fueron capaces de construir barcos de guerra, y de transporte, de más de cuatrocientos *chis* (unos ciento cincuenta metros de eslora). Disponían de tres cascos y nueve mástiles. Eran, prácticamente, insumergibles. Disponían, incluso, de tanques especiales en los que vivían nutrias amaestradas, que colaboraban en las faenas de pesca.

Nunca supe si fueron historias *kui,* fruto de su imaginación, o realidad. Pero eso, como digo, qué importaba. Yu era un soñador, y, como tal, un hombre en el que se podía confiar. Yu era un genio, un hombre diferente, bueno, un pensador o, como él decía, «un peligroso revolucionario». Quizá tenía razón: no hay nada tan esquinado para el poder establecido como alguien que piensa. Trataba de ser uno con la naturaleza. Sentía piedad hacia los que, según él, no estaban en condiciones de defenderse. Por eso, cuando paseaba por el campo, o por las orillas del *yam*, cambiaba las piedras de posición. «Ahora, decía, podrán ver el mundo desde otra perspectiva.» Lo confieso. Desde entonces, siempre que puedo, cambio las piedras de posición, en memoria de Yu, y por si acaso. En la noche contaba las estrellas. Dijo saber de unas ocho mil. Defendía un principio inconcebible en aquel tiempo, y todavía ahora: cultura —aseguraba— es tolerancia. Por eso nadie era menos, ni tampoco más, al menos en su segundo «campo de cinabrio», el corazón. Era un *kui* deslumbrado por lo curvo. No creía en la línea recta. Aseguraba que el Gran Uno, de existir, tenía que ser un círculo: el círculo central de cada pensamiento. Decía que somos tan pequeños que sólo podríamos caber en la imaginación de alguien muy grande. Y en las paredes del «pabellón secreto» escribía muchos de estos pensamientos: «cada ahora es una verdad», «los dioses comprenden en todas las direcciones», «subir exige esfuerzo, pero saber bajar, además, requiere una dosis especial de inteligencia», «yo habito al sur de la razón», «no planifiques más allá de tu sombra», «si descubres que vas a morir, continúa con lo que tienes entre manos», «el tímido pelea doblemente», «razón y sinrazón se persiguen inútilmente»; «si te regalan la ancianidad, piensa como un anciano»...

Y en la pared del fondo, presidiendo, su frase favorita. Mejor dicho, su ecuación favorita, obtenida, según decía, después de estudiar *Las aritméticas* y *Los números poligonales,* del matemático griego Diophantos, de la escuela de Alejandría. Era una de sus referencias en la vida. Aparecía en hebreo, y rezaba: «Amor = Doy porque Tengo» ($A = D \times T$), una ecuación «diofántica» que Él se encargó de modificar cuando llegó su hora...

Éste era Yu, el primer hombre que escribió sobre el Maestro, un *kui.*

A la mañana siguiente, lunes, 7 de enero, el Maestro llegó puntual, y en la compañía del propietario del astillero, el viejo Zebedeo. Parecía más relajado. De Eliseo, ni rastro. Era su segundo día de ausencia. Y la intuición avisó. Algo sucedía...

Pero, centrado en el Galileo, olvidé, temporalmente, el toque de atención del instinto.

Al principio, todo fue normal. Jesús se hizo con las herramientas y descendió al foso. Santiago, su hermano, estaba en lo cierto: el Maestro cambió de residencia, pero siguió acudiendo al trabajo, como entablador.

Al poco de oír el triángulo metálico de Yu, anunciando el arranque de la jornada laboral, percibí algo inusual. Todos se dieron cuenta. También el Hijo del Hombre. Lo vi detener el martilleo y mirar hacia el muelle. Yu, previsor, se fue hacia esa zona del astillero.

¿Qué sucedía?

En el citado extremo oriental del muelle se había reunido cierto número de personas. En un primer momento, quince o veinte. Los reconocí. Eran cargadores del puerto. Los había visto en ocasiones. Miraban hacia el astillero, y gesticulaban. De momento se hallaban detenidos en los escalones que permitían el acceso al *mézah,* o astillero, propiamente dicho. Qué extraño. Casi todos eran *am-ha-arez,* «el pueblo de la tierra» (1), lo último de

(1) Amplia información sobre los *am-ha-arez* en *Saidan. Caballo de Troya 3, Cesarea. Caballo de Troya 5* y *Nahum. Caballo de Troya 7. (N. del a.)*

lo último, pura basura, en opinión de los sabios y sacerdotes. Siempre permanecían bajo la atenta vigilancia de los capataces, y de sus látigos de cuero. ¿Cómo es que habían abandonado el trabajo?

No entendí. ¿Qué pretendían?

Pronto me daría cuenta...

Yu se aproximó al grupo, e intercambió unas palabras con los más cercanos. Discutieron. Y las voces de los *am-ha-arez* crecieron, y empezaron los gritos. Reclamaban a Jesús, el Mesías, el hombre que, según ellos, los sacaría de la miseria...

Empecé a comprender. Aquella gente, como ya expliqué en su momento, ocupaba uno de los últimos puestos en la sociedad judía. Según los ortodoxos, los *am (am-ha-arez)*, además de gentuza que despreciaba la Ley de Moisés, eran usurpadores y ladrones «desde la cuna», como las samaritanas eran impuras y menstruantes desde el nacimiento. A decir de los doctores de la Ley, los *am* se habían apropiado de las tierras de Israel, aprovechando el exilio a Babilonia, en el 486 a. J.C. El odio hacia estos infelices, por tanto, era muy antiguo. Algunos rabíes, como Hillel y Jonatán, ponían en duda su calidad de hombres, comparándolos con los objetos y animales. Prácticamente no tenían derechos, sólo obligaciones. Los *am* se hallaban por debajo de los *ebed* o esclavos, y al mismo nivel de los *mamzerîm*, o bastardos, a los que también he hecho alusión (1). Ambos —*am* y *mamzer*— eran «pecadores sin posibilidad de redención», no admitidos en la asamblea de Yavé, «ni siquiera en la décima generación». Esto significaba que no podían contraer matrimonio con judíos puros, ni tampoco aspirar a un trabajo «digno», a heredar o a declarar en un juicio. Yavé, en el Deuteronomio (23, 2-3), los rebajaba sin piedad. Del resto, considerándolos «pura basura», se ocupó el cuerpo de sabios y doctores de la Ley...

Los sensatos razonamientos de Yu, explicando que allí no había ningún mesías, no sirvieron de nada. Los

---

(1) Amplia información sobre los *mamzerîm* en *Cesarea. Caballo de Troya 5. (N. del a.)*

semidesnudos cargadores, irritados, no prestaron atención, y algunos, más audaces, burlaron al *naggar* y se introdujeron en las dependencias del astillero, reclamando a Jesús. Y el resto, desde las escaleras, empezó a vocear el nombre del Maestro. Los trabajadores del astillero reaccionaron y se unieron a Yu, formando una barrera. Otros, a una orden del Zebedeo padre, se ocuparon de detener y expulsar a los que invadieron el lugar. Jesús, sereno, permanecía atento a los *am* que coreaban su nombre.

No podía creerlo...

La noticia del avance de Yehohanan hacia Nahum, y la filtración del nombre del Galileo, como el Mesías prometido, no tardaron en desembocar en el muelle, y en llegar a oídos de estos desheredados de la fortuna. Los rumores fueron tan intensos, y tan verosímiles, que los *am* se movilizaron, buscando al que debía rescatarlos de la miseria y de la injusticia. Ésta era la cruda, y equivocada, realidad. Al Mesías libertador político no sólo lo esperaban los religiosos y los nacionalistas. También la «basura social» ansiaba su llegada, y no por razones espirituales...

Sin darme cuenta, estaba asistiendo a un suceso de especial relevancia. Eran esas gentes, los *am-ha-arez,* y también los *mamzerîm,* quienes integrarían, en un futuro no muy lejano, las masas que no perderían de vista a Jesús, prácticamente durante todo el tiempo de predicación. Éstos fueron los asiduos seguidores del Hijo del Hombre, pero no por las razones esgrimidas en el siglo XX.

Y se produjo el desastre...

Los expulsados se revolvieron, y la emprendieron a patadas, y a pedradas, con la gente de Yu. Y una lluvia de guijarros blancos y negros nos cubrió en un abrir y cerrar de ojos. Nos protegimos como pudimos.

Pero, en mitad del griterío, y del ataque, aparecieron los capataces. Fue visto y no visto. Los látigos fueron más elocuentes que Yu y, poco a poco, los *am* retrocedieron hacia el muelle, o escaparon como liebres entre los barracones, desapareciendo al otro lado del río Korazaín.

El Maestro, como digo, no se movió. Nadie se acercó a Él. Su semblante se había vuelto sombrío.

¡Dios bendito! ¡Todo se precipitaba!

Minutos después, recuperada la calma, el Zebedeo padre y Yu hicieron recuento de los lastimados. Sólo magulladuras y un par de heridas de escasa importancia. El Maestro resultó ileso.

Y los trabajadores, desconcertados, regresaron a lo suyo. Como es de suponer, el comentario unánime, durante el resto de la jornada, giró en torno a Jesús. ¿Cómo era posible que aquel compañero, escalador en los bosques del «Attiq», y ahora entablador, fuera el Mesías? Discutieron y, como era igualmente previsible, las opiniones se dividieron.

Pero el viejo patrón, el Zebedeo, hábil, supo adelantarse a los acontecimientos. Lo vi conversar con Yu. Después se reunieron con el Maestro y parlamentaron durante un rato, no mucho. Jesús casi no abrió la boca.

Al poco, terminada la reunión, el Galileo dejó el peto de cuero y las herramientas, y se dirigió a la orilla del *yam*. Embarcó en una de las pequeñas lanchas y, en solitario, empezó a bogar.

Entendí, a medias.

Y lo vi alejarse hacia la aldea de Saidan, donde residía.

Tampoco fui consciente, pero estaba asistiendo a otra escena que, lamentablemente, se repetiría con frecuencia durante la referida vida pública: el Maestro, huyendo…

Porque, en suma, de eso se trataba. Con buen criterio, con el fin de evitar males mayores, Jesús aceptó la sugerencia del *naggar* y del Zebedeo. Convenía que se ausentara del astillero, al menos durante unos días.

Y como supuso el Zebedeo padre, a eso de la «tercia» (nueve de la mañana), hizo acto de presencia en el astillero una patrulla de mercenarios romanos. Traían orden de averiguar lo sucedido y, sobre todo, de conducir al tal Jesús, el supuesto Mesías judío que andaba de boca en boca, ante los responsables de la guarnición.

¡Bendito Zebedeo!

Yu, como jefe de los trabajadores, se responsabilizó del asunto, y respondió con la verdad: no sabía nada de un mesías. Además, ¿a qué «Yešúa^c» se referían? Allí, en el astillero, había varios hombres que respondían a dicha gracia. Yešúa[c], o Jesús, era un nombre común en aquel tiempo.

Y la patrulla tuvo que reconocer que el chino tenía razón.

Era la primera vez que Roma se interesaba por Jesús de Nazaret. Fue el 7 del mes de *sebat* del año 26, mucho antes de lo que se ha dicho...

Pero no había llegado su hora.

¡*Sebat*! ¡Casi lo olvidé! ¡Nos hallábamos en enero! ¡Debía permanecer muy atento! Si mis informantes no estaban en un error, sería en ese mes cuando se produciría el bautismo del Maestro. Eso fue lo apuntado por Bartolomé, uno de los íntimos de Jesús, cuando me dirigía hacia Nazaret, en abril del año 30. En aquel accidentado viaje (1), Juan Zebedeo, otro de los apóstoles, se opuso a la opinión del «Oso de Caná», y defendió que la vida pública del Galileo arrancó con el encarcelamiento de Yehohanan, en *tammuz* (junio) del citado año 26 de nuestra era (2). Poco después, cuando el Zebedeo padre me hizo partícipe de su «tesoro» (la narración de los viajes secretos de Jesús), confirmó lo indicado por Bartolomé: la inmersión en las aguas del Jordán se produjo en enero. Siempre me fié del viejo Zebedeo...

Pues bien, me hallaba en el referido mes de enero, y el instinto advirtió de nuevo. Quizá todo aquello —los súbitos cambios de planes (?) del Anunciador, la mudanza del Maestro a la aldea de Saidan, el incidente en el astillero, etc.— formaba parte del entramado del Destino...

Era preciso que mantuviera los ojos bien abiertos. «Algo» se avecinaba.

No me equivoqué...

El resto de aquel lunes discurrió con normalidad, excepción hecha de los ya casi habituales corrillos de cu-

(1) Amplia información en *Nazaret. Caballo de Troya 4*. (N. del a.)

(2) Ninguno de los escritores «sagrados» (?) coincide a la hora de fechar el bautismo del Hijo del Hombre. Lucas señala el año decimoquinto del reinado del emperador Tiberio como el tiempo en el que el Anunciador empezó a predicar, pero, como ya indiqué en su momento, dicha fecha es errónea. Tiberio fue asociado al gobierno de su predecesor dos años antes de la muerte de Augusto, y Yehohanan inició las predicaciones en marzo del 25. (N. del m.)

riosos frente al portalón —ahora siempre cerrado— de la «casa de las flores», y de un curioso «hallazgo»…

La lluvia se presentó de nuevo, e interrumpió las labores en el astillero. Y quien esto escribe se reunió con el maestro Yu antes de lo previsto. Recuerdo que me había sentado sobre la fina escoria volcánica, cerca del arcón de los libros, y prestaba atención a sus palabras. Como ya mencioné, nadie entraba en el «pabellón secreto». ¿Cómo llegó hasta allí? Nunca lo supe. Mejor dicho, tengo una sospecha, pero no es creíble…

Yu olvidó el incidente con los *am*. Ahora paseaba, arriba y abajo, con las manos cruzadas sobre el pecho, e intentaba transmitirme su idea del hombre *jing*, la máxima expresión de lo que el taoísmo denomina los «Ocho Resplandores del Interior». *Jing*, en traducción del chino, equivale a «radiante». Ésa, como digo, es la categoría última a la que puede aspirar un ser humano, según el Tao. «Radiante» en sus pensamientos, en sus buenas obras, en su mirada, en sus silencios, y hasta en su caminar. Todo *kui* era un *jing*, por definición, o debería serlo. Por debajo, según Yu, estaban los hombres y mujeres «resplandecientes, brillantes, simplemente luminosos, los hombres mate, los grises, los opacos y los sin luz». Y en ello andaba, imaginando las diferencias, cuando percibí un destello…

En realidad, no sé qué fue primero. Quizá, al verlo, ya había sentido aquel acúfeno, en el interior de la cabeza. Casi había olvidado el zumbido en los oídos…

Yu continuó hablando, y yo tomé una de las lucernas. La aproximé y verifiqué que no era un error. Allí, medio enterrado en la ceniza que tamizaba el barracón, justamente entre mis pies, se hallaba un pequeño disco, de un negro brillante.

Me hice con él, y lo examiné con curiosidad. No estuve seguro, pero parecía jadeíta, una bella pieza, delicadamente trabajada y pulida. No creo que rebasara los tres centímetros de diámetro. El centro había sido horadado y, en su lugar, el orfebre dispuso un diminuto círculo, con una serie de símbolos chinos, todo en oro. La gema aparecía engarzada en una finísima lámina, igualmente dorada, con un pequeño enganche. Se trataba, evidentemente, de un colgante. Y supuse que era propiedad de Yu. Quizá lo había extraviado. No podía ser de otra forma, dado que los símbolos eran chinos, y que nadie tenía acceso a su sanctasanctórum. Y al hacerla girar entre los dedos, volvió a destellar. Fue como una «señal», pero, lógicamente, no me percaté...

Se lo entregué, y le expliqué que estaba en el suelo, entre mis sandalias.

Yu interrumpió la explicación sobre los *jing* y examinó la pieza.

—No es mío —declaró, al tiempo que me la devolvía—. Es jade negro...

El hombre *kui* captó mi extrañeza y se apresuró a matizar:

—Yo utilizo el jade para conseguir la inmortalidad. Como sabes, lo consumo, pero es verde, o blanco, o malva, o rojo, o amarillo, pero jamás negro...

Solicitó de nuevo el colgante y procedió a un análisis más detallado. Me miró, y los ojos rasgados se iluminaron. Sonrió levemente y asintió con la cabeza. ¿En qué pensaba? ¿Por qué el jade negro no era pulverizado y consumido?

Y el pitido, como otra «señal», se hizo más agudo. Pero tampoco entendí...

Entonces, con cierta emoción, Yu explicó que, para los *daoshi*, los buscadores de la verdad, el jade negro era el símbolo del conocimiento del cielo y la piedra que guardaba los grandes secretos de la alquimia. Todo estaba en ella, si éramos capaces de saber mirar. Por eso era una gema sagrada, y un *kui* nunca se atrevería a consumirla. Es más, el jade negro tenía la propiedad de «dirigir nuestros pasos» y de aprovechar las energías de la madre tierra, transmutándolas, y ayudando al hombre a alcanzar el grado *jing* o «radiante». Hallar un jade negro entre los pies era una bendición especialísima de los dioses —eso dijo—, y, en consecuencia, yo sólo podía ser un *kui* tal y como sospechaba desde un principio. Y Yu, entusiasmado, continuó hablando de las excelencias de aquel tipo de jadeíta. Entre los chinos, especialmente entre los taoístas, era mucho más que un talismán. Decían que el propietario de un jade negro era el más afortunado de los hombres, porque la piedra tenía la capacidad de hacer realidad cualquier sueño. Era el regalo más preciado. Cuando un hombre entregaba un jade negro a una mujer, eso se denominaba «beso interior», el más limpio y profundo mensaje de amor. No hacía falta palabra alguna. Recibir un jade negro significaba «ser amado». Ese amor no podía ser expresado en palabras. Pero había más. El «beso interior» encerraba, al mismo tiempo, un segundo mensaje: ese amor era imposible...

Y, sin querer, entre las palabras de Yu, fue apareciendo el rostro de Ma'ch...

Finalmente, pregunté: ¿Cuál era el significado de los símbolos dorados?

Yu volvió a leerlos y, una vez seguro, proclamó:

—Para los que leen en una sola dirección: «Felicidad.» Para un *kui* tiene otras traducciones. Por ejemplo: «Para K.»

Me estremecí.

Y concluyó la lectura:

—... «De parte de K.» Sí, eso es —confirmó—. «Para K, de parte de K.»

Fue inmediato. Al pronunciar la letra, o el símbolo, «K», acudió a mi memoria el sueño de Jaiá, la esposa de Abá Saúl: «... Él amaba a "K" y yo también.»

No entendí nada de nada. ¡Qué extraña coincidencia! ¿O no era tal? ¿De dónde había salido aquel jade negro? Si no era de Yu, ¿cómo llegó hasta el interior del «pabellón secreto»?

Y recibí un segundo recuerdo...

¡No era posible!

«Cuando llegue el momento, busca a tus pies.»

Yo lo soñé en el «lugar del príncipe», en Salem. Yo soñé cómo un hombre de «palabras luminosas» se dirigía a mí y me hacía esa advertencia (1): «Cuando llegue el momento, busca a tus pies. Entonces comprenderás que esto no es un sueño.»

_____

(1) Información sobre dicho sueño en *Nahum. Caballo de Troya 7.* (*N. del a.*)

Permanecí ausente durante un tiempo. Yu hablaba del jade, pero no presté atención.

¡Era asombroso! ¿Por qué «K» aparecía mezclado con el misterioso hombre de los tres círculos concéntricos en el pecho? ¿Qué diablos era «K»? ¿Por qué el «joven Jasón» estaba enamorado de «K»? ¿Y por qué lo estaba igualmente el «viejo Jasón»?

No supe qué pensar. Quizá exageraba. Quizá sólo era una coincidencia. Y el Destino, supongo, sonrió, malicioso. Yo sabía que los sueños de Jaiá se cumplían...

Por último regresé a la realidad, e interrogué al *naggar* sobre algo que había quedado pendiente: ¿cuál era su interpretación sobre los caracteres chinos que adornaban el disco de jade negro?

—Es el regalo de un *kui* —respondió con seguridad—, hacia otro *kui*...

—¿«K» es un *kui*?

Yu entendió. Sonrió con benevolencia y aclaró algo que me dejó más confuso, si cabe. La letra «k», tal y como la entendemos en Occidente, no existe en chino, y tampoco en el dialecto hablado por Yu, originario del norte de China, y con una riqueza de más de cinco mil pictogramas. Al traducir al arameo, o al hebreo, el símbolo *kui* (así sonaba en chino) equivalía a la letra «k», aunque sería más correcto hablar de «sonido k» (1).

En suma: «k» y *kui*, en el dialecto de Yu, eran lo mismo.

Los símbolos del jade, según el chino, habían sido trabajados en una antiquísima lengua escrita, a la que llamó «Wenyan», originaria de la cuenca media del río Amarillo. Era una forma de expresión de enorme riqueza conceptual, de excelente ritmo, y de gran musicalidad, utilizada por filósofos, sabios y, por supuesto, por hombres *kui*. Reunía casi diez mil caracteres, con las correspondientes pronunciaciones (2). «Fue enseñada por los dioses», manifestó Yu.

(1) «Ke» o «ka», en hebreo, significa «igual que». Se trata de una partícula inseparable (prefijo del nombre formado por la letra *caf*, que suena, en realidad, como «ke», con una «e» casi inaudible). *(N. del m.)*

(2) Una sola sílaba, por ejemplo *yi*, en el cuarto tono, disfrutaba de más de cien caracteres (cada uno con un sentido distinto, según la pronunciación). *(N. del m.)*

«Para "K" *[kui]*, de parte de "K" *[kui]*.»

Necesitaría un tiempo para despejar la nueva incógnita. ¿Por qué Yu aseguraba que este explorador era un *kui*? ¿Yo, un soñador?

Quise obsequiarle el jade. Se negó en redondo. Yo lo había encontrado, y yo debía conservarlo. Si alguna vez decidía regalarlo, no podía olvidar el «beso interior». La persona que lo recibiera tenía que ser muy especial, otro ser *kui*, el gran amor de mi vida, el único, y, además, imposible...

¡Ma'ch!

Y en esos instantes supe quién lo recibiría. Pero ésta es otra historia.

—Si eso ocurre, si decides practicar el «beso interior» —añadió—, no olvides que deberás permanecer en el anonimato. La mujer afortunada podrá sospechar quién es su amor secreto, pero nunca tendrá la certeza. Si le confiesas tu nombre, el hechizo del jade negro desaparecerá. Ella, entonces, se convertiría en una mujer angustiada. ¿Comprendes?

Dije que sí, aunque, en esos momentos, consideré sus palabras como otra «historia *kui*». Nunca aprenderé...

—Mientras eso llega, hasta que el jade sea regalado —me miró intensamente, como si supiera que eso iba a ocurrir—, no te separes de él. Como te he dicho, es un obsequio de los cielos. Tú sabrás por qué.

Curioso. El pitido en los oídos se hizo más intenso...

Y prosiguió:

—...El jade negro pondrá música a tus pensamientos. Te recordará que amar es más importante que ser amado. Él hará llover en tu memoria cuando lo necesites. Te mantendrá frío en el calor de la disputa, y agitará tu segundo campo de cinabrio cuando te quedes atrás en la vida. La contemplación del jade te dirá que no estás solo. Alguien brilla en tu nombre, no sabemos dónde. Alguien te tiene en su corazón desde el principio. El jade es su mensajero. Él te está gritando que hay dos cielos: uno fuera, negro, y otro dentro, dorado. Recuerda: «Ka» = *kui*...

Así se lo prometí. Y la singular piedra preciosa siguió

con quien esto escribe, hasta que el Destino lo estimó oportuno...

Al día siguiente, martes, 8 de enero, se produjo el cataclismo. ¿Cómo imaginar algo semejante?

La jornada se inició con lo ya previsto. El Maestro no acudió al astillero. Zebedeo padre y Yu estaban en lo cierto. Los *am* irrumpieron en el lugar, y reclamaron de nuevo al Mesías. Y se repitió la escena: los capataces la emprendieron a golpes con los infelices cargadores del muelle, y el trabajo tuvo que ser interrumpido. Según el viejo Zebedeo, Jesús se hallaba bien, aunque intranquilo. No supo explicar qué le sucedía. Yo lo intuí, y no me equivoqué...

Su hora se aproximaba.

Y al astillero llegó también la noticia sobre la comisión designada por el consejo local de Nahum, que emprendería viaje al valle del Jordán en esa misma mañana. La presidía Nitay, el sacerdote de la sinagoga, y director de las secciones menores del culto, hermano de Yehudá ben Jolí, el archisinagogo. Su misión era verificar los rumores sobre el avance de Yehohanan y, por supuesto, interrogarlo respecto a la identidad del traído y llevado Mesías.

Aunque igualmente previsto, el hecho de saber que la referida comisión estaba a punto de iniciar la marcha hacia el Jordán, sinceramente, me inquietó. Y el instinto me previno, una vez más. ¿Cuándo aprenderé a ser fiel a sus recomendaciones? Debía movilizarme y viajar con la comisión. Tenía que estar presente cuando Nitay, y el resto, llegaran ante el Anunciador...

Pero el Destino, naturalmente, tenía otros planes.

Lo que no contemplé fue la súbita aparición de Eliseo. Hacía más de dos días que no sabía nada de él. Se presentó directamente donde me hallaba y, eufórico, exclamó (mejor dicho, ordenó):

—Lo he meditado. Tenías razón. Tu situación es muy grave. No debemos comprometer el experimento. Vamos a regresar...

Me hallaba tan perplejo que no pregunté.

—...¡Despídete de Él y de quien consideres!... ¡Regresamos!

Lo miré de arriba abajo. Efectivamente, parecía feliz. No conseguí comprender el cambio de actitud. Primero trató de convencerme para que permaneciéramos en aquel «ahora». Después anuló la contraseña, y no pude despegar. Ahora ordenaba lo contrario. Allí había algo extraño...

Y permaneció atento a mi respuesta.

Esta vez sí reaccioné. Di media vuelta y me alejé. Y allí quedó, sin saber a qué atenerse.

Estaba decidido. Recuperaría el saco de viaje, y el cayado, y me uniría a Nitay y a su gente.

Dicho y hecho. Me fui hacia Yu y me despedí. El hombre *kui* me miró a los ojos, y supo que no obraba con ligereza. Él lo sabía. Me lo había dicho: pronto abandonaría el astillero. Y así fue.

—Por cierto —susurró, a manera de despedida—, el jade encierra otra interpretación: «Uno produce dos»...

—¿Qué significa?

—Eres un *kui* —sonrió, malicioso—. Utiliza la imaginación...

¿«Uno produce dos»?

Ni idea. Pero tampoco le di muchas vueltas. No era eso lo que me preocupaba en aquellos instantes.

Yu me obligó a aceptar algunos gramos de jade molido, y me hizo prometer que lo consumiría a diario. Nos abrazamos, y le aseguré que volvería. Tenía mucho que aprender de aquel sabio...

—Sé que regresarás. Para un verdadero *kui*, eso es lo más importante: regresar, no importa cuándo, ni tampoco adónde...

Y me alejé del astillero de los Zebedeo. Supongo que Eliseo me vio partir.

Kesil no me esperaba, como es lógico. Utilicé como excusa la noticia de la comisión que se disponía a viajar al Jordán. Me uniría a ella. El fiel amigo entendió. Sabía muy bien de mi interés por Yehohanan. Y me ayudó a preparar el saco de viaje.

282

Fue entonces cuando reparé en dos circunstancias no previstas.

Y el Destino me salió al encuentro...

La «vara de Moisés» no se hallaba en la ínsula. Registré discretamente las habitaciones, pero fue inútil. El cayado había desaparecido. Si no recordaba mal, Eliseo no lo portaba cuando ingresó en el astillero. No era lo acostumbrado. Finalmente, procurando no levantar excesivas sospechas, interrogué a Kesil.

—Eliseo ha dicho que, si lo preguntabas, te dijera que ya no la necesitas...

—¿Mencionó dónde la ha guardado?

Kesil me observó, intrigado.

—¿Por qué tanto interés por una vara?

Presentí el peligro, y retrocedí.

—Cierto. ¡Qué más da!

Pero el sirviente era más listo de lo que este pobre tonto pudiera sospechar. Sin querer, acababa de cometer un error...

Era evidente que el cayado se encontraba en el Ravid. Entonces supe que el ingeniero hablaba en serio. Estaba dispuesto a regresar a Masada...

El segundo hecho, que terminaría modificando los planes iniciales —viajar directamente al valle del Jordán—, fue la escasez de antioxidantes. Sólo quedaban cuatro tabletas de dimetilglicina. Ignoraba cuánto tiempo permanecería cerca del Anunciador. Debía ser previsor, y evitar, en la medida de lo posible, que se repitiera lo acaecido en el Firán. El viaje hasta las proximidades de Pella, donde supuestamente se hallaba Yehohanan, exigía, como mínimo, una jornada de marcha. Si todo discurría con normalidad (?), la ausencia se prolongaría durante cuatro o seis días.

Nunca aprenderé...

Necesitaba antioxidantes y, por supuesto, me sentía más cómodo con la «vara de Moisés».

No tuve alternativa. Era preciso ascender al «portaaviones» y recuperar el cayado y la medicación. Si me daba prisa, antes del ocaso podía estar en lo alto del Ravid.

¡Increíble Destino!

Me hallaba a un paso del cataclismo, y fui incapaz de intuirlo...

Los cielos fueron benevolentes con este explorador, e ingresé en el módulo poco antes del atardecer. Todo se presentó en orden. Mejor dicho, en un aparente orden.

Como había supuesto, la vara fue desarmada y embalada, lista para el regreso a la meseta de Masada, y a nuestro «ahora». ¿Qué se proponía el ingeniero?

Fuera lo que fuera, no estaba dispuesto a someterme; no de esas maneras.

Armé de nuevo el cayado y lo revisé. Todo de primera clase...

¡Pobre idiota!

Y a las 16 horas, 49 minutos y 1 segundo, los relojes de la «cuna» indicaron el ocaso solar de aquel martes, 8 de enero del año 26 de nuestra era. Un día que no podré olvidar jamás...

Fue en esos instantes, con los últimos rayos del sol iluminando el peñasco, cuando accedí a la popa de la nave, dispuesto a retirar la dimetilglicina. A la mañana siguiente, con el alba, emprendería la marcha hacia el valle del Jordán...

Y el Destino se presentó, implacable.

Me hice con una buena reserva de antioxidantes —mucho más de lo necesario— y, como tenía por costumbre, eché una ojeada a la «farmacia». No pude evitarlo. Soy así, siempre previsor, excesivamente previsor. Lo contrario a un auténtico *kui*...

Entonces reparé en algo inusual. El férreo orden que había establecido en aquel departamento, vital para nuestra supervivencia, aparecía ligeramente alterado. Algunos de los recipientes se hallaban desplazados. Me extrañó. Eliseo no era el responsable de la farmacia. Sin embargo...

Restauré el orden inicial y, en esos momentos, caí en la cuenta: faltaban algunos específicos.

No era posible...

Volví a revisar, y lo hice por tercera vez. No había duda. No logré hallar el fenolcloroformo, ni tampoco las enzimas de restricción. Estas sustancias, como ya señalé, fueron utilizadas en el proceso de extracción química del

284

ADN, y en la segmentación del «ovillo» del referido ADN (restrictasas) (1). También eché en falta parte de un reactivo de cristalización, integrado por piridina y un reductor. Eliseo manipuló dichos elementos a la hora de replicar el ácido desoxirribonucleico procedente de las muestras de sangre de María, la madre del Maestro, y de los dientes de José, su esposo, y de Amós, el hijo de ambos.

No podía ser. Recordaba que había controlado, minuciosamente, dichas sustancias. Era mi obligación. Examiné de nuevo el «cuaderno de consumo», en el que anotaba cada miligramo utilizado. Negativo. La última manipulación tuvo lugar en junio del año 30, poco antes del tercer «salto» en el tiempo.

No se trataba de un error de quien esto escribe. Alguien había empleado aquellas sustancias, y recientemente. Pero sólo conocía a una persona capacitada para ello...

Tuve un mal presentimiento.

Y aunque sabía que los informes sobre ADN, elaborados con las muestras que habíamos obtenido del lienzo funerario del Maestro, así como de la sangre y cabellos de Jesús y de sus familiares, fueron clasificados por «Santa Claus», haciendo imposible el acceso a los mismos, me senté frente al ordenador central y solicité información (2).

«El usuario no tiene prioridad para ejecutar esta orden.»

Era lo esperado. «Santa Claus» negó el acceso al material genético.

Y la intuición siguió avisando...

¿Por qué Eliseo había utilizado aquellos elementos químicos? ¿Me encontraba ante otro análisis de ADN? Pero, ¿sobre qué muestra? Las que conocía, las que fueron manipuladas con anterioridad (en realidad, en el «futuro»), se hallaban guardadas en un contenedor especial, herméticamente cerrado y lacrado. Las órdenes del general Curtiss fueron claras y determinantes. Nadie manipularía el envase con el ADN de Jesús de Nazaret. El ci-

(1) Amplia información en *Hermón. Caballo de Troya 6. (N. del a.)*
(2) Amplia información sobre el lienzo funerario en *Masada. Caballo de Troya 2. (N. del a.)*

lindro pasaría, directa e inmediatamente, a sus manos, nada más tomar tierra en Masada.

Tenía que acceder al banco de datos de la computadora. Tenía que consultar los informes sobre ADN. Algo no cuadraba. Algo no me gustaba. ¿Qué había hecho el ingeniero durante los días que permaneció ausente? Si trabajó sobre otra determinación de ADN, tenía que constar en los archivos del ordenador. Pero ¿cómo burlar el complejo sistema?

No me di cuenta, ésa es la verdad. En esos instantes, absorto en lo que acababa de descubrir, continué bregando con «Santa Claus». Transferí la clave, reclamando el directorio correspondiente: «CD-GMA» («acceso a material genético»). Lo hice cuatro veces. Al quinto intento saltaron todas las alarmas acústicas y luminosas de la nave. Lo olvidé...

Como había sucedido semanas antes, creí volverme loco.

¿Qué demonios era aquello? ¿Qué había fallado?

Y al minuto, como ocurrió el 21 de septiembre, el *panel panic* se tranquilizó súbitamente. Tampoco supe por qué. Sólo permaneció activa una solitaria y «familiar» alarma: el Sistema de Control Ambiental (ECS) (1).

Demasiadas coincidencias...

Los pilotos saben muy bien que dos averías (dos bombas) no caen en el mismo cráter...

En ambas ocasiones, todo siguió un proceso idéntico. Consulté los indicadores internos de temperatura y, como suponía, las lecturas fueron las adecuadas. En realidad, no fallaba nada. Mejor dicho, era yo el que estaba fallando. Era yo el estúpido de solemnidad...

¿Cómo no lo vi mucho antes?

Hice una nueva prueba, ignorando la parpadeante y obstinada luz del ECS.

(1) Como ya referí, el ECS era el responsable, entre otros asuntos, de la presión y de la temperatura en cabina, presurización de los trajes y absorción del dióxido de carbono. De él dependía, especialmente, la temperatura adecuada en la constelación de circuitos eléctricos y electrónicos. Un desequilibrio podía provocar un incendio. *(N. del m.)*

Efectivamente. Al solicitar el acceso a los archivos «ADN» por quinta vez, «Santa Claus» disparó las alarmas.

¡Estúpido, sí!

Como suponía, sólo se trataba de un «circo». Jamás hubo avería alguna. Entre los técnicos de la Operación Caballo de Troya lo llamaban el «quinto bucle», una de las medidas de seguridad del sistema. En el caso de un intruso —más que supuesto en aquel «ahora»—, si el acceso a determinado código era denegado por cinco veces, y de manera consecutiva, el ordenador estaba programado para «desviar» la atención con algo escandaloso que lo hiciera desistir de sus propósitos. Esto era el maldito «quinto bucle». Ni Eliseo ni yo lo habíamos tenido en cuenta. Rectifico: yo lo olvidé. En cuanto al ingeniero, ¿cómo era posible que no lo recordara? Él era experto en informática...

Durante unos segundos no supe qué pensar. Recordé lo sucedido el 16 de agosto, cuando se registró el pequeño fallo al teclear en el ordenador (1), y «Santa Claus» denegó, por primera vez, el acceso al material genético. Eliseo, responsable del error, se indignó y juró que encontraría la «puerta trasera» para abrir de nuevo el directorio de los ADN. Aquello lo molestó, y mucho...

¿Qué raro? Él sabía del «quinto bucle». Él estaba al tanto. Pero entonces...

Y el pensamiento inicial casi se hizo certeza.

¡Tenía que salir de dudas!

¡A paseo las normas!

Fue el principio del fin...

Rescaté el cilindro de acero que contenía las muestras del Maestro y de los suyos, cerrado y lacrado en mi presencia por el ingeniero, y lo examiné detenidamente.

Sentí un escalofrío.

La intuición me alertó. Si lo abría, quién sabe... Quizá podía provocar una catástrofe.

La intuición jamás se equivoca. Es la razón la que nos pierde.

El pequeño y brillante contenedor, de 18 centímetros

---

(1) Amplia información en *Hermón. Caballo de Troya 6. (N. del a.)*

de longitud por 9 de diámetro, fabricado en acero *maraging* (1), casi indestructible, era uno de los «tesoros» de la operación. Curtiss, como dije, estaría al pie del módulo, esperándolo. Si rompía los sellos, me convertiría en un renegado. Sólo Eliseo fue autorizado a cerrar y lacrar. Él era el responsable del lacre especial que, por cierto, nunca supe dónde guardaba. Miento: en alguna oportunidad lo vi entre sus cosas, en el saco de viaje.

Pero, de pronto, sentí remordimientos. Era un soldado. Abrir el cilindro era desobedecer las órdenes...

Lo acaricié, y peleé contra la razón. Algo no funcionaba correctamente en aquella historia. Tenía que decidirme. Tenía que ser valiente, y aclarar las dudas. Pero ¿y si estaba en un error?

«Eres un soldado —dictaba la razón—. Limítate a obedecer...»

«¡Ábrelo!... Sabes que estás en lo cierto —susurraba la intuición—. Alguien miente...»

Y se produjo el cataclismo.

Obedecí a la intuición y destruí los precintos.

Al abrir el contenedor fue como un terremoto...

Me negué a aceptarlo. Cerré el cilindro y escapé de la «cuna», horrorizado.

Deambulé por la plataforma rocosa, sin saber qué hacer, ni qué pensar.

¡Bastardo!

Era lo único que repetía.

¡Bastardo! ¿Cómo pudo?...

Finalmente, me rendí a la evidencia y retorné a la nave. Repasé de nuevo el contenido del cilindro de acero, e intenté serenarme.

Allí estaban, como ya sabía, las muestras de sangre, cabellos, sudor, etc., del Maestro, extraídas de los lienzos funerarios, así como las ya mencionadas de la Señora, de

(1) La martensita y el proceso de envejecimiento de este acero, altamente aleado, eran las claves de su notable resistencia, tanto a la corrosión como a las bajas y altas temperaturas. El *aging* superaba las tres horas a 500 grados Celsius, logrando una carga de ruptura de 210 hbar, casi el doble de lo habitual. Para resistir la inversión axial fue reforzado con cromo y molibdeno, anulando así la posibilidad de deformaciones geométricas. *(N. del m.)*

José y del pequeño Amós. Pero había algo más. Algo de lo que no tenía conocimiento...

Meticulosamente envuelto en una cápsula de seguridad, y listo para su «transporte» al siglo XX, descubrí un mechón de pelo.

Al principio lo confundí con los cabellos que yo mismo rescaté del Pequeño Sanedrín, en Jerusalén, cuando el Maestro recibió aquella salvaje paliza... (1).

Después comprendí que eso no era posible. Aquel mechón, y otra muestra de sangre del Galileo, fueron trasladados a nuestro «ahora» al concluir el primer «salto» en el tiempo. Me hallaba ante «otro» mechón...

No tuve que esforzarme para averiguar el origen del mismo. En el protocolo que acompañaba a la muestra se leía textualmente:

«Cabello humano arrancado al *Beth*. Fecha: 4 de enero, viernes, año 26. Hora: 15.00 p. m. Lugar: bosques llamados del Attiq (actual Galilea). Recogido por "uno de los cincuenta y dos". Confirmado ADN.»

¡Bastardo!

Y rememoré la escena: Jesús, en mitad de la tormenta de nieve, en lo alto del árbol, sujetando con dificultad a su ayudante, el joven Minjá, el epiléptico. El muchacho, en plena crisis convulsiva, colgaba prácticamente en el vacío. Y recordé su mano izquierda, aferrada a los cabellos del Maestro...

¡Maldito...!

En una de las violentas convulsiones, Jesús no pudo retener a Minjá y éste se precipitó sobre la nieve...

Obviamente, el epiléptico se llevó consigo un mechón de pelo del Hijo del Hombre...

¿Cómo no me di cuenta?

Al caer sobre la nieve, Eliseo fue uno de los primeros que acudió en auxilio del ayudante. Intentó sujetarlo, e Iddan, el afilador, se lo impidió. Después continuó al lado del muchacho y colaboró, incluso, en el transporte del mismo hasta el campamento. Pudo hacerse con el mechón en cualquiera de esos momentos...

(1) Amplia información en *Jerusalén. Caballo de Troya 1. (N. del a.)*

Sencillamente, no me percaté de la maniobra del ingeniero.

Y empecé a atar cabos...

Por eso me arrebató la vara en Jaraba. Por eso se quedó atrás cuando descendíamos hacia Nahum, y «desapareció» hacia el Ravid. Por eso estuvo ausente durante dos días. Por eso la misión no había terminado. Por eso, ahora, lo encontré eufórico y dispuesto para el regreso a Masada. Por eso faltaban el fenolcloroformo y las demás sustancias...

¡Miserable!

¡Había tomado al Maestro como un objetivo militar! De no ser así, ¿por qué empleaba una clave? ¿Por qué lo llamaba *Beth*? ¿O era *Bel*? La letra del ingeniero, pésima, me confundió. *Beth* o *bet* es una letra hebrea. Equivale al número dos. Es la que inicia la Creación. Eso era Jesús para ellos: el «Dos». Si lo que quiso escribir en el protocolo fue *bel*, en arameo (lo correcto hubiera sido *be'el*), entonces se refería a «señor», quizá «comandante». Poco importaba. Lo grave es que había actuado a mis espaldas. Mejor dicho, habían actuado...

Respecto a la «firma» de Eliseo en dicho protocolo —«uno de los cincuenta y dos»—, tampoco supe explicarla. Imaginé que eran cincuenta y dos los individuos que formaban parte del complot. Dado que el cilindro, con el valioso material genético, pasaría a manos extrañas, quizá Eliseo no quiso comprometer su identidad. ¿O cumplía órdenes? ¿Quiénes eran los otros? Y me vino a la memoria un viejo sueño, registrado en la aldea de Bet Jenn, cuando marchábamos hacia las cumbres del Hermón. En dicha ensoñación «vi» a unos hombres vestidos con uniformes de campaña y amenazantes. Eran norteamericanos, como yo. Todos tenían el mismo rostro: el de Curtiss. Y el general me reclamó los informes de ADN (1)...

¡Dios santo! ¿Qué estaba pasando?

En el contenedor fue depositada también una larguí-

---

(1) Véase información sobre dicho sueño en *Hermón. Caballo de Troya 6. (N. del a.)*

sima secuencia numérica, con el siguiente encabezamiento: «Aviso a los dioses.» Contenía 464 dígitos. Deduje que se trataba de un mensaje encriptado. El 168, iniciando la cuenta por la parte superior, se hallaba marcado por una pequeña flecha roja. Era un «7». Pero no me sentí con ganas de enfrascarme en la resolución del criptograma. Eliseo comunicaba algo a alguien; supuestamente, al jefe de la operación: Curtiss. Eso sí, por prudencia, la añadí al cuaderno de bitácora. Algún tiempo después, copié la citada secuencia, y cuando el Destino lo quiso, el enigma salió a la superficie, ¡y con qué fuerza!

¡Malnacido! Él sí era *kedab*, un maldito mentiroso...

Pero ¿y si me equivocaba? Quizá el mechón de pelo no guardaba relación con el Maestro. ¿Podía estar en un error? ¿Estaba juzgando a Eliseo equivocadamente?

Las dudas —absurdas— me obligaron a examinar los cabellos. Utilicé el microscopio, el Ultropack, y la luz polarizada. Sumé sesenta y siete pelos, correspondientes a la región temporal del cuero cabelludo. Era un mechón arrancado, con la mayor parte de los bulbos desaparecida, o bien abiertos (en evolución), húmedos y pegajosos (1). Algunos, no muchos, se conservaban intactos. Supongo que el ingeniero los aprovechó para extraer el ADN. Por lo que recordaba, era un pelo idéntico al que fue analizado tras el primer «salto». Los estimables índices de hierro y yodo hallados en ambas muestras fueron definitivos. Ambos mechones de pelo procedían de la misma persona, el Maestro.

¡Dios!... ¿Cómo pudo simular hasta ese extremo? ¡Todo era mentira!

Simuló que no recordaba el «quinto bucle». Me animó a programar el tercer «salto». Dijo creer en las palabras del Galileo. Se «entusiasmó» (!) en el Hermón, y prome-

---

(1) Se trataba de pelos telógenos, de 90 micrones de diámetro, con la red aérea finamente granulosa y las células medulares invisibles, sin disociación. Velocidad de crecimiento: 0,305 milímetros al día. Índice medular: 0,23. Color: castaño claro, según la escala colorimétrica de Fischer. Fueron hallados abundantes restos de polen (procedente de los bosques del Attiq), lana (posiblemente del *sarbal*), y también hierro y yodo, entre otros elementos inorgánicos. *(N. del m.)*

tió «consagrarse a la voluntad del Padre». Maldijo a Curtiss, y a los suyos, en mi presencia. Confesó estar enamorado...

¡Todo falso! ¿Todo? ¿Y su amor por Ruth?

Pero él no era el peor...

Y la Operación Caballo de Troya se desmoronó como un castillo de arena. No era esto lo que había supuesto.

¡Malditos militares!

Y rectifiqué.

¡Maldito Curtiss!... ¡Tosser (1)!

No era el conocimiento lo que le interesaba. No era la verdad. No era Jesús de Nazaret. Era el poder, de nuevo...

Meses más tarde, cuando sucedió lo que sucedió, el propio Eliseo confesó que era un *dark-darn*, un «oscuro del infierno». Así llaman a los agentes especiales del DRS (Servicio de Investigación de la Defensa), los más temidos, tanto por su preparación como por su audacia. Son los «oscuros» los que emprenden las misiones pioneras, casi siempre con objetivos poco confesables (2). Caballo de Troya reunía todas las características de un proyecto de investigación avanzada y, como manifesté, algunas de las agencias de seguridad norteamericanas lucharon a brazo partido para ingresar en el grupo. De eso, Curtiss, el doctor Kissinger, y Richard Helms, ex director de la CIA, saben mucho...

Pero no adelantaré los acontecimientos. Antes de la «confesión» del ingeniero sucedieron otras cosas...

Por supuesto, no fui capaz de conciliar el sueño. ¿Qué

(1) Así aparece en el diario del mayor. Se trata de un insulto, pero sin traducción certera. El verbo *toss* significa lanzar, tirar, cornear. Es más utilizado por los británicos. *(N. del a.)*

(2) Entre los proyectos del DRS figuran, por ejemplo, los siguientes: estimulación magnética transcraneal (EMT), para lograr que los soldados, pilotos, etc., puedan combatir, o navegar, sin sufrir el lógico sueño o cansancio (impulsos eléctricos y magnéticos actúan sobre determinadas partes del cerebro, inhibiendo o acelerando las funciones deseadas). Inmovilización de ejércitos por satélite. Inducción de epidemias de todo tipo, especialmente a través de la vía animal. Capacitación de delfines «autómatas» con fines bélicos. Pilotaje de máquinas con la energía cerebral. Control de huracanes y terremotos. Creación, mantenimiento y dirección de clones y visión remota. *(N. del m.)*

debía hacer? ¿Retornaba al astillero y pulverizaba a Eliseo, tal y como me había propuesto días atrás? No me pareció lo más inteligente...

Y dediqué esa noche, y parte del día siguiente, miércoles, a planificar lo que, en principio, serían los pasos inmediatos.

Hice un frío balance de la situación (para ser exacto, de mi situación). Esto es lo que tenía ante los ojos: mi compañero no era lo que suponía. Nada de lo que hiciera, o dijera, era fiable. Si deseaba continuar la misión, si pretendía seguir al Hijo del Hombre, tendría que hacerlo por mi cuenta, y olvidar a Eliseo. ¿Me sentía con fuerzas? ¿Cómo resolvía el gravísimo problema de los «tumores» cerebrales? Estaba atado de pies y manos. ¿O no?

En la «cuna» aparecía un mechón de pelo, casi con seguridad del Maestro, introducido clandestinamente. ¿Por qué? ¿Qué necesidad tenía de actuar a mis espaldas? ¿Para qué esta nueva muestra? En el primer «salto» obtuvimos las necesarias. Con las «tijeras químicas», por ejemplo, el ADN de Jesús fue segmentado y, en cuestión de horas, el ciclador térmico proporcionó más de un millón de «copias». Todo eso se hallaba en poder de Curtiss y de los suyos. No lograba entender. A no ser que...

Rechacé la idea. Las muestras transportadas al siglo XX —sangre y cabello— se hallaban en perfecto estado. Como ya indiqué (1), de dichas muestras, en especial de la sangre, se extrajo mucha información. Según los especialistas, los linfocitos estaban completos. En otras palabras: pudieron trabajar con el ADN del Hijo del Hombre. ¿Falló algo? Lo ignoraba en esos momentos. Lo que estaba claro es que Eliseo se arriesgó, e introdujo una nueva muestra del Galileo en el módulo. Cumplía órdenes, supuse, y lo hizo por alguna razón de especial trascendencia. Nunca fui informado respecto al uso que se le dio a dicho material genético, pero no hace falta ser muy despierto para intuirlo...

Meses más tarde, como digo, cuando el ingeniero confesó, comprendí que me había quedado corto en mis apre-

---

(1) Amplia información en *Jerusalén, Caballo de Troya 1*. (*N. del a.*)

ciaciones. Era peor de lo que suponía... Algo impropio de un ser humano. Algo que me avergonzó y que fortaleció la vieja idea. No se saldrían con la suya (1)...

Y quizá sea el momento de reconocer mis propias culpas. La ignorancia no me exime. Directa, o indirectamente, quien esto escribe colaboró con los militares en sus tétricos proyectos. Yo ayudé a trasladar las muestras a nuestro «ahora». Lo siento. Si tuviera que disculparme, sólo acertaría a decir que mi intención fue otra, muy diferente. Curtiss me habló de investigar la verdad sobre los últimos días del Maestro. Eso fue lo pactado, al menos conmigo.

Pero ¿de qué servía justificarme? El Destino me había arrastrado, y allí estaba, en lo alto del Ravid, más solo que nunca, condenado a muerte, y desmoronado ante lo que acababa de descubrir.

Pasé horas enteras desconcertado.

Pensé en regresar a Nahum y, sencillamente, entregarme a la voluntad de Eliseo. Tarde o temprano, tendría que hacerlo. Él era el único que disponía de la clave para despegar y volver a nuestra realidad. Si decidía permanecer en aquel «ahora», ¿qué sería de mí y, sobre todo, qué sucedería con nuestros hallazgos sobre el Hombre-Dios? No creí que los militares los dieran a conocer.

Y quizá hubiera ganado la razón, quizá me habría inclinado por el sometimiento a Eliseo, de no haber sido

(1) Al leer esta parte del diario del mayor, lo primero que pensé fue en la clonación reproductiva de Jesús de Nazaret. ¿Lo habían logrado? La clonación, como es sabido, consiste en el proceso de «fabricación» artificial de un individuo, sin necesidad de fecundación. Implica la división de un solo embrión, o lo que se denomina «transferencia nuclear». Para ello es necesario manipular el ADN o ácido desoxirribonucleico. La «transferencia nuclear» consiste, básicamente, en la fusión de dos células. Una de ellas ha sido previamente «vaciada» (extracción del núcleo), y la segunda debe ser portadora del código genético que se desea copiar o clonar. Mediante la activación (pulso) eléctrica, el huevo inicia el proceso de división y se transforma en un embrión viable. Puede ser acomodado en una madre de «alquiler», o desarrollado en laboratorio. El resultado es una criatura «clónica», idéntica al ADN implantado, siempre desde el punto de vista físico. Las primeras experiencias sobre ingeniería genética arrancaron en 1953, con los científicos Dewey Watson y Harry Compton Crick. Parte de la comunidad científica considera la clonación reproductiva en seres humanos éticamente inaceptable. Después, al proseguir la lectura, comprendí. (N. del a.)

por un súbito, casi fugaz, pensamiento que me despertó y me hizo reaccionar.

¡Nun!

Fue la intuición, estoy seguro. Fue ella la que tocó de nuevo en mi hombro...

¡Nun! ¡Milagro!

Fue la inicial de la letra hebrea la que me rescató de aquel peligroso momento. Fue la peonza de sauce, en la ínsula y allí mismo, en la plataforma del Ravid, la que inclinó la balanza de mi voluntad. Fueron los recuerdos de dicha letra —*nun*— los que hicieron posible el «milagro». Lo he dicho alguna vez: todo, en esta aventura, fue mágico...

Seguiría adelante.

Ahora, más que nunca, tenía que poner a prueba mi confianza en aquel Hombre.

Lucharía.

Eliseo tenía el poder. Yo, ahora, obedecería a la intuición...

Entonces, en la imaginación, surgió Yu. Sonreía y susurraba: «Eres un *kui.*»

Así lo haría. Proseguiría la labor de seguimiento del Maestro. Pero antes tomé una serie de decisiones.

Primera: no permitiría que el cilindro de acero, con las muestras de Jesús y de su familia, cayera en manos de Curtiss. Tenía que hacerlo desaparecer. Eliseo jamás lo encontraría. No cometería un segundo error. Sin el contenedor, el ingeniero no despegaría. ¿O sí?

La misión, efectivamente, no había terminado..., para ninguno de los dos.

Segunda: guardaría silencio sobre lo hallado. Necesitaba averiguar hasta dónde era capaz de llegar el maldito «oscuro». Sabía que, tarde o temprano, Eliseo se daría cuenta de la desaparición del cilindro, pero eso no me preocupó. No le tenía miedo. Y disfruté, imaginando su cara al comprobar que las muestras habían sido sacadas de la «cuna».

Acerté, a medias. El ingeniero lo averiguó, naturalmente, pero reaccionó peor de lo que supuse...

Tercera: procedería al inmediato «blindaje» del diario de a bordo. Nadie tendría acceso a lo escrito. Y la vieja idea, como digo, se propagó, segura, por mi corazón. Curtiss y el resto no lo merecían. El mundo tenía derecho a conocer la verdad. Aquella preciosa información no sería clasificada, como tantos otros asuntos...

Yo la pondría a salvo, aceptando que lograra regresar a mi tiempo. El Destino oía estas reflexiones —lo sé— y sonrió, malévolo. Fue como planeé, pero por un camino no sospechado en esos instantes...

Así es el Destino.

Cuarta: acudiría al río Jordán, tal y como programé inicialmente. Eso me concedería tiempo. Si todo discurría como era lo habitual, la siguiente revisión del módulo, y quizá el descubrimiento de la falta del cilindro, se registraría en el plazo de una semana y media, aproximadamente. Entonces, ya veríamos...

Si me daba prisa, todavía podía alcanzar a la comisión de Nahum que debía interrogar a Yehohanan.

Quinta: dada la situación, y el progresivo envenenamiento de las relaciones entre Eliseo y quien esto escribe, al retornar a Nahum buscaría otro lugar en el que vivir. Compartir la ínsula hubiera sido una locura. Lo sentí por el fiel Kesil. Si el Maestro seguía habitando en el caserón de los Zebedeo, en Saidan, allí me trasladaría.

Y me preparé.

Dispuse una carga de «nemos», la mitad de los diamantes, y la dimetilglicina, y dediqué el resto de la mañana del miércoles a buscar un lugar donde enterrar el cilindro de acero.

No fue tan simple.

Recorrí la plataforma, pero siempre tropecé con algún inconveniente. El áspero terreno no era fácil de remover. Además, Eliseo lo hubiera detectado. En la nave disponíamos de procedimientos para localizar una pieza metálica.

Y el asunto, aparentemente sencillo, se complicó.

Ni la muralla romana, ni los nidos de las «ratas-topo», ni tampoco el manzano de Sodoma eran lugares adecuados. Hubieran sido los primeros objetivos del ingeniero. ¿Lo despeñaba por el acantilado? Negativo. Era una pieza extraña en aquel «ahora». No debía permitir que fuera manipulada. Pero, sobre todo, contenía unas muestras que exigían un mínimo de respeto.

No lo dejaría en el Ravid.

Y así se agotó el miércoles, 9, con el contenedor entre las manos, sin saber qué hacer con él.

Sólo se me ocurrió una solución. Lo llevaría conmigo, oculto en el saco de viaje, hasta que pudiera desembarazarme de él o, al menos, de los dientes de José y de su hijo Amós, de la sangre de la Señora y del Maestro, así como de sus cabellos.

Algo se me ocurriría, camino del Jordán...

Y todo se retrasó. Aquel problema —cómo suponerlo en esos momentos— resultaría decisivo, a no tardar. ¿Cuándo aprenderé a no hacer planes más allá de mi propia sombra?

También el «blindaje» del cuaderno de bitácora fue más laborioso de lo que pensé. Eliseo era un genio con la computadora. No podía competir con él. Y necesité horas para diseñar una clave que invalidara cualquier intento de abordaje.

Parte de la contraseña de acceso fue la palabra «feliz», una de las interpretaciones de los símbolos chinos que adornaban el misterioso disco de jade negro, hallado a mis pies en el «pabellón secreto» de Yu. ¿Feliz? Tenía que situarme en la mentalidad del astuto ingeniero. Él evaluaría todas las posibilidades imaginables, sin perder de vista mi psicología y estado de ánimo. No podía decirse que estaba viviendo mi mejor momento. No era feliz. Por eso me decidí por dicha palabra, y un segundo «elemento»...

En principio, la seguridad del diario parecía garantizada. Sólo yo estaba capacitado para abrirlo.

Y el Destino siguió observándome...

No, no todo se hallaba bajo mi control. Eliseo no era un enemigo pequeño. Era un «oscuro»...

Por fin, resueltos (?) los obstáculos, cargué el saco de viaje y descendí del Ravid. Era el amanecer del viernes, 11 de enero. Los relojes del módulo señalaban las 6 horas, 38 minutos y 53 segundos.

Empezó a llover mansamente. Y me sentí más calmado. ¡De nuevo en el camino, como siempre! ¡De nuevo frente al misterioso Destino! ¿Qué me reservaba en esta oportunidad? Pronto lo averiguaría. Es curioso. Yo sí confiaba en el Padre, a mi manera. Y esa confianza —no sé cómo explicarlo— se hacía visible en ocasiones como aquélla, cuando todo, aparentemente, se presentaba perdido. Más que confianza, quizá debería hablar de seguridad. Una formidable y benéfica seguridad en el poder de los cielos. Así me presenté en la base de aprovisionamiento de los «trece hermanos», al sur de la populosa ciudad de Bet Yeraj, confiado y seguro. Ese buen Dios —Ab-bā—, del que tanto hablaba el Maestro, me protegería...

Los *sais*, los conductores de carros, lo sabían todo. El vidente y su grupo se encontraban cerca del *yam*. Hablaron de un lugar próximo a la aldea de Ruppin, por la que este explorador ya había cruzado anteriormente. Las noticias llegadas a Nahum eran correctas, a medias. ¿Un ejército? Los *sais* rieron con ganas, y con razón. «Un ejército de treinta y seis locos, como el profeta.» Eso era todo. Yehohanan avanzaba hacia el lago, cierto, pero lo acompañaban los de siempre.

Él no me reconoció en un principio, pero lo seleccioné de entre los muchos voluntarios que se ofrecieron para trasladarme al paraje en el que predicaba el Anunciador. Lo conocía de viajes anteriores. Fue el guía que condujo el carro desde Damiya a Migdal, cuando Eliseo enfermó. Me gustó aquel tipo. Era honrado, miraba a los ojos, hablaba lo justo, y conocía el valle. Lo llamaban «Tarpelay», por ser oriundo de Tarpel (actual Libia). Era negro como el carbón, con el cráneo rapado, y siempre vestido de amarillo. En la faja sobresalían tres dagas, con las empuñaduras de plata, relucientes y amenazadoras. A decir verdad, jamás lo vi hacer uso de ellas.

Pactamos el precio y partimos por la vieja y familiar senda que descendía paralela al río Jordán.

Ahora, en la distancia, al ordenar el cuaderno de bitácora, sigo asombrándome. Todo, en la vida, en cualquier vida, se halla minuciosa y milimétricamente ordenado, aunque no somos conscientes. Ése era mi caso. Aquella cadena de «coincidencias» —la falta de antioxidantes, el «descubrimiento» en la farmacia de la «cuna», etc.— tenía un porqué. Todo fue trabado magistralmente, para que me hallara en el lugar adecuado, y en el momento preciso. Si no creo en la casualidad, ¿cómo explicar lo que ocurrió esa misma noche del viernes?

A cosa de treinta kilómetros de los «trece hermanos», Tarpelay se aseguró. Preguntó en la intersección de la senda con la calzada que unía Bet She'an y Pella, y confirmó sus noticias. Yehohanan había montado el nuevo *guilgal* hacia el este, a 27 estadios de donde nos encontrábamos, aproximadamente (casi cinco kilómetros). El camino más corto era la calzada romana, ya mencionada, que se dirigía a la ciudad de Pella. Los vendedores del cruce se refirieron a un puente, el primero que encontraríamos, en un lugar que llamaron «Ahari». Otros se mostraron disconformes con esta designación y hablaron de «Omega», el meandro «Omega». «Ahari» era una palabra aramea; significaba «final». En cuanto a «Omega», es griego; representa la última letra de dicho alfabeto.

¿Omega?

Y sentí un escalofrío...

Yo había oído ese nombre. Omega...

Y hacia la hora sexta (mediodía), Tarpelay se despidió, y me deseó suerte. Sonrió con los ojos, y creo que me reconoció, pero no podría asegurarlo...

Me hallaba sobre un pequeño puente de piedra, en efecto. La calzada se perdía hacia el sureste, en línea recta. Por allí se alcanzaba Pella y otras poblaciones de la Decápolis. Me asomé por el parapeto y distinguí unas aguas presurosas y el apretado verde de un bosque. Era un riachuelo sin pretensiones, limpio y rumoroso, que buscaba al Jordán, como todos. No muy lejos, según nuestros informantes, tropezaría con el vidente y los suyos. Según mis cálculos, la aldea de Ruppin estaba a seis o siete kilómetros. También me hallaba muy cerca de las «once lagunas», y del criadero de cocodrilos que visitamos en la compañía de Belša, el enigmático persa del sol en la frente. Eso quería decir que Salem se encontraba igualmente próximo. Yehohanan se había movido, pero no a la velocidad que indicaban los rumores...

Me alejé del puente y continué por la orilla izquierda, aguas abajo. La temperatura era moderadamente alta. Había dejado de llover y el cielo recobró su azul natural, casi infinito. Pronto alcanzaríamos los 30 o 35 grados Celsius.

Y a pesar de la amarga experiencia vivida con el gigante de las siete trenzas rubias, experimenté una cierta emoción. Los encuentros con aquel hombre siempre estuvieron cargados de dudas y de tensión. Pero lo estimaba. Él salvó mi vida...

¿Cómo reaccionó ante la comisión designada por el consejo de Nahum? Quién sabe... El Anunciador era imprevisible.

El afluente, como dijeron los vendedores, formaba en aquel lugar un gigantesco meandro, en forma de herradura, de unos setecientos u ochocientos metros de diámetro. Era el *nahal* Artal (1), otra de las corrientes secundarias que regaban el este del Jordán, muriendo frente a las referidas «once lagunas», al sur de Ruppin. Como ya indiqué, el tramo norte del Jordán, entre el mar de Tiberíades y el río Kufrinja, que desemboca en la localidad de Juneidiyya, era rico en este tipo de grandes curvas, ocasionadas por las características del terreno, sembrado de materiales muy duros, especialmente basalto, que obligaban a las aguas a doblegarse y a buscar caminos más fáciles.

Después lo supe. Aunque los judíos designaban el enorme meandro con el citado nombre de «Ahari», los habitantes de la zona, paganos en su mayoría, preferían la designación en griego: «Omega», por la semejanza de la curva con la letra griega en cuestión. Entonces no caí en la cuenta. Fue después, al suceder lo que sucedió, cuando comprendí que ambos términos —«Ahari» y «Omega»— tenían una íntima relación...

Pero no debo precipitarme.

(1) Dada la importancia de los sucesos que me dispongo a narrar, y con el fin de preservar la zona, he modificado algunos nombres, así como la correcta ubicación del paraje. *(N. del m.)*

Al poco, efectivamente, descubrí gente. Aparecían en la orilla opuesta, entre los árboles. Me había equivocado al elegir la margen izquierda del arroyo. Era el campamento de los inevitables seguidores. Sumé veinte o treinta tiendas, repartidas por el bosque. Eso representaba alrededor de trescientas personas. Los entusiastas y curiosos habían aumentado, desde los días de Enaván, en las cercanías de Salem. Todo parecía tranquilo. No llegué a distinguir a Yehohanan, y tampoco al grupo de los discípulos. Eso me inquietó.

Y durante un rato me senté en la orilla, examiné el lugar y a los acampados, y tomé referencias, según mi costumbre.

Omega era un apretado bosque, con algunos pequeños claros, muy pocos. Dominaban los tamariscos y un matorral bajo, parecido a la siempreviva, que teñía los pies de la arboleda de un violeta hermoso y relajante. Pero lo que llamaba la atención en la gran «herradura» eran unos árboles de unos veinte metros de altura, muy hermanados, ocupando prácticamente la totalidad del meandro, con enormes flores blancas, colgantes como pañuelos al aire. La menor brisa las hacía oscilar. En la distancia, uno tenía la sensación de que era saludado por miles de amigos. Para mí fue el bosque de los «pañuelos» (1).

En esa orilla del Artal, entre cañas, asomadas a las aguas, se presentaban cuatro o cinco grandes lajas de piedra negra, casi planas, y muy erosionadas. Algunas mujeres lavaban la ropa sobre ellas, apaleando mantos y túnicas entre canciones y risas.

Y de pronto, entre los *davidia*, creí distinguir al pequeño-gran hombre. Era Abner, el segundo de Yehohanan. Caminó hasta el extremo de una de las piedras y dirigió la mirada hacia el norte, como si buscase a alguien. Deduje que el vidente había vuelto a desaparecer.

No lo pensé más. Retorné al puentecillo y me reuní con la margen derecha del río.

Fui directo hacia Abner.

(1) «Santa Claus» identificó esta especie como la *Davidia involucrata*, de la familia de las davidiáceas. Tampoco entendí cómo había llegado hasta Israel, puesto que es originaria de la actual China occidental. *(N. del m.)*

Al verme, se sorprendió y se lanzó a mis brazos. Tenía razón cuando me llamó caja de sorpresas. Tan pronto estaba con ellos como me perdía en los bosques, en la compañía del profeta, como regresaba, convertido en un viejo... Pero me apreciaba. Abner quería a Ésrin, y yo a él. Sonrió con dificultad, y mostró la dentadura en ruinas, asolada por la grave periodontitis (piorrea) que padecía. Algo le preocupaba. Pregunté y se sinceró. Una comisión, nombrada por la sinagoga de Nahum, acababa de partir de Omega. Permaneció dos días en el meandro, e intentó interrogar a Yehohanan. Y digo «intentó» porque, al parecer, el de las «pupilas» rojas no se dignó contestar. Nitay, el portavoz y jefe de dicha comisión, quería saber si Yehohanan era el Mesías libertador de Israel, y cuáles eran sus planes. Lo interrogó acerca de los rumores que corrían por el *yam* y, muy especialmente, sobre los ejércitos que —decían— se habían unido al vidente. También preguntó por un tal Jesús, al que hacían alusión dichos rumores, objetivo del Anunciador en Nahum.

Y como había sucedido en Enaván, con la representación del Templo, Yehohanan los despreció; se hizo con la colmena y se alejó río arriba. No volvieron a verlo. Esa misma mañana del viernes, como digo, aburridos y decepcionados, Nitay y el resto emprendieron el viaje de regreso al *yam*. Este explorador se cruzó con ellos, muy probablemente.

Abner no entendía el comportamiento de su ídolo. La presencia de la comisión de Nahum, al igual que la de los sacerdotes y levitas en los lagos de Enaván, era una importante señal. Todo el mundo sabía ya de la existencia de Yehohanan. Todos deseaban conocerlo y, lógicamente, averiguar si era el Libertador y «rompedor de dientes». ¿Por qué se comportaba así? ¿Por qué no aprovechaba aquellas oportunidades y se situaba, definitivamente, a la cabeza de la nación judía? Todos lo seguirían. Él era el Mesías...

Guardé silencio, naturalmente. El bueno y confiado de Abner creía lo que decía. Para él, como para los discípulos y los fanáticos que los secundaban, Yehohanan no era, únicamente, el heraldo o anunciador de la «salvación de Israel». Era el propio Libertador político-social-religioso, como ya he referido en otras oportunidades. Esta realidad, ignorada por los evangelistas, provocaría, a no tardar, un permanente río de conflictos...

Las preguntas de Nitay, el sacerdote y limosnero jefe de Nahum, relacionadas con el posible liderazgo de Jesús, fueron las que realmente desarmaron a Abner. Yehohanan había hablado sobre su pariente lejano. Algo sabía, y lo compartió con algunos de los íntimos. Pero, que él supiera, nadie había filtrado el nombre de Jesús, «como el que tenía que venir...». Él y los treinta y cuatro «justos» (me incluyó, por supuesto) creían en Yehohanan, sólo en él. Jesús era un desconocido e, incluso, un posible rival. ¿Por qué difundir ese nombre?

Supongo que ambos pensamos lo mismo: alguien se fue de la lengua, alguien no era trigo limpio entre los «justos»...

Tal y como supuse, los rumores que llegaban al *yam* estaban distorsionados. Las intenciones del Anunciador eran alcanzar Nahum y postrarse ante Jesús, tal y como dijo, pero nadie podía estar seguro. El gigante era imprevisible. Su desequilibrio lo conducía a un torbellino de dudas. Nada era seguro con él.

Y despacio, sin dejar de conversar, Abner me condujo al *guilgal,* el círculo protector que trazaban en todos los campamentos, y siempre alrededor de un árbol. Era otra de las exigencias del vidente. En este caso fue elegido uno de los *davidia,* casi en el centro de la «herradura», a unos trescientos metros del basalto sobre el que lavaban las mujeres. De las ramas colgaban nuevos *ostracones* (trozos de arcilla), con leyendas como las siguientes: «Y los estrellaré, a cada cual contra su hermano», «Y me dijo Yavé: no estará mi alma por este pueblo», «Los pisé con ira», «Las naciones temblarán ante ti», «Pues he aquí que viene el Día, abrasador como un horno»... Eran frases de Isaías, Jeremías, Malaquías y otros profetas, a cuál más amenazadora o destructiva. Aquél era el concepto de Yehohanan sobre Dios.

El resto de los hombres se alegró también al verme. Ésrin («Veinte») había regresado. Ni Belša, ni Andrés, ni

Simón se encontraban en el campamento. Del primero, nadie supo dar razón. Respecto a los hermanos pescadores, Abner indicó que habían retornado al *yam*, con sus familias. No tardarían en volver. Eso era lo acostumbrado: iban y venían...

Judas, el Iscariote, sí permanecía con el grupo, aunque casi siempre distanciado y esquivo, mezclado con la gente. Lo vi conversar con los acampados, en voz baja y receloso, como si temiera que alguien pudiera oírlo, y delatarlo. Imaginé que continuaba con su gran obsesión: formar parte de los zelotas, o patriotas, los que pretendían la independencia de Israel a cualquier precio.

No me equivoqué. Entre curiosos, fanáticos, gente que buscaba la curación de sus males, ociosos, y vendedores, en Omega se congregaron algo más de trescientas personas. Poco había cambiado respecto a lo visto en el vado de las «Columnas». Los mismos intereses, la misma curiosidad y la misma polémica. ¿Era o no era el ansiado Mesías?

Llegaron a Omega con la fiesta de la Janucá, a finales de diciembre. Yehohanan, como era habitual, se alejaba del *guilgal* y permanecía ausente varios días. Uno de los hombres, al amanecer, se apostaba en las piedras negras de la orilla y vigilaba. Si el vidente hacía acto de presencia, tocaba el *sofar*, el cuerno de carnero, y el campamento se movilizaba. Primero era la prédica, amenazadora, naturalmente, y después la ceremonia de «bajar al agua» o *šakak*, en la que los aspirantes al «reino» se sumergían en el arroyo y purificaban así el cuerpo. La inmersión era simbólica. De nada servía, según Yehohanan, si antes no existía un arrepentimiento de los pecados, y una voluntad firme y sincera de formar parte de los elegidos, al servicio del «rompedor de dientes». Dicha ceremonia no era un bautismo, tal y como entienden hoy los creyentes. Insisto: «bajar al agua» no significaba el perdón de los pecados. Eso era previo. Para el Anunciador, la inmersión era un «sí» al Yavé justiciero y a la necesidad de vengar las iniquidades de los impíos (especialmente de Roma).

La verdad es que me sentí decepcionado. Había hecho

el viaje para nada. No acerté a presenciar el interrogatorio (?) de la comisión de Nahum, y, prácticamente, nada de lo rumoreado era cierto. Hubiera sido más interesante haber continuado en el astillero, en la compañía de Yu...

Y el Destino, desde lo alto, debió de sonreír. Nunca aprenderé.

El caso es que decidí acampar con los íntimos de Yehohanan. Al día siguiente, si no aparecía el Anunciador, retornaría al lago. El Maestro era más importante.

Fue entonces, hacia la nona (tres de la tarde), cuando recordé que el asunto del cilindro de acero seguía pendiente. Aquél era un paraje apropiado para ocultarlo. Y decidí echar un vistazo entre los árboles...

Si lo enterraba en el bosque de los «pañuelos», ¿quién podía hallarlo? Eliseo, difícilmente...

Y al levantar la vista reparé en algo que ya había observado, pero a lo que no presté suficiente atención.

¡Increíble Destino! Él sabe...

En las copas de los *davidia* habitaba otro mundo, formado por diez o doce especies de aves, todas residentes en el Jordán, a cuál más escandalosa y activa. Distinguí reyezuelos verdísimos, mirlos de picos encendidos, chorlitos, francolinos nerviosos, golondrinas rápidas como suspiros, tímidos ruiseñores y, sobre todo, la especie dominante en Omega, el guardarrío de pecho blanco *(Halcyon smyrnensis)* y su «primo», el *Ceryle rudis,* otro guardarrío vestido de arco iris. Estos últimos, más sociables, estaban en todas partes. Los había a miles. Sus cantos, fuertes y estridentes, obligaban a los acampados a levantar el tono de la voz. Algunos, incluso, enojados con los incansables *ceryles,* la emprendían a pedradas, provocando el efecto contrario: la escandalera se hacía insufrible.

A decir verdad, nunca, hasta esos momentos, había visto tantos guardarríos juntos. Pues bien, en poco más de una hora, con el sol ocultándose al otro lado del Jordán, estos pájaros me proporcionarían un primer «aviso»...

Algo estaba a punto de ocurrir.

Omega era el sitio. Allí escondería el contenedor. Pensé en arrojarlo a las aguas del Artal. Con un poco de suerte flotaría hacia el Jordán, y de allí podría derivar al mar de la Sal (mar Muerto). Demasiado arriesgado. El brillo del cilindro llamaría la atención, con seguridad. Era mejor seleccionar uno de los árboles, y cavar al pie del *davidia*. Esperaría a la noche, cuando todos durmieran...

No tuve oportunidad.

Los relojes del módulo debían señalar las 16 horas, 51 minutos y 24 segundos. Era el momento del orto solar.

De pronto, la natural escandalera de los pájaros arreció. Todos, en el *guilgal*, miramos hacia lo alto. Las aves, enloquecidas, saltaban entre el ramaje, o se precipitaban de una copa a otra, chillando y escapando hacia el rojo del crepúsculo. Muchas de ellas, inexplicablemente, topaban con los troncos y caían muertas o agonizantes. El campamento, atónito, recogió algunos de los bellos guardarríos, y se preguntó qué sucedía. ¿Por qué las aves huían?

En cuestión de segundos, el bosque de los «pañuelos» quedó en silencio. En el cielo se distinguía una mancha negra, y oscilante, que volaba hacia el sur. Era la pajarería. Mientras permanecí en el meandro no los vi regresar.

Los comentarios fueron inevitables. Algo asustó a las aves. Y los supersticiosos acampados coincidieron: tenía que ser Adam-adom, el «hombre-rojo», la criatura de la que había hablado Belša, en el camino hacia Damiya, y, justamente, muy cerca de donde me encontraba. El persa señaló las «once lagunas» como uno de los territorios de este siniestro «diablo» de los manglares, que asaltaba a los caminantes, y los dejaba sin sangre. Adam-adom, como ya mencioné, tenía la capacidad de volar. Según la creencia popular, los pies eran como los de un perro, y, en ocasiones, como los de un gallo. Los ojos proyectaban una luz rojiza que le permitía orientarse en la oscuridad. Era despiadado e insaciable.

El miedo fue igualmente inevitable. Algunos, muy pocos, trataron de razonar, y explicaron que Adam-adom era sólo una fantasía. Fue inútil. Con la llegada de la oscuridad, y el encendido de las hogueras, cada sombra, cada crujido, y cada ir y venir, se convertían en un sobresalto. El pánico fue tal que los hombres optaron por reunirse, y designar a cincuenta vigilantes, ubicándolos en el perímetro de la «herradura». Los vigías fueron provistos de sendas antorchas. Al menor movimiento, o sospecha, debían agitar las teas. Ésa sería la señal que indicaría la presencia del «hombre-rojo». Ni que decir tiene que esa noche todos durmieron con las espadas al alcance de la mano y, prácticamente, con un ojo abierto.

Pero lo más desconcertante estaba por llegar...

Fue hacia la primera vigilia de la noche, encarcelados en aquel desacostumbrado silencio del bosque, cuando alguien dio la voz de alerta. En realidad, nadie dormía. Y la totalidad de los acampados se incorporó. Algunas de las antorchas, en efecto, se agitaban a derecha e izquierda. Los unos interrogaban a los otros, pero, en verdad, nadie oía a nadie. En el *guilgal,* Abner y los suyos echaron mano de los *gladius,* las espadas de doble filo, y se prestaron a la defensa. Hicieron un círculo y se animaron unos a otros. Yo permanecí en el centro, con Abner, y sin saber a qué atenerme. Las antorchas continuaban agitándose al fondo de los *davidia.* Ahora eran todas, las cincuenta, las que oscilaban sin cesar. ¿Qué demonios sucedía? ¿Qué habían visto?

Oímos gritos. Entendí que hablaban del cielo. Y en eso, en mitad de la incertidumbre, tres de los centinelas abandonaron sus puestos y corrieron entre los árboles. En realidad vi el fuego de las antorchas, aproximándose al *guilgal.* Abner alertó a los «justos» y todos, al unísono, avanzaron un par de pasos. Las antorchas siguieron acercándose.

Entonces oí con más claridad. Los gritos mezclaban las palabras *šemáyin* (cielo), *raz* (misterio) y *at* (milagro). Algo sucedía en el cielo...

Fue instantáneo. Los acúfenos me asaltaron de nuevo. El pitido, agudo, atravesó la cabeza como un sable. En esos instantes no me percaté. Dejé el círculo de piedras y corrí hacia uno de los claros de la arboleda. Fue allí, en el calvero, al contemplar el negro y estrellado firmamento, cuando empecé a comprender...

¡Dios bendito! ¿Qué era aquello?

¿Cómo explicarlo? No sé si acertaré...

En el cielo se movían cientos de «luces»; lo que ellos, en arameo, llamaban *raz* o «misterio».

¿Cientos de «luces»? Quizá me he quedado corto.

¿Cómo era posible? ¿En enero del año 26? ¿Quién volaba en esa época? Sólo los pájaros, obviamente. ¡Pues no!

Eran idénticas a las que había visto en otras oportunidades, y a las que ya me he referido. «Luces» blancas, similares a estrellas, pero en movimiento. Cubrían la totalidad del arco del firmamento visible, con un desplazamiento lento, como si los «pilotos» (!) que las controlaban no tuvieran prisa.

¿Me estaba volviendo loco?

Pensé en una lluvia de estrellas. Lo rechacé al punto. Las «luces» navegaban —ésa era la expresión exacta— muy despacio, en vuelos horizontales, y, en algunos casos, en perfectas formaciones, tanto en línea, como en cruz, o en uve. Asomaban por los cuatro puntos cardinales, se cruzaban, y al llegar a la vertical de Omega, pulsaban más intensamente e, incluso, hacían estacionario. Después proseguían y se perdían en el blanco y negro de los cielos.

¡Indescriptible! ¡Fascinante! ¡Imposible!

No, no lo era; no era imposible. No fui el único que lo vio. Los centinelas lo detectaron antes que este aturdido explorador. Por eso agitaron las teas. Por eso gritaban. Era un *raz,* según ellos, y también un *at,* un prodigio. Todos lo vieron en el bosque de los «pañuelos» y, según pude averiguar algún tiempo después, también en otros parajes, aldeas y ciudades de la Decápolis y de la Perea. El suceso estuvo en boca de muchos, y fue considerado un «mal presagio». Así lo proclamaron en Omega.

Al llegar al *guilgal,* los centinelas alertaron a los «justos», y corrieron, como yo, hacia los claros del bosque. Era un espectáculo tan sobrecogedor que necesitaron tiempo para reponerse. El miedo y el asombro los dejaron mudos durante minutos. Judas, el Iscariote, fue uno de los más afectados. Según él, aquélla era la señal que tanto habían esperado; las luces de las que habló Yehohanan, y que marcarían el principio del fin: la inminente llegada del Mesías. No estaba muy descaminado...

La mayoría de los acampados, sin embargo, no lo vio así. Los cientos de «estrellas», porque de eso se trataba para ellos, «habían perdido el orden establecido por Dios». Mal asunto. Otra desgracia se avecinaba...

Y la concentración de «luces» se prolongó toda la noche. Nadie se retiró a las tiendas. Los vigías se apostaron nuevamente en el filo de la «herradura», y se mantuvieron alertas.

¡Cientos de «luces»!

Algo estaba a punto de ocurrir...

Al amanecer, desaparecieron. Y el silencio fue el propietario del bosque. Las aves no regresaron, y quien esto escribe supo que aquel «movimiento» en los cielos obedecía a una razón. Fue la intuición quien advirtió. Ya había ocurrido en otras ocasiones...

Acerté.

Por supuesto, no me moví de Omega. Los planes cambiaron. Olvidé, incluso, el cilindro de acero.

Me mantuve atento, y todo lo despierto de que fui capaz.

También Abner y los suyos se hallaban inquietos. Nunca vieron algo semejante. Ardían en deseos de cambiar impresiones con el Anunciador, pero Yehohanan seguía sin dar señales de vida. Lo interrogué varias veces sobre el paradero del gigante de las «pupilas» rojas. Abner se encogió de hombros y se limitó a indicar hacia el norte, aguas arriba de Omega. No acudiría a su encuentro. Esta vez no...

En el campamento sólo hubo un tema de conversación: las «estrellas que corrían», y su posible relación con la criatura sanguinaria de los pantanos. Algunos aseguraban que las «luces» eran otros tantos diablos, convocados por Adam-adom, ante la presencia, en sus dominios, del vidente y futuro Libertador. Eran las fuerzas del mal, convocadas para la lucha. Otros reafirmaron esta propuesta, y añadieron que las «luces» eran la *Šekinah*, que volvía a su legítimo trono, el «Santísimo», en el Templo de Jerusalén. Y los más audaces, bajando el tono de voz, expresaron su temor: si el jefe de los «carros», o *Mer-*

kavah, que habían contemplado era el malvado Samael, el ángel de las tinieblas, la lucha sería feroz (1).

No llegaron a ninguna conclusión, salvo la ya citada: la visión no auguraba nada bueno...

Por mi parte, sólo conseguí encajar una de las piezas del irritante puzzle: fueron las «luces» las que provocaron la fuga masiva de las aves. Los pájaros detectaron los «carros volantes», o *Merkavah,* mucho antes de que los viéramos...

¡Cientos de *Merkavah* o *Paraš*! ¡Cientos de «carros o ruedas» capaces de volar!

Nada de esto se cuenta en los textos evangélicos. ¿Por qué?

Y la noche del sábado 12 se repitió la escena, y con las «luces», regresó el miedo...

También en la primera vigilia, entre las diez y las once de la noche, aparecieron cientos de «estrellas», que se desplazaron lenta y majestuosamente sobre Omega. El suceso fue idéntico, con una excepción. Mejor dicho, con una supuesta excepción...

En mi cabeza oí de nuevo los acúfenos, los mismos pitidos.

Después, mientras contemplaba, absorto y maravillado, el vuelo de «aquello» (lo que fuera), una voz familiar se dirigió a quien esto escribe y exclamó: «*¡Mal'ak!*»

Recuerdo que me volví, en una reacción instintiva y automática. Allí, en el claro, no había nadie. La gente, advertida, eligió las piedras negras de la orilla. La visión, desde el basalto, era más cómoda.

Y la voz repitió: «¡Mensajero!»

¿Imaginaciones mías? Es posible, pero ahí quedó la duda. La «voz» (?) era la misma que oí en el Firán, du-

---

(1) La tradición judía aseguraba que Samael era uno de los ángeles caídos, al que fue ofrecida la Ley, mucho antes que a Moisés. Se amparaban en el Deuteronomio (33, 2) para decir que dicha Ley le fue presentada, en primer lugar, a Esaú, que la rechazó. Posteriormente, Yavé la ofreció a la prole de Ismael (padre de los árabes), que tampoco quisieron recibirla. Fue así como terminó en poder de Israel. Esa misma tradición afirmaba que Samael era originario de Ma'adim, nombre hebreo con el que designaban el planeta rojo (Marte). Samael era de pequeña estatura y gran cráneo. *(N. del m.)*

rante uno de los extraños «sueños», cuando «vi» (?) la no menos singular «niebla»…

«*Mal'ak*»…

Él me llamaba así. Él lo hizo en el Hermón. Él nos llamó «ángeles» o «mensajeros»…

Pero quizá eran suposiciones. Quizá sí, o quizá no…

El domingo 13 todo cambió. Hacia la hora tercia (nueve de la mañana), un nuevo frente, negro y poderoso, se precipitó sobre el valle. La lluvia no se hizo esperar, y en Omega cayó el diluvio. Las tiendas fueron insuficientes. Algunas familias levantaron los enseres y se despidieron de Abner, y de los «justos». Los cumulonimbos, altos y oscuros, llegaron con ganas, y descargaron a placer. La vida en el bosque se hizo difícil. El barro empezó a entorpecerlo todo y la gente, desanimada, preguntaba, una y otra vez, por el retorno de Yehohanan. Abner no sabía qué hacer, ni qué decir.

Y yo me replanteé la situación…

No volvimos a ver las «luces».

Llovió toda la noche. No había forma de guarecerse. El ímpetu de la lluvia era tal que las tiendas terminaron en el barro, y los seguidores, hartos, siguieron desfilando hacia el puente y la calzada que conducía a Pella y Bet She'an. Hacia las once (hora quinta), el número de los acampados descendió a una tercera parte.

Y, como digo, modifiqué los planes. Las condiciones atmosféricas no sufrirían cambio alguno, al menos en unos días. No vi con claridad mi situación. ¿Me estaba equivocando, una vez más? Mi lugar se hallaba junto al Maestro. Convenía regresar al *yam*. En Ruppin, con toda probabilidad, encontraría un medio de transporte. Esa misma noche podía dormir en Nahum. Al día siguiente buscaría al Galileo en la cercana aldea de Saidan. Después, ya veríamos...

En cuanto al cilindro, de momento, seguiría en el saco, con el resto de las pertenencias.

Y así fue. Cargué el petate y entré en el *guilgal*, dispuesto a despedirme. Abner lo comprendió. «Tenía que ocuparme de mis negocios.» Pero prometí volver, como siempre. Y en pleno abrazo oí el *sofar*. Fue un toque largo, de melodía continua, que llamaban *teqi'ah*. Era la señal convenida entre el Anunciador y los íntimos: Yehohanan regresaba...

A pesar de la cortina de agua, el rostro del pequeño-gran hombre se iluminó. Su ídolo había vuelto.

Dejé el saco de viaje al pie del árbol y corrí, como todos, hacia las lajas de basalto de la orilla. Ahora lo sé. Abandonar el petate fue una imprudencia...

Yehohanan se aproximaba por la margen izquierda del Artal, desde la que yo había observado el campamento y el bosque de los «pañuelos» por primera vez. Caminaba rápido, sin importarle el diluvio.

¿Casualidad? Al distinguirlo entre los árboles, los «cb», las masas de cumulonimbos, se desataron y se inició una violenta tronada. Una nube negra, panzuda y enorme, quedó anclada sobre Omega. De ella escapaban las culebrinas y los estampidos.

Todos nos sobrecogimos.

Las chispas eléctricas se ensañaron con el bosque, y algunos *davidia* fueron derribados.

Los acampados, alrededor de un centenar, se arremolinaron sobre las piedras negras, y en la orilla, protegiéndose del agua con mantos, cestos, maderas, escudillas, y cuanto podía ser útil para esquivar el diluvio. Vano intento. El agua nos caló hasta los huesos...

El *sofar*, ahogado por los truenos, continuó el anuncio, como pudo.

Y Yehohanan, decidido, con su acostumbrado aire de dominio, saltó al cauce, caminando hacia nosotros a grandes zancadas, hasta que la corriente le llegó a los muslos. Portaba la colmena de colores y los habituales cinto negro de cuero, y el *saq*, o taparrabo de piel de gacela, con el zurrón blanco colgado en bandolera. Un detalle me llamó la atención. En la mano derecha sostenía el saco negro y pestilente que contenía su gran secreto, el pergamino que bauticé como el «323», con la ubicación de los supuestos ejércitos al servicio del Mesías y de Yavé, según el Anunciador. Que yo supiera, era la primera vez que mostraba en público el referido saco. ¿Conocían Abner y los «justos» el singular *megillah*, o rollo de piel de asno salvaje?

Esta vez, una de las chispas eléctricas dibujó un arco sobre el Anunciador y fue a caer entre los árboles de la orilla izquierda del Artal. El estampido casi nos arrojó al suelo. Y un pequeño incendio marcó el lugar del impacto.

Yehohanan no se detuvo.

Los acampados, cegados por el resplandor, y espantados por la descarga, retrocedieron entre gritos. Sólo Abner y algunos de los discípulos resistieron con firmeza. En segundos, las piedras negras de basalto quedaron medio vacías.

El Anunciador se acercaba a las lajas...

La lluvia terminó sofocando el fuego, y una columna de humo negro se retorció con dificultad.

Pero, antes de que acertáramos a recuperarnos, una nueva descarga partió de aquella nube siniestra —cada vez más baja y espesa—, y pulverizó dos de las copas de los *davidia* que se alzaban a nuestras espaldas. El silbido en el tubo de vacío provocado por el rayo, la luz blanca, insoportable, y el estampido, casi simultáneos, hicieron rodar los ya mermados ánimos, y todos huyeron. Yo, el primero.

Cuando me detuve, sólo Abner continuaba en pie sobre una de las piedras planas de la orilla. Efectivamente, era un *ari*, un león, según los judíos. El trueno me dejó temporalmente sordo. Pero di gracias al cielo. Pudo haber sido mucho peor (1)...

Yehohanan saltó sobre el basalto. Depositó la colmena de colores en la piedra y dedicó un tiempo a observar el bosque, y a los huidos. Abner no respiraba.

Después, lentamente, con su habitual teatralidad, fue levantando los brazos hacia la gran nube negra.

Me aproximé, despacio. Otros discípulos, más o menos recuperados, hicieron lo propio.

Yehohanan siguió en la misma postura, con el rostro encarado a la tormenta, y los ojos cerrados. La lluvia, y los relámpagos, no parecían afectarle. Las culebrinas se sucedieron, iluminando las largas trenzas rubias, casi blancas, ahora chorreantes, al igual que la correosa piel y el saco que empuñaba en la mano derecha.

Así transcurrió un minuto. Quizá más...

_____

(1) Según mis cálculos, el «tubo o canal» por el que se propagó la chispa sufrió un súbito calentamiento, alcanzando los 30.000 grados Celsius, quizá más, provocando la detonación, y una onda de choque, como consecuencia de la rápida evaporización de la humedad contenida en los árboles. Por fortuna, el rayo fue a caer sobre las copas, no afectando a los que nos encontrábamos en el suelo. De haber sido así, el final hubiera sido muy diferente... (*N. del m.*)

Los íntimos se miraron entre sí, sin saber qué pensar.

Y la lluvia empezó a ceder. Las chispas se espaciaron, y se hicieron más lejanas.

El Anunciador no se movió. Y así discurrió otro minuto.

Abner, interpretando la actitud de su ídolo como el preámbulo de algo importante, solicitó calma con las manos. Los «justos» asintieron y aguardaron, siempre atentos al gigante de dos metros de altura.

Abner estaba en lo cierto. Algo iba a suceder, pero no lo que imaginábamos...

Y los acampados, al verificar que las descargas se alejaban, y que la lluvia se amansaba, asociaron el debilitamiento de los «cb» con la presencia del vidente. Entonces, entusiasmados, corrieron hacia las plataformas de basalto, coreando el nombre de Yehohanan, como «dominador de las tormentas».

El Anunciador no se inmutó. Y allí prosiguió, con los brazos en alto y los collares de conchas marinas oscilando y tintineando tímidamente, a cada golpe de lluvia y de viento.

Verdaderamente, era un hombre extraño...

De pronto, oímos su voz ronca y quebrada. El silencio fue inmediato.

—¿Sabéis que el espíritu de Dios está sobre mí?

Todos miramos a lo alto, impresionados. La enorme nube continuaba sobre Omega.

En esos instantes, sinceramente, no caí en la cuenta. ¿Cómo hacerlo? ¿Cómo imaginar algo tan inexplicable y fuera de lo común?

Dejó correr los segundos y permitió que el temor descendiera sobre aquellos infelices. Después bajó los brazos con lentitud, hipnotizando a los seguidores. Abner y el resto resucitaron. Se hallaban nuevamente ante Yehohanan, el triunfador.

—¡Él me ha ungido!... ¡Soy suyo!... ¡Soy de Él!...

Y el vidente inició una de sus habituales filípicas, sembrada de censuras y severas amonestaciones. Nada nuevo para quien esto escribe...

—...Él me ha enviado para anunciar la buena nueva

a los pobres… Estoy aquí para pregonar la liberación de los cautivos…

Hizo una estudiada pausa, y clamó:

—¡Estoy aquí para anunciar la ira del Santo!

Como era previsible, parte del centenar de hombres y mujeres que se habían reunido en la orilla replicó con entusiasmo.

—¡Es el día de la venganza! ¡Roma lo sabe!

Y los acampados estallaron:

—¡Venganza!… ¡Venganza!

Abner, eufórico, animó a la concurrencia.

—¡Venganza!… ¡Venganza contra los *kittim*!

Casi había olvidado las ideas y pretensiones del Anunciador. Yavé conduciría los ejércitos contra los impíos, contra Roma, y contra los *kittim*, sus soldados.

—… ¡Dios regresa en el fuego! —prosiguió, ante el delirio general—. ¡Su cólera es mi cólera! ¡Nada escapará a su juicio! ¡Nada ni nadie! ¿Dónde te esconderás, maldita Roma?

Y sucedió algo extraño…

¿Una coincidencia? No sé qué pensar…

Con las últimas palabras —«maldita Roma»— retornó la tormenta. Y las chispas se precipitaron de nuevo sobre el bosque. En un primer momento, desconcertados, los seguidores enmudecieron. Después reaccionaron y tomaron las descargas y los rayos como una ratificación de los cielos. «El Santo bendecía a su profeta.»

Y al igual que ocurrió en el vado de las «Columnas», la gente, fuera de sí, exigió la muerte del invasor:

—*Mot!… Mot!* (Muerte.)

Yehohanan supo aprovechar la ola de entusiasmo, y remachó:

—¡Es la hora de mi desquite!… ¡Así habla el Santo! ¡Pisotearé a los pueblos en mi ira! ¡Los pisaré con fuerza y haré correr la sangre por la tierra!… ¡Dios es grande! ¡Yo soy su profeta!

Entonces, enarbolando el saco negro como una lanza, gritó:

—¡La hora de la *Šekinah* ha llegado! ¡Él ha provocado todo esto, y lo ha hecho con verdad y justicia! ¡Lo ha hecho por nuestros pecados!... ¡Sí, hemos pecado, y obrado inicuamente, alejándonos de ti! ¡Sí, mucho hemos pecado! ¡No hemos dado oído a tus mandamientos! ¡Por eso ya está el hacha en la base del árbol! ¡Los ejércitos marcharán en breve!... ¡Arrepentíos!

Supongo que ninguno de los presentes supo, con certeza, a qué se refería. Nadie había contemplado el pergamino de la «victoria»...

Y continuó citando a Daniel, a su manera, como siempre...

Después le tocó el turno a Isaías:

—... ¡La riqueza de las naciones comeréis!... ¡Todo será vuestro, porque el Santo dirige los ejércitos!... ¡Arrepentíos! ¡Buscad la paz!... ¡De lo contrario, esperad la espada! ¡Todos seréis degollados!... Y dijo el Santo: ¿Quién es ese que viene de Edom, de Bosrá, con la túnica teñida de rojo?... ¡Soy yo, que hablo con justicia!... ¿Y por qué está rojo tu vestido?, preguntó al Santo. Y respondió: Porque he pisado con ira a los que no siguen mi ley, y su sangre ha salpicado mi vestimenta... ¡Es el día de la venganza!

Los seguidores rugieron. Ya no importaba el diluvio, ni aquel cielo negro y amenazador. Yehohanan lo había logrado nuevamente. El Mesías era el libertador de Israel, el que aplastaría la cabeza del invasor. No debía olvidar las palabras del Anunciador, ni tampoco el fervor de sus seguidores. Algunas de estas palabras fueron premonitorias: se cumplirían antes de lo que nadie podía sospechar...

¿Premonitorias? Sí, pero no...

El «sermón» continuó en la misma línea. Yavé, el Santo (?), cortaría el cuello de cuantos no admitiesen la supremacía de la nación judía. Roma estaba perdida, según Yehohanan.

En suma: nada nuevo.

¿Aquél era el precursor de Jesús de Nazaret? ¿El que abriría el camino a la predicación del amor? Lo dije, y lo sostengo: no podía comprender, a no ser que la historia y los creyentes hayan confundido los términos...

Pero dejemos que los hechos hablen.

—*Šakak!*

El Anunciador sabía medir. Sabía en qué momento debía lanzar la expresión clave, la que movilizaba a sus hombres, y los preparaba para la inmersión en las aguas. Los seguidores, enardecidos, estaban en la palma de la mano del gigante de las «pupilas» rojas.

—¡Bajad al agua! —repitió Abner, al tiempo que hacía una señal a los íntimos—. *Šakak!*

Era la contraseña.

Los discípulos formaron un «pasillo» sobre una de las lajas de basalto y animaron a los acampados a que se acercaran. El que lo deseara, el que hubiera aceptado a Dios en su corazón, el que estuviera de acuerdo con la prédica del Anunciador, podía entrar en el río y purificar su cuerpo. Era la ceremonia de inmersión en las aguas.

—*Šakak!* —gritó Yehohanan de nuevo—. ¿Quién como yo?

Y saltó al cauce, preparándose para la purificación de los fieles seguidores. El saco negro quedó al pie de la colmena de colores.

El del *sofar* cumplió con su parte, e inició una serie de toques cortos —una *ševarim*—, con notas desgarradas, que debía coincidir con cada inmersión (sólo con los varones).

Los acampados se precipitaron hacia la piedra, y los íntimos, como era habitual, tuvieron problemas para apaciguarlos y ordenarlos. Pero mucho habían aprendido en aquellos meses de convivencia y, finalmente, lograron que mujeres y hombres guardaran turno en una larga fila. Todos caminaban por el «pasillo» formado por los «justos». Era obligado. Si alguien trataba de saltarse el orden establecido, dos de los armados, al pie del basalto, lo detenían y lo devolvían a la cola.

Observé una novedad. Hombres, mujeres o niños eran cacheados al cruzar entre las dos filas de discípulos. Si alguien portaba una daga, o un *gladius*, le era retenida hasta después de la inmersión. El consejo había sido sugerido por Belša...

—¿Te arrepientes?

Era la pregunta igualmente establecida. El candidato

al «reino» decía que sí aunque, en la mayor parte de las ocasiones, no disponía de tiempo para abrir la boca. En todo caso, para cerrarla, y a toda prisa, con el fin de no tragar agua. Yehohanan, siguiendo la costumbre, no esperaba. Las enormes manos caían sobre los hombros y empujaban violentamente, sumergiendo al aspirante. El resto, entonces, entonaba la palabra *neqe* («limpio»), y el Anunciador tiraba del confuso y asustado seguidor, extrayéndolo del río, y apartándolo.

—¡Siguiente!

Como ya dije, si la persona que deseaba purificarse era una mujer, Yehohanan ni siquiera preguntaba...

La lluvia continuó, implacable. La verdad es que no era el mejor momento para una ceremonia como aquélla. Antes de entrar en el Artal, la gente ya estaba empapada, y más que «purificada»... La mañana era tan desapacible que ni los vendedores hicieron acto de presencia.

Me cansé. Ya había visto lo necesario. Regresaría al lago, con el Maestro. Esta vez, sí...

Di media vuelta y me dirigí al *guilgal,* con el fin de recoger el saco de viaje. Podían ser casi las doce de la mañana. Con algo de suerte dormiría en la posada de Ruppin, o quizá en la de Yardena...

Y fue a la luz de una de las chispas eléctricas cuando los vi. Al principio los confundí con dos de los discípulos, pero no... Todos se hallaban a mis espaldas, en el río. Buscaban entre los enseres. Fue instantáneo. Comprendí: eran ladrones. Creí reconocer a uno de ellos. Formaba parte de la tropa de vendedores que deambulaba por el campamento cuando llegué a Omega.

Pensé en el petate, en los fármacos y en el cilindro de acero. Fue una imprudencia, lo sé...

Grité. Corrí entre los árboles, e intenté llamar la atención de los reunidos sobre las piedras de basalto. Fue inútil. Entre los toques de *sofar,* las tronadas y los gritos de los seguidores, mis reclamaciones se perdieron en la nada. Los individuos, sin embargo, sí se percataron de mi presencia. Soltaron algo, y huyeron como liebres. Activé el láser de gas y disparé sin demasiado convencimiento. El impacto dejó una huella en uno de los troncos.

Me hallaba lejos, y sin las «crótalos». Opté por no repetir el disparo. Los sujetos se separaron. Uno se perdió en la arboleda, en dirección al puente, y el segundo eligió el grupo que participaba en la inmersión. Al poco quedó camuflado entre los que esperaban turno para entrar en las aguas.

Al ingresar en el círculo de piedras, respiré con alivio. El petate estaba intacto. No faltaba nada. En esta oportunidad tuve suerte. Otros sacos aparecían revueltos...

Corrí hacia la orilla, a la búsqueda del ladrón. El empeño fue contraproducente. La gente, cubierta con los mantos, cestos, etc., reaccionó como era lógico y natural. Al descubrirlos, protestaron, y sólo recibí insultos y malos modos. Algunos, incluso, me apartaron con violencia, pensando que trataba de colarme.

Y en eso, mientras me afanaba en la localización del truhán, al llegar a las proximidades del «pasillo» formado por los íntimos de Yehohanan, repetí la maniobra de retirar el manto de uno de los seguidores.

Ambos nos miramos, y quedamos perplejos...

No lo había visto con anterioridad. ¿Qué hacía en aquel lugar?

Me sonrió, y respondí de la misma manera, creo...

La lluvia empapó rápido los cabellos y la barba.

No hablamos.

Y consciente de que el diluvio lo molestaba, lo cubrí nuevamente con el pesado ropón de franjas verticales, típico en él.

¡Era Santiago, el hermano del Maestro!

Como digo, quedé tan confuso que no pregunté. Era lo último que esperaba en Omega...

Era él, no cabía duda, con su canosa y poblada barba, y la cinta negra de tela en la frente, sujetando el cabello. Vestía la habitual túnica blanca, con la faja roja, y el inseparable *gladius*.

Me hizo una señal, e indicó hacia los que le precedían en la fila. No entendí.

Tampoco aclaró nada. Continuó caminando hacia los discípulos del Anunciador, y quien esto escribe permaneció bajo la lluvia, como un perfecto estúpido.

En esos momentos no fui consciente de lo que sucedía, y mucho menos, de lo que estaba a punto de ocurrir...

Olvidé al ladrón, por supuesto.

Finalmente, el Destino supo dirigir mis torpes pasos. No sé cómo lo hice, pero me separé de la fila y fui a situarme junto a la corriente, muy cerca del Anunciador. Deseaba contemplar la ceremonia de inmersión del hermano de Jesús. No lograba entender por qué había acudido ante Yehohanan. En algunas ocasiones, en la «casa de las flores», oí sus palabras sobre el Mesías, y también sobre el gigante de las siete trenzas. Sabía de su admiración por él. Había escuchado atentamente a la Señora, y sus reproches por no secundar la acción de Yehohanan, su pariente lejano, pero aquello sólo eran palabras... Santiago estaba allí, dispuesto a ser bautizado. Santiago conocía el pensamiento de su Hermano. Le había oído hablar muchas veces de un Dios totalmente opuesto al que predicaba el Anunciador. ¿Cómo era posible que hubiera bajado al valle del Jordán? ¿Significaba esto un definitivo enfrentamiento con Jesús?

Una vez más, me equivocaba...

Yehohanan siguió con la labor. A cada toque de *sofar*, el candidato al «inminente reino del rompedor de dientes» saltaba al cauce y, con el agua por la cintura, se situaba frente al gigante de las siete trenzas.

Y le llegó el turno a un individuo, también alto y corpulento, que se cubría con un manto color vino. Por detrás observé a Santiago. Estaba a punto de «bajar al agua». Sólo lo separaban del Artal el mencionado hombre y otro varón, algo más bajo, igualmente embozado con el ropón.

Otra fuerte descarga eléctrica desvió mi atención. La chispa partió de la gran nube negra que presidía el meandro y se propagó, vertiginosa, hacia la zona del *guilgal*. A su paso, la lluvia se iluminó, y fue barrida literalmente, golpeando con furia la superficie del río y la primera línea de árboles. El estampido me encogió el corazón. Todos, instintivamente, llevamos las manos a la cabeza, como si aquel gesto fuera a protegernos de la mortífera energía (probablemente, más de un millón de voltios).

Fue entonces cuando presté mayor atención al citado

individuo. Era el único, junto a Yehohanan, que no intentó protegerse. Había entrado en el cauce del río, y esperaba, inmóvil, a que concluyera la inmersión del que le precedía.

Vestía una túnica roja y, como digo, se protegía del diluvio con un manto. No pude ver la cara, pero los movimientos me resultaron familiares.

—*Neqe!* (Limpio.)

El *sofar* se abrió paso entre el pertinaz golpeteo de la lluvia contra seguidores, árboles, y contra el no menos sufrido afluente, y anunció la siguiente ceremonia de inmersión.

El hombre avanzó hacia el Anunciador...

Creí reconocerlo.

¡Belša!

Me dijeron que estaba ausente...

Pero ¿por qué descendió al río? Que yo supiera, hacía tiempo que había sido purificado por el Anunciador...

¡Qué extraño!

Belša era uno de los treinta y seis «justos». Ya estaba consagrado. ¿Por qué se sometía a la purificación por segunda vez?

De pronto, el hombre del ropón de color vino se detuvo. Y, lentamente, levantó las manos hacia el embozo.

¡Esas manos! ¡No eran las del persa!

Dejé caer el saco de viaje sobre la piedra negra y chorreante y asistí, atónito, a lo que, sin duda, iba a ser el momento más importante de aquel lunes, 14 de enero, del año 26 de nuestra era. Calculo que el sol se hallaba en lo más alto, como no podía ser menos...

¡Esas manos! ¡Yo las conocía bien!

Y el Hombre retiró el manto...

¡Dios bendito!

¡Era Él! ¡Era el Maestro!

Se hallaba en el Artal, a punto de ser purificado (?) (qué extraña resulta la palabra) por Yehohanan...

Recuerdo que tuve un primer pensamiento: «No comprendo...»

Así era. No comprendía el porqué de la presencia de Jesús en aquel ceremonial.

No importaba.

¡14 de enero! ¡Lo olvidé! El viejo Zebedeo estaba en lo cierto, y también Bartolomé, el Oso de Caná. Acertaron...

Me encontraba ante lo que denominan el «bautizo» del Maestro en el Jordán. No era el Jordán, pero eso, ahora, carecía de importancia.

Los cielos, supongo, también contuvieron la respiración. Sólo se oía la lluvia. Las chispas eléctricas se limitaron a iluminar el interior de los cumulonimbos, retumbando en la lejanía.

El Anunciador aguardó.

Jesús, sin embargo, no se movió. Seguía con la corriente por la cintura, a poco más de dos metros de Yehohanan. Quien esto escribe, movido por el Destino, se había situado en el filo del basalto, muy cerca, con el Maestro a mi derecha y el Anunciador a la izquierda. Ni aun proponiéndomelo hubiera logrado una posición tan ventajosa...

¡Increíble Destino! Definitivamente, Él sabe...

Y sonreí para mis adentros. Era la segunda vez que confundía al Galileo con Belša...

Jesús lucía la habitual cinta de lana sobre la frente, típica en Él cuando emprendía los viajes. Los cabellos y la barba chorreaban agua. Tenía la mirada fija en su pariente (sus respectivas madres eran primas segundas).

Observé al Anunciador y comprendí que no lo había reconocido. Como digo, se limitó a esperar. Por supuesto, no era normal que el aspirante al «reino» se demorara. Nada más «bajar al agua», el candidato se acercaba al gigante y éste lo hundía sin misericordia.

Si la memoria no fallaba, hacía trece años que no se veían. La última reunión, en Nazaret, fue un fracaso. Como ya expliqué en su momento, Jesús rechazó las propuestas del impetuoso Yehohanan. Tenían dieciocho años.

Hasta cierto punto, era lógico que no lo reconociera. La lluvia no ayudaba, y trece años era mucho tiempo...

Entonces, el Maestro, sin dejar de mirar a Yehohanan, se aproximó un paso.

¿Cómo explicarlo?

Yo había visto esa mirada anteriormente...

Sí, fue en el *kan* de Assi, cuando el Maestro limpió el rostro de Aru, el negro tatuado.

Fue una mirada de infinita ternura.

¿Cómo transmitirlo? No es fácil...

Jesús envolvió al gigante en su misericordia, y lo acarició con aquellos indescriptibles ojos color miel. No sé cómo, pero Él sabía quién tenía delante, y lo que le reservaba el Destino. Creo que el Maestro conocía muy bien la situación de su pariente y, sobre todo, su triste futuro...

Miento. Quien esto escribe sí sabía cómo lo hacía. Era un Hombre-Dios. Era un Dios hecho hombre, consciente de nuestra pequeñez y conmovido ante nuestra ignorancia.

Ahora lo sé. Esos instantes, frente al Hijo del Hombre, fueron los más gloriosos de Yehohanan. Pero él no lo supo...

Finalmente, el Anunciador lo reconoció. Pero, lejos de abrazarlo, o de recibirlo con alegría, retrocedió.

¡Asombroso! ¡Yehohanan, el indómito, sintió miedo!

No tuvo ocasión de huir, si es que ése fue su pensamiento. El Maestro inició una gradual y acogedora sonrisa, imposible de resistir. Y fue aproximándose al desconcertado predicador de la «mariposa» en el rostro. El miedo, creo, resbaló con la lluvia. La sonrisa de Jesús no era negociable...

Y logró lo que parecía imposible. Sujetó a Yehohanan con un abrazo invisible.

Muy pocos se percataron del gesto del vidente. Probablemente, nadie supo de sus intenciones de huir.

—¿Tú?... ¿Por qué bajas tú al agua?

Yehohanan cedió, y preguntó con su voz áspera.

El Maestro intensificó la sonrisa, y replicó con seguridad:

—Para ser bautizado...

Abner, y algunos de los íntimos, intrigados, prestaron atención. No era normal que un candidato al «reino» dialogara con el vidente.

La respuesta de Jesús sorprendió, aún más, al de las «pupilas» rojas.

—Pero soy yo quien debe ser purificado por ti...

No salía de mi asombro. El tono del Anunciador, siempre imperativo y altanero, cayó al nivel de la súplica. ¿Qué le sucedía?

El Hijo del Hombre, entonces, le dio alas:

—Ten paciencia, y actúa como te pido, porque conviene que demos ejemplo a mis hermanos...

¿Sus hermanos? ¿Estaban allí, en Omega? Sólo había visto a Santiago...

Y Jesús concluyó con algo que me desarmó:

—... Todo el mundo debe saber que ha llegado la hora del Hijo del Hombre...

Levantó los ojos hacia el cumulonimbo y la lluvia acarició su rostro con especial dulzura. Eso me pareció...

¿Su hora?

Segundos después, sin dejar de mirar el oscuro «cb», proclamó:

—¡Ahora es el principio!... ¡Ahora, el final es el principio!

Y de la nube, como si alguien estuviera presenciando la escena, partió otra descarga, que se ramificó sobre Omega. Pero ocurrió algo muy extraño. El relámpago fue azul, y no se produjo la lógica detonación. Fue una chispa eléctrica (?) imposible...

¿El final es el principio?

Yo sabía de esa frase...

Y recordé.

¡«Omega es el principio»! ¡La leyenda grabada en los obeliscos de los «trece hermanos», en las proximidades de Yeraj (1)! ¡Me hallaba en el meandro Omega! ¡Allí arrancaba todo! ¡Omega, la última letra del alfabeto griego, el final, simbólicamente hablando, era el principio!

Quizá no tan simbólico...

Si aquélla era su hora, entonces, todo estaba por empezar.

Pero no tuve tiempo de profundizar en la trascenden-

(1) Amplia información en *Nahum. Caballo de Troya 7*. (*N. del a.*)

tal frase. Sólo reconocí que «alguien», mucho tiempo atrás, grabó unas palabras proféticas en la base de aprovisionamiento. Lo investigaría, cuando llegara el momento.

Yehohanan alzó el brazo izquierdo y reclamó la atención del discípulo que cargaba el *sofar*. Y ordenó que volviera a entonar una *ševarim*, la nota quebrada y melancólica que anunciaba cada inmersión en las aguas.

Todos, con Abner a la cabeza, quedaron perplejos. ¿Qué sucedía? ¿Por qué el vidente solicitaba un segundo toque para el mismo aspirante?

Y se hizo el silencio. La lluvia, incluso, moderó su caída. Eso percibí. Y Omega sólo tuvo ojos para aquel Hombre...

Yehohanan depositó las puntas de los dedos sobre los hombros del Maestro y, sin mediar palabra, fue empujándolos suavemente. Yo diría que casi no tocó a Jesús.

El Maestro cerró los ojos y se dejó caer, muy despacio, hundiéndose en la corriente del Artal.

Al instante, los cabellos del Galileo flotaron en las aguas. Y unas tímidas ondas marcaron la presencia del Hombre-Dios bajo la superficie. Y fueron alejándose, borrando los breves impactos de las gotas de lluvia. Después, vi flotar parte del manto.

Sumé cinco segundos.

El Anunciador, con los ojos muy abiertos, aguardaba ansioso la reaparición de Jesús.

Y el Maestro regresó, y lo hizo con idéntica lentitud. Pero su rostro era otro. Era el mismo, pero no era el mismo. Había una luz que lo cubría... ¿Cómo explicarlo? Imposible. Quizá sólo fueron imaginaciones mías.

Y durante otros cinco o diez segundos, no lo sé con seguridad, el Hijo del Hombre continuó inmóvil, con los ojos cerrados y el rostro dirigido a los cielos. La lluvia, como digo, caía con respeto, como si no deseara caer.

Entonces, al seguir la dirección apuntada por el rostro del Maestro, volví a ver «aquello». En la base del cumulonimbo, en la nube negra y apretada que parecía gobernar sobre la «herradura», distinguí otro relampagueo, pero igualmente azul. Eran culebrinas. Eso era evidente, pero ¿por qué azules?

Y mis ojos no supieron dónde mirar. Exploraban el interior de la singular masa nubosa y regresaban después al Galileo. No creo equivocarme si afirmo que la «luz» (?) que bañaba su rostro era del mismo color que los relámpagos (?) del «cb»: un azul «movible». Y me explico (?): un azul que se movía, que despegaba de la piel (por decirlo de alguna manera), y que lo hacía «palpitando». Y a cada «palpitación», o impulso, el azul variaba de tonalidad. Tan pronto era claro como el agua marina, como turquesa o azul submarino e, incluso, con irisaciones violetas.

Yo no podía saberlo. Ésos fueron unos instantes especialmente sagrados para el Hombre-Dios. Y digo bien: especialmente sagrados... Él me lo confirmó después, camino de Beit Ids. Pero no adelantemos los acontecimientos...

De pronto, todo volvió a la «normalidad». O, para ser exacto, a «mi normalidad». A decir verdad, nadie parecía haber visto la «luz» que «emitía» (?) el Maestro, y tampoco los relámpagos azules en el interior del «cb».

Y el del *sofar*, ajeno a cuanto sucedía, al comprobar que el «aspirante» ya había sido purificado, emitió un nuevo toque, autorizando la entrada en el Artal del siguiente candidato. Era el hombre que precedía a Santiago. Avanzó hasta el Anunciador y, antes de ser sumergido, dirigió una mirada a Jesús. Éste le correspondió con una sonrisa. ¿Quién era aquel joven?

Yehohanan, aturdido, lo hundió en las aguas. Tampoco preguntó. Y al reaparecer, los acampados, como había sucedido con Jesús, tampoco corearon el habitual *neqe* («limpio»). El Anunciador aparecía pálido. Nunca lo había visto tan desarbolado...

Y el joven fue a reunirse con el Maestro, y aguardaron en mitad de las aguas. Era el turno de Santiago. Algún tiempo después, a mi regreso a Nahum, resolví el enigma de la identidad del hombre que fue purificado junto a Jesús. Se trataba de alguien muy querido por el Hijo del

Hombre, y del que ya me habían hablado (1). Su nombre era Judas, otro de los hermanos carnales de Jesús (2).

Judas tenía veinte años. Nació el 24 de junio del año 5 de nuestra era. Con Ruth, mi querida Ruth, era el más joven de la familia. Era conocido por el sobrenombre de «Hazaq», por su carácter violento. Durante años fue una pesadilla para la Señora, y para sus hermanos. Era agresivo, ególatra e inestable. Se alistó en las filas de los zelotas, dispuesto a dar su vida por la independencia de Israel. En una ocasión fue encarcelado, como consecuencia de una agresión verbal a un legionario romano. Fue Jesús quien intercedió por él. Judas tenía entonces trece años de edad. Había sido la «oveja negra», pero, desde hacía un tiempo, trabajaba en Migdal, y parecía haber serenado el espíritu. Nadie diría que había sido una tormenta en el corazón de la Señora, y, especialmente, en el del Maestro. Era delgado, más bajo que Jesús, y siempre vestido de negro. Llamaba la atención por sus ojos, de un verde esmeralda luminoso, y por la nariz, deformada como consecuencia de una de sus múltiples peleas de antaño. Los cabellos eran de un negro azabache, ensortijados, y con largos bucles. La barba, desordenada, recordaba sus tiempos entre los zelotas, o «patriotas», como llamaban también al grupo de los violentos o «celosos» por Yavé.

Fue esa pasión por su pueblo la que lo llevó al valle del Jordán, en compañía de Santiago. Cuando retorné al *yam*, fui cumplidamente informado. Santiago y Judas deseaban formar parte del movimiento que estaba naciendo en torno a Yehohanan. Creían en el Mesías libertador político, y consideraron que el bautismo era obligado. Pero, antes de dar el paso, Judas quiso consultarlo con Jesús. Eso ocurrió el sábado, 12 de enero, cuando me encontraba en Omega. El Maestro solicitó un plazo. Tenía que reflexionar. Y al día siguiente, al incorporarse

(1) Amplia información en *Nazaret. Caballo de Troya 4. (N. del a.)*
(2) Como ya he indicado, María, la Señora, y José tuvieron un total de nueve hijos. Jesús fue el primogénito. A continuación nacieron Santiago, Miriam, José, Simón, Marta, Judas, Amós, fallecido el 3 de diciembre del año 12, y Ruth, hija póstuma de José. *(N. del m.)*

al astillero, el Galileo habló con ellos. Judas había pospuesto el retorno a Migdal. Quería conocer la opinión de su Hermano. Fue entonces cuando Yu, y el resto de los trabajadores, supieron de su decisión: «Había llegado su hora.» Y Jesús, poco antes de la nona (tres de la tarde), se deshizo del mandil de cuero, y de las herramientas, y partió con Judas y Santiago al encuentro de Yehohanan...

Hicieron noche en Yardena, a mitad de camino. El resto, ya lo conocía...

Poco faltó para que este torpe explorador no coincidiera con ellos en aquella lluviosa mañana del lunes. De no haber aparecido el Anunciador, lo más probable es que no hubiera sido testigo de lo que fui y, lo más grave, habría perdido la gran oportunidad de Beit Ids.

El Destino, claro...

Santiago fue purificado, y a la misma velocidad que Judas. Yehohanan no hizo preguntas.

Cuando Santiago emergió, el gigante de las siete trenzas rubias interrumpió la ceremonia de «bajar al agua». Abner acudió presuroso.

¿Qué ocurría?

Yehohanan susurró algo al oído del pequeño-gran hombre y éste, veloz, saltó de nuevo sobre las piedras negras y comunicó a los seguidores que las purificaciones se reanudarían al día siguiente. En el fondo, la mayoría lo agradeció. La lluvia, aunque más prudente, seguía siendo un tormento.

Yehohanan se removía nervioso en el agua. Su comportamiento, como digo, era más extraño de lo habitual. Miraba al Maestro, y golpeaba la superficie del río con la palma de la mano. Después avanzó hacia el filo del basalto sobre el que me encontraba y me observó intensamente. Sentí miedo. Pero no dijo nada. Fue una situación tensa que, por fortuna, cedió en cuestión de segundos. Siempre me quedó la duda: ¿cuáles fueron los pensamientos del vidente en esos instantes?

Y ocurrió...

No sé en qué orden sucedió. Trato de rememorarlo, pero la mente humana no está lista para asumir sucesos de esa naturaleza. Los sentidos se extravían, se saturan y, finalmente, se rinden. Quizá fue todo simultáneo. Quién sabe...

Intentaré ordenarlo, aunque, insisto, no creo que fuera, exactamente, como me dispongo a contarlo. El hipotético lector de estas memorias sabrá comprender mis limitaciones. Sólo soy un piloto...

No había transcurrido ni un minuto, desde que Abner suspendiera la ceremonia de «bajar al agua». Quien esto escribe continuaba en el borde de la laja de piedra, frente a un Anunciador nervioso, casi desquiciado, contemplándome con aquellas embarazosas «pupilas» rojas. Algo más allá, en el agua, Jesús y sus hermanos conversaban. No puedo decir de qué hablaban. Las voces eran menos que un murmullo. La lluvia empezaba a envalentonarse de nuevo. En la orilla, Abner y los íntimos se esforzaban por transmitir la noticia del aplazamiento, calmando a los escasos, pero ruidosos, inconformes.

Supuse que el nerviosismo del Anunciador podía deberse, en parte, al misterioso fenómeno de la «luz» azul en el rostro del Maestro. Yehohanan estaba allí, más cerca que nadie. Tuvo que verlo. Además, en cierto modo, el sueño de reunirse con el supuesto Mesías se había cumplido. Jesús había bajado hasta él, al fin. ¿O existían otras razones para tan anormal comportamiento? ¿Era su desequilibrio lo que causaba aquel desasosiego? ¿Presentía algo?

Creo que sí. Yehohanan lo presintió...

Oímos un sonido. Algo así como un «clang», idéntico a lo que pude oír en el arroyo del Firán. Los cuatro hombres que se encontraban en el río alzaron las cabezas. Todos a la vez, y en la misma dirección: hacia el cumulonimbo en el que había visto los relámpagos azules. Yo hice otro tanto, pero no distinguí nada raro.

Entonces (?) llegó la ausencia de sonidos, también similar a lo ya vivido en la referida garganta del Firán. Fue, quizá, lo que más me asustó. Veía a los acampados. Distinguía perfectamente sus gestos, y el movimiento de los labios, pero no oía las voces, ni tampoco el ruido de la lluvia al precipitarse sobre el bosque, o sobre el Artal. Me puse en pie, e inspeccioné los rostros de Jesús y de sus hermanos. El Maestro tenía los ojos nuevamente entornados, y la cabeza ligeramente levantada hacia el «cb». Santiago y Judas aparecían tan desconcertados como este explorador. En cuanto al Anunciador, la verdad es que no me fijé.

No lograba explicarlo. Era como si los sonidos naturales de Omega hubieran sido absorbidos (?) y, en su lugar, quedó el vacío (?). Pero no... Ésa tampoco era la explicación. A escasos metros, Abner hablaba y gesticulaba, y los acampados que no estaban conformes con la suspensión replicaban y, a juzgar por las maneras, lo hacían a gritos. Ellos, obviamente, se oían entre sí. ¿Por qué nosotros no?

Entonces (?), la base de la gran nube negra se volvió azul. No tengo palabras. Mejor dicho, las palabras no me ayudan...

Y de ese intenso azul celeste, vibrante, mejor dicho, pulsante, se desprendió (?) una «lluvia», igualmente azul, perfectamente distinguible de la lluvia normal. Y nos empapó. Entonces, todo se volvió azul: las ropas, el río, las piedras negras de basalto, los cabellos, la piel...

Pensé en una recaída. Quizá estaba siendo víctima del mal que nos aquejaba...

Pero no. Judas y Santiago contemplaron sus manos, y también las vestimentas, y movieron los labios, pero sus voces no salieron de las gargantas. Yo, al menos, no las oí. Ellos veían lo mismo que yo. ¡Era una «lluvia» azul!

Jesús no se movió. Siguió con los ojos cerrados y el rostro dirigido a los cielos. La «lluvia» azul lo había bañado, como a sus hermanos, a Yehohanan y a quien esto escribe.

Miré a los discípulos, pero seguían a lo suyo. La «lluvia» no los alcanzó. Sólo «llovía (?) en azul» en el entorno de los cinco que nos encontrábamos en las proximidades del basalto.

Sé que parece de locos...

Y entre la «lluvia» —no puedo decir si partió del «cb»— vi (vimos) una pequeña «esfera» (?) luminosa, también azul, pero en una tonalidad zafiro, con un diámetro no superior a una mano cerrada. Descendía rápido, y fue a estacionarse sobre la frente del Maestro. Jesús no abrió los ojos. Acto seguido (?), el «zafiro» buscó el pecho del Galileo, y allí se mantuvo durante décimas de segundo (?). Después, no sé cómo, se perdió, o desapareció, en el interior del tórax de Jesús de Nazaret.

El Anunciador, aterrado, trepó por el filo de las lajas y fue a refugiarse tras la colmena de colores, ahora totalmente azul. Tenía el rostro descompuesto, y gemía. Eso me pareció.

Y al instante (?), nada más desaparecer (?) la esfera de color zafiro, oí una voz (?). Mejor dicho, la oímos...

Fue lo único que acerté a oír en ese lapso de tiempo que, por supuesto, soy incapaz de calcular. No sé si transcurrieron segundos, o minutos, aunque eso poco importa...

Era una «voz» que me atrevería a definir como claramente femenina. Sí, la voz de una mujer, quizá joven (?).

Miré a lo alto, a la base azul del cumulonimbo, pero no vi nada.

¿De dónde procedía?

Sinceramente, lo ignoro. Sólo puedo decir que parecía brotar de todas partes, y de ninguna. Era como si cada átomo hablara.

Y al oírla reconocí el «mensaje»...

¡Dios mío!, ¿qué estaba pasando?

«¡Omega es el principio!»

Y la «voz» se apagó. Sólo lo dijo una vez: «¡Omega es el principio!»

La leyenda de los obeliscos... ¿Qué era todo aquello? ¿Por qué en esos instantes? ¿De quién era la voz? ¿A quién se dirigía? Evidentemente, sólo había un protagonista...

Jesús abrió los brazos y prosiguió con la cabeza levantada hacia la misteriosa nube (?). Entonces movió los labios. Parecía hablar, o rezar, pero no pude oír lo que decía.

La lluvia azul se fue disipando y, poco a poco, se extinguió.

Por último (?), el azul de la base del «cb» se fue haciendo más claro, hasta transformarse en un blanco intenso, difícil de mirar. Era como un sol, oculto en la gran nube. Y vi cómo el «cb» se agitaba, como si un viento huracanado anidara en su seno. En esos increíbles momentos, ignoro por qué, me vino a la mente una frase del Éxodo (20, 18) en la que se narra cómo el pueblo de Israel oía los truenos y veía una gran «luz» en el interior de la nube, cuando se hallaba al pie del monte Sinaí. Era Yavé, según los judíos. Yavé, dentro de una nube. Yavé, entre luces, relámpagos y truenos. ¡Qué coincidencia!

Y de esa «nube», rezaba otra tradición oral judía, partían las palabras de Dios, «como lluvia luminosa», y se hacían visibles al pueblo. Eran «palabras» que brillaban y que podían ser oídas. «Palabras luminosas», como las del hombre de mi sueño, en Salem. Así fue escrito por Isaías (52, 8): «Con sus propios ojos verán a YHWH [Yavé], que vuelve a Sión.»

Demasiadas coincidencias...

Y digo que oímos la «voz» porque también los hermanos de Jesús y el aterrorizado Anunciador oyeron algo. No sucedió lo mismo con Abner y el resto. Nada oyeron, y nada vieron.

Y, súbitamente, como arrancó, así volvimos a la normalidad.

El Maestro continuó con los brazos alzados, ahora mudo, y con los ojos cerrados. Su faz presentaba una expresión serena, y me atrevería a decir que radiante. Pocas veces lo vi tan... ¿feliz?, ¿consciente de su poder, de su origen, y de su naturaleza divina? Todas estas interrogantes podrían estar acertadas. Era lo más próximo al rostro de un Dios, si es que Dios tiene exterior...

Me hallaba tan abrumado por lo visto y lo oído, que permanecí sobre la piedra, entre la incertidumbre y el miedo, sin saber qué partido tomar. Santiago y Judas reaccionaron antes que yo. Los vi gritar y gesticular, indicando hacia el cielo, hacia sus vestiduras, y hacia su Hermano. Comprendí que no era el único loco...

Hablaban de una voz, pero no se ponían de acuerdo. Discutieron. Se pisaban las palabras. Estaban fuera de sí...

A mi regreso al *yam*, tras la inolvidable aventura en las colinas de Beit Ids, Santiago y Judas, más calmados, me relataron lo vivido en aquella no menos imborrable mañana del 14 de enero en Omega. Reconocieron que la «voz» podía ser la de una mujer, pero, como digo, no estuvieron de acuerdo en lo manifestado por dicha «voz». Habló en hebreo y, según Santiago, dijo lo siguiente: «Éste es mi hijo, muy querido, en quien me complazco.» Para Hazaq (Judas), lo oído en el Artal fue distinto. La «voz» expresó: «Del Nombre ha nacido el fuego del final.» Dudó. No recordaba si la «voz» había dicho «fuego» *(labá)* o quizá «blanco» *(labán)*. Insistí, pero, como sucede con frecuencia entre los testigos de un mismo suceso, las versiones no coincidían. También yo oí «algo» diferente... Y sólo habían transcurrido dos meses desde aquel 14 de enero... ¿Qué puedo pensar de los textos evangélicos, escritos muchos años después de la muerte del Galileo?

A Yehohanan no logré sacarle una sola palabra. Nadie lo consiguió. Él oyó igualmente la «voz», pero el hecho de que pudiera proceder de una mujer lo desarmó. Dios era varón. Así lo estimaba el ciento por ciento de los judíos. Era inaudito que una voz femenina fuera «portavoz» de los cielos.

Yehohanan sólo reconoció que el sonido era un *bath kol*, una «voz celestial», como las que sonaron en el interior de su cabeza durante su permanencia en el desierto de Judá. Un *bath kol* procedente de los *merkavah* o «carros de fuego». Eso fue todo. No creo equivocarme si afirmo que el Anunciador, a partir de ese mediodía del lunes, 14 de enero, fue otra persona..., más desgraciada, si cabe. A partir de esa fecha, como iré relatando, todo se torció para el gigante de las siete trenzas...

Por lo que deduje de mis conversaciones, y por lo que sucedió después, lo visto y oído en Omega afectó profundamente al siempre equilibrado y sensato Santiago, el hermano de Jesús. Él creía en un Mesías libertador político de su pueblo, y cuando vio lo que vio y oyó lo que oyó en el Artal, se convenció: su Hermano era ese Mesías, tal y como aseguraba la Señora, su madre, desde el principio. Respecto al «mensaje» y a la «voz», no quedaron claros en el corazón del judío. Pero eso era lo de menos. Lo importante es que había llegado la hora de la sublevación.

El Mesías estaba allí, con gran poder y majestad. ¡Y él era el hermano del Libertador! Como mínimo, ocuparía un cargo de ministro en el nuevo «reino»...

Judas, por su parte, comulgaba de la misma opinión, e iba más allá: lo que habían visto en Omega era el retorno de la *Šekinah*, la Presencia Divina que había huido del «Santísimo», en Jerusalén, cuando el Primer Templo fue destruido por los persas de Nabucodonosor (hacia el año 587 a. J.C.). Como ya referí, para los judíos, especialmente para los ortodoxos, la *Šekinah* era la parte visible de Yavé, la que habitaba junto al arca de la Alianza. Cuando la nación judía fue vencida, esa «luz» fue capturada por los enemigos de Israel, y sólo retornaría con la llegada del Mesías prometido por los profetas. Judas se basaba en Isaías (56, 7), y también en Jeremías (31, 9), para creer que el final de los impíos estaba al llegar. «Los llevaré a mi montaña santa —decía Isaías— y los alegraré en mi casa de oración.» «Vendrán llorando y los conduciré consolándolos», rezaba Jeremías. Hazaq, el «Violento», interpretaba lo oído en Omega como una clara señal del retorno del «rompedor de dientes»: «Del Nombre [Yavé] ha nacido el fuego [la destrucción] del final [de los tiempos del invasor].» Naturalmente, la interpretación de Judas, el «Violento», no era la única. Aquella frase, como tendría ocasión de descubrir algún tiempo después, tenía otros posibles significados, mucho más atractivos...

Pero Judas sólo veía el mundo a través del cristal de la filosofía zelota...

Omega representó una súbita y extraordinaria esperanza en sus afanes independentistas. Jesús, como afirmaba su madre, era el líder, el «fuego del final» que brota, o nace, del Altísimo. Así se lo había manifestado el «ser de luz» a María, antes de la concepción del Hijo del Hombre. Todos, fariseos, saduceos, sabios, pobres y ricos, zelotas y la gente sencilla deberían dejar lo que tuvieran entre manos y unirse a los ejércitos que formaría y encabezaría Jesús. Éste era el pensamiento de Judas o «Hazaq».

Pero retornemos a Omega...

Abner, el pequeño-gran hombre, se percató de inmediato de la singular actitud de su ídolo, acurrucado detrás de la colmena de colores. Acudió en su auxilio, y comprobó que gemía, asustado. Otros discípulos se aproximaron y se preguntaban, entre sí, qué había ocurrido. Abner, entonces, reparó en Santiago y en Judas, que continuaban discutiendo y gesticulando en mitad de las aguas. Se fue hacia ellos y los interpeló. Creo que ni lo vieron. Los hermanos siguieron enredados en la discusión, y Abner reclamó la presencia de los íntimos.

Al poco, aquello era un manicomio. Abner y los discípulos no entendían: ¿A qué lluvia azul se referían? ¿De qué hablaban? ¿Qué era eso de una luz de color zafiro? ¿Había entrado en el pecho del Mesías? ¿Quién era el Mesías? ¿Por qué Yehohanan temblaba de miedo? ¿Qué le habían hecho?

Era inútil. Nadie escuchaba a nadie. Todos gritaban. La confusión fue tal que algunos de los acampados, inquietos, retornaron al río y se unieron a los «justos», multiplicando la algarabía.

Jesús, entonces, comenzó a moverse. Y lo vi avanzar entre las aguas, en dirección a la piedra sobre la que me encontraba, y desde la que presenciaba la escena.

Fue igualmente en esos instantes cuando me di cuenta de otro «detalle», de difícil comprensión para quien esto escribe...

Las ropas aparecían secas. Totalmente secas.

¡Era imposible!

El reciente diluvio las había empapado...

Pero hubo más...

¿Cómo no me percaté? Lo ignoro...

El cielo, de pronto (?), se presentó azul y sereno. No había rastro de los cumulonimbos. ¿Qué fue de la nube negra y panzuda que permaneció tanto tiempo sobre la «herradura»? La tormenta, inexplicablemente, desapareció.

Nunca alcancé a entenderlo, a no ser que los «cb» no fueran lo que parecían ser. Pero esta especulación me llevaría muy lejos, y me sacaría del verdadero objetivo de este diario. Como decía el Maestro, quien tenga oídos, que oiga...

Jesús no miró a los que discutían en el agua. Sencillamente, los evitó. Dio un pequeño rodeo y, como digo, se aproximó al filo de la laja desde la que este explorador asistía a cuanto llevo relatado. Percibí en su rostro esa serenidad a la que ya hice mención. Era un Jesús nuevo y majestuoso, como si hubiera sido testigo de algo inenarrable y feliz. No me equivocaba...

Tenía el cabello seco, exactamente igual que el resto de los que allí estábamos. Pero ¿cómo era posible? Un minuto antes se hallaba empapado...

Y al llegar a mis pies me observó fijamente. Los ojos, color miel líquida, brillaron un instante. Me traspasó. En esos momentos no supe qué pretendía de este torpe explorador, pero me rendí. Era la mirada de un Dios. Me abrazó desde el agua. Me hizo comprender que yo era su criatura, y Él, mi Creador. En aquel segundo entendí el universo contenido en una de sus palabras favoritas: «Confía.» Y lo hice. Sin palabras, mediante el hilo de las miradas, me puse en sus manos. Él sabía. Él gobernaba. Él decidía. Él era mi Dios.

Entonces me tendió la mano izquierda, en un claro gesto para que lo ayudara a salir del cauce.

¡Dios! Y creí comprender...

Su criatura, lo más bajo de la creación, era necesaria para elevarlo. Él rogaba que así fuera.

Y una profunda emoción me dejó sin habla. Extendí el brazo y se aferró con fuerza. Después, sin dejar de mirarle, tiré con el cuerpo, y con el alma, y saltó limpiamente sobre la piedra negra, ahora totalmente seca.

Mensaje recibido.

Su mano continuó agarrada a mi brazo durante un instante. Me sonrió, y creí descubrir el paso rápido de la complicidad.

Acto seguido, con una firmeza dulce y acerada al mismo tiempo, exclamó:

—¡Vamos, *mal'ak*!... ¡Ha llegado la hora!

Y me guiñó el ojo.

Y aquel aturdido «mensajero» se fue tras Él. Esta vez sí fui afortunado. Fui a donde nadie fue, y fui con Él...

Recuperó el saco de viaje y se alejó hacia el puentecillo de piedra. Quien esto escribe se pegó a sus sandalias. Esta vez no lo perdería.

¡Asombroso!

La túnica roja y el manto aparecían secos. ¿Cómo era posible? Yo mismo lo ayudé a salir del arroyo...

Y al alcanzar el puente se detuvo. Revolvió un instante en el interior del petate y se hizo con la cinta «de los viajes». La amarró alrededor del cráneo y, sin dudarlo, echó a andar. Eso significaba una larga caminata...

No miró atrás. No se preocupó de sus hermanos, o de su pariente, el Anunciador. Yo sí lo hice. A lo lejos, entre la arboleda, se distinguía a los acampados, enzarzados en la polémica, con los brazos en alto, y caminando, sin rumbo, por la orilla del Artal. Abner era el que más discutía. Judas, el Iscariote, lo seguía a todas partes. Se hallaba tan confuso como los demás. Entonces caí en la cuenta: era la primera vez que el Maestro y el Iscariote coincidían. Sin embargo, Judas no reparó en Jesús. En realidad, sólo unos pocos lo hicimos. No sé si el Galileo se fijó en el futuro apóstol...

En cuanto a Yehohanan, no fui capaz de localizarlo. Quizá seguía sobre el basalto, rodeado por sus hombres.

Tampoco me preocupé.

Mi trabajo en Omega había concluido.

«Omega es el principio...»

Como ya mencioné en su momento, quien esto escribe no fue consciente de la trascendencia de dicha frase hasta que Él lo insinuó, camino de Beit Ids...

Pero demos tiempo al tiempo.

El Maestro entró en la calzada que unía las ciudades de Bet She'an con Pella y torció a la derecha, en la dirección de esta última población, una de las más importantes de la Decápolis. ¿Adónde se dirigía? ¿Cuál era su plan? A decir verdad, me hallaba en blanco. No tenía el menor indicio respecto a sus intenciones. Si tenía que hacer caso a los textos evangélicos, después del «bautismo», el Maestro se dirigió al desierto. Y allí —dice el inefable Lucas— fue tentado por el diablo durante cuarenta días...

¿El desierto? ¿Qué desierto? Caminábamos en dirección opuesta al de Judá, el más próximo. Dicho desierto, además, se encuentra a muchos kilómetros de Omega, y en el sur.

¿El diablo?

Una vez más, los supuestos textos sagrados me hicieron desconfiar. ¿De qué diablos hablaban los evangelistas? Quizá yo estaba en un error, y me disponía a ver al diablo (!). Quién sabe... En aquella aventura todo era posible.

¿Se referían a la extraña criatura de los pantanos? ¿Y qué pintaba Adam-adom en el desierto?

Pero, súbitamente, alguien me sacó de tan absurdas elucubraciones.

¡Era Yehohanan!

No creo que hubiéramos caminado más de cincuenta pasos, desde el puentecillo de piedra sobre el Artal, cuando nos alcanzó. Se hallaba solo. Cargaba en su mano izquierda el saco embetunado y maloliente, con el pergamino «secreto». Parecía entusiasmado, y más excitado que nunca.

Retrocedí un paso, prudentemente.

Yo no podía saberlo, pero estaba a punto de ser testigo de una de las escenas más desconcertantes en la vida del Maestro.

Yehohanan, por supuesto, me ignoró. Y permaneció a la derecha de Jesús, caminando al ritmo rápido del Maestro.

Entonces, sin más, empezó a hablarle de las «luces» que había visto en el desierto. Mencionó los *raz,* o «fuegos inteligentes» que lo visitaron durante su permanencia en Judá, y aseguró que eran iguales que la esfera de color zafiro que vimos frente al Hijo del Hombre, y que se introdujo (?) en su pecho.

El Maestro lo miró, pero continuó con sus grandes zancadas. No hubo respuesta.

No pude ver la cara de Jesús, puesto que me encontraba a su espalda, pero no fue difícil de imaginar...

Después le tocó el turno a las *hayyot*, y a los supuestos encuentros del Anunciador con dichas criaturas celestes.

Jesús tampoco replicó.

Yehohanan, algo desalentado, extrajo el *talith* de cabello humano del zurrón y se cubrió. Entonces se refirió a los «carros que vuelan», los *merkavah*, y le habló de cómo los vio descender en el desierto, y de cómo los «ángeles de cuatro caras», las *hayyot*, lo llamaban por su nombre...

El Maestro siguió mudo.

—Yo lo sé... —insistió el Anunciador—. Tú eres el elegido. Ahora lo sé. Tú eres el libertador de mi pueblo...

Silencio.

—¿Qué vamos a hacer?... ¿Cuál es el plan?...

Silencio.

El gigante de las siete trenzas no se rindió. E inició otro relato sobre los «palacios» que dijo haber visitado cuando fue arrebatado, como Henoc, en uno de los *merkavah*.

—¡Ellos me lo mostraron! —gritó—. ¡Yo vi al Mesías libertador...! ¡Eras tú!

El Maestro apretó el paso.

Aquello no me gustó. Yehohanan mentía, o no recordaba lo que me confesó en el Firán. En esa ocasión, según dijo, el Mesías que le mostraron, «más allá de los siete cielos», era rubio...

—¡Los ejércitos del Santo, bendito sea, esperan nuestra señal! ¿Qué hacemos? ¡Dime! ¿Cuáles son tus órdenes? ¡Tú eres el rey de la casa de David! Ellos...

Silencio.

Hasta un ciego hubiera visto que Jesús no deseaba responder a las cuestiones planteadas por Yehohanan...

Era obvio. El Anunciador caminaba a su lado, pero se hallaba en el extremo opuesto de los pensamientos del Maestro.

Entiendo que Jesús hizo lo único que podía hacer: guardar silencio. ¿O no?

Y Yehohanan fue a mostrarle la palma de la mano izquierda. En ella, como se recordará, fue «tatuada», a fuego, la expresión «Yo, del Eterno», en hebreo, la lengua sagrada para los judíos.

—¡Soy de Él!... ¡Soy tu segundo!... ¡Dame una orden y levantaré a los ejércitos! ¡El hacha está en la base del árbol! ¡El Santo, bendito sea, pide venganza! ¡Debemos recuperar la *Šekinah*!

Silencio.

—¿No lo recuerdas?... Un ángel del Santo, bendito sea su nombre, visitó a mi madre, y también a la tuya... El ángel lo dijo: tú serás el Ungido, el que levantará la casa de David y echará al mar a los impíos...

Yehohanan mentía, o inventaba, una vez más. El ángel, o ser de luz, jamás mencionó la casa de David y, mucho menos, la expulsión de los paganos al mar.

El Maestro se mantuvo en silencio. No lo miró ni una sola vez. Yo casi corría tras ellos.

Y me pregunto: ¿por qué esta escena no fue recogida por los evangelistas?

Yehohanan, confundido, se detuvo. Casi tropecé con él. El Maestro prosiguió al mismo ritmo.

Pero no. Yehohanan no se había rendido. Y al poco se situó nuevamente a la altura de Jesús. Entonces le mostró el saco negro y pestilente, y clamó:

—¡Aquí está todo! ¡Éste es el plan del Santo, bendito sea! ¡Examínalo! ¡Ellos me lo dieron!

Y recordé lo revelado por el Anunciador junto al torrente del Firán. Según él, el hombre-abeja lo dibujó, y se lo entregó en el interior de uno de los *paraš* o *merkavah* (carro que vuela).

Silencio.

—¡Es un *megillah* sagrado! ¡Está hecho por la mano de las *hayyot*! ¿Es que no comprendes?...

El Galileo prosiguió, inmutable.

—¿Es que no comprendes? —insistió, furioso—. ¡Es la mano del Santo, bendito sea su nombre! ¡Es la hora de la venganza! ¡Roma debe pagar! ¡Es nuestra hora! ¡El ángel lo dijo: Tú conducirás al pueblo...! ¡Tú eres el rey! ¡Tú eres el Ungido! ¡Tú eres el sacerdote real, como dice Isaías! ¡Te esperábamos! ¡Yo he abierto el camino! ¡Todo está dispuesto! ¡Hoy lo hemos visto! ¡Se han cumplido las profecías! ¡La luz descenderá sobre el cordero!

Yehohanan seguía inventando. Yo no conocía tales profecías...

Silencio.

Y dispuesto a todo, el gigante de la «mariposa» en el rostro trató de abrir el saco, con el fin de mostrar el *megillah,* o pergamino de la «victoria», también conocido por mí como el «323».

No tuvo opción.

Fue el único gesto de Jesús, al menos, que yo pueda recordar.

Sin detener la marcha, y sin mirarle, el Maestro alzó levemente la mano derecha e indicó que se detuviera. No era preciso que enseñara nada. Eso deduje del referido gesto.

Fue instantáneo.

Yehohanan enmudeció, y se detuvo. Y allí quedó, en mitad de la calzada, con el *talith* sobre la cabeza, y el saco embreado, a medio abrir, entre las enormes manos. No vi a ninguno de sus discípulos. Poco después se perdió entre las gentes que iban y venían. Supuse que retornó a Omega, con Abner y los suyos...

Jesús continuó con sus típicas zancadas, rumbo al este, hacia la ciudad de Pella; una población que este explorador no conocía.

Prudentemente, como en otras ocasiones, mantuve una cierta distancia. Estaba claro que deseaba caminar en solitario. Pero ¿hacia dónde? ¿Qué nuevas sorpresas me reservaba el Destino?

El Destino...

Consulté la posición del sol. Faltaban unas cuatro horas para el ocaso. A buen ritmo, como el que mantenía Jesús, eso representaba alrededor de veinte kilómetros. Pella estaba mucho más cerca. Según mis cálculos, a no más de dos kilómetros del meandro Omega. ¿Deseaba llegar a la ciudad de los manantiales? ¿Y por qué Pella? ¿O no eran ésas sus intenciones? En esos momentos, nadie las conocía...

Hice algunas conjeturas.

Si el Maestro caminaba hasta el anochecer —difícilmente lo hacía en la oscuridad— y mantenía la dirección este (en realidad, sureste), podíamos alcanzar las proximidades de Gerasa, otra de las ciudades de la Decápolis. Tampoco la conocía. Y no se me ocurrió razón alguna para llegar a dicha población. Si giraba hacia el sur, una vez tomado el «camino de los reyes», en esas horas, antes de las cinco de la tarde, era posible que nos situáramos en la frontera con la Perea. Allí, muy cerca, se hallaba la garganta del Firán, de triste recuerdo para quien esto escribe. ¿Pretendía el Galileo visitar el citado afluente del Jordán? ¿Y por qué iba a hacerlo? En los alrededores, algo más al oeste, se levantaba la pequeña aldea de Salem, donde residían el sabio Abá Saúl y su esposa, Jaiá, tan queridos por este explorador. No vi sentido. No consideré que el Hijo del Hombre intentara aproximarse a dichas zonas.

¿Y por qué preocuparme? Él sabía...

El día, ahora, era magnífico. Yo me sentía bien, y con fuerzas. Él caminaba por delante, a cosa de un centenar de metros, y con paso decidido. Lo dejaría todo en manos del Destino, como siempre.

El Destino...

Sonreí de nuevo para mis adentros. Todo fue minuciosa y delicadamente diseñado para que este explorador se detuviera en Omega. Nada fue casual.

Y dediqué unos minutos a ordenar y analizar (?) lo visto y oído en el gran meandro en forma de herradura.

¿Asistí a lo que los cristianos, en nuestro «ahora», denominan el «bautismo» del Maestro?

Sí y no.

En realidad, la ceremonia nada tuvo que ver con las actuales ideas.

Para empezar, la inmersión de Jesús en las aguas (el término «inmersión» me parece más ajustado) no se produjo en el río Jordán, como estiman los creyentes. Como ya indiqué (1), el Jordán era una corriente «impura». Las aguas arrastraban lodo, basura, excrementos, animales muertos y toda suerte de árboles y desperdicios. La Ley judía era muy estricta en lo que se refiere a la purifica-

(1) Amplia información en *Nahum. Caballo de Troya 7. (N. del a.)*

ción. Introducirse en el «padre Jordán» para limpiar el cuerpo (eso significaba «bajar al agua») hubiera sido una burla. Los judíos habían trazado una compleja normativa —llamada *miqwaot*— que regulaba dónde y cómo purificar a hombres y mujeres. Las aguas, según este tratado oral, se hallaban divididas en seis órdenes, de acuerdo con su grado de pureza. Las más puras eran las que llamaban «golpeadas o manaderas»; es decir, las saladas, o termales, y las vivas, correspondientes a manantiales y afluentes, respectivamente. También el mar era «puro». Yehohanan lo sabía, y actuaba en consecuencia. Si hubiera pretendido practicar el *šakak* (ceremonia de «bajar al agua») en cualquiera de los tramos del Jordán, los judíos no lo habrían consentido. Peor aún: lo más probable es que sus palabras no hubieran tenido la menor resonancia y, quizá, habría sido apedreado...

En segundo lugar, el actual concepto de «bautismo», por el que, supuestamente, se perdona el «pecado original» del aspirante, nada tiene que ver con la referida ceremonia de «bajar al agua», a la que se sometió el Maestro. Como ya expliqué con anterioridad, la inmersión en las aguas era un reconocimiento del arrepentimiento previo, imprescindible para la pureza última, la del cuerpo. Para los judíos, la inmersión no significaba el perdón de los pecados. Se trataba de un ritual, aunque necesario.

¿Significó esto que el Maestro se arrepintió, previamente, de sus faltas? Me niego a creer que Jesús de Nazaret cometiera un solo pecado contra los hombres, o contra sí mismo. Mucho menos contra el Padre. Como me explicó en el *kan* de Assi, en el lago Hule, «nadie está capacitado para ofender a Dios», por mucho que se empeñen sus «representantes» (?). Jesús fue el Hombre más limpio, noble y generoso que jamás ha pisado la Tierra. En el Hermón, al recuperar lo que siempre fue suyo —la divinidad (1)—, se convirtió en un Hombre-Dios. ¿Cómo imaginar a un Dios transgrediendo las leyes de Dios?

(1) La misteriosa recuperación de la divinidad, en el monte Hermón, se produjo en agosto del año 25 de nuestra era. Amplia información en *Hermón. Caballo de Troya 6. (N. del a.)*

En cuanto al llamado «pecado original», provocado —dicen las religiones— por la falta de Adán y Eva, prefiero no hacer comentario alguno. La idea me resulta, sencillamente, ridícula...

Entonces, ¿cuál fue el sentido de dicha ceremonia? ¿Por qué el Hijo del Hombre solicitó del Anunciador que lo sumergiera? ¿Por qué se introdujo en las aguas del Artal, y con tanta devoción?

Sinceramente, no lograba entenderlo...

Fue Él quien aclaró la mente de este confuso explorador. Por supuesto que tenía sentido; un importante y bello sentido...

También la fecha del «bautismo» (?) quedó aclarada. Zebedeo padre, y Bartolomé, uno de los doce, estaban bien informados. Fue hacia la hora «sexta» (mediodía) del lunes, 14 de enero del año 26 de nuestra era, y no en el 29, como insinúa Lucas, el evangelista. Como ya comenté, Lucas no sabía, o no tuvo en cuenta, que el emperador Tiberio gobernó, conjuntamente con Augusto, durante más de dos años, antes de la muerte de este último, ocurrida el 19 de agosto del año 14 de nuestra era. Fue en octubre del año 11 cuando Tiberio fue designado *collega imperii* (1). Por supuesto, en enero, Poncio Pilato no había tomado aún posesión como gobernador de la provincia romana de la Judea. Eso ocurriría meses después, al final de la primavera del citado año 26.

Lucas no acertó una. En su evangelio, la prisión de Yehohanan aparece antes que el «bautismo» del Maestro, y tampoco fue vista «paloma» alguna. El «descenso del Espíritu Santo en forma corporal, como una paloma,

(1) El evangelio de Lucas (3, 1-4) dice textualmente: «El año quintodécimo del imperio de Tiberio César, siendo gobernador de Judea Poncio Pilato, tetrarca de Galilea Herodes, y Filipo, su hermano, tetrarca de Iturea y de la Traconítide, y Lisania, tetrarca de Abilene, bajo el pontificado de Anás y Caifás, fue dirigida la palabra de Dios a Juan, hijo de Zacarías, en el desierto, y vino por toda la región del Jordán predicando el bautismo de penitencia en remisión de los pecados...» Lucas confunde también el verdadero carácter de la ceremonia de inmersión en las aguas, según la ortodoxia judía. Como ya he referido, nunca fue considerada como una fórmula de perdón de los pecados. El arrepentimiento de las faltas tenía que ser previo a la purificación del cuerpo. *(N. del m.)*

sobre el Hijo del Hombre» fue pura invención. En realidad, los sucesos en Omega fueron más espectaculares, y fantásticos, de lo que transmitió el bueno del evangelista, que ni siquiera conoció a Jesús. Si Lucas hubiera tenido la oportunidad de interrogar a Abner, o a los discípulos del Anunciador, quizá el texto evangélico habría sido otro. Pero, como espero tener la oportunidad de relatar, los íntimos de Yehohanan terminaron por ser marginados por los seguidores del Maestro. Pero ésa es otra historia...

Lucas, finalmente, se hace eco de la versión de Santiago, en lo que a la «voz» se refiere, e ignora el segundo testimonio, el de Judas, también hermano carnal de Jesús. ¿Quizá porque lo manifestado por el antiguo zelota no se ajustaba a los pensamientos e intereses de Pedro y Pablo? ¿Por qué Lucas no escribe que la «voz» que se dejó oír en el Artal era la de una mujer? ¿Dios, mujer? Imagino la cara de Pablo de Tarso, uno de los principales informantes de Lucas, misógino a ultranza, al oír semejante despropósito...

Y fue borrado, naturalmente, como tantos otros sucesos.

Cuando habíamos recorrido unos tres kilómetros, distinguí la ciudad de Pella, a la izquierda de la calzada, y en lo alto de una suave colina, casi a la altura del nivel del mar (alrededor de «menos treinta metros»). Conservaba una mediocre muralla de piedra y adobe, que la rodeaba por completo. El trasiego de hombres y caballerías se intensificó. Y opté por aproximarme cuanto pude al Hijo del Hombre. Aunque destacaba por su altura, y por la túnica roja, hasta los tobillos, preferí no correr riesgos.

Jesús no se detuvo. Cruzó entre los inevitables vendedores, pícaros y mendigos, que atestaban el camino de acceso a las puertas de la ciudad griega (1), y continuó

(1) Pella era una de las poblaciones paganas de especial relevancia en el territorio de la Decápolis, al este del río Jordán. Superaba los 22.000 habitantes, griegos en su mayoría. Constituía un importante nudo de comunicaciones, entre la Nabatea, al sur, Gerasa y Philadelphia (actual Amman), al este, y el *yam*, Fenicia y el Mediterráneo, al norte y oeste, respectivamente. Aunque fue construida por los generales de Alejandro el Grande, hacia el

hacia el este. Entre los vendedores me llamó la atención un grupo que se movía sin cesar por la calzada, y que pregonaba la célebre agua de Fahil, «que hacía inmortal al que la consumía»... Cometí el error de detenerme a inspeccionar uno de los pellejos y, en segundos, cayó sobre este incauto explorador toda una tropa de aguadores, caldeos o adivinos, «burritas» negras, mercachifles, «guías» de la ciudad, conductores de carros y hasta encantadores de serpientes. Unas tiraban de la túnica, gritándome no sé qué sobre sus respectivos burdeles, otros intentaban abrir el petate, y los más, a voz en grito, me metían los artículos por los ojos, ensayando en arameo, *koiné* y en otras lenguas que no comprendí. Fue entonces cuando perdí de vista al Galileo...

Me deshice, como Dios me dio a entender, de la enloquecida parroquia y corrí hacia ninguna parte. La aglomeración de gente, animales y mercancías no me permitía distinguir.

Y maldije mi mala estrella...

Si lo perdía, no hubiera sabido dónde encontrarlo. ¿Correr hacia ninguna parte? No exactamente. Corrí por la calzada, por el «camino de los reyes», pero en dirección equivocada.

Salté, una y otra vez, intentando descubrirlo entre el gentío. Más de uno pensó que se hallaba ante un endemoniado.

Y, desalentado, me dejé caer en el filo de la ruta. ¿Qué había sucedido? ¿Dónde estaba el Maestro? ¿Cómo podía ser tan torpe? Se había esfumado ante mis narices. Pensé, incluso, que quizá ése era su deseo. Quizá me precipitaba a la hora de seguirlo...

Y el Destino, como siempre, sonrió, burlón.

---

331 a. J.C., Pella ya existía desde el quinto milenio antes de nuestra era. Recibió diferentes nombres: Pihilum o Pelel, Fahil, en árabe, y Pella, posiblemente en recuerdo de la ciudad homónima, en Macedonia, cuna de Alejandro Magno. En aquel tiempo, el nombre más popular era el de Fahil *(hmt'dphl)*, por sus fuentes de aguas termales, a las que recurrían miles de enfermos desde los cuatro puntos cardinales. Durante la revuelta de Alejandro Janeo (83-82 a. J.C.) fue destruida nuevamente. El general romano Pompeyo le devolvió parte del antiguo auge en el 63 a. J.C. Después se integró en la «liga de las ciudades griegas independientes». *(N. del m.)*

En ello estaba, debatiéndome sobre el asunto, cuando se detuvo ante este desolado explorador uno de los habituales carros de alquiler, que trasladaban a los viajeros de un punto a otro. El *sais* reclamó mi atención y preguntó si me dirigía al sur. Por cinco denarios de plata se comprometía a dejarme, sano y salvo, en la mismísima Jericó...

¿El sur?

Entonces comprendí. Había tomado la calzada que descendía por la orilla izquierda del Jordán, el mencionado «camino de los reyes», que cruzaba las llanuras de Moab, y el reino de la Nabatea, hasta desembocar en el mar Rojo.

¡Era un estúpido! ¡Yo lo vi dirigirse hacia el este!

Rescaté un denario de la faja y lo lancé hacia el sorprendido conductor, al tiempo que volaba, deshaciendo lo andado. El *sais* debió de pensar que había ido a preguntar a un viejo loco. ¿Un denario por nada? Creo que fue el dinero más rentable en aquella aventura...

Minutos después, como supuse, lo descubrí en la lejanía. Efectivamente, el Maestro rodeó la ciudad de Fahil (Pella) y se adentró en un camino secundario, hacia el oriente. Respiré aliviado, y procuré acortar la distancia.

Como dije, no sabía nada de aquella zona. Era la primera vez que me adentraba en ella. Recordaba vagamente los perfiles, observados en el periplo aéreo, cuando nos dirigíamos al norte del *yam*. Pero eso no servía. Ignoraba hacia dónde conducía aquel sendero, muy poco frecuentado, y que empezaba a ascender tímidamente, entre decenas de *yébels,* o colinas de caolín, tan apreciadas por los alfareros y por los cultivadores de olivos.

Jesús marchaba de nuevo a buen ritmo. Parecía conocer al paraje...

Traté de tomar referencias, siempre útiles en los viajes.

Desde Fahil, o poco antes, los apretados bosques del valle del Jordán fueron reemplazados por miles de *zayit*, el olivo israelí, célebre por su generosidad, y por la calidad de los aceites, densos y dorados. Abundaba el género *Olea*, con más de treinta especies, muchos de ellos centenarios, arqueados por el paso del tiempo, gruesos y misteriosamente huecos. Como había observado en el viaje al Hermón, también aquí, en la Decápolis, el *zayit* era mimado como una novia. Lo plantaban a una distancia mínima de once metros, colonizando miles de kilómetros cuadrados. En realidad, eso era lo único que tenía a la vista: hileras interminables de olivos, de hasta diez metros de altura, que compensaban el blanco harinoso de las colinas. Cada árbol regalaba del orden de treinta a sesenta kilos de aceitunas, con una producción media de aceite de unos cinco litros por olivo. Eso convertía estas alturas de Galaad en un río de oro, con una exportación ininterrumpida, y disputada, que obligaba a comprar las cosechas «en el árbol». Naturalmente, la mayor parte de los propietarios de estos *yébels* era judía. Herodes Antipas, el tetrarca de la Perea y de la Galilea, también era «accionista» destacado en el negocio de los *zayit*. Astutamente, los judíos que explotaban estas tierras se aprovechaban del carácter pagano de las mismas, e interpretaban la Ley mosaica a su manera, y en su beneficio. Dicha Ley (Deuteronomio 24, 20) establecía que los olivos no debían ser descargados en su totalidad, sino que, en cada rama, era bueno que permaneciese un mínimo de fruto, con el fin de alimentar a los desposeídos: «Cuando varees tus olivos —decía Yavé—, no harás rebusco. Lo que quede será para el forastero, el huérfano y la viuda.»

En la lejanía, en las laderas, distinguí cuadrillas de *felah* (campesinos), con cestos en los que almacenaban las últimas aceitunas, negras y prometedoras. Los hombres agitaban las ramas con largas pértigas. En el suelo, mujeres, niños y ancianos seleccionaban el fruto, y llenaban los capazos. Si el terreno lo permitía, las mulas, onagros o camellos se aproximaban al grupo y se procedía a la carga. Si las caballerías esperaban en la senda por la que transitábamos, las espuertas tenían que ser trasladadas sobre las espaldas de los porteadores. Y pobre del anciano, del muchacho o de la mujer que tropezara y derramara el fruto...

Éste fue el paisaje, y el paisanaje, que nos acompañó durante los dos primeros kilómetros.

Poco a poco me fui acercando al Maestro. Ahora me

encontraba como al principio, a cosa de un centenar de pasos.

Y seguimos ascendiendo. Según mis cálculos, ratificados posteriormente en el Ravid, en cuestión de cinco o seis kilómetros habíamos pasado de «menos» 200 metros, en el valle del Jordán, a «menos» 30, en Fahil o Pella, y el caminillo proseguía, valiente, trepando ahora por la cota «300». Las colinas de caolín eran interminables. Por más que oteaba los horizontes, no conseguía ver otra cosa que el verde-negro de los olivares y, a ratos, como si quisieran escapar, el blanco y el ocre del terreno.

Por más vueltas que le daba, no lograba hacerme una idea sobre los propósitos del Hijo del Hombre. ¿Qué buscaba en aquellos olivares?

Los textos evangélicos —los cuatro— aseguran que, tras el «bautismo» en el Jordán (?), Jesús fue llevado por el Espíritu hacia el desierto, y allí fue tentado (?). E insisto: ¿qué desierto? Nos hallábamos muy lejos de Judá, el más próximo.

El sol marchaba en dirección contraria, y diría que con las mismas prisas que el Maestro. Más o menos, restaban unas tres horas de luz.

¿Por qué preocuparme? El misterio no tardaría en esclarecerse. Quizá a la caída del sol...

Y me propuse no perder el tiempo con semejantes laberintos. Él estaba allí. Eso era lo que contaba. Sólo tenía que tener los ojos bien abiertos. Ésa era mi misión. Él lo definió perfectamente: *Mal'ak* («Mensajero»).

Y entre las hileras de *zayit*, por la derecha del sendero, apareció una aldea.

Jesús la vio antes que yo, pero continuó con sus largas zancadas.

No me pareció importante. Las casas, de adobe, se ayudaban las unas a las otras, pared con pared, temerosas y humildes. Una pista, ennegrecida por los excrementos de las caballerías, unía el poblacho con la senda «principal». Luego supe que se llamaba Tantur, acurrucada, como digo, entre miles de olivos, y a cosa de 307 metros sobre el nivel del mar. Estimé que podía hallarse a un kilómetro del camino por el que marchábamos.

Y, de pronto, Jesús redujo el ritmo.

Me puse en alerta.

A escasa distancia, en el cruce con la pista que huía hacia Tantur, divisé unos corros de esforzados laureles, alegrando la seriedad del olivar. Había gente.

Yo también aminoré la marcha, y mantuve la distancia. No sabía qué se proponía. Debía moverme con prudencia.

Era un pozo. Tres mujeres se hallaban alrededor del brocal de piedra, y bregaban con el pellejo de carnero en el que subían el agua.

Caminé despacio.

Las mujeres, jóvenes, no parecían judías. Vestían amplios vestidos azules, con anchas fajas en la cintura, tipo *thob*, como el de los beduinos, con sendos tocados en las cabezas. Reían y parloteaban sin descanso, divertidas ante sus propias dificultades. No hablaban arameo. Al pie del antepecho del pozo descansaban tres cántaras de mediano porte. Por detrás, a media docena de metros, se levantaba un reducido cobertizo, trenzado con palitroques y ramas de palmera.

En una primera deducción, al oír el lenguaje y observar la vestimenta, supuse que eran nómadas, o seminómadas. Comprendí: estábamos adentrándonos en territorio *badawi* (beduino), más conocido en aquel tiempo por el término *a'rab*. Eran árabes.

Las mujeres no tardaron en detectar la presencia del primer caminante. En realidad, quienes las alertaron fueron dos perros que irrumpieron junto al pozo. No estoy seguro, pero creo que dormitaban en el cobertizo.

El Maestro no se inmutó, y siguió hacia ellas.

Quien esto escribe, en un intento de no interferir, se ocultó entre los olivos, y esperó. Me hallaba relativamente cerca.

Los perros eran dos hermosos ejemplares de la raza *sloughi* (1), tipo lebrel, de color leonado, listos y rápidos

(1) El *sloughi*, también llamado galgo árabe, es un perro de origen desconocido, probablemente procede de Oriente, esculpido y pintado en las tumbas y templos del Antiguo Egipto. Habita en el Sáhara, en especial en las actuales Libia, Túnez, Argelia y Marruecos. Los más rápidos y famosos

como el viento. Eran excelentes guardianes y cazadores, capaces de percibir la presencia de un extraño mucho antes que sus dueños.

Mantuvieron orientados los puntiagudos hocicos hacia la senda, pero no arrancaron, como hubiera sido lo habitual en estos galgos. Una de las beduinas soltó la cuerda de la que tiraban, y se hizo con un bastón. Después se situó tras los *sloughi,* e intentó descubrir qué o quién se acercaba.

El pellejo, con el agua, quedó en suspenso, a mitad de camino. Las tres mujeres tenían las miradas fijas en los olivos, entre los que discurría el camino. Guardaban silencio.

Y para sorpresa de todos, los lebreles se tranquilizaron e iniciaron un rápido y amigable movimiento de las largas y frágiles colas. Las beduinas comentaron algo, y se relajaron. La actitud de los perros fue decisiva.

Jesús llegó al pozo, y lo vi alzar la mano izquierda, en señal de saludo. Conversaron, aunque no pude oír, dada la distancia. Yo lo sabía, pero ahora me encontraba ante la confirmación: el Maestro entendía, y hablaba, algo de árabe.

Las mujeres prosiguieron con lo suyo y Jesús, pendiente del trípode de madera por el que subía el negro y chorreante cuero de carnero, que hacía las veces de cubo, esperó a que las jóvenes concluyeran el izado del pellejo. Los perros se acercaron y olisquearon al Maestro. Las colas no dejaban de agitarse.

Jesús, entonces, se colocó en cuclillas, y acarició a los *sloughi.* Sus manos se repartieron sobre los cráneos de ambos animales, que respondieron entusiasmados, lamiendo las barbas y el rostro del Galileo. Y fueron tales los lametones, y el empuje de los galgos, que terminaron por desequilibrar al recién llegado. El Hijo del Hombre cayó de espaldas, y los perros siguieron con su cordial recibimiento. El tropiezo del forastero terminó por provo-

---

se crían en la región tunecina de Sloughía, en el río Majardah. De ahí procede su nombre. Fueron utilizados como perros de caza. Por su velocidad, son inigualables en la captura de gacelas y *oryx. (N. del m.)*

car la risa en las esforzadas beduinas, que soltaron la cuerda, propiciando la caída del cuero al fondo del pozo. Y las risas se multiplicaron.

Por último, fue el propio Jesús quien solicitó que le permitieran tirar del esparto, elevando de nuevo el agua. Las jóvenes cuchicheaban y sujetaban las risas con dificultad. En cuatro o cinco tirones, la potente musculatura del Hijo del Hombre rescató el cuero, y las mujeres pudieron llenar sus cántaras. Después, Él mismo bebió directamente del odre, y lo hizo con placer, y durante casi medio minuto. Estaba sediento. A continuación, mientras el pellejo se balanceaba en el aire, retenido ahora por una de las nómadas, el Hijo del Hombre se volvió y dirigió la mirada hacia el lugar desde el que este explorador contemplaba la escena. No sé por qué me oculté tras uno de los *zayit*. Nunca logré explicar tan ridícula e infantil reacción. Imaginé que deseaba preguntar si quería un poco de agua. Pero Jesús no dijo nada…

Así transcurrieron unos segundos, no demasiados. Cuando asomé la cabeza, algo había cambiado…

Es difícil de explicar, aunque ahora sé que aquel personaje no era normal. Pero ¿qué fue «normal» en esta increíble y mágica aventura?

El Maestro seguía conversando con las muchachas, pero los perros cambiaron de actitud. Parecían recelosos. Tenían la atención puesta en el vacío cobertizo de palos y hojas de palma. Y empezaron a gruñir, arqueando las colas en señal de alerta. Algo habían visto, o percibido…

Fue todo muy rápido.

Inexplicablemente, los siempre valientes *sloughi* dieron la vuelta y arrancaron como meteoros, alejándose entre los olivos, en dirección a la aldea.

Como digo, visto y no visto…

Las mujeres volvieron las cabezas y siguieron la impresionante carrera de los galgos, hasta que los perdimos. Y continuaron dialogando con el Maestro. Supongo que no dieron mayor importancia a la estampida de los lebreles. Quizá descubrieron alguna liebre. Quien esto escribe, sin embargo, sí cayó en la cuenta de un detalle que no cuadraba con el comportamiento de esta raza concreta de cazadores: los *sloughi* salieron en dirección opuesta a la del cobertizo; es decir, a la que marcaron con sus cuerpos. Si captaron algo extraño en la zona del referido sombrajo, ¿por qué huyeron (ésa sería la expresión exacta) en otra dirección? ¿Desde cuándo huía un *sloughi*? Estos animales difícilmente abandonan a sus amos. Son fieles hasta la muerte...

Y, por un momento, imaginé que estaba en un error. Quizá la liebre escapó en la dirección seguida por los galgos. El hecho de que las beduinas y Jesús no se alarmaran me tranquilizó, relativamente.

Fue entonces, nada más desaparecer los *sloughi,* cuando lo vi. Mejor dicho, cuando lo vimos surgir por detrás del cobertizo. También ellas, y el Galileo, lo vieron aproximarse...

¿Lo vieron? Quiero creer que sí...

Desde el primer instante me llamó la atención. Nunca, en toda la aventura en la Palestina de Jesús de Nazaret, vi algo parecido. Ni siquiera Yehohanan era tan...

No sé cómo definirlo.

Caminó con seguridad hacia el pozo, y fue a situarse entre las beduinas y el Maestro. Hablaron. Supongo que se saludaron, y lo hicieron con total naturalidad. ¿Lo conocían? ¿Fue por eso por lo que no mostraron ningún signo de extrañeza? No encontré otra explicación. Pero ¿y los perros?

Era un varón, tan alto como el Anunciador. Alrededor de dos metros de altura.

¿De dónde había salido?

Vestía una larga túnica, sin mangas, que dejaba al descubierto unos brazos interminables y delgados como cañas. Las manos llegaban a las rodillas (!). No distinguí la cabeza con precisión, pero se me antojó igualmente deforme. La barbilla era casi inexistente. La cabeza era un todo con el cuello. Lucía un corte de pelo, al «cepillo», no muy habitual en aquel tiempo, y mucho menos entre los judíos.

Pero lo más llamativo era la túnica. Brillaba con intensidad, según... E intentaré explicarme, aunque no resulta fácil. La «luminosidad» del tejido —quizá algún tipo de seda— variaba de acuerdo con la luz. Si el hombre recibía los rayos del sol directamente, la túnica (?) se volvía mate, y lucía en un blanco sin lustre. Por el contrario, cuando se desplazaba entre los *ar* (laureles), o por el olivar, las sombras parecían «reactivar» el tejido.

¡Asombroso!

Al caminar en la penumbra, el vestido se «iluminaba» (?) y variaba de color, pero nunca de manera uniforme. Tan pronto lo veía rojo, como azul, o verde, o negro, o una mezcla de todos ellos, según...

Pensé que estaba dormido. ¿Otra ensoñación?

Me froté los ojos y, al abrirlos, el hombre continuaba junto al brocal, departiendo con el Galileo.

No era un sueño...

Las mujeres cargaron las cántaras sobre las cabezas y se despidieron. Las vi alejarse por el senderillo que buscaba el poblado de Tantur. De los *sloughi*, ni rastro...

Tuve la tentación de acercarme. E inicié una lenta y silenciosa aproximación. Al poco, sin embargo, me detuve. No me pareció correcto.

Jesús, sentado ahora sobre el antepecho de piedra, conversaba animadamente con el hombre. Era el Maestro el que dirigía la conversación. El otro escuchaba y, de vez en cuando, asentía con la cabeza.

Por mi mente desfiló todo tipo de interrogantes. ¿De qué lo conocía Jesús? ¿Quizá de los viajes? ¿Por qué jamás tropecé con él? ¿Por qué ahora? ¿Cómo llegó hasta el pozo de Tantur? ¿Por qué los lebreles huyeron tan precipitadamente?

No supe resolver el misterio.

Lo que sí estaba claro es que la relación era cordial, y lamenté, una vez más, no estar al lado del Maestro.

Al cabo de un rato se despidieron. Se besaron en las mejillas, como viejos amigos. No cabía duda: se conocían...

Y el hombre de la túnica «luminosa» (?) salió a la senda principal, y se dirigió hacia el lugar en el que se ocultaba este explorador. Caminaba sereno, y sin prisa. Entonces reparé en otro detalle, poco habitual: no cargaba equipaje; ni siquiera un modesto zurrón. Era raro en un caminante. Al parecer, se dirigía hacia Fahil...

Y al llegar a mi altura, aminoró el paso. Casi se detuvo. Dirigió la mirada hacia donde me hallaba, y sentí un estremecimiento. Me asomé tímidamente por detrás del olivo, e intenté corresponder a su sonrisa. Debo reconocerlo. Pocas veces he visto una sonrisa tan encantadora...

Ahora, en mitad del camino, a plena luz del sol, la túnica era blanca, como la espuma marina, como los cabellos de Abá Saúl y los del «hombre» del sueño, en Salem...

Los ojos eran muy pequeños, pero vivos, y de un azul claro, sin fondo. Carecía de cejas. Era chato, y con una piel bronce, muy tostada. El cabello, cortado al estilo militar, era negro, grueso y rígido, como las cerdas de un jabalí o las púas de un erizo. A pesar de su aspecto, poco atractivo, la referida sonrisa, parecida a la del Maestro, lo eclipsaba todo, y uno quedaba rendido ante ella.

Me observó con curiosidad, y prosiguió. El «encuentro» (?) no se prolongó más allá de un par de segundos. La sonrisa quedó grabada en mi memoria, hasta el día de hoy...

¿Quién era el singular personaje?

En el cinto que marcaba la estrecha cintura llegué a ver una especie de adorno: una estrella de seis puntas, similar a la del rey David. Alrededor del «emblema», o lo que fuera, aparecían otros símbolos, que no tuve tiempo material de visualizar.

Y el hombre de la «sonrisa encantadora» se alejó...

Y allí quedó este perplejo explorador, haciéndose mil preguntas. ¿Cómo supo que me ocultaba en el olivar? ¿Me vio cuando dialogaba con el Galileo? ¿Fue el Maestro quien le advirtió de mi presencia? ¿Y por qué iba a hacerlo? ¿Por qué me sonrió? ¿De dónde había sacado aquella túnica? ¿Qué representaba la estrella, en el ceñidor? ¿Por qué las beduinas no mostraron extrañeza ante la presencia del hombre deforme? ¿O no era tal?

—*Mal'ak!*

La voz del Maestro, reclamándome, me hizo olvidar, de momento, al insólito hombre.

Jesús insistió desde el pozo, y me animó con el brazo para que me reuniera con Él.

—¡Vamos, *mal'ak*!...

Empezaba a gustarme la palabra —«mensajero»—, y corrí hacia el Hijo del Hombre.

Jesús cargó su petate y se incorporó a la senda principal, la que continuaba ascendiendo entre colinas y olivares, siempre hacia el este.

Conversamos.

El Maestro parecía feliz y seguro. No me atreví a preguntar por nuestro destino, y tampoco sobre el encuentro con el hombre de la sonrisa encantadora. Preferí descubrirlo por mí mismo, cuando llegase el momento. Además, qué importaba el final del camino. Lo importante, al menos para mí, era el camino...

Y me prometí, solemnemente, que jamás volvería a ocultarme. La misión, el seguimiento del Hijo del Hombre, estaba por encima de mi timidez. No volvería a repetirse una escena como la del pozo de Tantur. Era preciso que me hallara siempre presente, a no ser que Él, directa o indirectamente, determinara lo contrario. No quería perder ni una sola de sus palabras...

Por supuesto, no siempre lo conseguí.

Y fue así, en aquel sendero de tercer orden, prácticamente solitario, sin saber hacia dónde nos dirigíamos, como llegué a medio esclarecer lo que había sucedido esa misma mañana del lunes, 14 de enero, en las aguas del meandro Omega. Fue lo primero que pregunté. No entendía lo sucedido, y Él, afable y dispuesto, hizo lo posible para que viera la luz. Cuán cierto es que las mayores revelaciones ocurren cuando menos lo imaginamos, y en los lugares más insospechados...

Fui al grano. Yo sabía que Jesús era un Hombre intachable. Nunca ofendió, voluntariamente, a un semejante. Y le había oído expresarse sobre la imposibilidad física de injuriar, o de ofender, al Padre de los cielos. Recuerdo cómo insistió en ello, durante la inolvidable noche en el *kan* de Assi, el 17 de septiembre último (1). Pues bien, si la naturaleza humana no tiene capacidad de ofensa hacia

_____

(1) La conversación íntegra sobre este trascendental tema aparece recogida en *Nahum. Caballo de Troya 7. (N. del a.)*

Dios, ¿por qué admitió la ceremonia de «bajar al agua»? ¿De qué tenía que purificarse? ¿Qué sentido tuvo el «bautismo»?

El Maestro me observó con ternura. Y durante unos segundos guardó silencio. ¿Había vuelto a equivocarme? Quizá no debería haber planteado un asunto tan íntimo...

Pero, en realidad, la razón del fugaz silencio era otra. El Maestro, midiendo las palabras, hizo una aclaración, que no debía perder de vista en ningún momento:

—Querido mensajero, cuando me oigas hablar, recuerda siempre que lo dicho es sólo una aproximación a la verdad...

Sí, Él lo dijo en cierta ocasión. Lo había olvidado.

—...La verdad no es humana. Vosotros, ahora, no tenéis posibilidad de asumirla... Ni siquiera de intuirla. Lo que estimáis como verdad es una mezcla de deseos y de imposiciones exteriores. Mejor así...

Y sonrió, pícaro.

—...Si el Padre te mostrara la verdad, ¿qué quedaría para la eternidad?

Mensaje recibido.

Entonces, concluida la precisión, resolvió mis dudas con la siguiente frase:

—Fue mi regalo al Padre...

Al percatarse de que mi mente se había quedado atrás, y de que no terminaba de entender, pasó el brazo izquierdo sobre mis hombros y me acogió con dulzura. Entonces, lentamente, recreándose en cada palabra, y en cada concepto, fue desgranando el significado de la frase.

Esto fue lo que entendí: al sumergirse en las aguas, el Hijo del Hombre llevó a cabo un ritual personal —e insistió en lo de «personal»—, y se consagró a la voluntad de Ab-bā, el Padre Azul. Fue un «regalo», mucho más simbólico de lo que podamos imaginar. Él quiso inaugurar el principio de su ministerio con lo más sagrado de que era capaz: «regalar» su voluntad al que lo había enviado... El «bautismo», por tanto, fue un gesto más santo, y delicado, de lo que siempre se ha creído.

Y los cielos se abrieron, como no podía ser menos, ante el «regalo» de un Dios hacia otro Dios...

Además, sirvió de ejemplo a sus hermanos. Pero esto fue lo menos importante.

Permanecí pensativo. No era fácil para quien esto escribe. Yo jamás he regalado nada a Dios. Tampoco he pedido mucho, pero, en honor a la verdad, mis labios siempre se han abierto para reclamar, o suplicar.

¿Regalar a Dios? Tenía gracia... Y volví a desmenuzar las palabras del Hombre-Dios.

Jesús, atento, me dejó hacer. Él sabía esperar. Era otra de sus cualidades.

La ceremonia de «bajar al agua» fue un «regalo» de Jesús hacia el Padre. Desde que lo conocía, el Maestro había hablado en numerosas oportunidades de ese «ejercicio», casi ignorado por la mayor parte de la humanidad: hacer la voluntad de Ab-bā. Recordé sus explicaciones durante la primera semana de estancia en las cumbres del Hermón, en el verano del año 25: «... Yo conozco al Padre —nos dijo—. Vosotros, todavía no. Os hablo, pues, con la verdad. ¿Sabéis cuál es el mejor regalo que podéis hacerle?... El más exquisito, el más singular y acertado obsequio que la criatura humana puede presentar al Jefe es hacer su voluntad. Nada le conmueve más. Nada resulta más rentable...»

Pues bien, llega un momento en el que la criatura humana, experta ya en esa «gimnasia» de entregarse a la voluntad del Padre, toma la decisión de consagrarse «para siempre». Y lo hace tranquila y serenamente, y elige para ello el instante que estima oportuno. Se trata de un momento de auténtica elevación espiritual, en el que el hombre, o la mujer, sencillamente, se entregan al Padre. Es un rito íntimo, el mejor «regalo» que podamos imaginar...

Jesús eligió Omega. Fue la culminación de lo que sabía y practicaba.

Había llegado su hora...

El Maestro asintió en silencio. ¡Volvió a hacerlo! ¡Se coló de nuevo en mis pensamientos!

Y prosiguió con sus explicaciones...

Esa mañana —me atrevería a calificarla de histórica— se registró otro suceso (?) que sólo he alcanzado a entender en parte. En realidad, en una mínima parte...

Recuerdo que el rostro del Maestro se iluminó, y de cada poro nacía una increíble y bellísima radiación azul. Lo llamé azul «movible»... Según el Maestro, ése fue el mayor de los prodigios que ha tenido lugar en la carne. Seguí sin saber de qué hablaba. Y se aproximó un poco a la realidad (lo que pudo). Su mente humana, o quizá su naturaleza humana (no supe distinguir con exactitud a qué se refería), se hizo una con la mente divina (?), o con la naturaleza divina.

Mi mente naufragó, y también se hizo una, pero con la nada...

Y Él, consciente, se detuvo. Dejó caer el saco de viaje sobre la tierra oscura del camino y se agachó. Tomó un puñado de dicha tierra, sucia y contaminada por el trasiego de hombres y animales, y me la mostró. Los ojos se iluminaron, y supe que se movía en mi interior. Sonrió y, en silencio, caminó hacia la colina de caolín más cercana. Lo seguí, intrigado. Allí, bajo los olivos, volvió a agacharse y tomó un segundo puñado de tierra, esta vez blanco-amarillenta, pura y brillante, como consecuencia del silicato hidratado de aluminio. Y, sin dejar de mirarme, procedió a mezclar ambos puñados. Al poco, no supe distinguir cuál era la tierra de inferior calidad, la del sendero, y cuál la brillante, la de la colina...

Mensaje recibido.

Y al «unificarse» (?) ambas naturalezas —la del hombre y la del Dios—, se produjo el milagro, el mayor prodigio de todos los tiempos; un milagro superior, creo, al de la resurrección de los muertos... Fue en esos instantes (?), suponiendo que esa «fusión» pueda ser medida, cuando Jesús de Nazaret se convirtió, VERDADERAMENTE, en un Hombre-Dios. En el monte Hermón recuperó lo que era suyo —la divinidad—, pero fue en Omega donde el Padre hizo «oficial» (digámoslo así) la divinidad de su Hijo, muy amado...

Fue entonces cuando se transformó en un Dios.

«Regalo» por «regalo»...

Así lo vi, y así lo hago constatar.

Ahora, al rememorar aquellas escenas en el afluente del Jordán, me estremezco. Fui el primero que tendió su brazo a un recién estrenado Dios. Él me eligió, y no por casualidad. Él sabía que yo era su *mal'ak*, su «mensajero». Los que presenciaron la escena jamás supieron lo sucedido realmente. Yo tuve acceso a ello, merced a la bondad del Hijo del Hombre...

No culpo a los escritores sagrados (?) del silencio sobre este importantísimo pasaje de la vida del Maestro. Ni Yehohanan comprendió, ni tampoco sus hermanos. Nadie supo, hasta hoy...

Algún tiempo más tarde, cuando el Galileo reveló su divinidad a los más íntimos, tampoco entendieron. Era lógico. Como ya he explicado en diferentes ocasiones, la expectativa mesiánica entre los judíos lo contemplaba todo, menos lo que ocurrió. Muchos creían que el Mesías sería un ser sobrenatural, dotado de toda clase de poderes. Otros lo hacían rey de la casa de David. Y también profeta, o vidente, y conductor de ejércitos, y «rompedor de dientes» e, incluso, hijo de Dios. Lo que no imaginaron es que alguien pudiera ser hombre y Dios, al mismo tiempo. Esa posibilidad no figuraba en lo establecido por la ortodoxia judía. De ahí que Jesús, al declararse hijo de Dios vivo (hombre y Dios), se colocara al margen de todo y de todos. Lo he dicho muchas veces, y lo repetiré, supongo: el Hijo del Hombre no podía ser el Mesías que esperaba la nación judía, y tampoco deseó serlo. Él fue mucho más...

Fue, por tanto, en la «sexta» (hacia las 12 horas) del lunes, 14 de enero del año 26 de nuestra era, cuando Jesús inauguró «oficialmente» su divinidad. Si tuviera que elegir el punto de arranque de su vida pública, probablemente seleccionaría éste.

¡Un Hombre-Dios!

Mi pobre mente hizo cuanto pudo, pero me quedé muy lejos. Estoy seguro de que el hipotético lector de estas memorias sabrá perdonarme...

Y dijo más.

Coincidió con un cruce de caminos. Estimó que llevábamos recorridos unos nueve kilómetros, desde Fahil, y acabábamos de dejar atrás otro minúsculo poblado, al que llamaban Abil. Nos manteníamos entre colinas y olivares, en continuo ascenso. Y fue en la cota «423» donde se presentó dicha encrucijada. Dos carteles, en un tosco poste de madera, marcaban otras tantas direcciones. Una, hacia el norte, indicaba el pueblo de Rakib. La segunda, en la misma dirección que manteníamos, hacia el este, apuntaba hacia lo que imaginé como otra aldea: Hawi, o algo parecido...

A nuestra derecha, en dirección sur, se despegaba un último caminillo, sin señalización alguna, que brincaba entre las lomas.

Me quedé quieto, y pendiente de Jesús.

Y prosiguió hacia el este, hacia el lugar que denominaban El Hawi. No lo vi dudar.

Entonces, divertido, comentó:

—Fue un cruce de caminos, para mí...

Entendí que se refería a la encrucijada que había quedado atrás, y repliqué, como un perfecto idiota:

—Claro, Señor. Y también para mí...

Me miró atónito, y terminó sonriendo. Se refería a Omega. Y explicó algo que tampoco ha trascendido. Si no comprendí mal, esa mañana, terminada la ceremonia de consagración a la voluntad del Padre, el Hijo del Hombre se encontró en mitad de un «cruce de caminos»...

Adelanto que lo expresado por Jesús fue otro enigma para quien esto escribe. Me limitaré a narrarlo, tal y como lo hizo.

Él no se encarnó para salvarnos, como aseguran las religiones. Ya lo estamos, según sus propias palabras. El Padre nos ha regalado la inmortalidad. Su presencia en nuestro mundo obedeció a otras «razones», digamos, de índole «personal», y que podrían ser sintetizadas (peor que bien) en la «necesidad de experimentar la naturaleza del tiempo y del espacio» (conocer a sus propias criaturas). De nuevo, se aproximó a la realidad, sólo eso, muy a su pesar... Pues bien, su experiencia en la carne quedó ultimada con el referido e íntimo «regalo» ofrecido a Ab-bā en Omega. Pudo abandonar, añadió, pero, una vez más, lo dejó en las manos del Padre. «Y se dirigió hacia el este del corazón humano, a la búsqueda del amanecer...» Ésa fue la voluntad de Ab-bā. Ése fue el «cruce de caminos» del recién estrenado Hombre-Dios, el primero de una larga serie.

Si esto fue así, y el Galileo jamás mentía, Él eligió continuar en la Tierra, de acuerdo con la voluntad del Padre.

Quedé desconcertado. ¡Pudo marcharse!

—Pero aquí estamos —manifestó, feliz, haciendo suyas mis reflexiones—, camino del este...

Y añadió, al tiempo que me guiñaba un ojo:

—¿Conoces un camino mejor?

¿Qué podía decir? E intuí que no estaba pensando en la senda que pisábamos. Ese «este» era otro... Y así lo confirmó. Jesús entendió que, además de su experiencia (?) con los humanos, Él debía proporcionarnos otro «regalo»: la esperanza. Él comprendió que, además de «enriquecerse», podía «enriquecernos». El mundo estaba, y está, en la oscuridad. Son muy pocos los que supieron, y saben, que la vida sigue después de la muerte, y que existe un Dios «que no lleva las cuentas».

Esa mañana, en Omega, el Hombre-Dios tomó la firme decisión de revelar al mundo la existencia de otro «mundo»: el del Amor, con mayúscula, como a Él le gustaba...

Si de mí dependiera, el 14 de enero sería designado Día del Planeta Tierra. Ese día, Él decidió permanecer con el hombre, un poco más...

Entonces creí entender otra de sus frases, cuando se hallaba en las aguas, en el Artal:

—Ahora es el principio —dijo—. Ahora, el final es el principio...

Fue Yehohanan quien no alcanzó a comprender el extraordinario sentido de lo que sucedió en Omega.

¡Omega es el principio!

¡Dios santo! ¡El final de la oscuridad! ¡El final es el principio!

Permanecí tan ensimismado en estos «hallazgos», tan absorto, que olvidé el resto de lo visto y oído en el meandro en forma de herradura. No pregunté sobre la naturaleza y el porqué de la pequeña esfera de color zafiro que se introdujo (?) en el pecho del Maestro, y tampoco planteé la duda sobre la «voz» femenina y las tres versiones oídas en Omega.

Quien esto escribe lo olvidó, pero Él no...

En su momento, lo sacó a la luz.

«Omega es el principio.»

La frase, «leída» en la base de aprovisionamiento, al sur de Yeraj, en los obeliscos, iluminó mi cerebro como un amanecer. Ahora lo entendía. Alguien profetizó, y lo dejó en piedra. Se refería al Maestro, sin duda. Se refería a Omega. Allí fue la luz. Allí empezó el nuevo hombre y el Hombre-Dios. Omega es el final de la oscuridad, y de un período sin horizonte. Él es Omega, el principio (1)...

(1) Cuando el Destino lo consideró oportuno, «Santa Claus», el ordenador central, colaboró con quien esto escribe en el desarrollo simbólico de la referida y profética frase: «Omega es el principio.» El resultado fue mágico, e incomprensible para una mente científica y racional. He aquí algunas de las asombrosas deducciones: considerando que alfa es la primera letra del alfabeto griego, y omega la última, la vigesimocuarta, y que el Apocalipsis las menciona en tres oportunidades (1,8, 21,6 y 22, 13), refiriéndose, en todas ellas, a Dios, como «alfa y omega» («principio y fin»), la deducción fue que omega era «lo último». Mejor dicho, ésa es la creencia generalizada entre las religiones: «Yo [Dios] soy el alfa y la omega, el principio y el fin. Y al que tenga sed le daré gratis de la fuente de agua de vida.» Nuestra «lectura» fue distinta. Alfa, en hebreo, equivale al número «8», el símbolo del infinito. Por su parte, omega, también en hebreo, da lugar al «1». Y nos encontramos con otra posible interpretación: «Yo [Dios] soy el infinito y el uno.» Omega, por tanto, sería el inicio, el comienzo de todo, el «1», y no el final. «Ahora —dijo Jesús en el agua—, el final es el principio.» Sus palabras pueden interpretarse como «ahora, omega es el Uno». Pero, además, «8» y «1» (alfa y omega) suman «9», el número misteriosamente vinculado a Jesús. Principio y fin quedan sintetizados en Él. Infinito y Unidad son Él. Por su parte, la palabra «bautismo» (*tevilá*, en hebreo) equivale al número «2». Como saben los iniciados en la Cábala, la palabra *Ab (Ab-bā)* (Padre) está formada por las letras *alef* y *bet*; es decir, «1» y «2», respectivamente. Omega (el Uno) y el «bautismo» o, más exactamente, la ceremonia de consagración a la voluntad de Dios (el «2»), son el Padre. Hacer la voluntad de Dios («2») es la más sólida, e íntima, unión con el Uno (omega) (1). Más aún: «1» y «2» *(Ab-bā)* son «3», el Espíritu de la Verdad (!). Y la magia de los símbolos se propagó más allá, pero dejaré que el hipotético lector de este apresurado diario participe, y juegue, en dicha magia...

Una última pista. Según una antigua tradición judía, contenida en el *Séfer ha Bahir (Libro de la Claridad)*, cada letra hebrea disfruta de un símbolo. Pues bien, si aplicamos dicha simbología a las letras que forman la palabra «omega», el resultado es el siguiente: *alef* representaría la «energía infinita de la Unidad», aplicable sobre el «hombre» *(vav)*, mediante «las aguas» *(mem)* (hacer la voluntad del Padre), y lograr así el «crecimiento» *(guimel)* en el «Espíritu» *(hé)*. En palabras más simples: cuando el ser hu-

Y rememoré también las palabras de aquel viejo nómada, el que nos observó mientras Eliseo y quien esto escribe examinábamos la leyenda grabada en los «trece hermanos»:

—Es el ojo del Destino. Sólo unos pocos aciertan a saber que está ahí. Pero, atención: el hombre que lo descubre necesita de todas sus fuerzas para seguir en la lucha.

Sí y no.

Si los cielos descubren tu Destino —suceso bien extraño, por cierto—, eso significa que eres un fiel practicante de lo que yo llamo el «principio omega»: hacer la voluntad del Padre de los cielos. En ese caso, la revelación de tu Destino sólo será la consecuencia —una más— de tu propia elevación espiritual. ¿Qué puede importar lo grande, si eres un *kui*?

Desde aquel instante, desde el «descubrimiento» de la otra cara de Omega, desde que supe que «uno produce dos», me he mudado al territorio de la intuición. Ahora procuro vivir al sur de la razón.

Quien tenga oídos, que oiga…

Había llegado su hora…, y la mía.

Quizá fuera la décima (cuatro de la tarde), cuando lo divisé por primera vez. Oscurecería en breve.

Nos encontrábamos en lo alto de una nueva colina, otra más.

El Maestro buscó una de las formaciones rocosas que florecían entre el olivar, y se sentó. Yo también me sentía fatigado. Según mis cálculos, hasta esos momentos, habíamos caminado alrededor de quince kilómetros, desde el campamento de Yehohanan, en el meandro Omega.

¿Cómo describir el lugar? ¿El fin del mundo? Algo así…

----

mano decide «regalar» su voluntad al Padre, la energía infinita del Amor actúa automáticamente sobre el hombre, y lo eleva espiritualmente hasta cotas inimaginables. Por eso omega no es el fin, sino el principio de todo. «Omega es el principio», el gran milagro, el «1» de una secuencia infinita que fue desvelada por el Hombre-Dios en aquel histórico 14 de enero. Hacer la voluntad del Padre («2») abre la caja fuerte de los cielos («1»), y todo se doblega ante el hombre, incluido lo imposible. En este caso, el «2» mueve (produce) el «1», y en una reacción incomprensible para la razón, el «1» se «desdobla», y da lugar a «2». Yu tenía razón: «Uno produce dos.» *(N. del m.)*

La senda, cada vez más estrecha y descuidada, nos condujo, como digo, a lo alto de una de las numerosas elevaciones. Después, al retornar al Ravid, perfilé los detalles. Aquel paraje se hallaba a 575 metros de altura. Los *yébels*, las colinas de caolín, hacía tiempo que se habían quedado atrás. Ahora, el terreno era más pedregoso, con multitud de agujas calcáreas, blancas y azules, que competían con los *zayit*.

Y al fondo de la colina, prisionero de los olivos, distinguí un amasijo de adobe. Eran casas de color ocre, maquilladas en rojo por el atardecer.

Y Jesús, a media voz, pronunció el nombre del poblado:

—Beit Ids...

¿Poblado? Ni siquiera eso...

En la distancia, entre las hileras de olivos, más me pareció un caserón, con sus múltiples dependencias, que una aldea o villorrio. Y supuse que era el lugar indicado por el Maestro para pasar la noche.

Lo agradecí.

Algunos ladridos, rápidos, dieron aviso. Traté de ver algo. Salté sobre una de las rocas y oteé las copas del olivar. Sólo aprecié un par de columnas de humo blanco, e imaginé a los perros, alterados, frente a los muros de barro. Ojalá se hallaran atados...

A la derecha de la senda, al pie de la colina, oí el rumor de una corriente. No supe qué río era. En realidad, como dije, no sabía nada de aquel territorio, salvo que era dominio de los *badu*, los beduinos.

La senda aparecía desierta. Algo más adelante, a unos doscientos metros del roquedo sobre el que me encontraba, un aprendiz de camino se separaba del principal, y se alejaba por la izquierda, rumbo al poblado.

Eso era todo. Olivos y olivos. Miles de *zayit*, minuciosamente alineados, subiendo y bajando colinas, en mitad de ningún sitio...

Si aquél era un alto en el camino, forzado por la caída del sol, ¿cuál era nuestro destino? ¿Se lo preguntaba? Volví a dudar. ¿Y qué importaba? El Hijo del Hombre sabía improvisar...

Mejor así.

El Galileo se puso en pie, dejó el saco de viaje sobre la senda y me hizo un gesto, solicitando que aguardase. Asentí con la cabeza y caminé hacia el petate.

Entonces, conforme se alejaba, se volvió, y gritó:

—Recuerda, *mal'ak*... ¡Dios no improvisa!

Rió con ganas, y prosiguió por el camino principal. Enrojecí, supongo. No había forma de acostumbrarse. Él estaba en mi interior, afortunadamente. Sí, afortunadamente...

Tomó el senderillo secundario, y continuó con sus zancadas típicas. Se dirigía a Beit Ids. Pero ¿por qué decidió que este explorador permaneciera en la senda?

Aguardé, sumido en nuevas reflexiones, y también al filo de una súbita tentación. El Maestro dejó a mi cargo su personal saco de viaje. Conocía, más o menos, el contenido. Algo había visto en los anteriores viajes. Ahora podía echarle un vistazo. Pura curiosidad. Quizá alguno de los enseres me diera una pista sobre el lugar al que pretendía llegar...

Acaricié el tejido del saco, e, incluso, lo levanté. Pesaba poco. Pero, al momento, lo dejé sobre la tierra. Sentí vergüenza. Él era mi amigo. Eso no estaba bien...

Y me agarré a las elucubraciones. Era preferible.

¿Por qué me corrigió? Si Dios no improvisa, si Él no improvisaba, eso quería decir...

No, no lo consideré siquiera. Beit Ids no podía ser nuestro destino último. ¿O sí? ¿Lo tenía planeado? Me resistí, como digo. Aquel paraje remoto, lejos de todo, sólo era un lugar de paso. Mañana, al alba, lo vería caminar de nuevo. ¿O no?

Nunca aprenderé...

Volví a encaramarme sobre la caliza, y espanté la tentación de registrar el petate del Maestro, cada vez más osada.

Beit Ids...

Él pronunció el nombre del poblado con una especial entonación, como si allí lo aguardara alguien destacado, o como si fuera un hito, o una referencia, en su nueva etapa.

Beit Ids...

Y la maldita «voz» interior continuó presionando: «Sólo tienes que abrirlo, y mirar...»

No, no lo haría. ¿O sí? Él no se daría cuenta. ¿O sí?

Y de las especulaciones, necesitado de mantener la mente lejos de la tentación, pasé a la toma de referencias, mi especialidad. Exploré con la vista cuanto me rodeaba y lo fijé en la memoria. Después, en la nave, verifiqué cotas, accidentes geográficos, poblaciones, etc. Me dejé conducir por la intuición y lo examiné todo con detalle. Nunca se estaba seguro en aquella fascinante aventura...

Me hallaba, como dije, en lo alto de una colina, con una cumbre aplastada y larga, parecida al «portaaviones» en el que descansaba la «cuna». Al sur, al otro lado del río que se dejaba oír bajo los olivos, se presentaban tres colinas, todas impecablemente vestidas de verde, de 481, 640 y 754 metros, respectivamente. Entre el citado verdinegro de los *zayit* no pude descubrir ningún núcleo humano; sólo el olivar, como digo, dueño y señor del horizonte. Algunas águilas regresaban a sus nidos. Al norte, por detrás de Beit Ids, se sucedían los montes, como olas verdes e inmóviles. No era posible delimitar el final. El azul del cielo caía sobre las colinas, y el sol, en retirada, lo teñía todo de rojo, o de naranja, según su voluntad. Relativamente próximas, casi tocándonos con la mano, se distinguían otras tres elevaciones, caprichosamente alineadas de este a oeste. La primera había crecido hasta los 551 metros. La segunda, también destinada a olivar, presentaba 661 metros de altitud sobre el nivel del Mediterráneo. La última, la más airosa, era, la hermana mayor de la zona, con 800 metros. No sé por qué, mi corazón quedó prendado de aquel monte. La cumbre, redondeada por los olivos, me miró de una manera diferente. Y la recordé...

¡Querida Ma'ch!

Algo más allá, también al norte, destacaban otras dos cumbres. En una de ellas, a 556 metros, distinguí el blanco y el negro de una población más notable que Beit Ids. Eran casas de piedra y de cal, medio ahogadas también por los *zayit*. Se trataba de la aldea de Rakib, la que vimos anunciada en el cruce de caminos. Hacia el este, en la lejanía, visualicé una octava colina, de 778 metros, completamente pelada. Era la única, en aquel entorno, en la que no se había plantado el olivo. Me extrañó.

¿Dónde estábamos?

Los ladridos cesaron. Jesús, sin duda, entró en el lugar.

Y mis ojos, sin poder remediarlo, buscaron el saco de viaje del Galileo...

¡Maldita sea! ¿Qué me ocurría? Jamás había sentido una inclinación tan ruin...

Seguí las exploraciones.

La senda, digamos principal, por la que ascendimos hasta Beit Ids, continuaba hacia el este, supongo que indiferente ante aquellas cuatro casas. A no mucha distancia, el olivar la ocultaba, y le permitía aparecer, de vez en vez, entre las laderas. Su destino era El Hawi, otra población importante entre los *badu*.

Olivos y olivos y olivos...

Salté de la peña y me aproximé al petate del Maestro. Volví a acariciar el tejido negro y tupido, y me dije: «Sólo tienes que abrirlo..., sólo mirar.»

Y los dedos, a pesar del «no», volaron hacia la cuerda que lo cerraba.

Deshice el nudo. Las manos me temblaban.

No podía dar crédito a lo que hacía...

Entonces oí risas y voces.

Me puse en pie, como impulsado por un resorte.

Por la vereda que llevaba a las casas de adobe vi avanzar un grupo de gente. Eran niños...

Por detrás se distinguía la figura alta y corpulenta del Maestro. Alguien más marchaba a su lado.

Traté de serenarme. No había pasado nada. No llegué a mirar en el interior del saco...

Los niños, descalzos, vestidos con túnicas de colores, especialmente verdes y amarillas, caminaban a buen paso, en la dirección de este aturdido explorador. Dos de ellos cargaban sendas balas de paja sobre las cabezas.

¿No pasó nada? ¿Cómo podía pensar algo así? Lo había intentado. Estuve a punto de violar su intimidad...

Supongo que palidecí. Nunca he sabido disimular...

Los pequeños, entre seis y diez años, más o menos, todos con los cráneos rapados, parecían divertidos. Reían sin cesar, y hablaban a gritos, en un dialecto de los *a'rab*. Algo entendí. La llamada Operación Salomón y la larga permanencia en territorio árabe tuvieron sus ventajas (1). Aunque cada tribu, o clan, disponía de su propio dialecto (los había a cientos en la península arábiga y en los territorios de lo que hoy son Israel, Siria, Líbano, Iraq, Sinaí, Jordania y Egipto), «el pueblo que habla claramente» —ése era el auténtico sentido del término *a'rab*— sabía entenderse con otros árabes, aunque procedieran de zonas remotas. Todos ellos, nacidos de un tronco común (2), conservaban el espíritu de la primitiva voz dialectal.

Los niños hacían bromas sobre el *berrani*, el extranjero, y aludían a su notable estatura. Se referían a Jesús, sin duda.

Entonces, ya a un paso, reparé en algo que me dejó helado. Pero no pude hacer nada. Como digo, estaban prácticamente encima.

No había atado la cuerda que servía para cerrar el saco de viaje del Galileo. Deshice el nudo, pero no hubo tiempo para más.

¿Qué podía hacer?

Nada. No debía moverme. Si el Maestro se percataba del asunto, acudiría a Él, y confesaría mi torpeza…

Los pequeños beduinos me rodearon de inmediato, y las bromas y chanzas se desviaron hacia el blanco de mis cabellos, algo poco habitual entre los *badu* jóvenes. Lo merecía, por supuesto…

(1)   No existe referencia alguna a dicha operación en el diario del mayor norteamericano, a excepción de un par de alusiones. En una de ellas (véase *Cesarea. Caballo de Troya 5*) se menciona la búsqueda e investigación del «epicentro» de la misteriosa explosión subterránea que, según los expertos de Caballo de Troya, pudo provocar el terremoto del viernes, 7 de abril del año 30, poco después de la muerte de Jesús de Nazaret, en Jerusalén. *(N. del a.)*

(2)   Los árabes, tal y como los entendemos, nacieron en la Arabia central. Desde allí se extendieron, inicialmente, hacia Siria y Mesopotamia. Eran camelleros y comerciantes. Unos mil años antes de Cristo dominaban las rutas de los productos aromáticos, entre Hadramawat y Palestina. Fue a partir de la historia de Mahoma (siglo VII) cuando el concepto de lo árabe fue confundido con el islam. *(N. del m.)*

Junto al Galileo caminaba una anciana, flaca como un junco, huesuda, con el rostro renegrido, y cubierta con *khol*, o maquillaje (1), de un verde hierba que la convertía en una máscara. La mujer había pintado el entrecejo con la referida pintura, endureciendo, aún más, la mirada. Había *khol* en los párpados, en la frente y en el mentón.

Me observó, curiosa, pero no dijo nada.

A diferencia de las beduinas que sacaban agua en el pozo cercano a la aldea de Tantur, la anciana se cubría con una variante del *thob*; lo que llamaban *thob'ob*, una pieza de lana, lino o algodón, según las posibilidades económicas, que enrollaban alrededor del cuerpo y que las protegía desde los hombros a los tobillos. En ocasiones era larguísimo, de hasta cinco metros. Un pliegue, llamado *ob*, caía hacia el suelo merced a un ceñidor. Era una señal de elegancia entre los *a'rab*. Las mangas, igualmente largas y anchas, habían sido delicadamente bordadas en oro. Una de ellas, vuelta hacia atrás, hacía las veces de tocado. La otra permanecía amarrada al hombro. Nunca entendí el porqué del uso del *thob'ob*, siempre complicado y, aparentemente, molesto. Las mujeres no opinaban así. Al parecer —según decían—, disimulaba la figura, y las hacía más misteriosas y deseables. Casi siempre era negro o azul. Bajo el *thob'ob* se adivinaban unos pantalones, también azules, estrechos en los tobillos, y rematados por otros tantos bordados. La indumentaria era propia de alguien rico, o con poder. El costoso collar, en plata, que colgaba del cuello, ratificó mis sospechas. Había sido confeccionado con esferas de tres o cuatro centímetros de diámetro, de las que partían bellos tramos de coral amarillo. Lo llamaban *tagah*, y sólo podía lucirlo la madre, o la esposa principal, del jefe del clan. Un

(1) El *khol* era conocido desde el año 4000 a. J.C. Era utilizado por hombres y mujeres, indistintamente. Además de embellecer, tenía la misión de proteger los ojos de la radiación del desierto, así como de las moscas. Era verde o negro. El primero se obtenía de la malaquita, y el segundo de la galena. Se mezclaban, y mejoraban, con cáscaras de almendra quemada e incienso, fundamentalmente. Algunos fabricantes utilizaban arsénico. Según los *badu*, la visión mejoraba al pintar los párpados con el referido *khol*. (*N. del m.*)

gran *nezem*, o aro de plata, perforaba la nariz y ocultaba parte de los labios. Y en cada oreja, cuatro pendientes, también en plata, que traspasaban los cartílagos. El impresionante ajuar lo remataban ocho anillos, cuatro en cada mano, a excepción de los pulgares. Eran redondos, o cuadrados, con extraños símbolos mágicos.

Jesús, evidentemente, había parlamentado con alguien destacado en Beit Ids.

La mujer gritó algo sobre la senda, e indicó la dirección con una vara que portaba en la mano derecha. Era una especie de bastón, forrado en plata, con una empuñadura muy singular, en forma de flor. No lo utilizaba para apoyarse. Cuando gritaba, lo agitaba en el aire, como si de una batuta se tratase. Había que estar muy pendiente, o se corría el peligro de recibir más de uno y más de dos golpes. Pero ¿por qué gritaba?

Los niños obedecieron, y caminaron por la senda hacia el este. Jesús y la anciana continuaron «conversando», y quien esto escribe, en un momento de lucidez, se adelantó al Maestro y cargó los sacos de viaje. Después, esperé.

Y ambos, finalmente, se pusieron en marcha, tras los pasos de los muchachos.

El Maestro, entonces, se volvió y comprobó que me había hecho cargo de su petate. Sonrió y me animó a que lo acompañara.

Respiré con alivio.

Y así lo hice. Me fui tras ellos, pero manteniendo una cierta distancia. Fue en esos instantes cuando, sin que el Maestro se percatara, procedí a anudar los cordones que remataban la parte superior del saco. Y cometí un nuevo error…

Pero de este «tropiezo» no sería consciente hasta algún tiempo después…

Por lo oído, y por las balas de paja, deduje que el Galileo se disponía a pasar la noche en algún lugar cercano al poblado. Beit Ids había quedado a nuestra izquierda, algo retirado.

La verdad es que, después del amargo trago provocado por mi propia torpeza, lo del alojamiento me traía sin cuidado. Y me prometí, solemnemente, que no volvería a suceder.

A los pocos minutos, el olivar quedó bruscamente interrumpido, y me vi rodeado por algo que no observé desde la aguja de piedra.

Me detuve y disfruté del momento.

Entre los *zayit*, como un milagro, aparecieron cientos de almendros en flor. Eran de corteza negra y tortuosa, de cinco y diez metros de altura, recién florecidos, con las ramas encendidas, formando una nube blanca y rosa. Lo llamaban el bosque de la «luz», con razón...

Los examiné, y quedé perplejo. Era un *Prunus amygdalus*, pero con una característica no conocida por este explorador. Las flores sumaban seis sépalos, y otros tantos pétalos, cuando lo habitual son cinco. Eran flores blancas, con la base rosa, o ligeramente rojiza.

¡Increíble!

Los *a'rab* lo conocían por el sobrenombre de *sítta*: «seis veces bendecido»...

La almendra era dulcísima, y muy cotizada. Con ella confeccionaban toda clase de postres, aceites para la noche de bodas, refrescos a base de leche de *sítta* y un «almendrado» que los judíos consumían el 24 de diciembre, durante la fiesta de la Janucá, y que llamaban *meshukadim*. Era otro de los postres favoritos del Hijo del Hombre. Pero el *sítta* era destinado también a otros menesteres..., menos saludables. Con el paso del tiempo lo supe. Aquel almendro, en una variedad que mantenían oculta (posiblemente del tipo *amara*), era el responsable de uno de los venenos más mortíferos de la época. Lo extraían de la almendra amarga (1), y era pagado a precio de oro por Antipas, el tetrarca, y también por Roma. Eran suficientes unos miligramos para terminar con la vida de una persona.

Según los beduinos, el bosque de la «luz» floreció esa mañana del lunes 14. Todo ocurrió muy rápidamente, nada

(1)   En el proceso de extracción del aceite de las almendras amargas se procedía a la destilación de un glucósido que, al descomponerse, proporcionaba ácido cianhídrico, muy tóxico. Con veinte almendras se lograba una dosis letal. *(N. del m.)*

más concluir las últimas lluvias. Estaban maravillados, y deducían que «algo» muy importante acababa de suceder. Una floración tan prematura no era normal. Los dioses —decían— han bajado a tierra...

Al igual que para los judíos, el almendro era un símbolo para los *badu*. *Shaked* (almendro, en hebreo) significa «vigía». Y eso era también para los beduinos: el «vigía» que alerta y que anuncia la aceleración de los acontecimientos.

Todo, a mi alrededor, hablaba del Hombre-Dios, pero yo no me di cuenta...

¿O fue casualidad que los pasos de Jesús se dirigieran hacia la «luz»? Naturalmente que no...

Caminamos un trecho, no demasiado, siempre entre los almendros.

De pronto, la anciana se detuvo. Todos lo hicimos. Los niños arrojaron las balas de paja sobre la senda, y la *badawi* levantó la vara e indicó el fondo del camino. No vi nada de particular, salvo la propia senda y la «luz» del bosquecillo, ahora más roja por el cercano ocaso.

El Maestro comprendió. Dio las gracias a la mujer y se encaminó en la dirección señalada.

—¡Y no molestes a la *welieh* de la fuente!

La advertencia de la beduina me alertó. *Welieh* era el femenino de *wely*, en el dialecto de la mujer. *Wely*, para los árabes en general, era un ser protector, siempre benéfico, que habitaba en los lugares más insospechados. Según la región, o la tribu, el *wely* tenía un origen diferente. Podía ser el alma de un antepasado. Podía ser un mensajero de los dioses, o también una especie de ángel guardián e, incluso, el espíritu de un héroe. Siempre se comportaba noblemente, y ayudaba a los humanos. En nuestra aventura en el desierto oí muchas historias sobre el particular (1); todas ellas, supuse, fruto de la fantasía.

(1) Aunque espero volver sobre ello, he aquí algunas de las leyendas que me fueron relatadas. Casi todos los *wely* eran «hombres», y, casi siempre, emparentados con los ancestros de la tribu en cuyos dominios se manifestaban. Era el fundador del clan, que permanecía cerca de los suyos. En ocasiones se aparecía al caminante y le pedía agua. Y se dio el caso —contaban— de un *wely* que salió al paso de un *badawi*. Cuando éste abrió el odre

Acto seguido, la anciana y los pequeños dieron la vuelta y se alejaron a la carrera, en dirección al poblado. Parecían huir. Y gritaban algo como «*banat el-ain!*» o «las hijas de la fuente». No comprendí. Si la beduina habló de una *welieh*, en singular, ¿por qué invocaban ahora el plural?

Lo que estaba claro es que, a pesar de la bondad de la *welieh*, los *badu* tenían miedo, y optaron por retirarse.

¿Hacia dónde nos dirigíamos? ¿Qué lugar había elegido el Maestro para pernoctar? ¿O no fue seleccionado por Él?

Y al poco, a la izquierda de la senda, entre los almendros, distinguí un tosco brocal de roca caliza, muy blanca. Recogía el agua de una fuente.

Jesús se detuvo frente al agua; la contempló brevemente y continuó por el camino. El lugar se hallaba desierto.

Intenté localizar el sol, pero se había puesto. No tardaría en caer la noche.

En ese lugar, a la derecha de la senda por la que marchábamos, el terreno sufría un acusado desnivel. Los almendros se precipitaban hacia el río que había oído, y

---

para darle de beber, el agua era sangre. El beduino retornó al pozo y, al comprobar que el agua era normal, cayó en la cuenta: el hombre que había solicitado el agua era un *wely*. Y los *badu* entendieron que era un milagro. Desde entonces, dicho pozo fue considerado milagroso. Y allí acudían los enfermos, o los necesitados de suerte. En otras oportunidades, el *wely* volaba por los aires y transportaba hombres y caballerías en cuestión de minutos. Nadie robaba en los dominios de un *wely*. Se consideraba un sacrilegio. Y contaban cómo tres individuos, que trataron de robar los objetos depositados por los fieles seguidores de un *wely* sobre su tumba, resultaron heridos o maltrechos al intentarlo. Uno quedó ciego. Otro, al extender el brazo para apoderarse de una de las herramientas, vio cómo la mano se secaba. El tercero cayó fulminado cuando huía. En otra oportunidad, un hombre empezó a construir su casa en los dominios de un *wely*. Todos le aconsejaron que no lo hiciera, pero el hombre se negó. Al poco, la casa se derrumbó. El hombre volvió a levantarla, y sucedió lo mismo. Y la edificó por tercera vez, y por tercera vez fue demolida en una noche, y por una fuerza desconocida. Era el *wely* —decían—, que no estaba feliz con la idea. También se aparecían en sueños, y anunciaban el nacimiento de un hijo, o una plaga de langostas. Los beduinos creían firmemente en los sueños, y se dejaban guiar por ellos. Eran los dioses, o los *wely*, que se asomaban a sus vidas. (*N. del m.*)

adivinado, poco antes. Ahora era perfectamente distinguible, a doscientos pasos.

El Maestro volvió a detenerse. Quien esto escribe se encontraba rezagado, a escasos metros, junto a la fuente.

Parecía contemplar algo con especial atención...

Y dejó que me aproximara...

Al llegar a su altura, a la izquierda de la senda, al pie mismo del camino, descubrí la boca de una gruta.

Creí entender. Allí pasaríamos la noche...

El Maestro caminó hacia la entrada. Lo vi encorvarse, y desaparecer en la oscuridad...

Aguardé, inquieto. No me gustaban las cuevas. La última experiencia, en la garganta del Firán, con Yehohanan, no fue muy satisfactoria, en mi opinión...

Y reparé en un detalle. No disponíamos de lucernas.

Segundos más tarde, como si hubiera adivinado mis pensamientos, el Galileo regresó al exterior, y rogó que esperase.

—¡Qué Dios más torpe! —murmuró entre dientes—. ¡He olvidado las luces!

Y corrió por el camino, hacia Beit Ids.

Éste era el Hijo del Hombre...

Examiné la boca de la cueva. No levantaba más de 1,50 metros, con una anchura de 1,40, aproximadamente. Presentaba un sólido arco de piedra, que, en realidad, se prolongaba como un túnel. Eché un vistazo, pero no fue mucho lo que acerté a ver. Las tinieblas, en el interior, eran absolutas. Pronto sucedería lo mismo con el exterior.

Había sangre en el arco de piedra. Cubría la casi totalidad de los doce sillares que integraban dicho arco. Deduje que se trataba de una *dabiheh*, una de las ceremonias de inmolación que practicaban los *badu* y que consistía en el sacrificio de un animal, siempre hembra, con el que calmaban al *wely* de turno. Con la sangre embadurnaban paredes, tumbas, o cualquier lugar, supuestamente relacionado con el genio. Nos hallábamos, efectivamente, ante un *mazar*, una zona santa para los beduinos; una cueva, y una fuente, en este caso, que habían sido testigos de algún acontecimiento sobrenatural o que, simplemente, disfrutaban de una tradición popular vinculada a un espíritu femenino, una *welieh*, según la anciana.

Y recordé las palabras de la beduina: «...no molestes a la *welieh* de la fuente».

En realidad me encontraba ante un *mazar* más sagrado de lo que suponía. La deducción no fue gratuita. Muy cerca de la cueva, como un extraño en el bosque de la «luz», se alzaba una encina verde, de tronco grueso y poco elevado, pero lo suficiente para dejar atrás a sus protegidos, los almendros. De las ramas colgaban largas cintas de tela de color rojo y verde, así como trenzas de cabello humano, cuerdas con nudos, trozos de cerámica y bastones. Estaba delante de otro árbol sagrado, como el que había visto con el joven Tiglat, camino del Hermón. Aquél, la sabina en la que se balanceaban huesos de animales, y que vi en sueños, resumía el sentir popular de los fenicios. Éste, en territorio beduino, expresaba lo mismo: miedo. Los *badu*, al igual que los habitantes de la costa, creían que la encina era un árbol elegido por los dioses. De ahí que los rayos cayeran siempre sobre ellas. Por eso se encomendaban a su protección, y sujetaban a las ramas cualquier objeto que pudiera representar al creyente. Los nudos, en las cuerdas, significaban enfermedades. Al abandonarlos bajo la encina, el *badawi* consideraba que las dolencias, propias o extrañas, pasaban a la jurisdicción de los dioses, o del *wely*, que moraban en sus troncos y copas. La encina, además, como sucedía con los griegos en Dodona, constituía un instrumento de conexión con los cielos. Los *badu* se situaban bajo las ramas y solicitaban a los dioses toda suerte de favores, incluidas la muerte y la ruina de sus enemigos. Algunos hechiceros y brujas se arriesgaban a arrancar las hojas de los árboles sagrados, y las vendían secretamente. El beduino creía que el simple roce de una de estas hojas, o ramas verdes, lo llenaba de vigor sexual, y le transmitía conocimiento. Lo malo era llegar hasta la encina y hacerse con las hojas. Si el *wely* que habitaba el árbol se daba cuenta, el «ladrón» podía ser devorado por los lobos, o hecho prisionero por una tribu enemiga.

En unos pocos metros cuadrados, por tanto, fuimos a

encontrar la «esencia» de la espiritualidad beduina: dioses, genios benéficos y el árbol santo, por excelencia: la carrasca, con la cara superior de las hojas en un blanco algodón, ahora saturadas de vapor de agua, que proporcionaban al árbol un halo mágico (1), en especial al atardecer.

Quedé gratamente sorprendido. Primero fue la «luz» blanca y rosa de los almendros. Ahora, la «corona» luminosa del árbol...

Pero, quien esto escribe, en esos momentos, no había aprendido aún a «leer» las señales de los cielos...

Fue Él quien me enseñó.

Aproximé las balas de paja a la boca de la cueva y me senté a esperar. La noche, serena, empezó a liberar estrellas.

Ella fue una de las primeras. Y mi corazón voló lejos, con Ma'ch.

El Maestro retornó, por fin. Cargaba cinco lucernas de barro (dos encendidas) y varias mantas de lana. Beit Ids, como dije, estaba situada a 575 metros de altitud. Esto no era el valle del Jordán. La noche podía ser fría, con temperaturas por debajo de los ocho y seis grados Celsius. Si soplaba el temido viento del norte —el *gemad*—, la situación se complicaría. El gran aguacero caído esa misma mañana, y en los días anteriores, al que los *badu* llamaban *el-gawzah*, suavizó el ambiente. El Maestro, sin embargo, previsor, se hizo con los cobertores. Y este torpe explorador no comprendió. Disponíamos de los mantos o ropones. ¿Por qué solicitar las cobijas?

Como digo, no caí en la cuenta...

La gruta era una amplia caverna natural, con forma, casualmente, de «almendra». Desde el arco de la entrada, el terreno descendía con suavidad. Alguien se tomó la molestia de abovedar el breve túnel de ingreso, recubrien-

---

(1) El color blanco era debido a los pelos estelares, que daban lugar a la creación de cámaras aéreas que, a su vez, eran saturadas por la humedad. La reflexión de la luz provocaba el citado fenómeno luminoso, que los beduinos interpretaban como una «manifestación divina». *(N. del m.)*

do también las paredes con los pesados sillares de caliza blanca de la zona. En total, tres metros de túnel.

Jesús caminó por delante, con las lámparas de aceite, y sin miedo.

¿Conocía el lugar? Eso me pareció...

Fue directamente al centro, y colgó tres de las lucernas de una larga viga empotrada en la roca, que seguía el eje mayor del túnel. Prendió las otras y las distribuyó por el suelo de la caverna. Yo continué hacia el final del túnel, con los sacos al hombro, y sin saber qué hacer. Poco a poco fui acostumbrándome a la oscuridad, ahora medio vencida por las llamas amarillas, y el agradable olor del aceite y las mechas de cáñamo, quemados. Calculé unos quince metros de diámetro mayor, por otros seis de diámetro menor (más o menos, la longitud de la viga de madera), y unos tres de altura máxima. La bóveda de la cueva era natural, aunque parecía trabajada. La curvatura era perfecta, como el interior de una almendra, o de una ostra.

El Maestro me animó a moverme. «Había mucho por hacer...»

¿Mucho por hacer? No entendí. La gruta se hallaba vacía, con un suelo aparentemente limpio, formado por una tierra seca y esponjosa.

Obedecí, naturalmente. Me situé a su altura, en el centro de la caverna, y esperé órdenes. El Galileo sonrió y señaló la entrada, al tiempo que exclamaba, socarrón:

—Ella no vendrá sola...

¿Ella?

No sé si palidecí o enrojecí. Él se percató de mis cortas luces, y aclaró:

—¡La paja, *mal'ak*!... Conviene esparcirla por el suelo...

—Claro —redondeé, dirigiéndome al exterior—, la paja...

¿En qué estaría yo pensando?

Así era el Hijo del Hombre...

Y durante un rato, ése fue nuestro afán: esparcir la paja sobre la tierra. Y pensé: ¿para qué tanta molestia? Con los ropones y las mantas estábamos más que servidos. En realidad, sólo se trataba de una noche...

Y el Destino me dejó hacer y pensar. Sus planes eran otros, como casi siempre.

El Maestro seleccionó el flanco derecho de la gruta (tomaré siempre como referencia el túnel de entrada), y allí preparamos, al alimón, el lugar donde dormir.

Entonces oímos aquel ruido...

Recuerdo que nos encontrábamos de rodillas, absortos en el desmenuzado de la paja y en la inspección de la misma, depositándola después sobre la tierra. Quien esto escribe había rescatado un pequeño trozo de cerámica vidriada, sepultado en el espeso manto que formaba el suelo, y lo examinaba con curiosidad.

Y volvimos a oírlo...

Creí reconocerlo, pero seguí a lo mío.

Y esta vez, más que sonar, tronó.

Jesús y yo nos miramos. Volví a enrojecer, creo. Él continuó con el examen del puñado de paja que tenía entre las manos, y sonó de nuevo, interminable. Palpé el vientre, y comprobé que no era el responsable. Y el borborigmo se dejó oír por quinta vez.

El Maestro me observó nuevamente. Su rostro aparecía serio. Fue sólo un instante. Al punto, la risa lo desmanteló, y me contagió.

Y entre carcajadas se oyó —«5 × 5» (fuerte y claro)— el embarazoso ruido de las tripas, reclamando lo que era más que justo: algo de comida.

Yo no fui, de eso doy fe. Fue el vientre del Galileo el que protestó, y dejó oír los continuados borborigmos.

Finalmente se puso en pie. Golpeó la frente con la palma de la mano izquierda y se lamentó:

—¡También olvidé la cena!...

Y lo vi salir de la cueva, muerto de risa. Así era Él...

No tuve tiempo de reaccionar. Para cuando alcancé el exterior, ya había desaparecido en la oscuridad. Opté por permanecer en la gruta. Y dediqué los siguientes minutos a una inspección, más a fondo, del singular refugio al que nos condujo el Destino.

Tomé una de las lucernas y empecé por la viga que cruzaba el ancho de la oquedad, anclada, como dije, en la roca, y a cosa de dos metros del suelo. Me intrigó desde el primer momento. ¿Para qué servía? Era un roble duro y nervioso, bien labrado por las cuatro caras. Llevaba allí mucho tiempo. El hueco superior, entre la madera y la roca, era territorio de las arañas. Una de las redes me llamó la atención. Era la más extensa, con hilos dobles, de mayor calibre que el resto de las telas, y en una tonalidad plata. La «propietaria» había tejido una red en forma de cruz. No sabía mucho de estos arácnidos, pero me pareció raro. La trampa se movía levemente. La «dueña», supuse, acababa de abandonarla. Tendríamos que permanecer atentos. Algunos de estos artrópodos son venenosos, y en mi «farmacia» de campaña no figuraba ningún antídoto.

Los laterales del madero aparecían perforados por un total de doce largos clavos de hierro; seis a cada lado. Obviamente, fueron utilizados como sujeción. Las cabezas se hallaban martilleadas y dobladas en ángulo recto. Los *badu* los llamaban *al cayata*. Pero ¿por qué tantos? ¿Qué era lo que colgaban de la poderosa viga? Tenía que ser pesado, e importante. Los clavos, o tirafondos, que se introducen en el roble, especialmente si la madera está fresca, son casi imposibles de extraer. En el astillero de Nahum, Yu tenía un dicho: «El roble le dijo al clavo: sacarás la cabeza, pero dejarás el rabo.»

Examiné el manto de tierra que hacía de «pavimento», pero no hallé huesos u otros restos de animales. La caverna, como dije, estaba limpia. Tampoco encontré excrementos, ni humanos ni de ovejas o cabras, o de perros. Una gruta tan cuidada no era frecuente...

¿Misterio?

Ahora, en la distancia, imagino al Destino, a mi espalda, observándome y sonriendo...

Me dirigí hacia la derecha. En la pared del fondo, casi frente al túnel de entrada, encontré un lío de cuerdas y dos vasijas vacías. En el interior se percibía un característico olor a aceite de oliva. En una de las bocas, otra araña había tejido la correspondiente red de seda. Hacía tiempo que no era utilizada. Muy cerca, a dos pasos, descubrí la única señal de vida, relativamente reciente: cinco piedras, en círculo, formando un tosco y ahumado hogar. Examiné los restos calcinados. Eran ramas procedentes de una poda; posiblemente de la encina sagrada, de alto poder calorífico. El responsable del fuego sabía lo que hacía. Los tizones, a medio consumir, habían sido apagados bruscamente. Tomé uno de ellos y lo analicé a la luz de la lucerna. Como imaginé, el extremo carbonizado estaba hendido. Este tipo de madera ardía hasta que se consumía por completo. De hecho, las varas secas de estos árboles eran las mejores antorchas. Alguien los apagó, quizá con agua. Era extraño. ¿Quién podía tener tanta prisa en aquel remoto y sosegado paraje?

Tampoco supe resolver el misterio, y continué con las indagaciones.

En ese extremo de la cueva, apilada en desorden junto a la pared de la gruta, hallé una familia de tablas, aburridas y polvorientas. Las había de todos los tamaños: desde un par de cuartas a un metro. Las examiné cuidadosamente, e intenté averiguar si escondían algún ofidio, o quizá un escorpión, tan abundantes en aquellas colinas y pedregales. Aquél, por supuesto, era un lugar ideal para las serpientes, suponiendo que hiciera tiempo que no era frecuentado por el hombre. Pero todo eran suposiciones.

Negativo.

Bajo las tablas no había nada. Entonces, al revolver, percibí otro olor. Lo recordaba de la estancia en el astillero, y, concretamente, de mi trabajo con los tintes y barnices. Era un perfume resinoso, limpio e intenso, parecido al de la mandarina, y propio de una madera muy concreta, utilizada en el revestimiento y en las estructuras laminadas de los barcos.

¡Qué casualidad!

Las tablas, efectivamente, eran de tola blanca. El Zebedeo padre se preocupaba de importarla de lo que hoy conocemos como Nigeria y Angola. Era una madera delicada, de escaso peso, muy resistente a los hongos, y de una notable durabilidad. La llamaban *agba*. El Maestro la mimaba, quizá por su nombre, tan cercano a su palabra favorita: *Ab-bā* (Padre).

Sí, qué coincidencia...

Algunas de las maderas aparecían protegidas contra la carcoma. En cuanto al aserrado...

No era posible. ¿Quién hubiera intentado fabricar una embarcación en Beit Ids? Allí sólo había olivos y colinas...

Tuve que rendirme a la evidencia. Las tablas fueron empleadas en la construcción de un pequeño barco. El ensamblado, los cortes, etc., eran impecables, y propios de un buen *naggar* o carpintero de ribera.

¿Quién podía imaginar en esos instantes que las humildes y rosadas tablas que tenía a la vista jugarían un papel tan destacado, y en breve?

Y el Destino, ese «personaje» inevitable y enigmático, tiró de este explorador hacia el extremo opuesto de la gruta...

Allí no había nada... Sólo distinguí la tierra liviana del suelo y la pared de la gruta, seca y monótona. Por no haber, no había ni murciélagos. También me extrañó...

Y permanecí unos segundos reflexionando. ¿Dónde me encontraba? Lo más intrigante, para mí, era la viga. Y al retornar al Ravid escribí: «...una viga de madera, empotrada en la roca, les servía de almacén...» Pero no debo adelantar los acontecimientos. Sigamos, paso a paso, tal y como los viví.

Pensé, inicialmente, en un lugar para guardar grano, y también aceite, o vino. Pero ¿por qué aparecía en desuso? ¿Obedecía a la presencia del genio de la fuente? ¿Cómo era ese *wely* o, mejor dicho, esa *welieh*? ¿Por qué la caverna estaba tan limpia? ¿Quién la abandonó precipitadamente?

Entonces los descubrí. Se hallaban casi a ras de tierra y, como digo, a la izquierda del túnel de acceso a la cueva. Eran dos y, obviamente, excavados en la caliza. Los iluminé como pude, pero no vi el final. Se trataba de dos «chimeneas», o conductos tubulares, perforadas en la roca, y de unos cincuenta centímetros de diámetro cada una. Eran prácticamente gemelas, aunque una corría hacia el norte (más exactamente, hacia el noroeste) y la segunda se perdía hacia el oeste. Paseé la llama por las bocas de las galerías y confirmé la sospecha inicial: era obra humana. Se abrían paso horizontalmente, pero no fui capaz de medirlas. Me introduje en una de ellas y, gateando, avancé un par de metros. Allí me detuve. Sentí miedo. Era imposible distinguir el final del orificio. La dramática experiencia vivida en el subsuelo de Nazaret regresó implacable a la memoria, y retrocedí (1). En la oscuridad de la «chimenea» podía anidar cualquier alimaña. Era mejor no correr riesgos...

Y al retornar a la gruta me pregunté, una vez más: ¿dónde diablos estaba? ¿Qué era aquello? Evidentemente no parecían conductos de ventilación. ¿Por qué fueron horadados a ras de tierra? ¿Adónde conducían?

De pronto, la flama osciló, agitada por una corriente de aire. Me alarmé.

Deposité la lucerna en la entrada de una de las galerías, y esperé.

No estaba en un error. La llama amarilla se movió de nuevo, incomodada por una leve brisa. Pensé en la «vara de Moisés». La había dejado junto a los sacos...

Me hice con la lámpara de barro, y la cambié de «chimenea». En la segunda también hubo oscilación. ¿Me equivoqué al pensar que no eran conductos de ventilación? El aire sólo podía proceder del exterior. Las dos galerías tenían que desembocar en otros parajes, quizá no muy lejos de allí.

Y me retiré, confuso. No conseguía entender el porqué de las «chimeneas». Alguien, por supuesto, se había tomado mucho trabajo...

Tendría que sujetar la curiosidad. El Maestro era prioritario...

Por cierto, ¿por qué tardaba tanto? El poblado estaba un poco más arriba, al norte, a quinientos metros como mucho.

Me situé sobre la paja y di por terminado el expurgue de la misma. Allí dormiríamos. Pero los pensamientos, de nuevo, volaron a lo alto, y se posaron en la viga...

Y en ello estaba, distraído con tanto por qué, cuando me fijé en el saco de viaje del Maestro.

No, otra vez no. Lo había prometido...

---

(1) Amplia información en *Nazaret. Caballo de Troya 4.* (*N. del a.*)

Y el cielo me iluminó.

Ese nudo…

¡Qué error! ¿Cómo pude?…

Me lancé sobre el petate y volví a desatar los cordones que lo mantenían cerrado.

¡Él se hubiera dado cuenta, seguro!

Poco antes, como ya relaté, cuando marchábamos por la senda con la anciana beduina y los niños, quien esto escribe se quedó atrás e intentó corregir el primer error. Anudé el petate, pero, inconscientemente, lo hice con un nudo que no existía en aquel «ahora». Fue algo mecánico, en lo que no reparé. Con la precipitación del momento, hice un nudo «inventado» después del siglo I: lo llaman *clove hitch up* (1), y lo aprendí de los viejos marineros del cabo de San Blas.

¡Qué error!

Presté atención y ejecuté un nuevo nudo: el de Isis, practicado habitualmente por el Hijo del Hombre cuando cerraba su petate.

Y volví a sentarme, pálido. Últimamente, sólo sabía tropezar…

Pero Él, una vez más, acudió oportunamente y me rescató del naufragio.

No sé cómo lo hizo, pero la cena fue «inolvidable»…

Primero, una generosa escudilla de *kseksu*, uno de los platos típicos de los *badu*, a base de sémola de trigo, cocida al vapor, y verduras. Sobre todo, cebollas, con un toque mínimo de huevos duros. Después, la sorpresa. El plato «fuerte»… Una especie de «torta» o «masa» (?), compuesta por dátiles y saltamontes. Al retornar a la «cuna» supe que había devorado, más que comido, el llamado cónico o «*pyrgomorpha* cónica», pequeño, de apenas tres centímetros de longitud, de cabeza cónica, y de vivos colores verdes o violetas. Los beduinos los capturaban a millares después de las lluvias. Les arrancaban las alas y los cocinaban con diferentes tipos de dátiles. En esos momentos, en Beit

---

(1) He respetado el original, tal y como aparece en el diario del mayor, dado que no he encontrado la traducción correcta. Lo más parecido sería el nudo que llaman *ballestrinque*, o *cabestan*, en francés. Es utilizado por los pescadores y marineros para colgar las defensas en los pasamanos. *(N. del a.)*

Ids, disponían del *cariot*, de jugo lechoso, denso, y aromatizado previamente en cubas que contenían vino o miel.

Curioso. Cariot era el pueblo natal de Judas, el Iscariote... Judas, sin proponérselo, fue protagonista de la primera cena de Jesús de Nazaret, como Hombre-Dios, y de la última.

Alguien tendría que investigar esa simbología. ¿Por qué lo más dulce, y lo supuestamente malvado, se fundieron en uno, y en las manos del Hijo del Hombre? Dátiles y langostas. El bien y el mal, en Beit Ids...

Quien tenga oídos, que oiga...

La cena fue acompañada de aceitunas negras, en vinagre, y del *qors*, el pan habitual de los beduinos. Era el de batalla, el de los viajes, y el de todos los días. Lo fabricaban con sal, y sin levadura. Lo hacían siempre poco antes de las comidas. El requisito fundamental es que se comiera caliente; de lo contrario, se convertía en una piedra. Los *badu*, generalmente los hombres, confeccionaban la masa y la enterraban. Previamente, el hueco era acondicionado con brasas. Allí la depositaban y, al rato, la descubrían. Daban la vuelta a la torta, y obtenían un pan crujiente, nutritivo y delicioso. Tres «vueltas» a la masa era mejor que una, o que dos, pero no era una labor tan simple. Era preciso calcular el tiempo justo. Para ello, los beduinos contaban estrellas. El buen *qors* era nocturno. Si el cielo se presentaba nublado, el *badawi* cantaba, y recitaba los colores que creía ver en la hoguera en la que cocinaba.

De postre, algo que no olvidaré, y que echo de menos cada anochecer: el *halwa* (1), un dulce exquisito, elaborado con almendras, miel, mantequilla, huevos batidos y, según el clan, unas gotas de zumo de frutas (nunca logré averiguar el «secreto» de los zumos). El resultado era una «pastilla» de color amarillo, parecida al «turrón».

Pero no estoy siendo sincero. En realidad, a quien echo de menos es a Él..., y a ella.

(1) Pido disculpas por mi árabe. La primera letra de *halwa* debería sonar como la «h» inglesa. En cuanto a la primera vocal, se trata de una «a» muy abierta, siempre que aparezca con las consonantes «ġ, h, ḥ, x, ç, ḅ, ḍ, ḷ, q, ṛ, ṣ, ṭ y ẓ». En el resto de las ocasiones, los beduinos la pronunciaban como «ĕ». *(N. del m.)*

Una cena difícil de olvidar…

El Maestro lo dispuso todo y, sentados sobre la paja, en el silencio de la gruta, observamos la comida, hambrientos. Nos miramos con complicidad. Los ojos de Jesús chispearon a la luz de las lucernas. ¿Qué tramaba? Pensé en los saltamontes. Aquel Hombre adoraba las bromas…

Pero no. Él pensaba en otro asunto. Y no tardó en exponerlo:

—Hoy, querido mensajero, ha sido un día muy especial… Me gustaría que fueras tú el encargado de la bendición…

La petición me dejó confuso. Rara vez lo vi bendiciendo la mesa al estilo judío. No era muy dado a tales costumbres; algo que le costó también más de un enfrentamiento con los ortodoxos. «Comer sin bendecir —proclamaban los doctores de la Ley— era profanar una cosa santa.» Pero creo que no me estoy expresando correctamente. Jesús sí bendecía los alimentos, pero no lo hacía según las fórmulas rituales, y obligadas, que repetían los judíos. Sus «bendiciones», para la madre, la Señora, y para los rigoristas de la Ley mosaica, rozaban la blasfemia. Y las críticas, como digo, fueron constantes.

—Pero, Señor… Yo sólo soy un *mal'ak*…

La defensa fue inútil. El Maestro me miró como sólo Él sabía hacerlo, y me vació. Una sonrisa asomó primero en los ojos. Una sonrisa pícara y anunciadora…

Lo supe. Estaba perdido.

Y la sonrisa se derramó por el rostro, y por la cueva entera.

Movió las largas y estilizadas manos, animándome. Hice lo que pude.

—Te damos gracias, oh, Padre…

Dudé. Lo miré, buscando su aprobación, y Él movió la cabeza, manifestando ciertas dudas, supongo.

—… por estos alimentos…

Entonces caí en la cuenta. Y pregunté:

—¿Los saltamontes son un alimento o un castigo?

Adiós a la bendición. La risa arruinó las buenas intenciones.

—Está bien —terció el Maestro, definitivamente vencido—. Yo me ocuparé…

Entornó los ojos y elevó el rostro hacia la oscuridad de la bóveda. Las luces de las lámparas lo siguieron, curiosas, y lo iluminaron para la ocasión, dulce y discretamente. Y la voz, grave y profunda, nacida del corazón, dijo:

—¡Querido Ab-bā! [«Papá», referido a Dios]… ¡Te damos gracias porque estás ahí!… ¡En lo grande y en lo pequeño!… ¡En el trigo del corazón humano, todavía por germinar!… En la dulzura de lo simple, y en la paz interior, la hija menor de la verdad!…

Guardó un breve silencio, y concluyó:

—¡Y gracias también por los saltamontes, aunque hubiéramos preferido cordero!…

Abrió los ojos y, recuperando el habitual buen humor, me guiñó un ojo.

—Debes disculparme —añadió, incorregible—. Soy un Hombre-Dios con poca experiencia…

Y sin más demora, se lanzó sobre la comida. Los dedos de la mano derecha cayeron en el *kseksu*, pero, súbitamente, soltó el trigo cocido y las verduras. Imaginé que se había quemado, pero no. El plato se servía frío…

Se puso rápidamente en pie. Solicitó perdón y salió de la cueva…

Esta vez reaccioné. Tomé una de las lámparas y me fui tras Él.

¿Qué sucedía? Era la tercera vez que lo veía marchar como un meteoro…

Creí ver su silueta a la izquierda de la gruta. Como mencioné, a siete o diez metros, muy cerca de la amplia caverna natural, brotaba una fuente.

Pero…

Yo me hallaba bajo el arco de piedra. La fuente, en este caso, quedaba a mi derecha…

Además, esa sombra…

Estaba en lo cierto. Oí el ruido del agua. El Maestro parecía lavarse en la pequeña piscina que formaba el brocal de caliza.

Entonces, esa sombra…

Cuando la busqué de nuevo en la oscuridad, había desaparecido. Quedé confuso. Era un bulto sensiblemente menor que el del Galileo.

Avancé un par de pasos y extendí la luz, pero fue insuficiente. La luna, en su mitad creciente, no proporcionaba la claridad necesaria.

Me encogí de hombros y regresé a la boca de la cueva. Podía tratarse de alguno de los niños beduinos que nos acompañaron al atardecer. Rechacé la idea. Aquél era un lugar santo, y temido por los *badu*. Difícilmente se hubieran acercado, y menos de noche. Y quedé intrigado...

Quizá lo imaginé.

El Maestro no tardó en retornar. La deducción fue correcta. Había olvidado lavar las manos, en especial, la derecha, habitualmente empleada para comer. Entre los judíos, como ya referí en su momento, la diestra era la mano obligada para asearse después de llevar a cabo las necesidades mayores. No lavarla, antes de comer, era una ofensa. No era éste mi caso —¿cómo podría ofenderme Jesús de Nazaret?—, pero el Maestro, respetuoso, se ajustaba siempre a las normas con un mínimo de sentido común.

Pasó ante mí, secándose con los bajos de la túnica.

Entonces lo oí. Mejor dicho, lo oímos.

Jesús se detuvo, y miró hacia la izquierda. Estoy seguro de que lo oyó con la misma nitidez. Pero, tras un par de segundos, ingresó en el túnel de entrada de la caverna.

Permanecí atento, con los ojos fijos en la noche.

Y se repitió por segunda vez.

Procedía de lo alto. Calculé que podía hallarse en las ramas de la encina sagrada.

Sonó como un gruñido, largo y, en cierto modo, humano. ¿Qué clase de pájaro emitía un canto semejante? No supe reconocerlo, y puedo presumir de saber identificar decenas de aves, sólo por sus trinos.

En esos momentos no se me ocurrió asociar el pequeño bulto con los gruñidos. No tenía sentido...

Olvidé el asunto y decidí imitar al Galileo. Quien esto

escribe tampoco se había aseado. Yo también debía ser cortés.

Caminé hacia la fuente y deposité la lucerna sobre la pared de roca que remansaba el agua. Retiré la túnica y me refresqué. Y en eso estaba cuando, súbitamente, oí los gruñidos. Esta vez sonaron a mi espalda. Me volví, pero no vi nada. Sólo negrura, y la «luz» de los almendros, ahora difusa, casi dormida, con la media luna intentando resucitarla.

Se repitieron más cerca. Sonaron «5 × 5». Pensé en un jabalí. En la zona eran frecuentes, especialmente los arochos, de grandes cabezas y colmillos curvos y afilados como navajas de afeitar.

¡Maldita sea! El cayado se hallaba en la gruta...

Disponía de la «piel de serpiente», pero, con uno de estos animales nunca se sabe. Son extremadamente peligrosos si se sienten acorralados, o si están heridos.

Se hizo el silencio. Pensé en correr hacia la cueva. Hubiera sido una temeridad.

Y cometí una imprudencia.

Me adentré en la oscuridad e intenté descubrir al intruso.

Silencio.

Caminé diez o doce pasos, hasta que comprendí lo absurdo y arriesgado de la maniobra. Si topaba con el jabalí (?), ¿qué podía hacer? Lo único sensato hubiera sido trepar a uno de los almendros, suponiendo que dispusiera de tiempo...

No volví a oír los gruñidos. Y regresé a la fuente.

Fue en esos instantes, al salir del bosquecillo de almendros, cuando comprobé que faltaba la luz que acababa de depositar sobre la roca.

Me sentí nuevamente confuso. Yo la había dejado allí hacía unos minutos...

Rodeé la fuente y tanteé la tierra. Quizá se había caído. Pero ¿cómo? La noche estaba en calma. Se hubiera necesitado un viento muy fuerte para derribar la pesada lámpara de aceite; las llamaban *nattif*, por su considerable capacidad (podían alumbrar toda una noche).

Tuve un presentimiento.

Y exploré de nuevo mi entorno. Nada. Ni una sombra, ni un gruñido.

Pero ¿cómo era posible? Las lámparas de barro no vuelan, que yo sepa...

¿La *welieh* de la fuente? ¿Era eso?

Me reproché mi ingenuidad. Esos genios sólo existen en la imaginación y en el miedo de las personas supersticiosas.

Sí y no...

Y el Destino, divertido, vio cómo me alejaba, en dirección a la gruta. Tenía mucho que aprender para ser un *kui*...

Antes de entrar, dediqué otra mirada al negro entramado de la encina. Nada. Sólo silencio y oscuridad.

«...y no molestes a la *welieh* de la fuente.»

Las palabras de la anciana sonaron nuevamente en mi interior, fuerte y claro. Pero no supe a qué atenerme.

Y me incorporé a la cena. El Maestro aguardaba.

Como dije, lo devoramos todo. Los «cónicos», como llamaban los *badu* a los saltamontes, no estaban tan mal, pero hubiera preferido cordero. El Maestro sabía de qué hablaba, incluso en los asuntos más intrascendentes, o supuestamente intrascendentes.

Habló feliz, y se centró «en lo bien que hacía las cosas su Padre, y la "gente" al servicio de su Padre». Se refería a los dátiles y al *halwa*, el dulcísimo y cremoso postre. Lo saboreó. Lo vi cerrar los ojos y suspirar, al tiempo que se relamía los dedos. Aquel Hombre sabía disfrutar cada momento...

Y torpe, como siempre, no acerté a preguntar. ¿A qué «gente» se refería? ¿Quién «trabajaba» con Dios, o para Ab-bā?

Para ser sincero, mis pensamientos iban y venían. No era capaz de olvidar lo ocurrido en la fuente de la *welieh*. La lucerna no pudo evaporarse. Allí, en la cueva, efectivamente, quedaban cuatro. Y me propuse despejar el misterio. Al día siguiente, si disponía de tiempo, peinaría el bosque de la «luz»...

¿Tiempo? Sí, lo tuve...

Concluida la cena, el Maestro extendió una de las mantas sobre la paja y, alegre, tomó su petate y se dispuso a abrirlo.

Continué sentado y expectante. ¿Se daría cuenta de la manipulación de las cuerdas?

Supuse que se disponía a descansar. El día fue agotador, tanto física como mentalmente, al menos para este explorador. En un judío normal, lo obligado, antes de intentar conciliar el sueño, era entregarse a la sagrada ceremonia de la «plegaria»: la *Šemoneh esreh*, en la que alababan el poder de Yavé, solicitaban conocimiento, salud, buenas cosechas, perdón y toda clase de negocios y, por último, exigían de Dios la destrucción de los impíos y el pronto envío del Mesías libertador. En total, como ya manifesté, el judío piadoso tenía la obligación de recitar las diecinueve plegarias tres veces al día (en la mañana, a primera hora de la tarde, y al ocaso, o antes de dormir). En el tiempo que me tocó vivir con el Hijo del Hombre, nunca lo oí rezar las citadas *Šemoneh*. Podía hacerse en silencio, pero la mayoría lo hacía en voz alta, declarando así su celo por Yavé. No sé si Jesús llegó a pronunciarlas alguna vez en voz baja, o para sí, pero conociendo su forma de pensar, dudo, sinceramente, que se sometiera a dicha obligación religiosa. Por eso no me extrañó que lo dispusiera todo para el necesario y reparador sueño.

Me equivoqué, de nuevo...

El Maestro no pretendía dormir, de momento. Y fui testigo de otro ritual, nuevo para quien esto escribe. Después, a lo largo de la vida pública, volvería a presenciarlo muchas veces. Era simple. Encerraba un doble significado: la revisión de sus cosas, propiamente dicha, y la señal, inequívoca, de que pretendía permanecer en ese lugar, al menos durante un tiempo. En esos instantes, lógicamente, yo no lo sabía...

Me miró, y agradeció mi silencio. Eso pensé. Después dudé. Quizá la mirada contenía otro significado. ¿Sabía lo ocurrido? ¿Supo que había abierto el saco?

Nunca lo declaró abiertamente, pero...

Primero sopló sobre el nudo de Isis. Y al desanudarlo, exclamó:

—¡Soltemos las ataduras!... ¡Es la hora (1)!

Y lenta y ceremoniosamente, con la atención de un niño, fue extrayendo el contenido del petate.

Me sentí incómodo. Era como si hubiera leído mis intenciones.

Estaba claro. Con el Hombre-Dios, ningún pensamiento quedaba oculto. ¿Cómo lo hacía? Fue otro de los grandes misterios que jamás resolví.

No dijo nada. No insinuó. Sencillamente, utilizó el silencio para hablar, y para satisfacerme...

Extrajo el gran ropón, el manto color vino. Lo dobló cuidadosamente, y lo depositó sobre la paja, en el lugar que le serviría de cabecera.

Después se ocupó de la túnica de repuesto. En los viajes medianamente largos, siempre procuraba hacerse con dos: la roja, la que lucía en esos momentos, y la de color jazmín, regalo de la Señora, sin costuras, y trenzada en lana pura de la Judea. Olió el tejido y fue a colgarla de uno de los clavos de la viga central. Y allí quedó, blanca y oscilante, como un anuncio; un prometedor anuncio...

Conté un par de *saq* y un lienzo de algodón, destinado al aseo...

(1) Fue esa noche cuando empecé a intuir la enorme trascendencia de los símbolos en la vida humana, en general, y en la del Maestro, en particular. Nada de lo que hacía era gratuito. Después lo supe: desatar el nudo de Isis representaba ir más allá de la inmortalidad. Necesité tiempo para comprender. El ritual de la apertura de dicho nudo, en el día en que, «oficialmente», fue reconocido como Hombre-Dios, anunció su muerte. Desde ese mismo 14 de enero del año 26, el Hijo del Hombre «habló» de la verdadera vida, la que se alcanza cuando se sueltan los nudos que sellan el alma. Así lo habían anunciado otras culturas: desatar las ligaduras es volar más alto. Lo habían manifestado los budistas, en el *Libro del desanudamiento de los nudos*, y también los egipcios, con el nudo de Isis, y los mesopotámicos, y los chipriotas y los supuestamente bárbaros de la Aquitania y de la Britania. La vida —consideraban estas culturas— no era otra cosa que una larga cuerda, en la que el protagonista va soltando nudos. Cuando se desata el último, llega la verdadera vida: la vida después de la muerte. Por eso algunos iniciados aconsejaban no resolver (no desatar) todos los problemas que uno pudiera encontrar. Eso significaba prolongar la vida terrenal, según dichos magos. Hoy, en la distancia, sigo perplejo. Jesús habló de su muerte, sin hablar. Nada de esto se dijo en los textos evangélicos... *(N. del m.)*

¿Por qué colgaba la túnica? La idea era pernoctar en la gruta. Al día siguiente partiríamos. Ésos eran mis pensamientos...

Una esponja y una pastilla de *borit*, el «jabón» habitual, fabricado con cenizas de plantas aromáticas (romero y orégano, entre otras) y potasio mineral. En ocasiones, el *borit* contenía también aceites esenciales, con cal, o aceite hervido, *álkali* y arcilla. Era un «jabón» sin misericordia: terminaba con la suciedad, pero irritaba la piel. Era preciso mezclarlo con una abundante dosis de agua.

Después le tocó el turno a una pequeña lima para las uñas, y al «dentífrico», consistente en un polvo de anís, mezclado con pimienta olorosa. Se disolvía en agua, y se mantenía en la boca durante un par de minutos. Había de dos tipos. Uno, peligroso, poco recomendable por su alto contenido de anetol, que podía afectar al sistema nervioso. Otro, más popular y barato, con un anís de «segunda» (comino dulce), que dejaba un aliento fresco, aunque menos duradero. El Galileo utilizaba este último, aunque jamás percibí que tuviera problemas de esa índole. La dentadura era impecable, siempre blanca, y perfectamente alineada.

Extrajo una escudilla de madera y la depositó también sobre la manta. El «plato» me trajo a la memoria una desagradable escena, en las cumbres del Hermón, cuando Eliseo trató de esconder una escudilla similar, en la que Jesús había escrito un mensaje (1).

Acto seguido lo vi afanarse en la búsqueda de algo. Introdujo el brazo en el saco y rebuscó, al parecer, sin éxito. Abrió el petate cuanto pudo y se situó de rodillas, pendiente del interior. Y así permaneció unos segundos. Finalmente, tomó una de las lucernas e iluminó el fondo del petate. Sonrió, feliz. Introdujo la mano y fue a sacar una esferita blanca, o casi blanca, de unos tres centímetros de diámetro. Era la primera vez que la veía.

Me llamó la atención desde ese instante.

(1) Información sobre el incidente en *Hermón. Caballo de Troya 6*. (*N. del a.*)

El Maestro la acarició con los dedos de su mano izquierda y jugueteó con ella.

Me pareció un cuarzo blanco, algo turbio por la inclusión de líquidos. Pero no. Al moverla entre los dedos, la esfera difractó la luz de las lámparas de aceite, y provocó una sorprendente refracción, similar a una «nube» azul. Es lo que llaman «adularescencia».

Quedé cautivado. A cada giro, la esferita replicaba con un destello azul. Jesús parecía hipnotizado con la piedra. Evidentemente, le divertía. ¿O no era eso?

Deduje que podía tratarse de algún tipo de feldespato, pero, francamente, no supe identificarlo.

Y creí ver algo en el interior. Algo negro...

Pensé en una inclusión natural (partículas que alteran las propiedades del metal o del medio cristalino). No estuve seguro. Tendría que haberla examinado, pero se hallaba entre los dedos del Hijo del Hombre.

Algo como un número... Algo oscuro.

Y me pregunté: ¿de dónde había salido?, ¿qué significaba?, ¿por qué acompañaba al Galileo?, ¿por qué el interés de Jesús por la pequeña esfera?

Nadie me contó nada al respecto. Nada leí sobre el particular. No disponía de la más mínima pista. Como digo, ésa fue la primera vez que la vi...

Y el Destino, supongo, me observó, divertido.

Jesús la depositó en la escudilla, ligeramente inclinada sobre la paja, y la esfera rodó hasta uno de los extremos, el más cercano a quien esto escribe. Fue como una «señal». El Maestro lo advirtió, y me sonrió. Naturalmente, leyó mi pensamiento. Pero no dijo nada...

El Galileo continuó con el ritual.

Un peine de madera, de doble uso, con púas abiertas para desenredar, y otras, cerradas, para peinar, propiamente dicho. «Cerillas» de azufre, y el correspondiente pedernal para incendiarlas; sin duda, uno de los «inventos» más prácticos de la época, que ahorraba esfuerzos a la hora de conseguir fuego. Una bolsa de hule, o *punda*, no muy grande, en la que se oía el tintinear de algunas monedas. Jesús casi no le prestó atención. La dejó en la escudilla, junto a la esfera de las irisaciones azules. También le vi sacar la navaja, con mango de hueso, utilizada habitualmente por el Maestro para repasar la barba y cortarse el cabello. Entre los judíos, la barba era un símbolo, cantada, incluso, en las Sagradas Escrituras. Jeremías aborrecía a los que la afeitaban. Los muy religiosos o extremistas, caso de los zelotas, la consideraban un signo en la resistencia contra Roma. Sólo en caso de luto estaba bien visto que se rasurase. Para Jesús, sin embargo, la barba no era una manifestación de religiosidad, como pretendía el Salmo 133, o de rechazo del invasor. Sencillamente, su barba, partida en dos, era un asunto de simple comodidad. En cuanto al cabello, siempre sobre los hombros, lo razonable es que lo cortase cada mes. En general, procuraba que coincidiera con la luna nueva. Alguna vez llegó a tenerlo por la espalda (recuerdo, por ejemplo, las dramáticas horas de su pasión y muerte). Una vez por semana lo lavaba y protegía con cualquiera de los múltiples aceites esenciales de aquel tiempo. Jamás utilizaba espejo. Nunca, que yo recuerde, lo vi mirarse en una de aquellas pulidas superficies de latón, bronce o plata. Cuando arreglaba los cabellos, si era posible, lo hacía sobre la superficie del agua. La Ley mosaica era tan exigente, y minuciosa, que dictaba el momento, incluso, en el que los varones debían cortar sus cabellos (las mujeres no figuraban en ese capítulo de la Misná o tradición oral): el rey debía hacerlo a diario. El sumo sacerdote, la víspera de cada sábado. Los sacerdotes, cada treinta días. Los niños, en cuanto apuntase (evitaban así las plagas de parásitos). El resto del pueblo, cuando se presentasen los piojos en la cabeza...

Jesús, a mi entender, se sentía cómodo con el cabello largo, y sólo lo cortaba cuando empezaba a ser una molestia. Por cierto, si Pablo de Tarso hubiera conocido a Jesús, quizá no se habría atrevido a escribir lo que apunta en la llamada Primera Epístola a los Corintios (11, 14): «¿No os enseña la misma naturaleza que es una afrenta para el hombre la cabellera?...» ¿En qué pudo pensar el nefasto Pablo? ¿Era una ofensa para la naturaleza que el Maestro luciera aquellos hermosos cabellos de color caramelo? La mujer, por supuesto, tampoco escapa a estas enfermizas advertencias del gran misógino (y además «santo») (!). Esa misma epístola, y la primera carta a Timoteo, hablan por sí mismas (1).

Dos cintas de lana, para recoger el cabello en los viajes, completaban las pertenencias del Hijo del Hombre. En realidad, eso era todo lo que tenía en la vida, y la «casa de las flores» en Nahum, aunque ya casi no le pertenecía...

Observó sus «tesoros» y permaneció pensativo. Después regresó al saco de viaje y volvió a rebuscar en el fondo. Parecía haber olvidado algo...

Así era. Al punto, entre los dedos, vi surgir un pequeño frasco de vidrio, de color azul oscuro, perfectamente sellado con los «tapones» de la época: un lienzo de fibra de cáñamo. Tenía forma de granada. Supuse que contenía algún perfume. Era un frasco típico, llamado *foliatum*, inventado por los fenicios, expertos en la obtención de cristales de colores. Los había visto en las *tabernae* de algunas ciudades. Los tuve, incluso, en las manos y reconocí la viveza de los fenicios. Ellos no conocían la base científica que aconsejaba conservar los perfumes en recipientes opacos (preferentemente de color marrón o azul), pero, merced a la observación, entendieron que dichos contenedores preservaban mejor los aceites esenciales. Tenían razón. La luz ultravioleta deteriora dichos aceites. Era necesario, pues, que la luz del sol no incidiera directamente sobre los frascos. La forma de conseguirlo era el *foliatum*.

Lo abrió y lo aproximó a la nariz. Siempre me llamó

_____

(1)   En I Corintios (11, 15), Pablo dice: «... En efecto, la cabellera le ha sido dada [a la mujer] a modo de velo.» En I Timoteo, el misógino proclama: «Así mismo, que las mujeres, vestidas decorosamente, se adornen con pudor y modestia, no con trenzas ni con oro o perlas o vestidos costosos, sino con buenas obras, como conviene a mujeres que hacen profesión de piedad. La mujer oiga la instrucción en silencio, con toda sumisión de piedad. No permito que la mujer enseñe ni que domine al hombre. Que se mantenga en silencio. Porque Adán fue formado primero y Eva en segundo lugar. Y el engañado no fue Adán, sino la mujer que, seducida, incurrió en la transgresión. Con todo, se salvará por su maternidad mientras persevere con modestia en la fe, en la caridad y en la santidad.» Las palabras del «santo» no merecen comentario... *(N. del m.)*

la atención su nariz prominente, típicamente judía, destacando en aquel rostro alto y bien proporcionado. Lo he dicho alguna vez. La nariz fue el único rasgo en discordia, en un cuerpo perfecto.

Entornó los ojos e inspiró profundamente. E imagino que el perfume lo invadió. Después, pletórico, me pasó el frasco y me invitó a que lo compartiera. Y así lo hice. Fue entonces cuando supe del *kimah*. Fue la primera vez que tuve contacto con esta desconcertante esencia. Después me informé. El Maestro lo había reservado para un momento especial (muy especial). ¿Y qué mejor que aquel 14 de enero? A partir de ese día, lo usó con regularidad. Tras el aseo matinal, unas gotas de *kimah* se enredaban en la barba, siempre en la barba. Cuando volví a ver a Yu, le pregunté. Él se lo había regalado al Maestro. Y el chino contó una historia extraña, típica de un *kui*. El *kimah* procedía de un lugar llamado Timná, en el reino arábigo de Qataban, muy cercano al mítico Saba, en la llamada ruta del incienso (1). Lo fabricaba otro hombre *kui*, un alquimista *badawi* con el que Yu mantenía relación, merced a las caravanas que se detenían en Nahum. El *kimah*, que podría ser traducido por «Pléyades», era elaborado con seis aceites principales, en honor, justamente, a las seis estrellas de dicho cúmulo estelar, y que pueden ser contempladas a simple vista (2). Era muy codiciado entre los perfumistas, pero sólo el *kui* de Timná conocía su secreto. Se pagaba más que por el *kifi*, un perfume egipcio empleado por los sacerdotes, mezcla de dieciséis esencias diferentes, y que provocaba la acuidad sensorial de quien lo utilizaba, abriendo la mente, y ha-

---

(1) La ruta del incienso arrancaba en Saba y cubría miles de kilómetros, con un total de sesenta y cinco estaciones. Se prolongaba por el oeste de la península arábiga, y llegaba a Egipto, mar Mediterráneo, Mesopotamia, India y las lejanas tierras de la actual China. Timná era una de las estaciones, junto a Marib, Ma'in, Yatrib, Dedan y Gaza. *(N. del m.)*

(2) El cúmulo estelar abierto de las Pléyades consta de tres mil estrellas, aunque, a simple vista, sólo se distinguen seis y, en ocasiones, alrededor de diez. Se encuentra a 410 años luz y está formado por estrellas jóvenes, de unos sesenta millones de años. El poeta griego Aratos dio nombre a las primeras, en el siglo III antes de Cristo: Alción, Taigeto, Electra, Mérope y Maya. *(N. del m.)*

ciendo más agudos los sentidos. Y se pagaba más porque el *kimah* abría los sentidos de los demás. El *kimah* —éste era su secreto— tenía la capacidad de provocar determinados sentimientos en los que llegaban a olerlo. Según Yu, los componentes básicos eran sándalo blanco, jara cerval, canela, un producto que llamó *tin tal* (tierra mojada por la lluvia), nardo o *narada* (siempre índico o *jatamansis*) y mandarina. Según fuera el estado de ánimo, así predominaba uno u otro aceite esencial. Ésa fue la confesión de Yu. Si el receptor se hallaba en paz, el olor dominante era el del sándalo blanco. Algo parecido a lo que los perfumistas modernos designan como la «nota superior» en cualquier perfume; es decir, la que primero se percibe cuando se capta un olor, y que nada tiene que ver con la «nota base», que es el elemento de mayor duración. Si la persona que portaba el *kimah* experimentaba ternura, o amor, el olor dominante cambiaba, y aparecía la esencia de mandarina. Todo esto —según Yu— tenía un efecto secundario en los que rodeaban al portador del *kimah*. Cada olor, como dije, tenía la facultad de provocar un determinado sentimiento en las personas que estaban cerca. Por supuesto, no creí una sola palabra. Eran las historias de Yu...

Sin embargo, me quedó una duda. Hubo momentos, efectivamente, en los que el perfume del Maestro cambiaba. Ahora, al ofrecerme el frasco y oler el contenido, percibí la característica fragancia del sándalo blanco, uno de los aceites esenciales del *kimah*. Era un olor intenso, pero discreto, propio de los componentes (ácidos santálico y terasantálico, fusanol y santalol, entre otros), y muy tenaz. Algún tiempo después, cuando sucedió lo que sucedió, sí noté un cambio en el *kimah* del Galileo. Y se repitió, y se repitió...

Pero mi espíritu científico no lo aceptó. Aquello carecía de fundamento, a no ser que las variaciones en dicho perfume tuvieran alguna relación con los cambios en el pH del líquido extracelular del Hijo del Hombre. Dicho líquido «ECF», como es sabido, sirve para el importantísimo intercambio de nutrientes, procedentes de la digestión celular, así como para el necesario aporte de oxígeno, etc. (1). ¿Se hacía dominante un tipo concreto de aceite esencial como consecuencia de las ligerísimas variaciones del pH? Si el cambio en el estado de ánimo de la persona era consecuencia de las oscilaciones del pH —algo que está por demostrar—, ¿afectaba dicha modificación al *kimah*, o era al revés?

Tuve mucho tiempo para pensarlo, pero ésa es otra historia...

Le devolví el frasco azul marino y asentí:

—Delicioso...

Verdaderamente, me encontraba ante un perfume «seis estrellas», digno de Él. Es curioso. Jamás los escritores «sagrados» se preocuparon de informar sobre las pequeñas grandes cosas que rodearon al Hijo del Hombre y que, por supuesto, tuvieron su importancia. Yo sí lo he hecho. Entiendo que la vida de cualquier ser humano consta de grandes momentos, a veces sublimes, pero, sobre todo, de millones e insignificantes (?) «ahoras». Ésta es una de mis intenciones a la hora de construir el presente diario: recrearme en los detalles que también formaron parte de la vida del Galileo y que perfilan, mejor que nada, su verdadera personalidad y sus pensamientos. Quizá, en ocasiones, el hipotético lector de estas memorias se desespere ante la aparente lentitud en la narración de los hechos. Todo ha sido minuciosamente concebido, y no precisamente por mí...

—El Padre —replicó el Maestro, al tiempo que volvía a sentarse sobre la paja, frente a este explorador— y su «gente»... Ya ves cómo trabajan...

Otra vez aquello. ¿A qué se refería? ¿Quién era la «gente» que trabajaba para Ab-bā?

Y aproveché su excelente disposición, y lo planteé. Jesús, creo, esperaba la pregunta.

—Recuerda siempre, querido *mal'ak*, que mis palabras son una aproximación a la verdad...

(1) El líquido extracelular equivale a un veinte por ciento del peso corporal. Abarca el llamado intersticial, y el líquido plasmático. Los límites aceptados en el pH de dicho líquido extracelular oscilan entre 7,35 y 7,45. Por encima de estos límites se produce la alcalosis. Por debajo, aparece la acidosis. *(N. del m.)*

Dije que sí con la cabeza. No lo olvidaría.

—Pues bien, para llegar a ser un Dios, primero tienes que aprender a delegar.

Sonrió, y continuó descendiendo en mi torpe inteligencia.

—Él, Ab-bā, es la luz. Él llega y lo perfuma todo, pero, previamente, otros, su «gente», han colaborado en el prodigio. Son incontables las criaturas que participan en la belleza, en el amor, o en el simple avance de las leyes físicas y espirituales. Lo visible está lleno, pero lo invisible está repleto.

Comprendí, pero no comprendí. Él lo notó, y tomó el frasco azul entre los dedos. Me lo mostró, y preguntó:

—¿Qué es?

—Un perfume, Señor...

—Pero ¿cómo se obtiene?

—Gracias a las plantas, a la luz, y a cuanto rodea al sándalo, y a la jara, y a la mandarina...

—Todos hacen el milagro. Todos participan...

Así era. Las esencias, que posteriormente se convierten en aceites esenciales o perfumes, mediante presión o destilación al vapor, aparecen en las plantas como un auténtico «juego de manos» de la naturaleza. Las células secretoras, altamente especializadas, «juegan» con la luz y se transforman en estructuras químicas complejas. Y la planta combina esa energía con elementos químicos del agua, del terreno, del aire e, incluso, de los excrementos que pueden abonar el suelo. Es así como nacen los ácidos, los fenoles, los aldehídos, las cetonas, los alcoholes, los ésteres, los terpenos y los sesquiterpenos. Y todos ellos, como si de una orquesta se tratase, se reúnen y componen la «música» de los perfumes. El Maestro hablaba con razón. Todos colaboran, aunque nada hubiera sido posible sin la luz.

Sí, el Padre perfuma con la luz...

Mensaje recibido.

—El Padre y su «gente» —repitió Jesús, sin disimular su satisfacción—. ¿Trabajan o no trabajan bien?

—Muy bien, Señor...

Y me atreví a ir un poco más allá en nuestra primera conversación en Beit Ids. Él aceptó, encantado.

—Y Él está ahí, en lo grande y en lo pequeño. ¿Sabes de algún lugar donde no está el Padre?

Sin querer, empezaba a parecerme a Eliseo, a la hora de plantear determinadas cuestiones. Él lo percibió, y sonrió, pícaro.

—Todo lo que es, o existe, lo es porque Él lo ha imaginado previamente...

Dejó que soltara la imaginación, y que me aproximara a su pensamiento. No sé si lo conseguí.

—... Más aún —continuó—: Lo que no es... también es suyo.

—¿Quieres decir, Señor, que lo que vemos, o sentimos, ha sido imaginado previamente?

Asintió en silencio, y divertido. Sabía muy bien adónde quería ir a parar.

—Entonces, cuando nosotros imaginamos...

—No, *mal'ak*, no confundas mis palabras. Yo no he dicho eso. El Padre imagina y es. El ser humano imagina porque ya es. Ésa es una de las grandes diferencias entre el hombre y Dios.

—Un momento —le interrumpí, ciertamente sorprendido—, ¿quieres decir que no podemos imaginar si lo imaginado no ha existido con anterioridad?

—Así es...

—¿Todo?

—Todo —replicó, rotundo—. Absolutamente todo...

—No consigo entenderlo...

—Es lógico. Estás al principio del camino. El Padre es más listo que tú...

Esta vez fui yo quien asintió en silencio. Ya lo creo que lo es. Jamás hubiera imaginado que mis sueños, mis deseos, incluso mis iniquidades, pudieran haber existido con antelación a mi propia realidad.

—No te atormentes ahora con eso —terció, oportuno—. Ni siquiera Dios es el final...

—Me asombra tu familiaridad para con Él. Es difícil acostumbrarse. ¿Por qué le hablas así al Padre?

—¿Crees que es el Dios del miedo?

—Tú enseñas lo contrario, pero...

—Lo sé, mi madre, mis hermanos, éstos, mis peque-
ñuelos de ahora, han sido educados en un Dios al que
hay que temer. Lo sabes bien: yo he venido a cambiar
eso. ¿Cómo puedes sentir miedo de la luz, que te ayuda y
te vivifica? ¿Cómo debo hablar con el amor?

Y dibujó en el aire la palabra *áhab* (amor). Entendí:
con mayúscula...

—Con el Amor, querido mensajero, ni siquiera es preciso hablar. Pero, si lo haces, hazlo con la confianza, con
el respeto, con la admiración, con la alegría y, sobre todo,
con la sencillez que proporciona un amigo...

Dudó.

—El Padre es más que un amigo, y más que una novia o un novio. Háblale, si lo deseas, como te hablas a ti
mismo. En realidad, aunque no lo sepas, le estarás hablando a Él.

—Sin miedo...

—¿Concibes la luz como un juez? ¿Crees que el Amor
lleva las cuentas? ¿Para qué está el perfume? ¿Sientes
miedo cuando me hablas?

Negué de inmediato. Podía sentir otros sentimientos,
muchos, pero jamás el miedo. Aquellos ojos, como la
miel líquida, no habían nacido para asustar o dominar.
Eso lo sé, y siempre lo he defendido. La mirada del Hijo
del Hombre era un refugio...

—Hablar con el Padre..., como si fuera un amigo, y a
cualquier hora, como tú...

—Así es. No importa cuándo, ni por qué. Para hablar
con Él no necesitas un motivo. ¿Necesitas una razón para
soñar, o para amar?

—Pero, si me dirijo a Él, tiene que ser por algo...

—Sí, ésa es otra equivocación que me gustaría corregir. Al Amor no conviene pedirle nada. Es un error y, además, una pérdida de tiempo. Tú estás enamorado...

Me estremecí. Sabía que lo sabía, pero, así, de pronto...

—...y jamás le has pedido nada. Al contrario...

La penumbra de la cueva llegó en mi auxilio. Supongo
que estaba rojo, como una amapola. Pero Él pasó sobre mi
inquietud de puntillas, como si no tuviera importancia.

Querida Ma'ch… Él lo sabía.

—Si hablas con el Padre —prosiguió con una sonrisa de complicidad—, no pierdas el tiempo. No solicites lo que ya tienes, o tendrás.

Y aclaró:

—… Si Él te imagina, y es obvio que así es, puesto que estás ahí, frente a mí, Él lo hace con lo necesario para tu supervivencia. Tú no dependes de ti mismo, aunque creas lo contrario, sino de Él. Pues bien, si existes, porque te ha imaginado, ¿por qué te preocupas de lo material? En el Amor, como en el perfume, todo se ordena mágica y benéficamente.

—Entonces —lo interrogué con un hilo de voz—, ¿qué debo pedir?

—¿Qué me pides a mí, cuando estamos juntos?

Buena pregunta. Y me hizo pensar. Jamás le pedí un favor, nada físico. Me bastaba con su compañía y, sobre todo, con su palabra.

Leyó mis pensamientos y movió la cabeza afirmativamente. Después, recreándose, manifestó:

—Oírle es un placer. ¿Te parece poco? Además, dada su condición de Padre, siempre regala algo…

—¿Oír por oír?

—Ése es el secreto que abre el corazón del Amor. Cuanto más quieras, más debes oír… Mejor dicho, más debes oír… le.

—¿Y qué regala?

—¿Y por qué no lo averiguas por ti mismo? Sólo tienes que asomarte al interior…

—Pero ¿cómo empiezo?

Sonrió, divertido.

—Quizá por el asunto de los saltamontes…

Así concluyó la primera conversación en Beit Ids. El sueño nos rindió. Y quien esto escribe entendió, un poco mejor, por qué el Maestro no se sujetaba a las plegarias tradicionales. Él prefería la luz…

Nunca olvidaré aquel histórico 14 de enero, lunes, el verdadero día del Señor.

PRIMERA SEMANA EN BEIT IDS

Quizá fue culpa mía...

Esa noche dormí profundamente, como pocas veces lo he hecho. Cuando desperté, el sol llevaba tiempo faenando. Él no estaba en la cueva. Sus cosas habían sido recogidas, a excepción de la escudilla de madera y la pequeña esfera de piedra, que continuaba en el fondo del «plato». La escudilla se hallaba sobre el lecho de paja en el que había dormido el Maestro. El saco de viaje, y la manta, fueron colgados de la viga.

Sí, quizá fue culpa mía. Me quedé dormido...

A mi lado, en un cuenco de barro, descubrí el desayuno, sin duda proporcionado por Él: media docena de bolitas blancas elaboradas por los *badu*, y que llamaban *gebgeb*. Se trataba de un queso salado, que devoraban a todas horas (1). Un puñado de dátiles redondeaba la colación.

Agradecí el detalle. Así era el Hijo del Hombre...

Terminé el queso y me dispuse a reunirme con Él. Algo me inquietó. ¿Por qué no recogió la totalidad de sus enseres? Si nos disponíamos a partir esa misma mañana del martes, 15, ¿por qué colgar la manta de la viga de ro-

(1) El *gebgeb* era responsabilidad de las mujeres beduinas, como todas las comidas. Una vez ordeñada la cabra, la leche era vertida en un *se'in*, una piel de oveja que colgaba de un trípode. Las mujeres lo agitaban, al tiempo que cantaban. Era una operación sagrada, a la que denominaban *hazza*. De esta forma obtenían la mantequilla. Concluida la *hazza*, el contenido pasaba a un recipiente de cobre. El suero era separado del resto y, tras hervirlo, se procedía a la confección de las referidas bolas de *gebgeb*. En general se dejaba secar en las terrazas, o sobre las tiendas. Lo usaban también para sazonar las comidas, y para acompañar la carne. Era un alimento muy nutritivo y sabroso. *(N. del m.)*

ble? A no ser que fuera prestada por los *badu*... ¿Por qué no guardó la escudilla y la esfera? Quizá pretendía almorzar en Beit Ids, y partir a continuación...

La mañana era radiante. Excelente temperatura, muy suave, y un cielo limpio y pacífico. No se movía una hoja.

Busqué con la mirada, pero no lo hallé. La zona de la fuente, la encina sagrada, y el bosque de la «luz» aparecían desiertos. En los alrededores tampoco detecté ninguna presencia humana.

Me extrañó.

El Galileo no hizo mención de sus planes durante la cena, o a lo largo de la conversación de la noche anterior.

Tenía que estar en alguna parte...

E inicié la búsqueda por el sur. Frente a la gruta, como dije, al otro lado de la senda que conducía a la aldea de El Hawi, el terreno descendía bruscamente. Los almendros se precipitaban hacia una vaguada por la que corría un río de invierno, un wadi temperamental, pero de escaso cauce. Allí no había nadie.

Me lo tomé con calma. No debía ponerme nervioso. Él sabía lo que hacía. Era yo quien tropezaba habitualmente...

Me aseé, y disfruté de la fría corriente. Aquello me serenó, creo.

Regresé a la boca de la cueva y repasé de nuevo el bosque de la «luz». Las flores blancas y rojizas hacía rato que habían despertado.

Ni rastro.

Caminé hacia la fuente de la *welieh*. Calculé la distancia a la cueva: siete metros y cincuenta y cinco centímetros. Rodeé el brocal, por si descubría la perdida lucerna de aceite. Tampoco tuve suerte. Y me estremecí al rememorar los extraños gruñidos. ¿Podía el Maestro correr algún peligro físico? Por supuesto, era un Hombre-Dios, pero ¿lo hacía eso invulnerable? ¿Por qué se me ocurrían cosas tan aparentemente absurdas? ¿O no eran tan ilógicas? ¿Qué podía suceder si era atacado por el jabalí? Mejor dicho, por el supuesto jabalí...

Y me entretuve en examinar el terreno. Junto a la fuente no había una sola huella que delatara el paso de un arocho. Estos cerdos salvajes son especialmente corpulentos; debería haber quedado algún rastro en la tierra. Pero ¿por qué me empeñaba en asociar la desaparición de la lámpara con el dichoso jabalí? Era ridículo, lo sé.

Después le tocó el turno a la carrasca sagrada. Las cintas, los cabellos y las cuerdas que colgaban de las ramas se burlaron de mí y de mi inspección. Que yo sepa, ningún jabalí trepa a la copa de una encina...

Sin embargo, tanto Él como yo oímos los gruñidos. Procedían del ramaje de aquel árbol.

Era raro. No había nidos... Y me pareció raro porque era el árbol que destacaba sobre el resto. A la hora de anidar, la encina ofrecía más garantías que el olivar o que los almendros.

Pero el «detalle» fue olvidado...

Pasó el tiempo, y no supe qué hacer. Caminé por la senda principal, hacia el este, pero tampoco fui capaz de localizarlo. Entre los olivos sólo vi silencio.

No quise alejarme. Podía regresar en cualquier momento, y desde cualquier dirección. La cueva se encontraba en el centro, prácticamente, de un total de seis colinas. ¿Hacia dónde dirigirme? Era más prudente esperar. No me hubiera gustado volver a perderlo, como ya sucedió en otras ocasiones.

Pensé en acercarme al poblado. El desayuno procedía de Beit Ids, con seguridad. ¿O no? Y empecé a dudar. ¿Fue Jesús quien depositó el *gebgeb* junto a este explorador? Y terminé desterrando la duda. Yo no creía en genios, ni en las *welieh*... Ése, además, era su estilo.

Y me refugié en la gruta, a la espera.

La repasé, una vez más, y sumé referencias. Me entretuve en medirla al detalle: 6,3 metros de anchura, por 14,57 de longitud, con una altura máxima de 3,2 metros.

Y a pesar de los esfuerzos, empecé a notar un cierto nerviosismo. La situación no era normal. Eso me pareció.

Pero, decidido a no cometer nuevos errores, me entretuve con lo primero que se me ocurrió. Repasé mi saco de viaje. Le di vueltas al cilindro de acero, sin saber qué hacer con él, y dispuse tres antorchas, estratégicamente repartidas sobre la viga central. Las tablas de tola fueron el material perfecto. Arderían hasta el final, y con una luz limpia y olorosa.

Fue entonces, al manipular una de las teas, cuando la esferita de piedra que reposaba en la escudilla me hizo un guiño azul.

La tomé entre los dedos y sentí algo especial. No sé definirlo. Fue como si hablase. Aquel azul me resultaba familiar...

Y movido por la curiosidad, salí al exterior, con el fin de examinarla con mayor precisión.

Caminé hacia la fuente, y allí me senté, sobre el brocal de piedra. No perdí de vista, en ningún momento, la entrada de la caverna, y tampoco la senda. De eso estoy seguro. Y jugueteé con la esfera del Maestro. A cada giro, efectivamente, se producía el citado fenómeno de «adularescencia»: una «nube» azul, a veces plateada, escapaba del interior y saludaba. No era un cuarzo blanco, sino un feldespato, como ya mencioné. Concretamente, una ortoclasa, o feldespato potásico, de gran belleza pero de escaso valor como piedra preciosa. La refracción de la luz era continua y sugerente (1). Yo también quedé prisionero de la «nube» azul...

Y al explorarla con detalle, comprobé que no estaba equivocado. Lo que identifiqué como una inclusión natural, en el centro de la esfera, era, en efecto, una posible rotura (tipo listón), paralela a uno de los ejes de la esfera. De dicha fisura partían otras inclusiones laterales, de menor calibre. Pues bien, en dicho centro, en mitad de la fractura principal, se había formado una burbuja natural, consecuencia, probablemente, de la tensión sufrida por el material.

Quedé maravillado.

En el interior de la burbuja, de unos ocho milímetros de diámetro, «flotaba» un cuerpo extraño —otra inclusión, sin duda—, con una forma bien definida. No im-

(1) La «adularescencia» está provocada por una característica especial de la estructura de la piedra, cuyas capas aparecen ordenadas. Si dichas capas de ortoclasa y albita no son excesivamente gruesas, la luz que se refleja en ellas produce interferencias, provocando el citado efecto de «nube» azul. En el caso de capas gruesas, la ortoclasa emite un brillo blanco. *(N. del m.)*

portaba la posición. La inclusión, en mitad de una carga de mercurio líquido, terminaba siempre por situarse verticalmente, obedeciendo la ley de la gravedad.

Y quedé maravillado porque ese cuerpo extraño era similar a un número, en arameo. Algo parecido a «755».

Hice girar la esfera una y otra vez y, además de la bellísima «nube» azul, siempre surgía el «número», o lo que fuera.

«755.»

¿Encerraba alguna simbología? ¿Se trataba de un capricho de la naturaleza?

Y junto a estas preguntas aparecieron las que me formulé en la cueva, cuando descubrí la esfera por primera vez: ¿cómo llegó a manos de Jesús?, ¿por qué el Maestro la llevaba en sus viajes?, ¿guardaba algún significado especial para Él?

«557 o 755», según se leyera de derecha a izquierda, o al revés.

«755», en color negro, y en mitad del azul.

No supe qué pensar.

¿Una simple coincidencia?

Sé que el Destino no aprobó esta idea. ¿Por qué no supe verlo? El «negro» y el «azul», en el interior de una esfera...

Y aparté el nuevo enigma. Mis preocupaciones eran otras...

Finalmente, a eso de la hora sexta (mediodía), volví a la cueva. Quedaban unas cinco horas de luz...

Caminé por el breve túnel de entrada y, al llegar al final de la suave rampa, cuando me disponía a depositar la esfera en su lugar, en la escudilla, «algo» me dejó clavado al terreno.

Pensé en Él.

¿Había vuelto?

Pero no lo vi entrar en la gruta. De eso estaba seguro. Desde la fuente de la *welieh* se dominaba la senda y el arco de entrada de la caverna.

Además, de haber sido así, Él se hubiera hecho notar. Me habría saludado...

Me aproximé.

El fuego de las antorchas iluminaba la gruta con aceptable claridad.

Examiné el entorno, pero no distinguí al Maestro. Sin embargo...

Fue una sensación inconfundible. ¡Alguien me observaba! ¿De nuevo el jabalí? ¿En la cueva?

Me hice con la «vara de Moisés» y, despacio, alerta, me situé bajo la viga de roble. No estaba soñando. El saco de viaje del Galileo se balanceaba...

Allí había alguien.

E intenté racionalizar el asunto. Quizá exageraba. Pero no...

Aquel movimiento en el petate, colgado de uno de los clavos, no era consecuencia del viento. En el exterior no se movía una hoja...

Alguien lo empujó, o había tratado de descolgarlo.

A corta distancia, como dije, se hallaba la manta utilizada por Jesús, colgada igualmente de otro de los enganches. Pero permanecía inmóvil.

Entonces experimenté un escalofrío.

Me volví, rápido, hacia el túnel de ingreso, pero no vi nada. Sin embargo, juraría...

Sí, alguien me observaba, o lo había hecho.

Registré la totalidad de la cueva, pero no hallé nada extraño o sospechoso. Ni una huella.

Y durante un rato permanecí en el interior, pensativo. El saco de viaje se encontraba a un metro y medio de la tierra seca y esponjosa que alfombraba la cueva. Ningún jabalí tenía acceso a él. Además, como digo, ¿dónde estaban las huellas de las pezuñas? Pero, si el responsable del movimiento del petate fue un ser humano, ¿dónde estaban las huellas de los pies?

Volví a examinar el suelo con detenimiento. Negativo. Ni rastro de sandalias o pies desnudos.

No era posible. Alguien lo había movido. Alguien me había estado observando...

Fue entonces, al verificar que no existía huella alguna, cuando sentí miedo.

Y las palabras de la beduina regresaron de nuevo:

«...y no molestes a la *welieh* de la fuente.»

412

¿La *welieh*? ¿Qué era la *welieh* exactamente? Ningún genio, o espíritu, tiene la capacidad de hacer oscilar un saco en el aire... ¿O sí?

No esperé a resolver la duda. Huí de la caverna como un conejo asustado...

Cuando me di cuenta me encontraba frente a Beit Ids, el poblado de los *badu*.

¿Poblado? Ni eso. Beit Ids, al norte de la cueva, era una gran casa de piedra blanca, con numerosas dependencias menores, adosadas, como Dios les daba a entender, a la *nuqrah*, u hogar principal. Era una especie de hacienda, levantada con barro y caolín, que giraba en torno a la referida *nuqrah*, la única construcción que aparentaba seriedad y solidez.

No sé por qué dirigí mis pasos hacia el «poblado», pero allí estaba. E intenté tranquilizarme. Proseguí entre los olivos que rodeaban la hacienda e intenté pensar con rapidez. Buscaba al Maestro. Ésa era la verdad. Eso plantearía a los habitantes de Beit Ids.

Como dije, eran beduinos. Ellos me vieron mucho antes de que yo acertara a distinguirlos. Eran seminómadas, pero conservaban la agudeza visual, y el afilado instinto, de los legendarios hombres del desierto.

Vi correr a las mujeres. Gritaban algo. Entendí *barráni* («extranjero»). Detrás, como una piña, niños, muchos niños, con la túnica de colores y los brazos en alto, no sé si tan asustados como las madres...

Se detuvieron en una de las puertas de la *nuqrah*. A juzgar por el arco, en roca labrada, podía ser la entrada principal.

Aminoré la marcha, pero continué decidido. No pude hacer otra cosa. Ellos ya sabían de los *barráni*, los extranjeros que habían pasado la noche en la gruta de la *welieh*.

Me señalaron una y otra vez, y prosiguieron con los gritos. Parecían hablar con alguien...

Me hallaba todavía a unos doscientos metros, y no acerté a precisar. Creí ver la figura de un hombre, sentado en la tierra, entre los olivos, y con una vestimenta blanca.

¿El Maestro?

A decir verdad, no sabía si se había cambiado de túnica. No llegué a verlo.

Y, de pronto, entre el guirigay, aparecieron ellos...

Me detuve. Y los dedos de la mano derecha se deslizaron hacia la parte superior del cayado. Si atacaban, no tendría más remedio que utilizar los ultrasonidos...

Se distanciaron del grupo y volvieron a detenerse. Me observaban con atención.

Y decidí continuar. Lo hice con calma; mejor dicho, con aparente calma, y con los dedos dispuestos...

Algo sabía de aquellos animales. En parte, eran parientes de los *sloughi*, los lebreles que vi en el pozo, cerca de la aldea de Tantur. Se trataba de dos galgos persas, llamados *saluki* por los beduinos. Eran animales muy rápidos, adiestrados para la caza, y capaces de derribar una gacela o un *oryx* en plena carrera.

Levantaron los hocicos y olfatearon.

Eran de estatura media (alrededor de 60 centímetros), con las extremidades altas, musculosas, y las colas largas, ahora ligeramente alzadas, y cubiertas de mechas sedosas. Uno presentaba un color isabelino, brillante como una perla. El otro era tricolor: blanco, negro y fuego.

Avanzaron de nuevo, y me preparé...

Si atacaban, lo harían de inmediato.

Tentado estuve de detener la marcha y echar mano de las «crótalos», pero no quise arriesgar. La sencilla operación de extraer las lentes de contacto, que facilitaban la visión de los ultrasonidos, me hubiera distraído durante algunos segundos. Los *saluki* son perros muy inteligentes. No debía descuidarme. Y continué, atento a la posición de las colas.

Las mujeres y los niños, pendientes de los galgos, guardaron silencio.

Tragué saliva y fijé la mirada en los ojos de los *saluki*. Eran ovalados y de un ligero color avellana. No me perdían de vista.

Y las largas orejas, cubiertas de pelo sedoso, retrocedieron súbitamente. Comprendí: era una de las señales de sumisión. Y las colas descendieron igualmente. Entonces iniciaron una carrera y me rodearon. Al principio jugaron con quien esto escribe. Después, uno de ellos, el de color perla, más afable y dispuesto, saltó sobre mí, colocando las patas en mi pecho. Y me recibió con todos los honores: a lengüetadas. Lo acaricié, aliviado. Los *saluki* no supieron lo cerca que estuvieron de ser derribados...

El gesto de los perros, aceptando al *barráni*, fue decisivo. Las beduinas y los niños se retiraron y, al poco, me vi frente al hombre de las vestiduras blancas.

No era el Galileo, por supuesto.

Nos miramos brevemente. Creo que entendió que no buscaba problemas. Sabía que era uno de los extranjeros recién llegados a sus dominios, pero no dijo nada. Como buen beduino, se limitó a observar, al menos durante los primeros instantes. Después siguió con lo que llevaba entre manos...

Saludé en árabe.

—*Es salām'ali kum!* («Que la paz sea sobre vosotros.»)

Ni siquiera levantó la vista.

—*Wa'ali kum...* —replicó entre dientes, y sin dejar de manipular una cuerda—. *Wa'ali...*

No entendí bien. No pronunció el saludo completo. En lugar del obligado «y que sobre vosotros sea la salvación», o «buenos días», lo dejó en la mitad.

No parecía muy comunicativo.

Decidí esperar. No convenía precipitar los acontecimientos. Era un *badawi*, y yo me encontraba en su *nuqrah*, en su hogar. Era él quien debía iniciar la conversación, y las posibles preguntas. Así eran las costumbres entre los *badu*.

Los perros, dóciles, se tumbaron a su lado y se dejaron acariciar por el tibio sol de enero.

El hombre continuó con la cuerda. Era una soga de esparto, de más de cincuenta metros, arrollada a sus pies. Hacía nudos, pero, antes de rematarlos, los desbarataba, y volvía a empezar. Presté atención, intrigado. No había duda: eran nudos marineros. Pero ¿por qué marineros? ¿Por qué en Beit Ids? Lo vi hacer el «ahorcaperros», en su versión más corrediza, así como la anilla de cabo, el «apagapenol», similar al cote de medio seno, la gaza corrediza y el nudo de «media llave», entre otros. Era muy hábil. Los trenzaba en cuestión de segundos, pero, como digo, nunca los terminaba. Y así, una y otra vez...

Al cabo de unos minutos alzó la mano derecha y, sin decir una sola palabra, indicó que me sentara frente a él. Así lo hice.

Y prosiguió con los nudos...

Por detrás, en la oscuridad de la gran puerta, oí las risas de las mujeres. Era buena señal...

En el arco —lo que llamaban *qanater* (1)—, había sido grabada una frase, en *a'rab*: «*žmal ḍaṛ mṛa*». Sonreí para mis adentros. La leyenda sintetizaba la filosofía del pueblo árabe: «camello casa mujer» (por este orden). Ésas eran las aspiraciones de los *badu* en la época del Hijo del Hombre. Un pueblo prácticamente ignorado por los textos sagrados (?) al que Jesús, sin embargo, prestó atención, tal y como espero narrar...

El arco, y las jambas, de acuerdo también con la costumbre, aparecían teñidos de sangre, al igual que la boca del *mabat* o *medafeh* (2) en el que nos habíamos instalado. Eso significaba que la casa era propiedad de un *wely*, y que el constructor, a la hora de levantarla, solicitó permiso, sacrificando los animales necesarios; cuantos más, mejor...

Continuamos en silencio. Estos rituales eran normales entre los beduinos. Y tenían razón: el silencio expresa más, y mejor, que las palabras...

Me hallaba ante un hombre rico. Las vestiduras, los ademanes, los perros y el lugar lo anunciaban. Vestía una *dishasha* (una especie de túnica) de seda, desde el cuello

---

(1) A la hora de construir una casa de piedra, o *nuqrah*, determinados clanes beduinos de aquella época daban una especialísima importancia a la construcción de los arcos. Desde tiempos antiquísimos, los asociaban con los pechos de las mujeres, y de las camellas, «de los que procede la vida», decían. De ahí que, en el momento de erigir un arco, inmolasen siempre una oveja, arrojando la sangre sobre los cimientos. *(N. del m.)*

(2) Aunque la cueva era uno de los dominios de la *welieh* de la fuente, los *badu* de Beit Ids la denominaban *mabat* («un lugar donde pasar la noche»), siempre referido a los extranjeros, o *medafeh* («el cuarto, o la habitación, de los invitados»). Sólo los no árabes aceptaban dormir en una gruta «propiedad» de un genio. *(N. del m.)*

a los tobillos, en un color marfil inmaculado. Los pies, desnudos, se hallaban teñidos con polvo de *al kenna*, una planta que proporcionaba una ceniza amarilla, muy apreciada por los hombres y mujeres para maquillarse. Sobre la *dishasha*, envolviéndolo casi en su totalidad, el hombre de los nudos presentaba un manto blanco, vaporoso, en un lino finísimo. Era un *jerd* que, como digo, lo cubría por completo, incluida la cabeza. Quizá mantenía luto por alguien. El blanco era señal de duelo para aquellas gentes. Una faja, de piel de camello, también blanca, completaba el atuendo. Sobre el estómago, sujeta por el ceñidor, brillaba una seria, muy seria, daga curva, con una empuñadura en oro muy trabajada. Era la *khanja*, el símbolo de virilidad entre los *badu*. Cuanto más ancha, y más llamativa, más hombre... No salían de la casa, o de la tienda, sin ella. Eran las armas propias para sacrificar animales a los dioses, o a los *wely*, y, por supuesto, las de las venganzas. Un auténtico *badawi* no mataba a un hombre con una espada, o con una maza. Lo hacían con la *khanja*. Curiosamente, todas presentaban la hoja con la curvatura hacia la derecha. Si alguien regalaba una daga con el hierro dirigido hacia la izquierda, ello significaba un insulto, y una más que probable declaración de guerra.

Entonces, satisfecho ante el prudente comportamiento de aquel extranjero, el hombre soltó la cuerda y fue a descubrirse.

Me observó y buscó la mirada de este sorprendido explorador. La sostuve, naturalmente. Eso le complació. No había peor cosa que no mirar a los ojos a un *badawi*.

Y quedé sorprendido ante la nobleza de sus rasgos. Los cabellos, negros, caían en largos bucles sobre los hombros. El rostro, tostado, no presentaba casi arrugas, aunque yo diría que rondaba los cincuenta años. Aparecía perfectamente rasurado, como correspondía a su condición de beduino libre, y con las pestañas maquilladas en un azul metálico. Entre las cejas destacaba una vieja quemadura, en forma de rombo, que los beduinos conocían por el nombre de *wasm*, una especie de «puerta» o «ventana» por la que podían entrar los genios benéficos, y curarlo, si era necesario. La marca, en cuestión, era hecha con carbones encendidos, y durante la infancia. Un hombre con una *wasm* entre los ojos era un *badawi* protegido, al que nadie intentaba agredir o robar.

Pero lo que más llamaba la atención eran los ojos. Eran verdes, rasgados, perfilados en negro por el *khol*, y con una característica que los hacía muy atractivos: según la luz, cambiaban a un gris plata, desconcertando a la persona que tuviera delante. A veces tuve la impresión de estar frente a dos hombres diferentes...

Estaba claro que se trataba de un *sheikh*, un jeque o jefe, aunque en esos momentos no supe si era importante (1). Con el paso del tiempo se convirtió en una referencia para quien esto escribe. Fue un hombre clave durante la estancia en Beit Ids.

Sonrió y batió palmas.

Al momento, bajo el arco de la puerta principal, surgió un negro. Era un *abed*, un esclavo. Mejor dicho, peor que un esclavo. Los beduinos despreciaban a los negros, fueran o no libres, fueran ricos o pobres, sabios o necios, hombres o mujeres... Los *abid* no podían mezclarse con los *badu*. Comían y dormían aparte. Pertenecían al beduino de por vida, y lo mismo sucedía con la esposa e hijos del *abed*. Al igual que los *žnun* o *yenún* (espíritus malignos, opuestos a los *wely*, y a los que me referiré en breve), los negros carecían de categoría social. Más aún: los *badu* negaban que fueran seres humanos. No disponían de inteligencia —decían—, y menos de alma. Eran cosas que se movían, y que hablaban. Un error de la naturaleza, aseguraban...

El *abed* preparó un fuego. No se atrevió a levantar la mirada. No habló una palabra. Se limitó a soplar, y a fortalecer las llamas.

(1) Entre los *badu*, los jefes se dividían en tres grandes categorías: menores, tribales y supremos, dependiendo de las familias bajo su jurisdicción. Eran elegidos por unanimidad. Para llegar a ser un *sheikh* se necesitaba sabiduría, riquezas y, sobre todo, *hash* (suerte); algo similar a la pretendida virtud de que disfrutaba Abner, el lugarteniente de Yehohanan. El *sheikh* tenía la obligación de conocer a todos los miembros del clan, de asistirlos, y de reunirse con ellos periódicamente. La compasión, y la generosidad, eran consustanciales con el cargo, aunque sólo «oficialmente». *(N. del m.)*

El hombre de las vestiduras blancas prosiguió observándome con curiosidad, pero permaneció mudo.

Acto seguido, por la misma puerta, apareció un segundo sirviente. Cargaba una tetera de bronce, ennegrecida por el hollín. Era otra manifestación de la hospitalidad del *sheikh* de Beit Ids: cuanto más tiznada, más evidente resultaba su generosidad...

Comprendí.

Debería formular mis preguntas cuando hubiera concluido la sagrada ceremonia del té. Así era el ritual. Después llegarían las preguntas —iniciadas por el anfitrión— y las noticias. Sólo las buenas...

Durante la Operación Salomón, en los desiertos del sur, Eliseo y yo tuvimos la oportunidad de probar el té negro, fermentado, muy adecuado para frenar el proceso oxidativo que padecíamos. Los beduinos lo tomaban a todas horas. Era una forma de iniciar el contacto con los extraños, y con los propios nómadas. Esta vez, sin embargo, no sería el acostumbrado té lo que serviría el *sheikh* de los ojos verdes...

El criado depositó el recipiente sobre el tímido fuego, y dio un paso atrás. Inclinó levemente la cabeza y fijó los ojos en la tapa de la tetera. La oreja derecha presentaba una enorme perforación, a la altura del lóbulo. Deduje que era judío. Días después, cuando gané la confianza del jeque, lo confirmé. Era el único esclavo judío de Beit Ids (1). Mejor dicho, el único judío de toda la zona. Lle-

(1) Entre la gente oprimida de aquel tiempo se hallaba también el esclavo judío, menos numeroso que el pagano, pero igualmente llamativo. Eran tres las razones por las que un judío podía perder la libertad. En primer lugar, por avaricia. Y me explico: era el caso más lamentable, en el que salían perjudicados los niños. Yavé permitía la venta de los menores de doce años y medio (momento de la pubertad en las niñas), especialmente mujeres. Así lo explica (!) Dios en el Éxodo (21, 1-12): «Éstas son las normas que has de dar [referido a los esclavos]: Cuando compres un esclavo hebreo, servirá seis años, y el séptimo quedará libre sin pagar rescate. Si entró solo, solo saldrá; si tenía mujer, su mujer saldrá con él. Si su amo le dio mujer, y ella le dio a luz hijos o hijas, la mujer y sus hijos serán del amo, y él saldrá solo. Si el esclavo declara: "Yo quiero a mi señor, a mi mujer y a mis hijos; renuncio a la libertad", su amo lo llevará ante Dios y, arrimándolo a la puerta o a la jamba, su amo le horadará la oreja con una lezna; y quedará a su servicio para siempre. Si un hombre vende a su hija por

vaba muchos años al servicio del *sheikh*. Tenía familia en Beit Ids. Sus dos esposas eran *badu*, y también la numerosa prole. Tiempo atrás, antes de que se cumpliera el plazo legal de seis años, el judío renunció a su libertad, y el jeque, de acuerdo con la tradición, perforó el lóbulo de la oreja derecha. Así lo establecía la religión judía. Y el esclavo se convirtió, voluntariamente, en un siervo a

---

esclava, ésta no saldrá de la esclavitud como salen los esclavos. Si no agrada a su señor, que la había destinado para sí, éste permitirá su rescate; y no podrá venderla a gente extraña, tratándola con engaño. Si la destina para su hijo, le dará el mismo trato que a sus hijas. Si toma para sí otra mujer, no le disminuirá a la primera la comida, ni el vestido, ni los derechos conyugales. Y si no le da estas tres cosas, ella podrá salirse de balde sin pagar rescate.» Se daba el caso de padres que, bien por necesidad, o por avaricia, vendían a sus hijas a otros judíos, o a paganos, con la condición de que fueran menores de doce años y medio. El abominable asunto terminó convirtiéndose en un negocio. Las niñas, por lo general, se convertían en esposas, o esclavas sexuales, de los amos...

Bajo cuerda, también existía el tráfico de niños varones. Eran vendidos a precios más altos que las niñas.

¿Qué clase de dios autorizaba algo así? Sólo se me ocurre uno: con minúscula...

La segunda razón, también frecuente, era la súbita ruina de una familia. El padre, en esas circunstancias, optaba por venderse a sí mismo. Podía hacerlo a un judío, o a un pagano. La Ley mosaica establecía que el período máximo de servicio era de seis años. Por eso, el precio de un esclavo judío era siempre menor que el de un gentil. El de un judío oscilaba entre una y diez minas (doscientos cuarenta a dos mil cuatrocientos denarios de plata) y el de un esclavo pagano alcanzaba hasta las cien minas (algo más de 25.000 dólares de 1973). Las mujeres hebreas mayores de doce años y medio no podían ser vendidas como esclavas. Ésa era la retorcida lectura que hacían del Éxodo (21, 7), y del no menor retorcido Yavé. Para los judíos, y se supone que para el dios del Sinaí (con minúscula), toda mujer vendida como esclava era sospechosa, de inmediato, de prostitución. Si era una niña, no importaba (!).

Por último, un judío perdía la libertad si no estaba en condiciones de restituir el valor de lo robado. Según el citado Éxodo (21, 37), el ladrón debía devolver cinco veces el valor de un buey muerto o robado, o cuatro, si se trataba de una oveja. Los tribunales eran los encargados de dicha evaluación. Si el ladrón se declaraba insolvente, éste pasaba a manos de los traficantes de esclavos, que lo vendían dentro, o fuera, de Israel. La venta de un judío a paganos fue una orden de Herodes el Grande, que provocó un profundo malestar entre los ortodoxos. Lo cierto es que, merced a esta disposición, el número de robos decreció sensiblemente. Si un judío era vendido a un pagano, corría el riesgo de ser trasladado a tierras remotas y de no regresar jamás. A diferencia del esclavo pagano, condenado a servir a perpetuidad, el judío podía acortar tiempo de servicio, bien mediante rescate, o por un pago personal. *(N. del m.)*

perpetuidad. El gesto decía mucho a favor del amo, sobre todo si se trataba de un beduino... Conviene ser sincero. La mayor parte de los *badu* era mentirosa, ladrona, déspota y desconfiada. El *sheikh* que tenía delante era una excepción...

Y el supuesto té empezó a calentarse. Entonces se propagó un olor..., cómo diría, «familiar». Miré la tetera, sin dar crédito a lo que estaba suponiendo. Supuse bien...

Y a una orden del jeque, el esclavo judío se hizo con el recipiente. Lo tomó en la mano izquierda y se giró hacia la misteriosa puerta del arco. De inmediato se destacó un segundo negro, un niño, con una bandeja de plata en la que peligraban dos hermosas tazas de una porcelana roja como la sangre. Era otro *abed*, otro esclavo, de ojos enormes, curiosos y profundos. Se movió a la carrera entre el grupo, y fue a depositar la bandeja a los pies del *sheikh*. Entonces, sin poder remediarlo, niño a fin de cuentas, alzó la vista y contempló mis cabellos blancos, al tiempo que abría la boca, asombrado. El *abed* adulto lo reprendió, y el niño huyó hacia la puerta.

El esclavo judío aguardó. El hombre de las vestiduras blancas asintió con la cabeza, y el «té» fue servido.

No me equivoqué...

Primero llenó la taza del jeque; después la mía. Tomó la bandeja y me la presentó, invitándome a que me hiciera con el reducido recipiente, casi un dedal, sin asas.

El aroma me dejó tan confuso como feliz. ¿De dónde lo había sacado?

Y tomé la delicada taza, disfrutando del intenso e inconfundible perfume.

El *sheikh* percibió mi satisfacción y sonrió, complacido.

Entonces reparé en la pequeña taza. Era una porcelana dura, de pasta densa, vitrificada, y traslúcida, de un caolín magnífico. Cuando tuve oportunidad, le pregunté sobre el origen de la misma. Efectivamente, procedía de lo que hoy conocemos como China. Concretamente, de la ciudad de Jiangxi. Era muy antigua, de la época de los Han (unos doscientos años antes de Cristo). Mi anfitrión la heredó de sus padres, y éstos, a su vez, de los suyos.

Formaba parte de una de las dotes aportadas a sus diez matrimonios. Y confirmé las sospechas: el hombre de los nudos era rico...

Y al saborearlo, entorné los ojos, desconcertado; gratamente desconcertado... Parecía café. ¿Cómo era posible? En nuestro «ahora», nadie conoce con certeza el origen de esta planta. Algunos afirman que apareció en la ciudad de Moka, en la actual Arabia, hacia el siglo XVI. Desde allí, dicen, se extendió por Oriente. A Europa llegó en el XVII (1). Días más tarde, el *sheikh* aclaró el misterio. Lo llamaban *kafia*. Era conocido por los *badu* desde hacía tiempo. Al parecer, crecía en los montes de Sidamo, Gamud y Dulla (actual Etiopía), por encima de los 2.400 metros de altitud. Fue descubierto por casualidad, cuando un pastor de San'a (actual Yemen) comprobó los efectos del fruto en su rebaño de cabras. Los animales experimentaron una extraña reacción, comportándose con gran vitalidad y nerviosismo. Fue así —según el *badawi*— como se descubrió el *kafia*. Y desde los montes de Abisinia pasó al territorio de la península Arábiga. Lo molían muy fino y lo mezclaban con agua hirviendo. El sabor, como digo, era delicioso. El *sheikh* lo tomaba amargo por razón de luto. Yo lo endulzaba con unas gotas de miel.

A la tercera taza, como recomendaba la buena educación beduina, hice oscilar ligeramente la porcelana vacía que sostenía entre los dedos, y di a entender a mi anfitrión que era suficiente para quien esto escribe.

(1) Aunque los expertos no se ponen de acuerdo, es posible que los primeros granos de café fueran conocidos en Europa hacia el año 1640. Procedían de Arabia. El café inquietó a los médicos, que recomendaron no consumirlo, ya que podía provocar impotencia, y esterilidad en la mujer. En 1820, cuando se descubrió la cafeína, se demostró que las viejas creencias no tenían fundamento. La cafeína es un tónico y estimulante del sistema nervioso central, y del corazón, que actúa también como diurético. Sólo en caso de abuso puede provocar insomnio, cefaleas y arritmia cardíaca. Hacia finales del siglo XVIII, el café llegó a América, merced a los neerlandeses, que lo introdujeron en Guayana. Los franceses, por su parte, lo cultivaron en Antillas, y de allí saltó a Brasil. Según nuestras noticias, por tanto, el verdadero origen del cafeto se hallaría en lo que hoy conocemos como Etiopía. Concretamente, en la región central, a unos diez mil kilómetros de la península Arábiga. *(N. del m.)*

Y empezó el turno de preguntas.

Como dije, las buenas maneras obligaban a los nómadas a preguntar en primer lugar.

¿Quiénes éramos? ¿De dónde veníamos? ¿Qué pretendíamos al acogernos a la hospitalidad de Beit Ids? ¿Éramos prófugos de alguna justicia? ¿Quizá la romana?

Afortunadamente, el *sheikh* habló en arameo. Se lo agradecí, aunque no fue fácil satisfacer su curiosidad. En parte porque casi nunca concluía una frase, obligándome a suponer y adivinar, y, sobre todo, porque ignoraba las intenciones del Maestro. Aun así, lo tranquilicé. Y mis noticias fueron excelentes (yo diría que excelentemente inventadas). Éramos mensajeros de un reino lejano. Él, mi amigo, era Hijo de un Rey especialmente bueno y generoso, un *sheikh* supremo, que gobernaba, incluso, sobre las estrellas.

El hombre de los nudos inacabados escuchó con incredulidad. Después, al mencionar el asunto de los cientos de «luces» que «anunciaron» la llegada del Príncipe a la región, se mostró interesado. Él también había visto el extraño fenómeno, ocurrido días antes, como ya referí. En realidad, lo vio todo Beit Ids, y toda la comarca. Para los *badu* fue una señal. Algo grande estaba a punto de suceder. No se equivocaron. Y durante unos minutos me extendí sobre el increíble espectáculo contemplado desde el meandro Omega.

El *sheikh* asintió con la cabeza, una y otra vez. Y me corrigió. No fueron cientos de «luces», sino miles. Ellos lo sabían muy bien porque, a la hora de hacer pan, las contaban...

Y refirió algo nuevo para este explorador. Apuró la enésima taza de café y comentó:

—Es la segunda vez que las veo en mi...

Supuse que hacía alusión a las misteriosas «luces».

—La primera fue hace ya mucho tiempo, cuando vivía en... Entonces, una noche... Fue en el verano...

«Verano» lo dijo en árabe *(eṣ ṣif)*, y también la siguiente matización, agosto *(ghusht* o *gŭšt*, no estoy seguro).

—Aparecieron miles de «estrellas»... Los judíos dijeron que había nacido un rey cerca de Belén, pero yo...

¿Un rey? ¿En Belén? ¿Miles de «luces»?

Intenté ajustar la fecha, pero no fue fácil. Afortunadamente, «verano» y «agosto» fueron pronunciadas en *a'rab*. De haberlo hecho en arameo, probablemente no hubiera prestado atención. Los judíos, como ya indiqué en su momento, utilizaban una sola palabra para mencionar dos meses, provocando numerosas confusiones. Enero, por ejemplo, se decía *tébet* o *sebat*. Los *badu* aborrecían la falta de precisión, y por eso utilizó el árabe a la hora de marcar la época y el mes. Y digo que no fue sencillo porque, como buen beduino, el *sheikh* de Beit Ids no sabía cuándo había nacido. Desconocía su edad, aunque recordaba lo que le contó su madre respecto al nacimiento. Se produjo, al parecer, en mitad de un gran terremoto, en el tiempo en que Herodes el Grande combatía a los nabateos (1). Fue así, paso a paso, con una paciencia infinita, como llegué a la conclusión, siempre provisional, de que las «luces» vistas por el jeque pudieron aparecer en la noche del día 20 (repitió *eshrīn*: día 20) del mes de agosto del año séptimo antes de nuestra era. El *sheikh* se hallaba en las proximidades de Hebrón, al sur de Belén, cuando contempló los miles de «estrellas», moviéndose de sur a norte.

¡Ésa fue la víspera del nacimiento del Hijo del Hombre!

—Yo acababa de celebrar mi primer matrimonio con...

Pero ¿por qué no terminaba las frases? Tenía que averiguarlo. Quizá más adelante, cuando me hubiera ganado su amistad...

¿Y por qué hablo de noticias «excelentemente inventadas»? A decir verdad, inventé poco...

(1) Al retornar al Ravid, «Santa Claus» confirmó los cálculos. El *sheikh* pudo nacer en la primavera del año 31 a. J.C. En esas fechas se registró un gran seísmo al sur de Israel, tal y como explica Flavio Josefo en su libro *Guerras de los judíos* (1, 14). Sólo en la Judea perecieron más de treinta mil personas. Herodes el Grande pudo salvarse porque se hallaba, con su ejército, en campo abierto. En ese tiempo, Herodes era aliado de Marco Antonio y de la célebre Cleopatra VII, la reina de Egipto. Herodes ofreció su ayuda a Marco Antonio en la lucha contra Octavio, pero el amante de Cleopatra lo envió al sur para frenar el empuje del ejército de Petra. En el mes de enero del año 26, por tanto, el *sheikh* de Beit Ids contaba cincuenta y cinco o cincuenta y seis años de edad, aproximadamente. *(N. del m.)*

El *sheikh*, entusiasmado, me obligó a volver sobre el tema principal, y proseguí la historia del Príncipe. Conté que era un Hombre sabio, discreto, y con una *hash* («suerte») milagrosa. Era generoso y compasivo, como correspondía a todo buen jefe.

—¿Y qué busca un hombre así en mis tierras y en las de...?

Fue la parte comprometida. No quería mentir. Ignoraba si el Maestro deseaba permanecer en aquel lugar, o si sólo estaba de paso. Y me dejé guiar por la intuición.

—Él espera una señal...

—¿Aquí, en este lugar olvidado y...?

—Eso creo —retrocedí prudentemente—. Una señal de los cielos, de su Padre...

—¿Y para qué necesita una señal si...?

Traté de adivinar su pensamiento.

—No lo sé. Sólo soy alguien que camina a su lado, y que da fe de lo que hace, y de lo que dice...

—¿Tan importante es como para...?

—¿Como para ser acompañado por un escriba?

No le gustó que cerrase la frase. E inició otra, inmediatamente. Poco a poco fui aprendiendo...

Finalmente, pude formular la pregunta clave, la que me había llevado a su presencia.

—¿Lo has visto?

El *sheikh* me contempló con incredulidad.

—¿Has perdido al Príncipe que, además, es...?

Se rió, burlón. Y los esclavos, el negro y el judío, rieron la gracia del amo. Al fondo, en la oscuridad de la puerta, las beduinas también rieron.

Soporté el reproche en silencio. Ellos no lo sabían, pero era merecido. Yo lo había perdido, en efecto, una vez más...

—No importa —se apresuró a suavizar el jeque—, si permanecéis en Beit Ids, yo os enseñaré a empezar, y a empezar, y a empezar, y...

En esos momentos no entendí. E insistí:

—Pero ¿lo habéis visto? ¿Está aquí?

Y a su manera, colgando las frases en el aire, sin rematarlas, explicó lo que ya sabía, más o menos...

El Maestro se presentó en la casa principal y saludó. Eso fue suficiente para obtener lo que denominaban el «vínculo de la sal»: la protección del solicitante, tanto a efectos de comida como de refugio y de seguridad. Era la hospitalidad beduina. Si alguien, nómada o extranjero, pronunciaba el célebre «*es salām'ali kum*» («la paz sea con vosotros»), automáticamente recibía la *dorah*, la total protección de la tribu. No había condiciones, al menos durante tres días y un tercio. Ésa era la norma de los *badu*. Ellos imaginaban que, durante tres días y un tercio, la comida del anfitrión permanecía en el cuerpo del invitado. Después, la *dorah* desaparecía. En esos momentos, la hospitalidad podía ser renovada, o no. Y lo llamaban «vínculo de la sal» porque, aunque el dueño de la tienda, o de la casa, sólo pudiera ofrecer un puñado de sal, el visitante quedaba bajo su protección, y a salvo de cualquier peligro, aunque fuera un delincuente.

El *sheikh* le garantizó «un lugar donde pasar la noche», un *mabat*, la cueva, y también comida. La anciana beduina que nos acompañó era su primera esposa, la principal. Después, como ya relaté, el Galileo volvió a Beit Ids. A partir de esa noche, en el poblado lo llamaron «Yuy». Supuse que por haber regresado dos veces. «Yuy» significa «dos» en árabe. Los *badu* eran así. Todos recibían un sobrenombre, fueran o no del clan. Yo también fui «bautizado»…

Y tras no pocos rodeos, el *sheikh* me proporcionó una pista. En sus dominios, naturalmente, no se movía una hoja sin que él lo supiera. Su gente, esa mañana, vio a Yuy en las cercanías del monte de la «oscuridad». Eso creí entender.

¿Qué era el monte de la «oscuridad»?

Señaló hacia el nordeste, y mencionó un par de palabras decisivas: *žnun*, o quizá *yenún*, y «olivos». Era el único lugar en el que no habían sido plantados. Y recordé una colina, a cosa de dos kilómetros de la cueva, que, efectivamente, me llamó la atención en una de las tomas de referencias. Era la octava, según mi particular cómputo, y aparecía totalmente pelada. En aquellos momentos me pareció raro. ¿Por qué carecía de olivos? Yo la designaría posteriormente como la «778», de acuerdo con su altitud.

Cuando traté de profundizar en la información, el jeque evitó el tema, y pasó a otros asuntos. Después comprendí...

Žnun o *yenún* son el plural de *zann* y de *yinn*, respectivamente: los demonios, por excelencia, del mundo *a'rab*. El *yinn* no es fácilmente definible. Según los beduinos de Beit Ids, eran espíritus maléficos, siempre a la caza y captura del hombre. Eran invisibles, aunque podían adoptar múltiples formas: perro, cabra, gacela, mujer o serpiente. A diferencia del *wely*, siempre benéfico, el *yinn* sólo ocasionaba desgracias. Cuando alguien tropezaba, y caía, era obra de un *yinn*. Cuando entraba la enfermedad, o la ruina, en una tribu, era la venganza de los *žnun*. «Habitan el mundo antes que el hombre —decían—, y por eso se sienten celosos; por eso atacan sin descanso, y sin piedad. Son vistos en los precipicios, en las rocas, bajo los puentes, en los cementerios, o en cualquier lugar solitario.» Asaltaban a los viajeros y los dejaban sin sangre, al igual que al ganado. Eran fácilmente reconocibles por los aullidos y, sobre todo, por el *azf*, un silbido sordo y característico que los precedía. Otros hablaban de cánticos melodiosos, de voces dulces, acompañadas de música, e incluso del furioso galope de una caballería. Lo habitual es que se manifestaran durante la noche. Realmente los temían.

Pues bien, la colina «778», conocida en Beit Ids como *ḍlam* («oscuridad»), era el territorio de los *žnun* en aquella comarca. Nadie se acercaba a ella. Por eso aparecía sin cultivar. En la cumbre vivían los diablos de patas de cabra. Los dioses se quedaron dormidos a la hora de formarlos, y por eso presentaban pies de burro, de cabra o de gallo. Eran siempre uno más que la mitad del poblado sobre el que ejercían el dominio. Habían elegido la «778» desde tiempos remotos, pero nadie sabía por qué. Con el paso de los años, la colina fue llamada «oscuridad» porque, si alguien se arriesgaba a entrar en ella, «quedaba a oscuras de por vida», suponiendo que regresase. «Quedar a oscuras» no significaba ceguera, sino locura. En Beit Ids tenían un ejemplo elocuente...

Los beduinos evitaban, por todos los medios, la pronunciación de *žnun*. Era una actitud similar a la de los judíos respecto a Yavé. Practicaban los circunloquios necesarios para no pronunciar el nombre maldito. Cuando hablaban de «monos», «de los que habitan la peña de la oscuridad», o «del que atiza el fuego», todos sabían que se estaban refiriendo a los demonios rojos, sin humo, capaces de atravesar paredes, o de caminar bajo tierra, y de practicar el canibalismo. Como es fácil de suponer, las leyendas en torno a los *žnun* crecían y se multiplicaban, de generación en generación. Eran los guardianes de fabulosos tesoros, robados a los caminantes y a las caravanas. Más de uno intentó llegar a la cumbre del peñasco de la «oscuridad» con el fin de apropiarse del oro de los *žnun*, pero el resultado fue catastrófico. Contaban la historia de un tal Hamú, que pretendió subir al monte prohibido. Pues bien, desapareció. Días después, alguien lo encontró en Ezion Geber, en el mar Rojo, a 180 kilómetros, y atado con cadenas a una columna. Nadie sabía cómo llegó hasta esa playa, ni quién lo encadenó. Vivió más de cien años, para que sirviera de ejemplo, comentaban los *badu*, convencidos de la autenticidad del relato.

—Si al Príncipe se le ocurre entrar en la «oscuridad» —resumió el *sheikh*—, puede darse por perdido y por...

No me inquietó la advertencia del jeque. No creía en *žnun*, como tampoco en la *welieh* de la fuente. Lo que sí me preocupaba era el aislamiento del Maestro. Lo más probable es que no hubiera comido en todo el día. ¿Qué le ocurría? ¿A qué se debía aquella actitud?

No era mucho lo que quedaba de luz. El sol, según los relojes de la «cuna», se ocultaría ese martes, 15, a las 16 horas y 54 minutos.

Traté de pensar. No me pareció sensato aventurarme, a esas horas, en la colina de la «oscuridad». Además, ni siquiera era seguro que hubiera ascendido a lo alto del peñasco. Era más prudente regresar a la cueva y esperar. Él tendría que volver...

Fue entonces, al intentar despedirme de mi anfitrión, cuando caí en la cuenta de que no disponía de comida. Y sucedió algo que jamás me había ocurrido: experimenté tal vergüenza, que no dije nada. Llevaba dinero, pero me quedé mudo. Estábamos bajo la hospitalidad de los tres días, y eso incluía las viandas, pero no tuve el valor necesario para exponer mi problema. Por supuesto, subestimé al *sheikh*. Él sí se percató de la delicada situación, y actuó. Me hizo una señal, para que continuara sentado, y reclamó la atención del esclavo judío. Le susurró algo al oído, y el de la oreja perforada se apresuró a cumplir la orden del amo. Y el hombre de las vestiduras blancas rogó que siguiera informándole sobre mi amigo, el Príncipe «Yuy». Así lo llamó, y así lo llamaría en el futuro...

El Príncipe «Dos». No fue mal calificativo...

Y el cielo, supongo, me iluminó. Éramos mensajeros, en efecto, especialmente Él. Mi amigo Yuy tenía el encargo de «despertar» al mundo...

El jeque abrió los ojos, sorprendido, y el atardecer remansó el verde y lo transformó en gris.

—¿Despertarnos? Eso es nuevo y, además, tú sabes que...

Seguí con lo mío.

«Despertarnos», tomarnos de la mano, y alejarnos de la «oscuridad». Ése era su trabajo, y el mensaje del *Sheikh* supremo, su Padre, el «Jeque de las estrellas»...

Algo dijo sobre los *žnun*. Eran muchos y muy poderosos. ¿Cómo librarnos de la «oscuridad»? Imposible...

Pero continué, de la mano de la intuición.

—Por eso está aquí. Por eso se ha arriesgado a entrar en la «oscuridad» —seguí improvisando (?)—, y pronto contemplarás el resultado. La luz es el único Dios que merece la pena...

—¿Y por qué este lugar, tan remoto, tan débil, y tan...?

Acudí a su propia filosofía. Para los *badu*, la cualidad más honorable, la que resume la bondad y la belleza, es el *as sime*, imposible de traducir. Podría entenderse como la protección del débil, por encima de todo. Un beduino *as sime* es capaz de sacrificar su hacienda, familia, amigos y su propia vida, en favor de alguien inferior, o más débil.

—Así es el Príncipe Yuy. Ha venido porque es un *as sime*...

Y subrayé:

—Él no cuenta estrellas, como vosotros. Las estrellas lo cuentan a Él…

—¿Y cuál es esa señal de la que hablabas y por la que debo suponer…?

—Te lo acabo de decir: las estrellas son suyas…

No fui yo quien habló. Eso lo sé ahora…

—Él se dispone a anunciar un nuevo tiempo, sin miedos. Tú y tu gente sois afortunados, sólo por haberlo visto… No es necesario oírle. Basta con verlo. Su poder es tal que levanta los corazones, aunque estén muertos. Yo lo estaba, y ya ves…

El esclavo judío interrumpió la extraña conversación. El jeque no terminaba ninguna de las frases, y yo hablaba por boca de otro…

Dejó a mis pies un canasto, delicadamente cubierto por un paño de tela, y sonrió.

Comprendí. El *sheikh* de Beit Ids hacía honor al vínculo de la sal. Quise darle las gracias, pero no lo consintió. Y exclamó:

—Permite que el débil muestre también su fortaleza. Un *as sime* nunca…

Saludó, a medias, y volvió a la faena de confeccionar nudos. Trenzó el llamado de cruz, pero lo deshizo…

Puro simbolismo, diría yo, y especialmente oportuno.

Retorné a la cueva —¿cómo definirlo?— extrañamente satisfecho. Pero ¿fui yo quien habló? Siempre me quedó la duda.

Nueva decepción.

El Maestro no había regresado. Revisé la gruta, la fuente de la *welieh* y los alrededores.

Negativo. Ni rastro.

Empecé a sospechar que la noticia apuntada por el jeque era cierta. Quizá decidió adentrarse en el peñasco de la «oscuridad». Y las dudas me asaltaron de nuevo. ¿Qué diablos hacíamos en aquel apartado paraje? (Nunca mejor dicho.) ¿Era el desierto del que hablan los textos evangélicos? Evidentemente, Beit Ids no era un desierto, aunque, según los *badu*, disponía de una notable colonia de demonios. ¿Qué tenían que ver los *žnun de* la colina «778» con lo supuestamente ocurrido después del «bautismo»? ¿Me estaba volviendo loco de nuevo?

Tenía que distraerme, y desterrar aquella mala tropa de estupideces.

Empezó a oscurecer.

Hice un buen fuego. Al principio, en el interior de la caverna. Pero, al poco, al recordar el incidente con el saco de viaje del Maestro, sentí cierta inquietud, y opté por trasladar las llamas al exterior, en mitad de la senda. Hoy puedo confesarlo: no fue inquietud, sino puro miedo...

Y me consolé: de esta forma, con un fuego en el camino, Él podría orientarse, en el caso de que decidiera emprender el regreso a la gruta. Otra excusa para sofocar esa naciente «inquietud» de la que hablo...

No sé explicarlo, pero supe que esa noche sería especial...

Y unos singulares fantasmas empezaron a rondarme. No sé si fue real o fruto de mi imaginación, pero todo, a mi alrededor, se transformó en «alguien» que me observaba.

Entonces empezaron los aullidos. En un primer momento, lejanos, hacia el norte, en las perdidas masas del olivar. Eran casi gemidos, agudos e interminables. Y la «inquietud» creció...

Recuperé el cayado y, cuando me disponía a salir de la gruta, la pequeña esfera de piedra me llamó con su «nube» azul. La atrapé y volví a sentarme junto a la hoguera. Y allí permanecí un tiempo, pendiente de los destellos de la ortoclasa, y de su secreto: el desconcertante «755» que flotaba en su «corazón». Lo dije. El solo contacto con la esferita me tranquilizaba. Era como si hablara...

Y los aullidos prosiguieron, ahora más rápidos y cercanos. Se respondían los unos a los otros. Yo sabía de la existencia de lobos en la región, los célebres lobos de pelaje rojo y collar blanco, veloces y gregarios. Los beduinos no tenían piedad con ellos. Cuando capturaban uno, vivo o muerto, las mujeres del poblado permanecían horas frente al animal, insultándolo y arrojándole piedras. Era la victoria del hombre sobre los *žnun*.

Y a pesar de la seguridad que me proporcionaba la

«vara de Moisés», los aullidos, cada vez más próximos, me pusieron en tensión, y los vellos se erizaron.

Pensé en el Maestro. Si se hallaba en la colina de la «oscuridad», la manada estaba muy cerca. Tenía que oírlos. ¿Por qué no regresaba? Quizá lo hiciera durante la noche. ¿O no?

La colina de la «oscuridad»... ¿Por qué eligió semejante lugar?

Y, de pronto, coincidiendo con el ocaso lunar, casi a la una de la madrugada, los aullidos cesaron.

No sé qué me alarmó más: los lobos rojos de Beit Ids, o el súbito silencio.

No lograba entender. ¿Por qué cesaron los aullidos? Y tuve un presentimiento. Algo estaba a punto de ocurrir. Algo «familiar», que yo ya había vivido, y no muy lejos de allí...

Apreté la esfera entre los dedos, con fuerza, y me preparé. No sé cómo lo supe, pero lo supe...

Y el silencio se hizo espeso, como el miedo.

Casi no respiraba.

Miré a mi alrededor y, de pronto, comprendí. Me encontraba en la peor de las posiciones, claramente visible, junto a las llamas. Si alguien acechaba, era un blanco fácil. Si los lobos habían llegado hasta la senda y atacaban, estaba perdido. Tenía que buscar un refugio adecuado.

Pensé en la cueva.

Sí, eso haría...

Me hice con algunas ramas de almendro, prendí fuego y las situé, estratégicamente, en la breve rampa del túnel de entrada. Si los lobos intentaban penetrar en la gruta, primero tendrían que sortear las antorchas. No lo harían...

Después iluminé la cueva hasta donde fue posible y procuré tranquilizarme. Fui a sentarme en el túnel, entre las teas que clavé en el terreno, y esperé. En la senda danzaba la hoguera que había preparado inicialmente. Si alguien se acercaba, lo vería de inmediato...

Y pasó el tiempo, pero nada ocurrió.

Comprendí.

Me había precipitado, una vez más. Todo eran suposiciones y, probablemente, consecuencia de una imaginación calenturienta, alterada por la soledad y por las historias de los *žnun*.

Pero ¿y los aullidos? Eso no era mi mente...

Decidí permanecer ocupado. Era lo mejor. Y el estómago reclamó lo que le pertenecía.

Examiné la cesta y comprobé que el *sheikh* se había mostrado generoso: además de las habituales aceitunas, en salmuera, y de los dátiles, el jeque nos obsequió con un *mensaf*, dos patas de cordero, cocidas en leche fermentada y aromatizadas con especias. Al lado, una ración de *malleh*, otro pan típico de los *badu*, grande y fino como una sábana, obtenido sobre el *sag*, un instrumento de hierro abombado, de un metro de diámetro, que situaban sobre el fuego y en el que depositaban la masa, a veces empapada en mantequilla y miel. El *malleh* era un pan obligado con la carne. Lo doblaban delicadamente y lo consumían a pellizcos. Un buen *malleh* alimentaba a una familia durante una o dos jornadas. Y de postre, varias «pastillas» de *halwa*, otra de nuestras debilidades...

¿Qué hacía? ¿Seguía esperándolo? Era tarde. Él no se presentaría... ¿O sí?

Y opté por lo más sensato: devoré mi parte, y guardé el resto en la caverna, colgado de la viga central.

Después volví a mi posición. Me senté en el túnel, entre las nerviosas antorchas, coloqué el cayado sobre las piernas, y permanecí con la vista fija en la hoguera que ardía en la senda.

Todo era silencio.

Y ocurrió lo que tenía que ocurrir. Al poco, vencido por las emociones y por el cansancio, empecé a cabecear.

Desperté, sobresaltado, en una o en dos oportunidades.

Todo continuaba sin novedad, excepción hecha del silencio. No me gustó, no era normal...

Pero, sin posibilidad de gobierno, volví a inclinar la cabeza y caí en otro sueño.

Entonces soñé. ¿O no fue un sueño?

En la oscuridad, frente al arco de entrada de la cueva, surgió una sombra. La vi perfectamente, recortada contra la iluminación exterior. Inexplicablemente, no me alteré.

Era una sombra pequeña. Podía medir un metro y veinte centímetros, como mucho.

Permaneció unos segundos observando el interior del túnel. Dio un paso, y creí distinguir una figura humana, pero no estoy seguro.

Y siguió avanzando hacia quien esto escribe...

Después, nada. El «sueño» (?) se extinguió.

Al despertar (?), noté un sudor frío. «Otra pesadilla», pensé.

Pero...

¿Cómo era posible? Estaba a oscuras. Las teas se habían apagado, incluidas las del interior de la gruta.

¿Cuánto duró el «sueño»? ¿Había dormido más de dos horas, tiempo previsto para consumir las estacas y palitroques? No supe qué pensar. Era posible, pero...

Y salí al exterior.

La hoguera estaba muriendo. Sólo quedaban las brasas. Sí, me había quedado dormido...

Pero, no sé... El instinto me advirtió. Todo indicaba que las antorchas se consumieron por sí mismas. Sin embargo, la figura fue tan real...

Alimenté de nuevo el fuego y me senté frente a las llamas, desconcertado.

Al poco, obedeciendo un impulso, tomé una de las ardientes ramas y regresé a la caverna. ¿Por qué no lo había hecho? ¿Por qué no inspeccioné la gruta al despertar? Sencillamente, supuse que no había nadie en el interior...

Entré despacio, con la tea en la mano izquierda, y el cayado en la derecha, listo para ser utilizado.

Me detuve al final de la suave rampa y extendí la antorcha, tratando de controlar la oscuridad.

No aprecié nada extraño, al menos en el primer repaso.

Y caminé, atento.

Negativo.

Allí no había nadie. Los sacos, la cesta y la manta del Maestro seguían colgados del roble, inmóviles.

Y me dispuse a retornar a la senda.

Fue entonces cuando me di cuenta. Me agaché sobre la tierra y acerqué la improvisada tea.

Me asombró. Ésa fue la primera reacción. Después, al verificar que no era la única, sentí un escalofrío.

Alcé la mirada hacia la viga, e hice memoria. Estaba seguro. Yo las até, una por una, a los clavos. ¿Como era que habían caído? E intenté racionalizar el asunto. Al consumirse, las estacas que yo amarré a los enganches, lógicamente, cayeron al suelo de la cueva. Este explorador encendió cuatro y, ahora, todas se hallaban en tierra, apagadas. Pero...

Las examiné detenidamente. No era posible. Las teas, confeccionadas con las maderas de tola que hallé en la cueva, aparecían a medio quemar. Además, las cuerdas continuaban en lo alto, amarradas a los respectivos clavos de hierro...

Y volvió el escalofrío.

Alguien arrancó las maderas, literalmente, y las dejó caer. Pero no... Alguien apagó primero las teas y después las extrajo, dejándolas caer. Las cuerdas no presentaban quemaduras, y los nudos continuaban intactos. Alguien, como digo, se tomó la molestia de rescatar las tablas, limpiamente, y arrojarlas sobre el suelo seco y esponjoso de la caverna. No vi señales de hollín, y tampoco pisadas. Las antorchas, necesariamente, fueron apagadas cuando todavía estaban en la viga...

Y reparé en otro detalle, que me desconcertó, y que explicó, a medias, la falta de huellas. Como dije, entre la madera y la bóveda de la gruta, las arañas habían trenzado algunas telas. Pues bien, dos o tres aparecían destruidas. No cabía duda: alguien se movió sobre la viga...

No lograba comprender. ¿Cómo entró en la cueva? ¿Por qué se movía sobre la madera? ¿Por qué apagó las antorchas?

No me quedé a resolver el enigma. Salí de allí a toda velocidad...

Y al cruzar por el túnel me llevé las ramas que había clavado en la rampa. También se hallaban a medio consumir. ¿Cómo no me di cuenta? Alguien penetró en la gruta, probablemente cuando este explorador se hallaba dormido, y procedió al apagado de las antorchas. No disponía de otra explicación. Entonces, la figura que vi en la boca del túnel...

Me negué a aceptar a la *welieh* de la fuente. Yo era un piloto, aunque muy asustado, también es cierto...

Y prometí que no entraría en la caverna por nada del mundo. Al menos, en solitario...

¿Qué hacer? E hice lo único sensato: sentarme frente a la hoguera y permanecer vigilante, con la «vara» entre las manos.

Y así discurrió otra hora. Quizá dos. Todo pareció volver a la normalidad, incluido este torpe explorador.

La madrugada se presentó fría. La temperatura descendió, y tuve que consolarme con el fuego. La manta seguía en la cueva, pero, como digo, no tenía intención de tentar a la suerte.

Y la mirada, sin querer, voló hacia lo alto. El firmamento, espléndido, se hallaba casi al alcance de la mano. Lo disfruté. Ella estaba allí, quizá en la constelación de Leo, en Algieba, un sistema doble, como mi pensamiento: ella y yo. Una estrella amarilla, y otra anaranjada, como mi corazón. Amarillo por lo imposible, y naranja por la esperanza.

Ma'ch y yo. Dos y ninguno...

Y hacia la última vigilia de la noche —alrededor de las cuatro de la madrugada—, todo cambió nuevamente.

Los aullidos regresaron, y quien esto escribe descendió a la realidad, inquieto.

Se oían lejanos, como la primera vez, también en la dirección de la colina de la «oscuridad». Supuse que el fuego los hizo desistir de sus iniciales propósitos. ¿Por eso se alejaron?

Y la imagen de Jesús volvió a mi mente. ¿Habría pernoctado en el peñasco de los *žnun*? En realidad, eso poco importaba. Lo que me preocupaba es que los lobos rojos parecían menudear por la zona. Y me pregunté de nuevo: ¿corría algún peligro el Hombre-Dios? ¿Se hallaba sujeto, como el resto de los humanos, a las contingencias naturales? Me lo planteé alguna vez, pero ahora, al percibir el peligro, la duda fue más intensa.

Prometí averiguarlo, suponiendo que la noche terminara bien...

Y concluyó, naturalmente, pero no como imaginaba.

Al poco, a los lamentos de los lobos se unió la furiosa protesta de los perros de Beit Ids y de los alrededores. Los ladridos, atropellados, delataban la cercanía de alguien extraño.

Me puse en pie y busqué en la oscuridad del bosque de los almendros.

Negativo.

El lío de lobos y perros se incrementó, e imaginé a los *badu* entre los olivos, tan desconcertados como este explorador. ¿Qué sucedía? ¿A qué obedecía aquel escándalo?

Ajusté las «crótalos» y deslicé los dedos hacia la parte superior del cayado. Y mi cerebro «tradujo» los nuevos colores. El rojo de la hoguera se volvió azul, casi negro, y el blanco de los almendros se hizo plata, mezclada con un rojo sangre de las hojas.

No distinguí una sola criatura en los alrededores. Las «crótalos» hubieran detectado el menor cambio de temperatura. Sin embargo, allí había alguien (1). Allí, o muy cerca... Los aullidos y ladridos no eran consecuencia de alucinaciones...

Quizá fue todo simultáneo.

De pronto, como un viejo conocido, apareció el acúfeno. Los pitidos en la cabeza se hicieron intensos. Recordé la garganta del Firán...

Y al levantar la vista las vi.

¡Dios! ¡Otra vez, no!

---

(1) Como ya informé oportunamente, Caballo de Troya nos proporcionó unas lentes especiales de contacto, a las que llamábamos «crótalos», por su relativa semejanza con las fosas «infrarrojas» de estas serpientes, que les permiten cazar mediante las emisiones infrarrojas de sus víctimas. Las «crótalos» detectaban la energía «IR» (infrarroja) por encima de los 700 nanómetros, invisible para el ojo humano normal. Como se sabe, cualquier cuerpo cuya temperatura sea superior al cero absoluto (menos 273 grados Celsius), emite la citada energía «IR». La emisión de rayos infrarrojos está provocada por las oscilaciones atómicas en el interior de las moléculas, y en consecuencia, se halla estrechamente ligada a la temperatura de cada cuerpo. Nuestras lentes eran capaces de detectar variaciones de temperatura del orden de una milésima de grado. *(N. del m.)*

Eran siete «luces», como en el afluente del Jordán. Navegaban (?) en una formación impecable, en «cruz latina».

Me quedé embobado...

¿«Luces» de nuevo? ¿Qué misterio era aquél?

Brillaban con una magnitud próxima al 2, y se deslizaban lenta y ordenadamente, como si disfrutaran de inteligencia. Pero ¿qué tonterías estoy diciendo? ¡Por supuesto que alguien tripulaba aquellas naves! Porque de eso se trataba, sin duda...

Quien tenga oídos, que oiga...

Las vi surgir a la altura de la brillante estrella Spica. Desde allí volaron hacia la constelación de Leo. Fue un vuelo limpio, horizontal, que no dejó duda en la mente de quien esto escribe. Ningún meteorito se comporta así (1).

Y al alcanzar la posición de Regulus, la «escuadrilla» se detuvo.

Los perros y lobos, entonces, arreciaron en sus ladridos y aullidos.

Inspeccioné el bosque, pendiente de cualquier movimiento.

Negativo.

Cuando alcé de nuevo la vista, las «luces» habían empezado a moverse. Lo hicieron por turno. El líder se dirigió hacia la ardiente Sirio y allí «desapareció» (?). Quizá se solapó con la estrella. El resto hizo lo mismo: la segunda voló hacia Orión, la tercera buscó a la no menos brillante Aldebarán, la cuarta se «ocultó» (?) en Pegaso, la quinta fue hacia Capella, la sexta descendió en otro

(1) En ese mes de enero, entre el día primero y el sexto, la Tierra cruzó el enjambre meteórico de las «Cuadrántidas», aunque lo observado en la noche del martes, 15, no guardó relación alguna con dichas «estrellas fugaces». Los meteoros, como es bien sabido, están formados por polvo cósmico, de apenas un milímetro, que se incendia al penetrar, o rozar, las altas capas de la atmósfera terrestre. La velocidad oscila entre once y setenta y dos kilómetros por segundo. Para que un meteoroide pueda ser observado desde el suelo, sus dimensiones no deben ser menores a las de un grano de arena, con una velocidad mínima de caída de veinte kilómetros por segundo. En general, se encienden a ochenta o noventa kilómetros de altura, y se consumen en décimas de segundo o, como mucho, en cinco segundos. (N. del m.)

vuelo lento hacia Andrómeda y la séptima, y última «luz», se proyectó en dirección a la estrella Polar, y allí se «esfumó» (?). Y durante varios minutos, interminables, el firmamento recobró una aparente normalidad. Fui incapaz de distinguir las siete «luces», camufladas, como digo, entre el fulgor de las referidas estrellas y galaxias. Pero estaban allí. Yo lo sabía...

Los lobos, y los perros de Beit Ids, también lo sabían. Alguien vigilaba...

Algo estaba a punto de suceder.

Y sucedió.

La tercera «luz», la que se reunió con Aldebarán, la gigante anaranjada, dio señales de vida. Primero lanzó un destello. Fue como un aviso (?). Pero ¿a quién? Después se movió, e inició un descenso hacia el lugar en el que me hallaba. Lo hizo rápido, sin titubeos.

Y reaccioné. Me fui hacia la hoguera, y pateé las llamas, en un intento de apagar el fuego. Supuse que el resplandor me delataba. ¡Pobre idiota! ¿Cuándo aprenderé?

Al levantar los ojos, la «luz» había modificado el rumbo y se dirigía hacia el nordeste. Se movía más despacio, y con el mismo brillo blanco y radiante.

Los aullidos cesaron. ¿Qué pasó? Sólo los ladridos prosiguieron, aunque no tan encadenados. También los perros percibieron algo. Fui yo quien no comprendió...

La «luz» continuó el descenso, y la vi precipitarse sobre otra vieja «conocida», la colina «778», el peñasco de los *žnun*.

No hubo impacto. No oí el menor ruido. ¿Cómo podía ser?

Al alcanzar la cumbre, la «luz» provocó un gigantesco fogonazo, y todo, a mi alrededor, se iluminó en un color violeta: olivos, montes, firmamento, ropas, los restos del fuego... ¡Todo violeta!

Segundos después, el increíble violeta fue absorbido (?) por la oscuridad, y regresó la normalidad (?).

Era la primera vez que veía una noche violeta, pero no sería la última...

Los perros quedaron mudos, como mi ánimo. Intenté visualizar el peñasco de los *žnun*, pero me hallaba lejos.

Desde la senda sólo se distinguía una masa informe, rodeada del negro de los olivos y de la madrugada. ¿Qué sucedió en lo alto de aquel monte?

Faltaban unas dos horas y media para el amanecer. Y tuve que sujetar la curiosidad, y los nervios.

Si el Maestro se hallaba en la colina de la oscuridad, era más que probable que hubiera sido testigo de la «luz» o, al menos, del resplandor violeta...

Y el Destino, sentado frente a mí, sonrió con benevolencia.

¡Es imposible ser tan torpe!

Alimenté el aburrido fuego, y esperé el alba. Hasta ese instante, todo fue silencio.

A las 6 horas y 38 minutos, los relojes de la nave indicaron el orto solar. Y se presentó un nuevo día, no menos intenso...

Me armé de valor. Entré en la cueva y tomé lo necesario: la cesta, con los restos de la cena, las mantas y la escudilla de madera del Galileo.

Y antes de partir, me paseé brevemente por la caverna, a la búsqueda de algún otro indicio sospechoso. No detecté nada extraño. Los sacos de viaje continuaban colgados de la viga de roble. Pensé en cargar con ellos, pero, finalmente, desistí. Mi propósito era alcanzar la cumbre de la «778», e intentar ubicar al Maestro. Si tenía suerte y daba con Él, trataría de convencerlo para que retornara a la caverna. De lo contrario, esa misma tarde estaría de vuelta. No consideré oportuno trasladar dichos petates. Grave error...

Entonces, al recoger la escudilla que reposaba sobre la paja, la esfera de la «nube» azul brilló entre los dedos. ¿Qué hacía con ella? Decidí llevarla conmigo. Se la entregaría a su dueño y, de paso, preguntaría sobre el origen de la misma. Había empezado a tomarle cariño. La esfera destelló en azul, y comprendí. Era la forma de darme las gracias. La guardé en el ceñidor, con los dineros, y me alejé hacia el este. Poco después, sin perder de vista la «778», abandoné el camino principal, el que se dirigía a la población de El Hawi, y me adentré en los olivares, en dirección al gran peñasco pelado sobre el que vi caer (?) la «luz». Crucé entre las colinas «661» y «800», y fui a topar con un par de rebaños de ovejas, peludas y de largas orejas, que me miraron sin pudor. Ambos eran guiados por sendos burros. Los asnos iban a lo suyo, y no se detuvieron. Ésa era la costumbre en Beit Ids y alrededores: al ganado lo manejaba un onagro, previamente adiestrado. Salvé un riachuelo, de aguas cristalinas, procedente, al parecer, de la colina «800», y avisté mi objetivo: el peñasco de los diablos...

Tal y como había apreciado en las primeras observaciones, la colina de los *žnun* era un todo de piedra blanca, azul, amarilla o roja, según la luz del día. Una vez más, los *badu* exageraban. Allí no se cultivaba, no por la supuesta presencia de los demonios, sino por lo inviable de las rocas, que hacían casi imposible el avance de la más heroica de las matas.

Me detuve al pie del macizo e intenté averiguar cómo llegar a lo alto. No distinguí sendero alguno. Tendría que dejarme guiar por el instinto.

Y empecé a subir. El Maestro tenía que estar en la cumbre. ¿O no?

Entonces lo vi. Salió por detrás de una enorme roca. Era alto y de una flacura de pesadilla.

En un primer instante me alarmé.

Era un anciano, totalmente desnudo, y con la cabeza medio oculta por una olla de hierro, más oscura que la piel del infeliz.

Reía sin cesar, y saltaba, al tiempo que golpeaba el metal con una piedra. No entiendo cómo podía ver.

Lo llamaban *ámar* («luna»), porque «crecía y decrecía», según. Era un *madjnoun*, un poseído de los *žnun*; un individuo —decían— que desafió a los demonios de la colina de la «oscuridad», a la búsqueda de los pretendidos tesoros. Oí toda clase de leyendas sobre *ámar*. Todas falsas, muy posiblemente, pero en Beit Ids las creían, y permitían que se moviera con libertad. No era del clan. Nadie conocía su origen. Habitaba en los alrededores del poblado y se alimentaba de lo que le ofrecían, así como de la leche que ordeñaba. Para eso portaba el pequeño caldero, siempre sobre la cabeza.

Señaló hacia el cielo azul y gritó, entre risas:

—*Žnun!*

El hombre había perdido la cordura...

Y añadió:

—¡Han vuelto!... *Žnun!*

No quise pensar. Los gritos del loco me recordaron las palabras de otro desequilibrado, en la garganta del Firán. Eso no era posible. Los *žnun* no existen...

Continué mi camino, acompañado por el anciano. En el poblado tenían razón: su desvarío era como la luna. Llegaba a un máximo, y menguaba. Después desaparecía durante un tiempo, hasta que lo volvían a ver. Ahora, *ámar* parecía en plena crisis.

—*Žnun!*... ¡Llegaron anoche!...

Pero me hallaba tan absorto en la búsqueda de la cima, y en la localización del Maestro, que no le presté la menor consideración.

Y a media colina, supongo que aburrido, se quedó atrás, campaneando la olla sin interrupción. Lo vi descender, a saltos, como un suicida, entre risas y gritos...

—*Žnun!*... ¡Han vuelto!

Me sentí aliviado.

Y coroné, al fin, el peñasco de la «oscuridad». Fue una sorpresa. La cima era pura roca, moldeada caprichosamente por los vientos y la furia de la lluvia. La «778» era similar a una fortaleza lunar, horadada como un gruyère, y en la que la brisa silbaba amenazante, por muy tímida que fuera. No era de extrañar que los naturales de Beit Ids evitaran semejante roquedal.

Me paseé, atento, pero, en un primer vistazo, no hallé al Maestro.

La erosión había dejado al descubierto buena parte del cemento de las areniscas abigarradas que formaban el «castillo lunar». Me entretuve, curioseando en las vetas rojas, verdes y amarillas de las rocas. En algunas se distinguían fósiles marinos, restos inequívocos del antiguo mar de Lisán, que cubrió la región diecisiete mil años antes.

¿Había vuelto a equivocarme? Allí no estaba el Hijo del Hombre...

Y me dirigí al norte.

Quizá debería haber preguntado al anciano. Rechacé la idea. El demente sólo hablaba de los diablos...

En su cara norte, la «778» aparecía cortada bruscamente. La roca se asomaba a un precipicio más que respetable, de unos ochenta o cien metros de profundidad. Me recordó el acantilado que rodeaba el Ravid. A lo lejos, entre las hileras de olivos, distinguí la ya mencionada aldea de Rakib.

¿Qué hacer? ¿Regresaba a la cueva? Era muy pronto. Hacía una hora escasa que había amanecido. Y opté por sentarme en el filo del precipicio. No lograba entender. Fue la intuición la que me condujo a la «778». Hubiera jurado que el Galileo se hallaba en mitad de aquella desolación...

Está bien. Regresaría a Beit Ids, y esperaría pacientemente. Él sabía lo que hacía. Yo sólo era un *mal'ak*, un pobre y más que torpe mensajero...

Entonces ocurrió. Es difícil explicarlo. Fue una sensación similar a la experimentada en la gruta. Era como si alguien me observara. Sentí, incluso, cómo los vellos de la nuca se erizaban. Alguien estaba a mi espalda. E, instintivamente, me aferré al cayado. En un segundo lo pensé todo. ¿Un animal? ¿Quizá uno de los lobos rojos que había oído la noche anterior? ¿El loco de la olla? ¿Algún pastor de la zona?

No, nadie, en su sano juicio, ascendía a la peña de la «oscuridad».

¿Un *žnun*? ¿Quizá uno de los tripulantes de la extraña «luz» que se precipitó sobre la «778»? Todo eso era ridículo...

Me volví, rápido y dispuesto a descargar el láser de gas, si era necesario.

Nada. Silencio. Sólo vi el silencio, una vez más, entre las rocas.

Pero yo juraría... Allí había alguien... Quizá huyó y se escondió entre las cavidades de la cima...

Tenía que salir de dudas.

Y me dirigí a los peñascos más cercanos.

A los pocos pasos, al rodear una de las moles de arenisca, quedé clavado al suelo.

¡Allí estaba! ¿Cómo no lo había visto? Lo tenía a cinco metros escasos…

Lo observé con atención, y disfruté de la imagen. Se hallaba tumbado en el interior de uno de los alveolos que formaban la piedra. Era increíble. Podía dormir en cualquier parte. Poco importaba que fuera una roca…

Extendí la mano, con la intención de despertarlo, pero me detuve. Regresé al precipicio, me hice con la cesta de la comida y volví frente a la oquedad. Y allí me senté, y lo contemplé a placer, como pocas veces lo hice.

El Maestro dormía profundamente. ¿Cuánto llevaba allí? Ni idea…

Vestía la túnica roja, y se cubría con el manto color vino. El ropón tapaba parte de la cabeza. Dormía sobre el costado derecho, su postura habitual, con la pierna del mismo lado extendida totalmente, y la izquierda, ligeramente flexionada. El brazo derecho ocultaba parte del rostro, mientras la mano descansaba sobre la región del hombro y del omóplato izquierdos. La respiración era dócil y pausada. Los ojos se movían bajo los párpados. Se hallaba en plena ensoñación. Y me pregunté: ¿cómo son los sueños de un Hombre-Dios?

Las suelas de las sandalias aparecían casi blancas. Era la concreción propia de la arenisca sobre la que nos encontrábamos: fundamentalmente, calcita y aragonito. Eso significaba que llevaba tiempo en la colina. Pero ¿por qué? ¿Qué tenía de particular el monte de la «oscuridad»? ¿Por qué nos habíamos detenido en Beit Ids?

Y así permanecí largo rato, velando el sueño de un Dios. Nunca estaré lo suficientemente agradecido…

Y hacia las ocho de la mañana percibí una suave brisa. El cielo continuaba azul, sin asomo de nubes. Cubrí los pies del Maestro con las mantas y decidí echar un vistazo a los alrededores. Mi amigo seguía dormido, y entendí que no debía interrumpir el sueño. Yo sólo era un observador. En realidad, «oficialmente», ni siquiera estaba allí…

Dejé la cesta frente al apacible Galileo y empecé a trazar círculos, tomando como centro el hueco en el que descansaba Jesús. Sentía curiosidad. Durante buena parte de la noche pude oír los aullidos de los lobos rojos, pero

¿merodearon por aquel peñasco? Y lo más importante: si la «luz» se precipitó sobre la cima de la «778», quizá había quedado algún resto...

¿En qué estaba pensando? ¿Restos de qué?

La intuición nunca traiciona. Al poco, en una de las elevaciones del terreno, descubrí excrementos de animales. Pertenecían a dos tipos de mamíferos. Unos, muy negros, con una de las puntas retorcidas en espiral, parecían de zorro. Probablemente había comido bayas de empetro, o hinojo marino, una de las escasas plantas que prosperaba entre las rocas. Los otros, similares a los de los grandes perros, de color gris, eran de lobo, sin duda. La arenisca había sido arañada con las patas anteriores, otra de las costumbres de estos carnívoros. Por más que indagué, no hallé huellas. El terreno era inapropiado. No importaba. Los lobos estuvieron allí, tal y como suponía. Pero ¿qué buscaban en un paraje tan inhóspito? Allí no había caza, ni tampoco nidos de rapaces. Tuve un presentimiento...

Entonces, cuando me disponía a regresar junto al Maestro, reparé en otro detalle que no era normal. Las heces aparecían sin olor, y totalmente deshidratadas, como si hubieran sido expuestas a una intensa radiación. No supe explicarlo, a no ser que...

Busqué entre las piedras y, efectivamente, la sospecha se confirmó. Los hinojos, habitualmente olorosos, se hallaban amarillos y muertos. Algo los había secado hasta la raíz.

Y en la memoria surgió el resplandor violeta...

¿Fueron los lobos atraídos por la «luz» que se precipitó sobre la colina? ¿Fue esa «luz» la que desecó las plantas y las heces de los animales? ¿Qué clase de radiación se adueñó de las rocas de la «778»? Y lo más importante: ¿existía alguna relación entre las «luces» y Jesús de Nazaret?

Pensé en recoger algunas muestras y trasladarlas a la «cuna». Los análisis podían ser reveladores. Así lo haría, suponiendo que fuera compatible con los planes del Galileo. ¿Y cuáles eran esos planes? Tenía que despejar la duda. No esperaría más tiempo. Se lo preguntaría ahora.

Y con esa intención retorné al abrigo en el que dejé al Maestro.

Sorpresa.

Jesús había despertado, y examinaba, curioso, el interior de la cesta. Al verme, sonrió y exclamó, aparentemente desilusionado:

—Por un momento, yo también creí en los milagros...

Señaló el *mensaf*, y redondeó:

—Parece que el Padre ha oído tu deseo: cordero, mejor que saltamontes...

Así era el Hijo del Hombre, de un humor inalterable.

Se sentó frente a las viandas y no esperó. La ración de *malleh*, los dátiles y el *mensaf* desaparecieron en un suspiro. Estaba hambriento. Y calculé: era muy posible que no hubiera comido en todo el día anterior. En total, más o menos, unas treinta y tres horas de ayuno.

Lo observé, complacido. Acerté al cargar la comida. En cuanto al delicioso cordero, la idea fue del jeque de Beit Ids, no del Padre... ¿O estaba equivocado? Lo que era cierto es que la sugerencia de «cordero en lugar de saltamontes» fue suya, durante la bendición, en la cueva. Pero guardé silencio. Yo también prefería el *mensaf*...

Hallé un Jesús radiante y feliz. Y supe que deseaba hablar. Lo necesitaba.

Entonces pregunté sobre sus planes. ¿Qué pretendía? ¿Por qué se detuvo en aquel paraje? ¿Qué buscaba en la colina de la «oscuridad»?

Desplegó con mimo el paño que envolvía una de las «pastillas» de *halwa*, el apetitoso dulce beduino, y llevó el «turrón» a los labios, saboreándolo. Después se alzó y me indicó que lo siguiera. Caminamos hasta el filo del precipicio. Se sentó en el borde y me invitó a que lo acompañara. Así lo hice, un tanto preocupado por la cercanía del Maestro al vacío. Y la vieja idea rondó de nuevo: ¿podía sufrir un accidente? Por supuesto, guardé silencio. No me pareció oportuno interrumpirlo con semejante pensamiento. Y allí permaneció, con el *halwa* entre los dedos, y las piernas oscilando y jugueteando en el aire. Abajo, a una distancia mortal, el fondo del acantilado...

Esperó a terminar el postre. Jesús era así: cada cosa

recibía el afán necesario, y siempre de una en una. Difícilmente emprendía dos asuntos a un tiempo.

Lo espié con el rabillo del ojo. La brisa despejó el bronceado rostro, lanzando hacia atrás los cabellos. Supongo que meditó bien sus palabras. Lo que me disponía a oír era una especie de «declaración de principios»: la esencia de lo que iba a ser su próxima vida pública.

Y habló. Y lo hizo con pasión, y convencido. Quien esto escribe se limitó a oír y a preguntar. Ojalá fuera capaz de transcribir lo que puso ante mí.

No todo fue simple. Parte de lo que dijo sigue siendo un misterio para este torpe explorador. Lo confieso. Algunos temas me desbordaron y, sencillamente, resbalaron por mi escasa inteligencia. Quizá el hipotético lector de este diario tenga más fortuna que yo...

Jesús me recordó algo que ya había intuido. Aquel lunes, 14 de enero, fecha de la inmersión en las aguas del Artal, fue el «estreno» —las palabras no me ayudan— del Galileo como Hombre-Dios. Como dije, el día del Señor, su «inauguración oficial» como Dios hecho hombre, o como hombre que recibe la naturaleza divina. A partir de ese mediodía, nada fue igual. El viejo sueño de Jesús —hacer siempre la voluntad de Ab-bā— se convirtió en algo inherente (inseparable) a la doble recién estrenada naturaleza del Hijo del Hombre. Hacer la voluntad del Padre Azul formó parte de su sangre y de su inteligencia. Le gustó mi definición: el «principio Omega». Pues bien, ésa era (y es) otra de las incontables ventajas del «principio Omega»: Él guía. Así llegó a Beit Ids. Fue su Padre quien lo llevó prácticamente de la mano. Y la elección, como iré relatando, fue un acierto, con una subterránea lectura simbólica. En eso, los evangelistas acertaron: «... y fue empujado por el Espíritu...» Sólo en eso...

Pero vayamos paso a paso.

Beit Ids fue el lugar elegido para frenar los naturales ímpetus de Alguien que sí estaba en posesión de la verdad, y que deseaba regalar parte de esa luz. Beit Ids, con sus colinas, sus *badu* y sus silencios, fue el paraje idóneo para que el Maestro meditara, sobre sí mismo, y sobre lo que pretendía. ¿Y cuál era su objetivo? Lo repitió por enésima vez: despertar al ser humano, zarandearlo, si era preciso, y anunciarle la buena nueva. No todo era oscuridad. No todo era miedo y desesperación. Él estaba allí para gritar que Dios, el Padre, no es lo que dicen. Él decidió quedarse en la Tierra para destapar la esperanza. Nuestro mundo, por razones que nos llevarían muy lejos, permanece en las tinieblas. Nadie sabe realmente por qué nace, por qué vive, y, sobre todo, qué le espera después, suponiendo que exista algo tras la muerte. Ésa era la clave. A eso vino el Hijo del Hombre: a mostrar la cara de un Dios-Padre que no lleva las cuentas, que no castiga, al que no es posible ofender, aunque lo pretendamos, y que, al imaginarnos, al crearnos, nos regala la inmortalidad. ¡Inmortales desde que somos imaginados! Había llegado la hora de disipar las tinieblas y abrirse paso hacia la luz: el Padre no era el invento de una mente enfermiza, o de un soñador. El Padre es real, como la roca sobre la que estábamos sentados, o como los olivos que nos observaban en la lejanía, desconcertados ante las hermosas palabras del Príncipe Yuy.

Lo miré, sobrecogido. Los ojos, color miel, se habían bebido el azul del cielo. Todo era suyo, porque suya era la verdad. Y ardía en deseos de bajar al mundo y de proclamar ese «reino» tan distinto, y distante, del que pretendían los seguidores de Yehohanan y del Mesías libertador. Un «reino» del espíritu, que sólo podíamos intuir mientras permaneciéramos en la materia. El «reino» del Padre, el que nos aguardaba después de la muerte: el gran objetivo, el único, el verdadero... Ése era nuestro destino: un camino circular. Habíamos partido de Ab-bā y a Él volveríamos, inexorablemente, una vez cubiertas las prodigiosas aventuras de la vida y de la ascensión por los mundos del «no tiempo» y del «no espacio».

No comprendí bien, pero lo acepté. Él jamás mentía. Si aseguraba que el verdadero destino, y nuestra auténtica forma, es espiritual (entendida como energía o luz), yo lo creía. Además de esperanzador, era lógico: el derroche de la vida sólo es comprensible en una «mente» (?) que vive porque imagina...

Pero todo esto —la revelación del Padre Azul a los seres humanos— debía producirse paso a paso. Lo he dicho alguna vez: la revelación es como la lluvia. El exceso o la sequía son perjudiciales. El Maestro lo sabía muy bien. Era necesario esperar, meditar y, en suma, sujetarse a la voluntad del Padre. Y creí entender el significado de las misteriosas palabras: ¿por qué el Hijo del Hombre demoraba tan espléndido trabajo? A mi mente llegó un nombre: Yehohanan...

Tenía toda la razón. Si Jesús hubiera iniciado su período de predicación ese mismo lunes, 14 de enero, ¿qué habría sucedido? ¿Cómo hubieran reaccionado Abner y el resto de los discípulos? Si el Maestro seleccionaba a sus propios íntimos, y arrancaba como predicador, ¿qué clase de reacción habría provocado en el grupo de Yehohanan? Los conceptos eran opuestos. El vidente creía en un Mesías «rompedor de dientes», en un Yavé vengativo, y en un «reino» bajo la hegemonía de Israel. El Maestro pretendía algo más trascendental y revolucionario: despertar la esperanza... para siempre.

No me equivoqué...

El Maestro, inteligentemente, optó por la espera. Sí, paso a paso... El Destino sabía lo que hacía.

Francamente, no envidié su trabajo. Los propósitos del Hijo del Hombre, al menos en aquel «ahora», estaban condenados al fracaso. Él lo sabía y, aun así, se sometió al «principio Omega». Recuerdo que le pregunté sobre el particular, y sonrió, con cierta amargura. «Es preciso», fue su única respuesta. Y mi admiración creció. Él estaba al corriente: los hombres habían hecho un negocio de los dioses, incluido el del Sinaí, y no resultaría fácil. ¿Alzar la voz y pregonar que existe un Padre, pero que nada tiene que ver con los treinta mil dioses del panteón romano o con el Yavé que defendía la pureza racial? ¿Cómo convencer a fenicios, egipcios, mesopotámicos, asiáticos o árabes (1), entre otros pueblos, de la inutilidad de sus

---

(1) Antes de la llegada de Mahoma (siglo VII), los *a'rab* creían en cientos de dioses. Beit Ids era un vivo ejemplo. Una de las divinidades principales era Ka'abu o Kabar, identificada con la estrella matutina o planeta Venus. En otros lugares recibía nombres diferentes, como Kore o Chaabou. Aseguraban que era una diosa virgen, que trajo al mundo a un rey, al que llamaban Dusares. Su antigüedad era remota. Lo representaban como una

creencias y de lo estéril de las divinidades a las que temían? Y, sin embargo, Él prendió la llama...

Creía conocer el porqué, pero lo pregunté. Y Él, dócil, lo explicó como si fuera la primera vez. Quizá lo fue (para mi «ahora»).

Todo tenía un origen único. Su encarnación en la Tierra era consecuencia del Amor.

—¿Amor?

Me observó, y me desnudó. Creo que enrojecí. Obviamente, nos referíamos a «amores» muy distintos...

Yo pensé en ella, pero me equivocaba. Él se refería a otra clase de Amor (con mayúscula). Mencionó la palabra *áhab* (más que enamoramiento).

Y torpe, como siempre, lo interrumpí. Mejor dicho, peor que torpe... No deseaba que preguntara por Ma'ch, y me las ingenié para desviar la conversación. Eché mano de la primera idea que cruzó ante mí. Y ocurrió que ese pensamiento fue la pequeña esfera de piedra que guardaba en el ceñidor. La extraje y se la entregué, al tiempo que me interesaba por su origen.

El Maestro no pareció sorprendido al recuperar la *galgal*, como llamó a la atractiva ortoclasa de la «nube» azul. La examinó y empezó a juguetear con ella entre los dedos. Me arrepentí al instante. Si la esferita escapaba de entre las manos, lo más probable es que se precipitara en el abismo...

---

piedra cuadrada, con ojos. Otros árabes defendían que no nació de una virgen, sino que descendió de los cielos, directamente. En Beit Ids, como en otras zonas habitadas por los *badu*, la festividad de Dusares se situaba hacia el 6 de enero. Y los *sheikh* y demás jefes tenían la obligación de presentar oro, incienso y mirra en el correspondiente altar. La costumbre cristiana relacionada con los Magos, por tanto, era mucho más antigua, y de origen árabe. Adoraban también al sol, a la luna, a Sirio, a Júpiter, a Mercurio y a las Pléyades, entre otros astros, así como a las «piedras negras» que caían del cielo *(Kaaba)* (posibles meteoritos). En este sentido, las leyendas y supersticiones eran inagotables. Existían centros de peregrinación, en los que se veneraba toda suerte de «piedras negras». En tales santuarios se practicaba el *tawwaf*, un recorrido tradicional alrededor del lugar, que significaba «suerte». Cuantas más vueltas, más «suerte». Los árabes preislámicos besaban y acariciaban estas piedras, solicitando toda clase de favores. Sólo en el pequeño poblado de Beit Ids sumé más de treinta dioses, al margen de los espíritus benéficos, los *žnun* y los árboles sagrados. Naturalmente, cada tribu tenía sus propias divinidades. *(N. del m.)*

Contemplé el fondo del acantilado, nervioso. Como dije, el precipicio era respetable: más de ochenta metros...

Jesús, divertido, siguió mareando la *galgal*.

¡Vaya!...

Después, cansado del examen, inauguró otro juego: empezó a lanzarla de una mano a otra...

Noté cómo el sudor apuntaba en mis sienes.

Pensé en rogarle que detuviera el inocente juego, o que me entregara la piedra. No fui capaz.

Finalmente, atento a los saltos de la ortoclasa, procedió a satisfacer mi curiosidad. La esfera le fue regalada en uno de sus viajes secretos por Oriente. Creo recordar que habló de Tušpa, en Armenia, en las proximidades del lago Van (actual Turquía oriental). Pero me hallaba tan desquiciado con la posibilidad de que la esfera se escurriera, y fuera a estrellarse con las rocas del fondo, que casi no presté atención.

—Esto —dijo— es un regalo...

Detuvo el juego y situó la esferita en la palma de la mano izquierda. Y allí la sostuvo, meciéndola. La *galgal* pidió socorro, a su manera. Estoy seguro. Y poco faltó para que me lanzara y la rescatara. Las «nubes» azules eran gritos. Pero la *galgal*, como Ma'ch, era otro amor imposible...

Al menos se había calmado. Y continuó:

—Esto, querido mensajero, es una muestra del amor humano, pero es el *áhab*, el Amor del Padre, el que lo ha hecho posible, y lo sostiene.

Entonces regresó a sus primeras palabras. Todo tiene un origen único, pero los humanos, limitados en la comprensión de Dios, no sabemos distinguir. Una cosa es el amor humano y otra, muy distinta, el *áhab*.

Cerró los dedos y ocultó la esfera. Entonces, pícaro, preguntó:

—Dime, *mal'ak*, ¿crees que tu «amiga» está ahí?

Lo miré, desconcertado. ¿Mi «amiga»?

Asentí con la cabeza, e intenté adivinar sus pensamientos. No lo conseguí. Olvidé que era un Hombre-Dios.

—Pero si no la ves, ¿cómo puedes estar seguro?

—La he visto...

El Maestro sonrió, satisfecho. Y volvió a abrir la mano, mostrándome la *galgal*. Entonces, auxiliado por el dedo pulgar, siguió agitándola sobre la palma.

Y volvió el nerviosismo. Casi no recuerdo su comentario. Sólo sé que la esfera peligraba, y que me lo transmitía en cada destello azul. El abismo la reclamaba. ¿Qué podía hacer?

—Así funciona el Amor del Padre —creo que dijo—. Está ahí, pero no lo veis...

Y continuó jugando y zarandeándola. Iba de una mano a otra, o corría entre los dedos, yo diría que tan aterrorizada como quien esto escribe.

Habló del *áhab*, y dijo cosas memorables, pero sólo retuve ideas. La voluntad, el corazón y mi flaca inteligencia estaban en otro lugar. Curioso: me interesaba más el regalo, el amor humano, que el creador, y sostenedor, del mismo. Así somos...

Dijo que el Amor del Padre era un «fuego blanco», la expresión que confundió a su hermano Judas («Hazaq») durante la ceremonia de la inmersión en las aguas del Artal. «Del Nombre —oyó— ha nacido el fuego del final.» ¿Fuego, o quizá blanco? Y habló del *áhab* como una «llama» *(labá)* que no quema, que no es posible ver con los ojos materiales, pero que «incendia» la nada y proporciona la vida. Dijo que ese Amor es la «sangre» de lo creado. Nace del Padre y circula de forma natural, más allá del tiempo y del no tiempo, más allá del espacio y del no espacio. No es Dios, pero procede de Él, y sólo Él es capaz de generarlo. Sus palabras me recordaron lo que, en nuestro «ahora», conocemos como combustible. Eso podría ser el *áhab* divino: una gasolina que mueve y da vida, y que es mucho más que amor. No se trataría de un sentimiento, tal y como la mente humana lo interpreta, sino de mucho más: pura acción, puro combustible, puro «fuego blanco» que corre por las «tuberías» de lo creado, y de lo increado, pura fuerza (desconocida), sujeta a las leyes del universo del espíritu (más desconocido aún), pura «gravedad» que mantiene y equilibra (totalmente ignorada). Ahora, en la distancia, me arrepiento de no haber prestado mayor atención a sus palabras. Y doy vueltas y vueltas a lo que manifestó, mientras practicaba el supuesto juego con la esfera de piedra, mi «amiga». Entendí que el Amor, como la gasolina, huele, pero ese olor no es la gasolina. Hoy, los seres humanos asociamos determinados sentimientos con el Amor del Padre. Estamos convencidos de que su Amor es eso: sentimientos químicamente puros. Sí y no. Lo que creí entender es que los sentimientos que identificamos como Amor divino no son otra cosa que una consecuencia de esa misteriosa e imparable «fuerza» que brota de la esencia del Padre: el olor respecto de la gasolina, como dije. Y todo, absolutamente todo, depende de esa «energía» (?); una «fuerza» (?), insisto, que está fuera del alcance de la comprensión del hombre, como el arco iris lo está para un ciego de nacimiento. No es posible aproximarse siquiera a la realidad del *áhab*, aquí y ahora. En consecuencia, ¿cómo pretender injuriar o molestar, a ese Amor? ¿Es que un insecto está capacitado para entender la naturaleza de un oleoducto y el sentido del mismo? Él lo insinuó: pecar contra el Padre, contra el Amor, es tan pretencioso como ridículo. El hombre está capacitado para ofender a sus semejantes, y a sí mismo, pero no a lo que está más allá de las fronteras de su inteligencia. De ser así, ese Dios sólo sería un dios.

Y dijo que el Amor, esa segunda «gravedad» que lo cohesiona todo, sea visible o invisible, se derrama sobre nuestra inteligencia, y surge la poesía, la solidaridad, el sacrificio, la bondad, la genialidad, la tolerancia, el humor y, por supuesto, el amor. Es un «descenso» lógico, y natural, previsto en las leyes físicas de lo invisible. Utilizó la palabra *najat* («descender»). Es literalmente correcto que somos una consecuencia del Amor, del *áhab* de Ab-bā. Somos porque Él desciende. Somos porque el Amor nos «incendia», como no podría ser de otra forma. Por eso la justicia es humana. En las «tuberías» de los cielos —eso entendí— sólo circula el Amor. La justicia implica falta de Amor, y eso es inviable en el Padre. Jesús de Nazaret lo expresó con nitidez: «Cuando despertéis, cuando seáis resucitados, nadie os juzgará. En el reino de mi Padre no existe la justicia: sólo el *áhab*.»

El Amor, por tanto, sólo tiene una lectura: se derrama. Es la ley de leyes, la auténtica Torá. El que la descubre, o la intuye, entra en el reino de la sabiduría. Y dijo: «El principio del saber no es el temor de Yavé, como rezan las escrituras. Yo he venido a cambiar eso. El sabio lo es, precisamente, porque no teme.» Ésa fue otra de las claves a incluir en su «declaración de principios»: el miedo no es compatible con el Amor. Él lo repitió hasta el agotamiento, e incluso lo gritó sin palabras al resucitar.

Pero yo, pendiente del amor, casi no presté atención al Amor. La esperanza estaba a mi lado, sentada en el borde del precipicio, pero no supe verlo...

Guardó silencio un rato y me dejó deambular entre los pensamientos, casi todos maltrechos por los nervios. Después volvió el suplicio. Sin decir una sola palabra, lanzó la esfera al aire, a cosa de un metro, y esperó la caída. La recogió con ambas manos, y con gran seguridad.

Mi corazón sí cayó al vacío, como un plomo.

Y repitió el juego.

Me hallaba al filo del abismo, y de un infarto...

Pero el Maestro, hábil, supo atraparla por segunda vez. Obviamente, no me percaté de la secreta lectura del «juego»...

Sonrió, extendió la palma de la mano izquierda y me mostró la *galgal*. Los destellos azules eran angustiosos, lo sé.

Entonces, en un tono grave, preguntó:

—¿Por qué te inquieta esta pequeña luz azul, si disfrutas de una infinitamente más intensa y benéfica?

—¿Una luz? —balbuceé—. ¿Dónde?

Señaló mi pecho y, más serio, si cabe, proclamó:

—En el corazón...

No usó la palabra aramea *leb*, sino *lebab*, con la que indicaban «corazón y mente», como un todo. Para los judíos, la mente residía en el corazón. En esos instantes, confuso por las peripecias de mi «amiga», no detecté la sutileza del Hijo del Hombre. Pero ahí permaneció, inmutable, en la memoria.

Ése no fue el único despiste. Tomé el comentario por las hojas y malinterpreté sus palabras. Sabía que Él sabía lo de mi amor, y me rendí. Imaginé que la referencia a la «luz», en el corazón, era una clara alusión a Ma'ch.

¿Una luz más intensa y benéfica? Ni siquiera me había atrevido a hablar con ella...

Era el momento. Lo supe. Tenía que vaciarme. Nunca más volvería a hablarle de aquel amor imposible. Y lo hice. Él me dejó hacer. Escuchó atentamente. Se lo agradecí...

No sabía cómo había ocurrido. La vi en el tercer «salto» y me enamoré. Sus ojos me acompañan desde entonces. Sabía que estaba condenado al silencio. Ni siquiera ella lo sabría jamás, aunque lo sabía. Las miradas también pesan, también caminan, también hablan. Sobre todo las de ella...

¿Qué hacer?

Por supuesto, no mencioné a Eliseo.

Sabía que regresaría a mi mundo, y que moriría sin que ella supiera de mis sentimientos. ¿O sí lo supo?

Era, y es, toda mi vida, aunque no la vea...

Inspiré profundamente. Me sentí notablemente aliviado.

Él, entonces, me abrazó con la mirada, y, apacible, habló así:

—Querido *mal'ak*, te contaré algo...

Fue así como supe de «K», alguien de quien ya había oído hablar por Jaiá, la esposa del anciano Abá Saúl, y por Yu, el chino. Este último la llamaba «Kui».

Escuché con especial atención y, estoy seguro, también lo hicieron los cielos, y los olivos, y las colinas de Beit Ids. Todos prestaron oído a una historia que, probablemente, es cierta.

«K», o «Kui», era una criatura perfecta, imaginada por el Padre Azul. Hoy la identificaríamos con un ángel, pero, a juzgar por las palabras del Maestro, era mucho más. No importa. Yo la imaginé a mi manera, y Él asintió. Por mucho que pudiera acertar, siempre me quedaría atrás. «K» no era varón, ni tampoco hembra. Era, simplemente. Reunía en su naturaleza —no material— todo lo que podamos estimar como complementario: luz y ausencia de luz, sonido y silencio, realidad y promesas, yo y tú, el uno que produce dos, la fuente que mana hacia el exterior y, sobre todo, hacia el interior, el haber y el no haber, el *áhab* que se basta a sí mismo, pero que no puede detenerse, lo cerrado, que sólo puede ser concebido si está abierto, la quietud y la aspiración, lo que actúa sin actuar, lo amarrado y lo instintivo, la mitad de cada sueño, la libertad y el Destino, lo inminente que nunca es lo que vemos que, a su vez, nos ve, pensar y ser, el rojo del «adiós» y el azul del «vamos»...

Él insistió en el término *qéren*, que podríamos traducir por dual o dualidad. «K», en definitiva, sería lo que hoy entendemos como un ser (?) con la propiedad de presentar, o poseer, dos estados diferenciados e, incluso, opuestos, y mucho más...

Pero un día (?), «K» descubrió que existen el tiempo y el espacio, a los que jamás tuvo acceso. Sintió curiosidad y quiso experimentar. Y se asomó al tiempo. Entonces ocurrió algo nuevo: «K» se dividió en dos. Una parte se hizo mujer; la otra apareció como un varón. Eran las reglas del juego. Si deseaba vivir en el tiempo —es decir, en la imperfección—, tenía que aceptar la nueva dualidad («K» siempre vive en el «Dos»). Y muy a su pesar, «K» mujer, y «K» hombre, siguieron rumbos distintos. A veces coincidieron y vibraron, pero los encuentros fueron breves, y la vida terminó distanciándolos. Ella lo añora, y él, a su vez, la mantiene viva en su corazón, pero ninguno de los dos conoce el secreto de «K». El juego prohíbe la reunión definitiva, al menos en los mundos materiales. Él vive, y ella vive igualmente, y experimenta. Ella crece, y él crece. Ella lo ama, y él la ama, pero no saben por qué. Ignoran que fueron, y serán, «K». Y llegará el momento en el que mujer y hombre retornarán a su primitivo estado —la forma espiritual— y serán «K». Entonces, a su *áhab* natural, habrá sido añadida la vivencia humana, el amor, con minúscula.

Mensaje recibido.

Y me atreví a preguntar:

—¿«K» existe?

La respuesta fue rotunda:

—*Itay!* («¡Existe!»)

—¿Y qué lugar es ése?

—No es un lugar, mi querido *mal'ak*: «K» no vive en el tiempo y en el espacio. De nuevo debo aproximarme a la realidad, pero no es la realidad. «K» vive en la eternidad...

Y empleó el término *'alam*, que en arameo quiere decir «tiempo remoto», en una aproximación, efectivamente, al concepto de eternidad.

Jesús advirtió mi sorpresa, y matizó:

—Todos seréis «K» algún día. A eso he venido: para anunciaros la esperanza. En realidad, la vida es un sueño..., pasajero. Cuando llegue el momento, tú, ella, todos, recuperaréis lo que, legítimamente, es vuestro...

Y puso especial énfasis en la palabra «legítimamente».

—¿Comprendes?

Negué con la cabeza. Estaba aturdido. Lo único que flotaba en mi corazón es que, si la historia de «K» era cierta, y Él, insisto, nunca mentía, mi amor por Ma'ch sí tenía sentido. Era imposible, pero sólo en el tiempo. Si ella y yo éramos «K», ella, o yo, esperaríamos en el *'alam*, en la eternidad.

—¿Comprendes por qué, al descubrir la esperanza, descubres que lo tienes todo?

Y recordé la plancha de madera, obsequio de Sitio, la posadera del cruce de Qazrin: «Creí no tener nada —había grabado a fuego—, pero, al descubrir la esperanza, comprendí que lo tenía todo.»

Y creí entender, igualmente, el significado del extraño sueño de Jaiá, la mujer de Abá Saúl, en el que se presentó un doble Jasón: el viejo, vivo, y el joven, muerto. «Entonces —explicó Jaiá—, el anciano Jasón habló..., y dijo: "Él amaba a 'K' y yo también." Los dos la amábamos, lógicamente...» Pero ¿cómo pudo soñar algo así? ¿Cómo supo...?

El Maestro leyó mis pensamientos, y sonrió, malicioso. Y se adelantó a mi pregunta:

—Yo no sé nada... No soy un *tzadikim* (1). Sólo soy...

Dudó. Lanzó la esferita de la «nube» azul hacia lo alto,

---

(1) Los *tzadikim* eran iniciados en la doctrina secreta de los textos sagrados (Pentateuco). El nombre procedía de la letra hebrea *tzade*, de valor numérico 90, integrada por la *yod* y la *nun*. Estar del lado de lo secreto era *tzad* o *tzadik*. Se los consideraba lo «justo» y lo «exacto», y el fundamento

pero, en esta tercera oportunidad, fui yo quien adelantó las manos, y la atrapé.

—Sí, lo sé —intervine, feliz por la captura—, sólo eres un Dios sin experiencia. ¡Un peligro...!

Jesús mantuvo la sonrisa y, cómplice, añadió:

—Sólo recién llegado... Un Dios recién llegado, como sabes mejor que nadie... Y tienes toda la razón: en breve, seré un peligro...

Le devolví la ortoclasa y continuamos hablando. Fue una jornada muy instructiva. Allí, en la roca de los *žnun*, confirmé lo que había intuido: Beit Ids no era un lugar de paso. Beit Ids fue seleccionado, minuciosamente, para «calentar motores», si se me permite la expresión aeronáutica. En aquel olvidado paraje, lejos de todo, y de todos, en la única compañía de la naturaleza, de los *badu* y de un loco (¿o fuimos dos?), el Hijo del Hombre acometió la preparación de su gran sueño: descubrir la cara amable de Ab-bā, la única posible. Fueron treinta y nueve días de reflexión, de constante comunicación con el Padre de los cielos, y de lo que Él llamó el *At-attah-ani*. No he logrado traducirlo, y dudo que exista una aproximación medianamente certera, salvo para los grandes iniciados. Descomponiendo la expresión aparecen *at* (pronombre femenino que significa «tú»), *attah* (pronombre masculino, que también quiere decir «tú») y *ani* («yo»), todo ello en hebreo. *At*, en arameo, es una palabra de especial significación en lo concerniente a la expectativa mesiánica. Simboliza el «milagro», el «prodigio», o la «señal» que acompañaría a dicho Libertador de Israel. Pues bien, por lo que alcancé a comprender —y no fue mucho—, el *At-attah-ani* consistió en un «proceso» (?) por el que el *At* (lo Femenino, con mayúscula) aprendió (?) a convivir (?) con el *attah* (lo masculino), con un resultado «milagroso»: un *ani* (yo), integrado por la doble naturaleza anterior: la divina y la humana. Quedé tan perplejo como confuso. Fue otro de los misterios que no me atre-

---

del mundo, como reza el libro de los Proverbios (10, 25): «...el justo es construcción eterna». Por supuesto, Jesús de Nazaret era un consumado *tzadikim*, y mucho más... *(N. del m.)*

ví a destapar. Él lo dijo, y yo lo creo. Durante esas casi seis semanas en Beit Ids, las naturalezas humana y divina del Hombre-Dios aprendieron (?) a convivir y a ser «uno en dos». Ése fue el «milagro»: el «tú» (femenino) y el «tú» (masculino) se reunieron en una sola criatura, y apareció el Hombre-Dios. Como dije, escapa a mi ridícula comprensión, y ahí quedó, como un acto de confianza en la palabra de un amigo.

«Uno produce dos», dijo Yu. «Dos es Uno», añade quien esto escribe. De nuevo, la dualidad. De nuevo, «K»...

Como decía Él, quien tenga oídos, que oiga...

De todas formas, lo pregunté. Me quedé más tranquilo:

—¿Deseas que te acompañe, *Mareh* («Señor»)? No molestaré. Sólo te serviré, si lo permites. Mientras tú meditas, mientras haces *At-attah-ani*, mientras hablas con el Padre, mientras preparas la buena nueva, yo cuidaré de lo pequeño. Haré fuego. Conseguiré alimentos. Lavaré la ropa. Estaré atento para que nadie te moleste. Velaré por tu seguridad...

Dejó que me explayara.

—... Con una condición...

Me miró, divertido.

—No más ayunos... involuntarios.

Sonrió con dulzura y asintió en silencio.

—Yo seré el ángel que te sirva...

—No sólo me parece bien, sino, incluso, necesario. Haz como deseas, puesto que lo deseas con el corazón.

—Y otra cosa —lo interrumpí—, no más apariciones y desapariciones. Siempre deberé saber dónde estás...

—Tienes razón —comentó con un punto de ironía—, las apariciones y desapariciones son otro capítulo... En cuanto a mi seguridad, no temas, *mal'ak*...

Señaló al cielo y me hizo un guiño, al tiempo que proclamaba:

—Mi gente está ahí, pendiente...

¿Su gente? Y asocié las palabras a las misteriosas «luces» que había contemplado. Pero no indagué. Fue lo más cerca que estuve de la verdad. Ni Él se extendió jamás sobre el particular, ni este torpe explorador insistió en el enigmático asunto. Creo que tampoco hace falta. El hipotético lector de estas memorias sabrá interpretar esos «signos» en los cielos, siempre tan oportunos...

En suma, la estancia en las colinas de Beit Ids fue un período de especial importancia para el Hijo del Hombre, en el que, entre otras cosas, hizo *At-attah-ani*, algo jamás mencionado y que, desde mi humilde punto de vista, aclara el porqué de su retiro, tras la inauguración «oficial» como Hombre-Dios.

Para quien esto escribe resultó una de las épocas más dulces y didácticas de nuestra aventura en aquel «ahora», a pesar de la *welieh* de la fuente...

Regresamos a la cueva y, tal y como acordamos, este explorador se ocupó de la intendencia y de lo menor.

A la mañana siguiente, jueves, 17 de enero, fui el último en despertar, como siempre. A decir verdad, estaba agotado, y con un considerable déficit de sueño. Fue normal que durmiera diez horas.

El Maestro, siempre considerado, tomó el desayuno y desapareció sin ruido.

Era lo pactado. Él se dirigiría a las colinas, y retornaría antes de la puesta de sol.

Inspeccioné a mi alrededor y me llamó la atención una de las tablas de *agba*, la tola blanca que se acumulaba en uno de los extremos de la caverna. El Galileo había pintado algo sobre ella, y la depositó en la cabecera de la manta sobre la que dormía este explorador. Utilizó uno de los carbones del hogar. En arameo y hebreo se leía: «Te dejo con la *nitzutz*. Estaré con mi gente.»

Nitzutz, la única palabra en hebreo, podía ser traducida como «chispa», pero no en el sentido de chispa eléctrica, partícula incandescente que nace de una fricción, o de algo que se está quemando, o destello luminoso, sino como una «vibración» (?) producida por la letra *yod*, la primera del Nombre santo. Esa *yod* tenía «vida», y, según los iniciados, la «oscilación» la convertía en una de las letras más agudas y más cercanas a la divinidad. De hecho, como digo, forma parte del Nombre o Tetragrama: YHWH (Yavé) o יהוה, en hebreo.

¿Me dejaba, con la *nitzutz*. ¿Qué quiso decir?

Tendría que esperar al atardecer para esclarecer el nuevo enigma, uno de los más sagrados que tuvo a bien revelarme...

Traté de pensar, y organizarme. ¿A qué prestaba prioridad? ¿Empezaba por la comida?

Y sonreí para mis adentros. Aquel Hombre hacía milagros, incluso cuando no estaba presente...

Allí me hallaba, sentado sobre la manta, en mitad de la gruta, y sin el menor temor. Y recordé los miedos de la noche anterior, los aullidos, y las estacas a medio consumir. Ahora aparecía sereno, y capaz de enfrentarme a todos los fantasmas de Beit Ids...

Imagino que el Destino, atento, sonrió burlón.

¿En verdad estaba preparado? No tardaría en descubrirlo...

Decidí ocuparme de las viandas. Las conseguiría en el poblado, como en la jornada anterior. Pero antes bajaría al wadi y me daría un buen baño...

Descolgué el saco de viaje. Lo deposité sobre la manta y procedí a su examen. Tenía que revisar la farmacia de campaña y, muy especialmente, las dosis de dimetilglicina, el antioxidante que luchaba contra el mal que nos aquejaba. Por cierto —pensé—, tenía que tomar una decisión sobre los «tumores». Si deseaba continuar a su lado, mi situación...

Los pensamientos huyeron.

Lo descubrí en esos instantes. No era posible...

Rebusqué entre las escasas pertenencias, pero no lo hallé. Estaba allí. Lo había visto horas antes... ¿O no? Y recordé que no quise trasladar los petates. Eso fue al amanecer del miércoles, 16. Al regresar, no me preocupé del saco. Continuaba colgado de la viga. Acudí a Beit Ids. Me proporcionaron algo para comer, y quedé dormido. Entonces...

¡Maldita sea! En mi ausencia, mientras permanecí en la peña de los *žnun*, alguien abrió el saco y se lo llevó...

Pero...

Me negué a aceptarlo. Sin embargo...

Quizá lo guardé en otra parte —intenté tranquilizarme—. Quizá lo deposité en la caverna...

Negativo.

Yo sabía que no era así, pero puse la gruta patas arriba. Negativo, negativo...

¡Tenía que encontrarlo!

Primero fue la lucerna, junto a la fuente. Desapareció. Oí gruñidos. Después, si no recordaba mal, fue el petate, oscilando. Nadie lo movió. A continuación, la sombra, las antorchas apagadas en el suelo de la gruta, y a medio consumir. Después, el miedo, y este explorador huyendo de la zona...

¿La *welieh* de la fuente?

Pensé también en el Maestro. ¿Pudo hacerse con él, y llevárselo? ¿Y por qué hacerlo? No tenía sentido, aunque Él fuera el principal interesado en que desapareciera...

No, no fue Él. Además, me lo habría dicho. Él fue siempre exquisitamente respetuoso con nosotros. Jamás intervino, o se pronunció, en asuntos puramente técnicos. Sabía muy bien quiénes éramos, y por qué estábamos en aquel «ahora», pero fue como si no estuviéramos.

Negativo.

Jesús de Nazaret no era así...

Bien. Me lo tomaría con calma... Primero acudiría al río, tal y como planeé. Eso me ayudaría a recordar. Lo más probable es que lo hubiera guardado en cualquier parte. Después, empezaría por el principio. Sacaría mis pertenencias y actuaría con frialdad.

Pero ¿y si no lo hallaba?

Muy simple. En ese caso interrogaría al *sheikh* de Beit Ids y lo reclamaría. Nadie robaba a un invitado. Era otra de las normas de la hospitalidad beduina.

Lo recuperaría. El cilindro de acero, con las muestras del Galileo y de los suyos, no podía caer en manos extrañas...

No fue así. No lo encontré. Los esfuerzos resultaron baldíos. El valioso contenedor se había disuelto en el aire. Eso no era posible. A no ser que estuviera sufriendo un nuevo ataque de amnesia...

No, nada de eso. Mis reacciones eran coherentes, y la memoria, igualmente fiel, o más. Tenía que aceptarlo. Alguien entró en la caverna y se apoderó del cilindro.

Examiné el suelo, y el petate, y llegué a una conclusión:

el ladrón no llegó a descolgarlo. La maniobra fue ejecutada desde lo alto de la viga central. El tejido que formaba el saco no presentaba restos de la tierra seca y esponjosa que alfombraba la gruta. Fue izado y abierto. Después, con el cilindro en poder del ladrón, el petate fue colgado de nuevo del mismo clavo del que pendía. El intruso no dejó huellas. Sólo se movió sobre la madera de roble. Pero ¿cómo entró y desapareció? Y los pensamientos corrieron hacia un mismo lugar: las «chimeneas» que había medio inspeccionado, y que se abrían en el extremo izquierdo de la caverna. Por allí fluía el aire. Tenían que desembocar en el exterior. Quizá el ladrón escapó por uno de los misteriosos conductos.

Me aproximé a las bocas de los «tubos», pero tampoco vi rastros o huellas. La distancia al punto más cercano de la viga sumaba casi siete metros, en línea recta. ¿Cómo salvó ese espacio? ¿Se trataba de un murciélago gigante? Rechacé la idea. No tenía conocimiento de esta clase de mamíferos quirópteros en Israel. En aquel tiempo se contabilizaban más de cien especies, todas insectívoras, pero ninguna superaba los veinte o veintitrés centímetros de envergadura. Además, no conozco ningún murciélago con semejantes habilidades...

Y el recuerdo de la *welieh* me intranquilizó. ¿Qué era ese genio, exactamente?

Cabía otra posibilidad. El «ladrón» quizá alcanzó la viga central con la ayuda del techo. Me eché a temblar. Eso era peor que la idea del vampiro... Sólo una serpiente hubiera sido capaz de reptar por la bóveda y deslizarse por la madera. Pero ¿qué clase de ofidio sería capaz de izar un saco, abrirlo y llevarse un cilindro de acero de 18 por 9 centímetros? Eso era igualmente ridículo...

Introduje una de las antorchas en las «chimeneas», pero no acerté a distinguir nada anormal. ¿No acerté o no quise ver? La verdad es que el nerviosismo empezó a ganar la partida y, prudentemente, me retiré de la caverna. Seguiría con el plan previsto. Acudiría al poblado e interrogaría al *sheikh*.

Me puse en camino, pero, al poco, aminoré la marcha, y las intenciones empezaron a flaquear. ¿Qué podía decirle? ¿Que me habían robado unas muestras de sangre, cabellos y dientes? ¿Que eran las muestras de un Hombre-Dios y de su familia? ¿Que alguien, a su vez, pretendía robarlas y trasladarlas a otro «ahora»? Ni siquiera estaba en condiciones de explicar qué era un acero especial *maraging*...

«Justo castigo —pensaría el beduino—. Han robado a un ladrón...»

Además, si los *badu* eran rigurosos, y echaban mano al ladrón, su destino era la muerte. La ley de la sal, de la hospitalidad, era implacable. Si alguien del clan violaba la referida *dorah*, su suerte dependería de la benevolencia del jeque. Lo mínimo que podía ocurrir es que lo sacaran del poblado y le cortaran las manos (1).

Olvidé el asunto.

Lo haría a mi manera. Yo buscaría al ladrón...

Demasiado tarde para dar la vuelta. Los *saluki* me salieron al encuentro, y el de color perla casi me arrastró hasta la casa principal. El hombre de las vestiduras blancas me recibió, como siempre, con la fórmula habitual del saludo beduino, pero cortado por la mitad. Continuaba en el mismo lugar, bajo los olivos, frente al arco de la puerta, y con la larga cuerda entre los dedos. Hacía y deshacía nudos. Los galgos se tumbaron a su lado, y

(1) La tradicional *dorah*, u hospitalidad árabe, nace de una necesidad: en el desierto, todos podemos necesitar ayuda en cualquier momento. De ahí que la *dorah* sea la primera obligación de un beduino, al margen de la identidad del que la solicita. La *dorah* abarcaba dos grandes capítulos: la comida y refugio, y la protección del recién llegado. No estaba bien visto que alguien cruzase por delante de una tienda, o de la casa de un beduino, y no solicitase la *dorah*. El propietario se sentía insultado, y se dio algún caso de asesinato por lo que estimaban como un deshonor. Si la estancia del huésped se prolongaba más de tres días y un tercio, las familias que integraban la tribu se turnaban a la hora de suministrar alimentos, cobijo y protección. Sólo estaba admitido el contacto con los hombres. Las mujeres permanecían generalmente ocultas, o a una prudencial distancia. Cuanto más generosa fuera la *dorah*, más prestigio para el jeque y su familia. Los *badu* sabían del dinero, pero no lo utilizaban. Preferían el trueque y, sobre todo, «la blancura de la cara» (honor y prestigio). El acto de violar la *dorah* recibía el nombre de *bawq*. En el dialecto de Beit Ids podía traducirse por «mentira» o «algo desastroso». Hacer *bawq* era robar al anfitrión, o a su gente, seducir a las mujeres, mentir, emborracharse sin autorización, o no responder a las preguntas del dueño de la *jaima*, o de la casa. (N. del m.)

464

se repitió lo acostumbrado: ceremonia del *kafia*, silencio y, después, las buenas noticias, si las había.

Empecé a sospechar algo raro. ¿Por qué siempre permanecía en el mismo sitio? No aparentaba sufrir ninguna dolencia que lo imposibilitara...

Le hablé del Príncipe Yuy, agradecí su *dorah* y, finalmente, me atreví a hacer una pregunta, relacionada con la cueva. ¿Alguien más tenía acceso a nuestro refugio?

El *sheikh* parecía esperar el sutil interrogante. Retiró el vaporoso *jerd* que lo cubría y apuró otra taza de *kafia*. Me miró directamente y, sin rodeos, preguntó a su vez:

—¿Te han robado, o es que...?

La sorpresa me dejó mudo. Y el jeque comprendió. Bajó la cabeza, y la luz de la mañana iluminó las largas pestañas azules.

¿Cómo lo supo?

Pero su actitud no fue de vergüenza, o repudio. Levantó el rostro, y, a su manera, sin concluir las frases, fue a explicar que debía considerarme un hombre afortunado. Había sido robado por la *welieh* de la fuente. Sucedía en ocasiones, cuando el invitado era notable...

—Pero...

No me permitió continuar. No era un robo vulgar y corriente —aseguró—. Debía sentirme feliz...

En cierto modo tenía razón. Lo sustraído no era común, aunque yo no me sentía demasiado feliz.

Y siguió sorprendiéndome.

Sabía que lo robado brillaba como un espejo (el cilindro era de un acero muy pulido). Siempre sucedía lo mismo. A la *welieh* sólo le interesaba lo luminoso. En otra oportunidad fue una hermosa daga, y también el espejo de bronce de una dama. Y recordé el robo de la lucerna. No salía de mi asombro. ¿Desde cuándo a una *welieh* le atraían los objetos capaces de reflejar la luz? Más aún: ¿desde cuándo creía yo en genios benéficos? ¿Benéficos?

—Ya no te molestará más, porque tiene lo que quiere, y porque...

—Porque tú conseguirás que me lo devuelva...

Negó con la cabeza y sonrió con cierta amargura.

—No comprendo...

Y el jeque explicó que eso era imposible. Nadie debía acercarse a la *welieh*. Ella, además, no lo permitía. E insistió: yo era un hombre con suerte, un *fal*, alguien capaz de atraer la felicidad y la fortuna. Lo definió como *sa dahu tayieb* («el que tiene la mejor suerte»), y al que interesa tocar con la mano. Si el robo hubiera sido obra de los *žnun*, los espíritus maléficos, mi suerte hubiera sido otra. En ese caso —dijo—, quien esto escribe sería un *da* (más exactamente, *da ab medawwer*): un «pie torcido», al que todo le sale mal y del que conviene huir. Sólo con mirar, el *da* traía problemas...

Según el *sheikh*, jamás se había recuperado un solo objeto robado por la *welieh* de Beit Ids. Pero eso —insistió— no debía angustiarme. Él me compensaría, con la condición de que no la molestara...

—¿Molestar a la *welieh*? ¿Es que puedo verla?

—A veces ocurre, si ella lo quiere, y si tú estás...

¡Qué difícil resultaba acostumbrarse a la conversación con el jeque de Beit Ids! Pero no tuve más remedio que aprender a interpretar sus inconclusas frases. Días más tarde, cuando gané su confianza, supe el porqué de esta, aparentemente, absurda manía. En cierto modo, le asistía la razón...

Entendí que podía ver al genio, si me hallaba en el lugar indicado. Y me prometí que lo intentaría. Tenía que recuperar el cilindro.

Y el Destino se burló de mis secretos pensamientos.

¿En qué pensaba? ¿Ver a un fantasma?

El esclavo negro sirvió otro *kafia*, espeso, hirviente y oscuro como el futuro del cilindro de acero.

Tuve una idea. Resultaba sospechoso que los robos hubieran empezado, justamente, la noche de nuestra llegada a la cueva. ¿Estaba el *sheikh* compinchado con el ladrón? ¿Intentaban atemorizarnos y provocar la marcha de Beit Ids? En otras circunstancias, árabe, judío o gentil, ante la noticia de una *welieh* merodeando por los alrededores, no lo habría pensado dos veces. Lo normal es que hubiera «cortado la sal», alejándose de la zona. ¿Era esto lo que buscaba el hombre que nunca terminaba las frases? El instinto dijo que no. Aquella mirada verde y gris no era la de un chiquilicuatro. Pero me arriesgué...

Apuré la taza, y la situación.

—¿Podría negociar?

Y aclaré, naturalmente:

—¿Podría llegar a un acuerdo... con la *welieh*?

El jeque simuló que no comprendía.

—Quizá por tu mediación —me aventuré— pueda lograr que devuelva lo robado. Yo, a cambio, estoy dispuesto a...

Que no concluyera la frase le entusiasmó. La verdad es que ni yo mismo sabía qué podía ofrecer como contrapartida.

—No sé si ella quiere, pero podemos...

—¿Hablar? Sería buena idea, si tú...

—La *welieh* no habla. Ella no es...

—Lo sé, pero...

No supe por dónde respirar. Al jeque, sin embargo, aquel diálogo de locos le fascinó. ¡Al fin había encontrado alguien que lo comprendía!

—La *welieh* sólo gruñe —añadió el *sheikh*—, y a veces...

Entonces no lo soñé. Mejor dicho, no lo soñamos. Jesús y yo lo oímos desde la boca de la caverna. Los gruñidos procedían del ramaje de la encina sagrada...

—Confía en mi buena suerte. Sólo quiero hacer un trato con ella y, de paso...

—¿Un trato con un demonio? Sin duda eres un *fal*. Otro, en tu lugar, estaría con...

—Eso es —repuse, sin saber muy bien a qué me arriesgaba—, un trato. ¿Cuándo? ¿Hoy mismo? ¿Quizá al anochecer? ¿O debo esperar a que...?

—Veo que, además de *fal*, eres inteligente. Consultaremos, y después...

El *sheikh* hizo una señal al *abed*, el esclavo negro, y éste, a su vez, reclamó a gritos a una tal Nasrah. El nombre, en *a'rab*, significaba «gritona», o «mujer insoportable por el timbre de su voz».

—La *faqireh* —anunció el jeque— dirá si sí, o si...

La *faqireh* era una mezcla de adivina, hechicera, gobernadora en la sombra, controladora de dioses y espíritus, médico de urgencias, consejera, y, en definitiva, uno de los miembros más avispados del clan (1).

Estaba claro que las sorpresas, en aquella luminosa mañana, no habían hecho más que empezar. Por la puerta del *nuqrah* vi surgir a una antigua amiga, la anciana *badawi* de la vara de plata, que nos indicó el lugar donde se hallaba la cueva y que, justamente, advirtió al Maestro para que no molestara a la *welieh* de la fuente. Además de la primera esposa del *sheikh*, era la bruja de Beit Ids. Algo me advirtió en el interior. Debería extremar la prudencia con la *faqireh*. La noticia de alguien más poderoso que ella —caso del Príncipe Yuy— no creo que la hiciera feliz.

Presentaba la misma lámina: rostro maquillado como una máscara, todo en verde, el gran anillo, o *nezem*, que atravesaba la nariz, y el enorme collar, o *tagah*, de plata y coral amarillo sobre un negro e incómodo *thob'ob*.

Me examinó mientras se aproximaba al jeque, su marido. Se inclinó sobre el hombre de los nudos, y éste susurró algo a su oído. Hablaron en voz baja. No alcancé a descifrar el breve diálogo. Ella gesticulaba, y parecía negarse. Finalmente, entre maldiciones, fue a sentarse frente al fuego, a mi lado. El esclavo depositó un plato a su alcance, sobre la tierra, y Nasrah me arrebató la taza que sostenía entre los dedos. Lo hizo sin contemplaciones, y, evidentemente, disgustada. La propuesta, o la orden, del

---

(1) Un *faqir*, entre los árabes, era un pordiosero, y también un hombre con una especial capacidad para «ver» el futuro. Si el *faqir* se convertía en un asesino, o en una persona vil, recibía el nombre de *meskin*. Toda tribu beduina presumía de su respectivo *faqir* o *faqireh*, al que acudían regularmente, y al que temían, tanto o más que a los *žnun*. El *faqir* hacía y deshacía negocios, descubría la identidad de los ladrones, sanaba huesos rotos, expulsaba a los espíritus maléficos, aconsejaba la paz o la guerra y, en suma, decidía sobre la suerte de cada miembro del clan. La tribu más famosa por sus *faqir*s era la de los Balawneh. A ella pertenecía Nasrah. Había dos formas de ser *faqir*: por transmisión de padres a hijos, o por merecimientos propios. Estos últimos eran los más considerados, debido al duro aprendizaje. Un aspirante a *faqir* tenía que retirarse al desierto, por espacio de cuarenta días, y ayunar y orar a los dioses. En ese período se le aparecía un *ginn*, que trataba de tentarlo, y de vencerlo. Si el candidato superaba la prueba, y vencía a los *žnun*, en los cielos aparecía una señal, y todo el mundo sabía que el dios Dusares había aceptado a un nuevo *faqir*. Nada nuevo bajo el sol, efectivamente... *(N. del m.)*

sheikh no le gustó. Miré al jeque, pero el hombre del lino blanco se limitó a levantar levemente las manos, indicándome que mantuviera la calma. Así lo hice.

La *faqireh*, entonces, volcó la porcelana sobre el plato. El escaso *kafia* que quedaba en la tacita se escurrió, denso y perezoso. ¿Qué se proponía?

Y esperó. Todos esperamos. El jeque, atento, olvidó los nudos. Sus ojos, ahora casi azules, estaban pendientes de la taza volcada sobre el plato.

El *abed*, no menos atento, aproximó un paño de tela a la beduina. Y la *faqireh*, sin prisas, fue empapando los restos del *kafia*, hasta que el plato quedó limpio. A continuación levantó el rostro hacia el enramado del olivar y cerró los ojos. Aguardó un par de minutos y, súbitamente, inició un cántico, a voz en grito, invocando a Dusares; a Il; a la diosa Ra'at; a los *ba'al* o protectores del hogar; a Halim, el dios de la clemencia; a Ta Lab, otra diosa con forma de cabra montés; a Awm; a Hilal, la diosa lunar; a Sahar y a Sami, los «únicos dioses que escuchan», y a otras cuarenta y cinco divinidades árabes, cada una con su pelaje y sus atribuciones.

Eran las reglas *badu*. Tenía que ser paciente, como había sugerido el *sheikh*. Estaba asistiendo a uno de los actos sagrados de la tribu: la liturgia previa al contacto con los espíritus…

Concluida la recitación, la *faqireh* tomó la pequeña taza de porcelana y, delicadamente, muy despacio, la fue despegando del plato.

Comprendí.

Allí quedaron los posos del *kafia*, en forma de luna negra. La beduina se disponía a «leer» en dichos posos. Era otra de las «técnicas» de adivinación practicada por los *badu*.

Situó la vara en el aire, a corta distancia del plato, y la hizo descender, hasta que el extremo entró en contacto con los posos. Después los removió, una y otra vez, siempre en el sentido de las agujas del reloj, hasta que formó una espiral. Retiró la vara y se acercó a los posos, examinándolos minuciosamente. Y me pregunté: ¿qué demonios estará viendo?

Y empezaron las muecas. Primero con la boca, y con los ojos. Después, a las contorsiones del rostro se sumó el baile de los dedos. Caían sobre el plato, y se elevaban, en una nerviosa danza. El *sheikh*, con el corazón encogido, apremió a la mujer.

—¿Qué dicen los dioses sobre ese acuerdo con la *welieh* y con los...?

No supe si reír o llorar, pero me contuve. Y la primera esposa, haciendo honor a su nombre, gritó un rotundo «no». Después, más alto, repitió la negación. Y así hasta doce veces, si no conté mal.

«Doce veces no.»

Se alzó, y se dirigió al jeque, hablándole de nuevo al oído. Después corrió hacia la puerta del arco de piedra y desapareció. ¿Qué quiso decir con tanto «no»?

Interrogué al jeque. ¿Significaba que no había trato?

—La *welieh* —replicó el *sheikh*— no ha dicho no sino seis veces...

Tenía que adivinarlo. Era el juego del *badawi*. Además, se suponía que este explorador era un *fal*, un hombre con suerte y, por tanto, según los beduinos, doblemente inteligente.

Fue inútil. Me hallaba en blanco. Así que opté por una salida de emergencia, a la altura de las circunstancias...

—Entiendo —manifesté, como si hubiera comprendido, e indiqué la dirección de la colina «778», la de los *žnun*—, pero eso exigirá que *ámar* lo sepa y que...

La alusión al loco de la olla en la cabeza lo confundió del todo.

—¿Y por qué tendría que intervenir ese descerebrado (1) en un trato que sólo...?

No respondí. Lo dejé con la duda y pasé a otra cuestión.

---

(1) El jeque no lo llamó *madjnoun*, o poseído por los demonios, sino *fulan indamag* («individuo descerebrado»), en clara alusión a lo que los *badu* consideraban una pasión amorosa desmedida y enfermiza. De hecho, las beduinas daban a comer a sus maridos, o amantes, siempre en secreto, cerebro de asno *(dimag)*, con el fin de provocar el deseo sexual. Y me pregunté: ¿cuál era el origen de la demencia del anciano «luna»? ¿Había algo más en su locura? *(N. del m.)*

El jeque sonrió, complacido. Ése era el estilo de los *a'rab*: confundir al que se interesa por algo. Y reconoció que aprendía con rapidez. Eso le gustó. Definitivamente, era un *fal*. Así me bautizaron. La gente del poblado y de los alrededores terminó acercándose a quien esto escribe, y solicitaba cualquier cosa que pudiera haber estado en contacto conmigo. Podía ser una piedra, o un trozo de pan. En ocasiones se limitaban a llegar hasta mí, saludar, tocar la túnica, o el cayado y salir corriendo. Si alguien deseaba emprender un viaje, primero acudía a «Fal». Así quedaba conjurado cualquier peligro. Si soñaban con personas peligrosas, o con un *da* («pie torcido» o gafe), me buscaban de inmediato y solicitaban el *fal*. Yo debía responder: *tafawwal* («tómalo»), y el peligro —decían— se esfumaba como el humo del *nuqrah* («hogar»). También me llamaban «Muṛa» (más exactamente, «Muṛa – bab»), porque siempre caminaba detrás de mí mismo. En eso tenían razón...

Y, como digo, me las arreglé para desviar la conversación (?) sobre el robo. Tarde o temprano, recuperaría el cilindro de acero. Eso pensé...

Quise agradecer, igualmente, su hospitalidad, y le hice ver que conocía el mundo de los nudos, y del mar. Si quería, podía enseñarle algunos...

Detuvo la elaboración del que tenía entre manos —un as de guía doble sobre el seno—, y me miró, incrédulo.

—Si supieras de qué hablas —sentenció con gravedad—, no te referirías a ella como un hombre, porque deberías saber que...

—Claro —reconocí mi error—, es la mar... Ella es una mujer que...

Asintió en silencio, y me invitó a que rematara el nudo que estaba trenzando. Lo hice encantado, y añadí una variante que el *sheikh* desconocía: pasé el cabo de unión por el seno, y le mostré un improvisado andarivel, con el que podía transportar una carga, o una persona. Conseguí el efecto deseado. El hombre que nunca terminaba las frases olvidó a la *welieh*, e indagó, gratamente sorprendido, sobre mi relación con la mar. El *sheikh* estaba enamorado, perdidamente enamorado, de la mar.

Vivía en Beit Ids, pero sus pensamientos habitaban muy lejos. Vio el Mediterráneo cuando era un niño, y jamás pudo olvidarlo. Al hacerse adulto acudió ante el dios Dusares, y juró amor eterno a la mar. Cada primavera sacrificaba la mejor de sus ovejas, recogía la sangre y cargaba con ella hasta que llegaba a la orilla de la mar. Allí, en solitario, se introducía en las aguas y vertía el pellejo en el que transportaba la sangre del animal sacrificado. Era su «noche de bodas» con la mar. Una noche cada año...

Su obsesión por la magia de las olas, por el continuo movimiento de las aguas, y por el desdén de aquella «mujer» hacia el mundo eran tales que quiso construirle un templo, en forma de barco, en lo alto de una de las colinas de Beit Ids. El proyecto no prosperó, y la madera terminó en el fuego. Parte del «costillar» languidecía en la cueva que nos había proporcionado. Eran las tablas de tola blanca que examiné en su momento. El frustrado barco tenía un nombre: *Faq* («Despertar»).

Sí, entendí. Todos tenemos un amor imposible...

Cuando pregunté por qué el barco no pudo ser rematado, el *sheikh* se lamentó:

—Ningún *naggar* («carpintero de ribera») creyó en mis sueños, porque dicen que...

—Quizá no has hallado al *naggar* adecuado para un...

—¿Tú crees que...?

—Estoy seguro, y te diré más...

—No es posible... Eso sería magnífico y...

—Puedo consultarlo, siempre y cuando tú...

—Haré lo que esté en mi mano y, además...

—No es necesario...

La «conversación» se prolongó mucho tiempo. Quien esto escribe no salía de su asombro. Al final, nos entendíamos a la perfección. Él quería materializar su sueño —construir un templo a la mar en Beit Ids—, y yo le sugerí algo...

Y casi con el día vencido conseguí separarme del *sheikh* y retornar a la gruta.

El Maestro no había regresado. Y lo dispuse todo para la cena. Encendí un buen fuego, de nuevo en mitad de la senda, y preparé las viandas, obsequio del jeque. La noche se presentaba tan fría como las anteriores, pero dispuse la fogata frente al arco de ingreso a la caverna, por «prudencia». No creía en la *welieh*, pero no estaba de más que estableciera cierta distancia...

Jesús apareció puntual, poco antes del atardecer, tal y como acordamos. Ese jueves, 17, el ocaso del sol se registró a las 16 horas y 56 minutos, de un supuesto «tiempo universal». Lo vi feliz. Procedía del nordeste, probablemente de la colina «778». Traía una vieja canción en los labios. La recordaba del *mézah*, el astillero de los Zebedeo en el *yam*: «Dios es ella... Ella, la primera *hé*...»

Me miró, sonriente, y entró en la caverna. Y seguí oyendo la canción: «...la que sigue a la *iod*... Ella...»

¿Qué significaba la misteriosa letra? ¿Dios es ella? Lo había pensado en el astillero: ¿Dios es una mujer? Tenía que preguntarle.

Cruzó ante mí y, a juzgar por lo que cargaba, deduje que deseaba tomar un baño.

«...Ella, la hermosa y virgen..., el vaso del secreto... Padre y Madre son nueve más seis...»

Y lo vi alejarse por el bosque de los almendros, en dirección al wadi que corría algo más abajo.

Era increíble. Parecía adivinar mis pensamientos. Conforme se distanció, el Maestro alzó la voz, como si deseara que no perdiera detalle del cántico...

«¡Dios es ella! —retumbó la voz profunda del Galileo entre los perplejos árboles de la "luz"—. Ella, la segunda *hé*, habitante de los sueños...»

Finalmente, se perdió por el desnivel y, entre las flores blancas y rosas, quedó prendido aquel extraño «Dios es ella»...

El sol, tan atónito como este explorador, optó por desaparecer, y yo le di los últimos toques a las verduras, al *hummus*, el sabroso puré de garbanzos, especias y aceite, y al *felafel*, otro plato típico de los *badu*, consistente en jugosos filetes de caza. Sólo eché de menos el vino, pero todo se andaría...

Cuando retornó, el Maestro se había cambiado de túnica. Ahora lucía la blanca, sin costuras, su vestimenta habitual, y yo diría que favorita; la túnica regalo de su madre, la Señora, testigo de sus mejores y de sus peores momentos. Se inclinó sobre el guisote de verduras y, tras olerlo, me hizo un guiño de complicidad. Y exclamó:

—Esto sí que es gloria...

Lo perdí en la oscuridad del túnel de la caverna. Y quedé pensativo. Yo juraría...

Al regresar, lo confirmé. El Maestro se había perfumado con el *kimah*. La fragancia dominante era la del sándalo blanco. Y todo, a su alrededor, quedó conquistado por una paz que no percibí hasta esos instantes. Yo fui el primer afectado, sin duda. A lo largo de esa noche, mientras permanecí a su lado, la pesadilla del robo del cilindro desapareció. Fui otra persona. Me sentí sereno, relajado, y con la felicidad sentada en mis rodillas, como pocas veces había sucedido. A partir de ese día, el olor a sándalo en el Hijo del Hombre fue sinónimo de paz interior, o viceversa: ¿su intensa serenidad estimulaba el aceite esencial de sándalo?

Traía una de las maderas de *agba* en las manos. En ella, como dije, había escrito: «Te dejo con la *nitzutz*...»

Cenamos. Al principio, en silencio. La paz tiene esa ventaja: se expresa mejor sin palabras. Después, sin preguntarle, colmó mi natural curiosidad, detallando lo hecho en la roca de los *žnun*: fundamentalmente, hablar con su Padre, y hacer *At-attah-ani*. Se sentía lleno, y dispuesto a regalar. Yo fui el afortunado, en esos momentos, y así lo he trasvasado a este diario. Ojalá disponga de la inteligencia suficiente para saber transmitir tanta esperanza...

Nitzutz, como intenté explicar, es una palabra hebrea, no demasiado clara, ni siquiera para los *tzadikim*, o iniciados en la sabiduría secreta de les textos santos. ¿Por qué la escribió en los restos del barco del *sheikh*? ¿Qué quiso decir? ¿Por qué me dejó con la «chispa»? ¿Qué era esa «chispa o vibración» para el Hombre-Dios?

Pregunté, por supuesto, y Jesús rememoró los lejanos tiempos de Nazaret, cuando casi era un adolescente. Ahora, mi discreta reprimenda en la peña de la «oscuridad» le trajo recuerdos. ¿Reprimenda? Sólo recordé una cariñosa amonestación: «No más ayunos... involuntarios, y no más apariciones y desapariciones.» José, su padre terrenal, también lo reprendió en alguna oportunidad, como consecuencia de sus escapadas a la colina del Nebi. Fue así como nació un juego, ideado por José, para saber qué hacía su imprevisible primogénito. Cada mañana, si Jesús se ausentaba de la casa, tenía que escribir una palabra, o una frase, que identificara el lugar al que pretendía dirigirse, o los propósitos de esa jornada. Y el juego terminó por convertirse en una especie de adivinanza. Jesús escribía una palabra, y el resto de la familia tenía que interpretarla. A la hora de la cena, dialogaban y discutían sobre la cuestión planteada. La mayoría no sabía qué decir, y se quedaba como una estatua. De ahí el nombre final del juego: *şelem* («estatua»). El joven Jesús era el que más se divertía...

Y de esta forma, sin querer, entré a formar parte del *şelem* muchos años después. Él lo agradeció, y yo, infinitamente...

Cada mañana, al partir, el Maestro dibujaba en una de las maderas de tola blanca y me proponía una adivinanza. ¿Una adivinanza? Yo diría que mucho más que eso... Fue una experiencia única, del lado del secreto o *tzad*.

«Te dejo con la *nitzutz*...»

Agitó las llamas con la tabla que le había servido para el *şelem*, y cuestionó, al tiempo que elevaba los ojos hacia el firmamento:

—¿Crees que lo que distingue al ser humano es su inteligencia?

Siguió con la vista fija en las estrellas. Parecía esperar algo...

—Yo diría que sí...

La afirmación no resultó muy convincente, lo reconozco. Tampoco sabía qué se proponía. Quien esto escribe sólo preguntó por el significado de la «chispa».

Él percibió el recelo, y fue directo:

—Ha llegado el momento de abrir tus ojos. Eres un *mal'ak*, y deberás transmitirlo...

Asentí en silencio, pero con la atención puesta en las constelaciones. ¿Se presentarían las «luces» de nuevo?

¿Era eso lo que aguardaba? Creo que el ser humano, en efecto, no tiene arreglo...

—La *nitzutz*, te lo dije, está en el interior...

La oscuridad disimuló mi torpeza. Una vez más, no prestaba atención a sus palabras...

—¿Recuerdas? ¿Por qué te inquietan las luces, si disfrutas de una infinitamente más intensa y benéfica?

Él, entonces, la jornada anterior, al filo del precipicio, hizo alusión a la «nube» azul, a la luz de la *galgal*. Tenía razón. En esos instantes, este explorador se hallaba pendiente de otras luces...

Y repetí lo ya planteado en la roca de los *žnun*:

—¿A qué te refieres, Señor? ¿Una luz en mi interior? No comprendo...

Y Él, efectivamente, me hizo el mejor regalo que pueda recibir un ser humano: la «chispa» —también utilizó la expresión *nishmat hayim* o «Espíritu de origen divino»— es el Padre, en miniatura. La «chispa», o «vibración», es lo que realmente nos distingue del resto de lo creado. La llamó también «regalo celeste» y «don del fuego blanco» (!).

—Estás hablando de la «luz» de la Torá —lo interrumpí como un perfecto estúpido—. El libro de los Proverbios dice que «ella es luz» (6, 23).

—No, querido mensajero. La «luz» de la que te hablo no puede ser generada por el hombre. En realidad, no es «luz». Te lo he dicho, pero sigues pendiente de otras luces. La «chispa» es Él, que desciende. Otro gran misterio: lo más grande, en lo más pequeño. Cada ser humano la recibe. Cada ser humano es depositario del Número Uno. ¿Recuerdas? El Amor *(Áhab)*, lo que sostiene lo creado, concentrado en el interior: el Padre *(Ab)* y el Espíritu *(hé)* en el corazón y en la mente *(lebab)*.

—¿Estás insinuando que el Padre está en mí?

—No insinúo, querido *mal'ak*: afirmo. Esa «chispa» es y no es Dios...

Sabía que no entendería, y acudió, presuroso, a un ejemplo:

—Lo que recibes, ese regalo azul, es el Padre, pero no

lo es, de la misma forma que una gota de agua pertenece al océano, pero no es el océano.

Él habló de esto en las cumbres del Hermón, pero no con tanta minuciosidad.

—¿Una gota de Dios? ¿Y por qué en algo tan torpe y primitivo como yo?

Sonrió, malicioso, y replicó:

—Los filetes de *felafel* estaban en su punto...

Desistí. Ya lo había dicho: la presencia de la «chispa», o de la «vibración divina», o de la gota azul, era el misterio de los misterios. Él sabía por qué, pero no era el momento de revelarlo. Tampoco era la clave. Desde mi humilde parecer, lo importante era la revelación en sí misma: ¡el ser humano es portador del Padre! Para ser fiel a sus palabras: ¡portador de una fracción, de una «chispa», del Amor!

Y continuó hablando, lleno de ternura...

Esa «chispa», como dijo, nos distingue. Es la envidia de las criaturas que viven en la perfección. Sólo «desciende» en los seres del tiempo y del espacio. Algunos «K» —insinuó— se asoman a la imperfección de lo material para llegar a sentir al Padre en su interior...

Entonces, al formular las siguientes preguntas, noté que el perfume cambió. La esencia de sándalo blanco se extinguió, y percibí un claro e intensísimo, perfume a mandarina. ¿Estaba Yu en lo cierto? Y el refrescante olor fue asociado en mi memoria a otro sentimiento: el de la ternura.

—Nunca pude imaginarlo... No es la inteligencia lo que nos distingue del resto de lo creado, sino Él... ¿Y cómo se instala? ¿Cuándo llega? ¿Cómo puedo saber...?

No terminar las frases empezó a preocuparme.

Solicitó calma. Paso a paso. Volvió a elevar el rostro hacia el cielo, y meditó unos segundos. Supuse que no era fácil...

Me miró de nuevo y, en silencio, me entregó la madera de tola. La recibí, sin saber qué se proponía.

—¿Recuerdas tu niñez?

—Por supuesto, Señor...

—Bien, imagina que tienes cuatro o cinco años, e imagina que tienes un palo en las manos...

Empecé a temblar. Algo intuí... Y prosiguió, con un brillo especial en la mirada:

—Ahora supón que soy un perro...

—Pero...

El Maestro dibujó una sonrisa e intentó tranquilizarme.

—Sólo es un suponer...

—Está bien. Ya lo veo: eres un perro...

—¡Vaya, qué rápido! Pues bien, ¿cuál crees que sería la reacción normal en ese niño?

Esta vez, la sonrisa apareció en mi rostro. Levanté el trozo de madera y simulé que lo golpeaba.

Jesús reforzó la sonrisa, y exclamó:

—¡Pégame!

—¿Cómo dices?

—¡Que me pegues!

—¡De eso nada...!

Mantuvo la maliciosa sonrisa, e insistió:

—¡Pégame!

Palidecí. ¿Estaba hablando en serio? Y observé cómo su sonrisa se deshacía...

Me negué, nuevamente.

—Recuerda que eres un niño, con un palo, y yo, un perro...

—¡Ni hablar! ¡No lo haré!

Y arrojé la madera a las llamas.

Él, entonces, aclaró:

—Ese niño ha tomado una decisión, ¿no te parece?

Asentí, todavía con el susto en el cuerpo.

—Pues bien, mi querido *mal'ak*, ésa es la respuesta a una de tus preguntas: ¿cuándo llega la «chispa divina» al ser humano? Cuando el niño toma su primera decisión moral: «No pegaré al perro, porque no es correcto...»

Un suave movimiento, en lo alto, en la negrura del firmamento, desvió mi atención de las palabras del Maestro.

¡Lo sabía! ¡Las «luces» aparecieron! En esta ocasión fueron dos, también blancas, y de una magnitud próxima al 2,1. Las vi «navegar» por mi derecha, con aquel característico, y armónico, movimiento de vaivén. Una surgió a la altura de la estrella Antares. La otra, más al sur, amaneció en la región de Júpiter.

Bajé los ojos y contemplé al Maestro. Se hallaba sentado de espaldas a las «luces». En principio, no podía verlas, pero...

Durante unos segundos permaneció con los ojos fijos en la madera que acababa de arrojar a la hoguera.

«Lástima —pensé—, esa frase no merece el fuego...»

Y con un creciente nerviosismo, siguiendo la evolución de las «luces» con disimulo, procuré no desengancharme de la conversación.

—Interesante, Señor...

Jesús lo notó. Dejó de contemplar la tola, devorada ya por las lenguas rojas, y me miró, aparentemente sorprendido.

—¿Conoces el tema? ¿Te he hablado de la «chispa»?...

—Sí —repliqué mecánicamente—, una vez, o quizá dos (1)...

Las «luces» se reunieron en la estrella Spica, y allí se mantuvieron, inmóviles y camufladas.

—Esto es preocupante —se lamentó el Maestro—. Ahora resulta que no recuerdo lo que digo...

—No, Señor, es que una de las alusiones fue... Mejor dicho, será...

Me detuve, perplejo. «Será en el futuro», estuve a punto de decir. Y opté por guardar silencio. Mi mente no daba más de sí...

La tola blanca se consumió, y quien esto escribe formuló un pensamiento en voz alta:

(1) La primera vez que el Hijo del Hombre me habló de la «chispa» fue en la madrugada del 21 de abril del año 30, en la orilla del *yam*. En aquella oportunidad, el Resucitado dijo: «...Cuando hayáis acabado aquí abajo, cuando completéis vuestro recorrido de prueba en la carne, cuando el polvo que forma el tabernáculo mortal sea devuelto a la tierra de donde procede, entonces, sólo entonces, el Espíritu que os habita retornará al Dios que os lo ha regalado...» También en aquella inolvidable madrugada tuve la ocasión de contemplar una extraña «luz» en el negro firmamento del mar de Tiberíades. «Después», en el Hermón, Jesús haría alusión, igualmente, al gran «regalo» del Padre. *(N. del m.)*

—Ahora comprendo: «Te dejo con la *nitzutz*... Estaré con mi gente.»

Jesús asintió, feliz.

Ninguno de los dos lo expresamos, pero sé que tuvimos el mismo pensamiento: su «gente» eran los de las «luces»...

—¿Decías...?

—Pensaba en tus ángeles...

—¿Pensabas en ti mismo?

—No exactamente, pero...

—Regresa a la «luz» principal, y olvida las otras... Mensaje recibido.

Sí, todavía flotaban muchas dudas en mi corazón. Y, de pronto, movida por esa «fuerza» (!) que siempre me acompaña, apareció en la mente la imagen de Ámar, el anciano desequilibrado que me acompañó en el ascenso a la colina «778». Era una buena pregunta, y se la formulé con crudeza: ¿qué sucede con los seres humanos que no disfrutan de la capacidad de tomar decisiones morales? Los hay a millones. ¿Qué debía suponer respecto a los niños con deficiencias psíquicas? ¿Los habita la «chispa»?

El Maestro me reprochó la duda. No lo dijo así, pero lo sé.

—¿Crees que el Padre olvida a los mejores? Para ocupar esos puestos es preciso mucho valor... Casi todos son «K».

Y añadió, rotundo:

—En esos casos, el Amor desciende mucho antes...

Me sentí avergonzado, y cambié de asunto.

—¿Y dónde reside ese fragmento del Padre?

El Maestro iba de sorpresa en sorpresa. Movió la cabeza, negativamente, y preguntó a su vez:

—¿Por qué malgastas tu tiempo con esas cuestiones? ¿Qué importa cuál sea el escenario en el que habita la *nitzutz*? Te lo dije allí arriba...

Y señaló hacia la peña de la «oscuridad».

Cierto. Él mencionó el interior *(lebab)*. Más exactamente, el corazón y la mente, a un tiempo. Y, obstinado, insistí:

—Pero ¿dónde?

Jesús, que no deseaba retroceder, decidió despabilarme:

—Si tú me dices dónde reside la inteligencia, yo te diré en qué lugar permanece la «chispa»...

Utilizó el término arameo *sokletanu*, y muy hábilmente. *Sokletanu* era sinónimo de «inteligencia», pero en el más amplio sentido de la expresión: capacidad para sobrevivir, sentido de la intuición, posibilidad de expresión en territorios como el de la belleza, la justicia o la generosidad, y facultad de comprensión.

Era imposible. Ni siquiera hoy, en nuestro «ahora», se sabe con seguridad qué es la inteligencia y, mucho menos, dónde descansa. Me rendí. Estaba claro que eran otras las cuestiones que merecía la pena plantear...

—¿Y para qué sirve? ¿Qué gano al recibirla en mi mente?

Jesús rió de buena gana. Supongo que me consideró incorregible. La verdad es que no fue una trampa. Lo de la «mente» se me escapó, sin más. ¿O fue el subconsciente?

—Está bien... tú ganas: en la mente...

—¿En la mente? Pero eso es como no decir nada...

Guardó silencio, divertido. En realidad, siempre era yo quien resultaba desconcertado en aquellos juegos dialécticos. Mejor dicho, en aquellos supuestos juegos dialécticos.

El Maestro recuperó el rumbo de la cuestión, y replicó:

—¡Me asombras, querido mensajero! ¿Podrías decirme para qué sirve que vosotros hayáis «descendido» hasta aquí?

No tuve palabras. Le asistía la razón. Aun así, haciéndose cargo de mi profunda ignorancia, maravillosamente compasivo, me proporcionó algunas pistas:

—¡Él es el Amor!... ¡Él te ha escrito en la eternidad!...

Fue subrayando las expresiones, y dejando que me empaparan lentamente. Creo que no he olvidado ninguna...

—...¡Eres suyo!... ¡Le perteneces, porque Él te ha imaginado, y eres!...

Su asombrosa seguridad penetró hasta los huesos.

—... Dame una razón: ¿por qué tendría que olvidar lo que es suyo?

Silencio. Si era así, lo lógico es que esa fracción divina me habitara. Pero había más.

—¿Qué ganas al recibirla... —inició una pícara sonrisa y terminó la frase— en tu mente?

—Ni idea.

—De nuevo me veo obligado a aproximarme, sólo aproximarme, a la realidad, no lo olvides...

Aguardé, impaciente, al igual que las «luces» que se escondían entre los destellos azules de Spica. Ellas, como yo, no estaban allí por casualidad...

—El descenso del Padre en el ser humano provoca el nacimiento de otra criatura, de la que hablamos en el Hermón: el alma inmortal.

Lo recordaba. Él se refirió a la *nišmah* («alma», en arameo) en una de las inolvidables conversaciones en la montaña sagrada, a lo largo de la última semana en el campamento (1), en agosto del año 25.

—El alma —comenté—, una criatura interesante...

—Una «hija» de la «chispa», aunque ella no lo sepa, de momento...

—¿Qué quieres decir?

Tuvo que hacer un nuevo esfuerzo, lo sé. Las realidades que estaba enumerando no pertenecen al mundo de lo visible y, en consecuencia, no hay conceptos que puedan vestirlas. Se ajustó al mundo de los símbolos, el más adecuado, aunque lejano...

—El alma, como un bebé, nace ignorante, aunque amorosamente abrazada por el Amor. Necesitará tiempo para dar sus primeros pasos, ser consciente de quién es, y hacia dónde dirigirse. Como te digo, al aparecer, el alma no sabe que es inmortal. Lo descubrirá, pero antes debe ocuparse de crecer. Ella será el recipiente que acogerá la personalidad del nuevo ser humano. Ella es la materialización del nuevo hombre, o de la nueva mujer...

Algo sabía al respecto, pero quise oírlo de sus labios. Él jamás mentía...

—Alma inmortal...

El Maestro, consciente de la trascendencia del momento, dejó correr los segundos.

Empezó a notarse el frío de la noche. Me levanté, entré

(1) Amplia información en *Hermón. Caballo de Troya 6. (N. del a.)*

en la cueva y me hice con una de las mantas. Retorné frente al fuego, y cubrí los poderosos hombros del Hijo del Hombre. Después, repetí el comentario...

—Alma inmortal. Eso quiere decir que, una vez imaginados, vivimos para siempre...

El Galileo aproximó las palmas de las manos a la hoguera y dejó que el calor lo recorriera. Me miró con dulzura y percibí el perfume del *kimah*, como una ola...

—Sí, lo hemos hablado... La inmortalidad es uno de los regalos del Padre. No depende de nada. Es un regalo del Amor. Como te he mencionado, el Amor actúa, sin más. No precisa condiciones. No pide nada a cambio. No pregunta, ni tampoco espera respuesta. El Amor sabe. El Amor te cubre, y te arropa, porque sí...

Inspiré profundamente y me dejé embriagar por aquella esencia. Él jamás mentía...

Y, sin palabras, lo abracé con la mirada, tal y como Él tenía por costumbre. Aquel Hombre me devolvió la esperanza. Ahora sí lo tengo todo...

¡Inmortal!

Y redondeó:

—Inmortal, aunque ella no lo sepa, o no lo acepte. El alma está destinada a Él. Terminará donde empezó, aunque no lo entienda. Ella ha sido dotada de lo necesario para elevar al hombre por encima de lo material y, muy especialmente, para buscar el Origen. Con ella nace el pensamiento. Ella es el *naggar* del barco interior. Ella es la responsable de la arquitectura de la personalidad. Ella está preparada para buscar, aunque no sepa qué. La «chispa» le ha concedido el magnífico don de la inquietud, y no descansará hasta que descubra quién es realmente, y de dónde procede. Ella está sujeta a la razón, pero sólo hasta que decida poner en funcionamiento lo que tú llamas «principio Omega»: hacer la voluntad del que la ha creado... Entonces, el alma será también intuitiva, e iniciará la magnífica aventura del sabio que, además, sabe quién es.

Allí mismo, esa noche del jueves, 17 de enero del año 26, supe que el Hijo del Hombre sería destruido. Jesús de Nazaret era un revolucionario del pensamiento.

La nueva cara de Dios no sería bien acogida. Los hombres necesitan un Dios que castigue y que premie. Nunca recibirían con agrado a un Padre que regala, sin más. Ninguno de sus compatriotas aceptaría que el Eterno se convirtiera en una «chispa», capaz de acomodarse en el ser humano. Eso sería la peor de las blasfemias. Yavé estaba donde tenía que estar. Cualquier otra «aventura divina» era contraria a la razón y a la tradición judías. La propia interpretación del concepto «alma» era un caos para los ortodoxos. Conté, al menos, una docena de escuelas rabínicas que lo situaban a diferentes niveles (1), y con signi-

(1) Los judíos del tiempo de Jesús, como ya indiqué, se hallaban influenciados por las doctrinas griega, persa y egipcia, especialmente en lo que a la concepción del alma se refiere. Platón y Aristóteles enseñaron modelos diferentes de alma, ubicándolas en tres regiones del cuerpo: cabeza, pecho y vientre. Mi amnesia, como se recordará, según los caldeos o adivinos, tenía su origen en la posesión de la segunda alma, la del tórax, por parte de un diablo femenino, Lilit. A esta confusión se sumó el propio pensamiento judío, que construyó hasta cinco niveles de «alma»: la *nešamah* (*nišmah*, en arameo), o «soplo» lanzado por Yavé sobre Adán; *nefeš*, o alma vegetativa (puro aliento vital); *yehidah*, o alma superior, sólo alcanzable por los iniciados; *hayyah*, o principio de la vida, y *ruah*, o espíritu. Para la mayoría, *nefeš* era el nivel inferior, similar al alma de los animales, aunque ésta no procedía de Dios, sino de la tierra. Tras el exilio en Babilonia, el panorama se diversificó aún más, y surgieron los ángeles y el *se'ol* («infierno»), complicando la situación de las almas. Después se produjo la influencia oriental, en especial de la actual China, con sus teorías sobre las almas superiores, o *hun*, y las inferiores, o *po*. En total, diez almas en cada cuerpo, con los más peregrinos cometidos. Al morir, todas se separaban, y ahí empezaba el auténtico calvario. Reunirlas no era fácil. Unas permanecían en la tumba, con el cadáver. Otras —decían— emigraban a las Fuentes Amarillas, en el interior de la Tierra, o eran custodiadas en las prisiones oscuras del Conde Tierra. Sólo algunas llegaban al cielo, y permanecían junto al Señor de lo Alto. Como siempre, todo era cuestión de dinero. Los ricos pagaban y aseguraban la salvación, lo más cerca posible de Dios. Los sacerdotes entregaban una bula que así lo acreditaba. El pueblo, sin embargo, estaba destinado a las Nueve Oscuridades, en las referidas Fuentes Amarillas. Su rescate era casi imposible. La locura sobre las almas llegó al extremo de considerarlas casi como manzanas, o granadas, pendientes del gran árbol de la Vida, en la región de los cielos. Ésa era otra de las supersticiones judías. Yavé las hacía madurar en el referido y gigantesco árbol, cuyas ramas se extendían hacia los cuatro puntos cardinales, con unas raíces de quinientas millas cuadradas. Cuando estaban listas para bajar al mundo, Dios las responsabilizaba de cien llaves, equivalentes a otras tantas bendiciones. La labor del alma era conseguir que el ser humano las recitase cada día. Pero no todas las almas eran santas inicialmente. Según los ortodoxos judíos, algunas fueron tentadas por la

ficados distintos. Sólo una minoría, prácticamente invisible, guardaba un remoto recuerdo de lo que es, y de lo que representa, la «chispa» o la «vibración» del Padre Azul. Esas enseñanzas eran conservadas por el grupo de iniciados al que ya me referí: los *melquisedec*, o «príncipes de la paz». Lo supe por Abá Saúl, uno de ellos. El enigmático Malki Sedeq (Melquisedec), como ya informé en su momento, apareció en la Tierra hacia el año 1980 a. J.C. Nadie supo quién era su familia. Fue el auténtico precursor del Hijo del Hombre. Él habló, por primera vez, de la realidad del Padre, y de la «chispa» que habita cada ser humano. Él se refirió al alma, que nace con la llegada de la «chispa», y enseñó que se trataba de una entidad inmortal. Abraham y Moisés heredaron este tesoro, pero, con el paso del tiempo, la torpeza y la mezquindad de los hombres deformaron la luminosa información de Malki Sedeq. *Ruah*, el espíritu, y *nešamah* o *nišmah*, el alma, para los judíos, son dos de los vestigios de aquella revelación (1). Lamentablemente, casi todo se perdió.

«hembra del gran abismo», y así se presentaron en la Tierra. De ahí nació, en parte, la falsa creencia cristiana sobre el llamado «pecado original», atribuido a Eva, y a su compañero, Adán. Si el portador del alma «pecadora» hacía penitencia, Yavé podía perdonarlos (a ambos). Para otros doctores de la Ley, el peligro se hallaba en el sueño. Las almas —decían— salían del cuerpo durante dicho sueño, y viajaban al cielo, a la búsqueda del árbol del que habían partido. Pero, en el camino, eran asaltadas por las fuerzas impuras y podían caer en la tentación. Al despertar, las almas retornaban al cuerpo. Si habían pecado, el portador tenía que pagar. Así prosperó el colectivo de los interpretadores de sueños, que formó parte importante del aparato religioso judío. Los sueños eróticos, por ejemplo, eran una señal inequívoca de los malos pasos del alma durante la noche. Pecar, naturalmente, significaba ofender a Yavé y eso, a su vez, obligaba a pasar por caja (la del Templo de Jerusalén, o la de sus representantes, los sacerdotes, en el resto del país). La frase de Isaías (26, 9) —«Mi alma te desea por la noche»— no admitía discusión. *(N. del m.)*

(1) Las enseñanzas de Malki Sedeq se extendieron en todas direcciones, y llegaron a los lugares más remotos. Con los siglos, también fueron cambiadas, o enterradas. En la lejana China hicieron prosperar el taoísmo. *Shen* era el espíritu que llega, procedente del Padre. Después, el concepto inicial se vio alterado, y se convirtió en un elemento material, que habita en el hombre desde la primera respiración, y que se extingue con la muerte. Los budistas, posteriormente, transformaron el concepto *shen* en *shishen*, o espíritu cognoscitivo, aunque siguieron negando la supervivencia de la personalidad (el «Yo») tras la muerte. Malki Sedeq jamás habló de la reencar-

Y, como sucede siempre, el perjudicado fue el pueblo llano. Nadie sabía a qué atenerse. Y el miedo fue el gran beneficiado. La muerte es incuestionable. Pero ¿y después? ¿Seguimos vivos? ¿De qué depende? ¿Es una cuestión de dinero, de posición social, de educación, de religión, de raza…?

Él lo explicó, como nadie. Y lo demostró. Yo fui testigo de excepción. Pero no adelantemos los acontecimientos…

---

nación, y el budismo rechazó todas sus enseñanzas, depositadas en el taoísmo. También la confusión y el error terminaron cayendo sobre la doctrina que los *melquisedec* introdujeron en Egipto. El *akh*, la «chispa» del Padre, fue demolido por los dioses, y los intereses humanos. Y lo mismo sucedió con el alma, que fue degradándose hasta convertirse en las más diversas creencias: el ave con cabeza humana *(ba)*, o el *ka*, como un «doble» celestial del difunto, capaz de vivir en el más allá. La remota noticia de la «chispa», o fragmento divino, que habita al hombre desde que toma su primera decisión moral, se difundió también entre los africanos, y los pueblos de la actual Europa. Los balubas y los lulúas, por ejemplo, conservan en sus tradiciones el concepto *m'vidi*, en el que reposa la intuición, y del que nace la inteligencia (alma). Entre los hombres del desierto, en especial en los pueblos *badu*, continúa viva la doble idea de espíritu y alma, enseñada también por los *melquisedec*. El espíritu, o «chispa», es llamado *rruh*, muy similar al *ruah* de los judíos. El alma, de carácter vegetativo, recibe el nombre de *nefs*, prácticamente idéntico al *nefeš* (alma inferior) de los judíos. Conviene no olvidar que los hebreos, inicialmente, eran beduinos. Para los *badu*, el espíritu llega al cuerpo humano en forma de pájaro, y procedente de los cielos… Entre los habitantes de lo que hoy conocemos como Europa, la inmortalidad del alma fue siempre una realidad indiscutible. Así lo defendieron los druidas. Y mantenían que, al morir, el alma «despierta» en otro mundo, muy similar al nuestro. Allí, durante un tiempo, desarrolla una actividad parecida a la que ha tenido en esta vida. Las enseñanzas sólo podían proceder del misterioso Malki Sedeq…

El Maestro, en su vida de predicación, se ocupó de refrescar estos conceptos, aunque sus palabras, una vez más, resultaron manipuladas, o pésimamente interpretadas. Uno de los ejemplos más elocuentes es Pablo de Tarso. Aunque se aproximó al sentido original de los conceptos expresados por Jesús de Nazaret, la interpretación final deja mucho que desear. El Galileo habló de una sola alma, e inmortal, a la que Pablo llama *psykhe*. Y se refirió también a la «chispa», o espíritu, llamado *pneuma* por el de Tarso. Al leer la primera carta a los tesalonicenses (5, 23), y la primera a los corintios (15, 44), la deducción es que la única criatura, capaz de aspirar a la inmortalidad, es el *pneuma* o espíritu. Sólo él se beneficia de la salvación. Grave error. Jesús no dijo eso. Jesús habló de una «chispa», o espíritu, que forma parte del Padre (inmortal por naturaleza), y de una alma, inmortal por decisión del Padre. ¿A qué salvación se refirió el Maestro? Todos los seres humanos —repitió hasta el agotamiento— son inmortales por naturaleza. Él no vino a salvar a nadie, sino a recordar que existe la esperanza, pase lo que pase… *(N. del m.)*

Y el Maestro continuó saciando la curiosidad de quien esto escribe. El gran regalo del Amor —la «chispa»—, como habrá intuido el hipotético lector de este diario, era uno de sus temas favoritos. Cuando hablaba de Él, no existía tiempo, ni medida. Ahora lo comprendo. Es la «llave maestra» que abre todos sus mensajes. El Padre nos imagina —Él sabe por qué—, desciende sobre nosotros, nos habita, nos regala una alma inmortal, y nos lanza a la más prodigiosa de las aventuras: buscarlo.

«¿Qué gano al recibir esa "chispa" en mi mente?»

Y siguió enumerando las ventajas...

Esto es lo que recuerdo:

La «chispa» o *nitzutz* —así lo entendí—, es una criatura (?) que contagia, por naturaleza. ¿Y qué transmite el *Áhab* o Amor? Todo, menos miedo. Por eso, el miedo sólo es viable en aquellos que todavía no han descubierto la «chispa». Para el que sabe que está ahí, en el interior, o, sencillamente, la intuye, la bondad es lógica, la acción es continua, la serenidad es irremediable, la misericordia es el paisaje, y la inteligencia es el «principio Omega». La «chispa» —insistió— lo contagia todo. Es su característica. Él es así. Y no hay antídoto. La inmortalidad no tiene retroceso, ni funciona con condiciones. Eres o no eres.

La *nitzutz*, o «vibración» del Padre Azul, es una jugada maestra. Él desciende, y controla. Él vive porque tú vives. Él recibe y emite, del Padre, y hacia el Padre. Hoy la llamaríamos «baliza divina». Él conoce cada milímetro de tu recorrido, porque así lo (te) imaginó, y porque lo hace contigo. Él sabe del número total de tus parpadeos, porque los cuenta. Él sí tiene información de primera mano. Él sabe cómo te llamas, aunque nunca te reclamará. Eres tú quien debe descubrirlo. Será el hallazgo de los hallazgos. Entonces comprenderás todos los «por qué». Él sólo lleva las cuentas de tus dudas, y cada una lo considera un éxito. Si Él deseara la certeza en tu corazón, no habría permitido que te asomaras al tiempo y al espacio. Él es el misterio, desgranado.

La «chispa» es el «piloto» del alma inmortal. Ella gobierna en el silencio, y en la profundidad de las emociones. Ella es la fuente de los sentimientos. Ella es la que susurra la piedad, y la que inspira la confianza. Ella es la intuición, la mirada del Padre. Ella es el cristal que te permite distinguir la belleza. Ella es el Espíritu que te mueve hacia los territorios de la generosidad. Ella es la voz que confundimos con la conciencia. ¿Desde cuándo la mente tiene voz? Ella mantiene el rumbo de tu destino, aunque no lo comprendas, ni lo aceptes. Ella, finalmente, te dejará el timón cuando la descubras (cuando comprendas).

La *nitzutz* es tu mar interior. En todos los seres humanos es diferente. En algunos, serena. En otros, bravía. Puedes navegarla, bucearla y, sobre todo, disfrutarla. Si la dejas hablar, serás un sabio. Por eso, al descubrirla, los hombres enmudecen. Y el silencio es la mejor de las respuestas. Ella es otro mundo (el verdadero), sin salir del tuyo. Ella es el «reino de los cielos», del que tanto habló el Galileo, y que muy pocos comprendieron. Ella no es Yavé, ni remotamente...

La «chispa» no es definible, como no lo es lo inmaterial. Lo «sin fin» no puede ser amarrado con las cuerdas del entendimiento humano, que siempre tiene fin. Todo cuanto me reveló es tan aproximado a la realidad como Omaha al sol. Pero mi deber es transmitirlo...

Y dijo también que la «chispa» —el gran regalo del Padre— es lo que queda cuando te han abandonado, o cuando estimas que el fin te ha alcanzado. Con la «chispa», la soledad nunca es negra, ni rabiosa. Ella siempre parpadea en algún momento, y hace el milagro: la esperanza está a tu lado, pendiente, y convierte la supuesta negrura en penumbra. Somos tan limitados, y poderosos, a un tiempo, que creamos la oscuridad y, en el colmo de lo absurdo, nos la creemos. «Chispa» y oscuridad son incompatibles. «A eso he venido —repitió una y otra vez—. Ésa es la buena nueva: el Padre está en el interior, hagas lo que hagas, y seas lo que seas...»

La *nitzutz* no depende de tu voluntad. Ella desciende, sin más. Eso es un Dios de lujo. No hay trueque. Las condiciones las pone el hombre y, obviamente, se equivoca. El Padre no requiere, ni necesita, no exige, ni tampoco espera. La «chispa» es suya, y a Él retornará cuando concluya la gran aventura del tiempo y del espacio. E insistió:

—¡Confía!

Es la «chispa» la que te hace fuerte, inexplicablemente. Es del azul del *Áhab* de donde bebes, y del que consigues la fuerza de voluntad, incluso cuando caminas detrás de ti mismo…

Es Ella el tronco del que florece la intuición. Cuanto antes la descubras, más y mejor disfrutarás de la característica humana por excelencia. Cuanto más próximo a la «chispa», más intuitivo. Cuanto más intuitivo, más certero. Cuanto más certero, menos necesitado de la razón. Cuanto más lejos de la razón, más al sur de la mediocridad. Cuanto menos mediocre, más tú…

La *nitzutz*, además, contagia la imaginación. Ninguna otra criatura mortal está capacitada para soñar despierta. Es otra de las distancias siderales que nos separan del mundo animal. Ellos, los brutos, jamás podrán crear, o prosperar, porque no disponen de la «gota azul» en el interior. Ellos, los animales, carecen, por tanto, del alma que elabora el «Yo». Ellos no saben quiénes son, ni lo sabrán jamás. Ellos no se hacen preguntas, ni buscan a Dios. No es su cometido. Su única inmortalidad está en nuestra memoria. Al practicar la imaginación, la «chispa» entreabre la puerta del futuro, y muestra cómo seremos: como Dioses (con mayúscula). Dioses creadores de universos que sólo nosotros imaginaremos. En realidad, eso es el Padre: la imaginación por encima del poder. Ahora no lo sabemos, pero nunca somos tan iguales a Él como cuando desplegamos la imaginación. Es la «chispa» la que desnuda la belleza, y hace concebir la poesía. Es Ella la que ordena los sonidos y los silencios, y dibuja la música. Es la *nitzutz* la que golpea la piedra y deja escapar el arte. Es Ella la creadora de unicornios azules. Es Ella la que provoca los sueños, y los archiva. Es Ella, con la imaginación de la mano, la que anuncia el «reino» del que procedes —tu «patria»—, y al que, necesariamente, volverás. Un «reino» del espíritu, en el que imaginar es ser. La *nitzutz* es la perla que sí hallarás en la amatista, si sabes buscar. Ella es el genio que no descansa, y que bombea ideas. No importa sexo, raza o condición. Es Ella la que nos hace espiritualmente iguales. La «chispa» es la clave. Ninguna «gota azul» es mejor o peor. El Padre, sencillamente, es. Todas las «chispas» son Él, y todas descienden de Él, aunque Él es mucho más...

Ésta fue la «piedra angular» que sostuvo el magnífico «edificio» levantado por el Hijo del Hombre. Pretender la superioridad, intentar acaparar la razón, o creerse en posesión de la verdad es no saber (todavía) que nos habita un Dios. Y lo que es peor: es no saber que esa «chispa» se reparte con el mismo Amor, y en la misma «cantidad».

Entonces, mientras hablaba, la noche cambió de perfume, y percibí la esencia del *tintal*, algo parecido al olor a tierra mojada. Y asocié dicha esencia con la esperanza...

No me equivoqué. Jesús comparó la «chispa» con el mejor de los «mensajeros». Y al llamarla *mal'ak* me miró intensamente.

Mensaje recibido.

Es la misteriosa fracción (?) del Padre Azul, que un día toma posesión de nosotros, quien se ocupa de sembrar esperanzas. Él las despabila, y las reparte. Y cada día se presentan ante nosotros. Otra cuestión es que alcancemos a verlas. Pueden ser inmensas, o esperanzas que caben en la palma de la mano. Eso poco importa. Lo fascinante es que, mientras hay «chispa», hay esperanza. Y es justamente la esperanza —la confianza en algo— el oxígeno de la jovencísima alma que ha llegado al paso de la «chispa». A más esperanza, más oxígeno. Cuanto más oxígeno, más felicidad. Pero el cargamento de esperanza no depende de nosotros. Cada ser humano nace con un cupo. Eso entendí. Después, tras la muerte, la esperanza deja de ser intermitente, y nos abraza. Ya no será el doble renglón del libro de la vida. La esperanza será el «ADN» del alma. Por eso no hay palabras. Por eso insistió, una y otra vez: «Confía.» La esperanza es la sombra de la «chispa». La primera no es posible sin la segunda. «Confía.» Sólo los seres humanos disfrutan de un sentimiento tan gratificante. ¿Has visto a un perro esperanzado? La felicidad de los animales es la sombra de la esperanza humana. «¡Ánimo, *mal'ak*! Cuando experimentas la esperanza —añadió, feliz—, lo tienes todo...» La esperanza es otra demostración de la existencia del Padre en el interior del hombre. Es un guiño del Amor. Sólo tú sabrás comprenderlo. Sólo el ser humano reúne las condiciones necesarias para acoger la esperanza, y abrazarla. Si te aproximas a esta realidad, te habrás acercado a la mismísima esencia divina. «Confía, *mal'ak*.» La «chispa», ahora, prepara al hombre para un estado de felicidad casi completo, tan incomprensible para la corta inteligencia humana como la estructura interna de la inmortalidad. «Confía...»

Es Ella, en definitiva, la que nos hace humanos. Es la *nitzutz* la que nos diferencia del resto de la creación. Ella es el milagro, y el gran enigma, no resuelto ni por los ángeles. Nadie sabe por qué, pero el Padre ha elegido lo más pequeño, y lo más primitivo, para acomodarse en el tiempo y en el espacio. Somos unos recién llegados con suerte. Por eso decía que nos envidian. Por eso, en parte, los «K» lo dejan todo, y descienden a la imperfección...

Es la «gota azul», que nos distingue, la que tira del alma hacia Dios. Es lógico que Ella se incline hacia sí misma. Sólo su presencia justifica la desbordante inquietud del ser humano por lo trascendente. Ningún animal se atormenta con las grandes preguntas: ¿quién soy?, ¿por qué estoy aquí?, ¿qué será de mí? Es el alma inmortal quien debe hallar las respuestas, siempre susurradas por la «chispa». Y llega el día, al intuir, imaginar, o descubrir que el hombre está habitado por el Número Uno, cuando la vida adquiere sentido. Entonces, «Omega es el principio». Entonces, al comprender, el alma se vacía por sí misma, y deja que la «chispa» la llene. Entonces, según el Maestro, al arrodillarse, y reconocer al Buen Dios que nos habita, es inevitable que nos sentemos en sus rodillas, y que dejemos hacer al Amor. Es lo que este explorador definió como el «principio Omega» (hacer la voluntad del Padre). Y en ese instante, *Áhab* hace el prodigio: la inmensa maquinaria del universo visible, y del invisible, se coloca al servicio del más humilde. Es el secreto de los secretos, al alcance de todos, aunque muy pocos llegan a destaparlo. «Confía, *mal'ak*. Existe un orden...»

Y la voz de la *nitzutz* se oye «5 × 5» (fuerte y claro): «Serás lo que Yo soy.» A partir de ese prodigioso momento, cuando el ser humano se entrega a la voluntad del Número Uno, la voz de la «chispa» deja de ser un susurro. Y la esperanza, al fin, se convierte en huésped permanente del alma. Es un anticipo de la «gran aventura»...

Después la comparó con un «amigo fiel», algo difícil de hallar, casi único. Utilizó las palabras *dod neemán*, con un evidente, y al mismo tiempo, oculto significado. Según la Cábala, las letras de dicha expresión suman 155; es decir, Dios, como Señor, y como Amigo. Ahora, en la distancia, al analizar sus palabras con detenimiento, sigo perplejo. «155» es también «2», reduciendo la suma de los dígitos a un solo número. «Dos» era justamente Él: el Príncipe Yuy, el «amigo fiel», el mejor que he tenido, el «rostro» del Padre en la Tierra, el Dos que procede del Uno, como la «chispa»...

Miré a lo alto. Las «luces», supongo, continuaban camufladas entre los azules de la estrella Spica, tan desconcertadas como quien esto escribe. Tampoco se movieron. ¿Cómo hacerlo cuando alguien te obsequia una revelación de semejante naturaleza?

Algo sabía, no mucho. Algo apuntó meses atrás, en las inolvidables noches del Hermón. Pero mi alma —ahora sí debo hablar como Él me enseñó— solicitó más.

—¿Qué más?

El Maestro avivó las llamas, y dejó que mi corazón se sentara junto a la hoguera. Sonrió, y solicitó calma. No era su voz la que estaba oyendo, sino la del Padre, la de mi propia «chispa».

—Y así será —sentenció—, de ahora en adelante. Oirás mi voz, sí, pero no seré yo quien te hable.

Señaló mi pecho, y repitió:

—¿Recuerdas?

Asentí.

—Sí, Maestro... Una luz en mi interior. Ahora comprendo.

—No, *mal'ak*, no puedes comprender, pero no importa. Es suficiente con la confianza. Después, cuando llegue tu hora, transmite lo que el Padre te ha mostrado. Ahora no eres consciente: tu *nitzutz* se ha puesto en pie, en tu interior...

Dudó, pero, finalmente, expresó lo que se agitaba en su pensamiento:

—¿Tienes miedo?

En un primer momento no supe a qué se refería con exactitud. ¿Miedo a morir? ¿Miedo a no saber expresar lo que había vivido, y lo que, sin duda, me quedaba por conocer? ¿Miedo a fracasar?

—Miedo a saber —se adelantó, comprendiendo mi confusión—. ¿Te asusta ser el depositario de una revelación?

—Me asusta no saber...

Sonrió, agradecido, y tiró con fuerza de las palabras, sabedor de mi absoluta transparencia.

—Presta atención. Jamás miento...

E hizo un breve prólogo, en el que habló de nuevo de la *nitzutz*. Si no comprendí mal, el Maestro responsabilizó al fragmento divino que nos habita de todas y cada una de las revelaciones a las que tenemos acceso a lo largo de la vida. Ella, la «chispa», las dosifica. De Ella proceden. Y se vale de los medios más insospechados. No es la mente —criatura mortal y al servicio del alma— la que proporciona esas informaciones decisivas, que varían el rumbo de criterios y actuaciones. Es Él, el Padre, quien informa, y lo hace oportunamente. No son los hombres, ni tampoco los libros, quienes iluminan. Es Él, aunque, en ocasiones, pueda servirse de ellos. Y añadió: «Esa revelación llega por dos caminos. A través de la comunicación directa con el Padre, con la "chispa", o porque así está establecido.» Entendí que la primera vía es lo que llamamos oración, aunque al Galileo no le gustaba el sentido ortodoxo de la palabra. Prefería comunicación, o conversación, con la *nitzutz*. De ese diálogo, en definitiva, nacen las revelaciones. De ahí la importancia de pedir información, o respuestas; nunca beneficios materiales. De esto último se ocupa el *Áhab*, el «combustible» que todo lo sostiene en la creación, el Amor del Padre. Y no hay pregunta que quede sin respuesta, como tampoco hay sueño que no se materialice..., ambos, en su momento. E insistió: «Ahora, en esta vida, o después...»

En cuanto al segundo camino, prefirió no agotarme.

Él sabía que no estaba a mi alcance. Si no he logrado encajar las piezas que forman mi propia personalidad, ¿cómo organizar el «puzzle» divino? Con su palabra fue suficiente. La revelación —sublime o doméstica— pasa siempre por la «chispa». Ella la autoriza, y la deposita en el alma, como una flor destinada a hablar en silencio. Es el alma inmortal quien deberá analizarla, y disfrutarla. A diferencia de las flores, las revelaciones no se marchitan jamás. Y mañana proporcionarán hijos...

La revelación, sin embargo, termina aislando a quien la recibe. El anciano Abá Saúl, de Salem, tenía razón: la verdad no está hecha para ser proclamada; no en este mundo. Cuando la revelación llega, si es de gran calibre, abre un enorme cráter en el ánimo del receptor, y queda mudo. Si se atreve a hablar, nadie le cree. Desde ese momento, el ser humano sólo crecerá hacia el interior. Entonces brillará con luz propia, pero nadie lo sabrá. Jesús lo llamó el «abrazo 3», el único que «abraza sin poseer». A pesar de todo, a pesar de la soledad del que recibe, la revelación es un paso del alma. El bebé está caminando...

—Presta atención, querido mensajero...

Era todo oídos. Pocas veces lo vi tan solemne. ¿Qué trataba de comunicarme? ¿Qué pretendía la «chispa»?

Dirigió el rostro hacia el firmamento. Pensé en las «luces». ¿Se moverían?

No lo hicieron.

—Así está establecido...

—No comprendo, Señor...

—Ahora es el momento. Ahora debes saber... Escucha mis palabras, para que lo que veas, y oigas, sea comprensible para ti y, sobre todo, para los que llegarán después...

Obedecí. Algo especial, y destacado, intentaba transmitirme, aunque no era fácil. De nuevo lo vi pelear con las ideas. Todo se quedaba pequeño; especialmente, las palabras...

—¿Sabes qué es el *tikkún*?

Asentí con la cabeza. Para los judíos, el *tikkún* era una especie de misión sagrada. La traían cada hombre y mujer al nacer. Según los muy religiosos, el *tikkún* tenía un objetivo básico: recuperar y reconstruir la *Šekinah*, o Divina Presencia, huida del Templo por culpa de los pecados de Israel, y en esos momentos en poder del invasor, Roma. Cumplir el *tikkún* era contribuir a la llegada del Mesías libertador, haciendo la voluntad del Santo. El *tikkún*, además, era el único camino para alcanzar la salvación. El hombre que cumplía su *tikkún* era bendecido por Dios. El que lo rechazaba, o descuidaba, quedaba maldito, y sujeto al estado diabólico. Lo llamaban «hombre *qlifoth*». Éstas, digamos, eran las líneas generales del *tikkún*. Por supuesto, cada escuela rabínica añadía nuevas interpretaciones y matizaciones. Ésta, como ya mencioné, era una de las ideas que motorizaba la vida de Yehohanan: derrotar a los impíos y recuperar la *Šekinah*. Más exactamente, arrebatar la «Luz Divina» a Roma, y depositarla en manos de los sacerdotes y doctores de la Ley. Ellos sabrían devolverle la primigenia unidad.

—También he venido para cambiar eso...

—¿Tú crees en esa misión sagrada?

—Es cierto que existe un *tikkún* para cada ser humano, pero no como lo interpretan los rabinos...

Aquello, en efecto, era nuevo para este explorador. Y Jesús avanzó un poco más, cautelosamente...

—El hombre no necesita ser salvado. La inmortalidad no depende de su *tikkún*. Recuerda que es un regalo del Padre. Eres inmortal desde que eres imaginado por el Amor. Eres inmortal sin condiciones.

Y matizó:

—El hombre y la mujer nacen con un *tikkún*: vivir, sencillamente...

—¿Vivir?

Algo había apuntado en el Hermón...

—¿Qué quieres decir?

—Asomarse a los mundos del tiempo significa experimentar la imperfección. Vivir lo opuesto a vuestra naturaleza original, la del espíritu. Es lógico que nazcas para vivir...

Algo nos dijo, efectivamente, en las nieves del Hermón. Es importante vivir porque ésta es nuestra única oportunidad. Después, tras la muerte, será distinto. Será otra situación, otro cuerpo...

—Sigo sin comprender...

—Te lo he dicho. También he venido a cambiar eso. He venido a proclamar que cada vida, cada *tikkún*, tiene sentido. Cada *tikkún* es una cadena de experiencias, enriquecedora. Nada es fruto del azar. Todo, en el reino de mi Padre, está sujeto al orden, y al *Áhab*...

—¿Tiene sentido el dolor, la enfermedad, la oscuridad...?

—Me lo preguntaste en el *kan* de Assi, y te repito lo mismo. Hay lugares, como este mundo, en los que todo es posible, incluida la maldad. Es parte de un juego que no estás en condiciones de intuir. ¿Crees en mi palabra?

—Por supuesto, Señor...

—Bien, entonces, acéptala. Cada *tikkún* es minuciosamente planificado... antes de nacer. Y todo *tikkún* obedece a un porqué. Nadie es rico, o negro, o esclavo, o ciego, o paralítico, o ignorante, o pobre, o rey, por casualidad. Nadie vive las experiencias que le toca vivir simplemente porque sí, o por un capricho de la naturaleza.

—¿Y quién decide que alguien viva en la sabiduría? ¿Quién establece que uno sea más y otro menos?

Jesús sonrió, malicioso. Empecé a aprender que aquella sonrisa, en particular, significaba «terreno peligroso». Pero respondió:

—Quizá tú mismo...

—¿Yo selecciono la pobreza o el sufrimiento? No lo creo...

La sonrisa permaneció, firme e inmutable. No hubo palabras. Fue la mejor respuesta. Después, tras el elocuente silencio, proclamó:

—A eso he venido, querido *mal'ak*: a traer la esperanza, la presencia de Ab-bā, a los que la han perdido. A eso he venido: a proclamar que cada vida, cada *tikkún*, obedece a un orden, aunque no podáis comprender...

—Y al nacer, todo queda olvidado...

El Maestro refrendó el comentario con un leve y afirmativo movimiento de cabeza. Él no fue ajeno a esa circunstancia. Necesitó mucho tiempo —casi treinta y un años— para saber quién era en realidad...

—Todo tiene sentido —proseguí, desvelando mis pensamientos—. Sólo es cuestión de vivir...

—Vivir en la seguridad de que todos son iguales, e importantes, para el Padre. Todos cumplen una misión. Todos camináis en la misma dirección, aunque no lo parezca...

—A eso has venido...

—Sí, a refrescar una memoria dormida. Y sé, igualmente, que mis palabras serán olvidadas, y tergiversadas...

—¿Y no te importa?

—Lo primero que debes aprender esta noche es que ningún *tikkún* es reprobable.

Cada persona, una misión. Cada ser humano, un destino. Ésa fue la revelación que recibí en aquella jornada, en Beit Ids, y que me apresuro a transmitir tal y como Él lo quiso. Yehohanan, su *tikkún*. Judas, el Iscariote, el suyo. Poncio, también. Cada hombre y mujer, el que hayan elegido —y lo remarcó—... «antes de nacer». Poco importa el porqué de cada *tikkún*. Estamos aquí, y ésa es la única realidad. Desde esa fría noche, frente a la cueva, no he vuelto a levantar el puño contra Dios, ni contra los hombres. No tiene sentido. Ahora creo entender muchas de las injusticias, o supuestas injusticias, que veo en la vida. Antes sentía piedad por los mendigos, y por los desheredados. Ahora también me conmueven, pero menos. Ahora sé que ellos lo han querido así, y debo respetarlo. Es un orden que escapa a mi corto entendimiento, pero que acepto, porque la información nació de Él.

Y aunque el Galileo fue todo lo claro que pudo ser, quien esto escribe, con su habitual torpeza, siguió confundiéndolo todo...

—Si dices que el *tikkún* es diseñado (?), y aceptado, antes de nacer, eso quiere decir que admites la reencarnación...

Un súbito destello, en lo alto, me distrajo. Pero las «luces» continuaron solapadas. Yo juraría que presencié aquel fogonazo. Blanco. Muy intenso. Él tuvo que verlo, necesariamente. Pero siguió a lo suyo. Mejor dicho, a lo mío.

—Dime, *mal'ak*, ¿mi Padre es santo?

—Tú enseñas que Ab-bā es perfecto, aunque no sé muy bien en qué consiste la perfección…

Se sintió satisfecho, y concluyó:

—Una de las características de la santidad, o de la perfección, como tú dices, es que no repite jamás.

Me invitó a contemplar el cielo estrellado y preguntó, de nuevo:

—¿Puedes indicarme dos criaturas iguales en la naturaleza?

Y pensé: «Ahora se repetirá…»

Pero no. El fogonazo no regresó. El firmamento permaneció sereno y rodante. ¡Lástima!

E insistió:

—¿Hay dos gotas gemelas? Ni siquiera las palabras que salen de tu boca son fruto de los mismos pensamientos. Ninguna es como la anterior…

Y sonrió, benevolente.

—No hagas a Dios a tu imagen y semejanza… Lo hablamos: sólo se muere una vez…

Y fue así como nos adentramos en el territorio de la muerte. Hablamos un tiempo. Después, vencido por el cansancio, Él se retiró a la gruta, y quien esto escribe se sumergió en el interior, intentando poner orden en las enseñanzas recibidas. No había duda. El Maestro utilizó el término *guilúi* («revelación»). Para mí fue un día grande. Mi alma creció, casi hasta la estrella Spica.

¡La muerte! ¡La gran temida! ¡La peor conocida! Él lo tenía absolutamente nítido: en el mundo material no hay otra forma más sabia de terminar. Alguien toca en el hombro, y el alma «abre los ojos». Eso es morir. En otros momentos de este diario he utilizado la palabra «resurrección». Seguramente me equivocaba. Él matizó, aunque era consciente de la anemia de las ideas humanas. Y digo que me equivocaba porque el alma, al ser inmortal, no puede ser resucitada. Digamos que experimenta (?) un proceso de «transportación» (?), y que amanece en los mundos «MAT» (1), con un soporte físico nuevo. Nadie la

(1)   Más información sobre «MAT» en *Hermón. Caballo de Troya 6* y en *Al fin libre*. (*N. del a.*)

juzga. No hay premio ni castigo, en el sentido tradicional. En todo caso, una inmensa sorpresa. «MAT-1» no es el cielo, pero es infinitamente mejor que lo que ha quedado atrás. Y el alma comprende, al fin: sólo ha cumplido su *tikkún*. Ahora, en «MAT», debe proseguir, siempre hacia la perfección. El cuerpo es sólo un recuerdo, cada vez más difuso. En eso, las escrituras judías hablan con razón: «...Vuelva el polvo a la tierra, a lo que era, el espíritu vuelva a Dios, que es quien lo dio» (Eclesiastés 12, 7). La materia orgánica (Él habló de «vestiduras» o *begadim*) es reemplazada por otro cuerpo físico, igualmente imaginado por el Padre; es decir, asombroso: sin aparato digestivo, circulatorio, ni respiratorio. Él habló de una maravilla que se mueve, que siente, y que también finaliza, pero sin el proceso de la muerte. En su lugar, el paso de un «MAT» a otro se registra por medios «diferentes». No pude sacarle mucho más. En esos nuevos «tramos», el alma continuará como «recipiente» de la personalidad. Sencillamente, creceremos. Y al final de los mundos «MAT», aunque ahora está fuera de toda comprensión, el alma podrá «valerse por sí misma». Eso significará que es «luz», y que habrá regresado a su «patria», el mundo del espíritu. Será entonces cuando veremos al Padre. Mejor dicho, será entonces, sólo entonces, cuando seremos como Él. «Omega es el principio.» Y aquel lejano, y primitivo, ser humano iniciará su carrera como Dios Creador...

Y en ello estaba, tratando de ordenar las ideas, cuando las «luces» dieron señales de vida. Esta vez fue hacia el oeste. Primero observé un destello, en la posición que ocupaba Sirio. Y al instante, desde el cinturón de Orión, se encendió una especie de gigantesco faro, que recorrió el cielo, dibujando enormes círculos. Conté tres. ¡Tres círculos de nuevo!

Después, todo volvió a la normalidad. ¡Lástima! De haber sucedido poco antes, el Maestro lo habría presenciado...

Y, durante un tiempo, intenté en vano resolver el enigma. Allí, en lo alto, había alguien. Eso era obvio. Pero ¿quién? ¿Por qué sobre el lugar en el que habitaba Jesús?

Los «intrusos» (?) no se hicieron visibles, al menos

esa noche. Pero la imagen del formidable haz de luz, barriendo la oscuridad, quedó grabada en la memoria para siempre, como ocurrió con otros sucesos similares. Tenía gracia. Minutos antes, el Maestro y quien esto escribe habíamos conversado sobre el valor de los recuerdos...

Una vez más, me dejó perplejo. Si sus enseñanzas eran ciertas —y no lo dudo—, aquellas imágenes de las «luces» que volaban en solitario, o en formación, o la increíble esfera que descendió sobre la garganta del Firán, formarían parte de mi «equipaje» al más allá. Eso manifestó en el Hermón, y repitió ahora, en Beit Ids: sólo la *dikron* (la memoria) sobrevive a la muerte. Ése será el único «saco de viaje» autorizado. El resto, todo lo demás, grande o pequeño, valioso o insignificante, quedará en este mundo. Sólo el alma inmortal y la memoria (lo más exacto sería hablar de memorias, en plural) entrarán en los mundos «MAT».

Necesité tiempo para acostumbrarme a la idea. «Sólo los recuerdos son salvados...»

E imaginé al alma, con una maleta en la mano. Una maleta llena de vivencias.

Él, entonces, añadió:

—¿Comprendes por qué es tan importante vivir? Serás lo que sea tu memoria; lo que dictamine tu *tikkún*.

Y, peor que bien, pretendí recomponer el proceso revelado por el Hijo del Hombre. Vivir. Eso es lo que cuenta. El alma, bajo el «pilotaje» de la «chispa», se ocupa de almacenar dichos recuerdos, y de preservarlos. Parte de esa misteriosa, y delicada, labor de selección y archivo se registra durante la noche, mientras dormimos. No importa que los recuerdos se disipen y desaparezcan. Que olvidemos no significa que las memorias se hayan desintegrado. Después, al morir, el «cargamento» será custodiado por la *nitzutz*, y entregado al alma en «MAT-1», cuando «despierte». Y pregunté: ¿por qué la memoria es tan importante? Yo conocía parte de la respuesta: «¿Qué otra cosa puede sustituir a lo vivido?» Incluso el presente es memoria, un segundo después. En definitiva, vivimos para recordar, y recordamos porque hemos vivido.

Las brasas fueron agotándose, pero me resistí a retirarme. Estaba, sencillamente, desbordado. Nada de lo que me habían enseñado en nuestro «ahora» coincidía con lo revelado por el Maestro. En realidad, muy pocos entendieron su pensamiento y, mucho menos, su mensaje.

¡Era tan simple y tan sublime al mismo tiempo...!

Algo sabía sobre el funcionamiento del cerebro, pero, precisamente por ello, mi asombro no tuvo límite. Podía entender, con dificultad, que los recuerdos sean almacenados. Eso representa que una imagen, sea visual, táctil, acústica, olfativa, o gustativa, termina convirtiéndose en química. Un chorro de electrones (en realidad de *swivels*), porque eso es una imagen, modifica parte de su estructura, y queda «archivado» en el cerebro. Sí, lo comprendía, con enormes dificultades... Pero donde me perdí definitivamente fue en la segunda parte de la historia: el «rescate» de las memorias tras la muerte. ¿Cómo explicarlo? ¿Cómo asumir que esa «química», distribuida y «dormida» en las regiones de almacenamiento —hipocampo, cerebelo, etc.—, pueda ser «liberada» del cuerpo y transformada en «algo» susceptible de ser trasladado... a no se sabe dónde? ¿Qué hacer con los neurotransmisores, las proteínas y el ADN neuronal que, en definitiva, contribuyen a la fijación de la memoria? Todo desaparece con la muerte, sí, pero ¿cómo conservar la imagen del Maestro que yo acababa de ver, junto a la hoguera? ¿Cómo mantener «vivo» el recuerdo del Hijo del Hombre, en lo alto de un árbol, cubierto por la nieve, e intentando sujetar, desesperadamente, a un joven epiléptico? ¿Qué clase de genio es capaz de mantener el sonido de sus palabras, o la «imagen» de su perfume, una vez desaparecidas mis neuronas? Más aún: ¿quién establece los criterios a la hora de la selección de esas miles de imágenes (1)? ¿Quién disfruta de la suficiente perspectiva?

(1) Aunque se sabe que las funciones del parpadeo son otras, algunos neurofisiólogos creen ver en estos movimientos palpebrales un sistema, orientativo, del volumen de imágenes visuales que puede recibir un ser humano durante el estado de vigilia. Según esta hipótesis, cada parpadeo fisiológico inconsciente, o cada tren de parpadeos, podría representar un «cambio» de imagen y, en consecuencia, una nueva «unidad» que vendría a

Sí, desbordado...

Por supuesto, sólo hay una respuesta: ese genio es Ab-bā, el Buen Dios...

Y Él lo dijo una y otra vez: «¿Por qué te preocupa el cómo? ¿No es más importante el porqué?»

Tenía razón, pero sólo soy un ser humano...

El resto de aquella primera semana en Beit Ids discurrió sin mayores sobresaltos. Él prosiguió las visitas a la colina de la «oscuridad», y quien esto escribe se limitó a observar y a cumplir lo pactado. Hablamos, y me hizo nuevas revelaciones, pero de eso me ocuparé a su debido tiempo, si así está escrito...

Continué la búsqueda del cilindro de acero, aunque, la verdad sea dicha, sin éxito. Nadie supo darme razón. Nadie parecía saber nada. Todos señalaron a la *welieh* de la fuente. Pero ¿de qué hablaban?

Del supuesto genio benéfico (?) no supe nada más, de momento. Y tampoco de las «luces»...

Pero las sorpresas no habían concluido, no señor...

---

sumarse a la memoria. Desde principios del siglo XX, con los estudios de Schirmer, se sabe que la frecuencia de parpadeo es de ocho a nueve por minuto. En otras palabras: alrededor de nueve mil parpadeos, en dieciséis horas de vigilia. O lo que es lo mismo: nueve mil nuevas posibles imágenes visuales por día. Aun reduciendo drásticamente ese «cargamento» de recuerdos —por ejemplo, a un veinte por ciento—, un hombre, o una mujer, que viviera sesenta años reuniría del orden de más de cuarenta y tres millones de vivencias en su memoria «declarativa». *(N. del m.)*

SEGUNDA SEMANA EN BEIT IDS

El buen tiempo se puso, definitivamente, de nuestro lado. Las temperaturas mejoraron, y el cielo permaneció azul, y yo diría que atento a cada movimiento de Jesús de Nazaret. El Maestro no tenía prisa. Y prosiguió con sus paseos hasta la colina «778». Allí meditaba, «oía la voz de su Padre», y continuaba con la «puesta a punto» (?) del misterioso *At-attah-ani*. Era siempre el primero en despertar. Escribía en las maderas de *agba*, y desaparecía. Al atardecer, como dije, practicábamos el *selem*, el juego de la «estatua». Su humor era cada día más fino y contagioso. Conforme pasaban las horas, el Maestro logró algo que jamás conseguí entender: ajustar la pequeñez, y las limitaciones de la naturaleza humana, a la grandiosidad de su divinidad. Misterio, sin más...

Y fue creciendo, día a día, como Hombre-Dios, suponiendo que un Dios pueda crecer...

Quien esto escribe, abrumado por tales reflexiones, terminó ocupándose de asuntos menores. Eso, además, fue lo pactado. Y me dediqué a recorrer los alrededores de Beit Ids, explorando, tomando referencias, y, en definitiva, metiendo las narices en todo. Por más que indagué, por más que revolví entre olivos y peñascos, por más que consulté a propios y extraños, no obtuve una sola pista sobre el cilindro. Y me resigné, de momento. Cada mañana, casi como una regla de cortesía, me presentaba ante el *sheikh*, y manteníamos largas conversaciones; largas porque nunca terminaban, claro está...

Fue así como supe de la historia del jeque, y también del lugar. Beit Ids nunca fue mencionado por los escritores sagrados (?), como tantos otros lugares. En aquel paraje, sin embargo, sucedieron cosas extraordinarias, como espero poder relatar.

Al hombre de las vestiduras blancas y los impactantes ojos verdes lo conocían por «Yafé». Nunca supe su verdadero nombre. «Yafé» era un apodo. Significaba «guapo» o «hermoso». Para ser exacto, el sobrenombre completo, en *a'rab*, era *«yafé she jutz mi ze lo joshev»*, que en una traducción aproximada equivale al «guapo que, además, piensa». «Yafé», naturalmente, era un calificativo inventado por las mujeres.

Beit Ids, o la «casa de Ids» (otros lo llamaban Idis o Idish), era el hogar fundado por un remoto ancestro, procedente del este (Yafé aseguraba que del sur, en Egipto), y del que partía todo su linaje. Según el «guapo», dicho príncipe pertenecía a la tribu de los Adwan, en aquel tiempo asentada en la región del río Najaniel o Zarqa, en la costa oriental del mar de la Sal (mar Muerto). Había llegado a Beit Ids hacía siglos, y allí prosperó (1). Yafé era el *sheikh* número veintiséis, desde que el tal Ids dio nombre al *nuqrah*, u hogar, en el que vivían. Tal y como supuse, Yafé era un hombre rico. Era dueño de ocho colinas (las que rodeaban la gran casona y la cueva), incluida la de los *žnun* (2), y de cuanto contenían: más de cinco mil olivos, el bosque de almendros, cientos de animales, esclavos, seis esposas, diecisiete hijos vivos (había tenido un total de veinticinco varones), innumerables hijos ilegítimos, e incontables hijas (3), así como ciento cuatro nietos (el nú-

(1) Por más que buceé en todo tipo de fuentes, la búsqueda del tal Ids fue prácticamente estéril. Cabe la posibilidad, incluso, de que Beit Ids, o Idis, fuera una corrupción de Beit Adon («casa del Señor»), Beit Adis («casa del Indiferente»), Beit Edir («casa del Poderoso») o Beit Idish («casa de Idish»). Los términos hebreos *shid* o *sid* («cal») también podrían estar relacionados: Beit Sid o casa de la Cal. Personalmente, y por razones obvias, me inclino por casa del Señor, aunque no exista una raíz semántica lo suficientemente clara que lo ratifique. *(N. del m.)*

(2) Tomando como centro Beit Ids, las referidas colinas, siguiendo la dirección de las agujas del reloj, serían las siguientes, de acuerdo con su altitud: 575 (ubicación del poblado y de la gruta), 551, 661, 800, 754, 640 y 481. La colina de la «oscuridad», o «778», se halla fuera de dicho círculo, algo más al nordeste. *(N. del m.)*

(3) Como ya referí, la mujer, entre los beduinos, era poco menos que nada. Un proverbio popular decía: «Mujer de noche y burra de día.» Además

mero de nietas era igualmente difícil de precisar). Era su *ahel*, su familia, en el que lo más importante era él, los hijos varones, y el ganado (por ese orden). Después figuraban la mar, los amigos y las mujeres (también en ese orden). Beit Ids era el *ahel* de Yafé porque, aunque muchos de sus hijos varones estaban casados, ninguno había tomado la decisión de montar su propia *jaima*, o tienda, o de levantar su *nuqrah* («hogar») (1). Todos continuaban viviendo bajo el amparo y la protección económica del padre. Era lo acostumbrado, y lo más honorable. Cuantos más hijos bajo su tutela, «más blancura de cara», decían:

---

de ocuparse de los trabajos de la casa, de la educación de los hijos, en especial de los varones, y del permanente bienestar del «señor», o marido, la *badawi* estaba obligada a transportar el agua, buscar madera, remendar y recoger las tiendas, cuando las utilizaban, vigilar los rebaños y preparar la comida de los huéspedes, entre otros menesteres. Era un trabajo agotador, del que no sacaban ningún provecho, excepción hecha de la comida, y el lugar en el que se cobijaban. Sólo la esposa principal disfrutaba de ciertos privilegios, como lucir joyas, o ciertos maquillajes, y dependiendo siempre del humor del marido. Por lo general, la esposa principal era consecuencia de un acuerdo entre tribus; pura política. Al igual que entre los judíos, las mujeres *badu* no tenían derechos. No heredaban. No debían hablar, a no ser que fueran interrogadas. Eran siempre sospechosas, no importaba de qué. Podían ser apaleadas por su «señor» por el menor motivo, o repudiadas ante la sospecha de engaño. Ellas eran las únicas responsables de la esterilidad. Cuando nacía una niña, los hombres se lamentaban y preferían no hacer comentarios sobre la madre. Si al segundo y tercer alumbramientos el recién nacido seguía siendo hembra, la beduina era obligada a visitar a la *faqireh*, o hechicera. Que pudiera continuar, o no, como esposa dependía, en buena medida, del «regalo» recibido por la bruja. A los doce años, en el momento de la pubertad, se producía la ceremonia del *taher* («purificación»), o *sirr* («cosa oculta y misteriosa»), que consistía en la circuncisión, o eliminación del clítoris. Era el paso previo al casamiento. La niña no tenía posibilidad de escoger o pronunciarse. Eran los hombres quienes establecían y negociaban el matrimonio, que quedaba reducido a un simple trueque comercial. El padre de la novia recibía el *mohar*, o dote, y el compromiso quedaba cerrado con una comida. No era preciso firmar ningún documento. La palabra del árabe era sagrada. *(N. del m.)*

(1) Para diferenciar a las familias que vivían en el *ahel* de Yafé se utilizaba el término *ial*. Cada hijo casado tenía su *ial*. Cuando optaba por independizarse, el hijo proporcionaba su nombre al nuevo *ahel*. Se daba también otra fórmula para crear familias. Lo llamaban «familia artificial», y consistía en la unión de dos varones, solteros o casados, que se juraban fidelidad ante testigos. Lo compartían todo: trabajo, casa, pérdidas, ganancias, etc. Era uno de los procedimientos para aliviar la difícil situación de los árabes homosexuales en aquella época. *(N. del m.)*

más honor. Si el *ahel* rebasaba los cien miembros —éste era el caso de Beit Ids—, los *badu* consideraban que se había hecho *ḥila*, una expresión que podría traducirse por «estratagema», y que ellos, en voz baja, consideraban como «dar la vuelta a los dioses». En otras palabras: engañarlos. Eso, según ellos, los beneficiaba. Al disponer de más de cien varones (el cómputo, como dije, sólo tenía sentido con los hombres), las desgracias serían mínimas. Y el alumbramiento del varón 101 era festejado con sacrificios, y con gran alegría. El recién nacido recibía el sobrenombre de *mal'ak*, o «mensajero».

Lo heredado por Yafé fue mucho, pero él supo multiplicarlo. Durante su juventud —eso contó, a su manera— fue un *aqid*, o «confederado», una especie de jefe de bandoleros, que organizaba *razzias*, o saqueos, contra extranjeros y, sobre todo, contra otras tribus *badu* (1). Jamás fracasó en sus incursiones, y nunca derramó una gota de sangre. Eso dijo. También supo manejar los «impuestos». Cobraba prácticamente por todo: por la utilización de los pozos, por el paso de los ríos, por los caminos y, muy especialmente, por la protección de hombres y animales (2). Los beduinos de Beit Ids no eran agricultores.

(1)   Entre los árabes, la *razzia* era una forma de ganarse la vida, de demostrar el valor y la «blancura de cara». Consistía en incursiones armadas en territorio de otras tribus, siempre alejadas, o en asaltos a caravanas. Cuanto más botín, y menos sangre derramada, más prestigio para el *aqid* o guerrero que dirigía el asalto. No estaba bien visto que la *razzia* fuera dirigida contra una tribu amiga, o contra un miembro del propio clan. Hacer *razzia* no significaba declarar la guerra. Si se registraba un accidente, y alguien resultaba herido, o muerto, el asesino podía ser perseguido, pero la «ley de la sangre» (venganza) no caía sobre el resto de la tribu a la que pertenecía dicho asesino. *(N. del m.)*

(2)   Entre los «impuestos» que llamaron mi atención se encontraba el *ahawah*, que podríamos traducir como «de la fraternidad». Era el más importante. El *sheikh* lo establecía con cualquier tribu que fuera inferior. Era uno de los caminos para evitar la guerra, o las *razzias*. El pago, en especie, equivalía a «hermandad». Cuanto más *ahawah*, más hermano... El segundo «impuesto» en importancia económica era el *qosra*, que se cobraba a los clanes extranjeros que habían sufrido una sequía, una epidemia o cualquier otra desgracia, y que se veían forzados a emigrar. Si se instalaban en los dominios de otra tribu, ésta solicitaba de inmediato el *qosra*. Si no pagaba, podía ser aniquilada. El *qosra* tenía una duración limitada, siempre negociable. Pero el «impuesto» más desconcertante, al menos para este extran-

Boston Public Library

Customer ID: ************7530

Title: Caballo de Troya 8 : Jord ⊢ín /
ID: 39999063442709
Due: 06/07/11

Total items: 1
5/17/2011 6:56 PM

Thank you for using the
3M SelfCheck™ System.

Ese trabajo —decían— no era propio de hombres libres que, cada primavera, tomaban sus tiendas de piel de cabra y volaban con sus rebaños hacia el este y hacia el sur. En esa época, Beit Ids quedaba casi desierto. Sólo los esclavos y los *felah* permanecían en el poblado, atentos a las faenas del campo. Y junto a los campesinos habituales, los que residían en la zona, aparecían los *murabba'y*, también llamados «al cuarto», porque eran contratados por un cuarto de lo cosechado. El *sheikh* los autorizaba a entrar en sus tierras, les proporcionaba las herramientas necesarias, y la comida. En invierno desaparecían.

Cuando interrogué al *sheikh* sobre el origen del «camello del sueño», sonrió, malicioso y, creo, me remitió a los «odiados judíos». Así lo había establecido su Dios —manifestó con ironía—, mientras deambulaban por el desierto... Y recordó el pasaje del Éxodo (21, 23) en el que, efectivamente, Yavé defiende la venganza: «Pero si resultare daño —ordena a Moisés—, darás vida por vida, ojo por ojo, diente por diente, mano por mano, pie por pie, quemadura por quemadura, herida por herida, cardenal por cardenal.»

No era cierto. Que yo supiera, Yavé jamás estableció dicho impuesto, aunque en algo sí tenía razón: aquel dios del Sinaí, con minúscula, no me gustaba...

Fue entonces, al comprobar mi interés por lo judío, cuando Yafé, encantado ante la posibilidad de manifestar su desprecio por los hebreos, me contó otra singular his-

---

jero, era el que denominaban *be ir en-nom*, o el «camello del sueño». Para entenderlo era preciso saber que la ley de la sangre, o la venganza, era una realidad cotidiana en aquel tiempo. Si las tribus no se habían sometido previamente al pacto llamado *ben ameh*, al cometerse un asesinato, toda la tribu era responsable. La sangre —decían— llamaba a la sangre y, durante tres días, el clan al que pertenecía el asesino era masacrado. Sólo las mujeres, y los niños, eran respetados. El resto, hombres y animales, eran degollados sin piedad. Si el asesino lograba escapar, los familiares del asesinado debían buscar la venganza entre los descendientes, incluida la cuarta generación. No importaba que la ley encarcelara al asesino. La familia del muerto tenía que satisfacer la *ta'r*, o sangre vertida, dando muerte al responsable. Era entonces cuando entraba en juego el impuesto del «camello del sueño». Si los familiares y descendientes del asesino deseaban dormir en paz, sólo tenían un camino: pagar. *(N. del m.)*

toria. Nunca supe si era cierta o, como intuyo, otra manipulación de los árabes, ancestrales enemigos de los «invasores», como llamó a los judíos. Según Yafé, los judíos que salieron de Egipto no eran hebreos, sino *badu*. Todos eran beduinos, como él. Todos procedían de las diferentes ramas nacidas de Abraham, otro *badawi*. Nunca fueron esclavos. «Eso —aseguró, convencido— ha sido otra mentira…» Tampoco formaban doce tribus, sino muchas más (1), y en nombre de Yavé arrasaron unos territorios en los que vivían otras etnias. Y mencionó a los medianitas, edomitas, amalecitas, moabitas (de la que procedían los Adwan, su tribu), jebusitas, amonitas, amoritas, filisteos, cananeos, fenicios, y otras naciones que ocupaban las tierras de Gilead y el Bashan. En eso sí tenía razón. Mil trescientos años antes, lo que hoy conocemos como Israel no era propiedad de los judíos. En total, más de un millón de muertos. La conquista de la Tierra Prometida, amén de una empresa injusta, fue una carnicería, alentada por Yavé. Lo dicho: ese dios del Sinaí nada tenía que ver con el Padre…

Un día de aquéllos, ganada su confianza, me atreví a formular la pregunta clave: ¿por qué nunca terminaba las frases? Y el «guapo que, además, pensaba» me remitió a un suceso, ocurrido en su infancia, cuando apenas contaba siete años de edad. Se hallaba jugando en la cueva de la «llave», en la que pernoctábamos, cuando, súbitamente, se presentó ante él un *wely*, un genio benéfico. Lo describió como un hombre alto, de cabellos amarillos, muy llamativos, que descansaban sobre los hombros. Vestía como los persas, con pantalones ajustados a la altura de los tobillos, y brillantes como el damasco. En el pecho lucía un triple círculo rojo, bordado en oro. No

---

(1) El *sheikh* enumeró los nombres de algunas de las tribus, o clanes, que, según sus antepasados, formaron el grueso de los beduinos que siguieron a Moisés: Tiaha, Beser, Hagaia, Izaideh, Atawneh, Sehour, Abou Ganam, Azu Zullam, Terabin, Eben Rasid, Zeben y los citados Adwan, a la que pertenecía Yafé. Y los repitió, en el mismo orden. Éste —defendió— fue el verdadero «pueblo elegido», el pueblo árabe o beduino. Tal y como lo contó, así lo transmito. Quizá alguien, algún día, debería investigarlo… *(N. del m.)*

era beduino. Su rostro era áspero, y la mirada dulce y penetrante a un tiempo. No se asustó.

La descripción del *wely* me resultó familiar. Yo la había oído anteriormente...

El genio (?), entonces, habló al pequeño Yafé y le comunicó que, en su momento, cuando él fuera *sheikh*, recibiría la visita en sus tierras de otro jeque principal, «al que obedecen las estrellas». Yafé no sabía de ningún *sheikh* con esas características, y preguntó cómo podría reconocerlo. El *wely* levantó la mano derecha, señaló el techo de la caverna, y exclamó:

—Será tu despertar...

No comprendí. Yafé me tranquilizó. Él tampoco logró entender el significado de las palabras del genio.

Pero ¿qué relación guardaba la supuesta aparición del *wely* con mi pregunta? ¿Por qué la costumbre de no concluir lo que iniciaba?

El hombre de las vestiduras blancas solicitó paciencia. Y prosiguió. El pequeño Yafé contó lo ocurrido, pero no fue tomado en consideración. Nadie sabía de un *sheikh* con tanto poder. Además —se burló la tribu— ¿qué podía buscar un jeque principal en un lugar como Beit Ids?

A raíz de aquel encuentro (?), el niño beduino empezó a padecer un mal que el *faqir* de los Adwan, su clan, asoció con la posesión de los *žnun*, los demonios, o genios maléficos de la zona, irritados por la «profecía». Y la versión de Yafé fue cobrando importancia, aunque nadie terminaba de esclarecer el porqué de semejante visita. Desde entonces, la caverna de la «llave» fue evitada por los moradores de Beit Ids, en la medida de lo posible. Según Yafé, desde aquel día no volvió a dormir.

Al principio lo consideré una exageración, típica de los *badu*. Nadie puede vivir sin dormir. Además, suponiendo que padeciera algún tipo de «agripnia», o insomnio (1), entendí que podía ser de tipo transitorio. Yafé no respon-

---

(1) El insomnio, en los tiempos de Jesús de Nazaret, era un problema tan común como en nuestro «ahora», provocado, fundamentalmente, por problemas neurológicos, y por la insatisfacción y la angustia. *(N. del m.)*

día a los rasgos típicos de un insomne crónico. Su carácter era dulce, acogedor y brillante. Todo lo contrario de los insomnes, en los que termina venciendo la miseria mental, la angustia y el cansancio. De ser como aseguraba, nada de lo emprendido en su vida hubiera prosperado. La lógica fatiga, provocada por el insomnio, lo habría arrinconado, hundiéndolo en la depresión, y disminuyendo su capacidad funcional (en todos los sentidos). Y, como digo, pensé que pretendía llamar la atención. Me equivoqué. Con el paso de los días, al observarlo atentamente, e interrogar a los habitantes del clan, descubrí con asombro que era cierto. Yafé, el *sheikh* de Beit Ids, apenas descansaba quince o veinte minutos al día. Jamás supe de algo igual, teniendo en cuenta que el número de horas que duerme el 65 por ciento de la población oscila entre 4,5 y 10,5 por día (1). Era increíble. ¿Por qué no mostraba signos de somnolencia durante el día? ¿Cómo podía reponer fuerzas con un sueño tan breve? Lo interrogué y, aparentemente, el parto fue normal. Yafé nació a los nueve meses y, salvo el suceso de la cueva, su infancia se desarrolló discretamente, sin rasgos, o síntomas, que denotaran un desarrollo cerebral defectuoso. Supuse que la patología, muy extraña, tenía su origen en alguna lesión cerebral (concretamente, en el hipotálamo anterior) (2). Quizá me encontraba ante un caso de insomnio idiopático, de comienzo infantil, aunque no contemplado en la literatura médica que yo conocía.

(1) Según los estudios modernos, aunque cada persona marca sus propias necesidades, lo habitual, para alcanzar un descanso reparador, es dormir alrededor de siete horas diarias. Según la American Cancer Society, aquellos que duermen por debajo de las cuatro horas incrementan la mortalidad 2,8 veces más que los que descansan siete horas. Y lo mismo sucede con los que duermen por encima de las diez horas. Su mortalidad se incrementa en un 1,8. Hasta el día de hoy, nadie ha podido aclarar por qué. *(N. del a.)*

(2) Como ya referí en su momento, es la región del hipotálamo la que controla el sueño, el sistema nervioso autónomo, y los impulsos, entre otras funciones. Pensé en utilizar los «nemos» para intentar averiguar la fuente del problema. Quizá así hubiera detectado alguna alteración en las secreciones de gonadotropinas y prolactinas, bajo el control del referido hipotálamo, pero, lamentablemente, no fue posible. Las prioridades eran otras. Algún tiempo después, al comprobar lo que sucedió, me arrepentí de no haber sido fiel a la intuición... *(N. del m.)*

Según el *sheikh*, tras la experiencia con el *wely*, su vida cambió. Nunca más volvió a soñar o, al menos, no era capaz de recordar las ensoñaciones. Pasó por las manos de muchos brujos, que le dieron toda clase de consejos y «medicinas». Había bebido la *orcaneta*, una infusión a base de raíces, a la que se añadía vino blanco y jugo de rosas de Tharsis. Aquello lo convirtió casi en un niño alcohólico. Después fue el período del aceite de almendras, que debía ingerir por la nariz. Poco faltó para que lo mataran... Y ahora, por consejo de su primera esposa, la *faqireh*, se veía obligado a consumir, a diario, una dosis de *neroli*, un aceite difícil de obtener, muy caro, que le enviaban, directamente, desde Roma. Consistía en un aceite esencial, obtenido de las flores de las naranjas amargas, que tampoco hizo posible su más ferviente deseo: soñar. El *neroli*, sin embargo, excitó su apetito sexual (nunca dormido), con la consiguiente alegría por parte de sus esposas (1)...

Ninguno de los «remedios» hizo efecto. Yafé no lograba dormir. Durante el invierno pasaba los días frente a la gran casa, bajo el olivar, empeñado en hacer y deshacer nudos, siempre marineros. Fue en ese peregrinaje, de *faqir* en *faqir*, cuando adoptó la costumbre de no rematar las frases, y de intentar no concluir lo que iniciaba. La idea surgió tras la visita al «santuario» de la diosa nabatea Allat, de regreso de una de sus habituales «noches de bodas» con la mar. Allí tuvo acceso a una joven y bella hechicera *badawi*, desconocida hasta esos momentos, que escuchó su «visión» y le ofreció consejo para «romper el encantamiento». La *faqireh*, que respondía al nombre de «Ella canta» *(Ka-tganni)*, explicó al *sheikh* de Beit Ids que, en el lenguaje de los genios, la palabra «despertar» significa mucho más que dejar de dormir. «Despertar —le dijo— es comprender. Pero "comprender" no es lo que tú crees... Comprender no quiere decir terminar, sino todo lo contrario: saber empezar, continuamente...»

Yafé interpretó que la «profecía» se cumpliría cuando

(1) La cualidad afrodisíaca del *neroli* se debe a la capacidad para calmar el sistema nervioso, siempre alterado ante un posible encuentro sexual. De ahí nace la tradición de incluir el azahar en las coronas y ramos de flores de las novias. *(N. del m.)*

fuera capaz de «despertar»; es decir, cuando fuera capaz de saber empezar, una y otra vez, constantemente... Por eso nunca terminaba lo que emprendía...

Lamentablemente, yo tampoco supe comprender. Fue más tarde, días después, cuando ambos «despertamos»... La presencia del Príncipe Yuy, sin embargo, lo alertó. Después fueron mis palabras, al hablarle del Padre de Yuy, el «Jeque de las estrellas», y de la misión de Dos: «despertar» al mundo. Todo aquello encajaba con el *wely* que se presentó en la gruta de la «llave». También el gran resplandor sobre la colina de la «oscuridad», observado igualmente por los habitantes de Beit Ids, y alrededores, lo dejó perplejo. Algo iba a suceder, aunque no sabía qué...

Entonces recordé. La descripción del genio de la cueva era parecida a la del «ser luminoso» que se presentó ante Isabel, la madre de Yehohanan, y también ante María, la Señora. ¿Se trataba del mismo ángel o *mal'ak*? ¿Era Gabriel? ¿Por qué se apareció por tercera vez? ¿Por qué a un muchacho árabe? ¿Por qué en aquel remoto paraje? ¿Por qué nadie se preocupó de averiguar lo sucedido durante las semanas que el Maestro vivió en la cueva de Beit Ids? Y si lo hicieron, ¿por qué no fue escrito? ¿Quizá porque eran *badu* y, por tanto, «oficialmente», gente impura e inferior? ¿Fue por eso por lo que situaron en el «desierto» (supuestamente Beit Ids) la presencia del diablo tentador? ¿Qué diablo? ¿Los *žnun*, quizá?

Debo contenerme, y seguir siendo fiel a los acontecimientos, tal y como se registraron...

Con la caída del sol, como dije, Jesús retornaba a la caverna. Conversábamos. Él me ponía al corriente de algunos de sus pensamientos y, sobre todo, me instruía, adelantándome la esencia de lo que, a no tardar, constituiría su período de predicación. Ahora lo sé. Todo estaba, y sigue estando, atado, y muy bien atado... Era mi *tikkún*, según sus palabras.

Y tras la cena llegaba el mejor de los momentos, el del «juego» (!) del *selem*, o de la «estatua». Era asombroso. Su palabra lo llenaba todo. Mi corazón, y la naturaleza, se detenían, y bebían desconcertados. Era un río de imágenes, gratificantes y sabias. La mayor parte de las veces, como era lógico, quien esto escribe permanecía mudo, como una estatua, intentando absorber hasta la última *iod* que brotaba de sus labios. Supongo que me llevé una mínima parte de lo que me regaló...

En total, veintitrés conversaciones, nacidas de otras tantas frases; las que Él escribía al amanecer sobre las maderas de tola blanca con las que Yafé, el *sheikh*, había intentado construir su *Faq*, su «Despertar»...

Cuando retorné al Ravid, me apresuré a incluirlas en el diario de bitácora. Fueron veintitrés «visiones» del Padre, y del mundo, que me hicieron pensar y cambiar el rumbo de mi alma. Fue la «chispa», naturalmente, la que me habló...

He aquí dichas frases, en el orden en que fueron escritas sobre las viejas tablas de *agba*:

«Dios no está para ayudar.»
Y el Maestro insistió en la inutilidad de solicitar favores materiales, y lamentó que los seres humanos se acuerden del Padre, única y exclusivamente, cuando «truena»... La «chispa», lo dijo, tiene cometidos mucho más importantes...

«Morir es cuestión de tiempo. Vivir es lo contrario.»
Los esclavos del tiempo —eso creí entender— viven para morir.

«El miedo, desde este momento, es cosa del pasado.»
Si el Padre regala, ¿por qué temer? Los que odian sólo tienen miedo. ¿Y qué es el odio?: amnesia. El que odia no «recuerda» que fue imaginado por el *Áhab*, por el Amor. Miedo y odio —dijo— no tienen posibilidad en su «reino». Hay que hacerse a la idea...

«Vive más el que sueña.»
Y me invitó a que aprendiera del alma de las mujeres. Ellas practican, mejor que los hombres, el arte de la intuición. Soñar sólo es eso: caminar un paso por delante de la razón. Y dijo más: en lo más recóndito, y escondido, de Dios «vive» lo femenino, el Gran Espíritu. No comprendí muy bien en esos momentos...

«No busques la verdad, porque podrías hallarla.»
Deja la «luz» para cuando seas «luz». Deja lo sublime

para el «no tiempo». El Padre —insistió— quiere que seamos santos, o perfectos, pero mañana. Hoy es suficiente con «renacer»…

«¿Desde cuándo la muerte forma parte de la vida?»

El Padre regala inmortalidad (vida). ¿Por qué nos empeñamos en confundir el puente con el río? ¿Quién termina desembocando en la mar, en el Amor: el puente, o las aguas de la vida?

«La verdad no grita. Susurra…»

La verdad es tan incomprensible para nuestra limitada naturaleza humana que, ahora, sólo conviene susurrarla. Y matizó: «Susurro interior, claro…»

«Es mejor hablar con los ojos.»

Después de todo, es el «te quiero» más veloz.

«No juzgues, aunque tengas razón.»

En la tabla de tola dibujó también la letra hebrea *vav*, que simboliza al hombre. Y reiteró: cada cual se limita a dar cumplida cuenta de su *tikkún*, su misión en la vida. Ni siquiera cuando seas espíritu deberás juzgar. Ni siquiera los Dioses lo hacen…

«Si descubres que vas a morir, continúa con lo que tienes entre manos.»

No estamos en la vida para arrepentirnos, y mucho menos para pedir perdón a Dios. Los hijos deben caminar con seguridad y confianza, no con temor. Nadie tiene capacidad para ofender al *Áhab*. Ni siquiera los propios Dioses (y volvió a utilizar la mayúscula).

«Lo más hermoso está siempre por suceder.»

Según entendí, ése es el gran secreto del Padre: experto en sorpresas, experto en cocinar el día a día (con amor). Y añadió: «Lo mejor que te ha ocurrido en la vida sólo es una abreviatura de lo que Él te reserva.» Y pensé: «Ma'ch ya lo es…»

«La lucidez obnubila.»

Cuanta más claridad mental (se refirió a claridad del alma), más lejos de la razón y más cerca del *Áhab*. Y lo desmenuzó como si fuera el alimento de un bebé (en realidad, lo era): cuanto más próximo a la *nitzutz*, cuanto más consciente de la presencia divina en tu interior, más huidiza y breve te resultará la realidad…

«Dios no duda, eso es cosa nuestra.»

La ley básica de la imperfección es la duda. Sólo el Padre acierta. Por eso no podemos comprenderlo (ahora). Es la duda la que impulsa a caminar, no la certeza. Por eso Dios no se mueve. Nosotros, algún día, tampoco dudaremos. Jesús de Nazaret fue un «atajo», pero muy pocos llegan a descubrirlo.

«Cuando comprendas, tendrás que decir adiós.»

Y lo representó con la *iod*, la letra hebrea que simboliza a Dios como «Ab-bā» (Papá), y como origen del *Áhab*. Ese «despertar» nunca podrá ser en vida. «Comprenderemos» cuando sólo seamos «interior»… Será la gran «despedida» de nosotros mismos.

«Dios no lucha, pero gana.»

Es el Gran Brujo, que dispone el final, antes que el principio. Si conociéramos el secreto del Padre, estaríamos por encima de Él. Y afirmó, rotundo: «Alguien lo está… Por eso gana, sin necesidad de pelear.»

La revelación, como otras, me superó. No acepté lo que, evidentemente, estaba manifestando. No estoy preparado.

«Si tu dios pregunta, mal asunto.»

Escribió dios con minúscula *(ab-bā)*. Y explicó: las preguntas son propias de las criaturas del tiempo y del espacio. En la perfección, en el «reino» de Ab-bā, todo «es». Sólo la imperfección está capacitada para interrogar. No debemos confundir dioses con Dioses.

«La sabiduría es una actitud.»

La auténtica, la que nace de la *nitzutz*, o fracción divina, es una forma de comportarse. Cuanto más sabio, más tolerante. Cuanto más sabio, más abrazo. Cuanto más sabio, más fluido. Cuanta más sabiduría, más amante. Cuanto más sabio, más intuitivo. Cuanto más sabio, más enemigos…

«Dios no pide nada a cambio. No lo necesita.»

No hagáis caso de los hombres —proclamó—. Él, el Padre, está en cada uno de vosotros. Él concede antes de que puedas abrir los labios, y susurra de por vida. Él no perdona, porque no hay nada que perdonar. Él sabe, aunque tú no sepas. Él tiene, porque da. ¿Qué puede solicitar el Amor del amor? Me hizo un guiño, y aclaró: «Sólo que despiertes.» E insistió, e insistió, e insistió: somos inmortales por naturaleza. Él ya lo ha dado todo. Algún día, cuando finalice nuestro *tikkún*, la felicidad nos ahogará... «A eso he venido, querido *mal'ak*: para recordaros que no hay condiciones...»

«**La duda no es mal comienzo.**»

Ejercitarla es alimentar al alma. Dudar es el estado natural del hombre. Así ha sido dispuesto por los que no dudan. El que aprende a dudar respeta. El que duda desempolva su corazón. El que practica la duda multiplica. El que duda admite sus errores y, sobre todo, los de los demás. La duda, entonces, nos hará valiosos. La duda es un truco de la divinidad: cuantas más dudas, más recorrido. Dudar es el pacto obligado con la «chispa». Si el alma no dudara, ¿cómo podría crecer? La duda embellece porque nos hace más humanos. Dudamos porque vivimos. Dudamos porque buscamos. La duda es la mejor protección contra fanáticos, salvadores y ladrones de voluntades.

«**El que adora se asoma a Dios.**»

O lo que es lo mismo: el que adora se asoma a la *nitzutz*. Adorar es descubrir que «viajamos» juntos. Se trata de la máxima expresión de la inteligencia humana. Sólo adoran los sabios; es decir, los que han «despertado», los que no dudan en empezar de nuevo, constantemente. Sólo adoran los que empiezan a saber algo de sí mismos...

Y comprendí: yo jamás había adorado a Dios. Confundí al Padre con la religión.

Adorar, en realidad, es un simple y bellísimo gesto de gratitud. Es lo menos que se debe ofrecer al que nos ha imaginado. Entonces, al arrodillar el alma, Él te levanta a la altura de sus ojos. Jamás, como criatura humana, podrás estar tan próxima al poder y a la fuerza. Es el instante sagrado que bauticé, acertadamente, como «principio Omega». Al adorar, al abandonarse a la voluntad del Padre, el alma entra en la edad de oro. Y repitió: la creación se enciende a nuestro favor. Ya nada es lo mismo. La primitiva criatura humana se ha declarado amiga del Número Uno. ¿A qué más puede aspirar un Dios?

«El que escucha, habla doblemente.»

De eso doy fe. Nada de cuanto he escrito habría sido posible si no hubiera prestado atención a su palabra. Su presencia fue insustituible, y su mensaje, eterno. Yo, ahora, hablo doblemente, por su infinita misericordia. Hablo para mí, y para los que tienen que llegar. Nada de lo que contiene este apresurado diario es lo que parece. Es mucho más. Es el «doble».

Como repetía el Maestro: quien tenga oídos, que oiga.

«Enamorarse es perder la razón, al fin...»

Y dejó la cuestión, intencionadamente, para el final. Habló del amor humano, como una interesante aproximación al *Áhab*. Y precisó: «Sólo una aproximación...» No debería sorprendernos, y mucho menos atormentarnos, la fugacidad del amor humano. Enamorarse es prender una vela que, tarde o temprano, se extinguirá. Pero, mientras dura, ilumina y nos aleja de la razón, la gran enemiga de la duda. Enamorarse es intrínseco a la naturaleza humana, al igual que dormir, o alimentarse. No debemos avergonzarnos jamás por experimentar lo que es inherente a la condición de la mujer y del hombre. Otra cuestión es que el ser humano, en su ignorancia, le quiera otorgar un carácter sagrado, que jamás ha tenido, como no lo tienen las funciones de imaginar, reflexionar, reír o llorar. Y me animó a «confiar», aunque mi amor por Ma'ch fuera imposible... «Lo imposible —sentenció— es, justamente, lo verdadero.»

Y cada noche, al concluir la conversación, el Maestro, indefectiblemente, arrojaba al fuego la madera en la que había escrito la frase.

¿Por qué lo hacía? ¿Por qué destruía lo escrito por la mañana?

Y me vino a la mente una escena, no muy lejana, en la que Jesús reprendió al ingeniero por haberse apropiado de una escudilla de madera, en la que el Galileo escribió un mensaje, comunicándonos que regresaría al campamento del Hermón al atardecer (1). Sólo hallé una expli-

(1) Para más información sobre el incidente, véase *Hermón. Caballo de Troya 6. (N. del a.)*

cación, la que Él nos proporcionó en aquella oportunidad: no convenía que el Hijo del Hombre dejara escritos, ni tampoco descendencia…

Entendí. Pura «normativa interna». Jesús también debía ajustarse al «manual de instrucciones»…

Mensaje recibido.

Aunque, en general, la estancia en Beit Ids fue sumamente benéfica, también hubo malos momentos. Algunos, incluso, muy malos. Pero todo ello, como si hubiera sido dispuesto por un Mago, terminó desembocando en lo sublime. Veamos...

El miércoles, 30 de enero, fue, con mucho, el más dramático de los treinta y nueve días que viví junto al Maestro, en tierras de los *badu*. Fue esa mañana cuando el pobre Ajašdarpan...

Pero no... No fue así.

Todo empezó un poco antes, nada más despuntar el domingo 27...

Sería absurdo echarle la culpa al anticiclón que se instaló sobre la zona oriental del valle del Jordán. Al retornar al Ravid y consultar la meteorología, supe que ese día, al poco de amanecer (6 horas y 34 minutos de un supuesto Tiempo Universal), Beit Ids aparecía con una presión de 1.010 milibares, y un viento notable y abrasador, anunciador de lo que los beduinos llamaban *es-sa ra*, una lluvia mansa y muy adecuada para el campo. El invierno, para ellos, tras las pasadas y torrenciales *el gawzah* («lluvias en cascada»), había concluido. La cuestión es que la temperatura subió considerablemente. Antes de la hora tercia (nueve de la mañana), quizá rondase los 30 grados Celsius. Y el Maestro aplazó su retiro a la «778». Esa mañana la dedicaríamos al lavado de ropa. Eso dijo, y quien esto escribe obedeció. Muy cerca, como ya apunté, huía veloz, hacia el este, un riachuelo invernal, de poco más de medio metro de profundidad. Se hallaba al sur de la boca de la gruta, entre la «luz» y el bosque de almendros, en una prudente y tímida vaguada, casi siempre solitaria. Pensé que era el paraje idóneo para un menester tan impropio de hombres. En aquel tiempo, raro era el varón que se preocupaba por semejante tarea, y mucho menos entre los *a'rab*.

Y lo dispuse todo: túnicas, mantos, *saq*, y las pastillas de «natrón» que yo mismo había conseguido en el poblado y que me proporcionó Nasrah, la «gritona», la esposa principal de Yafé, el *sheikh*. Volví a examinar el «jabón», un tanto extrañado, pero no sospeché. La *faqireh* lo usaba. Lo llamaban *hamar*. Era una mezcla de sosa y plantas aromáticas, que producía mucha espuma. Pero, como digo, me llamó la atención el singular color azul. Nunca vi un «natrón» tan llamativo. Por lo general, los utilizados eran de un color verde limón, o terrosos. Pero ¿quién podía imaginar en esos momentos...?

Y hacia las ocho de la mañana, poco más o menos, tomamos posiciones en la orilla izquierda. Cada uno se ocupó de lo suyo. Buscamos un par de piedras en las que batir la ropa, y nos entretuvimos en la localización de algunas ramas con las que apalear las prendas. Y en eso estábamos cuando, tentados por el sofocante viento del sur, de mutuo acuerdo, decidimos tomar un baño. Lo que nos sobraba era tiempo...

Como digo, el lugar, a esa temprana hora, aparecía solitario. Así que, sin más, con toda naturalidad, nos despojamos de las ropas y, desnudos, nos lanzamos al cauce.

El baño fue relajante, y se prolongó durante un buen rato, hasta que, de pronto, oímos voces. Alguien se acercaba a la orilla...

Me apresuré a salir del agua, pero sólo tuve tiempo de cubrirme con el *saq*. Jesús se hallaba aguas abajo, nadando. Por supuesto que se percató de la proximidad de las mujeres, pero continuó feliz, a su aire, sin conceder importancia al hecho de que se hallara desnudo. Fui yo quien se alarmó.

Y, en efecto, al instante se presentó en la orilla, a cosa de cinco metros de las piedras seleccionadas para hacer la colada, un grupo de beduinas. Eran diez, o quince, con tres asnos. Eran las *wadirat*. Así llamaban a las que acudían al río para llenar los odres, o *rawieh*. Debían regresar al poblado cuanto antes. Era el agua destinada al *sheikh*, a los perros, y al ganado enfermo (por ese orden). Después, si sobraba, se repartía entre los varones, mujeres y esclavos (también por ese orden). Las *wadirat* eran las responsables de la *rhina*, el lavado de la ropa. Algunas eran profesionales. Cobraban a tanto la pieza. Al regresar a Beit Ids recibían otro nombre: eran las *sadirat*. Cuanto más tarde retornase un grupo de *sadirat*, más sospechosas de infidelidad... Dependiendo de las necesidades, de la época del año o del número de invitados del *sheikh*, las *wadirat* podían hacer hasta diez viajes por jornada.

No lo tuve en cuenta. Mejor dicho, no lo recordé...

Y al poco, como era de esperar, empezaron las risas. Quien esto escribe, azorado, agarró una de las túnicas e intentó no prestar oídos a las burlas y a los dardos envenenados que empezaban a escapar de las bocas de las maliciosas *badu*. Como dije, era lógico. Entre los beduinos, ningún varón se prestaba a lavar la ropa...

Jesús seguía en el río, aparentemente ajeno a la situación.

Sumergí la prenda en el agua, y la extendí sobre la piedra, dispuesto a batirla y a eliminar la suciedad.

Y las risas y los comentarios mordaces arreciaron. Procuré no alterarme. Ni siquiera levanté la vista...

Y se produjo el desastre.

Al frotar el supuesto «natrón» contra la túnica, todo se volvió azul...

No comprendí.

Cuanto más restregaba, cuanto más empapaba la lana, más azul se volvía todo: el río, la piedra, la túnica, yo mismo... ¡Todo era azul!

Y, tras unos segundos de lógica sorpresa, las mujeres, que entendieron el problema mucho antes que este desolado explorador, olvidaron el acarreo de agua, y a los asnos, y sólo tuvieron ojos para aquel otro «asno»...

Las risas, gritos y aspavientos fueron tales que el Maestro interrumpió el baño, y me contempló, igualmente atónito. Al poco rompió a reír, como el resto...

La explicación era muy simple. La *faqireh*, a quien no le resultaba excesivamente simpático, y así lo demostró en nuestro segundo encuentro, me había tomado el pelo. En lugar de jabón me proporcionó un colorante. Concretamente, un *zraq*, una especie de índigo que fabricaban con indigofera (1), orina humana, y una hierba llamada *pastel*. El *zraq*, naturalmente, se reservaba para el tinte de tejidos, nunca para el lavado. Pero las malas ideas de aquella bruja no terminaban en la «avería» propiamente dicha. Días después, el propio *sheikh*, al corriente de lo sucedido en el río, me lo explicó, sin poder disimular la risa. Entre los beduinos, especialmente entre los Adwan, y otras tribus de la región de Moab, el índigo, o añil, era el color de los cobardes y de los afeminados. La cobardía era uno de los peores pecados que podía cometer un varón. Huir en una *razzia*, o abandonar a un miembro del clan en una guerra, era una bajeza. El cobarde se convertía en un *munayyil*, y toda la familia quedaba mancillada. Cuando esto sucedía, una de las mujeres arrojaba un *nileh* (colorante azul) a la cara del cobarde. Después lo vestían de mujer y le negaban el *kafia*, hasta que demostrara la «blancura de su cara». Así nació la leyenda de los *masboub*, los misteriosos jinetes, con largos vestidos flotando al viento y ojos de fuego, que se presentaban en las batallas, y a los que los *badu* temían tanto o más que a los *žnun*.

Ahí terminó la «colada», naturalmente...

Y me dije: «No está mal para empezar... Dos errores nada más arrancar la mañana.»

Pero el día no había concluido...

El Maestro salió del agua, se tapó con el *saq*, o taparrabo, y empezó a secarse con la túnica roja. No hizo comentario alguno, pero vi cómo se esforzaba por sujetar la risa.

(1) Entre las quinientas especies de esta planta herbácea, los beduinos seleccionaban la que hoy conocemos como *Indigofera tinctorial*, rica en indigotina, de cuyas hojas extraían el colorante natural. Tras la maceración en agua, las hojas perdían el indicán y resultaban atacadas por los enzimas vegetales. Así aparecía el indoxilo que, finalmente, se transformaba en índigo, como consecuencia de la oxidación al contacto con el aire. La fabricación del *zraq* era otra fuente de riqueza en Beit Ids. *(N. del m.)*

Por mi parte, entré de nuevo en el cauce e hice lo imposible por aclarar mi ropa y, muy especialmente, por aclararme. Fue como una plaga. El añil se introdujo con ganas en el tejido, y en los poros, y fue necesario pelear sin desmayo para obtener algunos resultados; no demasiados. Pero mi afán encendió de nuevo el buen humor de las mujeres, y las risas y burlas resucitaron, yo diría que con más fuerza.

Entonces aparecieron ellos...

Los había visto junto a la hechicera, la tarde que llegamos a la cueva de Beit Ids. Recuerdo que se burlaron de mis cabellos blancos. Entonces no presté excesiva atención. Es más: «dadas las circunstancias», lo acepté como un merecido castigo. Ahora, sabiendo lo que sabía, me eché a temblar. Aquellos pequeños truhanes eran capaces de todo...

Eran seis. Como dije, ninguno rebasaba los nueve o diez años de edad. Vestían las típicas túnicas de colores vivos y chillones, con las cabezas rapadas y los pies desnudos.

Se unieron a las *badu*, y no necesitaron mucho tiempo para ponerse al corriente...

Eran los *ḍuṛ-ḍaṛ*. Así los llamaban en el poblado, y en los alrededores. Beit Ids, como el resto de la Decápolis y de la Perea, sufría un mal cada vez más preocupante. Me refiero a las bandas de jovenzuelos, casi niños, que traían de cabeza a las familias, a los caminantes y a las autoridades. La mayoría no era peligrosa, pero resultaba molesta. Lanzaban piedras contra hombres y animales, hurtaban si se prestaba la ocasión, insultaban, y sometían a propios y extraños a cuantas vejaciones eran capaces de idear. En cada aldea anidaban varios de estos grupos, capitaneados por sendos jefecillos. Hacían *razzias* contra bandas rivales y, casi siempre, terminaban malparados. Los *ḍuṛ-ḍaṛ* no eran los peores, aunque hacían honor al sobrenombre. En el dialecto de Beit Ids, *ḍuṛ-ḍaṛ* era un juego de palabras que, poco más o menos, quería decir «dar la vuelta y mostrar el trasero», aunque *ḍaṛ*, según la entonación (*ḍaṛṛ*), podía traducirse también como «causar dolor». Y eso era aquel «equipo» para el *sheikh* y su

523

familia: un dolor de cabeza. Sólo la *faqireh* lograba controlarlos y someterlos, y no siempre. También conocí a los *tā'ūn* («apestados»); a los *hārra* («demasiado»), para los que nunca era «demasiado», a los *sjūn* («caliente»), los más pequeños, porque no había noche que no fueran «calentados» por sus padres y, sobre todo, a los *dawa-zraḍ* («maldición de la langosta»), los más conflictivos, que obedecían a un adolescente de triste recuerdo...

No tardaron en introducirse en el cauce y, poco a poco, fueron aproximándose a quien esto escribe. Las risas y los gritos de las mujeres los envalentonaron, y empezaron a corear la palabra *munayyil* («cobarde»). Al principio lo tomé como un juego. Reían. Chapoteaban. Miraban a las beduinas, y éstas, a su vez, los animaban con sus gestos y voces. Yo continué frotando, no demasiado alarmado. Sólo eran niños...

El Maestro seguía en la orilla, a pocos pasos, secándose.

Y el jolgorio fue en aumento, conforme se acercaban. Supongo que mi pasividad los desconcertó. Después, rabiosos, arreciaron en los insultos. Y la palabra *munayyil* terminó apagando las risas de las *badu*.

No supe qué hacer.

Uno de ellos, el que parecía llevar la voz cantante, empezó a palear el agua con las manos, lanzándola sobre este explorador. Detuve la limpieza, y pensé en retirarme. Tampoco deseaba crear un conflicto por culpa de aquellos diablos. No tuve oportunidad. El resto imitó, rápido, al que parecía el jefe, y tuve que soportar una cortina de agua y de insultos. Pero el molesto incidente no terminó ahí...

El jefecillo se detuvo. Alertó a los otros cinco y, a una orden suya, se volvieron al unísono y levantaron las túnicas, mostrándome los respectivos traseros. Éstos eran los *ḍuṛḍaṛ*...

Y las risas de unos y de otras se multiplicaron.

Pero en ese instante, antes de que acertara a retirarme —ésa fue mi intención—, vi cruzar ante mí al Galileo. Mejor dicho, más que cruzar, lo vi volar. Se precipitó sobre los pillastres y, con el *zraq* en la mano izquierda, procedió a teñirlos de azul. Empezó con el jefe. Introdujo lo que quedaba del colorante en las aguas, y lo frotó sobre el cráneo del perplejo diablillo. Después le tocó el turno al segundo, y al tercero... El resto logró huir.

Las beduinas, tan sorprendidas como este explorador, terminaron concediendo la razón al Príncipe Yuy, animándolo para que tiñera a los huidos.

Jesús, entonces, se situó a cuatro patas sobre el lecho del riachuelo y, dirigiéndose hacia los que habían logrado escapar, empezó a ladrar, imitando a los *saluki* del *sheikh*. Y las risas regresaron nuevamente. Había contemplado al Hijo del Hombre en muchas circunstancias, pero ésta era la primera vez que lo veía sobre las manos y las rodillas, en medio de un río, y ladrando...

Así era el Hombre-Dios.

Los *ḍuṛ* no necesitaron mucho tiempo para comprender que se trataba de un juego y, entusiasmados, dieron la vuelta, rodeando al «perro». Al poco rato, los seis niños beduinos se hallaban enzarzados en un simulacro de pelea con el Galileo. Todos intentaban arrebatarle el *zraq*, y todos terminaban en el fondo del wadi. Jesús saltaba. Retrocedía. Los frotaba con el colorante. Caía sobre las aguas. Resoplaba. Reía...

Disfruté con el espectáculo. Todos lo hicimos, hasta que, súbitamente, algo no me gustó...

Los *ḍuṛ*, ante la imposibilidad de hacerse con la pastilla de colorante, cambiaron de táctica. Y el juego se enturbió. Empecé a contemplar patadas, tirones de pelo, insultos, golpes...

El Maestro no dijo nada, y siguió bregando con los *ḍuṛ*. Las beduinas se dieron cuenta, y cesaron en sus risas.

Fueron segundos, sólo segundos, pero trajeron recuerdos muy poco gratos.

Y cuando estaba a punto de entrar en el agua y espantar a los *ḍuṛ*, dos de las *badu* se adelantaron. Las conocía de vista. Sabía que eran nietas del *sheikh*. Ayudaban con el ganado. Las vi por los alrededores del poblado, y en el *nuqrah*, en el hogar, cuidando de los más pequeños de la familia. Era normal fijarse en ellas. Además de bellísimas, eran corrosivas como el ácido. Todos huían.

Eran gemelas. Quizá tuvieran catorce o quince años de edad. Una se llamaba «Endaiá», o «Llena de rocío». La otra respondía a la gracia de «Masi-n'āss», que podría traducirse por «La puerta de los felices sueños», aproximadamente. Nunca llegué a distinguirlas. Vestían igual, con amplios *thob*, o túnicas hasta los pies, de color negro y sin mangas. No usaban *khol*, ni ningún otro tipo de maquillaje. No lo precisaban. Sus ojos, negros, eran profundos e inagotables. Hablaban sin hablar, como los de ella. Siempre estaban peinándose la una a la otra. Pasaban horas domesticando los largos y oscurísimos cabellos. Y, mientras lo hacían, cantaban. Entonaban una triste melodía en la que narraban un primer amor, igualmente imposible. «Ella todavía espera», rezaba la canción...

Una de las gemelas, la que iba en cabeza, lanzó un grito e invocó a Karineh, otro de los *žnun* del mundo árabe, encargado de capturar y de llevarse en su camello con alas a los niños que no obedecían (1). Y repitió el amenazante nombre.

Los diablos quedaron paralizados, y las muchachas, decididas, prosiguieron hacia el grupo. Portaban sendas varas de avellano, largas, correosas y silbantes, con las que solían enderezar a los animales (tanto de cuatro como de dos extremidades).

Jesús, tendido en el agua, parecía exhausto.

Y los *ḍuṛ*, que sabían del ingobernable carácter de las gemelas, no esperaron. Al verlas avanzar, con las cimbreantes ramas en las manos, saltaron por encima del cuerpo del Galileo y escaparon entre los almendros. Uno de ellos —supongo que el jefe—, antes de alejarse, se revolvió y escupió sobre el Maestro, al tiempo que levantaba el puño, emplazándolo «para más adelante». Una de las *badawi* lo persiguió, pero logró escabullirse.

Ésta era una de las razones que las mantenía solteras. A pesar de su belleza, y de los dineros del *ahel* de Yafé, al que pertenecían, ningún hombre, en su sano juicio, las

(1) El tal Karineh, que recibía el poder del dios Iblis, podía ser invocado por los padres o por el *faqir* de turno. Para conjurar su poder sacrificaban un gallo y lo enterraban bajo el suelo del hogar, o de la tienda. *(N. del m.)*

hubiese solicitado en matrimonio. «Un hombre no puede pelear con su yegua y con su mujer al mismo tiempo.» Eso decían.

Las contemplé, agradecido, y entendieron. Una de ellas —no sé si Endaiá— terminó sonriéndome, pero quien esto escribe, torpe, como siempre, no acertó con el significado de la intensa mirada...

Y el Destino, lo sé, debió de observarme, burlón, desde la orilla del wadi...

¿Quién podía imaginar entonces...?

Acudí junto a Jesús y le tendí la mano. Percibí cierta tristeza en sus ojos, pero no hizo mención del incidente. Se aferró al brazo y tiré de Él, como en el Artal. Era la segunda vez que lo ayudaba a salir del agua...

Entonces, casi para sí, comentó:

—¡Querido *mal'ak*: renuncio a mi poder!

—Claro, Señor... Con esos diablillos, yo también lo haría.

Me sonrió brevemente. Se vistió y se alejó hacia la gruta. Yo recogí los restos del «naufragio» y me fui tras Él.

Las *badu* regresaron a Beit Ids. Lo hicieron despacio, sin dejar de hablar y de reír. No todos los días se veía a un extranjero, un *barráni*, teñido de azul, y por su propia voluntad... Las gemelas cerraron la comitiva de las *sadirat*. Una de ellas se volvía cada poco y me buscaba con la mirada. Tampoco comprendí.

El resto de la jornada transcurrió sin incidencias. El Maestro, más serio de lo habitual, se retiró a su colina, la de la «oscuridad», y no regresó hasta el ocaso (en la nave, los relojes señalaron la puesta de sol a las 17 horas y 5 minutos).

Cenamos y, mientras alimentaba la hoguera, lo contemplé, intrigado. ¿Qué había ocurrido? Algo pasaba. Lo supe de inmediato. Aquel silencio y la gravedad de su rostro no eran normales. Pero, prudentemente, esperé. Yo sólo era alguien que observaba. En realidad, como ya mencioné, «oficialmente», nada de esto existió...

Me senté frente a Él, y presté atención al lenguaje de las llamas. De vez en cuando levantaba la vista hacia el firmamento, pero tampoco comprendí los cuchicheos de las estrellas. Las «luces», si estaban allí, eran indetectables. Sólo Ma'ch destellaba, azul y poderosa, desde Rigel...

Y dejó que se derramaran los minutos. Fue uno de los silencios más difíciles de mi permanencia en Beit Ids. Pero estaba justificado. Lo que pretendía comunicarme era tan vital como delicado. Expresarlo no era sencillo, ni siquiera para un Hombre-Dios. Pero lo intentó.

Quien esto escribe no había comprendido el alcance de lo expresado en el río, cuando le tendí la mano. Aquel comentario del Hijo del Hombre —«renuncio a mi poder»— no era la prolongación del juego con los *dur*, como supuse. El Maestro hablaba en serio. Y procedió a explicarlo, en otra arriesgada «aproximación» a la realidad. Más o menos, esto es lo que llegué a entender:

Al parecer, lo decidió mucho antes, en uno de sus retiros en la «778». En una de aquellas meditaciones, en aquel, para mí, indescifrable misterio del *At-attah-ani*, o «engranaje» de lo divino con lo humano, Jesús de Nazaret, un Dios Creador, optó por prescindir de su poder.

¡Dios santo! No sé si seré capaz de transmitirlo...

El Maestro era un Dios, como ya he mencionado muchas veces. Exactamente, un hombre que fue capaz de «identificarse» con la «chispa», o fracción divina. Ahora, en vida, Él era hombre y *nitzutz*, reunidos en un todo, un Hombre-Dios. Pues bien, aunque escapa a mi comprensión, esa parte divina, esa naturaleza «no humana», continuaba disfrutando del poder, entendiendo como tal la capacidad de crear y sostener. Él, según explicó, era el Creador de un universo; uno de los muchos que configuran la «parte visible» de la Gran Creación del Padre. Y como tal, como Dios Creador, el Maestro disponía de una inmensa «fuerza», capaz de resucitarse y de devolver a la vida a los muertos. Eso lo sabía, porque fui testigo. Mejor dicho, lo sería...

En esa colina, insistió, tomó la firme decisión de no hacer uso de ese inmenso poder. Dicha opción, si no comprendí mal, afectaba a tres grandes capítulos (?). A saber: renunciaba a su «gente», a los prodigios, propiamente dichos, y a su defensa personal.

Pregunté, obviamente, pero, a pesar de su buena voluntad, y de su generosidad, la «realidad» de la que hablaba se escurría como el agua entre los dedos. Aun así, como digo, me arriesgaré a escribir lo que dio de sí mi corto entendimiento.

¿Quién era su «gente»? Me lo pregunté en varias ocasiones. ¿Eran ángeles? ¿Quizá los seres que pilotaban (?) las «luces» que aparecían en los cielos? Eran criaturas, sin más, a las que no puedo comprender (no mientras permanezca en el tiempo y en el espacio), y que fueron creadas por Él. Mejor dicho, «imaginadas»...

Eran incontables. No eran guerreros, como la pobre mente humana ha llegado a suponer. Eran seres «nacidos» (?) en la perfección, no materiales, que se hallaban a su servicio. Desarrollaban las más asombrosas tareas: desde las «comunicaciones», al «transporte» de la vida, pasando por la «vigilancia» de las criaturas mortales, su «despertar» tras la muerte, y otras funciones que, como digo, escaparon a mis escasas luces. Entre esa fantástica «gente» había que contabilizar a los «K»...

Esa «gente» sabía, perfectamente, de la encarnación de su Dios Creador y Señor. Jamás lo mencionó, pero yo supe que siempre estuvieron con Él: desde la concepción, hasta después de su muerte. Y supe que habían participado en mis sueños...

Una sola palabra suya, una orden, y esas «legiones de ángeles» habrían actuado. Algo le dijo a Pedro en el huerto de Getsemaní, pero este explorador no supo a qué se refería con exactitud. En la noche de aquel imborrable viernes, 7 de abril del año 30, cuando Pedro atacó a Malco, uno de los siervos del sumo sacerdote Caifás, el Maestro, severo, obligó al discípulo a guardar la espada, y le dijo:

—¡Pedro, envaina tu espada!... ¿No comprendéis que es la voluntad de mi Padre que beba esta copa?... ¿No sabéis que ahora mismo podría mandar a docenas de legiones de ángeles..., que me librarían de las manos de los hombres (1)?

Ellos, los apóstoles, y yo, quedamos aturdidos. ¿De qué hablaba? Algo insinuó en el Hermón, y ahora lo amplió, en la medida de sus posibilidades.

(1) Amplia información en *Jerusalén. Caballo de Troya 1*. (*N. del a.*)

Su «gente», salvo que fuera la voluntad del Número Uno, permanecería al margen. Jesús desarrollaría su trabajo en la Tierra sin la ayuda de los que, habitualmente, le sirven en el «reino». Él renunció a su «gente», pero ¿renunció su «gente» a Él? Ésa era la cuestión. Una cuestión que me reservaba interesantes sorpresas...

Curiosamente, las «luces» no volvieron a ser vistas sobre Beit Ids. Yo, al menos, no las detecté...

Pero «ellos» permanecieron allí, muy cerca, como tendría la oportunidad de verificar pocas horas después.

La segunda noticia me dejó más confuso, si cabe.

—Querido mensajero —aclaró—, no recurriré a los prodigios, salvo que sea la voluntad de mi Padre...

Era igualmente simple. Si acerté a comprender, lo que el Maestro trató de transmitirme era su renuncia, total y sin condiciones, a la posibilidad de hacer milagros. Su poder era tal que podría haberse presentado sobre una nube, y rodeado de rayos y truenos. No era eso lo que deseaba. Él quería «despertar» al hombre, pero por la magia de la palabra. Aborrecía la idea de ganar adeptos por el solo hecho de que pudiera convertir las piedras en pan, o de que pudiera fulminar a las legiones romanas. No era el camino que le agradaba, aunque hubiera sido legítimo. De hecho, ésa era la idea del Mesías libertador que dominaba entre los judíos. Jesús lo sabía muy bien. Ese ansiado Mesías, cantado desde antiguo por más de quinientos textos religiosos, sería un rey, hijo de la casa de David, enviado por Dios y dotado de los más asombrosos poderes, que utilizaría, sin reparo, para situar a la nación judía en lo más alto de la categoría social humana. Lo he dicho, y no me cansaré de insistir en ello: el Mesías de los hebreos, al que siguen esperando, era un hombre y un superhombre al mismo tiempo; era un rey y un libertador político; era un sacerdote y un juez; era un sanador y un hacedor de maravillas (1) que doblegaría a los im-

---

(1) Cada escuela y secta rabínica, como ya referí, tenía sus propias ideas sobre el Mesías que estaba por llegar. La mayoría consideraba que dicho reino mesiánico tendría una duración de cuatrocientos años, como la esclavitud en Egipto. Y lo defendían porque así estaba escrito en el Génesis (15, 13).

píos (Roma) por la fuerza de la espada, y que sometería al mundo tras un baño de sangre. Los que lo conocimos, aunque fuera mínimamente, supimos que el Hijo del Hombre se hallaba muy lejos de esa concepción mesiánica. Él no era el Mesías. Era mucho más...

Y decidió demostrarlo, como digo, sin alardes, y por el poder de su palabra. Quería regalar esperanza, y alzar los ánimos de los deprimidos y desheredados, por la fuerza y la originalidad de su pensamiento. Para ello, el primer paso era renunciar a su poder personal.

—Nada de milagros, salvo que el Padre estime lo contrario.

Lo miré, desconcertado. Entró en mi mente y leyó...

—Los milagros (creo) se producirán...

Asintió con la cabeza, en silencio, y sonrió con cierto aire de complicidad.

—Entonces —intervine, sin alcanzar a comprender la profundidad de lo que estaba planteando—, tú no estarás de acuerdo con esos prodigios...

—Yo siempre estoy de acuerdo con la voluntad de Ab-bā, aunque ahora, en la carne, pueda sufrir por ello...

Y añadió, misterioso:

—Y no olvides, querido *mal'ak*, que, a su lado, soy un Dios menor...

Dejé escapar la oportunidad. No fui capaz. No tuve va-

_____

Otros doctores de la Ley, seguidores de los textos de Esdras y del llamado Apocalipsis de Baruc, sostenían que ese «reino» se prolongaría «hasta que el Mesías terminara con la corrupción». En lo que todos coincidían era en el hecho de que la llegada del Salvador significaría el ingreso en un «tiempo feliz», en el que desaparecerían las enfermedades, los campos proporcionarían «mil por uno», las uvas serían del tamaño de bueyes (capaces de dar un barril de vino por grano), los hombres (no las mujeres) serían capaces de hacer el amor cuarenta veces al día, como los leones, y las mujeres parirían sin dolor. Con el Mesías, además, llegaría la inmortalidad. Los justos, los que se unieran a su campaña contra los impíos, no morirían jamás. El resto, los que habían fallecido con anterioridad, y podían demostrar su pureza de origen, y su fidelidad a la grandeza de Israel, sería resucitado por dicho Mesías. La locura de los ortodoxos llegaba al extremo de discutir si un «resucitado» podía ser devuelto al infierno, en el caso de que se arrepintiera y renunciara al «reino de Dios». Otros aseguraban que los rebeldes, y renegados, serían despedazados por el poder de la palabra del Mesías, tal y como aseguraba Henoc (62, 6). *(N. del m.)*

lor. No acerté a despejar el enigma de aquella frase: «Soy un Dios menor...»

Lo vi decidido. Deseaba renunciar a las maravillas. Pero, entonces, ¿qué debía pensar sobre los milagros que, supuestamente, le atribuían? ¿Es que no tuvieron lugar? Eso no era posible. Yo había visto (yo vería) a un Lázaro vivo que, según sus familiares y amigos, falleció tres días antes de ser resucitado. ¿Fue obra del Padre, o de Él? A decir verdad, yo no fui testigo de la muerte del vecino de Betania...

¿Y qué decir de Caná? Si el Maestro tomó la decisión de no obrar prodigios, ¿qué fue lo que sucedió con el agua? ¿Se convirtió en vino, como aseguran los escritos «sagrados»? ¿Caminó sobre las aguas del *yam*? ¿Regaló la vista a los ciegos de nacimiento?

Sé que Él conoció mis dudas, pero guardó un cerrado silencio. Hizo bien. Lo ocurrido en Caná convenía que lo descubriera por mí mismo, y estaba al caer...

Por último, el Galileo se negó a utilizar su poder en beneficio de su integridad física.

En un primer momento, tampoco caí en la cuenta de lo que estaba anunciando.

Habló de la violencia. Yo sabía que la rechazaba, pero no imaginé hasta qué extremo. Jamás se defendería, ni siquiera cuando le asistiera la razón. Cuidaría de su cuerpo, obviamente, y trataría de no correr peligros innecesarios, pero —insistió— no acudiría a su poder para librarse del dolor, o para satisfacer sus necesidades básicas. No emplearía su capacidad creadora para favorecerse. Y lo cumplió: auxilió a muchos, pero Él se olvidó de sí mismo. También me lo pregunté: ¿estaba sujeto a los accidentes? Y recordé mi preocupación en las proximidades de la cueva, al oír los gruñidos del supuesto jabalí y los aullidos de los lobos, cuando se hallaba en lo alto de la colina de la «oscuridad». Me eché a temblar. Según esta declaración, el Maestro podía sufrir cualquier tipo de contingencia...

Sonrió, e intentó tranquilizarme. Y habló de algo que me resultó familiar:

—No te alarmes. Nada se mueve sin el consentimiento del Padre...

Fue después, algún tiempo más tarde, cuando comprendí. Ese domingo, 27 de enero del año 26 de nuestra era, el Hijo del Hombre ya sabía cuál era su destino. Lo supo durante uno de los retiros en la «778». Lo supo cuatro años y sesenta y seis días antes de su crucifixión. Lo supo desde el principio, pero lo guardó en lo más profundo de su corazón...

«Renuncio a mi poder...»

Y ocurrió algo que nunca imaginé. Podría silenciarlo, pero no debo; no sería justo con Él, y tampoco conmigo mismo. No sé por qué sucedió. Quizá lo vi tan próximo, tan humano... La cuestión es que dudé. Ahora me avergüenzo, pero así fue: dudé de su poder. Él habló, y habló, de sus inmensas posibilidades como Dios Creador. Lo hizo con entusiasmo. Me abrió su alma, y yo, pobre diablo, dudé. Lo vería muerto, y lo vería resucitado y, aún así, dudé.

Sí, eso fue: lo vi tan normal, tan humano...

¿Cómo era posible que Alguien así fuera el Creador de un universo?

De otra manera, pero yo también lo negué. No fue en público, como Pedro, pero lo rechacé en mi corazón. Ahora no sé qué es peor...

El Destino, sin embargo, lo tenía todo previsto. En breve, quien esto escribe recibiría una lección... ¡Y qué lección!

Nos retiramos a descansar cuando apareció la luna. En el módulo, los relojes señalaban las 21 horas y 40 minutos de ese supuesto Tiempo Universal.

Primera sorpresa.

El lunes, 28, el Maestro me comunicó un cambio de planes. Durante unos días suspendería las visitas a la «778», y trabajaría con los *felah*, los campesinos al servicio del jeque de Beit Ids. Era una fórmula para agradecer la hospitalidad de Yafé..., y algo más.

Recogería aceitunas. Era el final de la campaña. En cuestión de días, la totalidad del fruto se hallaría en las almazaras, y los *felah* iniciarían un nuevo ciclo agrícola, con la plantación de los jóvenes *zayit*.

¿Recoger aceitunas?

Podía ser interesante. Nunca había visto al Maestro en semejante menester...

¡Y ya lo creo que lo fue!

Pero vayamos paso a paso, tal y como se registraron los hechos, puesto que de eso se trata, de dar fe de cuanto vi, y de cuanto alcancé a oír.

Dicho y hecho.

Al alba, cuando el olivar se vistió de verde y blanco, Jesús se presentó ante el hombre de los nudos, y solicitó trabajo. El Galileo era así. Meditaba lo necesario y, acto seguido, una vez tomada la decisión, actuaba sin vacilar. Es curioso... Ahora que lo pienso, no consigo recordar un solo momento de su vida pública en el que lo viera indeciso, sin saber qué camino tomar. Miento: sucedió una vez, poco antes del prendimiento, en el referido huerto de Getsemaní, muy cerca de la Ciudad Santa. Jesús sudó sangre, y solicitó del Padre que, si era posible, apartase de Él aquel cáliz...

Y al poco, ante el asombro del *sheikh*, que no terminaba de asimilar por qué un príncipe deseaba participar en una labor tan plebeya, el Hijo del Hombre se encaminó hacia el nordeste, a la búsqueda de los *felah*.

Naturalmente, me fui tras Él.

El áspero viento del sur amainó y, como vaticinaron los *badu*, por el oeste, en el horizonte, asomaron las primeras nubes. Era el anuncio de la *es-sa ra*, la lluvia «dócil», como la llamaban los *a'rab*, tan beneficiosa y puntual. Lo más probable es que lloviera en cuestión de uno o dos días.

Segunda sorpresa.

El tajo era la colina que este explorador había bautizado como la «800», a medio camino entre Beit Ids y el peñasco de los *žnun*. Como dije, era la elevación más airosa de la zona, dedicada exclusivamente al cultivo del olivar, con un terreno amable y esponjoso, delicadamente aseado por los *felah*. La «800» me cautivó desde el primer momento. Era armoniosa, recogida y llena de luz, como ella. Parecía sonreír. Sentía cómo me «llamaba», aunque no sabía por qué. Ahora lo entiendo..., y me estremezco.

No era de extrañar que los olivos prosperasen a esa altitud. En la región de Beit Ids, próxima al Jordán, el clima, las lluvias y los cuidados de los campesinos hacían posibles generosas cosechas, con doce variedades de aceitunas (1). Como ya mencioné, los olivares del *sheikh* eran una mina de oro. Yafé supo dedicarles el tiempo y los medios necesarios. No en vano lo apodaban «el guapo que, además, piensa»... El gran secreto, sin embargo, la clave de aquel río de oro, era un hombre, el capataz principal, al que denominaban *ḥsab-gandak*, que en una traducción benévola significaría «el que lleva las cuentas y lo hace con cuidado». Era medio árabe, entrado en años, y con una característica difícil de olvidar: sonreía siempre, pasase lo que pasase. Y era una sonrisa sincera. Su padre procedía del desierto líbico. Era *badawi*. La madre era oriunda de la «isla de la alegría», en el Mediterráneo. Podría ser lo que hoy conocemos como Malta, o algunos de sus islotes. Contaba que, en dicha isla, las leyes prohibían las lágrimas. Cuando alguien deseaba llorar, se veía obligado a embarcarse y dirigirse a otra isla cercana, a medio camino entre Mgar y Marf (quizá la isla del Comino) (?). Al principio, al saber de su historia, pensé que se trataba de una invención, tan propia de los árabes, siempre fabuladores y amantes de la fantasía. Después, ya no supe qué creer...

Aquel hombre, como digo, era el alma de los olivares. Él los vigilaba día y noche. Él atendía la delicadísima poda. Él examinaba el suelo y dirigía las labores de subsolado. Él decidía cuándo plantar. Él se quemaba los ojos en la exploración de los cielos (2), y se ocupaba del abas-

(1) Los olivares de Beit Ids eran destinados a la producción de aceituna de almazara. Sólo algunos corros de *zayit* producían «verdeo», o aceituna de mesa. Entre las primeras, dedicadas a la extracción de aceite, recuerdo las siguientes variedades: *badu*, de madurez tardía, muy resistentes al frío (de ahí el nombre), *ṛaṣ* (por su forma de pico, de hasta cinco gramos por unidad), *ṣafi* (daba un aceite claro, muy cotizado), *bla-daxal* (que podríamos traducir por «sin interior», con un hueso ínfimo, y muy duro, que aprovechaban para fortalecer el mortero destinado a la construcción), y *nagza* (una aceituna enorme, «deseada ardientemente» por los productores de aceite). *(N. del m.)*

(2) La lluvia era una de las grandes preocupaciones de los olivareros de Beit Ids. Las primeras llegaban en octubre. «Despertaban a la naturaleza —decían—, pero no espantaban al sol.» Las llamaban *arif* o *pelleh* (poco

tecimiento de agua, en caso de sequía. Él tomaba las varas y las examinaba cuidadosamente, antes de proceder al vareo de las ramas. Él era el responsable de la recolección y del transporte a los molinos. Los olivos eran sus hijos. Hablaba con ellos, y les asignaba un nombre. Recuerdo algunos: «cuero de gacela», «regalo de la vida», «alborotador», «libro de mis días», «prisionero de la tierra», «perla incomprendida», «fértil sin palabras» y «el que respira verde», entre otros. Dormía en el olivar; cada noche, al pie de un *zayit* diferente. Estaba al tanto de sus defectos y virtudes, y los acariciaba y cuidaba cuando padecían una plaga, o una herida. Y aquella ternura y comprensión sabía ejercitarlas igualmente con sus semejantes. Era el «poeta de los olivos» y, sobre todo, un hombre bueno. Nunca supe su verdadero nombre. Lo llamaban «*Dgul*», un diminutivo de la expresión *dgul qṛiti aš f-ṛaṣi*, que en *a'rab* equivalía a «parece que leas mis pensamientos» o «el gigante que se alimenta de pensamientos». Al igual que otras palabras beduinas, *dgul* cambiaba de significado, según la entonación. También quería decir «gigante fantástico que devora». La verdad es que no vi la relación. Dgul, el capataz principal, o *ḥsab-gandak*, no era muy alto, y tampoco devoraba a nadie. Todo lo contrario.

Nos atendió con dulzura y, sin dejar de sonreír, preguntó si sabíamos algo de la *asepa* (así denominaban a la recogida de la aceituna). El Maestro explicó que había sido vareador en la Galilea. De eso tampoco sabía nada. En cuanto a mí, la única experiencia con la aceituna fue en la mesa. Me encantaba.

Dgul tomó entonces una de aquellas largas varas que servían para agitar el ramaje del olivo, y la puso en manos del Galileo. Jesús la examinó, curioso, y, supongo, es-

---

más que una mojadura). Las importantes se presentaban en noviembre. Recibían el nombre de *el-matar et-terayawi* («lluvias en cascada», a las que ya me he referido, y que me tocó vivir en el meandro Omega). Finalmente, las colinas recibían la sosegada y benéfica *es-sa ra*. «Si los dioses miran al suelo —aseguraban los *badu*—, esta lluvia, mansa como una mujer, se prolonga hasta la primavera.» *(N. del m.)*

peró una explicación. Era una vara de casi dos metros de longitud, impecablemente recta, sólida, y teñida en rojo oscuro. Las cortaban de los castaños, avellanos y de los cerezos. Estas últimas eran las preferidas por los vareadores. Eran mágicas —decían—, porque en los árboles en los que se desarrollaban anidaban todos los pájaros del cielo. Para hacerlas más resistentes, las templaban en agua con cal, o las enterraban en excrementos. De ahí procedía el brillo rojo, tan llamativo. Por supuesto, las ramas en cuestión no disfrutaban de ningún tipo de poder. El hecho de que las aves acudieran masivamente a las copas de los cerezos se debía a la dulzura del fruto.

Y Dgul aclaró algo que, para él, era vital, naturalmente. Los olivos eran mejores que los seres humanos. Daban todo, a cambio de casi nada. En su territorio, las varas, o «tembladeras», eran utilizadas con cuidado. En su cuadrilla —anunció— no se premiaba al que antes terminaba la *asepa*, sino al que menos daño causaba al olivo. Por eso la «tembladera» debía ser manipulada por gente con corazón...

Y concluyó:

—Espero que tú lo tengas. Me gusta más la ternura que la fuerza...

Jesús no respondió, pero noté una «luz» especial en su mirada. Yo había visto esa «luz» anteriormente. Era una «luz» que avisaba. Algo estaba a punto de suceder. Algo increíble...

El capataz indicó la línea de olivos que se alzaba en el nacimiento de la falda oeste de la «800» y sugirió al recién llegado que se uniera a los *felah* que trabajaban en uno de los hermosos *zayit*. En cuanto a este explorador, dada mi absoluta inexperiencia, Dgul me incluyó en el grupo que transportaba las espuertas hasta los mulos y onagros. Yo debía cargar las aceitunas, al pie de los olivos, y trasladarlas hasta el pequeño campamento en el que aguardaban los burreros y sus animales. Fui un cargador más, junto a niños y ancianos, por la comida, y un denario al día. No me lamenté. La experiencia fue inolvidable...

Pronto empecé a sudar. El terreno, con una inclinación superior al 3 por ciento, no ayudaba (1).

La *asepa*, en las colinas de Beit Ids, era un trabajo muy antiguo, desarrollado mucho antes de que irrumpiera en aquellas latitudes el llamado «pueblo judío». Era una tarea sencilla, pero dura y delicada. Dependiendo de la cosecha, y de otras circunstancias, la recogida empezaba hacia el mes de diciembre. Hombres y mujeres, siempre a las órdenes de un capataz, se repartían por los olivares, e iniciaban la campaña con una «limpia» previa del terreno. De eso se ocupaban las mujeres. Cuando el suelo aparecía despejado, sin el fruto que había caído de forma natural, los hombres extendían redes de esparto al pie del tronco y formaban un gran círculo. Era el *ḍaṛa*. Sobre él se vareaba, se «ordeñaba» y se hacía una segunda «limpia». Los hombres, con las varas rojas, o *xašba*, trepaban a las ramas o acometían el agitado del ramaje desde el suelo. Todo dependía de la agilidad del vareador y, naturalmente, de la decisión del capataz. En ocasiones, dependiendo de la altura del *yazit*, y de la fortaleza de las ramas, los *felah* se veían en la necesidad de utilizar escaleras de mano. No estaba bien visto entre los «profesionales» de la *asepa*. Lo varonil era moverse en la copa del árbol, sin más ayuda que manos y pies. Para Dgul, el vareo era un tormento. Aunque el *felah* fuera un experto, los continuos movimientos de las pértigas terminaban lastimando el fruto y, lo que era peor, quebraban el ramaje. Dgul, entonces, lloraba. Para evitar tales «siniestros», involuntarios la mayoría de las veces, el «poeta» inventó un sistema, el *yahlab*, que podría traducirse por «ordeño». Consistía en un «peine» de madera que se hacía pasar por las ramas y que arrastraba las aceitunas, sin perjudicar al olivo. Lo empleaban en los árboles jóvenes, con posibilidad de acceso desde tierra. El vareo, con seguridad, era el cometido

(1)   Con el fin de proteger el suelo de la erosión provocada por el agua, los hábiles *felah* plantaban los olivos siguiendo unas supuestas curvas de nivel. Cuando la pendiente era pronunciada, los campesinos levantaban barreras o disponían bancales, siempre a diez o doce metros. *(N. del m.)*

más agotador. El manejo de las varas requería una estimable fuerza y, sobre todo, habilidad. A los pocos minutos de iniciada la faena, tanto si se vareaba desde el ramaje como desde tierra, el *felah* tenía que hacer un alto y descansar.

Al pie del *zayit* trabajaban las mujeres y los niños. Llevaban a cabo la segunda «limpia». Conforme caían las aceitunas, las rescataban, separaban las hojas y las arrojaban en cestos, que debían ser trasladados, lo más rápido posible, hasta las caballerías y, finalmente, como decía, a las almazaras. Dgul sabía que la fermentación era una amenaza para las aceitunas, e intentaba, por todos los medios, que el almacenamiento del fruto fuera mínimo. De ahí la importancia del transporte, y de los sacos de red, con una ventilación máxima. Ése era mi trabajo.

Las mujeres y los niños, generalmente esposas e hijos de los vareadores, recogían con una rodilla en tierra, la derecha, y con ambas manos. Si el capataz los sorprendía recogiendo las aceitunas con una sola mano (eso era lo cómodo), se arriesgaban a ser expulsados de la *asepa*.

Por último, una vez «vaciado» el olivo, procedían al *nšaṛ*, que consistía en el rescate del fruto que había sido despedido fuera del círculo de red, como consecuencia de los golpes de las «tembladeras». Si el capataz lo estimaba conveniente, los *felah* retiraban el *daṛa* e iniciaban las mismas operaciones con el siguiente árbol. Era el turno de Dgul. El «poeta» inspeccionaba el *zayit* y «puntuaba», según el daño ocasionado a su «hijo»...

La colina en la que nos encontrábamos fue destinada, casi en su totalidad, al cultivo de una aceituna de verdeo llamada *garsan* («amantes»), porque crecían por parejas. Eran árboles de regular altura, con las copas esféricas, casi perfectas, y una madera oscura y quebradiza. La tradición, entre los olivareros, exigía que este tipo de aceituna de mesa fuera transportado en cestos y redes con una capacidad máxima de veinte o veinticinco kilos, pero los propietarios no lo consentían. Tanto los canastos como los sacos destinados al transporte de las aceitunas para aceite y verdeo alcanzaban los cuarenta y cincuenta kilos de peso cada uno. Los ancianos eran los más perjudicados. Dgul batallaba a diario con el *sheikh*, pero sin resultado.

En la base de la «800», junto a un caminillo que moría en Beit Ids, la cuadrilla había levantado un campamento. Allí, como dije, se congregaban los burreros, con sus caballerías. Allí descargábamos el fruto, y allí, en fin, preparaban la comida. Un rústico cobertizo de ramas protegía las provisiones. Muy cerca, los *felah* mantenían un fuego casi permanente. Las mujeres iban y venían. Preparaban los guisotes, y velaban por el necesario abastecimiento de agua. Ellas eran las responsables de que los vareadores estuvieran puntualmente atendidos. Se daba el caso de campesinos que llegaban desde Pella, y otras zonas más alejadas, que pernoctaban en el citado campamento durante el tiempo de la *asepa*.

Y así transcurrió aquel lunes, en paz, y absortos en la agotadora tarea de la recogida y del transporte de las «amantes».

El capataz no permitió que Jesús vareara desde las ramas. Demasiado alto y corpulento, dijo. Y el Galileo, obediente, trabajó en tierra.

A cada poco, quien esto escribe regresaba al árbol y, mientras cargaba, contemplaba al Maestro. El Hijo del Hombre agitaba el ramaje con una de aquellas varas rojas, y lo hacía con entusiasmo y sin respiro. Las «amantes», negras y lustrosas, se precipitaban a decenas, y quedaban enganchadas en los cabellos del Maestro, ahora recogidos en su típica «cola de caballo». Parecía haber olvidado el incidente del día anterior, en el wadi. Y, lentamente, se fue integrando en el grupo, y tomando parte en las elementales conversaciones que sostenían los *felah*. Lo vi nuevamente feliz. Disfrutaba cada instante, de eso estoy seguro...

Cruzamos algunas miradas. Ahora, al ordenar estas memorias, he dudado. Quizá intentó anunciarme lo que estaba a punto de suceder...

No sé...

La cuestión es que este torpe explorador no supo traducir aquellas intensas miradas.

Sí, algo se preparaba...

Y esa noche, aunque nos hallábamos cerca de la cueva de la «llave», Jesús decidió permanecer en el campamento de la «800». Allí cenamos, con los campesinos, y allí caímos rendidos. Dgul dormía en el olivar, con los «suyos»...

Fue al día siguiente, martes, 29 de enero, cuando me fijé en aquel niño...

Tenía nueve años, poco más o menos. Era un rebuscador.

La rebusca —según me explicaron— no formaba parte de la recogida de la aceituna propiamente dicha, pero nadie concebía la *asepa* sin la *muraya*. La rebusca (los *felah* le daban el nombre de *muraya* o «detrás de») consistía en el último rastreo del campo, a la caza y captura de las aceitunas olvidadas, o esturreadas, entre los terrones y los matojos, si los había. Sólo podía practicarse cuando los vareadores concluían el «vaciado» de los *zayit*. Por eso la definían como algo que tenía lugar «detrás de». Y así era. Los rebuscadores aparecían por detrás de la cuadrilla. Desde antiguo, tenían establecido un procedimiento para fijar la distancia mínima a la que debían mantenerse. Lo llamaban *jamsín*. Era un palo o una estaca pintados en rojo, que el capataz clavaba en el suelo, y que sólo él estaba autorizado a desplazar. El *jamsín* era sagrado.

Por lo que pude observar, y por las informaciones que fui reuniendo, en la rebusca sólo participaban los más necesitados. Generalmente, mendigos y niños. Lo habitual es que dichos indigentes fueran mujeres. No era correcto que los rebuscadores fueran campesinos, o gente «digna». Ellos ya tenían su trabajo. Y lo poco que obtenían iba a parar, casi siempre, a los capataces, que se quedaban con las aceitunas, o con el fruto que tocara en ese momento, por un trozo de pan, y, con suerte, por algo de carne, o de verduras. Todo dependía del buen corazón de los propietarios y, por supuesto, del capataz. Con Dgul tenían suerte. La única condición que imponía es que no tocaran a sus «hijos». Les prohibía subir a los olivos y hacerse con las aceitunas que habían quedado despistadas. Aunque no era judío, el «poeta» consideraba a los rebuscadores como «pajarillos del cielo, a la búsqueda de migajas» (1). Como dije, era un hombre noble...

Junto al niño, por detrás del *jamsín*, a cosa de cincuenta o sesenta metros del olivo en el que vareaban Jesús y su grupo, inclinados sobre los terrones, rebuscaban también una anciana y otros tres pequeños, quizá de la misma edad del que llamó la atención de quien esto escribe. La mujer vestía harapos. Tenía el cabello blanco y largo, siempre descuidado y sucio. Su única compañía era una calabaza hueca, de mediano porte, repleta de enebro, un aguardiente que tumbaba al tercer sorbo. Bebía sin cesar. Cuando el licor hacía efecto, la mendiga se dejaba caer allí donde estuviera, y dormía profundamente. Nadie se ocupaba de ella.

Al niño lo llamaban «Ajašdarpan». Era una palabra de difícil traducción. Procedía del norte; quizá de Persia (actual Irán). Significaba «gobernador», o algo similar, y era equivalente a «examinado», término empleado por los judíos para los niños abandonados al nacer. Como ya relaté en su momento, Denario, el pelirrojo que vivía con Assi, era también un «examinado», o *mamzer*. En otras palabras: un bastardo; lo peor de lo peor. Por lo que acerté a descubrir, el nombre le fue impuesto en clara alusión a su progenitor, un notable al servicio de Antipas, el tetrarca de la Perea y de la Galilea.

Ajašdarpan era mestizo. Eso confirmaba la versión que corría por Beit Ids. El niño, al nacer, fue arrojado a uno de los basureros, o *gehenna*, de Pella. Ésa era la costumbre, tanto entre los judíos como entre los paganos. Cuando el niño era ilegítimo, o no deseado, los padres se

---

(1) El Deuteronomio contempla la rebusca como un deber hacia los menesterosos. El capítulo 24, versículos 19 al 22, dice: «Cuando siegues la mies de tu campo, si dejas en él olvidada una gavilla, no volverás a buscarla. Será para el forastero, el huérfano y la viuda, a fin de que Yavé tu Dios te bendiga en todas tus obras.

»Cuando varees tus olivos, no harás rebusco. Lo que quede será para el forastero, el huérfano y la viuda.

»Cuando vendimies tu viña, no harás rebusco. Lo que quede será para el forastero, el huérfano y la viuda...»

A decir verdad, sólo los judíos ortodoxos cumplían con esta normativa. *(N. del m.)*

deshacían de él, bien vendiéndolo, bien ocultándolo en los estercoleros. Algunas de estas criaturas lograban salvar la vida, merced a los *tofet*, los *esputos* o buscadores de dichos basureros. Estos apestados, como ya indiqué, revolvían las montañas de desperdicios y, si hallaban a un recién nacido, se apresuraban a rescatarlo de entre las ratas y perros salvajes, con el fin de obtener algunas monedas. Si el bebé no era vendido en el plazo de una o dos semanas, era sacrificado, ahogándolo en el río o en una tinaja.

Ajašdarpan tuvo suerte. Al poco de ser recogido por los *tofet*, una familia negra, esclavos del *sheikh* de Beit Ids, se apiadó del pequeño, y lo compró por seis huevos y un *seah* (alrededor de dieciséis kilos de harina). Sus padres adoptivos, por tanto, eran *abid* y, en consecuencia, «gente sin alma». No era de extrañar que Ajašdarpan apareciera en cualquiera de las rebuscas. Todo mendrugo era bien recibido en la casa de un esclavo...

¿Suerte? ¿Tuvo suerte Ajašdarpan cuando fue comprado por los *abid* de Beit Ids? Yo diría que fue mucho más que eso. Después de lo que contemplé esa mañana del miércoles, 30, entiendo que el destino del niño fue especialmente diseñado por los cielos. Algo único. Su *tikkún*, como decía el Maestro...

Pero sigamos, paso a paso.

Era lógico fijarse en Ajašdarpan. Sus ademanes no eran normales. Se movía muy despacio, con gran lentitud, como si todo su cuerpo estuviera sometido a un hipotético estado de ingravidez. Cada vez que daba un paso, se aseguraba de que podía hacerlo. Era muy extraño. Presentaba la pierna izquierda entablillada, desde la rodilla al tobillo, y también el antebrazo derecho.

En los primeros momentos lo vi de lejos. Se afanaba en la rebusca, con el resto de sus compañeros. Se inclinaba con dificultad sobre el terreno, pero era hábil. Cuando encontraba una pareja o un racimo de aceitunas, las levantaba lentamente y las hacía girar a la altura de los ojos. Aproximaba el fruto, como si no viera bien, y limpiaba las «amantes» con la lengua. Después, igualmente tranquilo, hacía descender la mano izquierda y depositaba el hallazgo en una espuerta negra, confeccionada con delgadas duelas de cornejo, muy resistentes a la podredumbre. Y vuelta a empezar...

A decir verdad, nadie, entre los vareadores, hizo comentario alguno. Lo conocían de antiguo, y no le prestaban mayor atención. Lo llamaban por su nombre, y también lo apodaban el de la «mirada azul». Cuando pregunté el porqué, sólo obtuve una respuesta: «Porque su mirada es azul.» Naturalmente, no lo creí. Probablemente se burlaban de aquel forastero...

El equivocado fui yo, una vez más.

Sin poder remediar la curiosidad, a lo largo de esa mañana me las ingenié para caminar cerca del *jamsín*, la estaca roja que delimitaba el territorio de los rebuscadores. Y ahora que lo pienso, me pregunto: ¿fue la curiosidad lo que me empujó a observar al muchachito mestizo?

Como decía el Maestro, quien tenga oídos, que oiga...

Crucé varias veces frente a Ajašdarpan, y las sospechas iniciales tomaron fuerza.

Era de estatura baja. Apenas un metro, con una aparatosa desviación de la columna, una cifoescoliosis progresiva (1) que lo atormentaba, sin duda, con un dolor más que notable.

¡Dios bendito!

Su «mirada», en efecto, era azul. Los *felah*, a su manera, definían así un defecto de las escleróticas (el blanco de los ojos), que provocaba una «mirada» gris-azulada (2). La cabeza era triangular, en forma de «boina escocesa», con una nariz picuda y un acusado hiperterolismo (ojos más separados de lo habitual) que le proporcionaban un aspecto monstruoso.

(1) La cifoescoliosis es una combinación de una curvatura anormal de la columna vertebral, en sentido antero-posterior, y de otra deformación lateral. *(N. del m.)*

(2) No es que la mirada fuera azul, exactamente. Lo que sucedía es que las membranas exteriores del ojo, generalmente blancas, duras y fibrosas (escleróticas), se presentaban anormalmente delgadas y transparentes. Esta deficiencia de tejido conectivo permitía ver los vasos subyacentes, y proporcionaba la referida tonalidad gris-azulada. La característica de la traslucidez «azul», por tanto, obedecía a un problema genético, originado, quizá, por un colágeno deficiente. *(N. del m.)*

¡Dios bendito! Sentí una profunda piedad por aquella criatura...

Y hacia la hora quinta (once de la mañana), la cuadrilla hizo el acostumbrado alto en el trabajo y se dispuso a reponer fuerzas. Las mujeres habían cocinado un *tagine*, una gacha con carne picada y huevos, muy espesa y generosa en cebolla y dientes de ajos machacados. Era un plato único, pero definitivo. Con ello resistíamos hasta la puesta de sol.

Comí algo, pero, no sé muy bien por qué, quizá impulsado por esa «fuerza» que nos habita, llené de nuevo la escudilla de madera y me dirigí al *jamsín*. Me senté frente a Ajašdarpan y le ofrecí el *tagine*. El niño me miró, incrédulo. Insistí, pero no se atrevió a recibir la comida. La vieja de la calabaza, más que ebria, quiso apoderarse de la escudilla, pero no lo permití. Y permaneció atenta, a pocos pasos, en compañía de los otros tres rapaces. Quizá no hice bien en regalarle las albóndigas de carne, pero me sirvió de pretexto para acercarme, y examinarlo con detenimiento.

Era lo que me temía...

Sonrió abiertamente, y mostró unos dientes desordenados, con un brillo céreo azul grisáceo, típico del mal que padecía.

Pregunté si entendía el arameo, pero tampoco replicó. Traté de hacerme entender por señas, y el niño, comprendiendo, llevó la mano izquierda a la oreja. Lo hizo, como en todos sus movimientos, desesperantemente despacio. Tocó la oreja dos veces y, por último, dejó caer los dedos hacia los labios. Y negó con la cabeza.

Era sordo.

Y volvió a sonreír, satisfecho. A pesar de su problema, era un muchacho alegre y listo.

Finalmente, tras insistir un par de veces, el de la «mirada azul» sujetó el cuenco y accedió a comer. Cada cucharada fue interminable, pero me sentí feliz. Ajašdarpan estaba hambriento. Y supo agradecérmelo con una casi permanente sonrisa. Lo observé a conciencia, y deduje que el primer diagnóstico podía ser correcto. Ajašdarpan padecía una enfermedad rara, conocida en nuestro «ahora» como osteogénesis imperfecta. Como consecuencia de un defecto genético (1), los huesos presentaban una extrema fragilidad, así como deformaciones esqueléticas, articulaciones sin fuerza, y sin tensión en las fibras, musculatura débil y una piel frágil, con cicatrices hiperplásicas, y siempre llena de moratones. Lo increíble es que no hubiera muerto durante el período fetal...

Ahora comprendía el porqué de los movimientos lentos, casi teatrales, y el entablillado. A fuerza de sufrimiento, y de incontables fracturas, Ajašdarpan aprendió a autoprotegerse. La manera más elemental era limitar, y medir, sus propios movimientos. Aun así, las roturas eran inevitables. Me hallaba ante una criatura con los huesos de «cristal». Podían quebrarse, casi con el aire...

Esta malformación (2) era la causa del singular desarrollo del cráneo, en forma triangular, o de pera invertida, como consecuencia del empuje del encéfalo. Ello provocaba, a su vez, una micrognatia, o pequeñez anormal del maxilar inferior (mandíbula), que ve impedido su crecimiento.

Ajašdarpan era un condenado a muerte. Tarde o temprano, las complicaciones respiratorias que acompañan a la «IO», o las propias fracturas, terminarían con su vida.

(1)   Según la medicina moderna, la osteogénesis imperfecta («IO») está provocada por un defecto en uno de los dos loci genéticos que codifican el colágeno tipo I. El colágeno, como es sabido, constituye el principal elemento orgánico del tejido conjuntivo y de la sustancia orgánica de los huesos y cartílagos. El trastorno puede ser expresado por una síntesis anormal, o por una estructura deficiente (calidad) del protocolágeno I. *(N. del m.)*

(2)   Según especialistas como Sillence, en la osteogénesis imperfecta se distinguen cuatro tipos de patología. El tipo I es el más frecuente, con una fragilidad ósea que desciende tras la pubertad. La transmisión es por carácter autosómico dominante. La segunda variedad (tipo II) es la más letal. La fragilidad ósea severa termina en enanismo. Es autosómico recesivo. Por lo general, el bebé fallece en el útero, en el parto, o poco después. Si el afectado consigue sobrevivir, como sucede con el tipo III, presentará enanismo, curvatura y fragilidad, especialmente en las extremidades inferiores. Se sabe de otros dos tipos de «IO», con escleróticas azules, sobre todo en el período de lactancia, y la aparición de callos hipertróficos en las zonas de fractura. Ajašdarpan, muy posiblemente, sufría una singular combinación de los tipos I, II y III. En la época de Jesús, la incidencia de la osteogénesis imperfecta en la población era muy baja (aproximadamente, 0,008 por ciento). *(N. del m.)*

Y, de pronto, mientras lo contemplaba, me vino a la mente la palabra «nemo». Naturalmente, un análisis en profundidad me hubiera proporcionado un diagnóstico más riguroso. ¿Debía suministrárselos? ¿De qué serviría? Y desestimé la idea. Tenía otras prioridades...

¿Cuándo aprenderé que la intuición jamás se equivoca?

Acaricié el cráneo pelado y deforme del mestizo y me retiré hacia el olivo al que habían regresado Jesús y los vareadores.

Visto y no visto.

Al alejarme, la mendiga le arrebató los restos del almuerzo. Ajašdarpan poco pudo hacer. No podía correr, ni tampoco pelear, o forcejear. La mujer huyó y se perdió en lo alto de la colina. Allí pasaría la jornada, ebria, como siempre. Los niños reemprendieron la rebusca, y quien esto escribe se mantuvo atento a la actividad del Maestro. De vez en cuando me ocupaba también de mi nuevo amigo, el de la «mirada azul». Aquel infeliz me impresionó más de lo que hubiera podido imaginar. Si el Hijo del Hombre hablaba con razón —y siempre lo hacía—, el *tikkún* de Ajašdarpan era verdaderamente heroico.

Recuerdo que, en uno de los viajes al olivo que se estaba vareando en esos momentos, mientras me debatía en estas reflexiones, el Galileo hizo un alto en el trabajo y me miró. Fue una mirada intensa, dulce y prolongada. Quiso transmitirme algo, lo sé, pero no comprendí...

Y, tras hacerme un guiño, siguió con lo suyo, agitando el ramaje.

¿Fue una casualidad que coincidiera con mis pensamientos sobre el *tikkún* del niño de «cristal»?

Pronto lo averiguaría...

También ese martes pernoctamos en el campamento de la «800». Fue una noche tranquila para todos, y agitada para este explorador. La imagen de Ajašdarpan continuó en la memoria. Tuve pesadillas. Los «nemos» hablaban, y reprochaban mi falta de interés. Fue premonitorio...

Y llegó el miércoles, 30 de enero de aquel año 26 de nuestra era. Una jornada especialmente dura...

Nos despertó la *es-sa ra*, la lluvia «dócil». «Los dioses

nos miran», aseguró Dgul, más sonriente, si cabe. Y la alegría se contagió entre los *felah*. El «poeta» tenía razón. Los dioses nos observaban. ¡Y qué dioses!

Jesús desayunó con ganas. Lo vi pletórico. Nada hacía sospechar lo que nos reservaba el Destino...

Poco antes de la tercia (nueve de la mañana), escampó. El grupo se encaminó al tajo, relativamente próximo a la cima de la referida «800», con la vista puesta en las nubes. No tardaría en volver a llover. Los niños de la rebusca esperaban a que el capataz clavara el *jamsín*. Ajašdarpan sonrió al verme. El Maestro también lo miró, pero no hizo comentario alguno.

Minutos después nos hallábamos bajo uno de los corpulentos *zayit*, a poco más de un centenar de metros de la estaca roja, y de los cuatro rebuscadores habituales. La mendiga dormía la mona al pie del *jamsín*. Aparentemente, todo normal...

Pero, no.

El Maestro tomó su «tembladera», y la examinó, mientras las mujeres procedían a la primera «limpia» del terreno. Después extendieron las redes e iniciaron el vareo. Jesús atacó desde el suelo, como siempre, y lo hizo con entusiasmo, contagiando al resto. Faltaba poco para concluir la *asepa* de aquella ladera oeste.

Entonces, por encima del crujido del ramaje, oímos rebuznos. Después, voces, y más rebuznos.

Yo me encontraba al pie del árbol, muy cerca del Galileo, empeñado en la carga de la primera de las espuertas del día.

Todos miramos hacia el campamento, ubicado, como digo, algo más allá de la zona de los rebuscadores. Quizá a 150 o 200 metros.

Algo sucedía...

Los burreros corrían en todas direcciones, e intentaban sujetar a los onagros. El pequeño campamento era un caos. Los asnos trotaban sin rumbo, coceaban, y rebuznaban. Algunas de las mujeres, responsables del abastecimiento del agua, y de la comida, huían por el camino que conducía a Beit Ids.

En un primer instante, no supe...

El Maestro no se inmutó, y continuó con el vareo de las ramas. Las «amantes» caían sobre su cabeza y hombros...

Sí percibí un cambio en el rostro. El excelente humor que había derrochado hasta esos momentos se esfumó.

Y, junto a los onagros, vi fuego. Eran antorchas. Cinco o seis, quizá más. Alguien las agitaba, e intentaba lastimar, o ahuyentar, a las caballerías. Corrían tras los altos burros, e introducían las llamas entre los remos de los aterrorizados animales. El resultado, el ya mencionado: burreros y bestias huían y topaban, gritaban y caían...

Los que portaban las teas eran ocho o diez jovenzuelos, todos desnudos de cintura hacia arriba, y pintarrajeados a franjas amarillas y negras con la *al-kenna*, una ceniza vegetal utilizada por los beduinos para pintar uñas, rostros y pies. El *sheikh* era muy aficionado a ella.

Los *felah* interrumpieron el trabajo, y se lamentaron. Eran los *dawa zṛaḍ* («la maldición de la langosta»), una de las bandas que asolaba la región y que hacía honor a su nombre. Había oído hablar de ellos, pero no supuse que fueran tan destructivos.

Nadie se atrevió a dar un paso...

Los capitaneaba un árabe, de unos quince o dieciséis años de edad, al que apodaban «Qatal» («Matador»), en alusión a un escorpión, altamente venenoso, muy común en las colinas de Beit Ids (1). El sobrenombre era el más indicado, por dos razones: por su crueldad, y por la forma del dedo índice izquierdo, deformado, y en garra, con una larga y afilada uña negra, similar a la cola del citado escorpión. Si te señalaba, o si invocaba su nombre de guerra, estabas perdido, según los campesinos. Era la vergüenza de los Adwan, según Yafé. Todos huían de él, y con razón.

Miré de reojo al Maestro. Seguía inalterable, a lo suyo, como si nada ocurriera.

---

(1) Se trataba del *Androctonus australis*, una de las trece especies existentes en la Palestina de Jesús, en aquella época. En invierno era difícil de ver, pero, en mi segunda visita a Beit Ids, tan inolvidable como la primera, tuve oportunidad de verlo, y estudiarlo. Alcanzaba 105 milímetros de longitud, y variaba del amarillo al marrón, con una cola gruesa y un aguijón afilado como una aguja. Cazaba al atardecer, y en grupo. Su ataque era muy peligroso. Un hombre adulto podía fallecer en horas. *(N. del m.)*

No entendí...

Y los *dawa*, todos *badu*, olvidaron pronto los onagros y se cebaron con el campamento. Derribaron el cobertizo a patadas y, entre risotadas, derramaron la harina y arruinaron las provisiones y el agua, orinando sobre ellas. Después patearon lo que quedaba del fuego y se apoderaron de los palitroques que todavía ardían. Dos de ellos volcaron las ollas y las blandieron como mazas, aullando de placer.

A partir de esos instantes, todo fue rápido, muy rápido y confuso. Quien esto escribe no sabía dónde mirar, ni qué partido tomar. Jesús era lo primero, pero...

Y se produjo lo inevitable (?).

Los energúmenos, con el tal «Matador» a la cabeza, corrieron hacia los rebuscadores, los únicos que continuaban a su alcance.

Tres de los niños huyeron a tiempo.

Los que vareaban gritaron, e intentaron alertar al de la «mirada azul». Fue inútil. Las voces se perdieron en el olivar. Ajašdarpan no oía y, además, se hallaba de espaldas a los malditos *dawa*. No se percató de la fuga de sus compañeros y, aunque así hubiera sido, tampoco habría tenido posibilidad de escapar. Aquellas bestias estaban encima...

Dgul, pálido, no se movió. Nadie lo hizo. Tenían miedo.

El Maestro, incomprensiblemente para mí, era el único que permanecía junto al tronco del olivo, con la «tembladera» en las manos y el rostro dirigido al ramaje. Estuve a punto de advertirle, pero me contuve. Él sabía...

Y las «amantes» siguieron cayendo sobre la red. Era imposible que no oyera a los *felah*. ¿Qué pretendía? ¿Por qué no reaccionaba?

Siempre he sido un pobre tonto... ¿Cuándo aprenderé?

Qatal, y los suyos, llegaron junto al *jamsín* y, al descubrir a la mendiga, la emprendieron a golpes con ella. Pero, al comprobar que no reaccionaba y que se hallaba sumida en una de sus borracheras, le dieron la espalda y se arrojaron sobre Ajašdarpan.

Creí morir.

«Matador» tomó la iniciativa, y lo pateó en el rostro, en los costados, en la espalda y en las piernas. Le arrancó las ramas que servían de entablillado e introdujo una de ellas por el ano. Y las risotadas ahogaron los lamentos del niño. Después, a una orden de aquel malparido, cayeron como una nube de langostas sobre la criatura y lo destrozaron. Los de las ollas de hierro, sobre todo, fueron los más crueles. Lo golpearon con los recipientes, una y otra vez, hasta que quedó tendido sobre los terrones. Pensé que estaba muerto.

Después continuaron con las bases de las antorchas y le pulverizaron los huesos de «cristal».

Me sentía mal, muy mal.

Los gritos, y las amenazas, de los *felah* surtieron el efecto contrario al deseado. «Matador» se burló de los campesinos. Se llevó la mano izquierda a los testículos y desafió a los del olivar.

¿Qué debía hacer? Ni siquiera disponía de la «vara de Moisés». Había quedado en la cueva de la «llave». Además, según las reglas, no estaba autorizado a intervenir. Era un asunto grave...

Pero aquellas fieras no se dieron por satisfechas. Levantaron al niño y, entre gritos, zarandeándolo como un guiñapo, lo arrojaron al interior de la espuerta de cornejo, en la que reunían la rebusca. Como digo, Ajašdarpan no daba señales de vida. Era como un muñeco. Lo más probable es que la lluvia de golpes hubiera afectado zonas vitales, provocando hemorragias internas e interesando pulmones, cráneo, y quién sabe si el corazón. Si no había muerto, no tardaría mucho...

La bestia, entonces, se hizo con la calabaza de la mendiga, y vació lo que quedaba de enebro sobre las ropas de Ajašdarpan. Y la banda aulló, al tiempo que imaginaba...

En el olivar, enmudecimos...

Fue en esos instantes cuando el Maestro arrojó la vara al suelo y, en silencio, con el semblante grave, se abrió paso entre los atemorizados campesinos. Y lo vi descender por la ladera, hacia «Matador» y las «langostas». Caminaba con sus típicas zancadas.

Dgul también reaccionó. Tomó una de las «tembladeras» y se fue tras el Galileo. El resto no movió un músculo. Mejor dicho, no movimos...

¿Qué se proponía? El niño, probablemente, había

muerto. ¿Trataba de dar un escarmiento? Él aborrecía la violencia, aunque aquellos sujetos merecían un castigo.

Y «Matador», al advertir la presencia de los que caminaban hacia el *jamsín*, tomó una de las antorchas y la levantó por encima de su cabeza. Estaba claro. Si Jesús y el capataz seguían avanzando, la arrojaría sobre el niño. El arguardiente, las ropas y las duelas de madera de la canasta harían el resto. Ajašdarpan podía abrasarse...

Calculé la distancia. El Maestro se dirigía, rápido, hacia el *badawi*, pero, si aquel miserable dejaba caer el fuego..., ¡adiós! No había tiempo material para salvar al niño...

Y en eso, un destello reclamó mi atención desde el fondo del olivar.

Cuando descubrí el origen, quedé perplejo. Alguien se acercaba. Procedía de la cumbre de la «800». Eso me pareció. Marchaba sin prisa, tranquilo, y directo hacia el *zayit* en el que nos hallábamos reunidos.

Yo había visto a ese hombre...

¡Dios santo! Era el del pozo de Tantur, el que conversó con el Maestro, y también con las beduinas. Era él: muy alto, de unos dos metros, con el cabello al «cepillo» y la singular ropa que cambiaba de color, según se moviera en la penumbra, o a la luz del sol. El extraño personaje de la sonrisa encantadora...

La túnica brillaba, y lanzaba destellos, entre las sombras del olivar, ora en rojo, ora en azul, ora en verde...

¿Quién era? ¿Qué hacía allí? ¿De dónde había salido? ¿Por qué en esos dramáticos momentos?

Miré a mi alrededor. Nadie parecía haberse dado cuenta de su presencia... todavía. Todos estaban hipnotizados por el diabólico árabe.

Jesús se hallaba muy cerca. Casi a un paso. Detrás, el capataz...

«Matador», entonces, agitó la antorcha, y bramó:

—*Smiyt... i... qatal!*

Vi a la mendiga, que luchaba por incorporarse. En una de las manos escondía una gran piedra.

Y el salvaje repitió, amenazador:

—¡Mi nombre... es «Matador»!

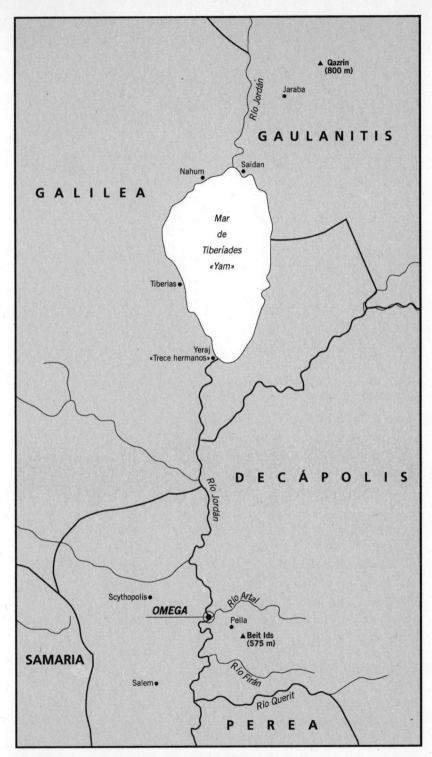

Río Jordán, y algunos de los lugares recorridos por Jasón. En el círculo, el meandro Omega, en el Artal, afluente del Jordán por la orilla izquierda (actual Jordania). Posible zona del bautismo de Jesús de Nazaret.

Planeta

España
Av. Diagonal, 662-664
08034 Barcelona (España)
Tel. (34) 93 492 80 36
Fax (34) 93 496 70 58
Mail: info@planetaint.com
www.planeta.es

P.º Recoletos, 4, 3.ª planta
28001 Madrid (España)
Tel. (34) 91 423 03 00
Fax (34) 91 423 03 25
Mail: info@planetaint.com
www.planeta.es

Argentina
Av. Independencia, 1668
C1100 ABQ Buenos Aires
(Argentina)
Tel. (5411) 4382 40 43/45
Fax (5411) 4383 37 93
Mail: info@eplaneta.com.ar
www.editorialplaneta.com.ar

Brasil
Rua Ministro Rocha Azevedo, 346 -
8.º andar
Bairro Cerqueira César
01410-000 São Paulo (Brasil)
Tel. (5511) 3087 88 88
Fax (5511) 3898 20 39

Chile
Av. 11 de Septiembre, 2353, piso 16
Torre San Ramón, Providencia
Santiago (Chile)
Tel. Gerencia (562) 431 05 20
Fax (562) 431 05 14
Mail: info@planeta.cl
www.editorialplaneta.cl

Colombia
Calle 73, 7-60, pisos 7 al 11
Bogotá, D.C. (Colombia)
Tel. (571) 607 99 97
Fax (571) 607 99 76
Mail: info@planeta.com.co
www.editorialplaneta.com.co

Ecuador
Whymper, N27-166, y A. Orellana,
Quito (Ecuador)
Tel. (5932) 290 89 99
Fax (5932) 250 72 34
Mail: planeta@access.net.ec
www.editorialplaneta.com.ec

Estados Unidos y Centroamérica
2057 NW 87th Avenue
33172 Miami, Florida (USA)
Tel. (1305) 470 0016
Fax (1305) 470 62 67
Mail: infosales@planetapublishing.com
www.planeta.es

México
Av. Insurgentes Sur, 1898, piso 11
Torre Siglum, Colonia Florida, CP-01030
Delegación Álvaro Obregón
México, D.F. (México)
Tel. (52) 55 53 22 36 10
Fax (52) 55 53 22 36 36
Mail: info@planeta.com.mx
www.editorialplaneta.com.mx
www.planeta.com.mx

Perú
Grupo Editor
Jirón Talara, 223
Jesús María, Lima (Perú)
Tel. (511) 424 56 57
Fax (511) 424 51 49
www.editorialplaneta.com.co

Portugal
Publicações Dom Quixote
Rua Ivone Silva, 6, 2.º
1050-124 Lisboa (Portugal)
Tel. (351) 21 120 90 00
Fax (351) 21 120 90 39
Mail: editorial@dquixote.pt
www.dquixote.pt

Uruguay
Cuareim, 1647
11100 Montevideo (Uruguay)
Tel. (5982) 901 40 26
Fax (5982) 902 25 50
Mail: info@planeta.com.uy
www.editorialplaneta.com.uy

Venezuela
Calle Madrid, entre New York y Trinidad
Quinta Toscanella
Las Mercedes, Caracas (Venezuela)
Tel. (58212) 991 33 38
Fax (58212) 991 37 92
Mail: info@planeta.com.ve
www.editorialplaneta.com.ve

Grupo ⊕ Planeta   Planeta es un sello editorial del Grupo Planeta   www.planeta.es

cía de la ínsula. Allí vivía, con sus padres y hermanos. En ocasiones era contratado por el astillero. Era tartamudo. Lo tomaban a broma, y lo mortificaban con crueldad. Minjá no replicaba. Se sonrojaba y ponía tierra de por medio. Nos caía bien. Era servicial, educado y muy observador. En el Attiq desempeñaba la misión de ayudante de escalador. El suyo era Jesús. Su trabajo, básicamente, consistía en asistir al *hoteb* que trepaba por los troncos, o por el enramado, suministrando cuerdas, cuando faltaban, haciendo llegar las hachas al afilador, o el «café» y el agua al que descopaba, y, sobre todo, debía velar por la seguridad del leñador. Un mal paso, la rotura de una cuerda o el quebranto de una rama estaban a la orden del día. No eran raros los accidentes entre los que subían y bajaban de los árboles, algunos, como digo, de treinta metros de altura, y más.

¿Quién podía sospechar que aquel muchacho desencadenaría, sin querer, la gran catástrofe?

Iddan, el afilador, inició su habitual peregrinaje entre los robles y pinos. Y quien esto escribe, tras él, pendiente de sus gestos, más que de sus palabras.

Jesús y Minjá prosiguieron en el orden establecido por Yu, e iniciaron la ascensión al roble de turno. Eliseo, asignado a la tronzadora, pareció olvidarse de mí. Era preferible. Y, en la medida de mis posibilidades, centré la atención en el Hijo del Hombre.

Nunca lo hubiera imaginado con una cuerda por la cintura, y trepando como un felino por uno de aquellos altivos troncos. Lo hacía con precisión y soltura, sin temor alguno. La cuerda era desplazada hacia lo alto, momento en el que el Galileo asentaba las sandalias sobre la corteza, ganando metro a metro. Así llegaba a las primeras ramas.

Minjá prefería la cuerda entre los tobillos, una técnica menos embarazosa, pero más insegura. El rítmico juego de los pies elevaba la cuerda y el joven trepaba, siempre abrazado al árbol. Al alcanzar al Maestro le entregaba la herramienta y permanecía muy cerca, pendiente de cada movimiento. La verdad es que no se concebía a un escalador sin su ayudante.

Dependía del árbol, y de su frondosidad, pero el descope era siempre una labor lenta y fatigosa, que reclamaba atención y destreza. Si el hacha lanzada sobre el nacimiento de una rama no golpeaba en el punto adecuado, el filo, dispuesto como una hoja de afeitar, podía herir el tronco y malograrlo. Había que buscar la posición más cómoda y económica, y, como digo, saber manejar las afiladísimas hachas. Cada poco, el *hoteb* se veía obligado a descansar y reponer fuerzas. Ahí entraba yo, anudando los recipientes, con el *yaša* o el agua, a la cuerda que lanzaban los ayudantes. De vez en vez, con una sabiduría magistral, el viejo afilador se plantaba al pie del árbol y hacía señas al ayudante, para que hiciera descender el hacha. Minjá tocaba suave y delicadamente en el hombro de Jesús y éste se detenía. La herramienta llegaba a las manos de Iddan y, en efecto, no se equivocaba. El filo defectuoso dejaba ver una línea muy fina, casi imperceptible, que reflejaba la luz. Iddan movía la cabeza con disgusto y repetía la misma frase, al tiempo que reclamaba la lima tal o la piedra cual:

—El buen filo, Jasón, como la inteligencia, no debe ser visible…

Yu permanecía buena parte del tiempo junto al árbolmástil, dirigiendo el transporte de la madera. Cuando era posible, reclamaba a uno o dos trabajadores y se perdía en los robledales, a la búsqueda de ramas mágicas, como él las llamaba. Se trataba de ramas con una curvatura especial, en forma de «U» o de «V», necesarias para la fabricación de los codastes, las piezas ubicadas a popa, en las embarcaciones, y que sujetaban el entablado de dicha zona. Si alguien descubría una de esas ramas, el astillero lo premiaba con un día de jornal y Yu, por su parte, lo consideraba un hombre *kui*.

Trabajábamos de sol a sol. Concluida la limpieza del ramaje, el escalador ataba una de las cuerdas a lo alto del roble o del alepo, y otros *hoteb* la tensaban, preparando así la caída del árbol, como creo haber mencionado con anterioridad. Al descender a tierra los escaladores y ayudantes, entraban en acción los *hoteb* propiamente dichos, con las hachas de doble cuchilla, o las sierras de uno y dos metros de longitud. Algunos cantaban al ritmo de las tronzadoras, o lanzaban gritos y nombres de sus enemigos, o personas no queridas, que hacían coincidir con el impacto del hacha en el tronco. Al final de cada tala, todos sabían de qué pie cojeaba fulano o mengano...

Y así discurrieron aquellos días, hasta que llegó el viernes, 4 de enero...

Pero estoy olvidando algo, y entiendo que importante.

Antes de proceder a la narración de lo sucedido aquel atardecer, y de lo que significó en nuestra aventura, quizá deba hacer alusión a los *kui*, una denominación muy particular, nacida de la imaginación (?) del *naggar* o jefe del astillero de Nahum.

Cuando concluía la jornada, la cuadrilla, como dije, retornaba al campamento y se disponía para la cena y, sobre todo, para lo que Yu llamaba las «noches *kui*». Era el momento esperado por todos, incluidos los cocineros de Jaraba.

¿«Noches *kui*»?

Al llegar al Attiq pude oírlo. Los leñadores hablaban y hablaban sobre ello. Era uno de los temas obligados en la zona de tala. Reían, gastaban bromas y entraban en serias polémicas.

En definitiva, los *kui* terminaron formando parte de la vida de aquellos rústicos hombres. Era como una liturgia, sólo imaginable en la tala de invierno, junto al fuego y entre los bosques.

A su manera, en lo más íntimo, cada cual deseaba ser un *kui*. Era una inquietud innata, propia del ser humano, y que el Hijo del Hombre supo remover admirablemente. Pero trataré de no desviarme...

Llegado el momento, nos acomodábamos alrededor de la hoguera. Los cocineros servían la cena con prisa y en silencio. Se comentaban las incidencias del día, pero las miradas, prácticamente todas, estaban pendientes de Yu. El chino, sin embargo, simulaba no darse cuenta. Y proseguía la conversación con el *hoteb* más cercano, aparentemente ajeno a lo que realmente interesaba. Era como un juego previo. Si Yu se demoraba más de lo aconsejado, la parroquia se ponía de acuerdo y coreaba:

—¡*Kui!*... ¡*Kui!*...

Yu sonreía. Era la primera señal. Y seguía hablando. Entonces, la concurrencia silbaba.

La primera noche, por las circunstancias ya referidas, no presté atención a los detalles. Después me integré, y disfruté como un niño.

Jesús, en primera fila, con las estilizadas y velludas manos abiertas hacia el calor del fuego, era el primero en silbar, impaciente y feliz. Los ojos le brillaban.

Los silbidos eran la segunda señal. Yu se levantaba, dejaba a un lado la escudilla de madera, y, ceremonioso, buscaba uno de los tajos de la cocina, astuta y deliberadamente arrimado a la hoguera por los leñadores. Previamente, los cocineros habían aseado el nudoso tronco de olmo sobre el que partían la carne y el pescado. Dada la escasa talla del *naggar*, los del astillero favorecieron al tocón con tres patas de madera, permitiendo así que Yu fuera visible desde cualquier ángulo del *mahaneh*. Entonces, cada noche, se repetía la misma escena. ¡Era increíble! Yu tomaba asiento y se producían las protestas. Al sentarse en círculo, en torno a las llamas, una parte de los trabajadores quedaba mirando la espalda del chino. No lo consentían. Los afectados —¡siempre los mismos!— se levantaban airados y corrían al extremo opuesto, atropellando y pisoteando a los colegas.

Yu permanecía en silencio, con las manos cruzadas sobre el *sarbal*.

Restablecido el orden, abría la «noche *kui*» con la misma frase:

—¡No sois hombres *kui*!

Y la gente, también cada noche, se lamentaba con un murmullo sordo, convencida de la veracidad de las palabras del asiático.

¡Era increíble, y maravillosamente loco!

Todo se detenía en el Attiq para escuchar a Yu. La luna, afilada, se hacía la remolona. Las estrellas se aproximaban, hasta casi poder tocarlas, y el frío oía desde los árboles, lejos del calvero.